Erbarmen

JUSSI ADLER-OLSEN wurde am 2. August 1950 in Kopenhagen geboren. 1997 erschien sein erster Roman »Alfabethuset«, der in zahlreiche Länder verkauft wurde. Dann folgten die Kriminalromane »Firmaknuseren« (2003) und »Washington Dekretet« (2006), bevor Adler-Olsen 2007 mit »Erbarmen«, dem ersten Fall für Carl Mørk vom Sonderdezernat Q, einen Riesenerfolg hatte. 2008 stürmte er auch mit »Fasandræberne«, dem zweiten Fall für Carl Mørck, die Bestsellerlisten und gilt seither als bestverkaufter dänischer Krimiautor.

JUSSI ADLER OLSEN

Erbarmen

THRILLER

Aus dem Dänischen von Hannes Thiess

Weltbild

Die dänische Originalausgabe erschien 2008 unter dem Titel
Kvinden i buret bei J. P. / Politikens Forlagshus A/S, Kopenhagen.

Besuchen Sie uns im Internet:
www.weltbild.de

Genehmigte Lizenzausgabe für Verlagsgruppe Weltbild GmbH,
Steinerne Furt, 86167 Augsburg

Übersetzung: Hannes Thiess
Umschlaggestaltung: Atelier Seidel, Teising
Umschlagmotiv: © Kkymek und Atelier Seidel
Gesamtherstellung: CPI – Clausen & Bosse, Leck
Printed in the EU
ISBN 978-3-8289-9570-3

2013 2012 2011
Die letzte Jahreszahl gibt die aktuelle Lizenzausgabe an.

Prolog

Sie kratzte sich an den glatten Wänden die Fingerspitzen blutig und hämmerte mit den Fäusten an die dicken Scheiben, bis sie ihre Hände nicht mehr spürte. Immer wieder tastete sie sich in der vollständigen Dunkelheit bis an die Stahltür heran und bohrte ihre Nägel in den Spalt. Aber die Tür ließ sich keinen Millimeter bewegen, und die Kante war scharf.

Als ihr schließlich die Fingernägel abbrachen, fiel sie keuchend auf den eiskalten Boden. Ihr Herz klopfte zum Zerspringen. Mit aufgerissenen Augen starrte sie in die undurchdringliche Finsternis. Dann entfuhr ihrer Kehle ein Schrei. Ein Schrei, der ihr in den Ohren gellte, bis die Stimme versagte.

Als sie den Kopf in den Nacken legte, spürte sie wieder die Ahnung frischer Luft, die von der Decke herunterströmte. Wenn sie Anlauf nähme, könnte sie womöglich dort hinaufspringen und sich an irgendetwas festklammern. Vielleicht würde ja doch etwas passieren.

Ja, vielleicht wären die Teufel dort draußen gezwungen, zu ihr hereinzukommen.

Und wenn sie schnell genug war und mit ausgestreckten Fingern auf deren Augen zielte, würde es ihr vielleicht gelingen, sie außer Gefecht zu setzen. Und dann konnte sie vielleicht entkommen.

Sie saugte an ihren blutenden Fingern. Dann stützte sie sich mit den Händen vom Fußboden ab und zwang sich aufzustehen.

Blind starrte sie an die Decke. Wer mochte wissen, wie hoch die Decke war. Wer wusste, ob es überhaupt etwas gab, woran man sich festhalten konnte. Aber sie musste es versuchen. Sie musste einfach!

Sie zog ihre Jacke aus, faltete sie sorgfältig zusammen und legte sie in eine Ecke. Dann setzte sie mit ausgestreckten Armen zum Sprung an – und stieß ins Leere. Ein paarmal wiederholte sie das, lehnte sich schließlich an die Wand und ruhte sich kurz aus. Dann nahm sie erneut Anlauf und sprang mit aller Kraft hoch ins Dunkel. Die Arme ruderten nach irgendetwas Greifbarem, doch wieder fiel sie zurück auf den Boden. Sie rutschte aus, und als sie mit der Schulter auf den Beton aufschlug, versuchte sie ein Stöhnen zu unterdrücken, aber als ihr Kopf gegen die Wand knallte und sie Sterne sah, schrie sie laut auf.

Danach lag sie lange Zeit vollkommen still da. Sie hätte gern geweint. Aber wenn die Teufel da draußen sie hören konnten, glaubten sie sicher, sie wolle aufgeben. Doch sie würde nicht aufgeben. Im Gegenteil.

Sie musste auf sich achten. Für ihre Peiniger war sie die Frau im Käfig. Aber über die Abstände zwischen den Gitterstäben bestimmte sie selbst. Sie würde weiter denken, sich mit ihren Gedanken die Welt öffnen, sie würde ihnen den Gefallen nicht tun und verrückt werden. Es würde ihnen nicht gelingen, ihren Willen zu brechen, niemals. Das beschloss sie dort auf dem eiskalten Boden, und sie spürte kaum den Schmerz in der Schulter und das Pochen über dem rechten Auge, das längst zugeschwollen war.

Früher oder später würde sie ihnen entkommen.

1

2007

Carl trat einen Schritt näher an den Spiegel heran. Mit dem Zeigefinger fuhr er sich über die Stelle an der Schläfe, wo ihn die Kugel gestreift hatte. Die Wunde war verheilt, aber die Narbe zeichnete sich am Haaransatz deutlich ab. Sofern sich überhaupt jemand die Mühe machte hinzusehen.

Und wer zum Teufel sollte das schon tun?, dachte er und betrachtete prüfend sein Gesicht.

Er hatte sich verändert. Die Falten um den Mund waren tiefer geworden, die dunklen Ringe unter den Augen nicht zu übersehen. Augen, die etwas ausdrückten, das nie zu Carl Mørck gehört hatte: Gleichgültigkeit. Nein, er war nicht mehr der Alte, der erfahrene Kriminalbeamte, der für seine Arbeit brannte. Er war auch nicht mehr der elegante groß gewachsene Jütländer, bei dessen Anblick sich Augenbrauen hoben und Lippen öffneten. Aber was bedeutete das jetzt noch?

Er knöpfte sein Hemd zu, zog das Jackett über. Den letzten Rest Kaffee kippte er weg, dann knallte er die Wohnungstür hinter sich zu. Die anderen konnten ruhig merken, dass es Zeit war, aus den Federn zu kommen. Beim Zuziehen der Tür fiel sein Blick auf das Namensschild. Das musste er endlich auswechseln. Vigga war schon vor langer Zeit ausgezogen. Die Sache war gelaufen, auch wenn sie noch nicht geschieden waren.

Er ging in Richtung Hestestien. Wenn er sich beeilte, blieb ihm noch Zeit, Hardy eine halbe Stunde im Krankenhaus zu besuchen, bevor er im Präsidium sein musste.

Er sah den Kirchturm, der rot über die nackten Bäume ragte, und er versuchte sich bewusst zu machen, wie viel Glück er gehabt hatte. Immerhin lebte er noch. Nur zwei Zentimeter weiter rechts, und auch Anker wäre noch am Leben. Nur ein Zentimeter weiter links, und es hätte ihn erwischt. Läppische Zentimeter, die ihn von dem Weg zwischen den Feldern und dem Friedhof trennten.

Carl Mørck wollte das alles gern rational verarbeiten, aber das war schwer. Vom Tod wusste er nicht viel. Nur, dass er so unvorhersehbar war wie ein Blitzschlag. Und unendlich still, wenn er eingetreten war.

Aber wie gewalttätig Sterben sein konnte und wie sinnlos, darüber wusste er alles.

Das erste Mordopfer in seiner Laufbahn brannte sich in Carls Netzhaut ein. Gerade mal zwei Wochen nach Abschluss der Polizeischule war das gewesen. Da lag klein und zart vor ihm eine Frau, erwürgt von ihrem eigenen Mann. Die stumpfen Augen und ihr Gesichtsausdruck verfolgten Carl über Wochen. Seither waren ungezählte Fälle dazugekommen. Jeden Morgen hatte er sich innerlich gewappnet und sich vorgestellt, was ihn wieder erwarten würde: blutige Kleidung, wachsbleiche Gesichter, eiskalte Fotos. Jeden Tag hatte er sich die Lügen der Menschen angehört und ihre sinnlosen Entschuldigungen. Jeden Tag ein anderes Verbrechen, jeden Tag neue Methoden. Fünfundzwanzig Jahre bei der Mordkommission der Kriminalpolizei härteten ab. Hatte er gedacht.

Bis zu jenem Tag. Da stand er einem Fall gegenüber, der seinen Panzer durchdrang.

Man hatte ihn, Anker und Hardy nach Amager geschickt. Über einen holperigen Schotterweg waren sie zu einer verfallenen Baracke gefahren.

Dort sollte eine Leiche ihre Geschichte erzählen. Wie so oft hatte der Gestank einen Nachbarn aufmerksam gemacht. Wieder so einer, der ganz für sich gelebt hatte und in seinem eigenen Müll sein alkoholisiertes Leben aushauchte. Das hatte man geglaubt, bis man den Nagel entdeckte. Ein Druckluftnagler hatte ihn dem Toten in den Schädel geschlagen. Wegen dieses Nagels war die Mordkommission der Kopenhagener Polizei eingeschaltet worden.

An jenem Tag war Carls Team an der Reihe. Weder er noch seine beiden Assistenten hatten Einwände, auch wenn sich Carl wie gewöhnlich über den Arbeitsdruck aufregte und über das langsame Tempo der anderen Teams. Aber wer hatte ahnen können, dass dieser Fall dermaßen fatal enden sollte? Dass kaum fünf Minuten, nachdem sie in den Leichengestank eingetreten waren, Anker in einer Blutlache am Boden liegen und Hardy seine letzten Schritte gegangen sein würde. Und in Carl das Feuer erloschen war, das er so unbedingt brauchte, um seinen Job bei der Kopenhagener Mordkommission zu machen.

2

2002

Die Presse liebte sie: Sie liebte Merete Lynggaards scharfzüngige Redebeiträge im Parlament und ihren Mangel an Respekt gegenüber dem Staatsminister und seinen Abnickern. Sie liebte die stellvertretende Vorsitzende der Demokratischen Partei für ihre Weiblichkeit, für ihren übermütigen Blick und die verführerischen Grübchen in den Wangen. Sie liebte sie für ihre Jugend und ihren Erfolg. Aber vor allem liebte sie Merete Lynggaard, weil sie Spekulationen Raum bot. Warum zeigte sich eine so begabte und attraktive Frau nie öffentlich mit einem Mann? Merete Lynggaard machte Auflage. Lesbisch oder nicht, sie war immer guter Stoff für die Presse.

Das alles wusste Merete nur zu genau.

»Kannst du dich denn nicht mal mit Tage Baggesen verabreden?«, fragte ihre Assistentin zum wiederholten Mal. Auf dem

Weg zu Meretes Auto balancierten sie vorsichtig um die Pfützen auf dem Abgeordnetenparkplatz. »Klar, ich weiß schon, dass er nicht der Einzige ist, aber der ist total verrückt nach dir. Wie oft hat er inzwischen versucht, dich einzuladen? Hast du dir überhaupt je die Mühe gemacht, die Zettel zu zählen, die er dir auf den Tisch legt? Hast du den von heute schon gesehen? Gib ihm doch eine Chance, Merete.«

»Warum nimmst du ihn nicht?« Merete schloss ihren kleinen blauen Audi auf und deponierte die Akten auf dem Rücksitz. »Was soll ich mit dem verkehrspolitischen Sprecher der Radikalen Centrumspartei, Marion? Kannst du mir das mal sagen? Bin ich vielleicht scharf auf Kreisverkehr in Herning?«

Als Merete sich aufrichtete, sah sie vor dem Spielzeugmuseum einen Mann im hellen Trenchcoat, der gerade das Gebäude fotografierte. Oder hatte er sie fotografiert? Sie schüttelte den Kopf. Dieses Gefühl, permanent unter Beobachtung zu stehen, ärgerte sie inzwischen. Das war doch paranoid. Sie musste zusehen, so schnell wie möglich abzuschalten.

»Tage Baggesen ist fünfunddreißig Jahre alt und sieht irre gut aus. Okay, ein paar Kilo abzunehmen würde ihm nicht schaden. Aber dafür hat er einen Landsitz in Vejby. Und meines Wissens noch zwei in Jütland. Was willst du mehr?«

Merete sah sie an und schüttelte den Kopf. »Ja genau. Er ist fünfunddreißig und lebt mit seiner Mutter zusammen. Weißt du was, Marion? Nimm ihn. Ich schenke ihn dir. Er gehört dir!«

Sie nahm ihrer Assistentin einen Stoß Akten aus dem Arm und legte sie zu den anderen auf den Rücksitz. Die Uhr am Armaturenbrett zeigte 17.30 Uhr. Sie war spät dran.

»Deine Stimme wird bei der Abstimmung heute Abend fehlen, Merete.«

»Und wenn schon.« Sie zuckte die Achseln. Als sie in die Politik ging, hatte es gleich zu Anfang eine feste Absprache zwischen ihr und dem Fraktionsvorsitzenden der Demokraten gegeben. Nach achtzehn Uhr stand sie nicht mehr zur Verfügung, es sei denn, zwingend notwendige Arbeiten im Ausschuss oder wichtige Abstimmungen erforderten unbedingt ihre Anwesenheit. »Kein Problem«, hatte er damals gesagt, wohl wissend, wie viele Stimmen sie auf sich zog. Dann sollte das ja wohl auch heute kein Problem sein.

»Nun komm schon, Merete. Erzähl doch mal, was du vorhast.« Ihre Assistentin neigte den Kopf zur Seite und sah sie an. »Wie heißt er?«

Merete lächelte nur und warf die Tür zu. Es war an der Zeit, Marion Koch auszuwechseln.

3

2007

Marcus Jacobsen, Chef der Mordkommission, war ein echter Chaot. Ihn scherte das nicht. Die Unordnung war nur äußerlich, ansonsten fand er sich ausgesprochen strukturiert. Alle Fälle waren in seinem Kopf ordentlich abgelegt. Nie vergaß er ein Detail. Jede Kleinigkeit hatte er auch noch nach zehn Jahren präsent.

Nur manchmal betrachtete er das Chaos in seinem Büro mit einem gewissen Unbehagen. Wenn es wie eben vollgestopft war mit scharf beobachtenden Mitarbeitern, die sich zwischen Bergen von Akten um seine Tische drängten.

Er nahm den angeschlagenen Sherlock-Holmes-Becher und trank einen großen Schluck kalten Kaffee. Schon zum vierzehnten Mal heute Vormittag dachte er an die halb volle Packung Zigaretten in der Jackentasche. Jetzt konnte man sich nicht mal mehr unten auf dem Hof eine Rauchpause genehmigen. Verdammte Vorschriften.

»Lars.« Er sah zu Lars Bjørn, seinem Stellvertreter, hinüber. Der war auf seine Bitte hin nach dem Briefing noch dageblieben. »Wenn wir nicht aufpassen, geht uns der Fahrradmord im Valbypark den Bach runter.«

Lars Bjørn nickte. »Es ist zu blöd, dass Mørck ausgerechnet jetzt zurückkommen musste. Hat gleich vier der besten Ermittler mit Beschlag belegt, typisch. Und weißt du was: Fast alle beschweren sich über ihn, und rate mal, bei wem?« Als wäre er der Einzige, der sich den ganzen Mist anhören musste, dachte Jacobsen.

Aber Bjørn hatte sich in Fahrt geredet. »Er kommt viel zu spät«, fuhr er fort. »Kommandiert seine Leute herum, steckt seine Nase in die Fälle der anderen, antwortet nicht auf Anrufe, und sein Büro ist ein einziges Chaos. Und weißt du was? Jetzt hat sich sogar die Rechtsmedizin über ihn beschwert, die Rechtsmedizin! Das will was heißen. Egal, was Carl durchgemacht hat, wir müssen was unternehmen. Sonst weiß ich langsam nicht mehr, wie unsere Abteilung funktionieren soll.«

Marcus hob die Augenbrauen. Er sah Carl vor sich. Eigentlich mochte er ihn, aber dieser ewig skeptische Blick und immer diese zynischen Bemerkungen. Das war langsam wirklich nicht mehr auszuhalten. »Ja ja, ich weiß schon, was du meinst. Eng mit ihm zusammenarbeiten, das konnten wohl nur Anker und Hardy. Die zwei waren ja jeder für sich kauzig genug.«

»Marcus. Die Leute sagen es nicht so direkt, aber Mørck ist ein Albtraum, und das war er im Übrigen auch schon vorher. Der passt hier nicht hin, wir sind einfach zu sehr aufeinander angewiesen. Als Kollege ist Carl eine Katastrophe, und das war er vom ersten Tag an. Warum hast du ihn überhaupt aus Bellahøj hierhergeholt?«

Marcus sah seinen Stellvertreter fest an. »Weil der Mann ein phantastischer Ermittler ist. Deshalb!«

»Ja, ja, ja. Ich weiß, dass wir ihn nicht einfach vor die Tür setzen können, und schon gar nicht nach dieser Sache. Aber dann, Marcus, müssen wir uns was überlegen.«

»Er ist erst gut eine Woche wieder im Dienst. Wir müssen

ihm eine Chance geben. Wie wäre es, wenn wir ein bisschen schonend mit ihm umgingen?«

»Sehr witzig. In den letzten Wochen sind hier mehr Fälle aufgelaufen, als wir bis zu unserer Rente bewältigen können. Und du weißt, dass darunter ein paar richtig große Dinger sind. Das Feuer draußen am Amerikavej. War das jetzt Brandstiftung oder nicht? Der Bankraub am Tomsgårdsvej, ein Toter. Die Vergewaltigungsgeschichte in Tårnby, das Mädchen ist elendig verreckt. Die Messerstecherei im Südhafen, ein Jugendlicher musste dran glauben. Und dann auch noch dieser Fahrradmord im Valbypark. Ganz zu schweigen von all den alten Fällen. Bei den meisten haben wir nicht mal einen Anhaltspunkt. Und dann sitzt da so ein Albtraum wie Mørck: unleidlich, faul, mürrisch, nörgelig, mies zu seinen Kollegen, und sorgt dafür, dass das Team auseinanderbricht. Und du willst, dass wir den Schongang einlegen? Marcus, schick Mørck zum Teufel. Wir brauchen hier frisches Blut. Ich weiß selbst, dass das hart klingt. Aber ich meine es ernst.«

Der Chef der Mordkommission nickte. Er hatte seine Leute während des Briefings beobachtet. Sie waren durch die Bank wortkarg, überarbeitet und total angespannt. Klar wollten die nicht auch noch von Mørck angemacht werden.

Sein Stellvertreter stellte sich ans Fenster und sah zu den gegenüberliegenden Gebäuden hinüber. »Ich hätte einen Vorschlag«, sagte er nach kurzem Schweigen und drehte sich um. »Vielleicht kriegen wir Zoff mit dem Berufsverband, aber das glaube ich nicht.«

»Verdammt, Lars, ich kann mich jetzt nicht auch noch mit dem Verband anlegen, das schaffe ich nicht. Die haben wir auf der Stelle hier, falls du vorhast, ihn zu degradieren.«

»Im Gegenteil, wir loben ihn hoch!«

»Aha.« Jetzt musste Marcus auf der Hut sein. Er wusste, dass sein Stellvertreter ein unglaublich guter Ermittler war, er hatte viel Erfahrung, und jede Menge aufgeklärter Fälle gingen auf sein Konto. Aber für eine Stelle als Führungskraft mit Personalverantwortung musste er noch viel lernen. Hier im Haus gab man Mitarbeitern nicht so ohne weiteres einen Tritt in den Arsch oder lobte sie weg.

»Du meinst, dass wir ihn für eine Beförderung vorschlagen sollen? Wie stellst du dir das vor? Und im Übrigen – wer soll ihm denn Platz machen?«

»Ich weiß, dass du fast die ganze Nacht unterwegs gewesen bist. Den Vormittag warst du mit dem verdammten Mord draußen in Valby beschäftigt. Deshalb hast du wahrscheinlich noch keine Nachrichten gehört. Weißt du, was heute Morgen im Parlament los war?«

Marcus Jacobsen schüttelte den Kopf. Bjørn hatte recht, er hatte den Kopf voll mit den neuerlichen Wendungen im Valbypark-Fall. Bis gestern Abend hatten sie eine gute und zuverlässige Zeugin. Die ganz offenkundig noch mehr zu erzählen hatte. Sie waren überzeugt gewesen, in dem Fall kurz vor dem Durchbruch zu stehen. Aber dann war die Zeugin plötzlich umgefallen. Total verstummt. Höchstwahrscheinlich hatte man jemanden in ihrer nächsten Umgebung bedroht. Sie hatten sie verhört, bis sie mürbe war, sie hatten mit ihren Töchtern und mit ihrer Mutter geredet, aber alle schwiegen. Vermutlich aus Angst. Nein, er hatte nicht sonderlich viel geschlafen. Und für mehr als die Schlagzeilen in den Tageszeitungen hatte es nicht gereicht.

»Wieder die Dänemarkpartei?«

»Du sagst es. Ihr rechtspolitischer Sprecher hat mal wieder seinen Lieblingsvorschlag unterbreitet, du weißt schon: im Zusammenhang mit der Polizeireform. Dieses Mal bekommen sie die Mehrheit. Marcus, das wird angenommen. Piv Vestergård wird ihren Willen bekommen.«

»Das glaubst du doch selbst nicht.«

»Zwanzig Minuten hat sie vom Rednerpult heruntergewettert. Und die Regierungsparteien werden sie auf jeden Fall unterstützen. Auch wenn die Konservativen natürlich protestieren werden.«

»Und?«

»Ja, was glaubst du? Sie brachte vier Beispiele von wirklich üblen Fällen, die alle erfolglos eingestellt wurden. Das sei der Öffentlichkeit nicht zuzumuten: eine Polizei, die nicht in der Lage ist, diese schweren Straftaten aufzuklären. Und sie hatte noch mehr Beispiele in der Hinterhand, das kann ich dir versichern.«

»Scheiße! Glaubt die eigentlich, die Kriminalpolizei stellt diese Fälle zum Vergnügen ein?«

»Sie deutete sogar an, es handele sich möglicherweise um einen bestimmten Typ von Fällen ...«

»So ein Blödsinn! Welche denn zum Beispiel?«

»Zum Beispiel Fälle, bei denen die Opfer Mitglieder der Dänemarkpartei oder der Liberalen waren.«

»Die Alte ist doch nicht ganz bei Trost!«

Lars Bjørn schüttelte den Kopf. »Die andere Kategorie seien Fälle, bei denen Kinder verschwunden sind, oder solche, bei denen politische Organisationen terroristischen Übergriffen ausgesetzt waren. Ausgesprochen brutale Verbrechen.«

»Ja klar, die ist auf Stimmenfang.«

»Sicher. Aber sie hat es geschafft: Die Vertreter sämtlicher Parteien haben sich zu Verhandlungen im Justizministerium versammelt. Die Akten gehen von dort blitzschnell zum Finanzausschuss. Und wenn du mich fragst, gibt's innerhalb der nächsten zwei Wochen eine Entscheidung.«

»Und worauf genau soll das hinauslaufen?«

»Auf die Einrichtung eines neuen Dezernats. Ihre Partei hat sogar schon einen Namen dafür: Dezernat Q. Keine Ahnung, ob das ein Scherz sein soll.« Er lachte gequält.

»Und mit welchem Ziel soll das Dezernat antreten? Unaufgeklärte Fälle aufzuklären vielleicht?«

»Genau. Das Ziel wird sein, ›Fälle von besonderem Interesse‹ neu aufzurollen. So haben sie es formuliert.«

»Fälle von besonderem Interesse neu aufrollen.« Der Chef der Mordkommission nickte. »Ja, das klingt nach Piv Vestergård. Hört sich doch gut an. Und wer wird beurteilen, welche Fälle sich dieser Bezeichnung als würdig erweisen? Hat sie das auch gesagt?«

Sein Stellvertreter zuckte die Achseln.

»Okay. Sie bittet uns also, das zu tun, was wir immer tun. Und sonst?«

»Also: Das neue Dezernat ist dann zwar für landesweite Fälle zuständig. Aber es sieht so aus, als soll es administrativ der Kopenhagener Mordkommission zugeordnet werden …«

Jacobsen starrte seinen Stellvertreter sprachlos an. »Das ist nicht ihr Ernst! Und überhaupt: Was heißt denn da administrativ?«

»Wir stellen das Budget zur Verfügung und sind für die Abrechnung und Buchhaltung verantwortlich. Wir stellen das Büropersonal zur Verfügung. Ach ja, und die Räumlichkeiten.«

»Verstehe ich nicht. Das neue Dezernat hier in Kopenhagen soll jetzt auch uralte Fälle aus anderen Landesteilen aufklären? Da machen die Kollegen doch nie mit. Die werden Repräsentanten in der Abteilung einfordern.«

»Glaub ich nicht. Sie verkaufen das Ganze den Regionen gegenüber einfach als Entlastungsmaßnahme. Und die werden sich sicher nicht um diese ollen Kamellen reißen.«

»Das soll mit anderen Worten heißen, dass wir unter diesem Dach jetzt auch noch eine mobile Einsatztruppe für aussichtslose Fälle haben werden? Mit meinen Mitarbeitern als Backoffice? Nein, zum Teufel, das kann doch nicht wahr sein!«

»Marcus, hör mal zu. Es geht um ein paar wenige Mitarbeiter für ein paar Stunden dann und wann. Das ist nichts.«

»Das klingt aber nicht wie nichts.«

»Also, dann sage ich dir jetzt mal, wie ich es sehe. Okay?«

Der Chef der Mordkommission rieb sich die Stirn.

»Marcus, damit verbunden ist Geld.« Er unterbrach sich und

sah seinem Chef eindringlich in die Augen. »Nicht viel, aber genug, um einen Mann in diesem Dezernat zu beschäftigen und gleichzeitig noch ein paar Millionen Kronen in unsere eigene Abteilung zu pumpen.«

»Ein paar Millionen? Ist das die Größenordnung?«

»Ja, wir sprechen hier nicht von Peanuts. Und wir werden diese Abteilung blitzschnell aus dem Boden stampfen, Marcus. Die rechnen doch damit, dass wir uns auf die Hinterbeine stellen, aber das tun wir nicht. Wir legen ihnen unser Konzept vor und kümmern uns um das Budget. Die Aufgaben müssen wir ja nicht zu sehr spezifizieren. Und dann setzen wir Carl Mørck als Leiter des neuen Dezernats ein. Muss ja schließlich jemand sein mit viel Erfahrung. Sehr viel leiten muss er da nicht, denn er ist das Dezernat in Personalunion. Also: Er hat einen verantwortungsvollen Posten, den er selbstständig gestaltet. Und wir können ihn so von den anderen fernhalten.«

»Carl Mørck als Leiter des Dezernats Q!« Marcus Jacobsen spielte das alles in Windeseile einmal durch. Eine solche Abteilung konnte mit einem Budget von weniger als einer Million Kronen im Jahr auskommen. Einschließlich Reisen und Laboruntersuchungen und allem, was sonst noch dazugehörte. Blieben immer noch ein paar Milliönchen für einen Teil der Mordkommission – der sich dann auch mit eher älteren Fällen befassen würde. Vielleicht nicht gerade mit Sonderdezernat-Q-Fällen, aber etwas in der Art. Fließende Übergänge, das war der Schlüssel zu dem Ganzen. Genial. Einfach genial.

4

2007

Hardy Henningsen war der größte Mitarbeiter, der je im Polizeipräsidium gearbeitet hatte. In seinen Papieren vom Militär stand: »zwei Meter sieben«, aber das konnte nicht sein. Bei Festnahmen wurde immer Hardy vorgeschickt, wenn den Tätern ihre Rechte vorgelesen wurden. Dann mussten die Typen ihren Kopf in den Nacken legen, was auf die meisten Eindruck machte.

In dieser Situation war Hardys Größe kein Vorteil. Soweit Carl es beurteilen konnte, war es nicht möglich, seine langen, gelähmten Beine richtig auszustrecken. Carl hatte der Krankenschwester vorgeschlagen, das Fußende des Betts abzumontieren, aber das überstieg offenbar ihre Kompetenz oder Fähigkeiten.

Hardy schwieg dazu. Sein Fernseher lief Tag und Nacht. Menschen gingen in seinem Zimmer ein und aus, aber er reagierte nicht darauf. Er lag einfach nur in der Klinik für Wirbelsäulenverletzungen in Hornbæk und versuchte zu leben. Kaute das Essen, das man ihm vorsetzte. Zuckte manchmal leicht mit den Schultern – das Einzige vom Hals an abwärts, worüber er noch Kontrolle hatte. Regungslos ließ er die Krankenschwestern sich mit seinem unhandlichen gelähmten Körper abquälen. Wenn sie ihn im Schritt wuschen, Kanülen in ihn steckten und den Beutel mit den Ausscheidungen auswechselten, starrte er nur stumm an die Decke. Nein, Hardy sprach kaum noch.

»Ich habe wieder im Präsidium angefangen«, sagte Carl und zog Hardys Bettdecke zurecht. »Die arbeiten unter Hochdruck an dem Fall, aber bislang gibt es keine Spur. Ich bin aber sicher, dass sie ihn kriegen; den, der auf uns geschossen hat.«

Hardys schwere Augenlider zuckten nicht einmal. Er würdigte weder Carl eines Blickes noch den aufgeregten Nachrichtensprecher von TV 2, der über die Tumulte bei der Räumung des Jugendzentrums berichtete. Ihm war alles egal. Nicht einmal die Wut war geblieben. Carl verstand ihn besser als irgendwer sonst. Wenngleich er es Hardy nicht zeigte: Auch ihm war längst alles vollkommen scheißegal. Wer auf sie geschossen hatte, interessierte ihn einen Dreck. Was würde es auch ändern? Waren es nicht die, dann waren es eben die anderen gewesen. Da draußen lief genug von diesem Abschaum herum.

Er nickte der Krankenschwester, die mit einem frischen Tropf hereinkam, kurz zu. Als er letztes Mal dagewesen war, hatte sie ihn gebeten, draußen zu warten, während sie Hardy fertig machte. Das war nicht gut angekommen, und man konnte spüren, dass sie es sich gemerkt hatte.

»Ach, Sie hier?«, sagte sie spitz und schaute auf die Uhr.

»Ja, passt mir besser vor der Arbeit. Was dagegen?«

Wieder sah sie auf die Uhr.

Die Schwester nahm Hardys Arm und begutachtete die Kanüle für den Tropf auf dem Handrücken. Dann ging die Tür wieder auf, und der Physiotherapeut kam herein. Auf ihn und seine Kollegen wartete harte Arbeit.

Carl klopfte auf die Bettdecke, unter der sich Hardys rechter Arm abzeichnete. »Die hier wollen dich gern für sich haben. Ich hau dann mal ab, Hardy. Morgen komme ich ein bisschen früher, dann können wir reden. Mach's gut.«

Der scharfe Geruch von Medizin hing auch im Flur. Er lehnte sich an die Wand. Das Hemd klebte ihm am Rücken, und die Flecken unter den Armen breiteten sich im Stoff aus. Seit Amager brauchte es dazu nicht viel …

Hardy und Carl und Anker waren wie gewöhnlich vor allen anderen am Tatort angekommen. Sie waren schon in ihren weißen Overalls, hatten die Masken vor dem Mund, die Handschuhe und das Haarnetz übergestülpt, alles Routine. Seit man den alten Mann mit dem Nagel im Kopf gefunden hatte, war kaum eine halbe Stunde vergangen. Die Fahrt vom Präsidium bis hinaus nach Amager war nicht der Rede wert gewesen.

An dem Tag hatten sie ausreichend Zeit vor der Leichenschau. Soweit sie wussten, war der Chef der Mordkommission wegen irgendeiner Strukturreformkonferenz beim Polizeipräsidenten. Aber er würde sicher bald mit dem Amtsarzt aufkreuzen. Nichts konnte Marcus Jacobsen lange von einem Tatort fernhalten.

»Rund ums Haus ist für die Kriminaltechniker nicht viel zu holen«, sagte Anker und stocherte mit dem Fuß in der Erde, die nach dem nächtlichen Regen ganz aufgeweicht war.

Carl sah sich um. Abgesehen von den Holzschuhen des Nachbarn waren nicht viele Fußabdrücke rings um die Baracke zu sehen, eine von denen, die das Militär in den Sechzigern verkauft hatte. Damals hatten die Baracken sicher noch etwas solider ausgesehen, aber jetzt war das Haus ziemlich verfallen. Die Dachsparren hingen durch, die Dachpappe war voller Risse, an der gesamten Vorderfront hatte die Feuchtigkeit ihre Spuren hinterlassen. Selbst das Namensschild, auf das jemand mit schwarzem Filzstift Georg Madsen geschrieben hatte, war zur Hälfte verschwunden. Und über all dem hing der Leichengestank. Alles in allem ein richtig beschissener Ort.

»Ich rede schon mal mit dem Nachbarn«, sagte Anker und wandte sich an den Mann, der seit einer halben Stunde wartete. Bis zur Veranda seines winzigen Hauses waren es höchstens fünf Meter. Wenn die Baracke abgerissen war, würde seine Aussicht unter Garantie wesentlich besser sein.

Hardy machte der Leichengestank nicht so viel aus. Vielleicht weil er alle überragte, oder vielleicht war einfach sein Geruchssinn besonders schlecht ausgebildet. Carl dagegen stöhnte. »Verdammt, das hält man ja nicht aus«, sagte er kurzatmig, als sie auf den Flur traten und die blauen Plastikslipper anzogen.

»Ich mach ein Fenster auf«, sagte Hardy und ging in das Zimmer neben dem engen Hausflur.

Carl stellte sich an die Tür, die zum Wohnzimmer führte. Das Rollo war heruntergelassen, sodass nicht sehr viel Licht in den Raum drang. Aber es reichte doch, um den Toten zu sehen, der drüben in der Ecke saß – mit graugrüner Haut und tiefen Rissen zwischen den Pusteln, die den größten Teil seines Gesichts bedeckten. Aus der Nase sickerte eine dünne rötliche Flüssigkeit, das Oberhemd war zum Bersten gespannt über dem geschwollenen Oberkörper. Die Augen des Toten sahen aus wie Stearin.

»Der Nagel in seinem Kopf wurde mit einem Druckluftnagler in den Schädel geschlagen«, sagte Hardy von hinten, während er seine Baumwollhandschuhe anzog. »Liegt auf dem Tisch. Neben dem Akkuschrauber – der ist sogar noch an. Denkt mit dran, dass wir checken lassen, wie lange der so laufen kann, bevor er wieder aufgeladen werden muss.«

Sie hatten gerade mal ein paar Minuten dort gestanden und sich umgesehen, als Anker zu ihnen kam.

»Der Nachbar wohnt erst seit dem 16. Januar hier draußen«, sagte er. »Also seit zehn Tagen, und in der ganzen Zeit hat er den Toten nicht einmal vor der Tür gesehen.« Er sah sich im Zimmer um. »Der Nachbar unseres Freundes hier hatte sich auf die Veranda gesetzt und die globale Klimaveränderung genossen, sagt er. Da hat er den Gestank bemerkt. Er ist im Augenblick ziemlich erschüttert, der arme Kerl. Vielleicht sollte ihn sich der Amtsarzt nach der Leichenschau mal ansehen.«

Was danach geschah, konnte Carl später nur sehr vage beschreiben – nach allgemeiner Überzeugung war er ja auch gar nicht bei Bewusstsein gewesen. Aber das stimmte nicht. Er erinnerte sich nur zu gut an alles. Er hatte nur keinerlei Lust verspürt, darüber zu sprechen.

Er hatte gehört, wie jemand durch die Küchentür getreten war, aber nicht darauf reagiert. Vielleicht wegen des Gestanks, vielleicht hatte er geglaubt, einer der Techniker sei gekommen.

Sekunden später registrierte er aus dem Augenwinkel eine Gestalt in rot kariertem Hemd, die in den Raum stürzte. Kurz dachte er, er müsse seine Pistole ziehen, aber er tat es nicht. Die Reflexe blieben aus. Und schon spürte er die Schockwelle, als der erste Schuss Hardy in den Rücken traf – und im Fallen Carl mitriss und unter sich begrub. Der enorme Druck von Hardys Körper verdrehte Carls Wirbelsäule, ein Knie brach.

Dann kamen die Schüsse, die Anker in die Brust und Carls Schläfe trafen. Seine Erinnerung war vollständig klar: wie Hardy hyperventilierend auf ihm lag, wie Hardys Blut durch den Einmalanzug sickerte und sich auf dem Fußboden mit seinem eigenen vermischte. Und während sich die Beine des Täters an ihnen vorbeibewegten, dachte er die ganze Zeit, dass er versuchen müsste, an seine Pistole zu kommen.

Hinter ihm auf dem Fußboden lag Anker und versuchte sich umzudrehen. Plötzlich hörte man die Stimmen mindestens zweier fremder Männer aus dem kleinen Raum hinter dem Flur. Bisher waren sie von einem Täter ausgegangen. Aber vermutlich … Wenige Sekunden später waren die beiden im Wohnzimmer. Carl hörte, wie Anker ihnen befahl, stehen zu bleiben. Später hieß es, Anker hätte seine Pistole gezogen.

Die Antwort auf Ankers Befehl war ein weiterer Schuss, der den Boden zum Beben brachte und Anker mitten ins Herz traf.

Das alles dauerte nicht länger als ein paar Sekunden. Die Verbrecher waren durch die Küchentür entkommen, und Carl rührte sich nicht. Er lag vollständig still. Nicht einmal als der Amtsarzt ankam, gab er ein Lebenszeichen von sich. Später sagten sowohl der Arzt als auch der Chef aus, sie hätten zuerst geglaubt, Carl sei tot.

Carl wirkte zwar lange wie bewusstlos, doch sein Kopf war voller verzweifelter Gedanken. Die Kollegen fühlten seinen Puls und fuhren mit allen dreien weg. Erst im Krankenhaus schlug Carl die Augen auf. Sein Blick war tot, hatte man gesagt.

Man glaubte, es sei der Schock. Aber es war die Scham.

»Ist alles okay mit Ihnen?« Ein Typ im Kittel, etwa Mitte dreißig, trat zu ihm.

Carl drückte sich von der Wand ab. »Ich bin gerade bei Hardy Henningsen gewesen.«

»Hardy, ach ja. Sind Sie ein Angehöriger?«

»Nein, ich bin sein Kollege. Ich war Hardys Gruppenleiter bei der Mordkommission.«

»Aha.«

»Wie ist seine Prognose? Wird er wieder gehen können?«

Der junge Arzt trat einen Schritt zurück und sah Carl plötzlich abweisend an. Seine Meinung stand ihm deutlich ins Gesicht geschrieben: Es ging Carl nichts an. »Ich kann leider nur nahen Angehörigen Auskunft geben. Das werden Sie doch bestimmt verstehen.«

Carl packte den Arzt am Arm. »Hören Sie mal: Ich war dabei, als es passierte, begreifen Sie das? Einer unserer Kollegen wurde getötet. Wir waren zusammen dort – meinen Sie nicht, dass ich ein Recht darauf habe zu erfahren, wie es mit Hardy weitergeht? Also noch einmal: Wird er wieder gehen können?«

»Tut mir leid.« Der Arzt schob Carls Hände weg. »Über Ihre Dienststelle werden Sie sicher über das Notwendigste zu Hardys Zustand unterrichtet werden. Aber ich kann Ihnen keine Informationen geben. Wir müssen jeder unsere Arbeit tun, jeder an seinem Platz.«

Dieser leicht überhebliche Unterton, die affektierte Aussprache, die leicht gehobenen Augenbrauen des Arztes – das alles war in diesem Moment wie der Tropfen Benzin auf Carls Selbstentzündungsprozess. Er hätte dem Typen am liebsten eins in die Fresse gehauen, aber er packte ihn nur fest am Kragen und zog ihn sich dicht vors Gesicht. »Ja, wir machen unsere Arbeit. Wenn deine Tochter nicht um zweiundzwanzig Uhr zu Hause ist, wie sie sollte, dann rennen wir los, um nach ihr zu suchen. Und wenn deine Frau vergewaltigt wird oder dein cremefarbener Scheiß-BMW nicht auf dem Parkplatz steht, dann stehen wir auf der Matte. Wir sind immer da, wenn du uns brauchst, und ich frage jetzt ein letztes Mal: Wird mein Kollege Hardy wieder gehen können?«

Der Arzt atmete heftig, als Carl den Kragen losließ. »Ich fahre Mercedes, und ich bin nicht verheiratet.« Der Triumph stand ihm ins Gesicht geschrieben: Er hatte Carls Ebene verlassen und dessen Strategie durchkreuzt. Das hatte er vermutlich in einem Psychologiekurs gelernt, den sie zwischen die Anatomievorlesungen gequetscht hatten. »Ein kleines bisschen Humor – und der Feind ist entwaffnet.« Deeskalation nannte man das jetzt. Carl war nicht sonderlich beeindruckt.

»Für einen Facharzt in Psychologie reicht das aber noch nicht. Fehlt noch das Kapitel über Arroganz, du kleiner Scheißer«, sagte Carl und schubste den Arzt von sich weg.

Sie warteten in seinem Büro auf ihn, der Chef der Mordkommission und sein Stellvertreter. Verdammt, hatte sich die Beschwerde des Arztes schon bis hierher fortgepflanzt? Er musterte sie kurz. Nein. Sie sahen eher so aus, als hätte sich irgendeine glorreiche Idee ihrer Buchhaltergehirne bemächtigt. Die Blicke, die sie austauschten … Oder stank das alles mehr nach Krisenintervention? Wollten sie ihn noch mal zwangseinweisen lassen, damit er mit einem Psychologen über seine »Posttraumatische Belastungsstörung« philosophierte? Durfte er noch mal in den Genuss eines Spezialisten kommen, der ihn eindringlich anschaute, in Carls dunkle Ecken und Winkel vordringen wollte, um aufzudecken, was unausgesprochen geblieben war? Das konnten sie sich sparen, Carl wusste es besser. Von seinem Problem konnte man sich nicht mit Reden befreien. Das hatte eine zu lange Vorgeschichte. Der Vorfall auf Amager hatte dem Ganzen nur noch die Krone aufgesetzt.

Sie konnten ihn alle mal.

»Tja Carl«, sagte der Chef und nickte zu seinem leeren Stuhl hin. »Lars und ich haben hin und her überlegt. Du merkst selbst, dass es so nicht läuft. Und wir glauben, dass jetzt der Zeitpunkt für einen Schnitt gekommen ist.«

Das klang ja, als wäre er gefeuert. Carl begann, mit den Fingern auf die Tischkante zu trommeln. Er sah über den Kopf seines Chefs hinweg. Wenn sie ihn wirklich feuern wollten, würde das gar nicht so leicht sein.

Carl sah aus dem Fenster hinüber zum Tivoli, wo sich die Wolken drohend zusammenballten. Wenn sie ihn feuerten, würde er schnell aufbrechen müssen, bevor es anfing zu schütten. Was sollte er da noch mit einem Vertrauensmann reden. Er würde dann wohl direkt zur Geschäftsstelle des Berufsverbands am H.C. Andersens Boulevard gehen. Einen Kollegen feuern, kaum dass er eine Woche nach Ende der Krankschreibung wieder im Dienst war und nur zwei Monate, nachdem man ihn angeschossen und er zwei seiner guten Kumpel aus der Gruppe verloren hatte – das konnten sie nicht bringen. Der älteste Polizeiverband der Welt würde sich seines Alters sicher würdig erweisen.

»Carl, ich weiß, dass es für dich etwas plötzlich kommt. Aber wir haben beschlossen, dass du etwas Luftveränderung brauchst – und zwar auf eine Weise, mit der wir deine hervorragenden Fähigkeiten als Ermittler noch besser nutzen können. Du übernimmst ein neues Dezernat, das Dezernat Q. Die Entscheidung über die Einrichtung ist gerade an höchster Stelle gefallen. Ziel und Zweck dieses Dezernats ist es, Fälle erneut aufzugreifen, die mangels ausreichender Fahndungserfolge ruhen, die aber von besonderem Interesse für das Gemeinwohl sind.«

Verdammt, dachte Carl und lehnte sich zurück.

»Also. Du wirst diese Abteilung in Eigenregie betreiben. Wer wäre dazu besser in der Lage als du?«

»Jeder«, antwortete er und sah zur Wand.

»Carl. Die letzte Zeit war für dich ziemlich schwierig. Und dieser Job ist wie für dich geschaffen«, sagte der Stellvertreter.

Was zum Teufel weißt du denn davon, du kleiner Idiot, dachte Carl.

»Du wirst absolut selbstständig arbeiten. Wir wählen eine Reihe von Fällen nach Rücksprache mit den Polizeipräsidenten der Kreise aus, und dann legst du selbst die Prioritäten und die Vorgehensweise fest. Du wirst einen eigenen Etat bekommen – wir brauchen von dir lediglich eine monatliche Abrechnung«, fuhr sein Chef fort.

Carl runzelte die Stirn. »Hast du gesagt ›die Polizeipräsidenten‹?«

»Ja, das Dezernat arbeitet überregional. Deshalb wirst du auch nicht mehr mit deinen alten Kollegen zusammensitzen. Wir haben hier im Präsidium eine ganz neue Abteilung für dich eingerichtet. Dein Büro ist schon fast fertig.«

Cleverer Schachzug, dachte Carl. Auf die Weise haben sie mich hübsch aus dem Weg geräumt und können alleine rummurksen. »Oho, ein neues Büro. Und wo ist dieses neue Büro, wenn ich fragen darf?«

An diesem Punkt gefror seinem Chef das Lächeln im Gesicht. »Wo es liegt? Na ja, derzeit im Keller. Aber das wird keine Dauerlösung sein. Jetzt müssen wir aber erst mal sehen, wie es läuft. Und wer weiß, was sich daraus noch alles entwickelt, wenn die Aufklärungsrate einigermaßen stimmt.«

Carl sah wieder hinüber zu den Wolkenbergen. In den Keller. So kann man Kollegen auch mürbe machen. Sie wollten ihn tatsächlich kaltstellen. Isolationshaft für unbequeme Kollegen. Aber was machte das schon für einen Unterschied: ob sich das hier oben oder im Keller abspielte. Egal. Er tat ja doch, was ihm passte, und soweit möglich war das eben gar nichts.

»Wie geht es übrigens Hardy?«, fragte sein Chef nach einer angemessenen Pause.

Carl sah ihn an. Das war in all der Zeit das erste Mal, dass er diese Frage gestellt hatte.

5

2002

Abends war Merete Lynggaard ihr eigener Herr. Mit jedem Kilometer, den sie auf dem Heimweg mit dem Auto zurücklegte, streifte sie alles ab, was nicht zu ihrem Leben hinter den Eiben in Magleby passte. Sobald sie in die Weite von Stevns abbog und über die Brücke des Tryggevælde Å fuhr, fühlte sie sich wie ausgewechselt.

Uffe saß wie gewöhnlich mit dem kalten Tee am Rand des Couchtischs, gebadet im Licht des Fernsehers, der in voller Lautstärke lief. Wenn sie das Auto in der Garage abgestellt hatte und zur Hintertür ging, sah sie ihn vom Hof aus deutlich durch die großen Scheiben. Immer derselbe Uffe. Still und regungslos.

Im Wirtschaftsraum zog sie die hochhackigen Schuhe aus und stellte sie an ihren Platz, legte die Mappe oben auf die Heizung, hängte den Mantel im Flur auf und legte die Akten in ihr Büro. Dann zog sie ihren Filippa-K.-Anzug aus, legte ihn über den Stuhl neben der Waschmaschine, zog den Morgenmantel vom Haken und schlüpfte in die Hausschuhe. Genau so sollte es sein. Sie gehörte nicht zu denen, die den Tag unter der Dusche abspülen mussten, sobald sie durch die Tür gekommen waren.

Dann wühlte sie in der Plastiktüte, die Hopjes-Bonbons lagen ganz unten. Erst als das Bonbon auf ihrer Zunge lag und der Blutzuckerspiegel stieg, war sie so weit, dass sie den Blick zum Wohnzimmer richten konnte.

Dann erst rief sie ihren Bruder. »Hallo Uffe! Ich bin wieder da!« Immer dasselbe Ritual. Sie wusste, dass Uffe das Licht ihrer Scheinwerfer schon gesehen hatte, als sie über den Hügel fuhr, aber er wartete geduldig auf sie, bis sie so weit war.

Sie hockte sich vor ihn und versuchte, Blickkontakt aufzunehmen. »Hallo du da, sitzt du vorm Fernseher und siehst

Nachrichten und machst Trine Sick an?« Er kniff die Augen zusammen, sodass ihm die Lachfalten bis zum Haaransatz reichten, löste den Blick aber nicht vom Bildschirm.

»Ja, ja, du bist mir ein Schlimmer.« Sie nahm seine Hand. »Aber du magst Lotte Mejlhede noch lieber, oder? Glaubst du denn, ich weiß das nicht?« Jetzt sah sie, wie sich seine Lippen zu einem breiten Lachen verzogen. Der Kontakt war hergestellt. Klar, ganz tief in seinem Innern war er noch immer Uffe. Und Uffe hatte immer genau gewusst, was er wollte.

Sie wandte sich dem Fernseher zu und sah die beiden letzten Beiträge der Nachrichtensendung mit ihm an. Der eine handelte von der Aufforderung des Ernährungsrates, industriell hergestellte trans-Fettsäuren zu verbieten, der andere von einer hoffnungslosen Kampagne, die der dänische Geflügelzüchterverband gegen staatliche Subventionen führte. Sie kannte die Hintergründe beider Themen mehr als gut: Das waren zwei arbeitsintensive Nächte für sie gewesen.

Sie drehte sich zu Uffe um und fuhr ihm durchs Haar, sodass auf der Kopfhaut die lange Narbe zu sehen war. »Nun komm, du fauler Kerl, lass uns zusehen, dass wir was zu essen bekommen.« Mit der freien Hand nahm sie ein Sofakissen und haute es ihm an den Hinterkopf, bis er vor Vergnügen heulte und mit Armen und Beinen fuchtelte. Dann ließ sie seine Haare los und hüpfte wie eine Bergziege über das Sofa und durch das Wohnzimmer bis zur Treppe. Das verfehlte nie seine Wirkung. Johlend und juchzend vor Lebenslust und Energie folgte er ihr dicht auf den Fersen. Wie zwei Bahnwaggons mit Triebfedern zwischen sich donnerten sie nach oben in den ersten Stock und wieder nach unten, hinaus zur Garage, zurück ins Wohnzimmer und schließlich in die Küche. Gleich würden sie das Essen, das die Familienhelferin vorbereitet hatte, vor dem Fernseher essen. Gestern hatten sie Mr Bean gesehen. Vorgestern Charlie Chaplin. Heute würden sie wieder Mr Bean sehen. Uffes und Meretes Videosammlung richtete sich ausschließlich nach dem, was Uffe gern sah. Meist hielt er eine halbe Stunde durch, ehe er einschlief. Dann deckte sie ihn zu und ließ ihn auf dem Sofa schlafen, bis er irgendwann in der Nacht von sich aus ins Schlafzimmer kam. Dort nahm er ihre Hand und grunzte ein bisschen, dann schlief er im Doppelbett neben ihr wieder ein. Wenn er endlich fest schlief, machte sie das Licht an und bereitete sich auf den nächsten Tag vor.

So vergingen Abend und Nacht. Denn so liebte es Uffe – ihr geliebter kleiner Bruder. Lieber, stummer Uffe.

6

2007

An der Tür hing vermutlich ein Messingschild, auf dem »Dezernat Q« stand, aber die Tür war ausgehängt und lehnte nun an den Heizungsrohren, die sich durch die endlosen Kellergänge zogen. Zehn halb volle Eimer mit Farbe standen noch immer in dem Raum, der jetzt wohl als Büro fungieren sollte, und verströmten diesen strengen Geruch. An der Decke hingen vier Neonröhren, die einem schon nach kurzer Zeit bohrende Kopfschmerzen bescherten. Immerhin waren die Wände trocken. Nur beim Blick auf die Farbe musste man zwangsläufig an rumänische Krankenhäuser denken.

»Vivat Marcus Jacobsen«, brummte Carl und versuchte, sich einen Überblick zu verschaffen.

Auf den letzten hundert Metern des Kellerflures war er keiner Menschenseele mehr begegnet. Dort, wo man sein Büro eingerichtet hatte, gab es weder Menschen noch Tageslicht noch Luft – nichts, was die Assoziation mit einem Gulag vertrieben hätte. Dieser Ort hier war der Arsch der Welt.

Er blickte auf seine beiden funkelnagelneuen Computer und das Bündel Leitungen, das zu ihnen führte. Anscheinend hatten sie die Datenübertragungswege aufgespalten, sodass das Intranet mit dem einen Computer und der Rest der Welt mit dem zweiten verbunden war. Er tätschelte Computer Nummer zwei. Wenn er wollte, könnte er hier also stundenlang sitzen und im Internet surfen. Keinerlei Vorschriften und störende Regeln über sicheres Surfen und Schutz des zentralen Servers, das war doch schon mal was. Er sah sich um nach irgendetwas, das sich als Aschenbecher benutzen ließ, und klopfte eine Grøn Cecil aus der Packung. »Rauchen ist schädlich – für dich und deine Umgebung« stand auf der Packung. Er sah sich um. Damit würden die paar Kellerasseln hier unten sicher auch noch fertig werden. Er zündete die Zigarette an und nahm einen tiefen Zug. Es hatte ja doch was, Chef seiner eigenen Abteilung zu sein.

»Wir schicken dir die Fälle nach unten«, hatte Marcus Jacobsen gesagt. Bisher herrschte gähnende Leere auf dem Schreibtisch und in den Regalen. Vielleicht war man der Meinung, er solle sich in den Räumlichkeiten erst mal häuslich einrichten. Aber Carl war es egal, da war nichts, was er erst ordnen musste, ehe der Geist über ihn kam.

Er schob den Bürostuhl seitlich an den Schreibtisch und legte die Beine über die Ecke der Tischplatte. So hatte er in den Wochen, als er krankgeschrieben war, die meiste Zeit zu Hause gesessen. Zuerst hatte er einfach nur in die Luft gestarrt. Hatte seine Zigaretten geraucht und versucht, nicht an das Gewicht von Hardys schwerem Körper auf seinem zu denken und an Ankers Röcheln in den Sekunden, bevor er starb. Dann war er im Internet herumgesurft. Ohne Ziel, ohne Plan, nur so, um sich zu betäuben. Das konnte er doch jetzt gut fortsetzen. Er sah auf die Uhr. Nur noch fünf Stunden musste er absitzen, bevor er wieder nach Hause gehen konnte.

Carl wohnte in Allerød; seine Frau hatte das so gewollt. Hierher waren sie gezogen, zwei Jahre ehe sie ihn verließ und in ein Gartenhaus in Islev einzog. Damals hatte sie eine Karte von der

Insel Seeland auf dem Tisch ausgebreitet. Sie hatte sich schnell ausgerechnet, dass man, wenn man alles wollte, Geld auf den Tisch legen musste. Oder man zog eben nach Allerød. Nette kleine Stadt, S-Bahn-Anschluss, ringsum Felder, der Wald in Laufnähe, viele schöne Geschäfte, Kino, Theater, Vereinsleben. Und obendrein gab es noch den Rønneholtpark. Seine Frau war Feuer und Flamme. In dieser Anlage konnten sie für einen annehmbaren Preis ein Reihenhaus aus solidem Beton kaufen, das genug Platz für sie beide bot – und für Viggas Sohn. Als Zugabe hatten sie auch noch das Nutzungsrecht für den Tennisplatz, ein Hallenbad und das Gemeinschaftshaus sowie die Getreidefelder und das Moor in nächster Nähe. Und es gab obendrein eine Menge netter Nachbarn. Denn im Rønneholtpark interessierten sich die Menschen füreinander, hatte sie gelesen. Damals war das für Carl nicht unbedingt ein Vorzug gewesen, aber das hatte sich in der Zwischenzeit geändert. Ohne die Freunde im Rønneholtpark wäre Carl vor die Hunde gegangen. Ganz buchstäblich. Erst war ihm die Frau weggelaufen. Dann wollte sie sich aber nicht scheiden lassen, sondern blieb in der Laube wohnen. Über ihre zahlreichen und meist deutlich jüngeren Liebhaber pflegte sie ihn gern telefonisch auf dem Laufenden zu halten. Als ihr Sohn sich irgendwann weigerte, weiter mit ihr zusammenzuwohnen, zog er zurück zu Carl ins Haus – ausgerechnet in der heißesten Phase der Pubertät. Und schließlich dann die Schießerei auf Amager, die Carl endgültig aus der Bahn zu werfen drohte. Plötzlich war alles dahin, woran Carl sich immer gehalten hatte: seine Frau, ein solider Lebensinhalt und zwei gute Kollegen, denen es scheißegal war, mit welchem Bein er morgens zuerst aufgestanden war. Nein, ohne den Rønneholtpark und die Menschen dort hätte er all das wohl nicht überstanden.

Als Carl nach Hause kam, schob er sein Fahrrad in den Schuppen vor der Küche. Dass seine beiden Mitbewohner da waren, ließ sich nicht überhören. Aus dem Souterrain seines Mieters Morten Holland dröhnten Opernarien, darübergelegt der dumpfe Heavy-Metal-Sound seines Ziehsohns, der ihm aus dem Zimmer im ersten Stock entgegendonnerte.

Er drang ein in dieses akustische Inferno, stampfte ein paarmal auf den Boden, und der ›Rigoletto‹ unten im Keller wurde auf der Stelle in Watte gepackt. Dem Heavy-Metal-Sound im ersten Stock war da nicht so leicht beizukommen. Carl nahm die Treppe mit drei Sprüngen. Oben machte er sich gar nicht erst die Mühe anzuklopfen.

»Jesper! Dein Nervenklinik-Sound hat unten im Pinienweg zwei Fensterscheiben eingedrückt. Kannst du gern selbst bezahlen«, brüllte er ohne die geringste Aussicht auf eine Reaktion.

»Hallo!«, schrie ihm Carl daraufhin direkt ins Ohr. »Ich würde nur ungern den DSL-Anschluss kappen.«

Das half.

Unten in der Küche hatte Morten Holland schon den Tisch gedeckt. Ein Nachbar in der Straße hatte ihn mal die Ersatzhausfrau von Nummer 73 genannt, aber er hatte sich geirrt. Morten war kein Ersatz, er war die beste und gewissermaßen richtigste Hausfrau, die je in Carls Nähe gekommen war. Einkauf, Wäsche, Essenkochen und Saubermachen, und dabei trillerte er Opernarien. Und zahlte außerdem brav seine Miete.

»Na, Morten, warst du heute in der Uni?« Carl kannte die Antwort. Dreiunddreißig war Morten inzwischen, und in den vergangenen dreizehn Jahren hatte er fleißig alle möglichen Fächer studiert, außer denen, für die er gerade eingeschrieben war. Das Ergebnis war ein beeindruckendes Wissen auf den verschiedensten Gebieten, nur nicht in den Fächern, für die er ein Stipendium bekommen hatte.

Morten wandte ihm seinen massigen Rücken zu, starrte in den Topf und rührte die heftig brodelnde Masse um. »Ich habe beschlossen, dass ich Staatswissenschaften studiere.«

Die Idee war nicht neu, es war also nur eine Frage der Zeit

gewesen. »Bei den Politikwissenschaftlern stimmen die meisten für die Regierungsparteien. Das bin ich nicht.«

»Verdammt, Morten, woher willst du das denn wissen. Wann warst du denn schon mal da?«

»Gestern zum Beispiel. Ich hab meinen Kommilitonen in der AG einen Witz über Karina Jensen erzählt.«

»Einen Witz über eine Politikerin, die mal ganz weit links war und jetzt bei den Liberalen gelandet ist? Das dürfte nicht allzu schwer sein.«

»Sie ist ein Beispiel dafür, wie sich hinter einer hohen Stirn der reinste Schwachsinn verbergen kann. Und glaubst du, es hätte einer gelacht?«

Morten war speziell. Eine von der Natur nicht allzu gesegnete, androgyne Jungfrau, deren soziale Kontakte sich auf Plaudereien mit Kunden an der Supermarkttheke beschränkten.

Carl schüttelte den Kopf. Es nützte alles nichts. Solange Morten in dem Videoverleih genug für die Miete verdiente, konnte es ihm egal sein, ob er studierte. »Staatswissenschaften, sagst du. Klingt sterbenslangweilig.«

Morten zuckte die Achseln und schnippelte ein paar Mohrrüben in den Topf. Er schwieg einen Moment, ganz ungewöhnlich für ihn. Carl ahnte schon, was kommen würde.

»Vigga hat angerufen.« Morten klang ein bisschen gedämpft und trat einen Schritt zur Seite. Normalerweise pflegte er sonst immer zu sagen: »Don't shoot me, I'm only the piano player.« Diesmal sagte er das nicht.

Carl schwieg. Wenn Vigga etwas von ihm wollte, sollte sie gefälligst warten, bis er nach Hause gekommen war.

Morten gab sich einen Ruck. »Ich glaube, sie friert da draußen im Gartenhaus.« Er rührte eifrig im Topf.

Carl sah ihn an. Das Essen duftete wunderbar. Schon lange hatte er nicht mehr solchen Appetit gehabt. »Och je, sie friert! Vielleicht sollte sie hin und wieder einfach mal einen Liebhaber in den Ofen stopfen.«

»Wovon redet ihr?«, kam es von der Tür. Hinter Jesper brachte der Höllenlärm, der längst wieder aus seinem Zimmer dröhnte, die Wände im Flur zum Vibrieren.

Drei Tage lang hatte Carl nun im Keller gesessen, abwechselnd die Wände und Google angestarrt, den Abstand zum provisorischen Klo vermessen und sich ausgeschlafener denn je gefühlt. Jetzt durchmaß er die vierhundertzweiundfünfzig Schritte bis zur Mordkommission im zweiten Stock, wo seine alten Kollegen logierten. Er wollte zumindest mal eine Tür einfordern, die er zuknallen konnte, wenn ihm danach war. Und er wollte seine Kollegen behutsam daran erinnern, dass es vielleicht ganz sinnvoll wäre, ihm die Akten zukommen zu lassen, die er für seine Arbeit benötigte. Nicht, dass er es sonderlich eilig hatte. Aber sollte er riskieren, seine Arbeit zu verlieren, ehe er sie richtig hatte antreten können?

Er hatte erwartet, dass die ehemaligen Kollegen ihn neugierig anstarren würden, sobald er seine alte Abteilung betrat. Er hatte mitleidige und durchaus auch höhnische Blicke erwartet. Nicht aber, dass sie bei seinem Anblick ausnahmslos und wie auf Kommando hinter ihren Bürotüren verschwanden.

Im ersten Büro stand ein Mann, den er noch nie gesehen hatte, und packte Umzugskartons aus.

»Was ist denn hier los?«, fragte Carl.

Der andere streckte ihm die Hand entgegen. »Peter Vestervig. Ich komme vom City Revier. Bin in Viggos Gruppe.«

»In Viggos Gruppe? Viggo Brink?«, fragte er. Teamchef Viggo? Dann musste er gestern ernannt worden sein.

»Ja. Und du bist …?« Der Mann ergriff Carls Hand.

Carl drückte sie kurz und sah sich im Raum um, ohne zu antworten. Da waren noch zwei weitere Gesichter, die er nicht kannte. »Auch in Viggos Gruppe?«

»Nicht der hinten am Fenster.«

»Neue Möbel, wie ich sehe.«

»Ja, die sind gerade raufgebracht worden. Bist du nicht Carl Mørck?«

»Das war ich mal«, sagte er und ging die letzten Schritte zu Marcus Jacobsens Büro.

Die Tür stand offen, aber eine geschlossene Tür hätte ihn auch nicht daran gehindert, in das Meeting zu platzen. »Ihr habt ja ganz schönen Zulauf in der Abteilung«, bemerkte er trocken.

Der Chef der Mordkommission sah seinen Stellvertreter und eines der Mädchen aus dem Sekretariat betreten an. »Okay, Carl Mørck ist aus der Tiefe zu uns heraufgestiegen. Wir machen in einer halben Stunde weiter«, sagte er und schob die Papiere auf dem Tisch zu einem Stoß zusammen.

Carl sah dem Stellvertreter mürrisch nach, als der den Raum verließ. Der Blick, den er zurückerhielt, stand seinem in nichts nach. Vizekriminalinspektor Lars Bjørn hatte es immer verstanden, die kalten Gefühle zwischen ihnen warm zu halten.

»Wie sieht's denn aus bei dir da unten, Carl? Hast du schon einen Überblick, welche Fälle Priorität haben?«

»Zumindest bei denen, die ich bekommen habe.« Er deutete hinter sich. »Was passiert da draußen?«

»Ja, eine berechtigte Frage.« Er hob die Augenbrauen und rückte den Schiefen Turm von Pisa gerade, wie der Stoß mit den neu hereingekommenen Fällen auf seinem Schreibtisch von seinen Leuten genannt wurde. »Die vielen Fälle haben es erforderlich gemacht, dass wir zwei weitere Ermittlungsteams zusammenstellen.«

»Als Ersatz für meines?« Er lächelte hilflos.

»Ja, und noch zwei Gruppen mehr.«

Carl runzelte die Augenbrauen. »Drei Gruppen. Und wie in Dreiteufelsnamen habt ihr das finanziert bekommen?«

»Sonderetat. Anpassung im Einklang mit der Reform, du weißt schon.«

»Ach ja? Weiß ich das?«

»Was willst du, Carl?«

»Ach, das kann warten. Zuerst muss ich etwas überprüfen. Ich komme später noch mal.«

In Carls Hirn schrillten sämtliche Alarmglocken: Es war ja kein Geheimnis, dass in der Partei der Rechten zahlreiche Wirtschaftsvertreter saßen und sich miteinander amüsierten und taten, worum sie die Berufsorganisationen baten. Aber diese aalglatte Partei hatte auch immer Leute aus dem Polizeicorps und vom Militär angezogen, die Götter mochten wissen, warum. Carl wusste, dass zurzeit zwei von der Sorte für die Rechten im Parlament saßen. Der eine war ein übler Bursche, der in rasantem Tempo das Polizeiwesen durchlief, um schnellstmöglich wieder rauszukommen. Aber der andere war ein netter alter Vizekriminalkommissar, den Carl von seiner Zeit in Randers kannte. Er war an sich nicht besonders konservativ, aber er war in dem Wahlkreis geboren, und die Arbeit wurde vermutlich ziemlich gut bezahlt. So wurde aus Kurt Hansen Randers Parlamentsabgeordneter für die Rechten und Mitglied im Rechtsausschuss und Carls beste Quelle für Informationen aus politischen Kreisen. Kurt erzählte nicht viel von sich aus, aber wenn ein Fall spannend genug war, war er leicht zu interessieren. Ob das hierbei so wäre, wusste Carl allerdings nicht.

»Herr Vizekriminalkommissar Kurt Hansen, nehme ich an«, sagte Carl, als er die Stimme am Telefon hörte.

Hansen lachte sein warmes, freundliches Lachen. »Ja hallo, Carl. Das ist ja lange her. Schön, deine Stimme zu hören. Du bist angeschossen worden, hörte ich.«

»Ist längst vergessen. Mir geht es gut, Kurt.«

»Zwei deiner Kollegen hat es aber übel erwischt. Ist man mit dem Fall schon weitergekommen?«

»Es geht voran.«

»Das freut mich. Wir arbeiten derzeit an einem Gesetzesvorschlag, wonach der Strafrahmen für Übergriffe auf Beamte im Dienst um fünfzig Prozent erhöht werden soll. Wir müssen euch da draußen an der Front doch unterstützen.«

»Prima, Kurt. Ihr habt auch die Mordkommission in Kopenhagen mit einem Sonderetat unterstützt, höre ich?«

»Die Mordkommission? Wie kommst du denn darauf?«

»Oder ist das Ganze eher für etwas anderes im Präsidium gedacht? Ist ja kein Geheimnis.«

Kurt lachte so herzlich, wie das nur einer kann, der sich seiner baldigen dicken Pension sicher ist.

»Also, wofür genau habt ihr euch ins Zeug gelegt? Oder ist das eher eine Angelegenheit der Reichspolizei?«

»Ja. Das neue Dezernat gehört formal in den Zuständigkeitsbereich der Reichspolizei. Damit nicht dieselben Leute in denselben Fällen ein weiteres Mal ermitteln, hat man beschlossen, dass es eine selbstständige Abteilung sein soll, die jedoch verwaltungstechnisch der Mordkommission in Kopenhagen unterstellt ist. Die soll sich der Fälle von sogenanntem besonderem Interesse annehmen, aber das weißt du ja sicher.«

»Du meinst das Sonderdezernat Q?«

»Nennt ihr das so? Na, ist doch ein ausgezeichneter Name.«

»Wie hoch war denn die bewilligte Summe?«

»Leg mich nicht auf die genaue Zahl fest, aber es war irgendetwas zwischen sechs und acht Millionen Kronen im Jahr für die nächsten zehn Jahre.«

Carl schaute sich in dem hellgrünen Kellerraum um. Okay, jetzt begriff er, warum Marcus Jacobsen und Bjørn ihn unbedingt nach hier unten ins Niemandsland entsorgen wollten. Zwischen sechs und acht Millionen, hatte er gesagt. Direkt für die Mordkommission.

Verdammt, das würde sie etwas kosten.

Marcus Jacobsen sah ihn noch einmal an, ehe er seine Halbbrille abnahm. Haargenau denselben Gesichtsausdruck hatte er, wenn er einen Tatort untersuchte, an dem der Täter keine eindeutigen Spuren hinterlassen hatte. »Du willst einen eigenen Dienstwagen, sagst du? Muss ich dich daran erinnern, dass wir in Kopenhagen bei der Polizei keine persönlichen Fahrzeuge haben? Wende dich an den Fuhrpark, wenn du einen brauchst. Wie alle anderen, Carl.«

»Ich arbeite nicht bei der Kopenhagener Polizei. Die Kopenhagener Polizei verwaltet mich nur.«

»Carl, du weißt doch ganz genau, wie die Leute sich hier oben über jede Form von Vorzugsbehandlung aufregen, oder? Und sechs Mann für deine Abteilung, hast du gesagt. Bist du eigentlich verrückt geworden?«

»Ich versuche lediglich, das Sonderdezernat Q aufzubauen, sodass es wie geplant funktionstüchtig wird, war das nicht meine Aufgabe? Ganz Dänemark unter seine Fittiche zu nehmen, das ist ein großes Revier, das ist dir doch sicher bewusst. Du willst mir also keine sechs Mann geben?«

»Nein, zum Teufel, nein!«

»Vier? Drei?«

Der Chef der Mordkommission schüttelte den Kopf.

»Das heißt, ich soll alle Aufgaben allein lösen.«

Er nickte.

»Dann geht es erst recht nicht ohne eigenen Dienstwagen. Wie soll ich denn nach Aalborg oder nach Næstved kommen? Ich habe einen verantwortungsvollen Posten. Noch weiß ich ja nicht mal, wie viele Fälle auf meinem Schreibtisch landen, nicht wahr?«

Er setzte sich seinem Chef gegenüber und schenkte sich Kaffee in die Tasse ein, die Bjørn stehen gelassen hatte. »Aber wie auch immer, ich brauche dort unten einen Allrounder. So ein Mädchen für alles. Jemanden mit Führerschein, der Sachen für mich erledigen kann. Der sich um alles kümmert, Faxe schicken und so. Sauber machen. Ich werde einfach zu viel zu tun haben, Marcus. Wir müssen doch schließlich Ergebnisse liefern. Das Parlament wird bald etwas für sein Geld sehen wollen, meinst du nicht? Waren es acht Millionen? Das ist wirklich eine Menge Geld.«

7

2002

Für die stellvertretende Fraktionsvorsitzende der Demokratischen Partei im Folketing reichte kein normaler Kalender aus. Von morgens sieben Uhr bis siebzehn Uhr am späten Nachmittag hatte Merete Lynggaard vierzehn Treffen mit Vertretern von verschiedensten Interessensorganisationen. Mindestens vierzig neue Gesichter würden ihr in ihrer Eigenschaft als Sprecherin des Gesundheitsausschusses vorgestellt werden, und die weitaus meisten erwarteten, dass sie Hintergrund und Tätigkeitsfeld, Hoffnungen und wissenschaftlichen Background jedes Einzelnen von ihnen kannte. Hätte sie noch ihre alte Assistentin als Rückhalt gehabt, wäre es möglich gewesen, den Erwartungen einigermaßen gerecht zu werden, aber die neue, Søs Norup, war nicht so gewieft. Dafür war sie diskret. Kein einziges Mal, seit die Assistentin in Meretes Büro arbeitete, hatte sie irgendetwas angesprochen, das auch nur im Entferntesten Privatcharakter hatte. Sie war der geborene Roboter, auch wenn der Arbeitsspeicher zu wünschen übrig ließ.

Die Organisation, die vor Merete saß, hatte schon ihre Runde in Christiansborg gemacht: Erst war sie bei den Regierungsparteien gewesen, und jetzt war die größte Oppositionspartei und damit Merete Lynggaard an der Reihe.

Die Delegation tat alles, um Merete über mögliche Gesundheitsschäden von Nanopartikeln, über Immunabwehr und Untersuchungen der Plazenta ins Bild zu setzen – Letzteres schien ihr Hauptanliegen zu sein.

»Wir sind uns der ethischen Fragen voll bewusst«, sagte der

Sprecher. »Wir wissen auch, dass insbesondere die Regierungsparteien Bevölkerungsgruppen repräsentieren, die sich generell dem Sammeln von Plazentazellen widersetzen werden. Aber wir sind dringend angehalten, uns mit dem Thema zu beschäftigen.« Der Sprecher war ein eleganter Mann in den Vierzigern, der auf diesem Gebiet längst Millionen verdient hatte. Er war der Gründer des bekannten Medizinalkonzerns BasicGen, der in erster Linie Grundlagenforschung für andere und größere Medizinalunternehmen betrieb. Sobald er eine neue Idee hatte, stand er in den Büros der gesundheitspolitischen Sprecher der Parteien. Den Rest der Delegation kannte sie nicht. Aber ihr fiel auf, dass hinter dem Wortführer ein jüngerer Mann stand und sie die ganze Zeit anstarrte. Er ergänzte die Ausführungen des Sprechers gelegentlich, wirkte aber sonst eher wie ein Beobachter.

»Ja, das ist Daniel Hale, unser bester Partner bei der Zusammenarbeit an der Laborfront. Sein Name klingt englisch, ist aber durch und durch dänisch«, stellte ihn der Sprecher vor, als sie jedes einzelne Mitglied der Gruppe persönlich begrüßte.

Sie gab ihm die Hand und spürte sofort, wie heiß sie war.

»Daniel Hale, richtig?«, sagte sie.

Er lächelte. Für einen Moment flackerte ihr Blick. Wie peinlich.

Sie sah zu ihrer Assistentin hinüber. Marion Koch hätte jetzt ihr Lächeln hinter Papieren versteckt, sie hatte immer irgendwelche Papiere in der Hand. Ihre neue Assistentin lächelte nicht.

»Sie arbeiten in einem Labor?«, fragte sie.

An dieser Stelle unterbrach sie der Wortführer der Gruppe. Er musste seine wenigen kostbaren Sekunden verteidigen. Die nächste Delegation wartete bereits vor Merete Lynggaards Tür. Niemand wusste, wann sich die nächste Gelegenheit bot. Es ging um Geld und teuer investierte Zeit.

»Daniel ist der Besitzer des besten kleinen Labors von Skandinavien. Das heißt, klein ist es eigentlich nicht mehr, seit du die Neubauten bekommen hast«, sagte er an den Mann gewandt, der lächelnd den Kopf schüttelte. Es war ein gewinnendes Lächeln. »Wir bitten um die Erlaubnis, Ihnen als der gesundheitspolitischen Sprecherin diesen Bericht hier dazulassen«, fuhr der Sprecher fort. »Vielleicht finden Sie Zeit, ihn zu lesen. Für unsere Nachkommen ist es ungeheuer wichtig, das Problem jetzt und heute sehr ernst zu nehmen.«

Sie hatte nicht damit gerechnet, Daniel Hale unten in der Kantine wiederzusehen. Offenkundig wartete er dort auf sie. An den übrigen Wochentagen aß sie oben in ihrem Büro, aber Freitags traf sie sich seit einem Jahr mit den gesundheitspolitischen Sprecherinnen der Sozialdemokraten und des Radikalen Centrums. Sie alle waren brave Frauen, die die Mitglieder der Dänemarkpartei dazu bringen konnten, rot zu sehen. Schon allein die Tatsache, dass sie ihr Kaffeekränzchen in aller Öffentlichkeit abhielten, war vielen ein Dorn im Auge.

Hale saß allein und halb verdeckt von einer Säule ganz vorn auf dem Kasper-Salto-Designerstuhl und hatte eine Tasse Kaffee vor sich. Sie blickten sich in genau dem Moment an, als sie durch die Glastür trat, und solange Merete in der Kantine war, dachte sie an nichts anderes.

Als sich die Frauen nach ihrem Gespräch erhoben, kam er zu ihr.

Sie sah, wie Köpfe zusammengesteckt wurden, und fühlte sich von seinem Blick gefangen.

8

2007

Carl war zufrieden. Die Handwerker waren den ganzen Vormittag schwer beschäftigt. Er hatte auf dem Flur gestanden, auf einem der Rolltische Kaffee gekocht und etliche Zigaretten geraucht. Jetzt lag auf dem Fußboden des Sonderdezernats Q ein Teppich, die Farbeimer und alles Übrige war in riesigen Plastiksäcken verschwunden, und auch die Tür war eingehängt. Ein Flachbildschirm hing an der Wand, ein Whiteboard war aufgestellt, und es gab ein Schwarzes Brett. Im Bücherregal befand sich seine ganze juristische Fachliteratur, die er vor dem Zugriff seiner Kollegen gerettet hatte. In der Hosentasche hatte er den Schlüssel zu einem dunkelblauen Peugeot 607. Den hatte der Nachrichtendienst der Polizei gerade ausgetauscht. Die wollten ihre Leibwächter offenbar nicht mit Kratzern im Lack hinter den Kronen-Fahrzeugen der Königin herfahren lassen. Der Wagen hatte nur fünfundvierzigtausend Kilometer auf dem Tacho und gehörte jetzt dem Sonderdezernat Q. Wie der wohl den Parkplatz im Magnolienvej schmücken würde! Nur zwanzig Meter entfernt von seinem Schlafzimmerfenster.

In wenigen Tagen würde er seine Hilfskraft bekommen, hatten sie ihm versprochen, und Carl hatte seine früheren Kollegen dazu gebracht, ein kleines Büro auf der anderen Seite des Flurs zu räumen. In dem Raum lagerten die ausgedienten Visiere und Schilde der Bereitschaftspolizei nach dem letzten Aufstand um das Jugendzentrum. Jetzt wurde er mit Tisch und Stuhl und Besenschrank und all den Neonröhren eingerichtet, die Carl rausgeschmissen hatte. Marcus Jacobsen hatte Wort gehalten und ein Mädchen für alles eingestellt. Im Gegenzug verlangte er, dass die Person auch in den übrigen Kellerräumen sauber machte. Das würde Carl bei anderer Gelegenheit später schon noch ändern, und damit rechnete Marcus Jacobsen garantiert auch. Das alles war ein Spiel, wer wann was entscheiden konnte und wo die Grenzen zwischen ihnen verliefen. Aber Carl war schließlich derjenige, der unten im Dunkeln saß, während die anderen oben die Aussicht zum Tivoli genossen. Zug um Zug würde Carl das Gleichgewicht schon wieder herstellen.

Um dreizehn Uhr am selben Tag erschienen zwei der Sekretärinnen aus der Verwaltung endlich mit den Akten. Sie sagten, es seien übergeordnete Akten, und wenn er ausführliches Hintergrundmaterial haben wolle, könne er das über sie anfordern. Auf diese Weise hatte er zumindest jemand in seiner alten Abteilung, mit dem er weiter Kontakt halten konnte. Zumindest eine der beiden, Lis, eine warmherzige blonde Frau mit leicht schrägen, sexy Schneidezähnen, hatte es ihm schon immer angetan. Mit ihr würde er sehr gern mehr als nur Hintergrundmaterial austauschen.

Er bat sie, auf jede Seite des Schreibtischs einen Stoß Akten zu legen. »Sehe ich zufällig ein kokettes Funkeln in deinen Augen, Lis, oder siehst du immer so verdammt gut aus?«

Bei dem Blick, den die Dunkelhaarige ihrer Kollegin zuwarf, hätte selbst Einstein sich dämlich gefühlt. Vermutlich war es lange her, seit sie selbst zur Zielscheibe solcher Bemerkungen geworden war.

»Carl, mein Lieber«, sagte die blonde Lis wie jedes Mal. »Dieses Funkeln ist ausschließlich meinem Mann und den Kindern vorbehalten. Wirst du das nicht irgendwann mal lernen wollen?«

»Ich lerne es an dem Tag, an dem das Licht erlischt und die ewige Finsternis mich und die ganze Welt verschlingt«, antwortete er.

Noch bevor sie an der Treppe ankamen, zischelte die Dunkelhaarige ihrer Kollegin sichtlich entrüstet etwas ins Ohr.

In den ersten Stunden ließ er die Aktendeckel geschlossen. Immerhin zählte er die Ordner einmal durch. Es waren mindestens vierzig. Ich habe reichlich Zeit, mindestens zwanzig Jahre bis zur Pensionierung, dachte er und legte noch eine Spider-Solitär-Patience. Falls die nächste aufging, würde er erwägen, sich den Stapel rechts mal genauer anzuschauen.

Als er mindestens zwanzig Patiencen durchgezogen hatte, klingelte sein Handy. Die Nummer auf dem Display kannte er nicht. Irgendwas mit 3545. Es war eine Kopenhagener Nummer.

»Ja?«, sagte er und erwartete, Viggas exaltierte Stimme zu hören. Sie fand immer wieder eine treue Seele, die ihr ein Telefon lieh. »Mutter, nun schaff dir doch mal ein Handy an«, sagte Jesper immer. »Total bescheuert, dass man deinen Nachbarn anrufen muss, wenn man dich erreichen will.«

»Ja, guten Tag.« Die Stimme war auf keinen Fall Viggas. »Mein Name ist Birte Martinsen. Ich bin Psychologin in der Klinik für Wirbelsäulenverletzungen. Hardy Henningsen hat heute Vormittag versucht, ein Glas Wasser, das ihm ein Krankenpfleger gegeben hat, bis direkt in die Lungen zu saugen. Er ist okay, aber sehr down, und er hat nach Ihnen gefragt. Könnten Sie bitte kommen? Ich glaube, das wäre gut.«

Er erhielt die Erlaubnis, mit Hardy allein zu sein, obwohl die Psychologin offenkundig sehr gern zuhören wollte.

»Bist du das Ganze leid, alter Knabe?«, sagte er und nahm Hardys Hand. In der war zumindest noch etwas Leben, das wusste Carl. Jetzt eben bewegte Hardy die äußersten Glieder des Mittel- und des Zeigefingers, als wollte er Carl näher zu sich heranziehen.

»Ja, Hardy?«, sagte Carl und legte sein Ohr an den Mund des Freundes.

»Bring mich um, Carl«, flüsterte der.

Carl richtete sich auf und sah ihm in die Augen. Dieser große Mann hatte die blauesten Augen der Welt, und jetzt waren sie voller Trauer und Verzweiflung. Hardys Blick ließ keinen Zweifel daran, dass er es ernst meinte.

»Zum Teufel, Hardy«, flüsterte er. »Das kann ich nicht. Du wirst wieder. Du wirst wieder aufstehen und gehen. Hardy, du hast einen Jungen, der seinen Vater gern wieder zu Hause haben will!«

»Er ist zwanzig, der kommt zurecht«, flüsterte Hardy.

Er war der Alte. Er war vollständig klar im Kopf.

»Ich kann nicht, Hardy. Du musst durchhalten. Du wirst wieder gesund.«

»Carl. Ich bin gelähmt, und das werde ich bleiben. Sie haben heute das Urteil verkündet. Keine Chance auf Heilung.«

»Ich kann mir vorstellen, dass Hardy Henningsen Sie gebeten hat, ihm dabei zu helfen, sich das Leben zu nehmen«, sagte die Psychologin und schlug einen vertraulichen Tonfall an. Ihr professioneller Blick verlangte keine Antwort. Sie war sich ihrer Sache sicher, sie hatte das nicht zum ersten Mal erlebt.

»Nein. Hat er nicht.«

»Aha? Das hätte ich jetzt geglaubt.«

»Hardy? Nein, es ging um etwas anderes.«

»Ich würde mich freuen, wenn Sie mir erzählen könnten, was er zu Ihnen gesagt hat.«

»Das könnte ich.« Er spitzte die Lippen und sah hinaus zur Straße. Dort war keine Menschenseele zu sehen. Verdammt merkwürdig.

»Aber Sie wollen nicht?«

»Wenn ich das täte, würden Sie rot werden. So etwas kann ich einer Dame nicht zumuten.«

»Sie könnten es versuchen.«

»Das glaube ich kaum.«

9

2002

Merete hatte schon oft von dem kleinen Café Bankeråt in der Nansensgade mit den verrückten ausgestopften Tieren gehört. Aber heute Abend war sie zum ersten Mal dort.

In dem Stimmengewirr empfingen sie Augen, in denen ein warmer Blick lag, und ein Glas eiskalter Weißwein. Der Abend begann vielversprechend.

Sie hatte gerade zu erzählen begonnen, dass sie am nächsten Wochenende mit ihrem Bruder nach Berlin fahren würde. Dass sie einmal im Jahr für ein Wochenende verreisten und dass sie in der Nähe des Tiergartens wohnen würden.

Dann klingelte ihr Handy. Uffe ging es schlecht, sagte die Familienhelferin.

Sie musste einen Moment die Augen schließen, um die bittere Pille zu schlucken. Sie nahm sich nicht oft die Freiheit und ging aus. Warum musste er ihr das verderben?

Trotz Glättegefahr war sie in weniger als einer Stunde zu Hause.

Uffe hatte fast den ganzen Abend geweint und gezittert. Das passierte dann und wann, wenn Merete nicht wie üblich nach Hause kam. Uffe kommunizierte nicht verbal, es war schwer, ihn immer richtig zu verstehen. Es gab sogar Zeiten, da glaubte man nicht, dass er überhaupt anwesend war. Aber so war es nicht. Uffe war in hohem Maße anwesend.

Die Familienhelferin war sichtlich aufgelöst, als Merete ankam. Mit ihr konnte man vermutlich nicht noch einmal rechnen.

Erst als Merete Uffe oben im Schlafzimmer hatte und ihm seine geliebte Baseballkappe aufsetzte, hörte er auf zu weinen. Aber er war noch immer aufgebracht, man sah es in seinen Augen. Deshalb beschrieb sie ihm die vielen Gäste des Restaurants und die sonderbaren ausgestopften Geschöpfe. Sie erzählte ihm ruhig, was sie erlebt und gedacht hatte, und merkte, wie ihn ihre Worte ruhiger werden ließen. Das hatte sie schon immer so gemacht, seit er zehn Jahre alt war. Wenn Uffe weinte, kam das aus den Tiefen seines Unterbewusstseins. In diesen Momenten vermischten sich Vergangenheit und Gegenwart in ihm. Als wenn er sich manchmal an sein Leben vor dem Unfall erinnerte. Davor war Uffe ein ganz normaler Junge gewesen. Nein. Nicht normal. Schon damals war er ein ganz besonderer Junge gewesen mit einem hellen Kopf voller fabelhafter Ideen und einer vielversprechenden Zukunft. Er war ein toller Junge gewesen. Bis zu dem Unfall.

In den nächsten Tagen hatte Merete schrecklich viel zu tun. Und auch wenn ihre Gedanken oft abschweiften, erledigte ja doch kein anderer die Arbeit für sie. Um sechs Uhr morgens ins Büro und nach einem anstrengenden Tag schnell auf die Autobahn, damit sie es schaffte, um acht Uhr zu Hause zu sein. Nicht viel Zeit, damit alles wieder zur Ruhe und in Ordnung kam.

Deshalb war es ihrer Konzentration auch einigermaßen abträglich, als eines Tages dieser große Strauß Blumen auf ihrem Tisch stand.

Ihre Assistentin war sichtbar irritiert. Marion an ihrer Stelle wäre fast ohnmächtig geworden und hätte die Blumen gehegt und gepflegt, als wären es Kronjuwelen.

Nein, in privaten Angelegenheiten hatte sie von der neuen Assistentin nicht viel Unterstützung zu erwarten. Aber genau so hatte sie es ja gewollt.

Drei Tage später erhielt sie ein Valentinstelegramm von TelegramsOnline. Das war das erste Mal in ihrem Leben, dass ihr jemand eine Valentinskarte schickte, und irgendwie war es falsch, zwei Wochen nach dem 14. Februar. Auf der Vorderseite waren zwei Lippen abgedruckt und der Text *Love & Kisses for Merete*, und ihre Assistentin wirkte irgendwie verbittert, als sie die Karte überreichte.

Im Telegramm stand nur: »Muss mit dir reden!«

Merete saß einen Moment da und betrachtete kopfschüttelnd die Lippen auf der Karte.

Dann wanderten ihre Gedanken zurück zu dem Abend im Bankeråt. Auch wenn ihr das ein gutes Gefühl verschaffte – das Ganze war Unsinn. Sie musste es stoppen, bevor sich irgendwas Ernstes daraus entwickeln konnte.

Sie probierte für sich Formulierungen aus, die sie verwenden konnte, dann gab sie die Nummer in ihr Telefon ein und wartete, bis die Mobilbox ansprang.

»Hallo, hier ist Merete«, sagte sie liebenswürdig. »Ich habe darüber nachgedacht, aber es nützt nichts. Meine Arbeit und mein Bruder fordern sehr viel. Und das wird sich auch nie ändern. Es tut mir wirklich sehr leid. Sorry.«

Dann nahm sie ihren Terminkalender vom Schreibtisch und strich in der Telefonliste seine Telefonnummer aus.

In diesem Augenblick kam ihre Assistentin ins Zimmer und blieb abrupt vor dem Schreibtisch stehen.

Als Merete den Kopf hob und sie ansah, lächelte sie auf eine Weise, wie Merete es noch nicht gesehen hatte.

Er stand im Hof des Parlamentsgebäudes unten an der Treppe, ohne Mantel, und wartete. Es war bitterkalt, und er sah nicht gut aus. Trotz des Klimawandels war das Wetter im Februar für einen längeren Aufenthalt im Freien nicht geeignet. Er sah sie flehentlich an, ohne den Pressefotografen zu beachten, der gerade vom Schlossplatz durchs Tor gekommen war.

Sie versuchte ihn zur Eingangstür zu ziehen, aber er war zu groß und zu verzweifelt.

»Merete«, sagte er leise und legte seine Hände auf ihre Schultern. »Lass das nicht zu. Ich kann das nicht akzeptieren.«

»Es tut mir leid«, sagte sie und schüttelte den Kopf. Sie sah, wie sein Blick sich veränderte. Plötzlich lag darin wieder etwas, das sie zutiefst beunruhigte.

Hinter ihm hielt der Pressefotograf die Kamera hoch, verdammt. Wenn sie irgendetwas nicht brauchen konnte, dann, dass ausgerechnet ein Paparazzo sie beide fotografierte.

»Ich kann dir leider nicht helfen«, rief sie und rannte zu ihrem Auto. »Es geht einfach nicht.«

Als sie beim Essen anfing zu weinen, hatte Uffe sie zwar verwundert angeschaut, mehr aber nicht. Er führte seinen Löffel so langsam wie immer zum Mund; jedes Mal, wenn er schluckte, lächelte er. Er hielt seinen Blick starr auf ihren Mund gerichtet und war ganz weit weg.

»Ach verdammt«, schluchzte sie und schlug mit der Faust auf den Tisch. Verbittert und frustriert sah sie Uffe an. Leider passierte ihr das in letzter Zeit immer öfter.

Sie war noch nicht wach, der Traum verschmolz mit der Wirklichkeit. Lebendig, kostbar und so schrecklich.

Es war ein wunderbarer Morgen gewesen, damals. Kalt, ein paar Minusgrade und ein bisschen Schnee, genug, um die festliche Stimmung noch zu steigern. Sie waren alle so guter Dinge. Merete war sechzehn Jahre und Uffe dreizehn. Ihre Eltern lächelten sich schon seit dem frühen Morgen verträumt zu. Und lächelnd packten sie den Wagen und fuhren los. Bis es krachte. Der Morgen des Heiligabends, so wundervoll, so vielversprechend. Voller Erwartungen. Uffe hatte sich einen CD-Player gewünscht – es war das letzte Mal in seinem Leben, dass er einen Wunsch aussprach.

Dann waren sie losgefahren. Sie waren fröhlich, Uffe und sie lachten. Wo sie hinfuhren, erwartete man sie schon.

Sie hatten auf der Rückbank gesessen, und Uffe hatte sie geknufft. Zwanzig Kilo leichter als sie, aber übermütig wie ein wilder kleiner Welpe. Und Merete knuffte ihn zurück, sie nahm ihre Mütze ab und klatschte sie ihm an den Kopf. Das machte ihn ganz wild. Und das war wohl auch der Grund, weshalb ihr Geplänkel schließlich ausartete.

In einer Kurve, als sie gerade durch ein Waldstück fuhren, schlug Uffe nach ihr, und Merete packte ihn und drückte ihn auf den Sitz. Er trat und heulte und schrie vor Lachen, und Merete drückte ihn noch weiter nach unten. In dem Augenblick, als ihr Vater lachend mit dem Arm nach hinten schlug, sahen Merete und ihr Bruder auf. Ihr Vater befand sich mitten im Überholvorgang. Der Ford Sierra schräg vor ihnen war rot, und vom Salz und Schnee waren die Seitentüren ganz grau. Ein Paar um die vierzig saß vorn, sie sahen starr geradeaus. Auf dem Rücksitz saßen ein Junge und ein Mädchen, genauso wie sie, und Uffe und Merete lachten ihnen zu. Der Junge war vielleicht zwei Jahre jünger als Merete, er hatte ganz kurze Haare. Er sah sie an, als sie ausgelassen zu ihm hinübersah und spielerisch nach dem Arm ihres Vaters schlug, und sie lachte zurück. Dass ihr Vater die Kontrolle über den Wagen verlor, merkte sie erst, als sich in dem wechselnden Licht zwischen den Tannen der Gesichtsausdruck des Jungen veränderte. Für den Bruchteil einer Sekunde schienen seine erschrockenen blauen Augen an ihren zu kleben, dann waren sie weg.

Das Geräusch von Metall, das an Metall entlangschabt, fiel mit dem Klirren der Seitenfenster des anderen Wagens zusammen. Die Kinder auf dem Rücksitz in dem anderen Auto kippten zur Seite, während Uffe auf Merete fiel. Hinter ihr zerbrach Glas, und die Windschutzscheibe vor ihr war bedeckt von Bündeln, die aneinanderschlugen. Ob es ihr Auto war oder das der anderen, das die Bäume am Straßenrand abrasierte, registrierte sie nicht. Aber zu dem Zeitpunkt hing Uffes Körper schon verdreht im Sicherheitsgurt, der ihn zu strangulieren drohte. Dann folgte ein ohrenbetäubender Knall, erst von dem anderen Wagen, dann von ihrem Auto. Das Blut auf den Bezügen und der

Windschutzscheibe mischte sich mit Schnee und Erde vom Waldboden, und in Meretes Wade bohrte sich ein Ast. Ein abgebrochener Baumstamm riss den Boden des Wagens auf, der von der Wucht des Aufpralls in die Luft geschleudert wurde. Anschließend knallte er unter ohrenbetäubendem Krachen mit der Schnauze voran auf die Straße. In all dem Getöse war ein schneidender Ton vom Ford Sierra zu hören, als dieser einen Baum umriss. In der nächsten Sekunde flog ihr Auto ruckartig herum und rutschte auf der Seite, wo Uffe sich befand, weiter ins Dickicht auf der anderen Straßenseite. Uffes Arm war in die Luft gereckt, die Beine hingen über den Sitz ihrer Mutter, der aus der Verankerung gerissen war. Vater oder Mutter hatte Merete zu keinem Zeitpunkt gesehen. Sie sah immer nur Uffe.

Sie wachte davon auf, dass ihr Herz so heftig klopfte, dass es wehtat. Sie war nass geschwitzt, und ihr war eiskalt.

Sie fasste sich an die Brust und setzte sich auf. »Merete, stopp!«, sagte sie laut und atmete so tief durch, wie sie überhaupt nur konnte. Sie versuchte, die Bilder loszuwerden. Nur im Traum sah sie die Details immer so entsetzlich klar vor sich. Damals, als es geschah, konnte sie all diese Einzelheiten gar nicht erfassen – damals waren da nur Helligkeit, Schreie, Blut, Dunkelheit, und dann wieder Licht.

Sie holte noch einmal tief Luft und sah zur Seite. Im Bett neben ihr lag Uffe und atmete mit leisen Pfeifgeräuschen. Sein Gesicht war ruhig und entspannt. Draußen schlug der Regen an die Dachrinne.

Sie strich Uffe vorsichtig über das Haar, und als sie spürte, wie ihr die Tränen kamen, zog sie die Mundwinkel herunter.

Gott sei Dank suchte sie dieser Traum nur noch selten heim.

10

2007

»Guten Tag, mein Name ist Assad«, sagte er und hielt Carl eine behaarte Hand hin.

Carl wusste nicht gleich, wo er war und wer mit ihm sprach. Auch an diesem Vormittag war nichts Weltbewegendes passiert, und so war er tatsächlich mit einem Bein auf der Tischkante, dem Sudokuheft auf dem Bauch und dem Kinn auf der Brust eingenickt. Sein Hemd sah völlig zerknittert aus. Das Bein war eingeschlafen, es prickelte, als er es vom Tisch zog. Verwundert starrte Carl den dunkelhäutigen Mann an, der da vor ihm stand. Er war unter Garantie älter als er selbst. Und unter Garantie nicht in dem Bauernland rekrutiert, aus dem Carl selbst stammte.

»Okay, Assad«, antwortete Carl träge. Was ging es ihn an?

»Du bist Carl Mørck, steht draußen an der Tür. Ich soll dir helfen, sagen die. Stimmt das?«

Carl kniff die Augen zusammen und überdachte die Spielarten möglicher Antworten.

»Ja, das will ich doch wohl hoffen«, sagte er schließlich.

Er war selbst schuld. Jetzt hatten ihn seine eigenen, wenig durchdachten Forderungen eingeholt. Denn gerade war ihm aufgegangen, dass die Anwesenheit dieses kleinen Mannes im Büro gegenüber leider eine Verpflichtung beinhaltete. Zum einen musste der Mensch beschäftigt werden, und zum anderen musste er sich jetzt in gewissem Umfang auch selbst beschäftigen. Nein, das hatte er nicht zu Ende gedacht. Solange dieser Kerl dort saß und zu ihm herüberglotzte, konnte er sich nicht wie sonst durch den Tag treiben lassen. An sich hatte er sich vorgestellt, dass es mit einer Hilfskraft ausgesprochen einfach sein würde. Der Typ hätte genug zu tun, und er selbst wäre vollauf damit beschäftigt, auf der Innenseite seiner Augenlider die Stunden zu zählen. Der Fußboden musste gewischt werden, es musste Kaffee gekocht und aufgeräumt und die Akten mussten abgeheftet und an ihren Platz geräumt werden. »Es gibt jede Menge zu tun«, hatte er noch vor ein paar Stunden getönt. Aber jetzt, kaum zweieinhalb Stunden später, saß ihm der Typ mit den großen Augen schon wieder gegenüber, und alles war fix und fertig und erledigt. Selbst im Bücherregal in Carls Rücken stand inzwischen die Fachliteratur, und zwar alphabetisch sortiert. Alle Aktenordner hatten Nummern auf dem Rücken und standen bereit. Innerhalb von zweieinhalb Stunden hatte der Mann alle aufgetragenen Arbeiten erledigt, so war das.

In Carls Augen durfte er nun eigentlich gern nach Hause gehen.

»Hast du einen Führerschein?«, fragte er Assad. Im Stillen hegte er die Hoffnung, Marcus Jacobsen hätte vergessen, das in Betracht zu ziehen, sodass die Stellenbesetzung erneut diskutiert werden konnte.

»Ich fahre Taxi, PKW und Lastwagen, einen T-55- und auch einen T-62-Panzer und gepanzerte Fahrzeuge und Motorräder mit und ohne Beiwagen.«

Als sie an dem Punkt angekommen waren, schlug Carl ihm vor, sich für die nächsten Stunden in aller Ruhe auf seinen Stuhl zu setzen und in den Büchern im Regal hinter ihm zu lesen. Carl zog das nächstbeste Buch heraus: ›Kriminaltechnisches Handbuch‹ von Polizeiinspektor A. Haslund. Warum auch nicht? »Achte beim Lesen gut auf die Satzstruktur, Assad. Da kann man viel lernen. Hast du viel auf Dänisch gelesen?«

»Ich lese alle Zeitungen, hab die Verfassung studiert und alles andere auch.«

»Alles andere?«, sagte Carl. Das hier würde also nicht ganz leicht werden.

»Löst du vielleicht auch gern Sudokus?«, fragte er und gab Assad sein Heft.

Am Nachmittag hatte Carl vom langen Sitzen Rückenschmerzen. Assads Kaffee war ein Erlebnis, ein erschütternd starkes, Carls Schlafbedürfnis vom Koffein torpediert, und irritiert spürte er, wie das Blut durch seine Adern raste. Also hatte er angefangen, in den Akten zu blättern.

Einige der Fälle kannte er bereits bis zum Überdruss. Aber die weitaus meisten Akten kamen aus anderen Polizeibezirken, und einige stammten sogar noch aus der Zeit, bevor er bei der Kriminalpolizei angefangen hatte. Gemeinsam war allen Fällen, dass die Ermittlungen personalintensiv gewesen waren, dass sie in den Medien große Aufmerksamkeit bekommen hatten und dass die Aufklärung bis zu dem Punkt vorangetrieben worden war, wo schließlich alle Spuren endeten. In mehreren Fällen waren Bürger involviert, die einen hohen Bekanntheitsgrad in der Öffentlichkeit genossen.

Wenn er sie grob vorsortierte, ergäben sich drei Kategorien.

Die erste und größte Gruppe waren die üblichen Mordfälle. Bei denen konnte man zwar plausible Motive finden, aber keinen Täter.

Der zweite Typ waren ebenfalls Morde, die aber von der Anlage her weit komplexer waren. Bei einigen davon ließ sich nur schwer ein Motiv finden. Es konnte auch mehrere Opfer geben. Gelegentlich gab es rechtskräftige Verurteilungen, aber nicht der Hauptschuldigen, sondern nur von sogenannten Mitwirkenden. Eine gewisse Beliebigkeit haftete diesen Fällen an, und manches Mal lag dem Ganzen eine Tat im Affekt zugrunde. Hier halfen oftmals glückliche Zufälle bei der Aufklärung. Das günstige Zusammentreffen von Ereignissen. Zeugen, die zufällig vorbeikamen, Fahrzeuge, die noch für ein anderes Verbrechen benutzt worden waren, und dergleichen mehr. Auch Denunziantentum. Es handelte sich durchweg um Fälle, die der Polizei größte Schwierigkeiten bereitet hatten, sofern die Ermittlungen nicht von einer Portion Glück begleitet waren.

Und dann gab es noch die dritte Kategorie, ein Sammelsurium an Morden oder vermuteten Morden in Verbindung mit Entführung, Vergewaltigung, Brandstiftung sowie räuberische Überfälle mit Todesfolge, Elementen von Wirtschaftskriminalität und einige auch mit politischen Untertönen. Das waren Fälle, bei denen die Polizei definitiv an ihre Grenzen gestoßen war, und sogar Fälle, bei denen das Rechtsbewusstsein der Ermittelnden auf eine harte Probe gestellt wurde. Das Kind, das aus seinem Kinderwagen verschwand. Der Bewohner eines Pflegeheims, der in seiner Wohnung erdrosselt wurde. Ein Fabrikbesitzer, den man auf einem Friedhof in Krup ermordet aufgefunden hatte. Der Fall einer Diplomatengattin im Zoologischen Garten. Wie ungern Carl es sich auch eingestehen mochte – Piv Vestergårds Wahlgeschenk machte in gewisser Weise Sinn. Denn keiner dieser Fälle würde einen waschechten Kriminalbeamten kaltlassen.

Er nahm sich noch eine Zigarette und sah hinüber zu Assad. Ein ruhiger Mann, dachte er. Wenn der sich selbst beschäftigen konnte, wie er es gerade tat, könnte sich daraus ja vielleicht doch eine ganz ausgezeichnete Zusammenarbeit ergeben.

Er legte die Stöße vor sich auf den Schreibtisch und sah auf die Uhr. Noch eine halbe Stunde mit verschränkten Armen und geschlossenen Augen. Dann konnten sie nach Hause gehen.

»Was sind das für Fälle, die du da hast?«

Durch zwei Schlitze, die sich weigerten, größer zu werden, sah Carl zu Assad hoch. Der Mann beugte sich über den Schreibtisch. In der Hand hielt er das ›Kriminaltechnische Handbuch‹. Der zwischen die Seiten geklemmte Finger ließ darauf schließen, dass er mit dem Lesen ein gutes Stück weit gekommen war. Aber vielleicht sah er sich auch nur die Fotos an, viele machten das so.

»Assad, du hast mich gerade in einem Gedankengang unterbrochen.« Er unterdrückte ein Gähnen. »Na, egal. Also, das sind die Fälle, an denen wir arbeiten sollen. Lauter alte Fälle, mit denen andere nicht weitergekommen sind und die sie deshalb aufgegeben haben. Alles klar?«

Assad hob die Augenbrauen. »Das ist doch sehr interessant«, sagte er und griff sich die oberste Aktenmappe. »Keiner weiß etwas darüber, wer es getan hat und so?«

Carl drückte den Rücken durch und sah wieder nach der Uhr. Es war noch nicht einmal drei. Er nahm ihm die Mappe aus der Hand und warf einen Blick hinein. »Von dem Fall weiß ich gar nichts. Irgendwas mit den Grabungsarbeiten auf der Insel Sprogø, als die Brücke über den Großen Belt gebaut wurde. Dabei fanden sie eine Leiche. Aber viel weiter sind sie nicht gekommen. Der Fall lag bei der Polizei in Slagelse. Trödelfritzen.«

»Trödelfritzen?« Assad nickte. »Und der steht für dich an erster Stelle?«

Carl sah ihn verständnislos an. »Du meinst, ob das der erste Fall ist, um den wir uns kümmern?«

»Ja, ist er das?«

Carl runzelte die Stirn. »Ich werde sie mir erst einmal alle gründlich anschauen, dann entscheide ich mich.«

»Ist das hier sehr geheim?« Assad legte die Akte vorsichtig zurück auf den Stoß.

»Die Fälle hier? Ja, da können durchaus Sachen drinstehen, die nicht für andere Ohren gedacht sind.«

Der dunkelhäutige Mann stand einen Moment lang stumm da und wirkte wie ein Junge, der ein Eis wollte und keines bekam, der aber genau wusste, dass es noch eine Chance gab – wenn er nur lange genug stehen blieb. Sie sahen sich so lange stumm an, bis Carl irritiert aufgab.

»Ja?«, fragte er. »Wolltest du etwas Bestimmtes?«

»Wenn ich doch nun hier unten bin und verspreche, dass ich schweige wie ein Grab und nie etwas von den Sachen sage, die ich gesehen habe. Kann ich dann auch in die Akten schauen?«

»Das ist doch nicht deine Arbeit, Assad.«

»Nein. Aber was ist denn im Moment meine Arbeit? Ich bin

in dem Buch bis Seite fünfundvierzig gekommen, und jetzt will mein Kopf etwas anderes haben.«

»Aha.« Carl sah sich um, ob er neue Herausforderungen für Assads Kopf, zumindest aber für seine gut bestückten Oberarme entdecken konnte. Doch da war eindeutig nicht viel für Assad zu tun.

»Ja, also wenn du bei allem, was dir heilig ist, versprichst, auf gar keinen Fall mit anderen als mit mir über das zu reden, was du da liest, dann bitte sehr.« Er schob den äußersten Stoß einige Millimeter zu ihm hinüber. »Es gibt drei Stöße, und die darfst du nicht durcheinanderbringen. Dieses ausgeklügelte System zu entwickeln hat mich viel Zeit gekostet. Und denk dran, Assad: Mit niemandem außer mit mir über die Fälle reden.« Er drehte sich zu seinem Computer um. »Und noch eines, Assad. Es sind meine Fälle, und ich bin sehr beschäftigt. Du siehst ja selbst, wie viele es sind. Also rechne nicht damit, dass ich die Fälle mit dir diskutiere. Du bist hier angestellt, um für Ordnung und Sauberkeit zu sorgen und Kaffee zu kochen und um mich zu fahren. Wenn du nichts zu tun hast, ist es für mich in Ordnung, wenn du liest. Aber das hat nichts mit deiner Arbeit zu tun. Okay?«

»Ja, okay.« Assad starrte einen Moment lang auf den mittleren Stoß. »Es sind besondere Fälle, die da liegen, das kann ich gut verstehen. Ich nehme die drei obersten. Ich bringe sie nicht durcheinander. Ich lasse sie in den Mappen bei mir drüben. Wenn du sie brauchst, ruf einfach, dann bringe ich sie sofort wieder zurück.«

Carl sah ihm nach. Drei Akten unter dem Arm und das ›Kriminaltechnische Handbuch‹ in Bereitschaft. Es wirkte besorgniserregend.

Kaum mehr als eine Stunde war vergangen, da stand Assad schon wieder vor ihm. Carl hatte in der Zwischenzeit an Hardy gedacht. Hardy hatte ihn, Carl, ernsthaft gebeten, ihn umzubringen. Wie könnte er so etwas tun? Was dachte Hardy sich eigentlich dabei?

Assad legte eine der Mappen vor ihn. »Hier ist der einzige Fall, an den ich mich selbst erinnere. Das passierte zu der Zeit, als ich zum Dänischkurs ging, deshalb lasen wir davon in den Zeitungen. Der war sehr interessant, fand ich damals. Ja, und jetzt auch noch.«

Er reichte Carl die Mappe, der einen Blick darauf warf. »Also bist du 2002 nach Dänemark gekommen?«

»Nein, das war '98. Aber ich bin 2002 zum Dänischkurs gegangen. Hast du an dem Fall mitgearbeitet?«

»Nein, das war ein Fall der Mobilen Einsatztruppe vor den Umstrukturierungen.«

»Und die Mobile Einsatztruppe hat das übernommen, weil es draußen auf See passiert ist?«

»Nein, das war …« Er betrachtete Assads aufmerksames Gesicht mit den tanzenden Augenbrauen. »Ja, stimmt«, korrigierte er sich. Warum sollte er Assad mit Hintergrundwissen über Abläufe und Zuständigkeiten bei der Polizei belästigen.

»Die Merete Lynggaard war eine tolle Frau, finde ich.« Assad lächelte verschmitzt.

»Toll?« Carl sah die gut aussehende, vitale Politikerin vor sich. »Ja, das war sie mit Sicherheit.«

11

2002

Einige Tage lang häuften sich die privaten Nachrichten, die für sie eintrafen. Meretes Assistentin gab sich Mühe, ihren Ärger zu verbergen, und spielte die Freundliche. Wann immer sie sich unbeobachtet glaubte, betrachtete sie Merete. Einmal fragte sie, ob Merete Lust hätte, am Wochenende mit ihr Squash zu spielen, aber die wehrte den Vorschlag ab. Sie wollte zwischen sich und den Angestellten einfach diese professionelle Distanz wahren.

Danach gab sich die Assistentin wieder verschlossen und distanziert.

Die letzten Nachrichten, die ihr die Assistentin am Freitag auf den Schreibtisch legte, nahm Merete mit nach Hause. Nachdem sie sie wiederholt durchgelesen hatte, warf sie alles in den Abfall. Danach verschnürte sie die Mülltüte und brachte sie nach draußen in die Mülltonne.

Sie fühlte sich erbärmlich und gemein.

Die Familienhelferin hatte einen Auflauf vorbereitet. Er war sogar noch warm, als sie und Uffe mit ihrer Runde durchs Haus fertig waren. Neben der feuerfesten Form lag auf einem Umschlag ein Zettel.

Oh nein, jetzt kündigt sie, dachte Merete und las den Zettel.

Ein Mann war hier und hat den Umschlag abgegeben. Das hat wohl etwas mit dem Ministerium zu tun, stand dort geschrieben.

Merete riss das Kuvert auf.

Da stand nur: *Gute Reise nach Berlin.*

Neben ihr saß Uffe vor seinem leeren Teller und lächelte erwartungsvoll. Während sie ihm auftat, presste sie die Lippen zusammen und bemühte sich, die Tränen zu unterdrücken.

Der Ostwind hatte zugenommen. Die Wellen trugen Schaumkronen und schlugen hoch hinauf an die Seiten des Schiffes. Uffe liebte den Platz auf dem Sonnendeck. Er stand breitbeinig dort und sah zu, wie sich die Wellen am Schiff brachen und wie sich die Möwen über ihnen mit ausgebreiteten Flügeln vom Wind tragen ließen. Und Merete war glücklich, wenn Uffe fröhlich war. Es war gut, dass sie trotzdem losgefahren waren. Berlin war ja so eine phantastische Stadt.

Weiter hinten an Deck stand ein älteres Paar und sah ihnen zu. An einem der Tische dicht am Schornstein saß eine Familie und machte Picknick. Sie hatten eine Thermoskanne ausgepackt und Brote mitgebracht. Die Kinder waren schon fertig, und Merete lächelte ihnen zu. Der Vater schaute auf die Uhr und sagte etwas zu seiner Frau. Dann begannen sie zusammenzupacken.

Sie erinnerte sich gut an solche Ausflüge mit den Eltern. Das war nun schon sehr lange her. Sie drehte sich um. Viele der Passagiere brachen auf und gingen hinunter zum Fahrzeugdeck. Sie würden schon bald in Puttgarden ankommen, nur noch zehn Minuten. Aber nicht alle hatten es eilig. Auf dem Deck unter ihnen standen an den Panoramascheiben zwei Typen, die ihre Schals bis über das Kinn hochgezogen hatten. Sie blickten ruhig über das Meer. Der eine wirkte sehr mager und entkräftet. Merete fiel auf, dass zwischen ihnen zwei Meter Platz war, also gehörten sie wohl nicht zusammen, überlegte sie.

Einer plötzlichen Eingebung folgend, zog sie den Brief aus der Tasche und las die vier Worte noch einmal. Dann steckte sie den Brief wieder in den Umschlag und hob ihn hoch in die Luft. Einen Moment lang flatterte er im Wind, dann ließ sie los. Er flog hinauf, wirbelte herum und stürzte abwärts, verschwand dann in einer Öffnung an der Seite des Schiffes. Als sie schon glaubte, sie müssten nun zum tiefer liegenden Deck laufen, um den Brief dort aufzulesen, war er plötzlich wieder da und wirbelte kurz auf, dann sank er und tanzte über den Wellen, machte noch eine letzte Umdrehung und verschwand im weißen Schaum. Uffe lachte. Er hatte den Weg des Umschlags die ganze Zeit verfolgt. Plötzlich kreischte er, nahm seine Baseballkappe und warf sie dem Brief hinterher.

»Halt!«, war alles, was sie noch rufen konnte, ehe die Kappe im Meer versank.

Er hatte sie zu Weihnachten bekommen und liebte sie über

alles. In dem Moment, als sie verschwunden war, bereute er es. Ganz offensichtlich wollte er hinterherspringen, um sie zurückzuholen.

»Nein, Uffe!«, rief sie. »Das geht nicht, sie ist weg!« Aber Uffe hatte schon einen Fuß auf die metallene Barriere an der Reling gestellt. So stand er da und schwankte und brüllte über das Holzgeländer, und der Schwerpunkt seines Körpers war viel zu weit oben.

»Halt, Uffe, halt, das geht nicht!«, rief sie wieder, aber Uffe war stark, viel stärker als sie, und Uffe war weit weg. Sein Bewusstsein lag unten in den Wellen bei der Baseballkappe, die er zu Weihnachten bekommen hatte. Eine Reliquie in seinem einfachen, gottlosen Leben.

Da schlug sie ihm hart ins Gesicht. Das hatte sie noch nie getan. Erschrocken zog sie ihre Hand zurück und bereute es auf der Stelle. Uffe verstand gar nichts mehr. Augenblicklich hatte er die Kappe vergessen und griff sich an die Wange. Er stand unter Schock. Viele Jahre lang hatte er nie einen solchen Schmerz gespürt. Er verstand das alles nicht. Er sah sie an und schlug zurück. Schlug sie wie nie zuvor.

12

2007

In der letzten Nacht hatte der Chef der Mordkommission schon wieder nicht viel Schlaf bekommen.

Die Zeugin im Fahrradmord im Valbypark hatte versucht, sich mit einer Überdosis Schlaftabletten umzubringen. Was um alles in der Welt sie so weit hatte bringen können, begriff er nicht. Sie hatte doch Kinder und eine Mutter, die sie liebte! Wer oder was konnte eine Frau dermaßen unter Druck setzen? Sie boten ihr Zeugenschutz und alles, was dazugehörte. Sie war Tag und Nacht unter Überwachung. Wie war sie überhaupt an die Schlaftabletten gekommen?

»Du solltest heimfahren und dich ein bisschen ausruhen«, sagte sein Stellvertreter, als Marcus Jacobsen von seiner üblichen Freitags-Dienstbesprechung mit dem Chefinspektor im Präsidium zurückkam.

Er nickte. »Ja, vielleicht wenigstens zwei Stunden. Dann musst du aber zusammen mit Bak ins Rigshospital fahren. Versucht, etwas aus der Frau herauszubekommen. Und sorgt dafür, dass ihre Mutter und ihre Kinder mitkommen, damit sie alle sieht. Wir müssen alles versuchen, um sie in die Realität zurückzuholen.«

»Ja. Oder davon weg«, meinte Lars Bjørn lakonisch.

Das Telefon war umgestellt, aber nun klingelte es trotzdem. »Nur die Königin und Prinz Henrik dürfen durchgestellt werden«, hatte er zur Sekretärin gesagt. Dann war es wohl seine Frau.

»Der Polizeipräsident«, flüsterte Lars Bjørn mit der Hand über dem Hörer. Er reichte ihn an Marcus weiter und schlich sich aus dem Raum.

»Ja«, meldete sich der Chef der Mordkommission und fühlte sich noch müder, als er die Stimme am anderen Ende hörte.

»Ja, also Marcus.« Diese Stimme war nicht zu verkennen. »Ich rufe an, um dir zu sagen, dass der Justizminister und die Kommissionen schnell gearbeitet haben. Die zusätzliche Bewilligung ist durch!«

»Das sind ja gute Nachrichten«, antwortete Marcus und versuchte sich vorzustellen, wie man das Budget aufteilen könnte.

»Ja, also heute waren Piv Vestergård und der Rechtsausschuss der Dänemarkpartei zur Besprechung im Justizministerium. Nun kommt die Sache in Schwung. Der Dienstweg ist dir ja bekannt, und ich wurde nun gebeten, dich zu fragen, ob mit der neuen Abteilung alles nach Plan läuft.«

»Doch, das denke ich schon«, sagte er und hatte prompt Carls müdes Gesicht vor Augen.

»Gut, sehr gut. Das werde ich weitergeben. Und mit welchem Fall werdet ihr anfangen?«

Das war nicht direkt eine Frage, die seine Lebensgeister weckte.

Carl hatte sich gerade innerlich darauf eingestellt, den Heimweg anzutreten. Die Wanduhr zeigte 16.36, aber nach seiner inneren Uhr war es schon etliche Stunden später. Deshalb machte ihm Marcus Jacobsen mit seinem Anruf, mit dem er seinen Besuch ankündigte, wirklich einen Strich durch die Rechnung. »Ich muss doch weitergeben können, woran du arbeitest.«

Carl betrachtete resigniert das gähnend leere Schwarze Brett und die vielen Kaffeetassen auf seinem kleinen Konferenztisch. »Ich brauche zwanzig Minuten, Marcus. Dann kannst du von mir aus kommen. Wir haben im Augenblick schrecklich viel zu tun.«

Er legte auf und blähte die Wangen. Dann ließ er ganz langsam die Luft wieder raus, stand auf und ging über den Flur zu dem Raum, in dem Assad sich eingerichtet hatte.

Auf seinem ungewöhnlich kleinen Schreibtisch standen zwei gerahmte Fotos mit jeder Menge Menschen. An der Wand über dem Schreibtisch hing ein Poster mit arabischen Buchstaben und einem hübschen Foto eines exotischen Gebäudes, das Carl nicht erkannte. Am Knauf der Tür hingen irgendein altmodischer brauner Kittel und seltsame Beinwärmer. Er hatte seine Geräte ordentlich an der Wand am Ende des Raums aufgereiht: Eimer, Mopp, Staubsauger und eine Unmenge Flaschen mit allen möglichen starken Reinigungsmitteln. Im Regal lagen Gummihandschuhe, daneben stand ein kleines Transistorradio mit Kassettendeck, aus dem sehr gedämpft Töne drangen, die einen sofort in den Basar von Sousse versetzten. Direkt daneben lagen Papier und Bleistift, Blocks, der Koran und einige

Zeitschriften in arabischer Schrift. Vor dem Regal lag ein bunter Gebetsteppich, der für den knienden Assad kaum groß genug sein konnte. Das Ganze wirkte irgendwie malerisch.

»Assad«, sagte er. »Wir haben es ein bisschen eilig. In zwanzig Minuten kommt der Chef der Mordkommission hierher, bis dahin müssen wir etwas vorbereitet haben. Wenn er da ist, wäre ich dir dankbar, wenn du dich am anderen Ende des Korridors aufhältst und den Fußboden wischst. Du musst leider ein bisschen Überstunden machen, aber ich hoffe, das ist okay.«

»Also Donnerwetter, Carl«, sagte Marcus Jacobsen und nickte müde hinüber zum Anschlagbrett. »Du hast hier wirklich System reingebracht. Bist du wieder auf dem Damm?«

»Auf dem Damm? Doch, ja, ich tue, was ich kann. Aber du musst schon damit rechnen, dass es noch eine Weile dauern wird, bis ich wieder mit Volldampf loslegen kann.«

»Carl, du musst Bescheid sagen, wenn du noch mal mit dem Psychologen reden willst. Man darf diese ›Posttraumatischen Belastungsstörungen‹ nicht unterschätzen.«

»Das wird nicht nötig sein, glaube ich.«

»Okay, Carl. Aber denk dran, notfalls sofort Bescheid zu sagen.« Er drehte sich um. »Du hast deinen Flachbildschirm aufgehängt«, sagte er und starrte auf das Vierzig-Zoll-Bild mit den TV2-Nachrichten.

»Ja, wir müssen doch sehen, was in der Welt passiert.« Carl schickte Assad einen freundlichen Gedanken. Innerhalb von fünf Minuten hatte der Mann den ganzen Kram an der Wand angebracht und angeschlossen. Das konnte er also auch.

»Sie haben gerade berichtet, dass die Zeugin im Fahrradmord einen Selbstmordversuch unternommen hat«, fuhr Carl fort.

»Was? Ach verdammt, ist das schon wieder durchgesickert!« Das schien Marcus Jacobsen, der ohnehin müde und erschöpft wirkte, den Rest zu geben.

Carl zuckte die Achseln. Nach zehn Jahren als Chef der

Mordkommission musste der Mann doch langsam wissen, wie der Hase lief. »Ich habe die Fälle in drei Kategorien aufgeteilt«, sagte er und deutete auf die Stöße. »Die sind durch die Bank weg heftig. Ich habe mich da tagelang durchgewühlt. Das hier, das wird jede Menge Zeit kosten, Marcus.«

Marcus Jacobsen, der noch immer die Nachrichtensendung verfolgte, wandte ihm den Blick zu. »Es dauert so lange, wie es dauert, Carl. Hauptsache, wir liefern zwischendurch Ergebnisse. Gib einfach Laut, wenn wir da oben dich unterstützen können.« Er versuchte zu lächeln. »Für welchen Fall hast du dich jetzt entschlossen? Womit fängst du an?«

»Na ja, grundsätzlich werde ich mich nicht exklusiv mit einem allein beschäftigen können. Aber mein Hauptaugenmerk wird wohl auf den Fall Merete Lynggaard gerichtet sein.«

Der Chef der Mordkommission entspannte sich zusehends. »Ja, das war eine verrückte Geschichte. Einfach verschwunden. Innerhalb weniger Minuten auf der Fähre zwischen Rødby und Puttgarden. Keine Zeugen.«

»Bei dem Fall gab es eine Reihe von Merkwürdigkeiten«, sagte Carl und versuchte krampfhaft, sich wenigstens an eine zu erinnern.

»Man hatte ihren Bruder angeklagt, sie über die Reling ins Meer gestoßen zu haben, daran erinnere ich mich. Aber die Beschuldigung wurde später zurückgezogen. Ist das eine Spur, bei der du ansetzen willst?«

»Vielleicht. Ich weiß nicht, wo er jetzt ist, ich muss ihn also erst mal finden. Aber da sind auch noch andere Details, die ins Auge fallen.«

»Steht nicht in den Akten, er sei in einer Institution in Nordseeland untergebracht?«, meinte Marcus Jabobsen.

»Ja, das schon. Aber womöglich ist er da gar nicht mehr.« Carl bemühte sich, nachdenklich auszusehen. Nun geh doch endlich zurück in dein Büro, Herr Chef der Mordkommission Jacobsen, dachte er. Lauter Fragen, und er hatte doch gerade mal fünf Minuten in den Akten lesen können, mehr war in der Kürze der Zeit nicht drin gewesen.

»Das heißt Egely, wo er ist. In Frederikssund Stadt.« Die Stimme kam von der Tür. Dort stand Assad und stützte sich auf seinen Besen. Mit seinem Elfenbeinlächeln, den grünen Gummihandschuhen und einem Kittel, der ihm bis zu den Knöcheln reichte, sah er aus, als käme er von einem anderen Stern.

Der Chef der Mordkommission betrachtete verwirrt das exotische Wesen.

»Hafez el-Assad«, stellte er sich vor und reichte ihm eine Hand im grünen Handschuh.

»Marcus Jacobsen«, sagte der Chef der Mordkommission und schüttelte seine Hand. Dann drehte er sich fragend zu Carl um.

»Das ist hier unten unsere neue Hilfskraft. Assad hat gehört, wie ich über den Fall sprach«, erklärte Carl und warf Assad einen bösen Blick zu, der an diesem jedoch einfach abprallte.

»Aha«, sagte der Chef der Mordkommission.

»Ja, mein Vizepolizeikommissar Mørck hat echt hart gearbeitet. Ich habe ihm hier und da ein bisschen geholfen, was man so kann.« Er lächelte breit. »Was ich aber nicht verstehe: Warum fand man Merete Lynggaard nie im Meer. In Syrien, wo ich herkomme, gibt es massenweise Haie im Wasser. Die fressen die Leichen. Aber wenn es hier im Meer bei Dänemark nicht so viele Haie gibt, dann müsste man sie irgendwann finden. Die Leichen werden doch zu Ballons, innen verrottet alles und der Körper dehnt sich aus.«

Der Chef der Mordkommission versuchte ein Lächeln. »Ja, schon. Aber das Meer rings um Dänemark ist groß und tief. Es passiert gar nicht so selten, dass wir Ertrunkene nicht finden. Immer wieder kommt es vor, dass Menschen von den Passagierschiffen fallen und niemals gefunden werden.«

»Assad.« Carl sah auf die Uhr. »Du kannst jetzt nach Hause gehen. Bis morgen.«

Assad nickte und nahm den Eimer. Am Ende des Flurs rumorte und schepperte es kurz, dann tauchte Assads Gesicht wieder in der Türöffnung auf, und er verabschiedete sich.

»Das ist ja eine Type, dieser Hafez el-Assad«, sagte Marcus Jacobsen, als die Schritte verklungen waren.

13

2007

Nach dem Wochenende war auf Carls Computer von Lars Bjørn ein Memo hinterlegt.

Er schrieb: *Ich habe Bak darüber informiert, dass du den Fall Merete Lynggaard wieder aufrollen willst. Bak war mit der Mobilen Einsatztruppe in der Abschlussphase der Ermittlungen an der Sache dran, er weiß also einiges. Derzeit schuftet er im Fall des Fahrradmordes, ist aber darauf eingerichtet, mit dir zu reden, am besten schnellstmöglich.*

Unterschrieben: Lars Bjørn.

Carl schnaubte. Am besten schnellstmöglich. Was bildete Bak, dieser heilige Frederik, sich eigentlich ein? Selbstgerecht und geltungssüchtig war er. Und viel zu wichtig nahm er sich sowieso. Bürokrat und Musterknabe. Seine Frau musste bestimmt ein Formular in dreifacher Ausfertigung einreichen, bevor sie Ansprüche auf exotische Zärtlichkeiten unterhalb der Gürtellinie geltend machen konnte.

Aber Bak hatte also in einem Fall ermittelt, der *nicht* gelöst wurde. Das war doch was. Man fühlte sich fast verpflichtet, das für ihn zu übernehmen.

Er nahm die Akte vom Tisch und bat Assad, ihm eine Tasse Kaffee zu kochen. »Aber bitte nicht so stark wie gestern«, sagte er und dachte an die Entfernung zu den Toiletten.

Die Akte Lynggaard war wohl die umfangreichste, die Carl je gesehen hatte. Alles fand sich darin. Berichte über den Zustand des Bruders Uffe, Abschriften von Verhören, Zeitungsausschnitte – aus seriösen Zeitungen genauso wie aus Klatschblättern, Videoaufnahmen mit Interviews von Merete Lynggaard, Abschriften detaillierter Zeugenaussagen von Kollegen und von Mitreisenden auf der Fähre, die damals die Geschwister an Deck gesehen hatten. Es gab Fotos von dem Sonnendeck und von der Reling und vom Abstand bis zur Meeresoberfläche. Man hatte dort, wo sie verschwunden war, Fingerabdrücke genommen. Von den Passagieren, die an Bord der Fähre fotografiert hatten, gab es eine Liste mitsamt Adressen. Ja, es gab sogar eine Kopie aus dem Logbuch der Scandline-Fähre, woraus hervorging, wie der Kapitän damals auf die Geschichte reagiert hatte. Allerdings fand sich zwischen all dem Material nichts, was Carl weiterbringen konnte.

Ich muss unbedingt diese Videos anschauen, dachte er und sah resigniert zu seinem DVD-Player.

»Assad, ich habe eine Aufgabe für dich«, sagte er, als dieser mit einem dampfenden Becher Kaffee zurückkam. »Geh nach oben zur Mordkommission im zweiten Stock. Durch die grüne Tür und die roten Gänge entlang bis zu einer Ablage, wo …«

Assad überreichte ihm den Kaffee, der schon von weitem nach heftigen Magenproblemen duftete. »Ablage?«, sagte er und runzelte die Stirn.

»Ja, du weißt schon. Da, wo der rote Gang etwas breiter wird. Geh zu einer blonden Frau. Sie heißt Lis. Sie ist klasse. Sag ihr, dass Carl Mørck unten ein Videogerät braucht. Wir sind gute Freunde, sie und ich.« Er zwinkerte Assad zu, und der zwinkerte zurück.

»Und wenn nur die Dunkelhaarige da ist, dann kommst du einfach zurück.«

Assad nickte.

»Ach ja, denk dran, dass du einen Scartstick mitbringst«, rief er Assad nach, als der den neonbeleuchteten Kellerflur hinunterschlurfte.

»Da oben war nur die Dunkelhaarige«, sagte er, als er zurückkam. »Sie hat mir zwei Videogeräte gegeben und gesagt, dass sie sie nicht wiederhaben wollen.« Er lächelte breit. »Sie ist auch hübsch.«

Carl schüttelte den Kopf. Dann musste es noch einen Personalwechsel gegeben haben.

Das erste Video war eine Nachrichtenaufzeichnung vom 20. Dezember 2001. Merete Lynggaard kommentierte eine informelle Gesundheits- und Klimakonferenz in London, an der sie teilgenommen hatte. Das Interview handelte in erster Linie von ihren Beratungen mit einem gewissen Senator Bruce Jansen über die amerikanische Haltung zur Arbeit der WHO und zum Kioto-Protokoll, was ihrer Meinung nach Anlass zu großem Optimismus für die Zukunft gab. Lässt sie sich etwa leicht hinters Licht führen?, dachte Carl. Aber abgesehen von dieser bestimmt altersbedingten Naivität trat Merete Lynggaard nüchtern und sachlich auf, äußerte sich präzise und überstrahlte den neu ernannten Innen- und Gesundheitsminister, der neben ihr stand und eher wie die Parodie eines Studienrats in einem Film aus den Sechzigern wirkte.

»Eine richtig tolle und schöne Frau«, kommentierte Assad von der Tür aus.

Das zweite Video war vom 21. Februar 2002. Merete Lynggaard kommentierte darin im Namen des umweltpolitischen Sprechers ihrer Partei die Kritik des selbst ernannten Umweltskeptikers Bjarke Ørnfeldts an den »Ausschüssen betreffend wissenschaftlicher Unredlichkeit«.

Wie kann man einem Ausschuss so einen Namen geben, dachte Carl. Dass in Dänemark etwas so kafkaesk klingen konnte.

Diesmal stand da ein ganz anderer Typ Merete Lynggaard am Rednerpult. Geistesgegenwärtiger, weniger Politiker.

»Da ist sie wirklich, wirklich so hübsch«, sagte Assad.

Carl sah ihn an. Das Aussehen einer Frau spielte im Leben dieses Mannes offenbar eine nicht ganz unbedeutende Rolle. Aber Carl musste Assad recht geben. Bei diesem Interview umgab die Frau eine ganz besondere Aura. Unmengen dieses unwahrscheinlich starken Appeals, den fast alle Frauen auf die Umgebung auszuströmen imstande sind, wenn es ihnen sehr, sehr gut geht. Sehr vielsagend. Aber auch sehr verwirrend.

»War sie denn schwanger?«, fragte Assad. Der Anzahl der Familienmitglieder auf den Fotos nach zu urteilen, war das ein weiblicher Zustand, mit dem er einige Erfahrung hatte.

Carl nahm sich eine Zigarette und blätterte die Akte noch einmal durch. Einen Obduktionsbericht gab es naturgemäß nicht, schließlich war die Leiche nie gefunden worden. Und wenn er die Artikel der Klatschspalten überflog, wurde dort mehr als nur angedeutet, dass sie nichts für Männer übrig hatte – auch wenn das natürlich eine Schwangerschaft nicht vollständig ausschließen konnte. Und wenn er ganz genau hinschaute, dann war sie tatsächlich nie in näherem Kontakt mit jemandem gesehen worden, weder Mann noch Frau.

»Sie war wohl einfach nur verliebt«, konstatierte Assad schließlich und wedelte den Zigarettenrauch mit der Hand weg. Er war jetzt so nahe herangekommen, als wollte er in den Bildschirm kriechen.

Carl schüttelte den Kopf. »Ich glaube, es hatte an dem Tag nur zwei Grad. Interviews im Freien lassen Politiker gesünder aussehen, Assad, warum sonst sollten sie sich darauf einlassen?«

Aber Assad hatte recht. Der Unterschied zwischen diesem und dem vorangegangenen Interview war eklatant. In der Zwischenzeit musste etwas passiert sein. Die Geschichte um Bjarke Ørnfeldt, diesen doofen Berufslobbyisten mit Diplom im Haarspalten von Fakten im Zusammenhang mit Naturkatastrophen, konnte nicht dafür verantwortlich sein, dass sie so apart glühte.

Er starrte eine Weile vor sich hin. Bei allen Ermittlungen gelangte man an einen Punkt, an dem man aus tiefstem Herzen wünschte, man wäre dem Opfer im Leben begegnet. Diesmal war er früher als gewöhnlich dort angekommen.

»Assad. Ruf diese Institution an, Egely, wo Merete Lynggaards Bruder untergebracht ist, und mach im Namen von Vizekriminalkommissar Mørck einen Besuchstermin aus.«

»Vizekriminalkommissar Mørck, wer ist das?«

Carl deutete auf seine Schläfe. War er doch ein bisschen langsam im Kopf? »Na, wer wohl?«

Assad schüttelte den Kopf. »Hm. Innen in meinem Kopf glaubte ich, du bist Vizepolizeikommissar. Heißt das nicht so nach der neuen Polizeireform?«

Carl holte tief Luft. Idiotische Polizeireform. Darauf scheiß ich doch, dachte er.

Der Heimleiter von Egely rief zehn Minuten später zurück und versuchte gar nicht erst, seine Skepsis darüber zu verbergen, worauf das Ganze hinauslaufen solle. Assad hatte also wohl bei der Aufgabe ein bisschen improvisiert. Aber was konnte man schließlich auch von einem Assistenten mit Doktortitel in Gummihandschuhen und mit Plastikeimern erwarten.

Er sah hinüber zu seinem Helfer, und als der von seinem Sudoku aufschaute, nickte er ihm aufmunternd zu.

Carl brauchte eine halbe Minute, um den Heimleiter über den Stand der Dinge zu informieren, und auch dessen Antwort war kurz und bündig: Uffe Lynggaard spreche überhaupt nicht, deshalb könne der Vizepolizeikommissar mit ihm auch über nichts sprechen. Überdies sei Uffe Lynggaard nicht entmündigt, obwohl er stumm war und man ihn kaum erreichte. Und da Uffe Lynggaard den Mitarbeitern im Heim nicht die Zustimmung gegeben habe, an seiner statt zu sprechen, werde Carl auch über die nichts herausfinden.

»Ich kenne die Regeln. Auf keinen Fall will ich jemanden

dazu bringen, seine Schweigepflicht zu verletzen. Aber ich ermittle im Zusammenhang mit dem Verschwinden seiner Schwester, und deshalb glaube ich, dass Uffe sich freuen würde, mit mir zu reden.«

»Er spricht nicht, ich meine, das hätte ich bereits gesagt.«

»Das tun in der Tat nicht viele von denen, die wir befragen. Aber wir kommen trotzdem zurecht. Es gibt auch Signale nonverbaler Kommunikation, die wir im Sonderdezernat Q zu lesen gelernt haben.«

»Sonderdezernat Q?«

»Ja, die Elite-Ermittler des Präsidiums. Wann kann ich vorbeikommen?«

Der Mann seufzte vernehmlich. Er war immerhin so schlau, eine Bulldogge zu erkennen, wenn er einer begegnete.

»Ich will sehen, was ich machen kann. Sie bekommen Bescheid«, sagte er dann.

»Assad, als du angerufen hast, was hast du da eigentlich zu dem Mann gesagt?«, rief er über den Gang, als er aufgelegt hatte.

»Zu dem Mann da? Ich habe gesagt, ich würde nur mit dem Chef sprechen.«

»Der Heimleiter ist der Chef, Assad.«

Carl atmete tief durch, stand auf, ging hinüber zu ihm und sah ihm tief in die Augen.

»Kennst du das Wort Heimleiter nicht? Ein Heimleiter ist der Chef.« Sie nickten sich zu, und damit war das geklärt. »Assad. Morgen holst du mich draußen in Allerød ab, da, wo ich wohne. Wir machen einen kleinen Ausflug, okay?«

Er zuckte die Achseln.

»Und du hast keine Probleme mit dem da, wenn wir losfahren?« Er deutete auf den Gebetsteppich.

»Dem da, den kann man zusammenrollen.«

»Ach so. Und woher weißt du dann, ob der nach Mekka zeigt?«

Assad deutete auf seinen Kopf, als sei in den Stirnlappen des Gehirns ein GPS-System implantiert. »Und wenn man trotzdem so ein bisschen unsicher ist, dann gibt es das hier.« Er hob eine der Zeitschriften vom Regal und zeigte Carl beim Aufschlagen einen Kompass.

»Donnerwetter.« Carl starrte an die Decke, zu den dicken Metallrohren, die sich dort entlangzogen. »Einen Kompass kannst du hier unten aber vergessen, der funktioniert nicht.«

Assad deutete wieder auf seinen Kopf.

»Ach so, du hast es im Gefühl. Es muss also nicht so haargenau sein?«

»Allah ist groß. Er hat breite Schultern.«

Carl spitzte den Mund. Natürlich hatte Allah die.

Als er das Büro von Gruppenleiter Bak betrat, wandten sich Carl vier Köpfe zu. Die tiefen Schatten unter den Augen der Männer ließen keinen Zweifel daran, dass die Gruppe unter enormem Druck stand. An der Wand hing eine große Karte vom Valbypark, auf der wesentliche Elemente des hochaktuellen Falles eingetragen waren: der Tatort des Mordes, der Fundort der Mordwaffe – ein altmodisches Rasiermesser –, die Stelle, wo die Zeugin den Ermordeten und den mutmaßlichen Täter zusammen gesehen hatte, und außerdem die Route der Zeugin durch den gesamten Park. Alles war ausgemessen und analysiert worden, und nichts passte zusammen.

»Carl, ich hab jetzt keine Zeit«, sagte Bak und zupfte am Ärmel seiner schwarzen Lederjacke, die er vom früheren Chef der Mordkommission geerbt hatte. Diese Jacke war sein Ein und Alles, sein Beweis dafür, dass er einfach großartig war. Man sah ihn nur sehr selten ohne sie. Die Heizkörper glühten zwar, und die Raumtemperatur lag bei mindestens vierzig Grad, aber er rechnete vermutlich damit, dass er schnell wieder hinausmusste.

Carl betrachtete die Fotos, die auf der Pinnwand hinter ihm

angepinnt waren. Der Anblick war wenig erhebend. Anscheinend hatte sich jemand an der Leiche vergriffen. In der Brust des Leichnams klafften tiefe Wunden, und ein halbes Ohr war abgeschnitten. Damit hatte der Täter vermutlich das Kreuz aus Blut auf das weiße Hemd gemalt. Das gefrorene Gras rings um das Fahrrad war plattgetreten, auch auf dem Fahrrad war herumgetrampelt worden, die Speichen des Vorderrads waren gebrochen. Die Tasche des Opfers war offen, und Bücher und Unterlagen von der Handelshochschule lagen ringsum im Gras verstreut.

»Du hast keine Zeit, sagst du? Okay. Aber kannst du deinen Hirntod vielleicht für einen Moment überwinden und mir mal erzählen, was deine Kronzeugin über die Person sagte, die sie direkt vor dem Mord mit dem Opfer reden sah?«, fragte er.

Die vier Männer blickten ihn an, als hätte er ihre Grabruhe gestört.

Bak sah ihn kalt an. »Carl, das ist nicht dein Fall. Wir unterhalten uns später. Ob du es glaubst oder nicht, aber wir hier oben haben zu tun.«

Er nickte. »Ja, sieht ganz danach aus. Selbstverständlich habt ihr viel zu tun. Und ich nehme doch an, dass ihr längst Leute losgeschickt habt, die die Wohnung der Zeugin untersuchen, nachdem sie ins Krankenhaus eingeliefert wurde.«

Sie sahen sich an. Empört und fragend.

Hatten sie also nicht. Na super.

Marcus Jacobsen hatte sich in seinem Büro gerade wieder hinter den Schreibtisch gesetzt, als Carl hereinkam. Marcus sah wie immer gut aus. Der Scheitel war wie mit dem Lineal gezogen, sein Blick hellwach und geistesgegenwärtig.

»Marcus, habt ihr die Wohnung der Zeugin nach ihrem Suizidversuch untersucht?«, fragte Carl ohne Umschweife und deutete auf die Akte, die vor dem Chef auf dem Schreibtisch lag.

»Was meinst du?«

»Ihr habt doch das halbe Ohr des Opfers bislang nicht gefunden, oder?«

»Nein, noch nicht. Und du willst damit sagen, es könnte in der Wohnung der Zeugin sein.«

»Wenn ich du wäre, Chef, würde ich danach suchen.«

»Wenn sie es bekommen hat, dann bin ich sicher, dass sie es nicht behalten hat.«

»Dann sucht unten auf dem Hof in den Mülltonnen. Und seht in der Toilette genau nach.«

»Carl, das wäre längst weggespült.«

»Kennst du die Geschichte von der Scheiße, die die Angewohnheit hatte, wieder aufzutauchen, egal, wie oft man zog?«

»Ja, ja, Carl. Lass uns nur machen.«

»Der Stolz der Abteilung, Herr Dr. Musterknabe Bak, will nicht mit mir reden.«

»Dann musst du eben warten, Carl. Deine Fälle laufen ja nicht gleich davon.«

»Ich sage es nur, damit du Bescheid weißt. Das wirft mich in meiner Arbeit natürlich zurück.«

»Dann würde ich doch vorschlagen, dass du dich in der Zwischenzeit mit einem der anderen Fälle beschäftigst.« Er nahm seinen Kugelschreiber und trommelte damit einige Takte an die Tischkante. »Was ist das eigentlich für ein Typ da unten bei dir. Du beziehst ihn doch wohl nicht in die Ermittlungen ein?«

»Ach weißt du, meine Abteilung ist ja sehr groß, und entsprechend gering sind die Chancen, dass er aufschnappt, was da vor sich geht.«

Marcus Jacobsen warf den Kugelschreiber auf einen der Aktenstapel auf seinem Tisch. »Carl, du weißt genau, dass du der Schweigepflicht unterliegst. Und der Mann ist kein Polizist. Nur dass du es nicht vergisst.«

Carl nickte. Er bestimmte selbst, was wann gesagt wurde und zu wem. »Wie habt ihr Assad denn überhaupt aufgetrieben? Kommt er vom Arbeitsamt?«

»Keine Ahnung, frag Lars Bjørn. Oder frag den Mann doch selbst.«

Carl hob einen Finger in die Luft, als wollte er die Windrichtung prüfen. »Ich bräuchte im Übrigen einen Plan vom Keller, maßstabsgetreu, wo auch die Himmelsrichtungen eingezeichnet sind.«

Marcus Jacobsen sah jetzt wieder etwas müde aus. Nicht viele würden es wagen, sich mit so merkwürdigen Bitten an ihn zu wenden. »Du kannst dir aus dem Intranet einen Übersichtsplan ausdrucken, Carl. Kinderleicht!«

»Hier«, sagte Carl und deutete auf den Plan, den er vor Assad hingelegt hatte. »Hier siehst du die Wand da, und dort liegt dein Gebetsteppich. Und hier siehst du also den Pfeil, der nach Norden zeigt. Jetzt kannst du deinen Teppich genau ausrichten.«

Aus Assads Augen sprach Erstaunen. Und Respekt. Aus Carl und ihm würde schon noch ein gutes Team werden.

»Du hast zwei Anrufe bekommen. Ich habe beiden erzählt, dass du sie gern zurückrufst.«

»Ja?«

»Dieser Heimleiter aus Frederikssund und noch eine Dame, die spricht wie eine Maschine, die in Metall schneidet.«

Carl seufzte. »Das ist Vigga, meine Frau.« Sie hatte also seine neue Durchwahl. Damit hatte der Frieden ein Ende.

»Deine Frau? Du hast eine Frau?«

»Ach Assad. Das ist zu schwer zu erklären. Wir wollen uns erst mal etwas besser kennenlernen.«

Assad presste die Lippen zusammen und nickte. Ein Anflug von Mitgefühl zog über sein ernstes Gesicht.

»Assad, wie hast du eigentlich diese Stelle hier bekommen?«

»Ich kenne Lars Bjørn.«

»Du kennst Bjørn?«

Er lächelte. »Ja. Weißt du, ich bin jeden Tag in seinem Büro gewesen, weil ich einen Job bekommen wollte.«

»Du hast Lars Bjørn genervt, damit du einen Job bekommst?«

»Ja. Ich liebe Polizei.«

Er rief Vigga erst an, als er zu Hause im Wohnzimmer stand, wo es nach Essen duftete. Begleitet von gefühlvollen Arien hatte Morten aus dem Angebot des Supermarkts etwas gezaubert. Irgendwas mit Parmaschinken.

Solange man die Dosis selbst bestimmen konnte, war Vigga okay. Viele Jahre lang war es schwer gewesen, aber nachdem sie ihn fallengelassen hatte, galten bestimmte Spielregeln.

»Hör mal Vigga«, sagte er. »Ruf mich doch nicht auf der Arbeit an. Du weißt genau, was da immer los ist.«

»Carl, Lieber. Hat dir Morten nicht erzählt, dass ich friere?«

»Das will ich gerne glauben, Vigga. Das ist schließlich ein Gartenhaus. Und aus beschissenem Material zusammengeschustert. Alte Bretter und Kisten, die schon 1945 übrig waren und zu nichts zu gebrauchen. Zieh doch einfach um.«

»Ich ziehe nicht wieder zu dir nach Hause, Carl.«

Er holte tief Luft. »Das will ich auch hoffen. Es würde für dich und deine Fließbandkonfirmanden unten in der Sauna bei Morten auch ganz schön eng. Es gibt doch verdammt auch andere Häuser und Wohnungen mit Heizung.«

»Ich hätte eine echt gute Lösung für alles.«

Das klang auf jeden Fall teuer. »Eine echt gute Lösung, Vigga, heißt Scheidung.« Die würde früher oder später sowieso kommen. Dann würde ihr die Hälfte des Hauses gehören. Leider war der Wert in den letzten Jahren enorm gestiegen. Er hätte damals die Scheidung einfordern sollen, als die Häuser noch die Hälfte kosteten. Aber jetzt war es zu spät, und ausziehen wollte er auf keinen Fall.

Er richtete den Blick auf die vibrierende Zimmerdecke unter Jespers Zimmer. Und wenn ich wegen der Scheidung einen Kredit aufnehmen muss, dachte er, kann mich das unmöglich mehr kosten, als ich jetzt schon bezahle. Dann müsste sie ja auch die

Verantwortung für ihren Sohn übernehmen. Bestimmt hatte in diesem Teil der Stadt keiner eine höhere Stromrechnung als er. Jesper war der Elitekunde Nummer eins des Elektrizitätskonzerns.

»Scheidung? Nein, Carl, ich will mich nicht scheiden lassen. Das habe ich probiert, und das war nicht gut, wie du weißt.«

Er schüttelte den Kopf. Wie zum Teufel bezeichnete sie denn die Situation, in der sie nun schon seit Jahr und Tag lebten?

»Ich will eine Galerie haben, Carl. Meine eigene Galerie.«

Okay, jetzt kommt es, dachte er. Er sah Viggas meterhohe Schinken vor sich, verrückte, riesige Klecksereien in Hellrot und Goldbronze. Eine Galerie? Gute Idee, wenn sie mehr Platz haben wollte als in der Gartenlaube.

»Eine Galerie sagst du? Mit einem gewaltigen Ofen, stell ich mir vor. Da kannst du den ganzen Tag sitzen und dich an den Millionen wärmen, die nur so hereinströmen.« Doch, ja, er sah schon alles vor sich.

»Ja, du alter Spötter. Das warst du doch schon immer.« Sie lachte. Das war dieses Lachen, mit dem sie ihn jedes Mal kriegte. Dieses verdammt tolle Lachen. »Aber, Carl, das wird phantastisch. Mit einer eigenen Galerie sind die Möglichkeiten immens, siehst du das nicht? Und Jesper bekommt eine berühmte Mutter, das wäre doch super.«

Vigga, das heißt berüchtigt, dachte er. »Und ich kann mir denken, dass du schon das Richtige gefunden hast«, sagte er.

»Carl, es ist hinreißend. Und Hugin hat schon mit dem Eigentümer gesprochen.«

»Hugin?«

»Ja, Hugin. Ein sehr talentierter Maler.«

»Doch bestimmt mehr auf den Laken als auf der Leinwand, denke ich mir.«

»Ach Carl«, sie lachte wieder. »Das war jetzt nicht sehr nett von dir.«

14

2002

Merete hatte auf dem Restaurantdeck gestanden und auf Uffe gewartet. Ehe die Tür zur Herrentoilette hinter ihm zufiel, hatte sie noch zu ihm gesagt, er müsse sich beeilen. In der Cafeteria am anderen Ende waren nur noch die Kellner, die Passagiere waren alle nach unten zu den Autos gegangen. Uffe muss sich beeilen, auch wenn das Auto ganz hinten in der Reihe steht, hatte sie gedacht.

Und das war das Letzte, was sie in ihrem alten Leben noch denken konnte.

Der Angriff kam von hinten und war so überraschend, dass sie nicht mal schreien konnte. Aber das Tuch und die Hand, die es ihr mit eisernem Griff auf Mund und Nase presste, konnte sie noch spüren, und dann, schon schwächer, bekam sie noch mit, wie jemand auf den schwarzen Knopf schlug, mit dem die Tür geöffnet wurde, die zur Treppe und zum Fahrzeugdeck führte. Am Ende waren es nur noch entfernte Geräusche und der Anblick der Metallwände bei der Treppe, die sich drehten. Dann wurde alles schwarz.

Kalt. Der Betonboden, auf dem sie wieder zu sich kam, war kalt. Sie hob den Kopf und spürte ein dröhnendes Klopfen hinter ihren Schläfen. Ihre Beine waren schwer, und sie konnte ihre Schultern kaum vom Boden heben. Sie schob sich hoch, bis sie saß, und versuchte, sich in der pechschwarzen Finsternis zu orientieren. Wollte am liebsten schreien, wagte es aber nicht und atmete nur tief und lautlos ein. Dann streckte sie vorsichtig die Hände aus, um zu spüren, ob sie an etwas in der Nähe anstießen. Aber da war nichts.

Lange saß sie so da, ehe sie es wagte aufzustehen, langsam und konzentriert. Bei jedem noch so kleinen Geräusch würde sie zuschlagen und zutreten, so hart und fest sie konnte. Schlagen und treten. Sie hatte zwar das Gefühl, allein zu sein, aber vielleicht irrte sie sich.

Nach einer Weile fühlte sie sich etwas klarer im Kopf. Und damit kam die Angst wie ein schleichendes Gift. Ihre Haut wurde ganz heiß, das Herz klopfte stärker und schneller. Ihr flackernder Blick versuchte vergeblich, das Dunkel zu durchdringen. Man hatte ja so viel Entsetzliches gelesen und gesehen.

Von Frauen, die verschwanden.

Dann richtete sie sich auf und ging vorsichtig tastend mit ausgestreckten Armen einen Schritt vorwärts. Das hier konnte ein Loch im Boden sein, ein Abgrund, der nur darauf wartete, sie zu verschlingen. Überall konnten scharfkantige Gegenstände liegen, Glasscherben vielleicht. Aber ihr Fuß ertastete nur den Boden, und immer noch war da nichts vor ihr. Dann blieb sie urplötzlich stehen und stand ganz still.

Uffe, dachte sie und spürte, wie ihr Unterkiefer zitterte. Als es passierte, war er an Bord des Schiffes gewesen.

Es mochten zwei Stunden vergangen sein, ehe sie vor ihrem inneren Auge eine Skizze des Raumes angefertigt hatte. Er musste rechteckig sein. Vielleicht sieben bis acht Meter lang und mindestens fünf Meter breit. Sie hatte die kalten Wände abgetastet, und in Kopfhöhe der einen Wand hatte sie zwei Glasscheiben gefunden, die sich wie sehr große Bullaugen anfühlten. Sie hatte mit ihrem Schuh dagegengeschlagen und sich dann ganz schnell zurückgezogen, aber das Glas blieb heil. Dann hatte sie Kanten von etwas gefühlt, das an eine gewölbte Tür erinnerte, die in die Wand eingelassen war, aber vielleicht war es doch etwas anderes, denn es gab keine Klinke. Sie war schließlich an der ganzen Wand einmal ringsherum geglitten in der Hoffnung, irgendwo eine Klinke oder vielleicht einen Lichtschalter zu finden. Aber die Wände waren nur glatt und kalt.

Anschließend durchmaß sie systematisch ihr Gefängnis. Von der einen Wand ging sie in winzigen Schritten in einer geraden Linie zur gegenüberliegenden, drehte sich um, trat einen Schritt zur Seite und ging dann zurück. Das wiederholte sie so lange, bis sie den gesamten Raum erfasst hatte. Als sie damit fertig war, konnte sie zumindest sicher sein, dass sich außer ihr niemand in diesem Raum befand.

Ich muss da drüben an der Stelle warten, die an eine Tür erinnert, dachte sie. Sie würde sich dort auf den Boden setzen, sodass man sie von den Glasscheiben aus nicht sehen konnte. Wenn jemand eintrat, würde sie dessen Beine umklammern und ihn mit aller Kraft zu Fall bringen. Und dann würde sie demjenigen fest gegen den Kopf treten.

Ihre Muskeln spannten sich, und die Haut wurde feucht. Vielleicht hatte sie nur diese eine Chance.

Als sie so lange dort gesessen hatte, dass ihr Körper steif geworden war und die Sinne erschlafft, stand sie auf und bewegte sich in die schräg gegenüberliegende Ecke, um dort zu pinkeln. Sie musste sich daran erinnern, dass sie diese Ecke dafür benutzt hatte. Eine Ecke als Toilette. Eine bei der Tür, wo sie saß und wartete. Und eine Ecke, in der sie schlafen wollte. Der Uringeruch wurde langsam intensiver, sie hatte nichts zu trinken bekommen, seit sie in der Cafeteria gesessen hatte, und das konnte inzwischen viele Stunden her sein. Natürlich war es möglich, dass sie ein paar Stunden lang bewusstlos gewesen war, aber es konnte auch ein Tag und mehr sein. Sie wusste es nicht. Sie wusste nur, dass sie nicht hungrig war, nur durstig.

Sie richtete sich auf, zog die Hosen hoch und versuchte sich zu erinnern.

Uffe und sie waren oben bei den Toiletten die Letzten gewesen. Das waren sie auch auf dem Sonnendeck. Die Männer unten bei der Panoramascheibe waren jedenfalls weggewesen, als sie dort vorbeigingen. Sie hatte einer Kellnerin zugenickt, die aus der Cafeteria kam, und sie hatte zwei Kinder gesehen, die auf den schwarzen Türöffnerknauf schlugen und dann nach unten verschwanden. Sie hatte nur daran gedacht, dass sich Uffe auf der Toilette beeilen sollte.

O Gott, Uffe! Was war mit ihm geschehen? Er war so unglücklich, als er sie geschlagen hatte. Und er war so traurig, weil seine Baseballkappe weg war. Noch als er zur Toilette ging, hatte er rote Flecken im Gesicht. Wo war er jetzt? Wie mochte es ihm gehen?

Über ihr war ein Klicken zu hören, und sie zuckte zusammen. Schnell tastete sie sich zu der Ecke mit der gebogenen Tür. Falls jemand hereinkam, musste sie bereit sein. Dann hörte sie ein zweites Klicken, und ihr Herz klopfte zum Zerspringen. Erst als über ihr das Gebläse einsetzte, merkte sie, dass sie sich beruhigen konnte. Das Klicken kam wohl von einem Relais oder etwas in der Art.

Sie reckte sich zu der lauen, Leben spendenden Luft. Woran sonst sollte sie sich halten?

Und so blieb sie stehen, bis das Gebläse wieder aussetzte und sie mit dem Gefühl zurückließ, dieser Luftstrom könnte möglicherweise ihre einzige Verbindung zur Außenwelt sein. Sie kniff die Augen ganz fest zusammen und versuchte, klar zu denken, um die Tränen zu verdrängen.

Der Gedanke war entsetzlich. Vielleicht war es so. Vielleicht hatte man sie einfach hier zurückgelassen, sie versteckt, um sie hier sterben zu lassen. Und niemand wusste, wo sie war. Sie wusste es ja nicht einmal selbst. Sie konnte überall sein. Viele Stunden Fahrzeit von der Fähre entfernt. In Dänemark oder in Deutschland, irgendwo.

Und mit dem Tod als ganz allmählich näher rückendem, wahrscheinlichem Ausgang des Ganzen stellte sie sich die Waffen vor, die Durst und Hunger gegen sie richten würden: dieses langsame Sterben, bei dem der Körper Punkt für Punkt einem Kurzschluss erliegt, nachdem der Selbsterhaltungstrieb seine Funktion eingestellt hat. Diesen apathischen, ultimativen Schlaf, der sie am Ende erlösen würde.

Nicht viele werden mich vermissen, dachte sie. Uffe, klar. Er würde sie schon vermissen. Der Ärmste. Aber außer ihm hatte sie kaum jemanden nahe an sich herangelassen. Sie hatte die Menschen weitgehend aus ihrem Leben ausgeschlossen – und sich selbst darin eingeschlossen.

Sie versuchte mit aller Macht, die Tränen zurückzuhalten, aber es gelang ihr nicht. War das hier wirklich das, was das Leben für sie bestimmt hatte? Sollte es hier und jetzt enden? Ohne Kinder, ohne Glück, ohne dass sie sehr viel von dem verwirklicht hatte, wovon sie in all den Jahren geträumt hatte, als sie mit Uffe allein war? Ohne dass sie die Verpflichtung mit Leben füllen konnte, die sie gefühlt hatte, seit die Eltern tot waren?

Dieser Gedanke war bitter und traurig, und als sie sich selbst schluchzen hörte, empfand sie nichts als Einsamkeit.

Lange Zeit saß sie da mit der Gewissheit, dass Uffe nun allein in der Welt war. Das war wohl mit das Entsetzlichste, was man ihr antun konnte. Lange Zeit war sie von diesem Gedanken wie besessen. Sie würde allein sterben, wie ein Tier. Unbeachtet, lautlos, und Uffe und alle anderen würden weiterleben, ohne davon zu wissen. Und als sie einfach nicht noch länger darüber weinen konnte, wurde ihr klar, dass vielleicht doch noch nicht alles vorbei war. Dass es auch noch viel schlimmer kommen konnte. Dass der Tod grausam werden konnte. Dass sie vielleicht für ein Schicksal ausersehen war, so entsetzlich, dass der Tod ihr schließlich wie ein Befreier vorkommen würde. Dass es zuvor noch unendlich viel Schmerz und Grausamkeit geben konnte. Man hatte so oft davon gehört. Vergewaltigung, Psychoterror, Folter. Vielleicht ruhten jetzt Augen auf ihr. Infrarotkameras, die ihr durch das Glas folgten. Augen, die alles sahen, Ohren, die lauschten.

Sie sah hinüber zu dem, was sie für Glasscheiben oder Bullaugen hielt, und versuchte, gelassen auszusehen.

»Bitte, habt Erbarmen«, flüsterte sie ganz leise ins Dunkel.

15

2007

Ein Peugeot 607 gilt als eines der leiseren Fahrzeuge. Aber als Assad an diesem Morgen direkt unter Carl Mørcks Schlafzimmerfenster einparkte, konnte man fast nicht glauben, dass er es mit einem Peugeot 607 tat.

»Cool, Mann«, brummte Jesper und starrte aus dem Fenster. Carl konnte sich nicht erinnern, wann sein Ziehsohn zuletzt so früh am Morgen zwei Worte hintereinander gesagt hatte.

»Ich habe dir einen Zettel hingelegt, eine Nachricht von Vigga«, war das Letzte, was Morten Holland noch sagen konnte, ehe Carl Mørck das Haus verließ. Er würde doch nicht am frühen Morgen eine Nachricht von Vigga lesen. Die Aussicht auf eine Einladung zur Galeriebesichtigung in Gesellschaft eines aller Wahrscheinlichkeit nach schmalhüftigen Kleckser namens Hugin war wirklich nicht das, wonach ihm im Moment der Sinn stand.

»Hallo«, rief Assad, der lässig an der Fahrertür lehnte. Er trug eine exotische Kamelhaarmütze, und er glich allem Möglichen, aber sicher nicht einem Chauffeur der dänischen Kriminalpolizei. Carl sah zum Himmel. Der war klar und hellblau, und die Temperatur war durchaus erträglich.

»Ich weiß schon, wo Egely liegt«, sagte Assad und deutete auf das GPS-System. Carl hatte gerade auf dem Beifahrersitz Platz genommen und warf nur einen müden Blick auf das Display. Das Kreuzchen deutete auf eine Straße, die in angenehmem Abstand zur Roskildebucht lag. Weit genug weg, sodass die Bewohner des Pflegeheims nicht ohne weiteres hineinfallen konnten, aber doch nahe genug, dass der Heimleiter einen Großteil von Nordseelands herrlicher Landschaft genießen konnte, sobald er aus dem Fenster schaute. So waren Institutionen für geistig gestörte Patienten oft gelegen. Wem zuliebe das wohl so war?

Assad startete den Wagen, legte den Rückwärtsgang ein, bretterte mit quietschenden Reifen rückwärts den Magnolienweg hinunter und hielt erst, als der hintere Teil des Wagens schon halb auf die Rønneholtpark-Straße ragte. Noch ehe Carl überhaupt reagieren konnte, hatte Assad bereits die Gänge durchgehauen und war mit neunzig Stundenkilometern unterwegs, wo man fünfzig fahren durfte.

»Mensch, halt an!«, schrie Carl, als sie auf den Kreisverkehr am Ende der Straße zuhielten. Aber Assad sah ihn nur listig von der Seite an, wie ein Taxichauffeur in Beirut, riss das Steuer hart nach rechts herum, und schon waren sie auf der Zufahrtsstraße zur Autobahn.

»Schneller Wagen«, rief Assad und donnerte auf den Zubringer.

Vielleicht würde es ihm einen Dämpfer verpassen, wenn Carl ihm die Mütze über das verzückte Gesicht zog.

Egely war ein weißgekalktes Gebäude, das mustergültig seinen Zweck zu erkennen gab. Hier hielt sich niemand freiwillig auf, und hier kam auch niemand ohne weiteres wieder raus. Ganz offensichtlich war hier kein Platz für Malen mit Fingerfarben und Gitarrenmusik. In dieser Institution brachten Menschen mit Geld und Haltung ihre geistig schwachen Angehörigen unter.

Privatvorsorge, ganz im Geiste der Regierung.

Das Büro des Heimleiters entsprach dem übrigen Eindruck, und der Heimleiter selbst, ein knochiger Mann mit fahlen Gesichtszügen, die kein Lächeln milderte, fügte sich exzellent in diese Umgebung ein.

»Der Ertrag aus den Mitteln des Lynggaard-Fonds deckt die Kosten für die Unterbringung von Uffe Lynggaard«, antwortete der Heimleiter auf Carls Frage.

Carl sah hinüber zum Regal. Auf dem Rücken ziemlich vieler Ordner stand etwas mit – Fonds. »Ah ja. Und der Fonds ist wie zustande gekommen?«

»Erbschaft. Von den Eltern, die beide bei dem Autounfall ums Leben kamen, dem auch Uffes Invalidität geschuldet ist. Und natürlich von seiner Schwester.«

»Sie war Politikerin, nicht wahr? Abgeordnete des Folketing. Von da kommen doch wohl kaum die großen Mittel?«

»Nein. Aber der Verkauf des Hauses brachte zwei Millionen, als sie endlich, vor nicht allzu langer Zeit, für tot erklärt wurde. Der Fonds beläuft sich nun insgesamt auf etwa zweiundzwanzig Millionen Kronen. Aber das ist Ihnen ja sicher bekannt.«

Er stieß einen leisen Pfiff aus. Das hatte er nicht gewusst. »Zweiundzwanzig Millionen, fünf Prozent Zinsen. Ja, das sollte Uffes Aufenthalt doch finanzieren.«

»Das ist richtig. Nach Abzug der Steuern deckt das in etwa die Kosten.«

Carl sah ihn unwillig an. »Und Uffe hat nichts zum Verschwinden seiner Schwester gesagt, seit er hier ist?«

»Nein. Soweit ich unterrichtet bin, hat er bereits seit dem Autounfall nicht mehr gesprochen.«

»Und was tut man hier, um ihn in der Hinsicht zu fördern?«

An dieser Stelle setzte der Heimleiter die Brille ab und sah ihn mit hochgezogenen Augenbrauen an. »Lynggaard wurde nach allen Regeln der Kunst untersucht. Im Sprachzentrum des Gehirns findet man nach einer Gehirnblutung Narbengewebe, was an und für sich ausreicht als Erklärung, warum er stumm ist. Aber darüber hinaus hat der Unfall ein tiefes Trauma hinterlassen. Der Tod der Eltern, deren Verletzungen. Und er selbst war ja ebenfalls sehr schwer verletzt, aber das wissen Sie wohl.«

»Ich habe den Bericht gelesen, ja.« Das stimmte zwar nicht, aber Assad hatte ihn gelesen, und sein Mund hatte während der Fahrt über die Landstraßen Nordseelands nicht stillgestanden. »Er lag fünf Monate mit schwersten Verletzungen in der Klinik, innere Blutungen in Leber, Milz und Lunge. Außerdem hatte er Sehstörungen.«

Der Heimleiter nickte leicht. »Das ist korrekt. So steht es in der Krankenakte. Uffe Lynggaard hat wochenlang nicht sehen können. Die Blutungen in der Netzhaut waren massiv.«

»Und jetzt? Ist er – zumindest in pyhsiologischer Hinsicht – wiederhergestellt?«

»Alles deutet darauf hin. Er ist ein starker junger Mann.«

»Vierunddreißig Jahre alt. In diesem Zustand befindet er sich also seit einundzwanzig Jahren.«

Der bleiche Mann nickte wieder. »Vielleicht begreifen Sie jetzt, dass Sie auf diesem Weg nicht weiterkommen.«

»Und ich darf nicht mit ihm sprechen?«

»Ich sehe darin keinen Sinn.«

»Er ist der Letzte, der Merete Lynggaard lebend gesehen hat. Ich möchte ihn gern sehen.«

Der Heimleiter richtete sich auf. Jetzt blickte er über den Fjord, genau so, wie Carl es sich zuvor schon ausgemalt hatte. »Ich finde nicht, dass Sie das tun sollten.«

Kerle wie der hier verdienten, dass ihnen mal ein Eimer Tippex an den Kopf flog. »Sie glauben, dass ich mich nicht so zurückhalten kann, wie Sie meinen, dass ich es tun sollte.«

»Wie bitte?«

»Kennen Sie die Polizei?«

Er wandte sich mit aschfahlem Gesicht und gerunzelter Stirn Carl zu. Viele Jahre hinter dem Schreibtisch hatten an ihm gezehrt, aber im Kopf war er hellwach. Er wusste nicht, worauf Carl mit seiner Frage hinauswollte, aber er ahnte, dass Schweigen sie an dieser Stelle nicht weiterbrachte.

»Worauf wollen Sie mit der Frage hinaus?«

»Wir sind neugierig, wir Polizisten. Manchmal brennt uns eine Frage unter den Nägeln, auf die wir eine Antwort finden müssen. Diesmal springt sie einem regelrecht ins Auge.«

»Und das wäre?«

»Was bekommen Ihre Patienten für ihr Geld? Fünf Prozent von zweiundzwanzig Millionen, abzüglich Steuern natürlich, das ist doch ein Batzen. Bekommen die Patienten den vollen

Gegenwert für ihr Geld, oder zahlen sie womöglich zu viel, wenn auch noch der Staatszuschuss obendrauf kommt? Oder ist der Preis für alle gleich?« Er nickte gedankenverloren und genoss das Licht über dem Fjord. »Dauernd tauchen neue Fragen auf, wenn man auf die ersten keine Antwort bekommt. So sind die Leute von der Polizei. Sie können es einfach nicht lassen. Vielleicht ist das eine Krankheit, aber zu wem sollte man denn gehen, um sich kurieren zu lassen?«

Inzwischen hatte das Gesicht des Heimleiters etwas Farbe angenommen. »Mir scheint, wir kommen im Augenblick nicht zusammen.«

»Dann lassen Sie mich Uffe Lynggaard sehen. Ganz ehrlich, was kann schon passieren? Sie haben ihn doch wohl nicht in einen verdammten Käfig gesteckt, oder?«

Die Fotos in der Akte Merete Lynggaard wurden Uffe Lynggaard nicht wirklich gerecht. Es waren Fotos der Polizei, Gerichtszeichnungen, als er dem Untersuchungsrichter vorgeführt wurde, und ein paar Aufnahmen aus der Presse. Sie zeigten einen jungen Mann, der, gebeugt und blass, einem geistig retardierten Menschen mit äußerst begrenzter Auffassungsgabe glich. Aber die Wirklichkeit zeigte etwas anderes.

Er saß in einem sehr hübschen Zimmer, dessen Aussicht mindestens so gut war wie die des Heimleiters. An den Wänden hingen Bilder, das Bett war frisch gemacht, die Schuhe glänzten, seine Kleidung war sauber und ordentlich. Nichts in diesem Raum verbreitete die Aura der übrigen Institution. Er hatte kräftige Arme mit langen blonden Härchen, war breitschultrig, vermutlich auch recht groß. Viele würden sagen, ein gut aussehender Mann. Uffe hatte nichts von einem sabbernden, jammervollen, geistig behinderten Menschen.

Der Heimleiter und eine Oberschwester beobachteten von der Tür aus, wie Carl im Zimmer herumging. Niemand würde an seinem Verhalten etwas auszusetzen haben. Er würde bald wiederkommen. Besser gerüstet. Und dann würde er mit Uffe reden. Derweil gab es im Zimmer noch andere Sachen, die seine Neugier weckten. Das Foto der Schwester, das einen anlächelte. Die Eltern, die sich umarmten und dem Fotografen zulächelten. Die Zeichnungen an den Wänden, die nicht im Entferntesten an jene Kinderzeichnungen erinnerten, die man sonst an solchen Wänden sah. Fröhliche Zeichnungen. Keine Zeichnungen, die etwas über das Entsetzliche aussagten, das ihm die Sprache geraubt hatte.

»Gibt es noch mehr von diesen Bildern? Liegen vielleicht noch welche in der Schublade?«, fragte er und deutete auf die Kommode und den Schrank.

»Nein«, antwortete die Oberschwester. »Nein. Uffe hat nicht gezeichnet, seit er hier eingewiesen wurde. Diese Zeichnungen stammen aus seinem Zuhause.«

»Was macht Uffe eigentlich so den ganzen Tag?«

Sie lächelte. »Vieles. Mit dem Personal spazieren gehen, draußen im Park herumlaufen. Fernsehen. Das liebt er.« Sie wirkte sanft und gutmütig. An sie würde er sich beim nächsten Mal halten.

»Und was sieht er so?«

»Was gerade kommt.«

»Reagiert er darauf?«

»Manchmal. Dann lacht er.« Sie schüttelte zufrieden den Kopf, und ihr Lächeln wurde breiter.

»Er lacht?«

»Ja. Wie Säuglinge lächeln. Sie wissen schon: so ein Engelslächeln. Völlig unreflektiert.«

Carl sah den Heimleiter an, der wie ein Eisblock dort stand, und von ihm zu Uffe. Der Blick von Meretes Bruder hatte auf Carl geruht, seit er hereingekommen war. So etwas spürte man. Er beobachtete, aber wenn man genauer hinschaute, wirkte sein Blick tatsächlich unreflektiert. Uffes Blick war nicht leblos, aber was Uffe sah, drang offensichtlich nicht sehr tief in ihn ein. Carl hätte ihn gern erschreckt, um zu sehen, was dann passierte, aber auch das konnte warten.

Er stellte sich ans Fenster und versuchte, Uffes flackernden Blick einzufangen. Die Augen erfassten, was sie sahen, verstanden es aber nicht, das konnte man leicht sehen. Etwas war da und doch auch wieder nicht.

»Rutsch rüber auf die andere Seite, Assad«, sagte er zu seinem Assistenten, der hinter dem Steuer gesessen und auf ihn gewartet hatte.

»Auf den anderen Sitz? Ich soll also nicht fahren?«, fragte er.

»Assad, ich würde das Auto sehr gern noch eine Weile behalten. Es hat ABS-Bremsen und Servolenkung, und so soll es auch bleiben.«

»Und was hat das zu bedeuten?«

»Dass du jetzt richtig gut zuschauen sollst, damit du so fährst, wie ich es will. FALLS ich dich je wieder ans Steuer lasse.«

Er tippte ihr nächstes Ziel ins GPS ein und scherte sich nicht um den Schwall arabischer Worte, die Assad von sich gab, während er den Platz wechselte.

Als sie schon eine Zeitlang in Richtung Stevns fuhren, fragte Carl: »Bist du jemals hier in Dänemark Auto gefahren?«

Das Schweigen reichte ihm als Antwort.

Sie fanden das Haus in Magelby in einer Nebenstraße am Ortsrand. Keine kleine Kate und auch kein restaurierter Hof, wie so viele der Häuser, sondern ein sehr gediegen wirkendes Haus aus einer Zeit, in der die Fassade noch die Seele des Hauses spiegelte. Die Lebensbäume wuchsen dicht an dicht, aber das Haus überragte sie. Wenn dieses Haus für zwei Millionen verkauft worden war, dann hatte jemand ein richtig gutes Geschäft gemacht. Und ein anderer war betrogen worden.

Auf dem Messingschild stand *Antiquitätenhändler* und *Peter & Erling Møller-Hansen*, aber der Mann, der auf Carls Klingeln öffnete, glich eher einem Graf von und zu. Dünne Haut, tiefe blaue Augen und der Duft von kostbarer Creme.

Der Mann war ausgesprochen entgegenkommend und beantwortete offen alle Fragen. Freundlich nahm er Assad die Mütze ab und bat sie einzutreten. Die Diele war mit zierlichen Empire-möbeln und viel Nippes eingerichtet. Nein, sie hatten Merete Lynggaard und ihren Bruder Uffe nicht gekannt. Nicht persönlich jedenfalls, denn die meisten ihrer Sachen waren beim Verkauf im Haus geblieben. Allerdings waren sie nichts wert gewesen.

Er bot ihnen grünen Tee in hauchdünnen Porzellantassen an, und die Knie eng aneinander und die Beine leicht schräg gestellt, setzte er sich ihnen gegenüber auf die Sofakante, bereit, seinen Besuchern zu helfen, so gut er es vermochte.

»Es war so schrecklich, dass sie auf diese Weise ertrinken musste. Ein entsetzlicher Tod, glaube ich. Mein Mann ist bei einem Wasserfall in Jugoslawien einmal fast untergegangen, das war so furchtbar, das können Sie mir glauben.«

Carl bemerkte Assads Verwirrung, als der Mann »mein Mann« sagte. Aber ein kurzer Blick reichte. Assad hatte offenkundig noch immer einiges zu lernen über die Vielfalt der Lebensformen in Dänemark.

»Die Polizei hat seinerzeit alle auffindbaren Unterlagen der Geschwister Lynggaard zusammengetragen«, sagte Carl. »Aber vielleicht haben Sie in der Zwischenzeit ja noch etwas gefunden? Tagebücher, Briefe oder vielleicht Faxe oder auch einfach Telefonnotizen? Irgendetwas, das uns noch mal in eine neue Richtung führen könnte?«

Der Mann schüttelte den Kopf. »Nein. Es war nichts mehr da.« Er unterstrich seine Aussage durch eine großzügige, raumgreifende Geste. »Möbel hat es gegeben, aber nichts Besonderes. Und auch in den Schubladen nicht viel, abgesehen von Büroartikeln und einigen wenigen Erinnerungsstücken. Poesiealben, Fotos und dergleichen. Ich glaube, die beiden waren recht normale Menschen.«

»Wie ist es mit den Nachbarn, kannten einige von ihnen die Lynggaards?«

»Oh, wir haben nicht viel Kontakt zu den Nachbarn. Aber die wohnen auch noch nicht sehr lange hier. Sind wohl im Ausland gewesen und erst kürzlich zurückgekommen. Aber ich glaube auch nicht, dass die beiden Lynggaards Kontakt zu anderen Leuten im Ort hatten. Viele wussten nicht einmal, dass Merete einen Bruder hatte.«

»Sie sind also auf niemanden hier in der Gegend gestoßen, der die Geschwister kannte?«

»Doch, ja. Helle Andersen. Sie hat sich um den Bruder gekümmert.«

»Das war die Familienhelferin«, fiel Assad ein. »Die Polizei hat sie verhört, aber sie wusste nichts. Außer, dass da ein Brief gekommen war, also an Merete Lynggaard. Am Tag, ehe sie ertrank. Den hat die Familienhelferin angenommen.«

Carl hob erstaunt die Augenbrauen. Er musste zusehen, diese verdammte Akte selbst sorgfältig zu lesen. Und zwar so bald wie möglich.

»Hat die Polizei den Brief gefunden, Assad?«

Er schüttelte den Kopf.

Carl wandte sich wieder dem Hausbesitzer zu. »Wohnt diese Helle Andersen hier im Ort?«

»Nein, sie wohnt in Holtug, auf der anderen Seite von Gjorslev. Aber sie kommt in zehn Minuten hierher.«

»Hierher?«

»Ja. Mein Mann ist krank.« Er sah auf den Boden. »Sehr krank. Deshalb kommt sie her und hilft.«

Na also, dachte Carl, das Glück ist mit den Dummen, und dann bat er um eine Führung durch die Räumlichkeiten.

Sie gingen zwischen eigenartigen Möbeln und Gemälden in schweren Goldrahmen hindurch. Das übliche Sammelsurium nach einem Leben in Auktionshäusern. Die Küche war neu, alle Wände gestrichen, die Fußböden abgeschliffen und neu versiegelt. Wenn aus Merete Lynggaards Zeit noch etwas übrig war, dann mussten es die Silberfischchen im Badezimmer sein, die über den dunklen Fußboden huschten.

»O ja, Uffe. Er war so süß!« Helle Andersen hatte ein derbes Gesicht mit dicken Tränensäcken unter den Augen und rot durchblutete, kräftige Wangen. Den Rest bedeckte ein Kittel in einer Größe, wie man ihn in den regulären Geschäften sicher nicht fand. »Das ist doch richtig verrückt zu glauben, dass er seiner Schwester etwas antun könnte, hab ich zur Polizei gesagt. Dass sie damit auf dem Holzweg sind.«

»Aber Zeugen haben gesehen, wie er seine Schwester schlug«, sagte Carl.

»Er konnte schon mal etwas wild werden. Aber das hatte nichts zu bedeuten.«

»Er ist groß und stark. Könnte es nicht sein, dass er sie – vielleicht auch nur aus Versehen – ins Wasser schubste?«

Helle Andersen verdrehte die Augen. »Auf keinen Fall. Uffe war die Güte in Person. Er konnte traurig werden, sodass man selbst ganz niedergeschlagen war, aber das kam nicht oft vor.«

»Sie haben für ihn gekocht?«

»Ich habe alles Mögliche gemacht. Sodass alles fertig war, wenn Merete nach Hause kam.«

»Und sie trafen Sie nicht so häufig?«

»Dann und wann.«

»Aber nicht in den Tagen vor ihrem Tod?«

»Doch. An einem Abend kurz davor habe ich auf Uffe aufgepasst. Und dann wurde er so traurig, wie ich schon gesagt habe, und da habe ich Merete angerufen, dass sie nach Hause kommen solle, und das hat sie dann gemacht. An dem Tag war es schlimm mit ihm.«

»Ist denn an dem Abend etwas Ungewöhnliches passiert?«

»Nur, dass Merete nicht wie sonst um sechs nach Hause kam. Das gefiel Uffe überhaupt nicht. Er konnte nicht wissen, dass wir es abgesprochen hatten, und ich konnte es ihm einfach nicht begreiflich machen.«

»Sie war Folketings-Abgeordnete! Das muss doch häufig vorgekommen sein, dass sie später kam?«

»Nein, nur wenn sie verreisen musste. Und dann auch nur mal für eine Nacht oder zwei.«

»Dann war sie also an dem Abend verreist?«

An dieser Stelle schüttelte Assad den Kopf. Wie viel wusste der Kerl eigentlich, das war ja verdammt irritierend.

»Nein, sie war zum Essen ausgegangen.«

»Aha? Und mit wem, ist das auch bekannt?«, fragte Carl.

»Nein, das weiß ich nicht«, erwiderte Helle Andersen.

»Es steht vielleicht im Bericht? Assad?«

Assad nickte. »Søs Norup, Meretes Sekretärin, hatte gesehen, dass sie den Namen des Restaurants in ihren Kalender eintrug. Und im Restaurant hatte sich jemand erinnern können, dass sie da war. Nur nicht, mit wem.«

In dem Bericht standen offenbar eine Menge Dinge, die er sich ebenfalls schnellstens aneignen musste.

»Assad, wie hieß das Restaurant?«

»Bankeråt, ich meine, das hieß Café Bankeråt. Kann das sein?«

Carl wandte sich an Helle Andersen. »Wissen Sie, ob sie ein Date hatte? Hatte sie einen Freund?«

Da lächelte die Familienhelferin zum ersten Mal, in ihrer Wange erschien ein tiefes Grübchen. »Das könnte gut sein. Aber gesagt hat sie nichts.«

»Und sie sagte auch nichts, als sie nach Hause kam? Also nachdem Sie angerufen hatten?«

»Nein, ich bin gegangen. Uffe war ja so traurig, der war ja ganz neben der Spur.«

Da klirrte es leise, und der neue Hausbesitzer betrat höchst theatralisch das Zimmer. Er balancierte ein Teetablett mit ausgestreckten Armen und spitzen Fingern vor sich her, als trüge er darauf alle Geheimnisse der Gastronomie auf einmal. »Selbst gebacken«, mehr sagte er nicht, als er puddingartige Gebäckstücke auf einem Silbertellerchen bereitstellte.

Das weckte bei Carl Erinnerungen an eine entschwundene Kindheit. Keine erfreulichen, aber jedenfalls Erinnerungen.

Der Hausherr verteilte das Gebäck zwischen ihnen und machte darum ein ordentliches Gewese. Assad staunte.

»Helle, im Bericht steht, dass Sie am Tag vor Merete Lynggaards Verschwinden einen Brief annahmen. Erzählen Sie das bitte noch mal?« Wahrscheinlich stand das in ihrem Vernehmungsprotokoll, aber es tat ja nicht weh, es zu wiederholen.

»Der Umschlag war gelb, irgendwie so wie Pergament.«

»Wie groß?«

Sie zeigte mit ihren Händen die Größe. Also Din A5.

»Stand etwas darauf? Ein Name? Gab es einen Stempel?«

»Nein, weder noch.«

»Und wer brachte ihn? Kannten Sie denjenigen?«

»Nein, gar nicht. Es klingelte an der Tür, und draußen stand ein Mann und gab mir den Umschlag.«

»War das nicht ein bisschen komisch? Normalerweise bringt der Postbote doch die Briefe.«

Sie knuffte ihn vertraulich in den Arm. »Ja, wir haben hier einen Postboten. Aber dieser Mann kam doch später. Es war mitten während der Nachrichten im Radio.«

»Die um zwölf?«

Sie nickte. »Er hat ihn mir einfach gegeben, und dann ist er wieder gegangen.«

»Sagte er etwas?«

»Ja, der sei für Merete Lynggaard. Sonst nichts.«

»Und warum steckte er ihn nicht einfach in den Briefkasten?«

»Vielleicht sollte sie ihn beim Heimkommen gleich sehen.«

»Ja, aber Merete Lynggaard wusste doch wohl, wer ihn gebracht hatte. Hat sie sich dazu geäußert?«

»Das weiß ich nicht. Ich war doch schon weg, als sie kam.«

Hier nickte Assad wieder. Das stand also ebenfalls im Bericht.

Carl setzte sein professionelles Gesicht auf und sah ihn eindringlich an. *Immer wieder nach so etwas fragen, auch wenn es längst als bekannt gilt. Das gehört dazu*, bedeutete das. Das sollte Assad jetzt erst mal verinnerlichen.

»Ich hätte nicht gedacht, dass Uffe allein zu Hause bleiben konnte«, warf er dann ein.

»Aber ja doch.« Sie sah jetzt etwas froher aus. »Nur nicht sehr spät am Abend.«

An dem Punkt wünschte sich Carl zurück an seinen Schreibtisch unten im Keller. Jahrelang hatte er den Menschen alle Informationen mühsam entlocken müssen, jetzt war er müde. Noch zwei Fragen, dann mussten sie zusehen, dass sie weiterkamen. Der Fall Merete Lynggaard war von Anfang an eine Totgeburt. Sie war über Bord gegangen. So was passierte.

»Und es hätte auch leicht zu spät sein können, wenn ich ihr den Brief nicht hinterlegt hätte«, fuhr die Frau fort.

Er sah, dass sie seinem Blick auswich. Und nicht in Richtung der kleinen Puddingteilchen. »Wie meinen Sie das?«

»Na ja, sie ist doch am nächsten Tag gestorben, oder?«

»Aber daran haben Sie doch eben nicht gedacht?«

»Doch.«

Neben ihm legte Assad sein Teilchen zurück auf den Teller. Er hatte ihr Ausweichmanöver offenbar ebenfalls registriert.

»Sie dachten an etwas anderes, das sieht man Ihnen doch an. Was meinten Sie damit, es hätte zu spät sein können?«

»Nur das, was ich gesagt habe. Dass sie am nächsten Tag starb.«

Carl sah den backfreudigen Hausbesitzer an. »Können wir mit Helle Andersen kurz allein reden?«

Der Mann sah wenig erfreut aus, und das galt auch für Helle Andersen. Sie strich ihren Kittel glatt, aber das änderte natürlich auch nichts.

»Nun sagen Sie schon, Helle.« Als der Antiquitätenhändler aus dem Zimmer getrippelt war, beugte Carl sich vertraulich zu ihr hinüber. »Falls Sie bisher irgendetwas für sich behalten haben, ist es jetzt höchste Zeit, uns darüber zu informieren. Das ist Ihnen doch klar?«

»Da war sonst nichts.«

»Haben Sie Kinder?«

Sie zog die Mundwinkel herunter. »Was hat das mit dem Fall zu tun?«

»Okay, Helle.« Sein Ton war jetzt deutlich weniger entgegenkommend. »Sie haben den Brief geöffnet.«

Erschrocken zuckte sie zurück. »Das habe ich nicht!«

»Also, Helle Andersen, Sie wissen, was auf Meineid steht?«

Für ein Mädchen vom Lande reagierte sie erstaunlich fix. Sie schlug die Hände vors Gesicht, schob die Füße unters Sofa, zog das Zwerchfell ein – als wollte sie einen größeren Abstand zu diesem Polizisten herstellen. »Ich hab ihn nicht aufgemacht!«, rief sie sichtlich eingeschüchtert. »Ich hab ihn nur … vors Licht gehalten.«

»Und was stand da?«

Sie zog die Augenbrauen so stark zusammen, dass sie sich über der Nasenwurzel trafen. »Da stand doch bloß: ›Gute Reise nach Berlin.‹«

»Wissen Sie, was sie in Berlin vorhatte?«

»Das war nur zum Vergnügen, ein Ausflug mit Uffe, das haben sie öfter gemacht.«

»Warum war es denn dann wohl so wichtig, ihr eine gute Reise zu wünschen?«

»Das weiß ich nicht.«

»Wer wusste denn von der Reise, Helle? Merete lebte doch mit Uffe sehr zurückgezogen, soweit ich das sehe.«

Sie zuckte die Achseln. »Vielleicht jemand von den Kollegen im Folketing? Ich hab keine Ahnung.«

»Würde derjenige nicht einfach eine E-Mail schreiben?«

»Ich weiß es doch nicht.« Sie fühlte sich sichtlich unter Druck. Vielleicht log sie. Vielleicht ließ sie sich aber auch einfach nur leicht unter Druck setzen? »Es könnte jemand von der Gemeinde gewesen sein«, schlug sie vor.

»›Gute Reise nach Berlin‹, stand da. Und was sonst noch?«

»Nichts sonst. Ganz ehrlich.«

»Keine Unterschrift?«

»Nein, nur das.«

»Und der Überbringer, wie sah der aus?«

Ihr Gesicht war immer noch halb hinter ihren Händen verborgen. »Er hatte einen schicken Anzug an«, kam es leise.

»Mehr haben Sie nicht gesehen? Das kann doch nicht angehen.«

»Nein, also, er war größer als ich, obwohl ich eine Stufe höher stand als er, weil er ja vor der Tür war. Und dann hatte er einen grünen Schal umgebunden. Das Kinn war nicht ganz bedeckt, aber der größte Teil des Mundes. Es regnete ja, also wahrscheinlich deshalb. Er war auch ein bisschen erkältet, jedenfalls klang er so.«

»Hat er geniest?«

»Nein, seine Stimme klang nur so. Er nuschelte.«

»Die Augen, braun oder blau?«

»Soviel ich weiß blau. Also, glaube ich. Vielleicht waren sie auch grau. Ich würde sie wiedererkennen.«

»Wie alt war er?«

»In meinem Alter, glaube ich.«

Himmel, warum musste man den Leuten alles aus der Nase ziehen. Carl seufzte tief.

»Und wie alt sind Sie?«

Sie sah ihn leicht entrüstet an. »Knapp fünfunddreißig«, antwortete sie und senkte ihren Blick zu Boden.

»Und mit was für einem Auto ist er gekommen?«

»Keinem, soweit ich weiß. Jedenfalls stand keins auf dem Platz vorm Haus.«

»Er wird doch wohl nicht bis nach hier draußen zu Fuß gegangen sein?«

»Nein, der Gedanke kam mir auch.«

»Aber Sie haben nicht nachgeschaut?«

»Nein. Also Uffe musste doch was zu essen haben. Er bekam sein Essen immer, wenn ich die Nachrichten im Radio gehört habe.«

Während sie fuhren, sprachen sie über den Brief. Assad wusste erstaunlicherweise auch nicht mehr darüber. Die polizeilichen Ermittlungen waren an dieser Stelle ins Stocken geraten.

»Warum zum Teufel war so ein belangloser Text so wichtig, dass er persönlich überbracht werden musste? Was war das für eine Botschaft? Man könnte es noch verstehen, wenn eine Freundin so was geschickt hätte, einen parfümierten Umschlag mit Blümchendesign. Aber ein vollkommen neutraler Umschlag. Und ohne Unterschrift?«

»Ich glaube, dass diese Helle Andersen nicht mehr weiß«, sagte Assad, als sie in den Bjælkerupvej einbogen. Dort lag die Abteilung des Sozialamtes der Gemeindeverwaltung von Stevns.

Carl sah zu dem Gebäudekomplex hinüber. Ein Gerichtsbeschluss in der Tasche wäre für den Besuch sicher von Vorteil.

»Bleib hier«, sagte er zu Assad, dessen Gesicht daraufhin nicht gerade vor Freude strahlte.

Nach mehrmaligem Nachfragen fand er das Büro der Amtsleiterin.

»Ja, doch, das ist korrekt. Die mobile Krankenpflege hat die Hausbesuche bei Uffe Lynggaard durchgeführt«, erklärte sie, während Carl Mørck seine Dienstmarke wieder einsteckte. »Aber derzeit sind wir mit der Archivierung der alten Fälle etwas im Verzug. Sie wissen schon, die Kommunalreform.«

Die Frau ihm gegenüber war also nicht näher in den Fall eingeweiht. Aber irgendjemand hier musste doch Uffe Lynggaard und seine Schwester kennen. Jede noch so winzige Information wäre Gold wert. Vielleicht waren sie ja öfter zu Hausbesuchen dort gewesen und hatten das eine oder andere gesehen und beobachtet, was ihnen jetzt weiterhelfen würde.

»Könnte ich bitte mit der Person sprechen, die damals für die Besuche verantwortlich war?«

»Das tut mir leid, aber sie ist schon pensioniert.«

»Können Sie mir ihren Namen geben?«

»Leider nein. Das ist gegen die Datenschutzbestimmung.«

»Und keiner der jetzigen Angestellten hier weiß etwas über Uffe Lynggaard?«

»Doch, da gibt es sicher jemand. Aber wir dürfen nun mal keine Auskunft geben.«

»Ich weiß durchaus, dass es eine Schweigepflicht gibt, und ich weiß auch, dass Uffe Lynggaard nicht entmündigt ist. Aber ich habe nicht die Absicht, mit leeren Händen wieder nach Hause zu fahren. Lassen Sie mich bitte die Akte einsehen.«

»Sie wissen ganz genau, dass Sie die nicht einsehen dürfen. Sie sind herzlich eingeladen, sich mit unserem Juristen zu verständigen. Außerdem sind die Akten auch gar nicht sofort zugänglich. Uffe Lynggaard wohnt ja nicht mehr in dieser Gemeinde.«

»Dann wurden die Akten nach Frederikssund überführt?«

»Dazu kann ich mich nicht äußern.«

Blöde, arrogante Kuh.

Nachdem Carl das Büro verlassen hatte, stand er einen Augenblick auf dem Korridor und sah sich um. »Entschuldigen Sie bitte«, sagte er zu einer Frau, die auf ihn zukam und so müde wirkte, dass sie ihm wohl nicht gleich an den Hals springen würde. Er zeigte ihr seine Dienstmarke und stellte sich vor. »Könnten Sie mir zufällig mit dem Namen der Person aushelfen, die in Magleby vor zehn Jahren die Hausbesuche durchführte?«

»Fragen Sie doch mal da drinnen«, sagte die Frau und deutete auf das Büro, aus dem er gerade gekommen war.

Es blieb ihm also nichts anderes übrig, als die ganze verfluchte bürokratische Prozedur tatsächlich in Gang zu setzen: Gerichtsbeschluss, Papiere, Telefonate, Wartezeit und neue Telefongespräche. Wie er das hasste!

»An diese Antwort werde ich mich sicher zu gegebener Zeit erinnern«, sagte er mit einer angedeuteten Verbeugung.

Der letzte Halt an diesem Tag sollte die Klinik für Wirbelsäulenverletzungen in Hornbæk sein. »Ich fahre mit dem Auto dorthin, Assad. Kannst du mit dem Zug nach Hause fahren? Ich setze dich in Køge ab. Von dort kommst du, ohne umzusteigen, bis zum Hauptbahnhof.« Assad nickte wenig begeistert. Carl wusste auch gar nicht, wo er eigentlich wohnte. Danach würde er ihn ein anderes Mal fragen.

Er betrachtete seinen eigentümlichen Partner. »Morgen, Assad, nehmen wir uns einen anderen Fall vor. Das hier ist ja die reinste Totgeburt.« Auch das löste in Assads Gesicht keinen Jubel aus.

In der Klinik hatte man Hardy in ein anderes Zimmer verlegt. Er sah nicht gut aus. Sein Gesicht zeigte durchaus etwas Farbe, aber in den blauen Augen lag das Dunkel auf der Lauer.

Er legte Hardy eine Hand auf die Schulter. »Ich habe darüber nachgedacht, Hardy, was du neulich gesagt hast. Aber es geht nicht, es tut mir schrecklich leid. Ich kann es einfach nicht. Kannst du das verstehen?«

Hardy sagte nichts. Natürlich verstand er ihn, und natürlich verstand er ihn auch wieder nicht.

»Aber ich hätte einen anderen Vorschlag: Wie wäre es, wenn du mir bei meinen Fällen hilfst? Ich informiere dich über die Einzelheiten, und du denkst darüber nach. Ich brauche dringend einen Energieschub, Hardy, verstehst du? Das Ganze ist mir so was von schnuppe. Aber wenn du mitmachst, könnten wir zusammen darüber lachen.«

»Du willst, dass ich lache, Carl?«, sagte er und drehte den Kopf weg.

Alles in allem ein richtiger Scheißtag.

16

2002

In der ewigen Dunkelheit ging das Zeitgefühl verloren und mit dem Zeitgefühl der gesamte Biorhythmus. Tag und Nacht verschmolzen wie siamesische Zwillinge. Merete hatte nur einen festen Anhaltspunkt, das war das Klicken der in der Wand eingelassenen, gebogenen Tür.

Als sie zum ersten Mal die verzerrte Stimme aus dem Lautsprecher hörte, war der Schock vollkommen: Sie zitterte noch, als sie sich später zum Schlafen hinlegte.

Aber wäre die Stimme nicht gekommen, sie wäre vor Durst und Hunger gestorben, da war sie sicher. Die Frage war nur, ob das nicht besser gewesen wäre.

Sie hatte gespürt, wie der Durst und das trockene Gefühl im Mund verschwanden. Sie hatte gespürt, wie die Müdigkeit den Hunger dämpfte. Sie hatte gefühlt, wie die Trauer die Angst ablöste und die Trauer schließlich der Gewissheit wich, dass sich der Tod näherte. Und deshalb hatte sie ruhig dagelegen und darauf gewartet, dass ihr Körper schließlich aufgeben würde – als eine schnarrende Stimme enthüllte, dass sie nicht allein war, wo immer sie auch war, und dass sie sich endgültig dem Willen anderer zu ergeben hatte.

»Merete«, sagte die Frauenstimme ohne Vorwarnung. »Du bekommst jetzt einen Plastikbehälter. Gleich wirst du ein Klicken hören, dann öffnet sich drüben in der Ecke eine Schleuse. Wir haben gesehen, dass du sie schon gefunden hast.«

Vielleicht hatte sie sich vorgestellt, dass jetzt Licht anginge, denn sie kniff die Augen fest zusammen in Erwartung eines Schocks, der wie in Wellen durch ihren Körper gehen und bis in die Nervenenden Blitze aussenden würde. Aber es wurde kein Licht angemacht.

»Hörst du mich?«, rief die Stimme.

Sie nickte und atmete tief aus. Jetzt spürte sie, wie sehr sie fror. Wie der Mangel an Nahrung die Fettdepots leer gesogen hatte, wie verletzlich sie war.

»Antworte!«

»Ja. Ja, ich höre. Wer sind Sie?« Sie sah ins Dunkle.

»Wenn du das Klicken hörst, gehst du sofort hinüber zur Schleuse. Versuch nicht, hineinzukriechen, das geht nicht. Wenn du den ersten Behälter genommen hast, kommt noch ein zweiter. Der eine ist ein Toiletteneimer, dort verrichtest du deine Notdurft, und in dem anderen ist Wasser und etwas zu essen. Jeden Tag werden wir jetzt die Schleuse öffnen, und dann tauschen wir die alten Behälter gegen zwei neue aus, hast du verstanden?«

»Worauf läuft das hier hinaus?« Sie hörte das Echo ihrer eigenen Stimme. »Haben Sie mich entführt? Wollen Sie Geld?«

»Jetzt kommt der erste.«

Aus der Ecke kamen ein rasselndes Geräusch und ein schwacher Luftzug. Sie bewegte sich dorthin und spürte, wie sich der unterste Teil der versenkten, gebogenen Tür öffnete und einen festen Behälter von der Größe eines Papierkorbs freigab. Als sie ihn zu sich gezogen und auf dem Boden abgesetzt hatte, schloss sich die Schleuse, um sich zehn Sekunden später noch einmal zu öffnen. Diesmal war der Eimer etwas höher, vermutlich sollte der das Trockenklo sein.

Ihr Herz hämmerte. Wenn die Eimer so schnell hintereinander hereingeschoben wurden, musste sich jemand gleich auf der anderen Seite der Schleuse befinden. Ein anderer Mensch, so nahe.

»Sagen Sie mir doch bitte, wo ich bin.« Sie krabbelte auf den Knien bis zu der Stelle, von der sie meinte, dass darüber der Lautsprecher sein müsse. »Wie lange bin ich schon hier?« Sie sprach ein bisschen lauter. »Was haben Sie mit mir vor?«

»Im Essensbehälter liegt Toilettenpapier. In einer Woche bekommst du eine neue Rolle. Wenn du dich waschen musst, nimm Wasser aus dem Kanister, der im Toiletteneimer steht. Denk also daran, den zuerst herauszunehmen. Im Raum gibt es keinen Abfluss, achte also darauf, dich über dem Eimer zu waschen.«

Die Sehnen an ihrem Hals spannten sich. Ein Hauch von Zorn kämpfte mit den Tränen, und ihre Lippen bebten. Aus ihrer Nase lief Flüssigkeit. »Muss ich denn hier im Dunkeln sitzen … immerzu?«, schluchzte sie. »Können Sie nicht das Licht anmachen? Nur einen Augenblick. Bitte!«

Wieder war ein Klicken zu hören, und ein kleiner Lufthauch zog über sie hinweg. Dann war die Schleuse geschlossen.

Es folgten zahllose Tage und Nächte, in denen sie nicht mehr hörte als das Gebläse bei der wöchentlichen Lufterneuerung und das tägliche Rasseln und Pfeifen der Schleusentür. Manches Mal kamen ihr die Abstände unendlich vor, dann wieder, als habe sie sich nach der Mahlzeit gerade erst zum Schlafen gelegt, als die nächsten beiden Eimer kamen. Das Essen war der einzige konkrete Hoffnungsschimmer, obwohl es immer dasselbe war und fast nach nichts schmeckte. Kartoffeln, weichgekochtes Gemüse und etwas Fleisch. Jeden Tag das gleiche. Als gäbe es irgendwo einen unerschöpflichen Topf von diesem Mischmasch, der da vor sich hin köchelte – dort draußen im Licht der Welt auf der anderen Seite der undurchdringlichen Wand.

Sie hatte geglaubt, sie würde sich irgendwann so sehr an die Dunkelheit gewöhnt haben, dass die Details des Raums stärker für sie hervorträten. Aber so war es nicht. Die Dunkelheit war absolut, fast so, als wäre sie blind. Nur die Gedanken vermochten Licht in ihr Dasein zu bringen, und auch das war nicht leicht.

Immer wieder fürchtete sie, verrückt zu werden. Sie hatte große Angst vor dem Tag, an dem ihr zum ersten Mal die Kontrolle entgleiten würde. Und sie erfand Bilder von der Welt und dem Licht und dem Leben da draußen. Sie flüchtete sich in die entferntesten Winkel ihres Gehirns, die im alltäglichen Treiben der Menschen meist versandeten. Und langsam kamen die Erinnerungen an die Vergangenheit zurück. Kurze Augenblicke von Händen, die sie umfasst hielten. Worte, die streichelten und trösteten. Aber auch Erinnerungen an Einsamkeit und Sehnsucht und Verlust und unermüdliches Streben.

So verfiel sie in einen Rhythmus, der aus langen Perioden des Schlafens bestand, aus Essen, Meditation und Auf-der-Stelle-Laufen. Sie lief, bis das Klatschen der Sohlen auf den Boden ihr in den Ohren schmerzte oder sie vor Müdigkeit umfiel.

Jeden fünften Tag bekam sie frische Unterwäsche und warf die gebrauchte in das Trockenklo. Der Gedanke, dass Fremde ihre Wäsche berührten, erfüllte sie mit Ekel. Aber die übrige Kleidung, die sie trug, wurde nicht ersetzt. Deshalb achtete sie peinlich genau darauf. Passte auf, wenn sie sich auf den Eimer setzte. Legte sich zum Schlafen vorsichtig auf den Boden. Wenn sie die Unterwäsche wechselte, strich sie alles behutsam glatt, und reinigte die Teile mit sauberem Wasser, bei denen sie fühlen konnte, dass sie speckig geworden waren. Sie war froh, dass sie gute Kleidung getragen hatte an jenem Tag, als man sie entführte. Eine Daunenjacke, Schal, Bluse, Unterhemd, Hose und dicke Socken. Aber mit der Zeit hingen ihr die Hosen immer lockerer um die Hüften, und die Schuhsohlen wurden allmählich dünn. Ich muss barfuß laufen, dachte sie und rief ins Dunkel: »Können Sie es bitte etwas wärmer machen?« Aber die Ventilation an der Decke hatte schon seit langem keinen Ton mehr von sich gegeben.

Als die Eimer zum einhundertneunzehnten Mal ausgetauscht wurden, ging plötzlich das Licht an. Eine Explosion aus weißer Sonne knallte ihr entgegen und ließ sie mit fest zusammengekniffenen Augen rückwärts taumeln. Die Tränen liefen ihr über die Wangen. Es war ein Gefühl, als bombardierte das Licht ihre Netzhaut. Schmerzimpulse wurden in Wellen ins Gehirn gesandt. Sie konnte nichts anderes tun, als auf die Knie zu sinken und sich die Augen zuzuhalten.

In den darauffolgenden Stunden begann sie, langsam den Griff um ihr Gesicht zu lockern und die Augen ein bisschen zu öffnen. Das Licht war noch immer überwältigend. Die Angst, ihr Augenlicht längst eingebüßt zu haben oder es jetzt zu verlieren, wenn sie sich zu schnell umstellte, hielt sie zurück. Und so saß sie auf dem Boden, als die Stimme der Frau zum zweiten Mal Schockwellen durch ihren Körper sandte. Sie reagierte auf den Ton wie ein Messinstrument, das zu kräftig ausschlägt. Mit jedem Wort zuckte ein Stoß durch sie hindurch. Und die Worte waren entsetzlich.

»Herzlichen Glückwunsch zu deinem Geburtstag, Merete. Gratulation zu zweiunddreißig Jahren. Ja, heute ist der 6. Juli. Du hockst jetzt hier seit hundertsechsundzwanzig Tagen, und das ist unser Geburtstagsgeschenk: Das Licht wird von nun an ein Jahr lang eingeschaltet bleiben. Es sei denn, du kannst uns diese eine Frage beantworten: Warum haben wir dich in dieses Verlies gesperrt?«

»Oh Gott, nein! Das können Sie mir nicht antun«, stöhnte sie. »Warum tun Sie mir das alles an?« Sie stand auf, hielt sich die Hände vor die Augen. »Wenn Sie mich töten wollen, dann tun Sie es jetzt«, schrie sie.

Die Frauenstimme war eiskalt. Etwas tiefer vielleicht als beim letzten Mal. »Ruhig, Merete. Wir wollen dich nicht töten. Wir wollen dir im Gegenteil Gelegenheit geben, zu verhindern, dass es für dich immer schlimmer wird. Du musst nur deine eigene Frage beantworten: Warum halten wir dich wie ein Tier in einem Käfig? Die Antwort musst du selbst finden, Merete.«

Sie legte den Kopf in den Nacken. Was war das hier für ein Albtraum? Selbst wenn sie die Kraft zum Sprechen gehabt hätte – vielleicht sollte sie besser schweigen. Sich in eine Ecke setzen und sie reden lassen, was sie wollten.

»Du musst antworten, Merete, sonst bist du selbst schuld daran, wenn es immer schlimmer wird für dich.«

»Ich weiß doch nicht, was Sie von mir hören wollen! Geht es um die Politik? Geht es Ihnen um Geld? Ich weiß es doch nicht, Herrgott. Sagen Sie es mir!«

Die Stimme unter dem schwachen Krächzen wurde noch kälter. »Du hast die Probe leider nicht bestanden, Merete. Darum ist nun die Strafe fällig. Sie ist nicht so hart, du wirst sie leicht bewältigen.«

»Oh Gott, ich glaube das alles nicht«, schluchzte Merete und sank auf die Knie.

Da hörte sie, wie das wohlbekannte Zischeln von der Schleuse zu einem flüsternden Pfeifen wurde. Auf der Stelle spürte sie, wie die laue Luft von draußen zu ihr hereinströmte. Sie duftete nach Getreide und Ackerboden und grünem Gras. Das sollte eine Strafe sein?

»Wir erhöhen lediglich den Luftdruck in deiner Kammer auf zwei bar Überdruck. Dann müssen wir sehen, ob du in einem Jahr schlauer bist. Wir wissen nicht genau, welchen maximalen Luftdruck der menschliche Organismus aushält. Aber das finden wir mit der Zeit schon gemeinsam heraus.«

»Lieber Gott«, flüsterte Merete, als sie den Druck auf den Ohren spürte. »Lass das alles nicht wahr sein. Bitte, lass es einfach nicht wahr sein.«

17

2007

Schon auf dem Parkplatz hörte Carl die munteren Stimmen. Sie hätten ihn vorwarnen können. Bei ihm zu Hause im Reihenhaus war was los.

Die Grillgang war eine kleine Gruppe fanatischer Anhänger von angesengtem Muskelfleisch, die in seiner nächsten Umgebung wohnten. Sie waren einhellig der Meinung, dass Rindfleisch viel besser schmeckte, wenn es erst so lange auf einem verkohlten Rost gelegen hatte, bis es weder nach Rind noch nach Fleisch schmeckte. Sobald sich eine Gelegenheit ergab, trafen sie sich, und zwar das ganze Jahr über, und am liebsten auf Carls Terrasse. Er mochte die Gang. Sie waren auf angenehm kultivierte Weise ausgelassen und nahmen immer die leeren Flaschen mit nach Hause.

Kenn, ihr bewährter Grillmeister, empfing ihn mit einer herzlichen Umarmung, ein anderer drückte ihm eine gut gekühlte Dose Bier in die Hand, der dritte legte ihm eines von diesen schwarzen Fleischbriketts auf den Teller. Als er ins Haus ging, spürte er ihre wohlmeinenden Blicke im Rücken. Wenn er demonstrativ schwieg, fragten sie nie nach – das gehörte zu den Dingen, die er so sehr an ihnen schätzte. Wenn ein Fall in seinem Hirn rumorte, wäre es leichter, einen kompetenten Lokalpolitiker aufzutreiben, als mit Carl in Kontakt zu treten, das wussten sie alle. Aber diesmal war es kein Fall, der sein Hirn mit Beschlag belegte. Dort war zurzeit nur Platz für Hardy.

Denn Carl war tatsächlich hin- und hergerissen.

Vielleicht musste er über Hardys Wunsch doch noch mal gründlich nachdenken. Eine Methode, Hardy umzubringen, ohne dass anschließend jemand Fragen stellte, würde sich ja ohne weiteres finden. Eine Luftblase im Tropf, eine feste Hand über seinem Mund. Es würde schnell gehen, denn Hardy würde ja nicht kämpfen.

Aber konnte er das? Und wollte er das wirklich tun? Scheiße. Helfen oder nicht helfen? Und was war denn für Hardy die »richtige« Hilfe? Vielleicht würde es ihm mehr helfen, wenn Carl die Arschbacken zusammenkniff und zu Marcus hinaufging und verlangte, dass der ihm seinen alten Fall wieder übertrug. Ihm war es doch scheißegal, mit wem er zusammenarbeiten musste. Und letztlich war es ihm genauso schnurz, was *die* dazu sagten. Wenn er Hardy damit helfen würde, dass sie die Teufel einbuchteten, die draußen auf Amager auf sie geschossen hatten, würde er das sofort tun. Ihm persönlich war der Fall zuwider. Wenn er diese Schweine fände, würde er sie einfach nur abknallen. Und wem würde das nützen? Ihm jedenfalls nicht. Und Hardy auch nicht.

»Carl, hast du vielleicht einen Hunni für mich?« Wer anders als Jesper würde sich in so einem Moment in seine Gedanken drängen. Ganz offenkundig war er schon halb zur Tür hinaus. Wenn sie Jesper einluden, das wussten seine Kumpel in Lynge ganz genau, dann war die Chance groß, dass dabei ein paar Biere raussprangen. Jesper hatte hier im Viertel Freunde, die das Bier kastenweise an die verkauften, die noch keine sechzehn waren. Das kostete sie zwar ein paar Kronen mehr, aber was machte das schon, wenn man seinen Alten überreden konnte, für den Spaß aufzukommen?

»Ist das nicht diese Woche schon das dritte Mal?«, fragte Carl und zog einen Schein aus dem Portemonnaie. »Und egal wie, aber morgen gehst du in die Schule, ist das klar?«

»Ist klar.«

»Und du hast deine Hausaufgaben gemacht?«

»Ja ja.«

Also nicht. Carl runzelte die Stirn.

»Komm schon, Carl. Ich hab keine Lust, nach Engholm in die Zehnte zu wechseln. Ich werde die Oberstufe in Allerød schon schaffen.«

Ein schwacher Trost. Dann musste er also auch noch ein

Auge darauf haben, dass der Junge die Oberstufe im Allerød-Gymnasium schaffte.

»Halt dich wacker«, rief Jesper auf dem Weg zum Fahrradschuppen noch.

Das war leichter gesagt als getan.

»Bedrückt dich die Lynggaard-Geschichte, Carl?« Morten sammelte die letzten Flaschen ein. Er ging nie nach unten, ehe nicht die Küche wieder blitzblank war. Er kannte seine Pflichten und seine eigenen Grenzen. Wenn also etwas in Ordnung gebracht werden musste, dann hier und jetzt.

»Ich denke vor allem an Hardy. Der Fall Lynggaard beschäftigt mich gar nicht so sehr. Die Spuren sind inzwischen kalt, und kein Schwein interessiert sich noch einen Dreck dafür. Inklusive meiner Wenigkeit.«

»Ja, aber der Fall ist doch aufgeklärt, oder?«, nuschelte Morten. »Ist die nicht ertrunken? Was kann man denn da noch rausfinden?«

»Hmm. Also ich frage mich schon, warum sie ertrunken sein soll. Es gab an dem Tag weder Sturm noch hohe Wellen, und sie war allem Anschein nach gesund. Ihre wirtschaftliche Situation war in Ordnung, sie sah gut aus. Alles deutete darauf hin, dass sie eine glänzende Karriere vor sich hatte. Vielleicht war sie ein bisschen einsam, aber früher oder später hätte sich das doch sicher auch noch gefügt.«

Er schüttelte den Kopf. Wem versuchte er da eigentlich etwas vorzumachen? Sich selbst? Natürlich interessierte ihn die Sache! Alle Fälle, bei denen sich die Fragen dermaßen auftürmten, interessierten ihn.

Er zündete sich eine Zigarette an und griff nach einer Dose Bier, die ein Gast zwar geöffnet, aber nicht getrunken hatte. Das Bier war lau und schmeckte schon ein bisschen schal.

»Was mich daran am meisten irritiert, ist ihre Intelligenz. Mit Opfern, die so klug sind wie sie, ist es immer schwer. Wenn ich das richtig sehe, hatte sie doch gar keinen Grund, sich umzubringen. Keine offensichtlichen Feinde. Ihr Bruder liebte sie. Warum also verschwand sie? Würdest du, Morten Holland, mit diesem Hintergrund vielleicht in die Fluten springen?«

Der sah Carl mit roten Augen an. »Carl. Es war ein Unglück. Ist dir etwa noch nie schwindlig geworden, wenn du dich über die Reling gebeugt und ins Wasser gestarrt hast? Und falls es doch Mord gewesen sein sollte, dann war es ihr Bruder. Oder irgendwas Politisches. Wenn du mich fragst. Sollte ausgerechnet eine zukünftige Parteivorsitzende der Demokraten, die noch dazu so phantastisch aussieht, etwa keine Feinde haben?« Er nickte schwerfällig, bekam fast den Kopf nicht wieder hoch. »Alle haben sie gehasst, siehst du das denn nicht? Alle in ihrer eigenen Partei, an denen sie vorbeizog. Und in den Regierungsparteien. Glaubst du etwa, der Staatsminister und seine Vasallen waren scharf drauf zuzusehen, wie diese Powerfrau sich im Fernsehen produzierte? Und sie, diese verschnarchten Säcke, vorführte? Da sahen doch alle alt aus. Du sagst ja selbst, sie wäre so ein helles Köpfchen gewesen.« Er wrang den Wischlappen aus und hängte ihn über den Wasserhahn.

»Alle wussten doch, dass sie bei der nächsten Wahl beste Chancen haben würde. Sie zog die Wähler an, und sie stand für viele Stimmen.« Er spuckte in die Spüle. »Das sag ich dir, nächstes Mal trinke ich nichts von diesem Retsina. Wo zum Teufel kaufen die eigentlich das Zeugs? Man bekommt davon ja einen total trockenen Hals.«

Unten im runden Innenhof des Präsidiums begegnete Carl einigen Kollegen, die auf dem Heimweg waren. Bak stand im Säulengang an der Rückwand und konferierte ernst mit seinen Leuten. Sie sahen ihn an, als habe er ihnen ins Gesicht gespuckt.

Den »Hornochsenkongress« konnte er sich nicht verkneifen, und der Widerhall in den Kolonnaden machte seinen Kommentar weithin hörbar.

Die Erklärung für die ernsten Gesichter lieferte ihm Bente Hansen, eine aus seiner alten Truppe, der er am Eingang begegnete. »Du hattest recht, Carl. Sie haben das halbe Ohr im Spülkasten in der Wohnung der Zeugin gefunden. Respekt, Respekt, alter Halunke.«

Na prima. Wenigstens in der Geschichte mit dem Fahrradmord bewegte sich etwas.

»Bak war gerade mit seinen Leuten im Rigshospital. Die Zeugin sollte endlich mal alles ausspucken«, fuhr sie fort. »Aber es ist nichts dabei herausgekommen. Sie ist außer sich vor Angst.«

»Dann ist es auch nicht sie, mit der sie reden sollten.«

»Wahrscheinlich nicht. Aber mit wem denn sonst?«

»Wann wärst du eher in der Lage, Selbstmord zu begehen? Wenn du irrsinnig unter Druck wärst oder wenn nur das allein deine Kinder retten könnte? Ich sage dir, irgendwie geht es hier um die Kinder.«

»Die Kinder wissen doch gar nichts.«

»Nein, natürlich nicht. Aber vielleicht die Mutter der Frau.«

Er sah auf und betrachtete die Bronzelampe an der Decke. Vielleicht sollte er um Erlaubnis bitten, mit Bak die Fälle zu tauschen. Das würde einiges in diesem gewaltigen Gebäude zum Beben bringen.

»Also Carl. Die ganze Zeit gehe ich herum und denke. Carl, ich finde, wir sollten mit dem Fall weitermachen.« Assad hatte bereits einen duftenden Becher Kaffee vor ihn auf den Schreibtisch gestellt. Neben den Akten lagen auf dem Einwickelpapier ein paar süße Kuchenstücke. Offenbar startete er gerade eine Charmeoffensive. Jedenfalls hatte er in Carls Büro aufgeräumt. Etliche Aktenmappen lagen ordentlich aufgereiht auf seinem Schreibtisch, es wirkte fast, als sollte man sie in einer bestimmten Reihenfolge lesen. Er musste schon seit sechs Uhr hier sein.

»Was sind das für Papiere, die du mir hier hingelegt hast?«

»Ja, also – das sind Kontoauszüge von der Bank. Die erzählen, was Merete Lynggaard in den letzten Wochen abgehoben hat. Aber da steht gar nichts von einem Essen in einem Restaurant.«

»Vielleicht hat man sie eingeladen, Assad. Das ist nicht ungewöhnlich, dass schöne Frauen bei solchen Gelegenheiten billig davonkommen.«

»Ja genau, Carl. Clever. Jemand hat für sie bezahlt. Ich glaube, ein Politiker. Oder vielleicht ein Geliebter.«

»Sicher. Aber den zu finden wird nicht leicht sein.«

»Das weiß ich doch, Carl. Es ist fünf Jahre her.« Er tippte auf ein anderes Blatt Papier. »Das hier ist die Übersicht der Sachen, die die Polizei aus ihrer Wohnung mitgenommen hat. Ich sehe da keinen Kalender, von dem ihre neue Assistentin erzählt hat, nein. Vielleicht liegt ein Kalender in Christiansborg, und man kann darin sehen, mit wem sie essen gehen wollte.«

»Assad, sie hatte ihren Kalender bestimmt in der Handtasche. Und die verschwand doch zusammen mit ihr, oder etwa nicht?«

Er nickte, und es war deutlich zu sehen, dass er sauer war.

»Ja also, Carl. Dann können wir vielleicht ihre neue Assistentin fragen. Hier ist eine Abschreibung von der Erklärung, die sie abgegeben hat. Sie hat damals nichts davon gesagt, dass Merete zum Essen verabredet war. Deshalb glaube ich, wir fragen sie besser mal.«

»Das heißt Abschrift, Assad. Nicht Abschreibung. Das ist doch fünf Jahre her. Wenn sie sich damals nicht daran erinnern konnte, kann sie es heute bestimmt auch nicht.«

»Okay. Aber hier steht doch, dass sie sich an ein Telegramm erinnern kann, das Merete Lynggaard um den Valentinstag herum bekommen hat. So etwas kann man doch gut verfolgen, oder?«

»Das Telegramm existiert nicht mehr, und das genaue Datum haben wir auch nicht. Wenn man nicht mal die Firma weiß, die das auslieferte, wird es schwierig.«

»Das kam von TelegramsOnline.«

Carl sah ihn an. Steckte ein goldener Kern in diesem Kerl? Solange er grüne Gummihandschuhe trug, war das schwer vorstellbar. »Woher weißt du das denn, Assad?«

»Schau mal.« Er deutete auf die Abschrift der Erklärung. »Die Assistentin konnte sich erinnern, dass auf dem Telegramm *Love & Kisses for Merete* aufgedruckt stand und dass da auch zwei Lippen waren. Zwei rote Lippen.«

»Und?«

»Ja, dann ist das ein TelegramsOnline-Telegramm. Die drucken den Namen aufs Telegramm. Und die haben zwei rote Lippen.«

»Das will ich sehen.«

Assad drückte bei Carls Computer auf die Leertaste. Sofort verschwand der Bildschirmschoner, und die Hompepage von TelegramsOnline erschien auf dem Monitor. Ja, da war das Logo, genau wie Assad gesagt hatte.

»Okay. Und du bist sicher, dass es nur von dieser Firma solche Telegramme gibt?«

»Ganz sicher.«

»Aber dann ist da immer noch das Datum. War es vor oder nach dem Valentinstag? Und wer hat es bestellt?«

»Wir können bei der Firma doch fragen, ob sie registriert haben, wann ein Telegramm ins Christiansborg-Schloss geliefert wurde.«

»Das wurde im Zuge der Ermittlungen damals doch alles gemacht, oder?«

»Nein, davon steht nichts in der Akte. Aber vielleicht hast du etwas anderes gelesen?« Assad lächelte, schon wieder etwas angesäuert.

»Okay Assad. Sieh zu, dass du's herausfindest. Du kannst bei der Firma nachfragen. Das ist doch genau die richtige Aufgabe für dich. Ich habe im Moment zu tun, also ruf doch von deinem eigenen Büro aus an.«

Er klopfte ihm auf die Schulter und bugsierte ihn aus seinem Büro. Sofort schloss er die Tür, zündete sich eine Zigarette an, nahm den Lynggaard-Aktenordner, ließ sich in seinen Stuhl fallen und legte die Beine über die Ecke des Schreibtischs.

Dann musste er sich wohl mal in die Sache hineinvertiefen.

Blöde Geschichte. Keinerlei Konsistenz. Ein einziges Herumgestochere im Nebel, keine klare Linie. Kurz gesagt: Es fehlte an tragfähigen Theorien. Es gab kein Motiv. Wenn es Selbstmord war, warum? Man wusste einzig und allein, dass ihr Wagen als Letzter auf dem Autodeck stand und Merete Lynggaard verschwunden war.

Dann war den Ermittlern auf einmal aufgefallen, dass Merete nicht allein unterwegs gewesen war. Aus Zeugenaussagen ging hervor, dass sie sich auf dem Sonnendeck mit einem jungen Mann gestritten hatte. Das dokumentierte das Foto eines älteren Ehepaars. Sie hatten privat eine Einkaufstour nach Heiligenhafen gemacht und dabei zufällig das Foto geschossen. Das Foto wurde veröffentlicht, und da meldete sich bei der Polizei ein Mitarbeiter der Gemeindeverwaltung von Store Heddinge und erklärte, bei dem jungen Mann handele es sich um Uffe Lynggaard, Meretes Bruder.

Carl konnte sich noch gut daran erinnern. Denn die Polizisten, die die Existenz dieses Bruders übersehen hatten, erhielten einen ziemlichen Rüffel.

Und dann kamen immer wieder neue Fragen auf. Wenn das der Bruder war, weshalb hatten sie sich gestritten? Und wo war dieser Bruder überhaupt?

Zuerst glaubte man, auch Uffe sei über Bord gegangen. Aber ein paar Tage später fand man ihn auf Fehmarn, verwirrt und in völlig desolatem Zustand. Er war offenbar tagelang über die Insel geirrt. Ein aufmerksamer deutscher Polizist aus Oldenburg identifizierte ihn. Wie Uffe Lynggaard überhaupt so weit gekommen war, wurde nie geklärt. Er selbst hatte ja nichts dazu beizutragen. Falls er etwas wusste, so behielt er es für sich.

Dass Uffe Lynggaard in der Folge dermaßen harsch behandelt wurde, zeigte vor allem, wie sehr die Kollegen unter Druck gestanden hatten.

Carl hörte sich einige der Tonbandaufnahmen der Verhöre an: Uffe hatte geschwiegen wie ein Grab. Sie hatten alles Mögliche versucht. Sie hatten »good cop« gespielt – keine Reaktion. Sie hatten »bad cop« gespielt – nichts. Nichts hatte gewirkt. Zwei Psychiater hatte man herangezogen. Später einen Psychologen aus Farum, der auf diese Art der Behinderung spezialisiert war, ja sogar Karen Mortensen, eine Sozialarbeiterin aus der Gemeinde Stevns, hatte man geholt, um ihn auszufragen.

Üble Geschichte.

Die dänischen und die deutschen Behörden hatten dafür gesorgt, dass das Fahrwasser durchsucht wurde. Die Marinetaucher hatten ihre Übungen in das Gebiet verlegt. Eine Wasserleiche wurde erst auf Eis gelegt und anschließend obduziert. Fehlanzeige. Die Fischer wurden benachrichtigt, besonders aufmerksam auf im Wasser treibende Objekte zu achten. Kleidungsstücke, Taschen, alles. Aber niemand fand etwas, das sich mit Merete Lynggaard in Verbindung bringen ließ.

Die Medien stiegen damals voll auf die Sache ein. Merete Lynggaards Verschwinden lieferte fast einen Monat lang Material für die erste Seite. Alte Fotos wurden ausgekramt und veröffentlicht, von einem Schulausflug, wo Merete in einem engen Badeanzug posierte; die exzellenten Noten, die sie bei ihrem Universitätsstudium erreichte, wurden abgedruckt und von sogenannten Lifestyle-Experten analysiert. Selbst an sich seriöse Journalisten begannen irgendwann, sich an den Spekulationen um ihre sexuelle Ausrichtung zu beteiligen. Und den Schmierfinken der Boulevardblätter lieferte in erster Linie die Existenz von Uffe Stoff für miese Spekulationen.

Es gab nicht wenige Kollegen von Merete Lynggaard, die sich daran beteiligten und die Gerüchteküche befeuerten: dass es da in ihrem Privatleben etwas gab, das sie verbergen wollte. Man konnte natürlich nicht ahnen, dass es ein behinderter Bruder war. Selbst als das Interesse an der Geschichte bereits abebbte, brachten die Zeitungen auf den ersten Seiten alte Fotos von dem Autounfall, bei dem ihre Eltern umkamen und der zu Uffes Behinderung geführt hatte. Alles wurde ans Licht gezerrt. Zu Lebzeiten war Merete Lynggaard ein begehrter Stoff gewesen, und noch im Tod war sie es geblieben. Die Moderatoren des Frühstücksfernsehens hatten Mühe, ihre Begeisterung zu verbergen. Ein verärgerter Prinzgemahl oder der übertriebene Rotweinkonsum eines Vorortbürgermeisters – da war eine ertrunkene Parlamentsabgeordnete doch was ganz anderes.

Man veröffentliche sogar Fotos vom Doppelbett in Merete Lynggaards Haus. Von wem die stammten, erfuhr man nicht. Und die Schlagzeilen waren übel: Hatten die beiden Geschwister etwas miteinander? Warum sonst gab es in dem großen Haus nur das eine Bett? War das der Grund für ihren Tod? Jeder halbwegs vernunftbegabte Mensch musste das doch wohl merkwürdig finden.

Als sich die Geschichte nicht mehr weiter ausschlachten ließ, begannen die Spekulationen um die Freilassung Uffe Lynggaards. War die Polizei zu hart und rücksichtslos vorgegangen? Oder war der Kerl zu leicht davongekommen? Hatte das Rechtssystem versagt? Später hechelte die Presse noch die Unterbringung Uffes in Egely durch. Bis der Spuk vorbei war. In der Sauregurkenzeit des Sommers 2002 ging es dann endlich wieder um Regen und Hitze und die Geburt eines Prinzen und die Fußballweltmeisterschaft.

Doch, ja, die dänische Presse wusste, was die Leser interessierte. Merete Lynggaard war Schnee von gestern.

Sechs Monate später wurden schließlich auch die polizeilichen Ermittlungen eingestellt. Es gab jede Menge anderes zu tun.

Carl nahm sich zwei Bogen Papier und schrieb mit Kugelschreiber auf den einen:

Verdächtig:
1) Uffe
2) Unbekannter Postbote. Brief bezüglich Berlin
3) Mann/Frau aus dem Café Bankeråt
4) »Kollegen« in Christiansborg
5) Raubmord nach Überfall.
   Wie viel Bargeld war in der Tasche?
6) Sexualdelikt

Auf den zweiten Bogen schrieb er:

Überprüfen:
Uffes Sachbearbeiterin in der Gemeinde Stevns
Telegramm
Assistentinnen in Christiansborg
Zeugen auf der Fähre »Schleswig-Holstein«

Nachdem er seine Notizen eine Weile nachdenklich betrachtet hatte, fügte er auf Blatt zwei unten hinzu:

Pflegefamilie nach dem Unfall / alte Kommilitonen. Neigte sie zu Depressionen? War sie schwanger? Verliebt?

Als er den Aktenordner zuklappte, kam ein Anruf aus dem Kommissariat. Marcus Jacobsen ließ bitten. Er sollte nach oben in den Konferenzraum kommen.

Carl nickte Assad zu, als er an dessen winzigem Büro vorbeiging. Der klebte an seinem Telefon, wirkte konzentriert und sehr ernst. Nicht wie sonst, wenn er mit seinen grünen Gummihandschuhen in der Tür stand. Er wirkte fast wie ein anderer Mensch.

Alle, die mit dem Fahrradmord zu tun hatten, waren versammelt. Marcus Jacobsen deutete auf den Platz, wo Carl am Konferenztisch sitzen sollte, und dann begann Bak mit seinem Bericht.

»Unsere Zeugin, Annelise Kvist, hat schon früh um Zeugenschutz gebeten. Wir wissen inzwischen, dass sie Drohungen erhielt: Man würde ihre Kinder bei lebendigem Leib häuten, wenn sie redete. Sie hat die ganze Zeit Informationen zurückgehalten, zeigte sich dann aber doch auf ihre Weise kooperativ. Sie hat uns immer wieder mal Hinweise gegeben, aufgrund derer wir mit den Ermittlungen weiterkommen konnten. Allerdings hat sie uns entscheidende Informationen vorenthalten. Und seit sie diese Drohungen erhält, hat sie vollständig dichtgemacht.

Ich fasse zusammen: Etwa um zweiundzwanzig Uhr wurde dem Opfer im Valbypark der Hals durchgeschnitten. Es ist dunkel und kalt und der Park menschenleer. Dennoch sieht Annelise Kvist, wie der Täter nur wenige Minuten vor dem Mord mit dem späteren Opfer zusammensteht und redet. Deshalb sind wir der Meinung, dass wir von einem Mord im Affekt ausgehen müssen. Wäre der Mord kaltblütig geplant gewesen, hätte Annelise Kvists Ankunft die Tat aller Wahrscheinlichkeit nach vereitelt.«

»Aber warum *geht* Annelise Kvist durch den Park? Hatte sie denn nicht ihr Fahrrad dabei? Woher kam sie überhaupt?« Es war einer von den Neuen, der diese Zwischenfrage stellte. Er wusste noch nicht, dass man erst fragte, wenn Bak fertig war.

Bak war sauer, das sah man an dem Blick, mit dem er den Einwurf quittierte. »Sie war bei einer Freundin, und das Fahrrad hatte einen Platten. Wir wissen, dass es der Täter gewesen sein muss, den sie sah, weil sich am Tatort zwei verschiedene Fußabdrücke fanden. Wir haben die Lebensverhältnisse von Annelise Kvist äußerst sorgfältig überprüft, um eventuelle Schwachstellen in ihrem Leben zu finden. Etwas, das ihr Verhalten erklärt, als wir begannen, sie zu verhören. Daher wissen wir jetzt, dass sie eine Zeitlang im Rockermilieu verkehrte, aber wir wissen auch mit ziemlicher Sicherheit, dass das nicht das Milieu ist, in dem wir den Täter finden werden.

Der Bruder des Opfers ist Carlo Brandt, einer der aktivsten Rocker im Raum Valby. Das Opfer selbst war unbescholten, auch wenn der Mann nebenbei auf eigene Rechnung mit Drogen handelte. Durch diesen Carlo Brandt wissen wir inzwischen auch, dass das Opfer ein Bekannter von Annelise Kvist war, irgendwann einmal war es wohl sogar eine intime Beziehung. In der Richtung ermitteln wir ebenfalls. Auf alle Fälle lässt sich daraus schließen, dass sie aller Wahrscheinlichkeit nach beide kannte, Opfer und Täter.

Von ihrer Mutter wissen wir, dass Annelise früher schon Opfer von Gewalt war; sie war offenbar immer mal wieder Schlägen und Drohungen ausgesetzt. Die Mutter findet allerdings, ihre Tochter sei selbst schuld daran. Sie treibe sich eben viel in Kneipen herum und achte nicht so genau darauf, mit wem sie nach Hause geht. Aber so seien sie heute doch alle, diese jungen Frauen.

Jetzt haben wir das halbe Ohr des Opfers in Annelises Toilette gefunden, daher wissen wir, dass der Mörder sie kennt. Sie und ihre Wohnung. Aber wer dieser Mann ist, das haben wir eben noch immer nicht aus ihr herausbekommen.

Die Kinder sind jetzt bei einer Familie südlich von Kopenhagen untergebracht. Seither ist Annelise etwas aufgetaut. Es besteht kein Zweifel mehr daran, dass sie zu dem angenommenen Zeitpunkt des Selbstmordversuchs unter Drogen stand. Den Analysen zufolge befanden sich in ihrem Magen jede Menge verschiedener euphorisierender Stoffe, die in Tablettenform geschluckt wurden.«

Die meiste Zeit hatte Carl dem Vortrag mit geschlossenen Augen zugehört. Wie Bak seine Fälle durchzog, so langsam und umständlich, und trotzdem so oberflächlich, kotzte ihn an. Schon Baks Anblick konnte er nicht ertragen. Warum sollte er auch? Er hatte ja mit diesem Fall nichts zu tun. Sein Stuhl stand unten im Keller, das durfte er nie vergessen. Der Chef hatte ihn nur nach oben geholt, um ihm kurz symbolisch auf die Schulter zu klopfen, weil er dazu beigetragen hatte, dass der Fall hier oben einen Schritt weitergekommen war. Mehr gab es dazu nicht zu sagen. Weitere Einmischungen seinerseits würde er ihnen jetzt ersparen.

»Wir haben kein Pillenglas oder Ähnliches gefunden. Es weist also vieles in die Richtung, dass jemand, vermutlich der Täter, die Tabletten lose mitbrachte und Annelise zwang, sie zu schlucken«, fuhr Bak fort.

Ach, darauf war er auch schon gekommen.

»Damit haben wir es mit einem gescheiterten Mordversuch zu tun. Und die Drohung, ihre Kinder umzubringen, hat sie zum Schweigen gebracht.«

An dieser Stelle unterbrach Marcus Jacobsen Bak. Er hatte gesehen, wie den Neuen ihre Fragen auf den Nägeln brannten, und wollte ihnen entgegenkommen.

»Annelise Kvist, ihre Mutter und die Kinder erhalten den nötigen Zeugenschutz«, erklärte er. »Zunächst einmal werden sie alle zusammen an einen anderen Ort gebracht, und dann wird sie schon reden. In der Zwischenzeit müssen wir zusehen, dass auch das Drogendezernat eingeschaltet wird. Aus der Analyse geht nämlich hervor, dass sie synthetisches THC intus hatte, wahrscheinlich Marinol, also ganz gewöhnliches Hasch in Pillenform. Das sehen wir in den Kreisen der Dealer eher selten, deshalb müssen wir herausbekommen, wie man sich das Zeug in der Gegend beschafft. Meines Wissens wurden außerdem Spuren von Crystal Meth und Methylphenidat gefunden. Ein ausgesprochen atypischer Cocktail, das Ganze.«

Carl schüttelte den Kopf. Ja, der Täter war erfinderisch. Schlitzt dem einen Opfer im Park den Hals auf, dem anderen verabreicht er Tabletten. Warum konnten seine Kollegen nicht einfach abwarten, bis die Frau von selbst alles ausspuckte? Er machte die Augen auf und sah genau in die von Marcus Jacobsen.

»Du schüttelst den Kopf, Carl«, sagte der Chef. »Hast du einen besseren Vorschlag? Oder vielleicht noch eine kreative Idee, die uns weiterbringen kann?« Er lächelte – als Einziger im ganzen Raum.

»Ich weiß nur, dass man kotzt, wenn man THC geschluckt hat und zu viel anderen komischen Kram frisst. Das heißt doch, dass der Kerl, der sie zwang, die Pillen zu schlucken, seinen Job ziemlich gut verstand, oder? Warum wartet ihr nicht einfach, bis euch Annelise Kvist von selbst erzählt, was sie gesehen hat? Ein paar Tage früher oder später spielen doch wirklich keine Rolle. Es gibt auch noch andere Fälle, um die wir uns kümmern müssen.« Er sah in die Runde. »Ich jedenfalls.«

Die Sekretärinnen ertranken in Arbeit. Lis saß mit dem Headset auf dem Kopf hinter ihrem Computer. Sie hämmerte auf die Tasten wie der Schlagzeuger einer Rockband. Carl hielt nach einer neuen Sekretärin mit dunklen Haaren Ausschau, aber auf keine passte Assads Beschreibung. Die Sørensen mit ihrem säuerlichen Gesichtsausdruck konnte er doch wohl nicht meinen.

»Lis, wir brauchen unten bei uns einen gescheiten Fotokopierer«, sagte er, als sie breit lächelnd das Eindreschen auf die Tastatur unterbrach. »Kannst du das vielleicht heute Nachmittag organisieren? Ich weiß, dass die beim NEC einen übrig haben. Der ist noch nicht mal ausgepackt, hab ich gehört.«

»Ich sehe zu, was ich machen kann, Carl«, sagte sie. Damit war das erledigt.

Da sagte eine raue Stimme hinter ihm: »Ich bin mit Marcus Jacobsen verabredet.« Er drehte sich um und stand einer Frau gegenüber, die er nicht kannte. Braune Augen. Die tollsten braunen Augen, die er je gesehen hatte. Carl spürte ein Ziehen im Zwerchfell. Dann wandte sich die Frau den Sekretärinnen zu.

»Sind Sie Mona Ibsen?«, fragte die Sørensen.

»Ja.«

»Gehen Sie ruhig rein.«

Die beiden Frauen lächelten sich an. Mona Ibsen trat einen Schritt zurück. Frau Sørensen stand auf, um ihr den Weg zu zeigen. Carl presste die Lippen zusammen und sah sie den Flur entlanggehen. Sie trug einen Pelz, so kurz, dass gerade noch das untere Ende ihres Hinterns rausschaute. Verheißungsvoll, aber allem Anschein nach keine ganz junge Frau. Warum zum Teufel hatte er von ihrem Gesicht nur die Augen gesehen?

»Mona Ibsen, wer ist das?«, fragte er Lis so beiläufig wie möglich. »Irgendwas mit dem Fahrradmord?«

»Nein, sie ist unsere neue Psychologin, spezialisiert auf Krisenintervention. Sie arbeitet in Zukunft für alle Dezernate hier im Gård.«

»Ach, tatsächlich?« Er merkte selbst, wie idiotisch das klang.

Er versuchte das Gefühl im Zwerchfell zu ignorieren, ging zu Jacobsens Büro und trat, ohne anzuklopfen, ein. Wenn er sich schon einen Rüffel einhandelte, dann für einen guten Zweck.

»Entschuldige, Marcus«, sagte er. »Ich wusste nicht, dass du Besuch hast.«

Sie saß so, dass er sie von der Seite sah. Weiche Haut und Falten in den Mundwinkeln, die eher Lächeln als Trübsinn andeuteten.

»Ich kann später wiederkommen, entschuldige bitte die Störung.«

Angesichts von so viel Unterwürfigkeit drehte sie sich um und sah ihn an. Sie hatte die fünfzig eindeutig überschritten. Ihr Mund war schön, volle Lippen, sie lächelte leicht. Und ihm war plötzlich, als bekäme er verdammt weiche Knie.

»Carl, was ist denn?«, fragte Marcus.

»Ich wollte nur sagen, dass ihr Annelise Kvist fragen solltet, ob sie auch mit dem Mörder ein Verhältnis hatte.«

»Hatte sie nicht, Carl.«

»Nein? Okay. Aber ich finde, ihr solltet sie fragen, was der Mörder so macht. Nicht wer er ist, sondern was er macht.«

»Das haben wir natürlich schon getan, aber sie sagt nichts. Du meinst, es könnte sich um ein Arbeitsverhältnis handeln?«

»Vielleicht, vielleicht nicht. Auf jeden Fall ist sie kraft seiner Arbeit von dem Mann abhängig.«

Jacobsen nickte. Erst wenn die Zeugin und ihre Familie an einem sicheren Ort untergebracht waren, würden sie sie erneut befragen.

Immerhin: Carl hatte diese Mona Ibsen zu Gesicht bekommen. Verdammt tolle Frau für eine Psychologin.

»Das war's schon«, sagte er und lächelte so breit und entspannt und viril wie noch nie, aber es kam kein Echo.

Er fasste sich unwillkürlich an die Brust, es tat auf einmal direkt unter dem Brustbein weh. Verdammt unangenehmes Gefühl. Fast so, als hätte er Luft verschluckt.

»Carl, bist du okay?«, fragte sein Chef.

»Ja klar. Die letzten Nachwehen, du weißt schon. Ich bin okay.« Aber das stimmte nicht wirklich. Das Gefühl im Brustkorb war alles andere als gut.

»Ja, Mona, entschuldige. Darf ich dir Carl Mørck vorstellen? Du weißt doch! Vor einigen Monaten geriet er in diese Schießerei, bei der wir einen Kollegen verloren.«

Sie nickte ihm zu, während er sich gewaltig zusammenriss. Professionelles Interesse, natürlich. Aber besser als nichts.

»Carl, das ist Mona Ibsen. Sie ist unsere neue Krisenpsychologin. Vielleicht lernt ihr euch ja kennen. Wir würden uns sehr freuen, wenn einer unserer besten Kollegen bald wieder vollständig auf dem Posten wäre.«

Er ging einen Schritt auf sie zu und ergriff ihre Hand. Sich kennenlernen. Darauf kannst du wetten.

Das Gefühl in seinem Brustkorb war immer noch da, als er auf dem Weg in den Keller mit Assad zusammenstieß.

»Ich bin durch, Carl«, sagte er.

Carl bemühte sich, Mona Ibsens Bild zu verdrängen. Was nicht ganz leicht war.

»Womit?«, fragte er.

»Ich habe mindestens zehnmal bei TelegramsOnline angerufen und bin erst vor einer Viertelstunde durchgekommen«, sagte Assad, und Carl erinnerte sich wieder. »Vielleicht können sie uns bald sagen, wer Merete Lynggaard das Telegramm geschickt hat. Jedenfalls versuchen sie, es herauszufinden.«

18

2002

Schon nach kurzer Zeit hatte Merete sich an den Druck gewöhnt. Einige Tage ein leichtes Sausen in den Ohren, dann war es verschwunden. Nein, nicht der Druck war das Schlimmste.

Es war das Licht über ihr.

Ewiges Licht war hundertmal grausamer als ewige Dunkelheit. Das Licht legte schonungslos die Erbärmlichkeit ihres Lebens bloß. Ein eisig weißer Raum. Gräuliche Wände, scharfe Ecken. Die grauen Eimer, das farblose Essen. Das Licht brachte ihr die Hässlichkeit und die Kälte. Das Licht brachte ihr die endgültige Erkenntnis, dass sie diesen Panzer von einem Raum niemals würde verlassen können, dass auch die Schleuse unmöglich ein Fluchtweg war, dass diese Betonhölle ihr Sarg und ihr Grab war. Jetzt konnte sie nicht mehr einfach die Augen schließen und wegdämmern, wenn ihr danach war. Das Licht bedrängte sie, es zwängte sich noch durch die geschlossenen Augen. Nur wenn die Erschöpfung sie vollständig übermannte, konnte sie einschlafen.

Und die Zeit dehnte sich ins Unendliche.

Jeden Tag, wenn sie mit dem Essen fertig war und ihre Finger sauber geleckt hatte, starrte sie vor sich hin und rekapitulierte den Tag. »Heute ist der 27. Juli 2002. Ich bin zweiunddreißig Jahre und einundzwanzig Tage alt. Hier bin ich jetzt seit einhundertsiebenundvierzig Tagen. Ich heiße Merete Lynggaard, und mir geht es gut. Mein Bruder heißt Uffe, und er wurde am 10. Mai 1973 geboren«, so begann sie. Manchmal zählte sie auch die Namen ihrer Eltern und anderer Menschen auf. Sie dachte an jedem einzelnen Tag an sie. An sie und an viele andere Menschen und Dinge. Sie erinnerte sich an klare Morgenluft, an den Geruch anderer Menschen, an das Bellen eines Hundes. Diese Gedanken führten immer weiter, zu anderen Gedanken und führten sie hinaus aus diesem kalten Raum.

Früher oder später würde sie verrückt werden, das war ihr bewusst. Aber dann würde sie auch von den dunklen Gedanken wegkommen, den immer wiederkehrenden. Gegen die sie so hart ankämpfte. Noch war sie nicht bereit.

Deshalb hielt sie sich von den meterhohen Bullaugen fern, zu denen sie sich in der ersten Zeit vorgetastet hatte. Sie befanden sich etwa in Augenhöhe, und durch das verspiegelte Glas drang nichts von außen herein. Als Merete sich nach einigen Tagen an das Licht gewöhnt hatte, hob sie nur langsam und vorsichtig den Blick, aus Angst, von ihrem eigenen Spiegelbild überrumpelt zu werden. Doch nach und nach hatte sie den Blick aufwärts wandern lassen – bis sie schließlich ihrem Angesicht gegenüberstand. Der Anblick hatte ihr tief in der Seele wehgetan. Sie hatte die Augen für einen Moment schließen müssen, so grausam war der Eindruck. Nicht, weil sie wirklich so schlecht aussah, wie sie befürchtet hatte. Nein, nicht deshalb. Ja, das Haar war fettig und verfilzt und die Haut unendlich blass. Aber das war es nicht.

Ihr gegenüber stand ein Mensch, der verloren war. Das war es. Ein Mensch, zum Sterben verurteilt. Eine Fremde – vollkommen allein in der Welt.

»Du bist Merete«, hatte sie laut gesagt und dabei gesehen, wie sie die Worte aussprach. »Ich stehe dort«, sagte sie dann, und sie wünschte, dass es nicht wahr sei. Sie hatte sich wie von ihrem Körper getrennt gefühlt, und doch war sie es, die dort stand. Wie sollte sie etwa nicht den Verstand verlieren?

Dann hatte sie sich von den Bullaugen abgewandt und war in die Hocke gegangen. Sie hatte zu singen versucht, aber als sie ihre Stimme hörte, klang die, als gehörte sie einem anderen Menschen. Da rollte sie sich auf dem Boden zusammen und sprach ein Gebet. Und als sie fertig war, betete sie noch einmal. Sie betete, bis sich ihre Seele aus diesem Zwischenzustand gelöst hatte und sie in eine Art Trance verfiel. Und sie ruhte sich aus in Träumen und Erinnerungen und gab sich das Versprechen, sich nie wieder vor diesen Spiegel zu stellen und sich selbst zu betrachten.

Mit der Zeit lernte sie die Signale ihres Körpers kennen und deuten. Wann das Essen verspätet war. Wann der Druck ein winziges bisschen schwankte, und wann sie am besten schlief.

Die Eimer wurden in sehr regelmäßigen Intervallen ausgetauscht. Sie hatte versucht, die Sekunden zu zählen, und zwar von dem Moment an, wo ihr der Magen erzählte, es sei an der Zeit, dass die Eimer kamen. Die Abweichung betrug höchstens eine halbe Stunde. Damit hatte sie ein zeitliches Raster, an dem sie sich orientieren konnte, vorausgesetzt, sie bekam immer einmal am Tag Essen.

Dieses Wissen war ein Trost und gleichzeitig ein Fluch. Ein Trost, weil sie so die Gewohnheiten und Rhythmen der Außenwelt assoziieren konnte und in Kontakt mit ihr blieb. Und ein Fluch aus genau demselben Grund. Draußen wurde es Sommer, Herbst, Winter – und hier war nichts. Sie stellte sich lauen Sommerregen vor. Wie der den Geruch und all das Würdelose von ihr einfach abwusch. Sie blickte in die Glut der großen Feuer zu Sankt Johanni, und sie sah den Weihnachtsbaum in all seinem Glanz. Kein Tag verging ohne Gemütserregung. Sie kannte die Daten und erinnerte sich, was sie bedeuten konnten. Draußen in der Welt.

Und sie saß allein auf dem nackten Fußboden und zwang ihre Gedanken, sich auf das Leben dort draußen zu richten. Das war nicht leicht. Oft drohten die Gedanken ihr zu entgleiten, aber sie hielt sie fest im Griff. Jeder Tag bekam seine Bedeutung.

An dem Tag, an dem Uffe neunundzwanzig und ein halbes Jahr wurde, lehnte sie sich an die kalte Wand und stellte sich vor, sie striche ihm übers Haar, während sie ihm gratulierte. Sie wollte in Gedanken einen Kuchen backen und ihm den schicken. Zuerst musste sie alle Zutaten einkaufen. Sie würde den Mantel anziehen und den Herbststürmen trotzen. Und sie kaufte ein, wo sie Lust hatte. In der Delikatessenabteilung des Magasin. Sie nahm, was ihr gefiel. Nichts war an diesem Tag zu gut für Uffe.

Merete zählte die Tage, und sie grübelte endlos, was ihre Entführer wohl vorhatten und wer sie überhaupt waren. Manches Mal kam es ihr vor, als glitte ein schwacher Schatten über eine der verspiegelten Scheiben, und es schauderte sie. Sie bedeckte ihren Körper, wenn sie sich wusch. Stellte sich mit dem Rücken zu den Bullaugen, wenn sie ganz nackt war. Zog den Toiletteneimer zwischen die beiden Bullaugen, sodass sie niemand sehen konnte, wenn sie sich setzte.

Denn sie waren da. Es würde keinen Sinn machen, wenn sie nicht da waren. Manchmal hatte sie mit ihnen geredet, aber nicht mehr so oft. Sie antworteten ja doch nicht.

Sie hatte sie um Binden gebeten, bekam aber keine. Und wenn die Menstruation am heftigsten war, reichte das Toilettenpapier nicht, und sie hatte nichts zum Wechseln.

Sie hatte um eine Zahnbürste gebeten, aber auch die bekam sie nicht, und das bedrückte sie. Sie massierte stattdessen das Zahnfleisch mit dem Zeigefinger und versuchte die Zwischenräume zu reinigen, indem sie Luft hindurchpresste, aber das reichte nicht. Und sie atmete in die hohle Hand und konnte riechen, wie ihr Atem immer schlechter wurde.

Eines Tages zog sie aus der Kapuze ihrer Daunenjacke ein Stäbchen aus Nylon. Das war zwar steif genug, aber zu dick, um als Zahnstocher zu fungieren. Sie versuchte, ein Stück davon abzubrechen, und als ihr das gelungen war, begann sie das kürzere Stück mit ihren Schneidezähnen zu feilen. Pass bloß auf, dass kein Nylon zwischen den Zähnen steckenbleibt. Das bekommst du nie wieder raus, ermahnte sie sich.

Als sie zum ersten Mal nach einem Jahr alle Zahnzwischenräume hatte reinigen können, erfüllte sie große Erleichterung. Dieses Stäbchen war mit einem Mal ihr kostbarster Besitz. Auf ihn und den Rest des Plastikstäbchens musste sie gut aufpassen.

Die Stimme sprach zu ihr einige Zeit, bevor sie damit gerechnet hatte. Sie war an ihrem dreiunddreißigsten Geburtstag mit dem Gefühl aufgewacht, dass es noch immer Nacht sein könnte. Und sie saß auf dem Boden und starrte hinauf zu den Spiegelscheiben. Es mochten Stunden gewesen sein, in denen sie überlegte, was jetzt wohl passieren würde. Sie hatte Fragen und Antworten bis ins Unendliche durchdacht. Hin und her hatte sie Namen und Handlungen und Gründe bewegt, aber sie wusste noch immer nicht mehr als vor einem Jahr. Vielleicht war es etwas mit dem Internet. Vielleicht handelte es sich um ein Experiment. Der Versuch eines Wahnsinnigen, der nachweisen wollte, was der menschliche Organismus und die menschliche Psyche auszuhalten imstande sind.

Aber sie hatte nicht die Absicht, in einem solchen Experiment zu unterliegen.

Als die Stimme kam, war sie nicht darauf vorbereitet. Noch hatte der Magen keinen Hunger angekündigt. Sie erschrak, als die Stille plötzlich durchbrochen wurde.

»Glückwunsch, Merete«, sagte die Frauenstimme. »Glückwunsch zu den dreiunddreißig Jahren. Wir sehen, es geht dir gut. Du bist in diesem Jahr ein braves Mädchen gewesen. Die Sonne strahlt.«

Die Sonne! Oh Gott, das wollte sie nicht wissen.

»Hast du über die Frage nachgedacht? Warum wir dich wie ein Tier im Käfig gefangen halten? Warum du das hier erdulden musst? Merete, bist du zu einer Lösung gekommen, oder müssen wir dich wieder bestrafen? Was wirst du bekommen: ein Geburtstagsgeschenk oder eine Strafe?«

»Gebt mir irgendeinen Anhaltspunkt!«, rief sie.

»Merete, du hast das Spiel ja überhaupt nicht begriffen. Nein, du musst schon allein darauf kommen. Wir schicken dir jetzt die Eimer herein, währenddessen darfst du darüber nachdenken, warum du hier bist. Wir haben dir übrigens ein kleines Geschenk dazugelegt, von dem wir hoffen, dass du es brauchen kannst. Du hast für die Antwort nicht mehr viel Zeit.«

Nun hörte sie zum ersten Mal deutlich den Menschen hinter der Stimme. Das war gar keine junge Frau. Die Aussprache deutete auf eine gute Schulbildung vor sehr langer Zeit.

»Das ist kein Spiel«, rief Merete. »Ihr habt mich entführt und mich eingesperrt. Was wollt ihr denn? Wollt ihr Geld? Ich weiß nicht, wie ich euch helfen kann, Geld aus dem Fonds zu bekommen, wenn ich hier festsitze. Könnt ihr das nicht verstehen?«

»Weißt du was, mein Mädchen«, sagte die Frau. »Wenn es hier um Geld ginge, dann würde sich der Fall doch anders darstellen, meinst du nicht?«

Dann war das Pfeifen der Schleuse zu hören, und der erste Eimer kam. Sie zog ihn an sich und zermarterte dabei ihr Gehirn, was sie sagen konnte, um Zeit zu gewinnen.

»Ich habe in meinem Leben nichts Böses getan, ich verdiene das nicht, versteht ihr?«

Wieder war das Pfeifen zu hören, dann erschien der zweite Eimer in der Schleuse.

»Du kommst dem Kern der Sache schon näher. Aber ich kann dir sagen: Doch, du verdienst das ganz sicher.«

Sie wollte protestieren, doch die Frau kam ihr zuvor. »Sag jetzt besser nichts mehr, Merete. Du bist dir kein guter Anwalt.

Schau stattdessen mal in den Eimer. Du freust dich doch sicher über dein Geschenk?«

Merete nahm den Deckel so langsam ab, als erwartete sie darunter eine Kobra mit gespreiztem Nackenschild, bereit zum Angriff. Aber was sie sah, war schlimmer.

Es war eine Taschenlampe.

»Gute Nacht, Merete. Schlaf gut. Du bekommst jetzt noch ein bar Überdruck mehr. Mal sehen, ob das deinem Gedächtnis auf die Sprünge hilft.«

Erst war das Pfeifen von der Schleuse zu hören, dann kam der Duft der Umgebung. Parfüm und Erinnerungen an Sonne.

Und dann kehrte die Dunkelheit zurück.

19

2007

Der Fotokopierer, den der NEC dem Sonderdezernat Q leihweise zur Verfügung gestellt hatte, war nagelneu. Die Formulierung »nur leihweise« war ein untrüglicher Beweis dafür, dass die vom NEC Carl nicht kannten, denn wenn der Kopierer erst einmal in den Keller transportiert und auf dem Flur aufgestellt war, würde Carl Mørck ihn mit Sicherheit nicht wieder hergeben.

»Assad. Kopier alle Akten des Falls«, sagte er und deutete auf das Gerät. »Mir ist es egal, wie lange das dauert, und wenn du den ganzen Tag dafür brauchst. Und wenn du damit fertig bist, fährst du in die Klinik für Wirbelsäulenverletzungen und erzählst meinem alten Partner Hardy Henningsen alles über den Fall. Er wird dich wie Luft behandeln, aber daraus darfst du dir nichts machen. Er hat ein Gedächtnis wie ein Elefant und Ohren wie eine Fledermaus. Bleib einfach dran.«

Assad stellte sich vor das Monstrum im Keller und studierte

die Tasten und Symbole. »Wie macht man das denn mit so einem?«, fragte er.

»Hast du noch nie etwas fotokopiert?«

»Nicht mit so einem, mit solchen Zeichnungen, nein.«

Das durfte doch wohl nicht wahr sein! Das sollte derselbe Mann sein, der innerhalb von zehn Minuten seinen Fernseher installiert hatte?

»Herr im Himmel, Assad. Also: Du legst das Original einfach da hin, und dann drückst du auf den Knopf hier.« Es schien zu funktionieren.

Baks Anrufbeantworter gab den zu erwartenden Senf von sich: Vizekriminalkommissar Bak war leider wegen eines Mordfalls nicht zu sprechen.

Die nette Sekretärin mit den leicht schrägen Schneidezähnen ergänzte die Information, indem sie ihm mitteilte, Bak und ein Kollege seien wegen einer Festnahme draußen in Valby.

»Lis, du sagst mir Bescheid, wenn der Blödmann wieder auftaucht, ja?«

Anderthalb Stunden später – Bak und sein Kollege hatten schon mit der Vernehmung begonnen – platzte Carl herein. Der Mann in Handschellen war ein ganz durchschnittlicher Typ, jung und müde und wahnsinnig erkältet. »Nun putzt dem Mann doch mal die Nase«, sagte Carl und deutete auf den Rotz, der zum Mund des jungen Mannes lief. An dessen Stelle hätte Carl den Mund auch nicht aufgemacht.

»Verstehst du kein Dänisch, Carl?« Diesmal hatte Bak einen hochroten Kopf. Dazu gehörte dann doch einiges. »Warte gefälligst draußen. Du störst jetzt schon zum zweiten Mal bei einer Vernehmung, es reicht. Ist das klar?«

»Fünf Minuten, dann hast du deine Ruhe, ich verspreche es.«

Dass Bak dann anderthalb Stunden brauchte, um Carl zu erzählen, dass er erst sehr spät in den Lynggaard-Fall eingeschaltet worden sei und von nichts eine Ahnung hatte, das war sein

Problem. Wozu dann um Himmels willen all diese Umständlichkeiten? Warum hatte er das nicht gleich gesagt?

Immerhin hatte Carl schließlich die Telefonnummer von Karen Mortensen, Uffes inzwischen pensionierter Sachbearbeiterin in der Gemeindeverwaltung Stevns. Und die Nummer von Claes Damsgaard, seines Zeichens Polizeioberinspektor. Der hatte damals die Ermittlungen der Mobilen Einsatztruppe geleitet. Jetzt, erklärte Bak, sitze er im Polizeibezirk Mittel- und Westseeland. Warum sagte er nicht einfach, dass der Mann in Roskilde saß?

Der zweite der Chefs aus der Gruppe der Ermittler war schon verstorben. Nur zwei Jahre hatte er nach der Pensionierung noch gehabt. So viel zum Thema Restlebenszeit pensionierter Polizeibeamter in Dänemark.

Das wär doch was für das ›Guinnessbuch der Rekorde‹, dachte Mørck.

Polizeioberinspektor Claes Damsgaard war ein ganz anderes Kaliber als Bak. Freundlich, entgegenkommend, interessiert. Ja, doch, vom Sonderdezernat Q hatte er schon gehört. Und ob er wusste, wer Carl Mørck war! Hatte er nicht damals den Fall des ertrunkenen Mädchens bei Femøren im Stadtpark Amager gelöst und auch diesen Wahnsinnsmord draußen in der Nordweststadt, wo man eine alte Frau aus einem Fenster geworfen hatte? Auf jeden Fall sei er in Roskilde für ein Briefing jederzeit willkommen. Der Fall Lynggaard sei eine traurige Geschichte. Carl brauche nur Bescheid zu sagen, und wenn er helfen könne, dann würde er das gern tun.

Netter Kerl, konnte Carl gerade noch denken, bevor ihm der andere erzählte, er müsse sich allerdings drei Wochen gedulden, da er und seine Frau mit der Tochter und dem Schwiegersohn auf die Seychellen fliegen würden. »Bevor die Inseln vom Schmelzwasser der Polarkappen überschwemmt werden«, ergänzte er lachend.

»Wie geht's?«, fragte Carl Assad und wunderte sich über die Stapel von Fotokopien, die ordentlich an der Wand aufgereiht bis zur Treppe lagen. Bestand die Akte wirklich aus so vielen Teilen?

»Ja also, tut mir leid, Carl, dass es so lange dauert. Aber das sind die Zeitungen, also die sind am schlimmsten.«

Mørck blickte noch einmal auf die Stöße. »Kopierst du die ganze Zeitschrift?«

Assad neigte den Kopf auf die Seite wie ein kleiner Welpe, der überlegt, ob er wegrennen soll. Ach du meine Güte.

»Hör mal. Du musst nur die Seiten kopieren, die mit dem Fall zu tun haben, Assad. Ich glaube, Hardy ist es scheißegal, welcher Prinz auf der Jagd in Hinterposemuckel wie viele Fasane geschossen hat. Alles klar?«

»Hinterposemuckel?«

»Vergiss es, Assad. Konzentrier dich einfach auf den Fall und wirf die Seiten weg, die nicht relevant sind. Du hast einen super Job gemacht.«

Er ließ Assad bei der brummenden Maschine stehen, ging in sein Büro und rief die pensionierte Sachbearbeiterin an, die den Fall Uffe Lynggaard betreut hatte. Vielleicht war ihr ja irgendetwas aufgefallen, das ihnen weiterhelfen konnte.

Karen Mortensen klang auf Anhieb sympathisch. Er sah sie förmlich vor sich, wie sie im Schaukelstuhl saß und Teekannenwärmer häkelte. Zum Klang ihrer Stimme passte ausgezeichnet das Ticken einer Bornholmer Standuhr. Es war fast so, als riefe er zu Hause bei der Familie in Brønderslev an.

Aber schon der nächste Satz belehrte ihn eines Besseren. Offenbar war sie im Geist noch immer die Angestellte in der Gemeinde Stevns. Ein Wolf im Schafspelz.

»Ich kann mich weder zum Fall Uffe Lynggaard äußern noch zu anderen Fällen. Da müssen Sie sich schon an die Gesundheitsabteilung in Store Heddinge wenden.«

»Da war ich schon. Hören Sie, Frau Mortensen. Ich versuche herauszufinden, was mit Uffes Schwester passiert ist.«

»Uffe wurde von allen Punkten der Anklage freigesprochen«, kam es wie aus der Pistole geschossen.

»Das weiß ich, und das ist auch richtig so. Aber vielleicht kann uns Uffe doch noch mal weiterhelfen.«

»Wozu soll das gut sein? Seine Schwester ist tot. Uffe spricht nicht. Was soll er also beitragen?«

»Wenn ich nun zu Ihnen käme, würden Sie mir dann vielleicht erlauben, Ihnen einige Fragen zu stellen?«

»Nicht, wenn es um Uffe geht.«

»Ich begreife das nicht. Wann immer ich mit Menschen spreche, die Merete Lynggaard kannten, erzählen sie mir, dass Merete Sie stets in den höchsten Tönen gelobt habe. Dass sie und ihr Bruder ohne Ihre Hilfe verloren gewesen wären.« Sie wollte etwas sagen, aber er war noch nicht fertig. »Wie Sie wissen, heißt es, sie habe sich das Leben genommen. Wir glauben nicht daran. Und Sie sind einer der wenigen Menschen, der Meretes Ruf verteidigen kann. Sie selbst kann es nicht mehr.«

Am anderen Ende war gedämpft ein Radioprogramm zu hören. Karen Mortensen seufzte. Das war vermutlich der einzige Weg gewesen, sie aus der Reserve zu locken.

Zehn Sekunden brauchte sie, dann hatte sie das Lob geschluckt. »Meines Wissens sprach Merete Lynggaard mit niemandem über ihren Bruder. Von seiner Existenz wussten nur wir im Sozialamt«, kam es dann zögernd. Aber sie klang inzwischen etwas unsicher.

»So sollte es ja wohl auch sein. Aber es gab da ja noch andere Familienmitglieder, zwar drüben in Jütland, aber immerhin.« Er legte eine kleine Kunstpause ein, musste nachdenken, welche Familienmitglieder er notfalls erfinden könnte. Aber Karen Mortensen hatte schon angebissen, das spürte er.

»Haben Sie seinerzeit selbst die Hausbesuche bei Uffe vorgenommen?«, fragte er vorsichtig.

»Nein, das war unser Kurator. Aber ich war in all den Jahren für den Fall verantwortlich.«

»Hatten Sie denn den Eindruck, dass es Uffe im Laufe der Zeit schlechter ging?«

Sie zögerte. Er musste jetzt dranbleiben, wenn sie ihm nicht wieder entgleiten sollte.

»Ja, also ich frage Sie deshalb, weil ich heute zum ersten Mal den Eindruck hatte, man könnte ihn doch irgendwie erreichen. Aber vielleicht irre ich mich auch«, ergänzte er.

Sie klang überrascht. »Sie haben Uffe schon kennengelernt?«

»Ja, selbstverständlich. Ein sehr charmanter junger Mann. Sein Lächeln kann einen wirklich blenden. Kaum zu glauben, dass mit ihm etwas nicht stimmt.«

»Ja, und so ist es schon vielen vor Ihnen gegangen. Aber so ist es bei diesen Menschen mit Hirnschaden ja häufig. Es ist einzig Meretes Verdienst, dass er sich nicht vollständig in sich zurückgezogen hat. Man kann das gar nicht genug betonen.«

»Die Gefahr bestand also, Ihrer Ansicht nach?«

»Unbedingt. Aber es stimmt schon, er hat manchmal einen sehr lebhaften Gesichtsausdruck. Und nein, ich finde nicht, dass es ihm im Laufe der Zeit schlechter ging.«

»Hat er denn überhaupt begriffen, was mit seiner Schwester passiert war?«

»Nein, das glaube ich nicht.«

»Ist das nicht sonderbar? Was ich damit sagen will: Wenn sie zum Beispiel nicht rechtzeitig nach Hause kam, hat er doch auch reagiert.«

»Wenn Sie mich fragen, dann hat er nicht gesehen, wie sie ins Wasser stürzte. Er wäre ganz außer sich gewesen, und meiner Meinung nach wäre er wahrscheinlich selbst hinterhergesprungen. Und was seine persönliche Reaktion angeht: Er ist tagelang auf Fehmarn umhergeirrt. Da hatte er alle Zeit, zu weinen und zu suchen und so verwirrt zu sein, wie er überhaupt nur sein konnte. Als sie ihn fanden, war er ganz leer – da waren nur noch Durst und Hunger und Müdigkeit. Meines Wissens hatte er drei bis vier Kilo an Gewicht verloren. Höchstwahrscheinlich hatte er in der ganzen Zeit, seit er von Bord ging, nichts zu essen oder zu trinken bekommen.«

»Aber vielleicht hatte er ja doch seine Schwester über Bord gestoßen und wusste, dass er damit etwas Falsches getan hatte?«

»Herr Mørck, wissen Sie was. Ich habe mir doch gleich gedacht, dass Sie darauf hinauswollten.«

Der Wolf zeigte wieder seine Zähne, er musste also aufpassen.

»Ich hätte nicht übel Lust, den Hörer aufzuknallen, aber stattdessen will ich Ihnen eine kleine Geschichte erzählen. Da haben Sie dann etwas, worüber Sie nachdenken können.«

Er umklammerte den Hörer.

»Sie wissen, dass Uffes Eltern bei einem Autounfall ums Leben gekommen sind?«

»Ja.«

»Ich bin der Meinung, dass Uffe seither sozusagen frei schwebt. Nichts hat je ersetzen können, was ihn mit den Eltern verband. Merete hat es versucht, aber sie war weder seine Mutter noch sein Vater. Sie war die große Schwester, mit der er früher spielte, und dabei blieb es. Wenn sie nicht da war und er weinte, dann nicht aus Unsicherheit, sondern mehr aus der Enttäuschung heraus, dass ein Spielkamerad ihn versetzt hatte. Tief in seinem Inneren ist er bis heute ein kleiner Junge geblieben, der darauf wartet, dass Vater und Mutter zurückkommen. Und was Merete betrifft: Über den Verlust eines Spielkameraden kommen alle Kinder früher oder später hinweg. Und jetzt kommt die Geschichte.«

»Ich höre.«

»Eines Tages fuhr ich zu den beiden. Ich kam unangemeldet, was an sich nicht meine Art war. Aber ich hatte in der Nähe zu tun gehabt und wollte nur schnell mal guten Tag sagen. Ich ging also durch den Vorgarten. Dass Meretes Auto nicht da war, hatte ich schon gesehen. Wenige Minuten später kam sie dann, sie war nur zum Einkaufen im Laden unten an der Kreuzung gewesen. Das war damals, als es den noch gab.«

»Der Kaufmann in Magleby?«

»Ja. Und als ich dort auf dem Gartenweg stand, hörte ich hinten bei ihrem Wintergarten jemanden plappern. Es hörte sich an, als wäre da ein kleines Kind, aber da war keins. Erst als ich fast direkt vor Uffe stand, merkte ich, dass er es war. Er saß neben einem Haufen Kies auf der Terrasse und redete mit sich selbst. Die Worte konnte ich nicht verstehen, wenn es überhaupt Worte waren. Aber ich begriff, was er gerade machte.«

»Hat er Sie gesehen?«

»Ja, sofort. Aber er konnte nicht so schnell zudecken, was er gebaut hatte.«

»Und das war?«

»Er hatte durch den Kies auf der Terrasse eine Furche gezogen,und zu beiden Seiten hatte er kleine Zweige gelegt. In der Mitte lag ein Holzklötzchen, und zwar auf dem Kopf.«

»Ja?«

»Sie verstehen nicht, was er gebaut hatte?«

»Ich versuche es mir vorzustellen.«

»Der Kies und die Zweige waren die Straße und die Bäume. Der Holzklotz war das Auto seiner Eltern. Uffe hatte den Autounfall rekonstruiert.«

Der helle Wahnsinn! »Und er wollte nicht, dass Sie das sehen?«

»Mit einer einzigen Handbewegung zerstörte er, was er gebaut hatte. Und das war es, was mich endgültig überzeugte.«

»Wovon?«

»Dass Uffe sich erinnert.«

Einen Moment war es ganz still. Das Radio im Hintergrund klang plötzlich übermäßig laut.

»Haben Sie Merete Lynggaard davon erzählt, als sie kam?«

»Ja. Aber sie fand, das sei eine Überinterpretation. Dass er oft mit Sachen spielte, die gerade vor ihm lagen. Dass ich ihn erschreckt hätte, und dass er deshalb so reagierte.«

»Haben Sie ihr erzählt, dass er sich Ihrem Gefühl nach entdeckt gefühlt habe?«

»Ja. Aber sie meinte, er wäre nur erschrocken.«

»Aber Sie sahen das anders?«

»Natürlich hatte er sich erschreckt. Aber das war nicht alles.«

»Mit anderen Worten, Uffe versteht mehr, als wir glauben?«

»Ich weiß es nicht. Ich weiß nur, dass er sich an den Unfall erinnert. Vielleicht ist das auch das Einzige, woran er sich tatsächlich erinnert. Dass er sich deshalb automatisch an den Tag erinnert, als seine Schwester verschwand, ist überhaupt nicht gesagt. Ich bin mir nicht einmal sicher, dass er noch Erinnerungen an seine Schwester hat.«

»Hat man das während der Verhöre denn nicht überprüft?«

»Das war in Uffes Fall schwierig. Ich habe der Polizei ein bisschen zu helfen versucht, Uffe zu öffnen, als er in Untersuchungshaft saß. Ich wollte ihn dazu bringen, dass er sich an die Ereignisse an Bord der Fähre erinnerte. Wir hatten an der Wand Fotos von den verschiedenen Decks angebracht. Wir hatten winzige menschliche Figuren und ein kleines Modell der Fähre auf dem Tisch platziert und daneben eine Wanne mit Wasser. Wir hofften, dass er damit spielen würde. Einer der Psychologen und ich sahen ihm durch eine verspiegelte Scheibe zu, aber er spielte nicht mit dem Schiffsmodell.«

»Er erinnerte sich also nicht daran, auch wenn seitdem erst kurze Zeit vergangen war?«

»Ich weiß es nicht.«

»Für mich wäre es interessant zu wissen, ob es einen Tunnel in Uffes Erinnerung gibt. Und wenn es nur eine winzige Kleinigkeit wäre, die uns helfen könnte zu verstehen, was damals auf der Fähre geschah. Damit wir etwas haben, womit wir weiterarbeiten können.«

»Ja, das kann ich verstehen.«

»Haben Sie der Polizei damals von der Episode mit dem Holzklötzchen erzählt?«

»Ja, einem Ihrer Kollegen von der Mobilen Einsatztruppe. Warten Sie: Børge Bak hieß der.«

Hieß Bak tatsächlich mit Vornamen Børge? Das erklärte ja so einiges.

»Ich kenne ihn sehr gut. In seinem Bericht taucht das allerdings nicht auf. Haben Sie dafür eine Erklärung?«

»Ich weiß es nicht. Aber später sind wir auch nicht mehr näher darauf eingegangen. In dem Bericht der Psychologen und Psychiater steht es möglicherweise. Aber den bekam ich nie zu lesen.«

»Vielleicht ist der in Egely, wo Uffe untergebracht ist?«

»Wahrscheinlich, aber ich glaube nicht, dass er das Bild von Uffe entscheidend ergänzt. Die meisten dachten wie ich, dass die Geschichte mit dem Holzklötzchen wohl eine spontane Sache gewesen war. Dass sich Uffe im Grunde nicht erinnerte und dass wir in dem Fall Merete Lynggaard nicht weiterkommen, wenn wir uns weiter auf ihn konzentrieren.«

»Und so wurde die Anklage eingestellt und Uffe aus dem Untersuchungsgefängnis entlassen.«

»Ja, so war das.«

20

2007

»Mensch, Marcus, ich weiß auch nicht, was wir jetzt machen sollen.«

Sein Stellvertreter sah ihn an, als hätte er gerade gehört, dass sein Haus abgebrannt sei.

»Und du bist ganz sicher, dass die Journalisten nicht lieber mit mir oder dem Pressesprecher reden wollen?«, fragte der Chef der Mordkommission.

»Sie baten ausdrücklich darum, Carl zu interviewen. Sie haben mit Piv Vestergård geredet, und die hat die Journalisten an ihn verwiesen.«

»Warum hast du nicht gesagt, er sei krank oder dienstlich unterwegs oder einfach, er wolle nicht? Einfach irgendwas? Wir können ihn doch nicht hängenlassen! Die Journalisten vom Dänischen Radio bringen ihn in Teufels Küche.«

»Das weiß ich auch.«

»Lars. Wir müssen ihn dazu bringen, dass er selbst absagt.«

»Das ist dann wohl eher deine Aufgabe.«

Knapp zehn Minuten später stand Carl Mørck bei Marcus Jacobsen in der Tür.

»Na, Carl«, sagte der. »Kommst du voran?«

Er zuckte die Achseln. »Nur damit du es weißt, Bak hat keinen blassen Schimmer von dem Fall Lynggaard.«

»Kann ich mir kaum vorstellen. Aber du weißt mehr?«

Carl trat ins Zimmer und ließ sich auf einen Stuhl fallen. »Du kannst keine Wunder erwarten.«

»Also gibt's über den Fall gar nicht allzu viel Neues zu berichten?«

»Noch nicht.«

»Sollen wir den Journalisten dann lieber sagen, es sei noch zu früh für ein Interview?«

»Ich werde einen Teufel tun und mit irgendjemandem über den Fall sprechen.«

Marcus Jacobsen merkte, wie sich seine Erleichterung in einem etwas zu breiten Lächeln Bahn brach. »Das kann ich gut verstehen, Carl. Wenn man mitten in den Ermittlungen steckt, hat man einfach nicht den Nerv für so was. Reicht schon, wenn wir mit den aktuellen Fällen ständig Rede und Antwort stehen müssen. Ich gebe das so weiter, Carl. Das ist völlig in Ordnung.«

»Sorgst du bitte dafür, dass ich eine Kopie von Assads Personalakte nach unten bekomme?«

Sollte er jetzt auch noch als Sekretär für seine Untergebenen aktiv werden? »Selbstverständlich, Carl«, sagte er. »Lars wird sich darum kümmern. Bist du denn mit dem Mann zufrieden?«

»Bis jetzt ja. Wir werden sehen.«

»Und ich darf davon ausgehen, dass du ihn nicht in die Ermittlungen einbeziehst, ja?«

»Das darfst du gern.« Ein seltenes verschmitztes Lächeln breitete sich auf Carls Gesicht aus.

»Mit anderen Worten, du setzt ihn bei den Ermittlungen ein?«

»Ach, weißt du was, im Augenblick ist Assad oben in Hornbæk und informiert Hardy über ein paar Unterlagen, die er fotokopiert hat. Dagegen hast du ja sicher nichts? Du weißt doch, dass Hardy uns mit seinem Köpfchen immer in die Tasche stecken konnte. Und dann hat er auch was, womit er sich beschäftigen kann.«

»Klingt gut, was sollte ich dagegen haben.« Er unterdrückte einen Seufzer. »Und Hardy?«

Carl zuckte die Achseln.

Ja, etwas anderes hatte Marcus auch nicht erwartet. Traurig.

Sie nickten sich zu, das war's.

»Ach ja, übrigens«, Carl stand schon in der Tür. »Wenn du dich an meiner Stelle für die Nachrichtensendung interviewen lässt, erzähl denen bloß nicht, dass das Dezernat nur aus anderthalb Mann besteht. Falls Assad die Nachrichten sieht, würde für ihn eine Welt zusammenbrechen. Ja, und für die, die die Gelder bewilligt haben, sicher auch. Könnte ich mir vorstellen.«

Das saß. Eine verdammte Mauschelei, die sie da angezettelt hatten.

»Ach, und eins noch, Marcus.«

Dieser musterte Carl Mørck mit hochgezogenen Augenbrauen. Was denn jetzt noch?

»Wenn du diese Krisenpsychologin wiedersiehst, sag ihr doch, Carl Mørck braucht ihre Hilfe.«

Marcus Jacobsen sah sein Gegenüber skeptisch an. Carl Mørck wirkte nicht gerade wie einer, der kurz vorm Zusammenbruch stand. Dieses Lächeln auf seinem Gesicht passte nicht zum Ernst des Themas.

»Weißt du, all diese Gedanken im Zusammenhang mit Ankers Tod. Kommt alles wieder hoch. Vielleicht, weil ich Hardy so oft sehe. Vielleicht kann sie mir sagen, was ich tun soll.«

21

2007

Am nächsten Tag wurde Carl von allen Seiten auf den Auftritt seines Chefs im Fernsehen angequatscht. Offenbar hatten es alle gesehen. Der Einzige, der nicht vor dem Fernseher gesessen hatte, war Carl Mørck.

»Gratuliere!«, rief eine der Sekretärinnen quer über den Hof, während andere ihm auswichen. Er fand das alles sehr komisch.

Kaum hatte er den Kopf in Assads Büro gesteckt, strahlte ihm ein breites Lächeln entgegen. Also war auch Assad bestens informiert.

»Bist du jetzt richtig froh?«, fragte er und nickte an Carls Stelle schon selbst.

»Im Hinblick auf was?«

»Oje. Marcus Jacobsen hat gestern so gut von unserem Dezernat und von dir gesprochen. Von Anfang bis Ende nur die freundlichsten Worte, dass du es nur weißt. Wir können mächtig stolz sein, wir beide, das sagt meine Frau auch.« Er zwinkerte Carl zu. Eine schlechte Angewohnheit, fand der. »Und außerdem wirst du Polizeikommissar.«

»Ich werde was?«

»Frag Frau Sørensen. Sie hat Papiere für dich, das hätte ich dir gleich sagen sollen.«

Wie zur Bekräftigung hallte das Klackern der Absätze dieses Drachens schon über den Korridor.

»Ich gratuliere«, presste sie zwischen den Zähnen hervor, während sie Assad herzlich anlächelte. »Hier sind die Papiere, die Sie ausfüllen müssen. Der Kurs beginnt am Montag.«

»Sehr nette Frau«, sagte Assad, als sie ihre energischen Schritte schon wieder in die andere Richtung gelenkt hatte. »Von welchem Kurs spricht sie, Carl?«

Der seufzte. »Ohne zuerst die Schulbank zu drücken, wird man kein Kommissar, Assad.«

Der schob die Unterlippe vor. »Du musst weg von hier?«

Carl schüttelte den Kopf. »Ich geh keinen verdammten Schritt von irgendwas weg.«

»Das verstehe ich dann nicht.«

»Das wirst du schon noch. Erzähl mir lieber, wie es gestern bei Hardy war.«

Seine Augen wurden plötzlich kugelrund. »Das hat mir nicht gefallen. Dieser große Mann unter der Bettdecke, er lag ganz still. Nur das Gesicht war darüber, so dass er sehen konnte.«

»Konntest du mit ihm sprechen?«

Er nickte. »Das war nicht so leicht, weil er sagte, dass ich gehen soll. Und dann kam eine Krankenschwester, die wollte mich aus dem Zimmer werfen. Aber das war okay. Ich fand sie wirklich richtig hübsch, auf ihre Weise.« Er lächelte. »Ich glaube bestimmt, das hat sie mir angemerkt, deshalb ging sie wieder.«

Carl betrachtete ihn, irgendwie war er fassungslos. Der Wunsch, einfach nach Timbuktu abzuhauen, drohte in solchen Momenten übermächtig zu werden.

»Hardy! Assad, ich fragte nach Hardy! Was hat er gesagt? Hast du ihm aus der Akte vorgelesen?«

»Ja. Zwei und eine halbe Stunde. Dann ist er eingeschlafen.«

»Und?«

»Na ja, dann schlief er.«

Carl schickte eine Nachricht vom Gehirn an seine Hände,

dass es trotz allem nicht legal sei, den Würgegriff anzuwenden.

Assad lächelte. »Aber ich komme schon wieder nach dorthin. Die Krankenschwester sagte sehr freundlich auf Wiedersehen, als ich ging.«

Carl schluckte. »Wenn du schon so gut mit den Weibsbildern umgehen kannst, dann könntest du doch bitte noch einmal nach oben gehen und die Sekretärinnen beschwatzen.«

Assad blühte sofort auf. Er machte kein Hehl daraus, dass ihm das besser gefiel, als mit grünen Gummihandschuhen herumzuwerkeln, und strahlte wie eine Primel.

Carl starrte einen Moment vor sich hin. Die ganze Zeit schon spukte ihm das Telefongespräch mit Karen Mortensen, der pensionierten Sachbearbeiterin aus Stevns, im Hinterkopf herum. Gab es vielleicht doch einen Tunnel in Uffes Bewusstsein? Würde der sich öffnen lassen? Lagen irgendwo dort drinnen verborgene Hinweise zu Merete Lynggaards Verschwinden, die nur darauf warteten, dass jemand auf den richtigen Knopf drückte? Und konnte man die Erinnerung an den Autounfall nutzen, um diesen Knopf zu finden? Das herauszufinden erschien Carl plötzlich immer dringender.

Er rief seinen Assistenten noch einmal zurück, als der schon fast das Zimmer verlassen hatte. »Assad, noch eines. Du musst mir alle Informationen über den Verkehrsunfall beschaffen, bei dem Meretes und Uffes Eltern ums Leben kamen. Alles. Samt und sonders alles. Fotos, den Bericht der Verkehrspolizei, Zeitungsausschnitte. Lass dir von den Sekretärinnen helfen. Und ich will das alles nicht erst gestern haben.«

»Nicht erst gestern?«

»Das heißt schnell, Assad. Es gibt einen Mann namens Uffe, und ich könnte mir denken, dass ich gern mit ihm ein bisschen über den Unfall reden will.«

»Mit ihm reden?«, murmelte Assad und sah auf einmal sehr nachdenklich aus.

In der Mittagspause hatte er eine Verabredung, auf die er nur zu gern verzichtet hätte. Vigga hatte ihn gestern den ganzen Abend gequält, er solle doch kommen und sich die wunderbare Galerie anschauen. Sie lag in der Nansensgade, also wirklich keine üble Lage, kostete dafür aber auch eine ordentliche Stange Geld. Er würde dafür tief in die Tasche greifen müssen, und nichts auf der Welt konnte Carl zu Begeisterungsstürmen darüber hinreißen, dass so ein Kleckser mit Namen Hugin seine Sachen neben Viggas Höhlenmalereien ausstellen durfte.

Als Carl Mørck das Präsidium gerade verlassen wollte, begegnete er in der Eingangshalle Marcus Jacobsen, der, den Blick auf den Terrazzoboden mit den Swastika-Mustern geheftet, mit festem Schritt direkt auf ihn zukam. Der Chef der Mordkommission wusste, dass Carl ihn längst entdeckt hatte. Niemand im Präsidium hatte so einen Wieselblick wie Marcus Jacobsen. Man sah ihm das nicht an, aber ihm entging so gut wie nichts. Er war nicht von ungefähr ihr Chef.

»Ich habe gehört, du hast mich gelobt, Marcus. Was hast du den Journalisten denn erzählt? In wie vielen Fällen haben wir im Sonderdezernat Q denn schon eine heiße Spur? Und bei welchem Fall genau stehen wir kurz vor dem entscheidenden Durchbruch? Du ahnst ja nicht, wie froh ich bin, das zu hören. Richtig gute Neuigkeiten!«

Jacobsen sah ihm in die Augen. Das war wohl einer dieser Blicke, die dem Gegenüber Respekt einflößen sollten. Dabei wusste er ja selbst nur zu genau, dass er zu dick aufgetragen hatte. Und er wusste beileibe gut genug, warum. Man musste schon stumpfsinnig sein, wenn man seinen Blick nicht verstand: Das Polizeikorps ging vor. Geld war das Mittel. Das Ziel würde der Chef der Mordkommission schon selbst definieren. Carl hatte verstanden und zuckte die Schultern.

»Na dann«, sagte Carl. »Ich muss zusehen, dass ich weiterkomme, wenn ich vor dem Mittagessen noch ein paar Fälle aufklären will.«

Als er an der Ausgangstür angekommen war, drehte er sich noch einmal um. »Ach, Marcus, um wie viele Gehaltsstufen klettere ich jetzt eigentlich nach oben?«, rief er. »Und hast du mit dieser Krisenpsychologin geredet?«

Er trat ins Freie und blinzelte im Sonnenlicht. Niemand hatte zu bestimmen, wie viel Lametta auf seine Paradeuniform geklatscht werden würde. Außerdem, wie Carl Vigga kannte, wusste sie schon, dass er befördert werden sollte, und damit wäre die Lohnerhöhung dahin. Wer würde dafür schon so einen verfluchten Kurs in Kauf nehmen?

Das Ladenlokal, das Vigga sich ausgesucht hatte, war ein altes Trikotagengeschäft. Zwischenzeitlich hatten dort ein Verlag, eine Setzerei, ein Kunstimport und ein CD-Shop residiert, und jetzt war von der ursprünglichen Einrichtung nur noch die Opalglasdecke übrig. Der Raum war höchstens fünfunddreißig Quadratmeter groß, aber er hatte zweifellos Charme: eine Fensterfront mit Blick auf die Seen, auf der anderen Seite eine Pizzeria. Hinterhof mit grünem Einschlag. In nächster Nachbarschaft lag das Bankerât, wo Merete Lynggaard wenige Tage vor ihrem Tod zum Essen gewesen war. Die Nansensgade mit all den Cafés und Kneipen war keine schlechte Adresse. Eine richtige Boheme-Idylle.

Er drehte sich um und sah Vigga und diesen Typen am Fenster des Bäckers vorbeigehen. Sie beherrschte die Straße genauso selbstverständlich und farbenfroh wie ein Matador die Stierkampfarena. Ihre Künstlergewänder strahlten in allen Farben der Palette. Lustig war Vigga schon immer gewesen. Was man von dem kränklich wirkenden Mannsbild an ihrer Seite nicht behaupten konnte.

Mit den engen schwarzen Klamotten, der kreidebleichen Haut und den dunklen Rändern unter den Augen würde der seine Artgenossen am ehesten in den Bleisärgen eines Dracula-Films finden.

»Süüüüßer«, rief sie Carl zu, als sie die Ahlfeldtsgade überquerten.

Es würde sicher teuer werden.

Während das magere Gespenst die herrlichen Räumlichkeiten ausmaß, bearbeitete Vigga Carl. Er müsse ja nur zwei Drittel der Miete bezahlen, für den Rest würden sie schon selbst aufkommen.

Mit großer Geste meinte sie: »Wir werden das Geld nur so hereinschaufeln, Carl.«

Ja, oder hinaus, dachte er und überschlug im Kopf: Auf zweitausendsechshundert Kronen würde das wohl hinauslaufen. Monatlich. Vielleicht sollte er doch an dieser verdammten Fortbildung teilnehmen.

Sie setzten sich ins Café Bankeråt, um den Vertrag durchzugehen, und Carl sah sich um. Hier war Merete Lynggaard gewesen. Und kurz darauf war sie wie vom Erdboden verschluckt.

»Wem gehört das hier?«, fragte er eines der Mädchen an der Bar.

»Jean-Yves – der sitzt da drüben.« Sie deutete auf einen stämmigen Mann, der so gar nichts Zartes und Französisches an sich hatte.

Carl stand auf, zog seine Polizeimarke aus der Tasche und ging zu dem Besitzer hinüber. »Darf ich fragen, wie lange Ihnen dieses tolle Restaurant schon gehört?«, erkundigte er sich und zeigte seine Marke. Dem freundlichen Lächeln des Typen nach zu urteilen, wäre das nicht nötig gewesen, aber zwischendurch musste Carl sich selbst immer wieder daran erinnern, dass er einen Job hatte.

»2002 habe ich den Laden übernommen.«

»Wissen Sie noch, in welchem Monat das war?«

»Worum geht es denn?«

»Ich ermittle im Fall Merete Lynggaard. Vielleicht erinnern

Sie sich noch, dass die junge Politikerin vor ein paar Jahren spurlos verschwand?«

Er nickte.

»Und kurz zuvor war sie hier im Lokal. Waren Sie damals schon hier?«

Er schüttelte den Kopf. »Ich habe das Geschäft am 1. März 2002 von einem meiner Freunde übernommen. Ich weiß noch gut, dass er damals befragt wurde. Aber wenn mich nicht alles täuscht, konnte sich niemand an die Frau erinnern.« Er lächelte. »Vielleicht hätte ich es gekonnt, wenn ich hier gewesen wäre.«

Carl erwiderte das Lächeln. Er gab sich wachsweich. »Sie kamen nur leider einen Monat zu spät. So geht's halt manchmal.« Er gab dem Mann zum Abschied die Hand.

In der Zwischenzeit hatte Vigga alles unterschrieben, was vor ihr lag. Sie war mit ihren Unterschriften schon immer recht freigebig gewesen.

»Lass es mich nur schnell durchsehen«, sagte Carl und nahm Hugin die Papiere aus der Hand.

Demonstrativ legte er den Standardvertrag mit einer Menge Kleingedrucktem vor sich auf den Tisch, ohne dass er den Text genauer ansah. All diese Menschen, dachte er, die so durch die Welt laufen und keine Ahnung haben, was ihnen alles zustoßen kann. Hier in diesem Lokal hatte Merete Lynggaard an einem kalten Februarabend 2002 gesessen, aus dem Fenster geschaut und sich amüsiert.

Was mochte sie sich vom Leben erwartet haben? Ob sie geahnt hatte, dass sie schon wenige Tage später in den kalten Ostseefluten versinken würde?

Als er zurückkam, war Assad oben bei den Sekretärinnen noch vollauf beschäftigt, und das passte Carl gut. Die Aufregung, Vigga und ihr wandelndes Gespenst zu treffen, hatte alle Kraft aus ihm gesaugt. Schnell wieder auf die Beine konnte ihn nur ein Nickerchen bringen, mit den Füßen auf dem Tisch und den Gedanken tief im Traumland begraben.

Er hatte sicher nicht mehr als zehn Minuten so dagesessen, als sein meditativer Zustand von einem Gefühl unterbrochen wurde, das alle Kriminalbeamten sehr gut kennen und das Frauen Intuition zu nennen pflegen. Ein Gefühl, das sich aus dem Unterbewusstsein Stück für Stück ins Bewusstsein schiebt.

Er öffnete die Augen und sah sich die Zettel an, die er mit Magneten an der Tafel angebracht hatte.

Dann stand er auf und strich »Uffes Sachbearbeiterin in der Gemeinde Stevns« auf dem einen Blatt Papier durch, sodass da unter »Überprüfen« jetzt nur noch stand: »Telegramm – Assistentinnen in Christiansborg – Zeugen auf der Fähre ›Schleswig-Holstein‹«.

Wer weiß, womöglich hatte das Telegramm ja doch mit Merete Lynggaards Assistentin zu tun. Wer hatte in Christiansborg sonst noch ein Valentins-Telegramm erhalten? Warum war er auf einmal so sicher, dass nur Merete Lynggaard eines bekommen hatte? Damals gab es wohl kaum einen anderen Politiker im Folketing, der so populär war wie sie. Und so viel zu tun hatte. Logisch also, dass dieses Telegramm irgendwann durch die Hände der Assistentin gegangen war. Nicht, weil er diese verdächtigte, ihre Nase in das Privatleben ihrer Chefin zu stecken, aber aus Gründen der Arbeitsorganisation.

Es war dieses Aber, das ihn aufgeschreckt hatte.

»Die Antwort von TelegramsOnline ist gekommen, Carl.« Assad stand in der Tür.

Carl blickte auf.

»Sie können nicht sagen, was drin stand. Aber sie haben registriert, wo es herkam. Ganz witziger Name.« Er sah auf den Zettel. »Tage Baggesen heißt er. Ich habe die Telefonnummer bekommen, von der aus er das Telegramm bestellt hat. Sie haben gesagt, das ist im Folketing. Das wollte ich nur sagen.« Er gab Carl das Blatt Papier und war schon fast wieder draußen.

Dann drehte er sich noch mal um und sagte: »Wir sind dabei, den Verkehrsunfall der Lynggaards zu untersuchen. Die warten oben auf mich.«

Carl nickte, nahm das Telefon und gab die Nummer ein.

Die Stimme, die antwortete, gehörte einer Assistentin im Sekretariat der Radikalen Centrumspartei.

Sie war freundlich, teilte aber leider mit, dass Tage Baggesen über das Wochenende auf die Färöer gereist war. Sie fragte, ob sie eine Nachricht hinterlegen solle.

»Nein, nicht nötig«, sagte Carl. »Ich rufe ihn am Montag an.«

»Das wird schwierig; er hat den ganzen Kalender voller Termine. Nur damit Sie es wissen.«

Dann bat er darum, zum Sekretariat der Demokratischen Partei durchgestellt zu werden.

Diesmal nahm eine ziemlich müde klingende Sekretärin das Telefon ab. Sie hatte auch nicht auf Anhieb eine Antwort auf seine Frage parat. War Merete Lynggaards Sekretärin zuletzt nicht eine Søs Norup gewesen?

Carl bejahte.

Daraufhin sagte sie, sie könne sich nicht so richtig an sie erinnern, sie sei nur sehr kurz bei ihnen gewesen. Aber er hörte, wie eine der anderen Sekretärinnen im Raum ergänzte, dass Søs Norup doch von der Dänischen Gesellschaft für Anwälte und Wirtschaftsfachleute gekommen und auch dorthin zurückgegangen sei, als man sie aufforderte, für Merete Lynggaards Nachfolger zu arbeiten. »Sie war total anstrengend«, war auf einmal als Kommentar aus dem Hintergrund zu hören. Ein negatives Image half der Erinnerung der Menschen oft am besten auf die Sprünge.

Ja, dachte Carl irgendwie zufrieden. So richtig solide Arschlöcher, wie wir es sind, an die erinnern sich alle noch am ehesten.

Dann rief er bei dieser Gesellschaft an, und ja, alle dort kannten Søs Norup. Und nein, sie war nicht zu ihnen zurückgekehrt. Niemand wusste etwas über ihren Verbleib.

Carl legte auf und schüttelte den Kopf. Aus heiterem Himmel hatte sich sein Job zu einem Fall wie in einer Vorabendserie entwickelt. Es gab Fährten in alle möglichen Richtungen. Jetzt musste er also eine Sekretärin aufstöbern, die sich vielleicht an ein Telegramm sowie an eine bestimmte Person erinnerte, mit der Merete Lynggaard vor ihrem Verschwinden zusammengesessen hatte und die vielleicht etwas mehr über Merete Lynggaards Verschwinden wusste. Der Gedanke machte ihm wenig Freude. Dann doch lieber nach oben gehen und zusehen, wie weit Assad mit den Sekretärinnen und diesem verfluchten Autounfall gekommen war.

Er fand sie in einem der Büros mit Faxgeräten und Fotokopierern und allen möglichen Papieren auf dem Tisch. Es sah aus, als hätte Assad ein Wahlbüro für eine Präsidentschaftskampagne eingerichtet. Drei Sekretärinnen, die zusammensaßen und schwatzten, und mittendrin Assad, der Tee einschenkte und jedes Mal eifrig nickte, wenn das Gespräch einen Schritt weiterkam. Ein beeindruckender Einsatz.

Carl klopfte vorsichtig an den Türrahmen.

»Na, das macht ja den Eindruck, als hättet ihr herrlich viel Material für uns gefunden.« Er deutete auf die Papiere und fühlte sich wie der unsichtbare Dritte. Nur die Sørensen hatte einen kurzen Blick für ihn übrig, und darauf hätte er gern verzichtet.

Er zog sich wieder auf den Korridor zurück. Zum ersten Mal seit seiner Schulzeit fühlte er so etwas wie Eifersucht.

»Carl Mørck?«, hörte er eine Stimme hinter sich, die ihn aus dem straffen Zugriff seiner Niederlage riss und sofort wieder auf Siegerkurs brachte. »Marcus Jacobsen sagte, Sie möchten mit mir sprechen. Sollen wir einen Termin vereinbaren?«

Er drehte sich um und sah sich direkt Mona Ibsen gegenüber. Einen Termin vereinbaren?

Ja. Ja doch!

22

2003–2005

Als sie zu ihrem dreiunddreißigsten Geburtstag das Licht ausgemacht und den Luftdruck erhöht hatten, schlief Merete Lynggaard vierundzwanzig Stunden am Stück. Die Einsicht, dass sie keinen Einfluss mehr auf ihr eigenes Leben nehmen konnte und sich auf direktem Weg in den Abgrund befand, hatte sie vollständig erschöpft. Erst am folgenden Tag, als der Essensbehälter wieder aus der Schleuse rumpelte, öffnete sie die Augen und versuchte, sich zu orientieren.

Sie sah nach oben zu den Bullaugen, von wo kaum wahrnehmbar ein schwacher Schein hereindrang. Also war im Raum jenseits der Scheiben Licht. Es war gerade so viel wie von einem Streichholz, aber es war da. Sie erhob sich auf die Knie und versuchte die Quelle zu lokalisieren, aber hinter den Scheiben war alles diffus. Dann drehte sie sich um und inspizierte den Raum mit ihrem Blick. Sie hatte jetzt zumindest genug Licht, um im Lauf der nächsten Tage ein paar Details im Raum unterscheiden zu können.

Einen Moment lang freute sie sich darüber, aber dann bezwang sie das Gefühl. Wie schwach das Licht auch war, es ließ sich jederzeit löschen.

Nicht sie bestimmte darüber.

Als sie aufstehen wollte, stieß ihre Hand gegen ein kleines Metallrohr, das neben ihr auf dem Boden lag. Das war die Taschenlampe, die sie ihr gegeben hatten. Sie umklammerte sie und gab sich Mühe, die Dinge in ihrem Kopf in einen Zusammenhang zu bringen. Die Taschenlampe bedeutete, dass sie das wenige Licht, das in den Raum drang, irgendwann ausmachen würden. Warum sonst sollten sie ihr eine Taschenlampe geben?

Kurz erwog sie, die Lampe einzuschalten, und zwar einzig und allein deshalb, weil es möglich war. Dass sie selbst etwas hatte entscheiden können, war so lange her, dass die Versuchung groß war. Aber sie tat es nicht.

Du hast deine Augen, Merete, lass die arbeiten, ermahnte sie sich selbst und legte die Taschenlampe neben den Kloeimer unter den Bullaugen. Schaltete sie die Lampe erst einmal ein, musste sie sich für lange Zeit mit der Dunkelheit abfinden, sobald sie sie wieder ausmachte.

Fast so, wie Salzwasser trinken, um den Durst zu löschen.

Trotz ihrer Zweifel blieb das schwache Licht. Sie konnte die Umrisse des Raums unterscheiden und auch ihre Gliedmaßen. In dem Lichtschein, der an winterdunkle Dämmerung erinnerte, vergingen fast fünf Monate. Dann wurde plötzlich alles wieder anders.

Das war der Tag, an dem sie zum ersten Mal hinter den verspiegelten Scheiben Schatten sah.

Sie hatte auf dem Fußboden gelegen und an Bücher gedacht. Das tat sie oft, um nicht an das Leben zu denken, das sie hätte führen können, wenn sie eine Wahl gehabt hätte. Wenn sie an ihre Bücher dachte, tauchte sie ein in eine vollständig andere Welt. Allein schon der Gedanke, mit dem Finger über dieses trockene Material mit seiner seltsamen Struktur zu streichen, konnte in ihr ein sehnsuchtsvolles Feuer entfachen. Oder der Geruch von Zellulose und Druckerschwärze. Zum tausendsten Mal hatte sie die Gedanken in ihre imaginäre Bibliothek geschickt und das einzige von allen Büchern auf der Welt ausgesucht, das sie vollständig aus der Erinnerung abrufen konnte, ohne es selbst weiterzudichten. Nicht das Buch, an das sie sich gern erinnern wollte, nicht das Buch, das den größten Eindruck auf sie gemacht hatte. Sondern das einzige Buch, das in ihrem gemarterten Gedächtnis durch schöne Erinnerungen an befreiendes Gelächter intakt geblieben war.

Ihre Mutter hatte es ihr vorgelesen, und Merete hatte es Uffe vorgelesen, und nun saß sie hier im Dunkeln und strengte sich an, um es sich selbst vorzulesen. Ein kluger kleiner Bär namens Pu war ihr Rettungsanker, ihr Schutz gegen den Wahnsinn. Er und all die anderen Tiere im Hundertmorgenwald. Und sie war weit weg im Honigland, als sich plötzlich eine dunkle Fläche über das wenige Licht schob, das durch die Spiegelglasscheibe drang.

Sie riss die Augen auf und atmete ganz tief ein. Dieses Flimmern war keine Einbildung. Zum ersten Mal seit sehr langer Zeit spürte sie, wie ihre Haut klamm wurde. Auf dem Schulhof, in engen nachtdunklen Gassen in fernen Städten, in den ersten Tagen im Folketing. Immer dann hatte sich ihre Haut so angefühlt. Ein Gefühl, das nur die Anwesenheit anderer Menschen hervorrufen konnte – Menschen, die einen heimlich beobachteten.

Dieser Schatten will mir Böses, dachte sie und schlang die Arme um sich. Sie starrte auf den Flecken, der auf der Scheibe nach und nach größer wurde und schließlich zum Stillstand kam. Als gehörte er zu jemand, der auf einem hohen Stuhl saß, so hatte er sich über den Rand des Glases gelegt.

Ob die mich sehen können?, dachte sie und starrte die Wand hinter sich an. Doch, die weiße Fläche war deutlich zu sehen, so deutlich, dass sie auch von außen sichtbar sein musste, selbst für jemanden, der es gewöhnt war, sich im Licht zu bewegen. Also konnten die auch sie sehen.

Es war erst zwei Stunden her, seit das Essen hereingekommen war. Den Rhythmus kannte sie, weil ihn ihr Körper vollständig verinnerlicht hatte. Alles ging ganz regelmäßig vonstatten, Tag für Tag. Bevor der nächste Eimer kam, würden viele, viele Stunden vergehen. Warum also waren die dort draußen? Was mochten die von ihr wollen?

Sie stand auf und ging langsam auf die Spiegelglasfläche zu. Der Schatten dahinter bewegte sich nicht.

Dann legte sie die Hand auf die Scheibe, genau dorthin, wo sich der Schatten befand, und wartete. Und dann betrachtete sie ihr verwischtes Spiegelbild. So blieb sie stehen – bis sie ganz sicher war, dass ihrer Urteilskraft nicht zu trauen war. Schatten oder nicht. Das konnte sonst etwas sein. Warum sollte jemand hinter den Scheiben stehen? Das hatten sie doch früher nicht getan.

»Fahrt doch zur Hölle!«, schrie sie, und das Echo breitete sich auf ihrem Körper aus wie ein elektrischer Schlag.

Aber da geschah es. Der Schatten hinter der Scheibe bewegte sich. Erst ein Stück zur Seite und dann rückwärts. Je weiter er sich von der Scheibe entfernte, desto kleiner und undeutlicher wurde er.

»Ich weiß, dass ihr da seid!«, schrie sie und spürte, wie ihre feuchte Haut sich blitzschnell abkühlte. Ihre Lippen, ja selbst die Haut im Gesicht zitterten. »Geht weg«, fauchte sie zum Bullauge hin.

Aber der Schatten blieb, wo er war.

Da setzte sie sich auf den Boden und legte den Kopf in den Schoß. Ihre Kleider rochen sehr ekelhaft. Drei Jahre trug sie jetzt schon dieselbe Bluse.

Dieses graue Licht war immerzu da, Tag und Nacht. Aber das war besser als die totale Dunkelheit oder die gleißende Helligkeit. In diesem grauen Nichts konnte sie selbst etwas bestimmen: Man konnte vom Licht wegschauen, oder man konnte von der Dunkelheit wegschauen. Nun brauchte sie nicht mehr die Augen zu schließen, um sich konzentrieren zu können. Sie ließ das Gehirn selbst bestimmen, in welchem Gemütszustand es sein wollte.

Und dieses graue Licht barg alle Schattierungen in sich. Fast wie in der Welt da draußen, wo sich die Tage unterschieden. Winterhell. Februardunkel. Novembergrau. Regnerischdüster. Himmelblau. Zu der Palette gehörten Tausende weiterer Farbnuancen. Ihre Palette hier drinnen kannte nur Schwarz und Weiß, und sie mischte sie je nach Stimmung. Solange dieses graue Licht ihre Leinwand war, fühlte sie sich nicht gänzlich preisgegeben.

Und Uffe, Pu der Bär und Don Quijote, die Kameliendame und Fräulein Smilla stürmten durch ihren Kopf und ließen die Schattenbilder hinter den Scheiben im Stundenglas versanden. Damit war es so ungeheuer viel leichter, weitere Initiativen ihrer Wächter abzuwarten. Kommen würde so oder so etwas. Was auch immer.

Und so wurde der Schatten hinter dem Spiegelglas zu einem täglichen Ereignis. Einige Zeit, nachdem sie gegessen hatte, zeichnete sich die Fläche auf einem der Bullaugen ab. Unweigerlich. In den ersten Wochen klein und etwas undeutlich, aber bald schon größer und schärfer. Der Schatten kam näher an die Scheibe heran.

Von außen konnte man sie hier drin ganz deutlich sehen, das wusste sie. Eines Tages würden die vermutlich Scheinwerfer auf sie richten und irgendetwas von ihr verlangen. Sie hätte darüber spekulieren können, was diese Bestien hinter den Scheiben sich davon versprachen. Aber es interessierte sie nicht.

Als ihr fünfunddreißigster Geburtstag näher rückte, bewegte sich auf einmal ein zweiter Schatten über das Glas. Der war etwas größer und weniger scharf und überragte den ersten ein wenig.

Da steht noch ein zweiter Mensch hinter dem ersten, dachte sie. Sie spürte die Angst in sich aufsteigen – bisher war sie immer von einem einzigen Gegner ausgegangen. Jetzt wusste sie es besser.

Sie brauchte einige Tage, bis sie sich an die neue Situation gewöhnte. Aber nach einiger Zeit beschloss Merete, ihre Wächter herauszufordern.

Sie hatte sich unter die Bullaugen gelegt, um auf die Schatten zu warten. An der Stelle, wo sie lag, konnte man sie nicht sehen. Sie kamen, um sie zu beobachten, aber sie verweigerte sich ihnen. Wie lange die abwarten würden, bis sie aus ihrem Versteck kam, wusste sie nicht. Darin bestand das Manöver.

Als sie an diesem Tag zum zweiten Mal pinkeln musste, stand sie auf und sah direkt in das verspiegelte Glas. Wie immer schimmerte etwas von dem gedämpften Licht dort draußen durch, aber die Schatten waren verschwunden.

Das machte sie drei Tage hintereinander. Wenn die mich sehen wollen, sollen sie es mir sagen, dachte sie.

Am vierten Tag machte sie sich bereit. Wieder legte sie sich unter die Scheiben, geduldig ihre Bücher memorierend, und hielt dabei die Taschenlampe fest in der Hand. Die hatte sie in der letzten Nacht ausprobiert. Da hatte das Licht den Raum überflutet, und sie war davon wie benommen gewesen. Auf der Stelle waren die Kopfschmerzen gekommen. Die Macht des Lichts war überwältigend.

Als die Zeit gekommen war, zu der sich die Schatten normalerweise zeigten, richtete sie sich ein bisschen auf, um zu den Scheiben hochsehen zu können. Wie Atompilze waren sie plötzlich dort hinter einem Bullauge zu sehen, beide standen jetzt dichter dahinter denn je. Sie bemerkten sie sofort, denn sie wichen ein wenig zurück, bevor sie nach einer Minute oder zwei wieder näher kamen.

In diesem Augenblick sprang sie auf, schaltete die Taschenlampe ein und hielt sie ganz nahe an die Scheibe.

Ein Großteil des Lichts wurde von der Längswand reflektiert, aber ein kleiner Teil davon drang durch das verspiegelte Glas und legte sich verräterisch wie ein schwacher Mondschein auf die Silhouetten unmittelbar dahinter, und die Pupillen, die direkt auf sie gerichtet waren, zogen sich zusammen und wurden wieder weit. Sie hatte sich darauf vorbereitet, dass sie, wenn ihr Vorhaben glückte, innerlich einen Satz machen würde. Aber dass sich der Anblick der beiden undeutlichen Gesichter mit einer solchen Kraft in ihr Bewusstsein einbrennen würde, hatte sie sich nicht vorstellen können.

23

2007

Er hatte zwei Termine in Christiansborg vereinbart. Eine große und sehr schlanke Frau nahm ihn in Empfang. Sie führte ihn mit einer solchen Sicherheit durch das Gewirr der Gänge bis nach oben, zum Büro des stellvertretenden Vorsitzenden der Demokraten, als hätte sie sich schon von Kindesbeinen an auf diesem glatten Parkett bewegt.

Birger Larsen, der Merete Lynggaard drei Tage nach ihrem Verschwinden auf dem Posten des Stellvertreters abgelöst hatte, war ein erfahrener Politiker. Er hatte sich seither als das Bindeglied hervorgetan, das die beiden streitenden Flügel der Partei einigermaßen zusammenhielt. Merete Lynggaards Verschwinden hatte in der Partei zunächst ein Vakuum hinterlassen. Der alternde Vorsitzende hatte überstürzt eine Nachfolgerin auserkoren, die zu gegebener Zeit sein Erbe antreten sollte. Sie erwies sich als breit lächelnder Heißluftballon. Zunächst einmal wurde sie politische Sprecherin. Niemand außer der Auserwählten war mit dieser Entscheidung wirklich zufrieden. Carl brauchte keine zwei Sekunden, da ahnte er bereits, dass Birger Larsen eher eine Karriere in einer Provinzklitsche anstreben würde, als irgendwann einmal unter dieser selbstzufriedenen Prätendentin für den Staatsministerposten zu arbeiten.

»Ich kann es bis heute nicht glauben, dass Merete Selbstmord begangen haben soll«, sagte er und schenkte Carl eine Tasse lauwarmen Kaffee ein. »Ich glaube nicht, dass ich hier drinnen jemals einen Menschen getroffen habe, der so vital und lebensfroh wirkte wie sie.« Er zuckte die Achseln. »Aber was wissen wir letztendlich denn schon von unseren Mitmenschen? Gibt es nicht in unser aller Leben Tragödien, die wir nicht vorhergesehen haben?«

Carl nickte. »Hatte sie hier in Christiansborg Feinde?«

Birger Larsens Lächeln enthüllte eine Reihe höchst unregelmäßiger Zähne. »Verdammt, wer hat das nicht? Merete war hier wohl die gefährlichste Politikerin. Sowohl was die Zukunft der Regierung als auch was den Einfluss von Piv Vestergård angeht oder die Möglichkeit des Radikalen Centrums, den Staatsministerposten zu ergattern. Ja, gefährlich für jeden, der sich selbst schon auf diesem Posten sah – was sich Merete unter Garantie in ein paar Jahren vorgenommen hätte.«

»Glauben Sie, dass jemand hier sie bedroht hat?«

»Ach, Mørck. Für so etwas sind wir Parlamentarier dann doch zu klug.«

»Vielleicht gab es private Beziehungen, Eifersucht, Hass? Irgendwas in diese Richtung?«

»Meines Wissens interessierte Merete sich nicht für persönliche Beziehungen. Für sie gab es nur Arbeit, Arbeit und noch mal Arbeit. Selbst ich, der sie seit dem Studium der Staatswissenschaft kannte, durfte mich ihr nie weiter nähern, als sie das selbst wollte.«

»Und sie wollte nicht?«

Wieder kamen die Zähne zum Vorschein. »Sie meinen, ob sie umschwärmt wurde? Oh ja, hier bei uns gibt es sicher fünf bis zehn Männer, von denen ich mir gut vorstellen könnte, dass sie, ohne mit der Wimper zu zucken, ihre Ehefrauen für zehn Minuten mit Merete Lynggaard geopfert hätten.«

»Sie selbst vielleicht inklusive?« Carl erlaubte sich ein Lächeln.

»Tja, wer wohl nicht?« Hier verschwanden die Zähne. »Aber Merete und ich waren Freunde. Ich kannte meine Grenzen.«

»Aber vielleicht gab es andere, die diese Grenzen nicht kannten?«

»Dazu müssten sie Marion Koch fragen.«

»Lynggaards frühere Assistentin?«

Sie nickten sich zu.

»Wissen Sie, warum sie ausgewechselt wurde?«

»Nein, keine Ahnung. Sie hatten ja einige Jahre zusammengearbeitet. Aber vielleicht war Marion Merete ein bisschen zu vertraulich geworden.«

»Und wo finde ich diese Marion Koch heute?«

Larsens Augen funkelten leicht belustigt. »Dort, wo Sie ihr vor zehn Minuten guten Tag gesagt haben, vermute ich.«

»Sie ist jetzt Ihre Assistentin?« Carl stellte die Tasse ab und deutete auf die Tür. »Gleich hier draußen?«

Marion Koch war ganz anders als die Frau, die ihn hier herauf geführt hatte. Klein und mit vollem lockigem Haar und alles in allem sehr verführerisch.

»Warum hat Merete Lynggaard Ihr Arbeitsverhältnis beendet, kurz vor dem Zeitpunkt ihres Verschwindens?«, fragte er sie ohne Umschweife.

Nachdenklich krauste sie die Stirn. »Ich habe es ehrlich gesagt nie verstanden. Damals jedenfalls nicht, da war ich im Gegenteil ziemlich sauer auf sie. Aber dann fand man ja heraus, dass sie einen geistig zurückgebliebenen Bruder hatte, um den sie sich kümmerte.«

»Und?«

»Na ja, ich hatte doch geglaubt, sie hätte einen Freund. Weil sie immer so geheimnisvoll tat und es jeden Tag so eilig hatte, nach Hause zu kommen.«

Er lächelte. »Und Sie haben sie darauf angesprochen?«

»Ja. Das war dumm, heute weiß ich das. Aber ich glaubte, wir stünden uns näher, als es der Fall war. So lernt man immer dazu.« Als sie so verlegen lächelte, zeigten sich in beiden Wangen Grübchen. Wenn Assad ihr je begegnete, würde er es in seinem Job zu nichts mehr bringen.

»Gab es jemanden hier im Haus, der gern näheren Kontakt zu ihr gehabt hätte?«

»Oh ja. Immer wieder mal wurden Nachrichten für sie hinterlegt, aber nur ein einziger Anwärter gab sich als seriös zu erkennen.«

»Könnten Sie den Schleier lüften, wer das war?«

Sie lächelte. Wenn ihr danach war, würde sie den Schleier wofür auch immer lüften.

»Ja. Das war Tage Baggesen.«

»Okay. Den Namen habe ich schon mal gehört.«

»Darüber würde er sich bestimmt freuen. Er ist Sprecher beim Radikalen Centrum, und das seit mindestens hundert Jahren, glaube ich.«

»Haben Sie das schon mal jemandem erzählt?«

»Ja, damals der Polizei, aber die maßen dem keine Bedeutung bei.«

»Und tun Sie das?«

Sie zuckte die Achseln.

»Was ist mit den anderen?«

»Es gab da einige, aber nichts Ernstes. Sie nahm sich, was sie brauchte, wenn sie auf Reisen war.«

»Wollen Sie damit sagen, dass sie einen lockeren Lebenswandel pflegte?«

»Ach du liebe Güte, kann man das so interpretieren?« Sie wandte den Kopf ab und versuchte, das Lachen zu unterdrücken. »Nein, mit Sicherheit nicht. Aber eine Nonne war sie auch nicht gerade. Ich weiß nur nicht, mit wem sie ins Kloster ging, das hat sie mir nie gesagt.«

»Aber sie war an Männern interessiert?«

»Jedenfalls lachte sie immer, wenn in der Regenbogenpresse etwas anderes angedeutet wurde.«

»Wäre es denkbar, dass Merete Lynggaard einen Grund hatte, die Vergangenheit hinter sich zu lassen und sich ein neues Leben aufzubauen?«

»Sie meinen, ob sie jetzt gerade in Mumbai in der Sonne sitzt?« Sie wirkte empört.

»Ja, oder irgendwo sonst, wo das Leben für sie weniger problematisch ist. Wäre das vorstellbar?«

»Das ist völlig absurd. Sie war extrem verantwortungsbewusst. Ich weiß schon, dass es genau solche Menschen sind, die eines schönen Tages wie ein Kartenhaus zusammenklappen und einfach verschwinden. Aber nicht Merete.« Sie unterbrach sich und sah ihn nachdenklich an. »Aber der Gedanke ist schön.« Sie lächelte. »Dass Merete immer noch am Leben sein könnte.«

Er nickte. In der Zeit nach ihrem Verschwinden hatte man jede Menge psychologische Profile von Merete Lynggaard angefertigt, und alle kamen zum gleichen Ergebnis: Merete Lynggaard war keine, die einfach abhaute und ihr altes Leben hinter sich ließ. Selbst die Klatschkolumnisten wischten diese Möglichkeit beiseite.

»Wissen Sie etwas von einem Telegramm, das sie an ihrem letzten Tag hier in Christiansborg bekommen hat?«, fragte er. »Eine Valentinskarte?«

Die Frage schien sie zu verstimmen. Offenbar hatte es ihr zugesetzt, dass sie nicht bis zuletzt hatte teilhaben können an Meretes Leben. »Nein. Die Polizei hat mich schon einmal danach gefragt, und genau wie damals muss ich auch Sie an Søs Norup verweisen, die meinen Platz einnahm.«

Er sah sie fragend an. »Tragen Sie ihr das nach?«

»Aber ja, wer würde das nicht? Wir hatten doch zwei Jahre lang problemlos zusammengearbeitet.«

»Und Sie wissen nicht zufällig, wo sich Søs Norup heute befindet?«

Sie zuckte die Achseln. Das war ihr nun offenkundig wirklich vollkommen egal.

»Aber dieser Tage Baggesen, wo finde ich den?«

Sie machte ihm eine Skizze und beschrieb ihm den Weg zu seinem Büro. Es klang kompliziert.

Er brauchte eine geschlagene halbe Stunde, um Tage Baggesens Büro bei der Partei Radikales Centrum zu finden, und ein Vergnügen war die Suche nicht gewesen. Wie man in diesem verdammten verlogenen Milieu arbeiten konnte, war ihm ein Rätsel. Im Polizeipräsidium wusste man immerhin, worauf man sich einzustellen hatte. Freunde und Feinde gaben sich dort ohne falsche Rücksichtnahme zu erkennen. Trotzdem arbeitete man zusammen, man hatte ein gemeinsames Ziel. Hier drinnen war es genau andersherum. Alle taten so, als seien sie die besten Freunde. Aber wenn es darauf ankam, dachte jeder Einzelne doch nur an sich. Es ging schließlich um Geld und um Macht. Weniger um Ergebnisse. Ein großer Mann war hier drinnen jemand, der andere klein machen konnte. So war es vielleicht nicht immer gewesen, aber heutzutage war es so.

Tage Baggesen war da zweifellos keine Ausnahme. Offiziell war er hier, um die Interessen seines fernen Wahlkreises und die Verkehrspolitik seiner Partei zu vertreten. Aber wenn man ihm gegenüberstand, wusste man es besser. Eine fette Pension hatte er sich bereits gesichert, und was in der Zwischenzeit hereinkam, ging für teure Garderobe und gewinnträchtige Investitionen drauf. Carl betrachtete die Wände, wo Urkunden von Golfturnieren neben gestochen scharfen Luftaufnahmen von Landgütern an unterschiedlichen Orten im Lande hingen.

Er überlegte kurz, ob er Tage Baggesen darauf ansprechen sollte, zu welcher Partei er eigentlich gehöre. Aber der Mann entwaffnete ihn mit freundlichem Schulterklopfen und machte eine einladende Handbewegung.

»Ich würde empfehlen, dass wir die Tür schließen«, sagte Carl und deutete in Richtung Flur.

Tage Baggesen zwinkerte ihm daraufhin etwas plump-vertraulich zu. Ein kleiner Trick, der bei Verhandlungen um die Autobahn in Holstebro bestimmt gut ankam. Aber nicht bei Carl Mørck.

»Das brauche ich nicht«, sagte der Politiker. »Ich habe vor meinen Parteifreunden nichts zu verbergen.«

»Uns ist Ihr ausgesprochen großes Interesse für Merete Lynggaard zu Ohren gekommen. Unter anderem haben Sie ihr ein Telegramm geschickt: eines zum Valentinstag.«

Baggesen wurde zwar einen Hauch blasser, aber das selbstsichere Lächeln blieb.

»Ein Telegramm zum Valentinstag?«, sagte er. »Daran kann ich mich nicht erinnern.«

Carl nickte. Eine fette Lüge, das sah man dem Mann an. Natürlich erinnerte er sich. Vielleicht war es jetzt an der Zeit, einen anderen Ton anzuschlagen.

»Als ich Sie bat, die Tür zu schließen, tat ich das, weil ich Sie ohne Umschweife etwas fragen will. Haben Sie Merete Lynggaard ermordet? Sie waren doch sehr verliebt in sie. Hat die Dame Sie womöglich abgewiesen? Worauf Sie die Beherrschung verloren? War es so?«

Eine Sekunde lang schien der sonst so selbstsichere Baggesen mit jeder Faser zu erwägen, ob er nicht einfach aufstehen und die Tür zuknallen sollte. Er sah jedenfalls aus wie kurz vorm Schlaganfall, und seine Hautfarbe konkurrierte mit seinen roten Haaren. Carl kannte seine Pappenheimer, aber die Reaktion dieses Mannes war anders. Hatte er etwas mit dem Fall zu tun, könnte er, der Reaktion nach zu urteilen, genauso gut gleich sein eigenes Geständnis aufschreiben. Und wenn nicht, dann gab es da auf jeden Fall etwas anderes, das ihn in die Ecke trieb. Sein Mund stand offen. Wenn Carl jetzt nicht vorsichtig war, klappte ihm der Mann zusammen. Nie zuvor in seinem Leben auf der Überholspur hatte Tage Baggesen so etwas zu hören bekommen, das war eindeutig. Carl versuchte ihm zuzulächeln. Irgendwie wirkte diese heftige Reaktion auch versöhnlich. Als befände sich in diesem auf zahllosen Empfängen gemästeten Körper noch immer ein gewöhnlicher Mensch.

»Hören Sie, Tage Baggesen. Sie haben Nachrichten für Merete Lynggaard hinterlegt. Viele. Meretes ehemalige Assistentin, Marion Koch, hat Ihre Annäherungsversuche mit großem Interesse verfolgt, das kann ich Ihnen versichern.«

»Hier im Haus schreibt jeder solche gelben Zettel.« Baggesen versuchte sich leger zurückzulehnen, aber es gelang ihm nicht.

»Wollen Sie damit sagen, dass die Zettel, die Sie ihr schrieben, nicht privater Natur waren?«

An dieser Stelle erhob sich der Parlamentsabgeordnete und schloss leise die Tür. »Dass ich starke Gefühle für Merete Lynggaard hegte, ist korrekt«, sagte er steif. Dabei sah er so aufrichtig bekümmert aus, dass er Carl fast leidtat. »Ihr Tod ist mir sehr nahegegangen; ihn zu akzeptieren, war schwer.« Er lächelte verunsichert. Jetzt hatte Tage Baggesen nichts mehr von dem selbstsicheren Politiker an sich.

»Wir wissen, dass Sie Merete Lynggaard im Februar 2002 eine Karte zum Valentinstag geschickt haben. Das Telegrammbüro hat uns das heute bestätigt.«

Jetzt wirkte er fast wie verloren. Die Vergangenheit schien ihm tatsächlich zuzusetzen.

Er seufzte. »Ich wusste ja genau, dass sie kein Interesse an mir hatte. Leider. Das wusste ich doch schon lange.«

»Und trotzdem haben Sie es noch mal versucht?«

Er nickte ergeben.

»Was stand in dem Telegramm? Bitte halten Sie sich dieses Mal an die Wahrheit.«

Er legte den Kopf nachdenklich zur Seite. »Nur das Übliche. Dass ich sie gerne treffen würde. Ich erinnere mich nicht genau. Das müssen Sie mir glauben.«

»Und dann brachten Sie die Frau um, weil sie Sie nicht wollte?«

Die Augen des Politikers wurden ganz schmal, und er presste die Lippen fest aufeinander. In dem Moment war Carl schon geneigt, ihn festnehmen zu lassen. Dann sah er, dass dem Mann die Tränen kamen. Tage Baggesen hob den Kopf und sah Carl direkt an. Nicht wie den Henker, der einem jeden Augenblick die Schlinge um den Hals legen wird, sondern wie einen Beichtvater, wie jemanden, dem man endlich sein Herz ausschütten kann.

»Wer bringt denn den Menschen um, der ihm das Leben lebenswert erscheinen lässt?«, fragte er.

Eine Weile sahen sie sich stumm an. Dann wandte Carl den Blick ab.

»Wissen Sie, ob Merete Lynggaard hier Feinde hatte? Nicht Menschen, mit denen sie sich auf politischer Ebene Gefechte lieferte, sondern richtige Feinde.«

Tage Baggesen wischte die Tränen weg. »Wir alle haben hier Feinde, aber wohl kaum das, was Sie darunter verstehen.«

»Niemand, der ihr nach dem Leben trachtete?«

Tage Baggesen schüttelte den Kopf. »Das würde mich sehr wundern. Sie war beliebt, selbst ihre politischen Widersacher mochten sie.«

»Mein Gefühl sagt mir etwas anderes. Aber Sie sind also nicht der Ansicht, dass Merete Lynggaard sich mit so entscheidenden Fragen beschäftigte, dass sie für jemand zum Problem werden konnte? Und dass man sie unbedingt und auf jeden Fall aufhalten musste? Keine Interessenvertretungen denkbar, die sich durch ihre Arbeit bedrängt oder sogar bedroht fühlten?«

Tage Baggesen betrachte Carl nachsichtig. »Da fragen Sie doch besser Mitglieder aus Merete Lynggaards eigener Partei. Sie und ich waren ja keine politisch Vertrauten. Ganz im Gegenteil, müsste ich sagen. Ist Ihnen da etwas Bestimmtes zu Ohren gekommen?«

»Man zieht doch Politiker auf der ganzen Welt für ihre Haltungen zur Verantwortung, nicht wahr? Gegner von Schwangerschaftsabbrüchen, fanatische Tierschützer, religiöse Fanatiker. Mehr oder weniger alles kann gewaltsame Reaktionen hervorrufen. Fragen Sie mal in Schweden nach oder in den Niederlanden oder den USA.« Carl machte Anstalten aufzustehen und sah bereits erste Zeichen von Erleichterung bei seinem Gegenüber. Aber durfte man dem viel Gewicht beimessen? Wer sähe so ein Gespräch nicht gern beendet?

Doch dann lehnte er sich wieder zurück. »Baggesen«, fuhr er fort. »Würden Sie mich bitte kontaktieren, wenn Ihnen noch irgendetwas einfällt, das ich wissen müsste?« Er gab ihm seine

Karte. »Wenn nicht für mich, dann tun Sie's um ihretwillen. Ich glaube, nicht viele hier in Christiansborg empfanden das Gleiche für Merete Lynggaard wie Sie.«

Das traf den Mann unvorbereitet. Noch ehe Carl Mørck die Tür hinter sich geschlossen hätte, würden wohl wieder die Tränen fließen.

Den Auskünften des Einwohnermeldeamts zufolge war Søs Norup zuletzt bei ihren Eltern in Frederiksberg gemeldet. Vilhelm Norup, Grossist, und Kaja Brandt Norup, Schauspielerin, stand auf dem Messingschild.

Mørck klingelte. Hinter der massiven eichenen Tür hörte er eine schrille Türklingel und kurz darauf ein »Ja, ja, ich komme ja schon«.

Der Mann, der die Tür öffnete, war bestimmt schon seit einem Vierteljahrhundert pensioniert. Der Weste und dem seidenen Halstuch nach zu urteilen, war sein Vermögen noch nicht aufgebraucht. Carl kam offenkundig ungelegen. »Wer sind Sie?«, fragte der Grossist Norup ohne Umschweife und war schon im Begriff, die Tür wieder zu schließen.

Carl stellte sich vor, zog zum zweiten Mal in dieser Woche seine Marke aus der Tasche und bat dann, eintreten zu dürfen.

»Ist Søs etwas passiert?« So wie der Alte die Frage stellte, klang sie eher inquisitorisch als besorgt.

»Das weiß ich nicht. Warum sollte es? Ist sie zu Hause?«

»Sie wohnt nicht mehr hier – falls Sie mit ihr sprechen wollen.«

»Wer ist da, Vilhelm?«, rief im Hintergrund eine schwache Stimme.

»Nur jemand, der mit Søs sprechen will, mein Schatz.«

»Dann muss er woanders hingehen«, war daraufhin hinter der Schiebetür zum Wohnzimmer zu hören.

Der alte Mann packte Carl am Ärmel. »Sie wohnt in Valby.

Sagen Sie ihr, wenn sie weiter so leben will, dann soll sie ihre Sachen hier abholen.«

»Was meinen Sie mit ›so‹?«

Norup gab keine Antwort. Immerhin nannte er eine Adresse, doch dann schob er Mørck geradezu zur Tür hinaus und schloss sie nachdrücklich hinter ihm.

In dem kleinen Mietshaus am Valhøjvej standen nur drei Namen auf den Klingelschildern. Mit Sicherheit hatten da einmal sechs Familien mit je vier bis fünf Kindern gewohnt. Was einmal ein Slum gewesen war, galt heute als chic. Hier in der Mansarde hatte Søs Norup ihre Liebe gefunden, eine Frau Mitte vierzig, die ihrer Skepsis beim Anblick von Carls Polizeimarke mit fest zusammengepressten blassen Lippen Ausdruck verlieh.

Søs Norups Mienenspiel machte auch keinen einladenderen Eindruck. Carl war sofort klar, warum weder diese dänische Anwaltsgesellschaft noch das Sekretariat der Demokratischen Partei im Folketing über ihr Verschwinden sonderlich betrübt waren. Eine ähnlich abweisende Ausstrahlung würde man so leicht nicht wieder finden.

»Merete Lynggaard war eine unmögliche Chefin«, war ihr erster Kommentar.

»Inwiefern?«

»Sie überließ die ganze Arbeit mir.«

»Ist es nicht gut, wenn eine Führungskraft abgeben kann?«

Er betrachtete sie. Die Frau wirkte wie ein Mensch, der zeitlebens zu kurz gekommen war und der das hasste. Der Grossist Norup und seine sicher einst ach so berühmte Ehefrau hatten sie bestimmt gelehrt, was Arbeit, Disziplin und Entbehrung bedeuten. Harte Kost für ein Einzelkind, das seine Eltern bedingungslos verehrte. Vermutlich war ihr Verhältnis von einer Hassliebe gekennzeichnet – anders war es wohl nicht zu erklären, dass eine erwachsene Frau immer wieder bei ihren Eltern aus- und einzog.

Er sah zu ihrer Freundin hinüber, die, in weite wallende Gewänder gekleidet, mit einer qualmenden Zigarette im Mundwinkel dasaß und darüber wachte, dass Carl sie nicht belästigte. Sie würde schon für feste Leitlinien im zukünftigen Dasein von Søs Norup sorgen, das war mal sicher.

»Ich habe gehört, dass Merete Lynggaard sehr zufrieden mit Ihnen war.«

»Aha.«

»Ich würde Sie gern ein paar Sachen zu Merete Lynggaards Privatleben fragen. War es denn Ihrer Meinung nach denkbar, dass Merete Lynggaard schwanger war, als sie verschwand?«

Søs Norup rümpfte die Nase und zog den Kopf zurück.

»Schwanger?« So wie sie es sagte, konnte damit nur irgendeine schlimme ansteckende Krankheit gemeint sein.

»Nein, das war sie garantiert nicht.« Sie warf einen Blick zu ihrer Lebensgefährtin und verdrehte die Augen.

»Und wie kann man da so sicher sein?«

»Ja, was glauben Sie wohl? Wenn sie so super organisiert gewesen wäre, wie alle glaubten, dann hätte sie doch wohl nicht ständig Monatsbinden bei mir schnorren müssen. Und zwar *jedes* Mal, wenn sie ihre Menstruation bekam.«

»Heißt das, kurz bevor sie verschwand, hatte sie ihre Menstruation?«

»Ja, in der Woche vorher. Solange ich da war, hatten wir sie immer zur gleichen Zeit.«

Er nickte. Sie würde es schon wissen. »Hatte sie denn, Ihrer Kenntnis nach, zu der Zeit einen Freund?«

»Danach bin ich schon hundertmal gefragt worden.«

»Frischen Sie mein Gedächtnis auf.«

Søs Norup nahm sich eine Zigarette und klopfte sie auf den Tisch. »Alle Männer glotzten die Lynggaard an, als wollten sie sie am liebsten sofort auf dem nächsten Tisch flachlegen. Aber woher soll ich wissen, ob einer von denen was mit ihr hatte?«

»Im Polizeibericht steht, dass sie ein Telegramm zum Valentinstag erhielt. Wussten Sie, dass Tage Baggesen das geschickt hat?«

Sie zündete die Zigarette an und verschwand in einer blauen Wolke. »Keine Ahnung.«

»Und Sie wissen auch nicht, ob zwischen den beiden etwas lief?«

»Ob zwischen denen was lief? Das ist fünf Jahre her, wie Sie wissen.« Sie blies ihm den Rauch genau ins Gesicht, was ihre Freundin mit einem angedeuteten Lächeln quittierte.

Er wedelte mit der Hand den Rauch weg. »Hören Sie. Ich bin in vier Minuten verschwunden. Aber bis dahin tun wir so, als wollten wir uns gegenseitig helfen. Okay?« Er sah Søs Norup direkt in die Augen, die immer noch versuchte, ihr Selbstmitleid hinter einem feindseligen Blick zu verstecken. »Ich sage jetzt Søs zu Ihnen, okay? In der Regel bin ich nämlich mit denen per du, mit denen ich meine Zigaretten teile.«

Sie legte die Hand mit der Zigarette auf den Schoß.

»Ich frage Sie jetzt, Søs: Wissen Sie etwas über irgendwelche Affären unmittelbar vor Merete Lynggaards Verschwinden? Ich zähle mal ein paar Dinge auf, Sie können mich zwischendurch unterbrechen.« Er nickte ihr zu, aber sie reagierte nicht darauf. »Gab es Telefongespräche sehr privaten Charakters? Kleine gelbe Zettel, die auf ihren Tisch gelegt wurden? Annäherungsversuche von Menschen, die nicht beruflich mit ihr zu tun hatten? Bekam sie Pralinen, Blumen, hatte sie neue Ringe an ihrer Hand? Errötete sie, wenn bestimmte Namen fielen? Wirkte sie gelegentlich unkonzentriert an den Tagen vor ihrem Verschwinden?« Er sah den Zombie, der ihm gegenübersaß, an. Ihre farblosen Lippen hatten sich keinen Millimeter bewegt. Noch eine Sackgasse. »Hatte sie sich irgendwie verändert, ging sie zum Beispiel früher, verschwand sie aus dem Plenarsaal, um draußen auf dem Gang mit dem Handy zu telefonieren? Kam sie morgens später?«

Wieder sah er sie an und nickte ihr nachdrücklich zu, als könnte sie das von den Toten erwecken.

Sie nahm noch einmal einen tiefen Zug, dann drückte sie die Zigarette im Aschenbecher aus. »Sind Sie jetzt fertig?«, fragte sie.

Er seufzte. Was hatte er denn auch von dieser Ziege erwartet? »Ja, ich bin fertig.«

»Gut.« Sie hob den Kopf. Eine Frau mit einer gewissen Würde, das wurde ihm in dem Moment klar. »Ich habe der Polizei von dem Telegramm erzählt und davon, dass sie eine Verabredung im Café Bankeråt hatte. Ich habe gesehen, wie sie das in ihren Kalender eintrug. Ich weiß nicht, wen sie treffen wollte, aber jedenfalls errötete sie, als sie bemerkte, dass ich es mitbekommen habe.«

»Wer könnte das gewesen sein?«

Sie zuckte die Achseln.

»Tage Baggesen?«

»Ja. Vielleicht er. Vielleicht ein anderer. Sie kannte in Christiansborg Hinz und Kunz. Da war zum Beispiel ein Mann aus einer Delegation, der sich für sie zu interessieren schien. Und er war nicht der Einzige.«

»Was für eine Delegation? Wann war das?«

»Kurz bevor sie verschwand.«

»Erinnern Sie sich noch an seinen Namen?«

»Nach fünf Jahren? Nein, das tue ich nun wirklich nicht.«

»Und was war das für eine Delegation?«

»Irgendwas mit Immunabwehr. Aber Sie haben mich unterbrochen«, sagte sie barsch. »Ja, Merete Lynggaard hat Blumen bekommen. Zweifellos gab es da irgendeinen Kontakt, der ziemlich persönlich war. Ich weiß aber nicht, ob das irgendwas mit ihrem Verschwinden zu tun hatte. Aber das habe ich der Polizei alles schon einmal gesagt.«

Carl kratzte sich am Hals. Warum stand denn das in keinem Bericht?

»Und wem haben Sie das damals erzählt?«

»Daran erinnere ich mich nun wirklich nicht.«

»Kann es Børge Bak von der Mobilen Einsatztruppe gewesen sein?«

Sie deutete mit dem Zeigefinger auf ihn. Bingo, sagte der.

Dieser verfluchte Bak. Ob er seine Informationen wohl immer so grob sortierte, wenn er Berichte schrieb?

Sein Blick fiel auf Søs Norups selbst gewählte Hausgenossin. Auch die musste zum Lächeln vermutlich in den Keller gehen. Jetzt wartete sie demonstrativ nur noch darauf, dass er verschwand. Carl nickte Søs Norup zu und stand auf. Zwischen den Erkerfenstern hingen ein paar winzige Farbfotos sowie ein, zwei größere Schwarz-Weiß-Aufnahmen von ihren Eltern, aufgenommen in besseren Tagen. Attraktive Menschen mussten das mal gewesen sein. Aber so, wie Søs Norup auf sämtlichen Gesichtern herumgekratzt und -geritzt hatte, war das nur noch schwer zu erkennen. Er beugte sich vor und betrachtete die kleinen Fotos. Anhand von Kleidung und Körperhaltung erkannte er darunter ein Pressefoto von Merete Lynggaard. Auch sie hatte den größten Teil ihres Gesichts unter einem Netzwerk von Schnitten verloren. Søs Norup sammelte also Hassfiguren. Vielleicht würde er sich auch noch einen Platz in ihrer Galerie verdienen, wenn er sich ein bisschen mehr anstrengte.

Børge Bak war tatsächlich einmal allein in seinem Büro. Seine Lederjacke war inzwischen total zerknauscht – ein weithin sichtbarer Beleg dafür, dass er fleißig arbeitete, Tag und Nacht.

»Carl, hab ich dir nicht gesagt, du sollst nicht einfach so hier hereinplatzen?« Er knallte seinen Block auf den Schreibtisch und sah Mørck wütend an.

»Børge, was hast du eigentlich für einen Scheiß verzapft«, sagte Carl.

Ob es am Vornamen lag oder an Carls unverschämtem Ton – Bak blitzte ihn an und legte seine Stirn in tiefe Falten.

»Merete Lynggaard bekam ein paar Tage vor ihrem Tod Blumen. Das kam sonst nie vor, habe ich gehört.«

»Na und?« Eine noch herablassendere Miene konnte selbst Bak wohl kaum an den Tag legen.

»Wir fahnden nach einem Mörder, falls das deiner Aufmerksamkeit entgangen sein sollte. Ein Liebhaber wäre immerhin ein möglicher Kandidat.«

»Das ist doch alles längst ermittelt.«

»Steht aber nicht im Bericht.«

Angestrengt zuckte Bak die Achseln. »Carl, jetzt lass doch mal locker. Am besten du kümmerst dich um deinen Job. Denn wir hier reißen uns den Arsch auf, während du ihn dir da unten plattsitzt. Glaubst du denn, ich wüsste das nicht? Ich nehme in einen Bericht auf, was wichtig ist. Klar?« Wütend warf er den Stift auf den Schreibtisch.

»Ach ja? Und warum fehlt dann ein Hinweis auf eine interessante Beobachtung der Sozialarbeiterin Karin Mortensen? Die hatte Uffe Lynggaard bei einem Spiel beobachtet, das die Vermutung nahelegt, er könne sich an den Autounfall erinnern. Wenn das so wäre, vielleicht könnte er sich dann ja auch an den Tag erinnern, als seine Schwester Merete verschwand? Aber damit scheint ihr ja nicht sehr weit gekommen zu sein.«

»*Karen* Mortensen, Carl. Sie heißt Karen. Hör dir doch mal selbst zu. Komm jetzt nicht an und erzähl mir was von Sorgfalt.«

»Dann bist du dir ja wohl auch über die mögliche Bedeutung dieser Information von Karen Mortensen im Klaren, wie?«

»Ach, halt doch die Klappe. Wir haben das alles zigfach überprüft, okay? Uffe erinnert sich an einen Scheißdreck. Nichts, null, niente.«

»Merete Lynggaard war am Tag vor ihrem Verschwinden mit einem Mann verabredet. Er war mit einer Delegation gekommen, irgendwas mit Immunabwehr. Auch davon steht nichts in dem Bericht.«

»Nein. Aber es wurde alles untersucht.«

»Dann weißt du also, dass ein Mann zu ihr Kontakt aufgenommen hat und dass die Chemie zwischen den beiden offenkundig stimmte. Jedenfalls sagt Søs Norup, dass sie es dir erzählt habe.«

»Zum Teufel, ja! Natürlich weiß ich das.«

»Und warum steht nichts davon im Bericht?«

»Herrgott noch mal! Wahrscheinlich, weil sich herausgestellt hat, dass der Mann tot war.«

»Tot?«

»Ja. Bei einem Autounfall verbrannt. Am Tag, nachdem Merete Lynggaard verschwand. Er hieß Daniel Hale.« Den Namen sprach er extrem deutlich aus, damit Carl auch ja merkte, wie gut sein Gedächtnis war.

»Daniel Hale?« Søs Norup hatte den Namen in der Zwischenzeit vergessen.

»Ja. Der Typ war an Untersuchungen zur Plazenta beteiligt. Das war das Ziel der Delegation, sie wollten Mittel für die Forschungen bewilligt bekommen. Er hatte in Slangerup ein Labor.« Bak sagte das alles mit großer Selbstsicherheit. Über den Teil der Ermittlungen war er also gut informiert.

»Wenn er erst am nächsten Tag starb, könnte er doch mit ihrem Verschwinden zu tun haben.«

»Das glaube ich nicht. Er kam an dem Nachmittag, als sie ertrank, aus London zurück.«

»War er in sie verliebt? Søs Norup deutete so was an.«

»Wenn es so war, Pech für ihn. Sie sprang ja nicht darauf an.«

»Bist du sicher, Børge?« Dem Kerl tat es weh, seinen Vornamen zu hören, das war eindeutig. Damit war eines schon mal klar: Er würde ihn von nun an immer wieder hören. »Vielleicht war sie mit diesem Daniel Hale zusammen im Bankeråt?«

»Carl. Hör mir mal zu. Beim Fahrradmord gibt es eine Frau, die mit uns geredet hat, okay? Wir sind ganz nahe dran, und ich habe es verdammt eilig. Kann das hier nicht warten? Daniel

Hale ist tot, basta. Als Merete Lynggaard starb, war er nicht im Land. Sie ertrank, und Daniel Hale hatte nicht das Mindeste damit zu tun. Klar?«

»Habt ihr denn untersucht, ob es Hale war, mit dem sie wenige Tage vorher im Bankeråt zum Essen war? Auch davon steht nichts im Bericht.«

»Jetzt halt endlich die Klappe. Die Ermittlungen führten am Ende allesamt zu dem Ergebnis, dass es sich um einen Unfall handelte. Außerdem waren zwanzig Mann mit den Ermittlungen in dem Fall beschäftigt. Frag jemand anderen. Und jetzt hau ab, Carl.«

24

2007

Hätte man sich ausschließlich auf Geruchssinn und Gehör verlassen, wäre es an jenem Montagmorgen schwer gewesen, den Keller des Kopenhagener Polizeipräsidiums vom pulsierenden Leben auf Kairos Straßen zu unterscheiden. Nie zuvor hatte das ehrwürdige Gebäude dermaßen nach Essen und exotischen Gewürzen gestunken, und niemals waren in diesen Mauern dermaßen schräge Töne erklungen.

Als Carl zur Arbeit erschien, kam gerade eine der Verwaltungsangestellten mit einem ganzen Arm voller Akten aus dem Archiv im Keller. Sie starrte ihn wütend an. In zehn Minuten, sagten ihm ihre Augen, weiß das gesamte Gebäude Bescheid: Da unten im Keller ist alles aus den Fugen geraten.

Die Erklärung fand er in Assads Pygmäenbüro. Die Teller auf seinem Schreibtisch zierten jede Menge Teigtaschen und Stücke von Alufolie mit gehacktem Knoblauch, grünem Gemüsekram und gelbem Reis.

»Was ist denn hier los, Assad!«, rief er und schaltete die

Halbtonmusik ab, die aus dem Kassettenrecorder drang. Aber Assad lächelte nur. Offenbar hatte er nicht sehr viel Verständnis für die Kluft zwischen den Kulturen, die sich gerade tief unter den soliden Fundamenten des Ehrfurcht gebietenden Polizeipräsidiums auftat.

Carl ließ sich seiner Hilfskraft gegenüber auf den Stuhl fallen. »Es duftet himmlisch, Assad. Aber das hier ist ein Polizeipräsidium. Kein libanesischer Grill in irgendeinem Provinzkaff.«

»Hier, Carl, und herzlichen Glückwunsch, Herr Kommissar, kann man vielleicht sagen.« Assad reichte ihm ein blätterteigähnliches Dreieck. »Hat meine Frau gemacht. Meine Tochter hat das Papier ausgeschnitten«, sagte er und deutete mit einer großen Geste auf leuchtend buntes Seidenpapier, das an den Regalen entlang und um die Deckenlampen herum drapiert war.

Keine einfache Situation.

»Als ich gestern bei Hardy war, habe ich ihm auch was von den Taschen mitgebracht. Das meiste habe ich ihm jetzt vorgelesen, Carl.«

»Aha.« Er sah die Krankenschwestern vor sich und Hardy, der mit diesen Ägypter-Teilchen gefüttert wurde. »Du bist an deinem freien Tag bei ihm gewesen?«

»Er denkt über den Fall nach, Carl. Er ist ein feiner Kerl.«

Carl nickte und biss in seine Teigtasche. Er hatte sich vorgenommen, morgen zu Hardy zu fahren.

»Ich habe alle Papiere zusammen auf deinen Schreibtisch gelegt, Carl. Wenn du willst, dann erzähl ich ein bisschen von dem, was ich gelesen habe. Von dem Unfall.«

Carl nickte wieder. Binnen kurzem würde der Kerl auch noch den Bericht schreiben, ehe die Ermittlungen abgeschlossen waren.

Anderswo im Land war es am 24. Dezember 1986 bis zu sechs Grad warm. Aber auf Seeland hatte man nicht so viel Glück, und das kostete insgesamt zehn Menschen bei Verkehrsunfällen das Leben. Fünf davon auf einer kleineren Landstraße durch ein Waldstück bei Tibirke, und davon waren zwei die Eltern von Merete und Uffe Lynggaard.

Sie hatten einen Ford Sierra auf einem Stück der Straße überholt, das durch den starken Wind vereist war. Da passierte es. Niemand wurde für schuldig befunden, und es wurden keine Ansprüche auf Schadensersatz erhoben. Es handelte sich um einen »gewöhnlichen« Verkehrsunfall. Doch die Bilanz dieses Unfalls war verheerend.

Das Auto, das sie überholten, prallte gegen einen Baum, und als die Feuerwehr kam, brannte es. Das Auto von Meretes Eltern hingegen hatte sich überschlagen und lag fünfzig Meter weiter auf dem Dach. Meretes Mutter war durch die Windschutzscheibe geflogen und lag mit gebrochenem Genick im Dickicht des Waldes. Der Vater hatte nicht so viel Glück gehabt. Es hatte circa zehn Minuten gedauert, bis er starb – der halbe Motorblock war in seinen Unterleib gerammt, und der abgebrochene Ast einer Tanne hatte seinen Brustkorb aufgespießt. Uffe war die ganze Zeit bei Bewusstsein, vermutete man, denn als sie ihn aus den Trümmern schnitten, folgte er mit großen erschrockenen Augen ihren Bewegungen. Er hatte die Hand seiner Schwester fest umklammert, und er ließ sie nicht mehr los, auch dann nicht, als sie Merete auf die Straße zogen, um Erste Hilfe zu leisten. Nicht einen Augenblick.

Der Bericht der Verkehrspolizisten war einfach und kurz. Aber die Zeitungsberichte waren es nicht, dafür war der Stoff zu gut.

In dem anderen Auto wurden der Vater und ein kleines Mädchen auf der Stelle getötet. Die Umstände waren extrem tragisch, denn nur der große Junge kam einigermaßen unverletzt davon. Die Mutter war hochschwanger, die Familie war auf dem Weg zum Krankenhaus gewesen. Während die Feuerwehrleute sich bemühten, den Brand unter der Motorhaube unter Kontrolle zu bringen, gebar sie, mit dem Kopf auf dem Schoß ihres toten Mannes, Zwillinge. Trotz enormer Anstrengungen der Feuerwehr, alle Insassen so rasch wie möglich aus dem Unfallwagen zu schneiden, starb eines der Babys.

Die Zeitungen hatten für den zweiten Feiertag ihre Schlagzeile. Assad zeigte Carl die überregionalen Zeitungen und die Lokalblätter, sie hatten samt und sonders den Nachrichtenwert erfasst. Die Fotos waren entsetzlich. Das Auto am Baum. Die frischgebackene Mutter auf dem Weg in die Notaufnahme, mit einem weinenden Jungen an ihrer Seite. Merete Lynggaard mitten auf der Fahrbahn auf einer Trage, die Sauerstoffmaske über dem Gesicht. Und Uffe, der mit angstvoll aufgerissenen Augen auf der dünnen Schneedecke der Fahrbahn hockte und die Hand seiner bewusstlosen Schwester umklammerte.

»Hier.« Assad zog zwei Seiten aus dem Klatschblatt ›Gossip‹ aus der Mappe, die er von Carls Schreibtisch geholt hatte. »Als Merete ins Parlament kam, wurden etliche dieser Fotos erneut veröffentlicht. Das hat Lis herausgefunden«, ergänzte Assad.

Für den Fotografen, der sich an jenem Nachmittag zufällig in Tibirke Hegn aufhielt, hatten die Hundertstelsekunden Belichtungszeit sich in bare Münze verwandelt. Er war es auch gewesen, der die Beerdigung von Meretes Eltern verewigt hatte, diesmal in Farbe. Scharfe, durchkomponierte Pressefotos von dem Teenager Merete Lynggaard, die die Hand ihres wie versteinert wirkenden Bruders hielt, während die Urnen auf dem Friedhof Vestre beigesetzt wurden. Von der anderen Beerdigung gab es keine Aufnahmen. Die ging in aller Stille vonstatten.

»Was zum Teufel ist hier unten los?«, fuhr eine Stimme dazwischen. »Seid ihr daran schuld, dass es bei uns oben stinkt wie zu Weihnachten?«

Sigurd Harms, einer der Assistenten aus der ersten Etage, stand in der Tür. Verblüfft starrte er die Farborgie an den Lampen an.

»Hier, Sigurd, alte Pappnase«, sagte Carl und reichte ihm eine von den besonders stark gewürzten Blätterteigtaschen. »Freu dich schon mal auf Ostern. Dann zünden wir Räucherstäbchen an.«

Von oben war die Nachricht gekommen, der Chef der Mordkommission möchte Carl Mørck vor der Mittagspause in seinem Büro sehen. Als Carl bei ihm eintrat, saß er finster hinter seinem Schreibtisch und las konzentriert in einer Akte.

Carl wollte sich im Namen Assads entschuldigen und sagen, dass die Friteusenkocherei unten im Keller bereits ein Ende habe und die Situation unter Kontrolle sei. Aber so weit kam er gar nicht. Zwei der neuen Ermittler kamen dazu und nahmen an der Wand Platz.

Er lächelte sie etwas verlegen an. Sie waren wohl kaum gekommen, um ihn wegen ein paar Samosas, oder wie diese Dinger von Assad hießen, festzunehmen.

Als Lars Bjørn und Terje Ploug den Raum betraten, klappte Marcus Jacobsen die Akte zu. Er wandte sich direkt an Carl. »Ich habe dich zu mir gebeten, weil du wissen sollst, dass heute Morgen zwei weitere Morde passiert sind. Zwei junge Männer wurden in einer Autowerkstatt außerhalb von Sorø ermordet aufgefunden.«

Sorø, dachte Carl, das ist mitten in Seeland. Was zum Teufel ging das das Sonderdezernat Q an?

»Beide hatten einen neun Zentimeter langen Nagel von einem Druckluftnagler im Schädel. Das sagt dir sicher was.«

Carl wandte den Kopf zum Fenster und fixierte eine Schar Vögel, die zu den gegenüberliegenden Gebäuden flog. Er spürte, dass sein Chef ihn intensiv beobachtete, aber das sollte ihm nichts nützen. Was gestern in Sorø passiert war, musste nichts mit der Geschichte auf Amager zu tun haben. Selbst in Fernsehserien benutzte man heute schon Druckluftnagler als Mordwaffe.

»Terje, willst du weitermachen?«, hörte er wie aus weiter Ferne die Stimme des Chefs.

»Ja. Wir sind einigermaßen überzeugt davon, dass es sich hier um denselben Täter handelt, der Georg Madsen in der Baracke auf Amager getötet hat.«

Carl drehte den Kopf zu ihm. »Und warum seid ihr das?«

»Georg Madsen war der Onkel eines der Ermordeten.«

Carl sah wieder den Zugvögeln nach.

»Es gibt eine Beschreibung von einer der Personen, die sich allem Anschein nach vor den Morden am Tatort aufhielten. Deshalb bitten Kriminalinspektor Stoltz und die Kollegen in Sorø darum, dass du heute dorthin fährst, damit die Beschreibung mit deiner eigenen verglichen werden kann.«

»Ich war bewusstlos. Ich hab damals einen Dreck gesehen.«

Der Blick, den Terje Ploug ihm zuwarf, gefiel ihm gar nicht. Er hatte doch mit Sicherheit den Bericht rauf und runter gelesen. Warum also diese dummen Fragen? Hatte Carl nicht immer daran festgehalten, dass er bewusstlos war, von dem Moment an, als ihn der Schuss an der Schläfe traf? Bis sie ihn im Krankenhaus an den Tropf hängten? Glaubten sie ihm nicht? Welche Beweise hatten sie dafür?

»In den Berichten steht, dass du ein rot kariertes Hemd gesehen hast, ehe die Schüsse fielen.«

Das Hemd, ging es nur darum? »Ich soll ein Hemd identifizieren?«, entgegnete er. »Wenn das so ist, finde ich, sollen sie ein Foto davon mailen.«

»Sie haben ihre eigene Vorgehensweise, Carl«, schaltete Marcus Jacobsen sich ein. »Es ist im Interesse aller, dass du dort hinfährst. Nicht zuletzt in deinem eigenen.«

»Dazu habe ich wenig Lust.« Er sah auf die Uhr. »Außerdem ist es schon spät.«

»Du hast wenig Lust. Sag mal Carl, wann hattest du deinen Termin mit der Krisenpsychologin?«

Carl spitzte die Lippen. Musste er das wirklich vor dem gesamten Dezernat ausbreiten?

»Morgen.«

»Dann finde ich, du solltest heute nach Sorø fahren und dann morgen deine Reaktion auf das Erlebnis in frischer Erinnerung mit zu Mona Ibsen nehmen.« Er lächelte und nahm den obersten Aktenordner von dem Stoß auf seinem Schreibtisch. »Hier hast du im Übrigen eine Kopie der Papiere, die wir von der Ausländerbehörde zu Hafez el-Assad bekommen haben. Bitte sehr.«

Assad fuhr. Er hatte als Reiseproviant einige der scharfen Teigtaschen eingepackt und brummte jetzt über die Autobahn E20 in Richtung Südosten. Hinter dem Steuer saß ein heiterer und zufriedener Mann, was sein lächelndes Gesicht deutlich unterstrich, das sich im Takt zu allem, was aus dem Radio kam, hin und her bewegte.

»Assad, ich habe deine Papiere von der Ausländerbehörde bekommen. Aber ich habe sie noch nicht gelesen«, sagte er. »Kannst du mir nicht erzählen, was drin steht?«

Sein Fahrer sah ihn einen Moment aufmerksam an, während sie an einem Lastwagen vorbeibretterten. »Mein Geburtstag, woher ich komme, und was ich dort gemacht habe? Meinst du so was, Carl?«

»Warum hast du eine permanente Aufenthaltsgenehmigung bekommen, Assad? Steht das da auch?«

Er nickte. »Carl. Wenn ich zurückkehre, werde ich umgebracht, so ist das. Die Regierung in Syrien mochte mich nicht so sehr, verstehst du.«

»Warum?«

»Wir dachten nur nicht dasselbe, das reicht.«

»Reicht wofür?«

»Syrien ist ein großes Land. Menschen verschwinden einfach.«

»Okay. Und du bist sicher, dass du umgebracht wirst, wenn du zurückfährst?«

»So ist es, Carl.«

»Hast du für die Amerikaner gearbeitet?«

Assad wandte ihm abrupt den Kopf zu. »Warum sagst du das?«

Carl wandte sich ab und sah aus dem Fenster. »Keine Ahnung, Assad. Ich frag bloß.«

Als er das letzte Mal die alte Polizeiwache in der Storgade in Sorø besuchte, hatte sie zum Kreis 16, Polizeibezirk Ringsted, gehört. Jetzt gehörte sie stattdessen zum Polizeibezirk Südseeland und Lolland-Falster. Aber die Backsteine des Gebäudes waren noch immer rot, die Gesichter hinter der Schranke dieselben und die Aufgaben auch. Was die davon hatten, dass sie die Leute aus der einen Schublade in eine andere steckten, konnte man als Frage für die Sendung »Wer wird Millionär?« einreichen.

Er hatte damit gerechnet, dass einer der Kripobeamten auf der Wache um eine weitere Beschreibung des großkarierten Hemdes bitten würde. Aber nein, so primitiv waren die nicht. Vier Mann warteten in einem Büro auf ihn, das so groß war wie das von Assad, und alle sahen aus, als hätten sie bei dem fürchterlichen Ereignis heute Nacht einen Angehörigen verloren.

»Jørgensen«, stellte sich einer von ihnen vor und reichte Carl eine eiskalte Hand. Derselbe Jørgensen hatte vor wenigen Stunden garantiert am Tatort gestanden und in die Augen von zwei jungen Kerlen gestarrt, denen jemand das Leben mit einem Druckluftnagler ausgepustet hatte. Wenn es so war, dann hatte er heute Nacht bestimmt kein Auge zugetan.

»Willst du den Tatort sehen?«, fragte einer der vier.

»Ist das nötig?«

»Er ist nicht ganz so wie der auf Amager. Die zwei wurden in einer Autowerkstatt umgebracht. Einer in der Werkstatt und einer im Büro. Die Nägel wurden aus sehr kurzem Abstand abgefeuert, denn sie steckten bis zum Anschlag drin. Man musste schon genau hinschauen, um sie zu entdecken.«

Ein anderer reichte ihm zwei Fotos im DIN-A4-Format. Es

stimmte. Man konnte direkt am Schädel gerade noch den Kopf des Nagels ausmachen. Es hatte kaum geblutet.

»Wie du siehst, waren sie beide bei der Arbeit. Schmutzige Hände und Blaumänner.«

»Fehlt etwas?«

»Überhaupt nichts.«

»Womit waren sie denn gerade beschäftigt? War es nicht schon spät am Abend? Bastelten sie an irgendwas herum?«

Die Kripobeamten sahen sich an. Das war offenbar ein Problem, mit dem sie immer noch befasst waren.

»Es gibt Hunderte von Schuhabdrücken. Die haben da drinnen nie richtig sauber gemacht, glaube ich«, erklärte Jørgensen. Er hatte es bestimmt nicht leicht.

»Carl, jetzt musst du dir das hier mal genau ansehen«, fuhr er fort und nahm den Zipfel von einem Tuch, das auf dem Tisch lag. »Und sag nichts, ehe du dir ganz sicher bist.«

Dann zog er das Tuch weg. Darunter lagen vier Holzfällerhemden mit großen roten Karos. Sie lagen nebeneinander wie Holzfäller, die im Wald auf der Erde liegen und ein Nickerchen machen.

»Ist da eins dabei, das dem gleicht, das du auf Amager gesehen hast?«

Das war die sonderbarste Konfrontation, die er jemals erlebt hatte. Welches der Hemden war es?, lautete die Frage. Es hätte ein Scherz sein können, wenn auch ein schlechter. Hemden waren noch nie sein Spezialgebiet. Er kannte nicht einmal seine eigenen.

»Ich weiß, dass es nach so langer Zeit schwer ist, Carl«, sagte Jørgensen müde. »Aber es würde uns enorm weiterhelfen, wenn du dir die Mühe machtest.«

»Warum zum Teufel glaubt ihr, dass die Täter Monate später dieselben Klamotten anhaben? Ihr hier draußen auf dem platten Land zieht doch auch mal was anderes an, oder?«

Jørgensen ignorierte seine kleine Unverschämtheit. »Wir müssen alles versuchen.«

»Und wie könnt ihr sicher sein, dass der Zeuge, der die möglichen Täter von weitem sah und obendrein bei Nacht, ein rot kariertes Hemd so unglaublich genau erkannt hat, dass ihr seine Beschreibung als Ausgangspunkt nehmen könnt? Die vier Hemden da gleichen sich doch verdammt noch mal wie ein Ei dem anderen! Okay, sie sind ein wenig unterschiedlich, ja, aber es gibt doch sicher zig andere Hemden, die auch so aussehen.«

»Der Typ, der sie sah, arbeitet in einem Bekleidungsgeschäft. Wir glauben ihm. Er war sehr präzise, als er das Hemd zeichnete.«

»Vielleicht hätte er lieber den Mann zeichnen sollen, der in dem Hemd steckte?«

»Ja, das hat er tatsächlich versucht. Gar nicht mal schlecht – aber es ist einfach was anderes, ob man einen Menschen zeichnet oder ein Hemd.«

Carl betrachtete die Zeichnung des Gesichts, die sie oben auf die Hemden legten. Ein ganz gewöhnlicher Kerl. Wüsste man es nicht besser, könnte er in Slagelse Kopierer verkaufen. Runde Brille, glatt rasiert, treuherzige Augen und um den Mund ein jugendlicher Zug.

»Das Bild sagt mir nichts. Was meint der Zeuge, wie groß er war?«

»Mindestens eins fünfundachtzig, vielleicht größer.«

Dann nahmen sie die Zeichnung weg und deuteten auf die Hemden. Er betrachtete sie gründlich, jedes für sich. So direkt nebeneinander waren sie verdammt ähnlich.

Er schloss die Augen und versuchte das Hemd vor sich zu sehen.

»Was ist dann passiert?«, fragte Assad, als sie nach Kopenhagen zurückfuhren.

»Nichts. Für mich sahen sie alle gleich aus. Ich kann mich an das verdammte Hemd einfach nicht mehr so genau erinnern.«

»Und hast du vielleicht ein Foto von den Hemden mitbekommen?«

Carl antwortete nicht. In Gedanken war er weit weg. Gerade sah er Anker neben sich auf dem Fußboden liegen, tot, und Hardy, der über ihm keuchte. Verflucht, warum hatte er nicht sofort geschossen. Er hätte sich ja bloß umzudrehen brauchen, als er hörte, wie die Männer in die Baracke kamen, dann wäre das alles nicht passiert. Dann säße Anker jetzt neben ihm am Steuer des Wagens statt dieses komischen Assad. Und Hardy! Hardy wäre nicht für den Rest seines Lebens ans Bett gefesselt, verdammt noch mal!

»Hätten sie dir nicht einfach die Fotos schicken können, Carl?«

Er sah seinen Fahrer an. Manches Mal spiegelte sich in den Augen unter diesen dicken Brauen etwas so teuflisch Unschuldsvolles.

»Klar, Assad. Hätten sie natürlich tun können.«

Er sah zu den Schildern über der Autobahn. Nur noch zwei Kilometer bis Tåstrup.

»Bieg hier ab«, sagte er.

»Warum das?«, fragte Assad, während der Wagen mit zwei Rädern die durchgezogene Linie kreuzte.

»Weil ich gern den Ort sehen will, an dem Daniel Hale umkam.«

»Wer?«

»Der Typ, der sich für Merete Lynggaard interessierte.«

»Woher weißt du denn davon, Carl?«

»Bak hat es mir erzählt. Hale kam bei einem Autounfall ums Leben. Ich habe hier den Bericht der Verkehrspolizei.«

Assad pfiff leise, als wären Autounfälle eine Todesursache, die nur denen beschieden waren, die wirklich, wirklich Pech hatten.

Carl registrierte die Geschwindigkeit, die auf dem Tachometer angezeigt wurde. Vielleicht sollte Assad versuchen, etwas vorsichtiger mit dem Gaspedal umzugehen, damit nicht auch er eines Tages Teil der Statistik wurde.

Auch wenn es fünf Jahre her war, seit Daniel Hale auf der Landstraße bei Kappelev ums Leben gekommen war, war die Stelle, an der der Unfall stattgefunden hatte, nicht schwer zu finden. Man hatte das Gebäude, in das der Wagen gerast war, zwar notdürftig repariert, und die gröbsten Rußspuren hatte der Regen inzwischen abgespült. Aber soweit Carl erkennen konnte, war der größte Teil der Versicherungssumme mit Sicherheit einem anderen Zweck zugeführt worden.

Er blickte die Straße hinunter. Das war ein ziemlich langes Stück, gut einsehbar. Was für ein verdammtes Pech, dass der Mann ausgerechnet in dieses hässliche Haus donnern musste. Nur zehn Meter davor oder danach und sein Wagen wäre über die Felder gerutscht.

»Wirklich Pech. Was meinst du, Carl?«

»Verdammt viel Pech.«

Assad trat nach einem Baumstumpf, der noch immer vor der abgeschrammten Mauer stand. »Er raste in den Baum, der knickte um wie ein Streichholz, und dann knallte er gegen das Haus, und das Auto geriet in Brand?«

Carl nickte und drehte sich um. Er wusste aus dem Unfallbericht, dass ein Stück weiter unten eine Stichstraße abzweigte. Bestimmt war das andere Auto von dort gekommen.

Er deutete nach Norden. »Daniel Hale kam in seinem Citroën aus Tåstrup. Laut Aussage des anderen Fahrers und den Vermessungen zufolge sind sie genau dort aufeinandergeknallt.« Er deutete zum Mittelstreifen. »Vielleicht war Hale eingeschlafen? Jedenfalls geriet er über die Mittellinie und fuhr gegen das andere Auto, worauf Hales Wagen zurückgeschleudert wurde, und zwar direkt gegen den Baum und das Haus. Das Ganze geschah in Sekundenbruchteilen.«

»Was war mit dem Mann, in den er hineinfuhr?«

»Tja, der landete dort draußen«, sagte er und deutete zu einem flachen Stück Erde, das die EU vor Jahren als Brachland ausgewiesen hatte.

Wieder pfiff Assad leise. »Und ihm ist nichts weiter passiert?«

»Nein. Der fuhr irgend so einen überdimensionierten Jeep. Du bist hier auf dem Land, Assad.«

Sein Partner wirkte völlig in Gedanken versunken. »In Syrien gibt es auch viele Autos mit Allradantrieb«, sagte er schließlich.

Carl nickte, hörte aber nicht richtig hin. »Das ist sonderbar, findest du nicht, Assad?«

»Was? Dass er in dieses Haus hineinfuhr?«

»Dass er ausgerechnet am Tag nach Merete Lynggaards Verschwinden tödlich verunglückte. Der Typ, den Merete gerade kennengelernt hatte und der vielleicht in sie verliebt war. Sehr sonderbar.«

»Du glaubst, das war vielleicht Selbstmord? Es hat ihm so leidgetan, dass sie im Meer verschwunden ist?« Assads Gesichtsausdruck veränderte sich ein bisschen, als er Carl ansah. »Er hat sich vielleicht selbst umgebracht, weil er Merete Lynggaard umgebracht hat. Das wäre ja nicht das erste Mal, dass so was passiert, Carl.«

»Selbstmord? Nein, dann wäre er einfach in das Haus gerast. Nein, Selbstmord war das mit Sicherheit nicht. Außerdem kann er sie nicht getötet haben. Als Merete Lynggaard verschwand, saß er in einem Flugzeug.«

»Okay.« Assad besah sich noch einmal die Schrammen am Haus. »Dann kann er auch nicht derjenige sein, der mit dem Brief kam, in dem stand: ›Gute Reise nach Berlin‹, oder?«

Carl nickte und sah in die Sonne, die im Westen zur Landung ansetzte. »Nein, das kann er wohl nicht.«

»Und was machen wir dann hier, Carl?«

»Was wir hier machen?« Er starrte über die Felder, wo sich bereits das erste Unkraut des Frühlings zeigte. »Das werde ich dir sagen, Assad. Wir ermitteln. Das machen wir.«

25

2007

»Vielen Dank, dass Sie dieses Treffen für mich arrangiert haben, und ich danke Ihnen, dass Sie zugestimmt haben, mich schon so bald wiederzusehen.« Er streckte Birger Larsen die Hand entgegen. »Es wird nicht lange dauern.« Auf der Suche nach bekannten Gesichtern sah er sich um und betrachtete die Menschen, die sich im Büro des stellvertretenden Vorsitzenden der Demokratischen Partei eingefunden hatten.

»Ja. Carl Mørck. Hier sind also alle versammelt, die mit Merete Lynggaard bis zu ihrem Verschwinden zusammengearbeitet haben. Einige der Gesichter werden Ihnen sicher bekannt vorkommen.«

Carl nickte der Gruppe zu. Ja, doch. Einige kannte er. Hier war ein Teil jener Politiker versammelt, die gute Chancen hatten, bei der nächsten Wahl die jetzige Regierung zu kippen. Hoffen durfte man immerhin. Die politische Sprecherin im kniefreien Rock, zwei der prominenteren Parlamentsabgeordneten und einige Mitarbeiter aus dem Sekretariat, einschließlich Marion Koch.

Sie warf ihm einen aufreizenden Blick zu – was ihn daran erinnerte, dass er in drei Stunden bei Mona Ibsen zum Kreuzverhör erscheinen musste.

»Wie Ihnen Birger Larsen sicher bereits erklärt hat, ermitteln wir ein weiteres Mal im Fall Merete Lynggaard, bevor wir die Akte endgültig schließen. Wir wollen uns jetzt noch einmal auf die Ereignisse der letzten Tage vor ihrem Verschwinden konzentrieren. Versuchen Sie sich daher so genau wie möglich daran zu erinnern: Was hat sie wann gemacht? Wen hat sie getroffen? Und vor allem: In welcher psychischen Verfassung war sie? Die Polizei kam damals bereits zu einem recht frühen Zeitpunkt zu dem Ergebnis, es handele sich um einen Unglücksfall, Merete Lynggaard sei über Bord gefallen. Das kann durchaus so gewesen sein, und nach fünf Jahren ist natürlich auch von den sterblichen Überresten nichts mehr da.«

Alle nickten. Sie wirkten ernst und auch betroffen. Hier saßen Menschen, die Merete Lynggaard zu ihren Vertrauten hatte zählen können. Abgesehen vielleicht von der neuen Kronprinzessin.

»Viele Details sprechen tatsächlich für einen Unglücksfall. Den Fall nun noch mal aufzurollen, dazu bedarf es schon einer gewissen Eigenwilligkeit. Aber wir vom Sonderdezernat Q wurden damit beauftragt – und wir sind der Überzeugung, dass es sich lohnen könnte, einen nochmaligen, skeptischen Blick auf die damaligen Ermittlungen zu werfen.«

Sie lächelten ein bisschen – also hörten sie immerhin zu.

»Ich werden Ihnen deshalb nun eine Reihe Fragen stellen. Bitte zögern Sie nicht, jedes Ihnen auch noch so unwichtig erscheinende Detail an uns weiterzugeben.«

Die meisten nickten.

»Erinnert sich jemand von Ihnen«, fuhr er fort, »ob Merete Lynggaard, kurz bevor sie verschwand, einen Termin mit einer Delegation hatte, der es um Forschungsgelder für irgendwelche Untersuchungen im Bereich Immunologie oder so ähnlich ging?«

»Ja, ich.« Eine Mitarbeiterin aus dem Sekretariat trat einen Schritt vor. »Bei der Delegation handelte es sich um eine Forschungsgruppe, die Bille Antvorskov von BasicGen in dieser Angelegenheit versammelt hatte.«

»Bille Antvorskov? Also *der* Bille Antvorskov? Der mit den Millionen?«

»Ja, genau der. Er hatte diese Gruppe um sich geschart und um einen Termin bei Merete Lynggaard gebeten. Die machten halt ihre Runde.«

»Machten ihre Runde? Was heißt das?«

Sie lächelte. »So nennen wir das intern, wenn eine Interessengemeinschaft alle Parteien der Reihe nach abklappert. Die

Gruppen werben ja meist nicht nur um Gelder, sondern auch um Mehrheiten im Parlament.«

»Gibt es irgendwo ein Protokoll über dieses Treffen?«

»Ja. Ich weiß nicht, ob es ausgedruckt vorliegt, aber wir können ja im Computer von Meretes ehemaliger Assistentin nachschauen.«

»Den gibt es noch?« Er konnte kaum glauben, was er da hörte.

Die Frau aus dem Sekretariat lächelte. »Wir heben die alten Festplatten immer auf, wenn wir das System austauschen. Als wir zu Windows XP wechselten, wurden mindestens zehn Festplatten ausgetauscht.«

»Haben Sie hier kein Netz?«

»Doch, das haben wir. Aber damals waren Meretes Assistentin und noch ein paar andere nicht angeschlossen.«

»Paranoia?« Er lächelte sie an.

»Ja, vielleicht.«

»Und Sie versuchen, diesen Bericht für mich zu finden?«

Wieder nickte sie.

Er wandte sich erneut an die Gruppe. »Ein Teilnehmer dieser Delegation hieß Daniel Hale. Es heißt, Merete und er seien sich außerordentlich sympathisch gewesen. Kann das jemand von Ihnen bestätigen, oder gibt's dazu irgendwelche interessanten Hinweise?«

Mehrere der Zuhörer schauten sich an. Also noch ein Treffer. Fragte sich nur noch, wer die Antwort übernehmen würde.

»Wie er hieß, weiß ich nicht. Aber ich habe gesehen, wie sie sich unten in der Kantine mit einem Mann unterhielt.« Die politische Sprecherin hatte geantwortet, eine recht anstrengende, aber sehr energische junge Dame, die sich im Fernsehen recht gut machte und auf die vermutlich ein Ministerposten wartete, sobald die Zeit reif war. »Merete wirkte sehr erfreut, ihn dort unten wiederzusehen. Beim Gespräch mit den gesundheitspolitischen Sprechern der Sozialdemokraten und des Radikalen

Centrums wirkte sie dann etwas unkonzentriert.« Sie lächelte. »Ich glaube, das war einigen aufgefallen.«

»Weil Merete Lynggaard sonst immer zweihundertprozentig bei der Sache war? Oder wie darf ich das verstehen?«

»Ich glaube, das war das erste Mal, dass jemand hier Meretes Blick flackern sah. Ja, höchst ungewöhnlich.«

»Könnte es sich um den genannten Daniel Hale gehandelt haben?«

»Das weiß ich nicht.«

»Gibt es unter Ihnen jemanden, der mehr darüber weiß?«

Sie schüttelten die Köpfe.

»Wie würden Sie den Mann beschreiben?«, fragte er die politische Sprecherin.

»Er saß etwas versteckt hinter einer Säule, aber soweit ich mich erinnere, war er schlank, gut gekleidet und sonnengebräunt.«

»Wie alt?«

Sie zuckte die Achseln. »Ich glaube, etwas älter als Merete.«

Schlank, gut gekleidet und etwas älter als Merete. Bis auf das Sonnengebräunte hätte die Beschreibung auf alle Männer hier gepasst, inklusive ihm selbst, wenn man das »etwas älter« großzügig auslegte.

»Ich könnte mir vorstellen, dass es aus Merete Lynggaards Zeit auch etliches an Unterlagen gegeben haben muss, was nicht so ohne weiteres dem Nachfolger übergeben werden konnte.« Er nickte Birger Larsen zu. »Ich denke dabei an Kalender, Notizbücher, handgeschriebene Notizen und dergleichen. Hat man das weggeworfen? Man konnte ja nicht wissen, ob Merete Lynggaard nicht doch wiederkommen würde, oder?«

Wieder reagierte die Frau aus dem Sekretariat. »Einiges hat die Polizei mitgenommen, und einiges wurde weggeworfen. Ich glaube, da war am Ende nicht mehr viel übrig.«

»Was geschah zum Beispiel mit ihrem Kalender?«

Sie zuckte die Achseln. »Hier ist er jedenfalls nicht mehr.«

An dieser Stelle meldete Marion Koch sich zu Wort. »Merete nahm ihren Kalender immer mit nach Hause.« Ihre zusammengezogenen Augenbrauen duldeten keinen Widerspruch. »Immer«, wiederholte sie.

»Wie sah der aus?«

»Ganz normal, so ein Filofax. In einer abgewetzten rotbraunen Lederhülle. Tagesplanung, Taschenkalender und Adressregister in einem.«

»Und der ist meines Wissens nicht wieder aufgetaucht. Wir müssen also annehmen, dass er zusammen mit ihr im Meer verschwunden ist.«

»Das glaube ich nicht«, schaltete sich sofort die Sekretärin ein.

»Und zwar …?«

»Weil Merete immer eine kleine Handtasche bei sich hatte, und der Kalender passte da einfach nicht rein. Sie legte ihn fast immer in ihre Aktentasche, und die hatte sie garantiert nicht dabei, als sie oben auf dem Sonnendeck stand. Sie hatte Urlaub. Und im Auto lag die doch auch nicht, oder?«

Er schüttelte den Kopf. Seiner Erinnerung nach nicht.

Carl hatte lange auf die Krisenpsychologin mit dem wunderbaren Hintern gewartet, und inzwischen war ihm nicht mehr ganz wohl bei der Sache. Wäre sie pünktlich gekommen, hätte er sich einfach von seinem natürlichen Charme leiten lassen, aber jetzt, wo er seit mehr als zwanzig Minuten seine Sätze wiederholt und sein Lächeln eingeübt hatte, war die Luft raus.

Als sie ihre Ankunft im zweiten Stock endlich ankündigte, entschuldigte sie sich zwar, wirkte aber nicht sonderlich schuldbewusst. Es war diese Art Selbstsicherheit, die Carl total faszinierte. Das war auch der Grund gewesen, weshalb er damals so auf Vigga abfuhr, als sie sich kennenlernten. Das und ihr ansteckendes Lachen.

Mona Ibsen nahm ihm gegenüber Platz. Das Licht aus der

Otto-Mønsteds-Straße bildete einen Strahlenkranz um ihren Kopf. Auch in dem weichen Licht waren ihre feinen Fältchen zu sehen. Ihre sinnlichen Lippen hatte sie tiefrot geschminkt. Alles an ihr hatte Klasse. Er sah ihr in die Augen, damit sein Blick nicht an ihrem prachtvollen Vorbau hängenblieb. Um nichts in der Welt wollte er diesen Zustand beenden.

Ohne große Vorrede ließ sie sich von ihm die Ereignisse auf Amager noch mal erzählen: Zeitpunkte, Personenkonstellationen, alles, und mochte es auch noch so bedeutungslos erscheinen, zog sie ihm aus der Nase. Und Carl drückte auf die Tube. Etwas mehr Blut als in Wirklichkeit. Etwas lautere Schüsse, tieferes Stöhnen. Mona Ibsen hörte aufmerksam zu und machte sich Notizen. Als er gerade erzählen wollte, was der Anblick seines toten und seines schwerverletzten Freundes mit ihm gemacht hatte und wie schlecht er seither schlief, schob sie ihren Stuhl zurück, legte ihre Visitenkarte auf den Tisch und begann ihre Sachen zusammenzupacken.

»Was – was soll das jetzt?«, fragte er, als ihr Block in der ledernen Tasche verschwand.

»Ich meine, das sollten Sie sich besser selbst fragen. Wenn Sie bereit sind, mir die Wahrheit zu erzählen, dann rufen Sie mich bitte wieder an, und dann komme ich auch.«

Er runzelte die Stirn. »Was wollen Sie damit sagen? Alles, was ich Ihnen eben erzählt habe, *ist* die Wahrheit.«

Sie zog die Tasche an sich. Unter ihrem engen Rock wölbte sich der Bauch. »Hören Sie: Sie sehen nicht aus wie jemand, der unter Schlafstörungen leidet. Und glauben Sie mir: Ich kenne den Bericht ganz gut. Es ist nicht nötig, das Ganze aufzubauschen. Wirklich nicht.« Er wollte protestieren, aber sie hob die Hand. »Ich sehe es Ihren Augen an, wenn Sie Hardy Henningsen erwähnen und Anker Høyer. Ich weiß nicht, warum ich das glaube, aber Sie haben hier etwas noch ganz und gar nicht zu Ende gebracht. Und sobald Sie von Ihren Kollegen sprechen, die nicht so glimpflich davongekommen sind wie Sie, kommt das wieder hoch, und Sie wissen kaum, wie Sie sich dem stellen sollen. Wenn Sie bereit sind, mir die Wahrheit zu erzählen, komme ich gern wieder. Aber vorher kann ich Ihnen nicht helfen.«

Er stieß einen mickrigen Ton aus, der eigentlich als Protest gemeint war, ihm aber auf halbem Weg im Hals stecken blieb. Stattdessen verschlang er sie auf denkbar plumpeste Weise mit einem Blick, der Frauen wie ihr höchstens ein Kopfschütteln entlockte.

»Einen Augenblick noch«, zwang er sich zu sagen, ehe sie die Tür hinter sich schloss. »Sie haben recht. Ich war mir dessen aber nicht bewusst.«

Er überlegte fieberhaft, was er noch sagen könnte, als sie sich wieder zum Gehen wandte.

»Vielleicht können wir besser bei einem Essen darüber sprechen?«, platzte es aus ihm heraus.

Dass dieser Schuss unendlich weit daneben gegangen war, konnte er sofort sehen. Der Blick, den sie ihm zuwarf, drückte vor allem Bekümmerung und Zweifel aus.

Bille Antvorskov war gerade fünfzig geworden. Er war ein regelmäßiger Gast im Frühstücksfernsehen und in allen nur erdenklichen Talkrunden. Er galt als große Nummer auf dem Gebiet der Gentechnik – und daraus leitete man nur zu gern ab, dass er sich auch mit allem anderen zwischen Himmel und Erde auskannte. Aber der Mann machte sich vor der Kamera tatsächlich gut. Souverän und Respekt einflößend: braune Augen, markantes Kinn und eine Ausstrahlung, die das Jungenhafte und den diskreten Charme des Großbürgers in sich vereinte. Dazu die Tatsache, dass er sich in Rekordzeit ein Vermögen erwirtschaftet hatte, fast eines der größten im Lande. Nicht zuletzt entwickelte er hochriskante medizintechnische Produkte, die von großem Interesse für die Allgemeinheit waren – das alles brachte ihm die kritiklose Bewunderung und den Respekt der dänischen Fernsehzuschauer ein.

Carl interessierte das alles nicht.

Schon im Vorzimmer seines Büros wurde Carl bewusst, dass es sich bei Bille Antvorskov um einen vielbeschäftigten Unternehmer handelte, dessen Zeit knapp bemessen war. Vier Herren warteten dort; sie hatten die Aktentaschen zwischen die Beine geklemmt und hielten die Notebooks auf dem Schoß. Jeder Einzelne wirkte, als wollte er nichts mit den anderen zu tun haben. Alle schienen es wahnsinnig eilig zu haben, und alle fürchteten sich offenbar vor dem, was sie hinter der Tür erwartete.

Die Sekretärin lächelte Carl professionell kühl an. Er hatte sich unverfroren zwischen alle anderen Termine gedrängt, und sie würde dafür sorgen, dass er das kein zweites Mal tat.

Ihr Chef empfing ihn mit dem für ihn charakteristischen Lächeln. Er fragte höflich, ob er schon einmal so hoch oben in diesem Teil des Bürohauses am Hafen gewesen sei. Dann wies er mit beiden Armen zur Glasfassade, die sich von einer Wand zur anderen erstreckte und die Vielfalt der Welt in Form eines großartigen Mosaikbildes vorführte: Schiffe, Kais, Kräne, Himmel und Meer. Alles wetteiferte um die Gunst des Auges.

So gut war die Aussicht aus Carls Büro eindeutig nicht.

»Sie wollten mit mir über ein Treffen in Christiansborg am 20. Februar 2002 sprechen. Ich habe es hier«, sagte er und drückte ein paar Tasten seines Computers. »Ach, das ist ja witzig: ein Palindrom, das war ja ein Palindrom!«

»Wie bitte?«

»Das Datum! Der 20.02.2002. Lässt sich von hinten wie von vorne lesen. Um 20.02 Uhr war ich bei meiner Exfrau, sehe ich. Wir feierten das mit einem Glas Champagner. ›Once in a lifetime‹!«, lächelte er, und damit war dieser Teil der Unterhaltung abgeschlossen.

»Sie wollen von mir wissen, worum es bei dem Termin mit Merete Lynggaard ging?«, fuhr er fort.

»Das auch. Aber in erster Linie möchte ich etwas über Daniel Hale erfahren. Was für eine Rolle spielte er bei dem Treffen?«

»Tja, komisch, dass Sie das erwähnen. Daniel Hale war einer unserer wichtigsten Entwickler im Bereich Labortechnik, und ohne sein Labor und seine guten Mitarbeiter hätte eine ganze Reihe unserer Projekte weit hinterhergehinkt. Aber in Bezug auf das Treffen spielte er gar keine Rolle.«

»Er war also nicht an der Entwicklung der Projekte beteiligt?«

»Nicht an ihrer politischen und finanziellen Entwicklung. Nur an der technischen Seite.«

»Warum hat er dann an dem Termin teilgenommen?«

Er biss sich leicht in die Wange, sehr sympathisch, fand Carl. »Wenn mich meine Erinnerung nicht trügt, rief er an und bat darum, dabei sein zu können. Die Begründung habe ich nicht mehr präsent, aber er plante größere Investitionen in moderne Geräte für sein Labor. Vermutlich war es ihm deshalb wichtig, bei der Diskussion der politischen Rahmenbedingungen auf dem neuesten Stand zu sein. Er war ein sehr engagierter Mann, vielleicht haben wir deshalb so gut zusammengearbeitet.«

Carl stolperte sofort über das Eigenlob des Mannes. Manche Unternehmer machten eine Tugend daraus, ihr Licht unter den Scheffel zu stellen. Zu der Sorte gehörte Bille Antvorskov nicht.

»Was war, Ihrer Meinung nach, Daniel Hale für ein Mensch?«

»Was für eine Art Mensch er war?« Er schüttelte den Kopf. »Keine Ahnung. Zuverlässig und pflichtbewusst in seinem Job – aber als Mensch? Ich habe keine Ahnung.«

»Sie hatten privat also keinen Kontakt?«

Antvorskov brummte etwas, aber vielleicht sollte das auch ein Lachen sein. »Privat? Ich habe ihn vor dem Termin in Christiansborg nie gesehen. Dafür hatten weder er noch ich Zeit. Daniel Hale war auch so gut wie nie zu Hause. Er flog andauernd von einem Ort zum anderen. Ein Tag in Connecticut, am nächsten in Aalborg. Hin und her, in einer Tour. Mag sein, dass ich einige Bonusmeilen als Vielflieger gesammelt habe. Aber Daniel Hale muss eine solche Menge hinterlassen haben, dass eine ganze Schulklasse dafür bestimmt ein Dutzend Mal um den Globus fliegen könnte.«

»Sie hatten ihn vor diesem Termin nie getroffen?«

»Nein.«

»Es muss doch Treffen und Diskussionen und Preisabsprachen und dergleichen gegeben haben?«

»Wissen Sie, dafür habe ich meine Leute. Ich kannte das Renommee Daniel Hales, wir haben ein paarmal telefoniert, und dann ging es los. Die weiteren Details der Zusammenarbeit haben Hale und meine Leute miteinander abgesprochen.«

»Okay. Ich würde dann gern mit jemandem hier im Unternehmen sprechen, der mit Hale zusammengearbeitet hat. Wäre das möglich?«

Bille Antvorskov holte so tief Luft, dass der hart gepolsterte Ledersessel unter ihm knarrte.

»Ich weiß nicht, wer von ihnen noch da ist, es ist schließlich fünf Jahre her. In unserer Branche ist viel Bewegung. Alle suchen ständig neue Herausforderungen.«

»Aha.« Gab der Idiot wirklich zu, dass er nicht in der Lage war, seine Leute zu halten? »Sie können mir nicht zufällig die Anschrift seines Unternehmens geben?«

Er zog die Mundwinkel herunter. Klar, dafür hatte man doch seine Leute.

Die Gebäude sahen aus, als seien sie erst in der letzten Woche fertiggestellt worden, dabei waren sie bereits sechs Jahre alt. *Interlab A/S* stand meterhoch auf dem Schild am Springbrunnen vor dem großen Parkplatz.

Am Empfang betrachteten sie Carl Mørcks Polizeimarke, als hätte er sie in einem Laden für Scherzartikel gekauft. Aber nach zehn Minuten kam dann doch ein Assistent zu ihm herunter. Als Carl sagte, er habe einige Fragen eher privaten Charakters, wurde er sofort aus der Eingangshalle in einen Raum mit Lederstühlen und Tischen aus Birkenholz sowie mehreren Glasschränken mit Getränken geführt. Hier präsentierte sich das Unternehmen Interlab seinen ausländischen Gästen auf eindrucksvolle Weise. Überall fanden sich Belege für die enorme Bedeutung der Firma: Preise, Diplome und Fotos von zahlreichen Projekten aus aller Welt schmückten die Wände. Nur die Wand zu der japanisch inspirierten Auffahrt zum Konzern hatte Fenster, durch die Sonnenstrahlen in den Raum fielen.

Der Gründer des Unternehmens war offensichtlich Daniel Hales Vater gewesen, aber den Fotos an den Wänden nach zu urteilen, war seither viel geschehen. Daniel hatte sein Erbe in der kurzen Zeit, in der er der Chef gewesen war, vorangebracht, und er hatte es wohl auch gern getan. Zweifellos war er geliebt und früh auf die entsprechende Fährte gesetzt worden. Eines der Fotos zeigte Vater und Sohn, die eng beieinanderstanden und fröhlich lächelten. Der Vater trug Anzug mit Weste und symbolisierte damit die alten Zeiten, die dabei waren, sich zu verabschieden. Der Sohn lächelte – klug und wissend. Er wirkte, als sei er bereit, seinen Beitrag zu leisten.

Hinter Carl waren Schritte zu hören.

»Was kann ich für Sie tun?« Eine korpulente Frau in flachen Schuhen stellte sich als Leiterin der Abteilung für Öffentlichkeitsarbeit vor. Auf ihrem ID-Clip am Revers stand Aino Hurinainen. Finnische Namen hatten einfach immer etwas Komisches.

»Ich möchte gern mit jemandem sprechen, der seinerzeit eng mit Daniel Hale zusammengearbeitet hat. Vor allem in den letzten Wochen vor seinem Tod. Mit jemandem, der ihn auch persönlich wirklich gut kannte. Einer, der wusste, was er dachte und wovon er träumte.«

Sie sah ihn an, als habe er sich ihr auf unsittliche Weise genähert.

»Können Sie mich mit einem solchen Menschen zusammenbringen?«

»Niemand kannte ihn wohl besser als der Verkaufsdirektor Niels Bach Nielsen, würde ich denken. Aber ich fürchte, dass er nicht mit Ihnen über Daniel Hales Privatleben sprechen will.«

»Und warum sollte er das nicht wollen?«

Wieder sah sie ihn an, als er habe er ihr einen obszönen Antrag gemacht.

»Niels ist über Daniels Tod nie hinweggekommen.«

Er erfasste den Unterton, der in ihren Worten mitschwang. »Sie meinen, die beiden waren ein Paar?«

»Ja. Niels und Daniel gingen zusammen durch dick und dünn, sowohl privat als auch bei der Arbeit.«

Einen Moment sah er in ihre blassblauen Augen. Es hätte ihn nicht gewundert, wenn sie plötzlich losgelacht hätte. Aber nichts dergleichen geschah.

»Das wusste ich nicht«, sagte er.

»Nun«, antwortete sie.

»Sie hätten nicht zufällig ein Foto von Daniel Hale, das Sie entbehren könnten?«

Sie streckte den Arm zehn Zentimeter nach rechts und griff eine Broschüre, die neben fünf, sechs kleinen Mineralwasserflaschen auf einer gläsernen Theke lag.

»Bitte sehr«, sagte sie.

Erst nach einigem Hin und Her mit der gereizten Sekretärin konnte Carl mit Bille Antvorskov telefonieren.

»Ich habe ein Foto eingescannt, dass ich Ihnen sehr gern mailen möchte. Wäre es in Ordnung, wenn wir darauf sofort zwei Minuten verwendeten?«, sagte er, nachdem er sich gemeldet hatte.

Antvorskov willigte ein und gab ihm seine E-Mail-Adresse. Carl drückte auf die Tasten und blickte auf den Bildschirm, während er das Dokument losschickte.

Es handelte sich um ein ausgezeichnetes Foto von Daniel Hale, das er der Broschüre entnommen und eingescannt hatte.

Ein schlanker, blonder Mann, ziemlich groß, sonnengebräunt und gut gekleidet, genau wie der Mann, mit dem Merete in der Kantine gesehen worden war. Man wäre nie auf die Idee gekommen, dass der Mann schwul war, ging es Carl durch den Kopf, und er sah den Wagen vor sich, der auf der Landstraße von Kappelev verunglückte und in Flammen aufging.

»Ja«, sagte Bille Antvorskov am anderen Ende. »Jetzt habe ich den Anhang geöffnet.« Sekundenlang herrschte Schweigen. »Und was soll ich nun damit?«

»Können Sie bestätigen, dass Sie auf dem Foto Daniel Hale sehen? War er es, der an dem Termin in Christiansborg teilnahm?«

»Der da? Den habe ich noch nie gesehen.«

26

2005

Als sie fünfunddreißig wurde, flutete das Licht aus den Leuchtstoffröhren an der Decke wieder durch den Raum. Damit verschwanden die Gesichter hinter den Spiegelglasscheiben.

Nicht alle Röhren in den verglasten Kästen brannten dieses Mal. Eines Tages müssen sie hereinkommen und die Röhren auswechseln, sonst endet das hier in ewiger Dunkelheit, dachte sie. Sie stehen doch immer da und beobachten mich. Darauf wollen sie doch nicht verzichten. Eines Tages kommen sie herein und tauschen die Röhren aus. Sie verringern ganz behutsam den Druck, und dann erwarte ich sie.

An ihrem letzten Geburtstag hatten sie den Druck im Raum wieder erhöht. Aber sie kümmerte sich inzwischen nicht mehr darum. Konnte sie vier bar aushalten, würde sie auch fünf bar ertragen können. Sie wusste nicht, wo die Grenze lag, aber die war noch nicht erreicht. Genau wie im letzten Jahr hatte sie ein paar Tage lang Halluzinationen. Es war, als drehte sich der Hintergrund des Raumes, während der Rest scharf blieb, und sie hatte gesungen und ihr war leicht ums Herz gewesen. Die Realität hatte ihre Bedeutung verloren. Erst nach einigen Tagen hatte die Wirklichkeit sie wieder eingeholt. Damals hatte der Heulton in ihren Ohren eingesetzt. Anfangs war der Ton noch recht schwach, und sie bemühte sich mit Gähnen und Naseschneuzen, den Druck auszugleichen, so gut sie konnte. Aber nach vierzehn Tagen war der Ton permanent da. Ein ganz klarer Ton, wie der vom Testbild des Fernsehers. Höher und reiner, aber hundertfach nervtötender. Der verschwindet wieder, Merete, redete sie sich ein. Du musst dich nur erst an den Druck gewöhnen. Warte nur, morgen, wenn du aufwachst, ist er weg. Dann ist er weg, versprach sie sich selbst. Aber Versprechen, die aus Unwissenheit gegeben werden, sorgen stets für Enttäuschungen.

Als der Heulton dann drei Monate lang anhielt, war sie kurz davor, durchzudrehen – aus Schlafmangel, aber auch, weil sie durch dieses Heulen permanent daran erinnert wurde, dass sie in einer Todeskammer lebte, abhängig von der Gnade ihrer Henker. Wie gut es ihr vorher auch gelungen sein mochte, dem Gefängnis zu entfliehen, wenn auch nur in Gedanken – jetzt gestand sie sich zum ersten Mal ein, sich das Leben nehmen zu wollen.

Es würde doch ohnehin damit enden, dass sie sie töteten. Das wusste sie jetzt. Das Gesicht der Frau hatte eine eindeutige Sprache gesprochen. Von Hoffnung war darin nicht die Rede. Die würden sie nicht laufen lassen. Niemals. Dann doch lieber von eigener Hand sterben. Und selbst bestimmen, auf welche Weise.

Abgesehen vom Toiletten- und vom Essenseimer, von der Taschenlampe und den beiden Nylonstäbchen aus der Daunenjacke, von denen der kurze nun als Zahnstocher diente, von ein paar Rollen Toilettenpapier und den Sachen, die sie am

Leib trug, war der Raum vollkommen leer. Die Wände waren glatt. Es gab nichts, worum sie die Jackenärmel winden konnte, nichts, woran sie den Körper aufhängen konnte, bis er erlöst war. Blieb einzig die Möglichkeit, zu verhungern. Die einförmige Kost verweigern, sich weigern, das bisschen Wasser zu trinken, das sie ihr zugestanden. Vielleicht warteten die ja darauf. Vielleicht war sie Gegenstand einer irren Wette. Menschen hatten sich zu allen Zeiten an den Qualen ihrer Mitmenschen geweidet. In den Ablagerungen menschlicher Geschichte fanden sich bei genauerer Betrachtung unendlich dicke Schichten fehlenden Mitgefühls. Jahr für Jahr lagerten sich Sedimente neuer Schichten ab, das spürte sie jetzt am eigenen Leib. Nun wollte sie nicht mehr.

Sie schob den Essenseimer zur Seite, stellte sich vor das eine Bullauge und erklärte, sie würde von nun an nichts mehr essen. Ihr würde es reichen. Dann legte sie sich auf den Boden und hüllte sich in die Fetzen ihrer Kleidung und in ihre Träume. Nach ihrer Berechnung musste es der 6. Oktober sein. Sie rechnete damit, eine Woche durchzuhalten. Dann würde sie fünfunddreißig Jahre, drei Monate und eine Woche alt sein. Ganz genau zwölftausenddreihundertundzwölf Tage rechnete sie aus, aber sie war nicht ganz sicher. Sie würde keinen Grabstein bekommen. Nirgendwo wären Geburts- und Todesdatum zu lesen. Es gäbe nach ihrem Tod keinen Ort, den man mit ihr in Verbindung brächte, weil niemand ahnte, wo sie die letzte Zeit ihres Lebens verbracht hatte. Außer ihren Mördern würde nur sie selbst den Ort und den Zeitpunkt ihres Todes kennen. Und nur sie allein wüsste es im Vorhinein. Etwa am 13. Oktober 2005 würde sie sterben.

Am zweiten Tag der Essensverweigerung schrien sie zu ihr hinein, sie müsse die Eimer austauschen, aber sie tat es nicht. Was können die tun, wenn ich ihren Befehlen nicht gehorche?, dachte sie. Sie konnten entweder die Eimer in der Schleuse stehen lassen oder sie zurücknehmen. Es scherte sie nicht.

Sie ließen den Eimer in der Schleuse stehen und wiederholten das Ritual in den nächsten Tagen. Der alte Eimer raus, ein neuer rein. Den ließen sie stehen. Sie schimpften mit ihr. Drohten ihr, den Druck heraufzusetzen und anschließend alle Luft herauszulassen. Aber wie konnten sie ihr mit dem Tod drohen, wenn sie ihn doch wollte? Vielleicht kämen sie herein, vielleicht nicht, ihr war es egal. Sie ließ sich von Gedanken und Bildern und Erinnerungen überrollen, Hauptsache, die übertönten dieses Pfeifen im Ohr. Am fünften Tag floss alles ineinander. Träume von Glück, ihre politische Arbeit, Uffe, der allein auf dem Schiff stand, die Liebe, der sie sich verweigert hatte, die Kinder, die sie nie bekam, Mr Bean und stille Tage vor dem Fernseher. Sie spürte, wie der Körper langsam seine unerfüllten Bedürfnisse losließ. Nach und nach lag sie immer leichter auf dem Boden, ein erstaunlicher Zustand stellte sich ein, und die Zeit verging, während das Essen im Eimer neben ihr zu verfaulen begann.

Alles war, wie es sein sollte. Bis sie plötzlich ein Pochen im Kiefer verspürte.

In ihrem apathischen Zustand fühlte es sich zuerst wie ein Vibrieren an, das von außen kam. Gerade stark genug, dass sie mit den Augen blinzelte, mehr nicht. Kommen sie zu mir herein, oder was passiert?, überlegte sie kurz, verfiel dann aber wieder in ihren Dämmerzustand. Nach ein paar Stunden erwachte sie von einem Schmerz, schneidend wie ein Messer, das sich durch ihr Gesicht bohrte.

Sie wusste nicht, wie spät es war, sie wusste nicht, ob die dort draußen waren, und sie schrie, wie sie noch nie in diesem Raum geschrien hatte. Ihr Gesicht spaltete sich auf. Der Schmerz von ihrem Zahn klopfte in ihrer Mundhöhle wie ein Kolben, und sie hatte nichts, was sie dem entgegensetzen konnte. O Gott, war das die Strafe dafür, dass sie selbst über ihr Leben verfügen wollte? Nur fünf Tage, in denen sie nicht auf sich geachtet hatte, und dann diese Strafe. Sie steckte vorsichtig einen Finger in den Mund und spürte, wie sich das Zahnfleisch über dem hintersten Backenzahn wölbte. Dieser Zahn war schon immer eine Schwachstelle gewesen. Die sicheren Einkünfte des Zahnarztes, diese verdammten Taschen, die ihr selbst gebastelter Zahnstocher jeden Tag gesäubert hatte. Vorsichtig drückte sie auf die Schwellung. Der Schmerz explodierte förmlich, er ging durch Mark und Bein. Sie fiel vornüber, riss den Mund weit auf und schnappte nach Luft. Es war nicht lange her, da hatte sich ihr Körper in einen Dämmerzustand zurückgezogen, aber jetzt war er in einer Schmerzenshölle aufgewacht. Wie das Tier, das sich die eigene Pfote abbiss, um sich aus dem Fuchseisen zu befreien. War der Schmerz eine Waffe gegen den Tod, dann war sie jetzt lebendiger denn je.

»Aua«, weinte sie wie ein Kind. Dieser Schmerz. Es tat so weh! Sie nahm ihren Zahnstocher und führte ihn langsam in den Mund. Probierte vorsichtig, ob wohl etwas unter dem Zahnfleisch saß, das die Entzündung verursacht hatte. Aber im selben Augenblick, wo sie spürte, wie die Spitze ins Fleisch piekste, explodierte der Zahn wieder in entsetzlichen Qualen.

»Du musst ein Loch hineinstechen, Merete, nun komm schon«, heulte sie und wollte schon zustechen. Doch ein furchtbarer Würgereflex ließ sie innehalten. Sie musste zustechen, aber sie brachte es einfach nicht fertig.

Stattdessen kroch sie zur Schleuse, um nachzusehen, was sie ihr heute im Eimer geschickt hatten. Vielleicht war etwas dabei, das den Schmerz lindern konnte. Vielleicht würde ein Tropfen Wasser direkt auf die entzündete Stelle helfen, dass es aufhörte, so schrecklich zu pochen?

Sie sah in den Eimer und entdeckte Verlockungen, von denen sie früher nicht einmal zu träumen gewagt hatte. Zwei Bananen, ein Apfel, ein Stück Schokolade. Es war total absurd. Sie hatten also vor, ihren Hunger zu provozieren. Sie wollten sie zwingen, zu essen, und jetzt konnte sie nicht. Sie konnte und sie wollte nicht.

Die nächste Schmerzwelle hätte sie fast umgehauen. Da nahm sie das Obst, legte es auf den Boden und holte den Wasserbehälter heraus. Sie steckte den Finger ins Wasser und führte ihn zur Schwellung. Aber die eisige Kälte hatte nicht die gewünschte Wirkung. Da war der Schmerz und da das Wasser, und beides hatte absolut nichts miteinander zu tun. Nicht einmal gegen den Durst konnte das Wasser etwas ausrichten.

Da zog sie sich zurück und legte sich zusammengekrümmt unter die verspiegelten Scheiben. Im Stillen bat sie Gott um Vergebung. An einem gewissen Punkt würde der Körper schon von selbst aufgeben, das wusste sie. Sie musste dann eben ihre letzten Tage mit diesem Schmerz leben.

Aber auch der würde schließlich aufhören.

Wie in Trance drangen die Stimmen zu ihr durch. Sie nannten sie beim Namen. Appellierten an sie. Sie solle antworten. Sie öffnete die Augen. Die Schwellung gab im Augenblick Ruhe. Sie merkte, dass ihr kraftloser Körper noch immer neben dem Toiletteneimer unter den Bullaugen lag. Sie starrte an die Decke. Hoch oben über ihr blinkte eine der Leuchtstoffröhren. Da waren doch Stimmen gewesen? Hatte sie wirklich etwas gehört?

»Das stimmt, sie hat das Obst genommen«, sagte in dem Moment eine klare Stimme.

Das ist real, dachte sie und war viel zu schwach, um erschüttert zu sein.

Es war die Stimme eines Mannes. Nicht jung, aber auch nicht alt.

Sie hob den Kopf, aber nicht so weit, dass man sie von außen sehen konnte.

»Von hier, wo ich stehe, kann ich das Obst sehen«, sagte eine Frauenstimme. »Es liegt auf dem Boden.« Sie war es, die einmal im Jahr zu ihr sprach, bei der Stimme irrte sie sich nicht. Die dort draußen hatten sie offenbar gerufen und dann vergessen, die Sprechanlage auszuschalten.

»Sie ist bestimmt wieder zwischen die Scheiben gekrochen«, fuhr die Frau fort.

»Meinst du, sie ist tot? Inzwischen ist eine Woche vergangen.« Das war der Mann, der sprach. Seine Stimme klang so normal. Aber an dem, was er sagte, war nichts normal. Sie sprachen über sie.

»Das könnte ihr ähnlich sehen, dieser Sau.«

»Sollen wir den Druck ausgleichen und nachschauen?«

»Und was willst du dann mit ihr machen? Alle Zellen in ihrem Körper sind an fünf bar Überdruck angepasst. Es dauert eine Woche, um ihren Körper herunterzufahren. Wenn wir jetzt aufmachen, explodiert sie auf der Stelle! Du hast ja ihren Stuhlgang gesehen, wie der sich hier draußen ausdehnt. Und der Urin, der brodelt doch förmlich. Sie hat jetzt drei Jahre in dieser Druckkammer gelebt, vergiss das nicht.«

»Können wir den Druck nicht einfach wieder erhöhen, wenn wir gesehen haben, dass sie noch lebt?«

Die Frau dort draußen antwortete nicht. Aber es war eindeutig, dass sie diese Möglichkeit ausschloss.

Merete atmete immer schwerer. Diese Stimmen gehörten teuflischen Wesen. Wenn es ihnen möglich wäre, würden die sie bis in alle Ewigkeit zerfetzen und neu zusammennähen. Sie war im innersten Kreis der Hölle.

Kommt nur herein, ihr Schweine, dachte sie und zog vorsichtig die Taschenlampe näher heran. Der Heulton in ihren Ohren nahm zu. Dem ersten, der ihr zu nahe kam, würde sie die Taschenlampe ins Auge rammen. Würde den Teufel blenden, der es wagte, ihre heilige Kammer zu betreten. Das würde sie schon noch schaffen, ehe sie starb.

»Wir unternehmen nichts, ehe Lasse nicht zurück ist. Ist das klar?« Der Tonfall der Frau duldete keinen Widerspruch.

»Aber das dauert ja noch eine Ewigkeit. Bis dahin ist sie längst tot«, antwortete der Mann. »Verflucht, was machen wir jetzt? Lasse wird fuchsteufelswild.«

Die darauffolgende Stille war drückend und erstickend. Als würden die Wände zusammenrücken und sie wie eine Laus zwischen zwei Nägeln zerquetschen.

Krampfhaft hielt sie die Taschenlampe fest und wartete. Und dann, wie ein Schlag mit einer Keule, kam der Schmerz zurück. Sie riss die Augen auf und holte tief Luft, um den Schmerz in einem reflexartigen Schrei freizugeben. Aber er kam nicht. Sie bekam den Schmerz unter Kontrolle. Sie hatte das Gefühl zu ersticken und musste würgen, aber sie sagte nichts. Legte nur den Kopf in den Nacken und ließ ihren Tränen freien Lauf.

Ich höre sie, aber die dürfen mich nicht hören. Wieder und wieder sagte sie sich diese Worte vor. Sie fasste sich an den Hals, strich, ohne sie zu berühren, über die geschwollene Wange und schaukelte unablässig vor und zurück. Unentwegt öffnete und schloss sich ihre freie Hand. Jede Faser ihres Körpers wusste um die Schmerzenshölle.

Und dann kam der Schrei. Er führte ein eigenes Leben. Der Körper wollte es. Ein lang anhaltender, tiefer und dumpfer Schrei, der kein Ende nahm.

»Da ist sie, hörst du? Ich wusste es.« Dann war ein Klicken zu hören. »Komm hervor, damit wir dich sehen können«, sagte die abscheuliche Frauenstimme. Erst da entdeckten die zwei, dass etwas nicht stimmte.

»Schau mal«, sagte sie. »Der Knopf steckt fest.«

Dann hörte man, wie die Frau dort draußen auf den Kontakt einschlug, aber das half nicht.

»Hast du dagelegen und gelauscht, wie wir über dich geredet haben, du Miststück?« Sie klang hasserfüllt. Der rauen und harten Stimme traute man keinerlei Mitgefühl zu.

»Wenn Lasse kommt, bringt er es in Ordnung«, sagte die Männerstimme.

»Er macht das schon. Ist doch egal.«

Meretes Kiefer schien explodieren zu wollen. Sie wollte nicht darauf reagieren, aber sie konnte nicht anders. Sie musste aufstehen. Alles tun, um sich von der pochenden Alarmbereitschaft des Körpers abzulenken. Sie stützte sich auf die Knie, spürte die Ohnmacht des Körpers, schob sich hoch und kam in die Hocke, spürte das Feuer, das wieder in ihrem Mund brannte, stellte ein Knie auf den Boden und erhob sich halb.

»Gott im Himmel, wie siehst du denn aus, Mädchen«, hörte sie die düstere Stimme draußen. Und dann kippte die Stimme und wurde zu einem Lachen. Dieses Lachen attackierte Merete wie mit chirurgischen Messern. »Du hast ja Zahnschmerzen«, lachte die Stimme. »Heiliger Strohsack, die Sau da drinnen hat Zahnschmerzen, sieh dir das an!«

Sie drehte sich abrupt zu den Spiegelscheiben um. Allein schon den Mund aufzumachen tat höllisch weh. »Eines Tages werde ich mich rächen«, flüsterte sie und legte ihr Gesicht ganz dicht gegen eine der Scheiben. »Ich werde mich rächen, wartet nur.«

»Wenn du nichts isst, wirst du schon sehr bald ohne diese Befriedigung in der Hölle schmoren«, fauchte die Frauenstimme draußen. Aber in der Stimme lag mehr als Wut und Boshaftigkeit. Das hatte etwas vom Spiel der Katze mit der Maus, und die Katze war mit ihrem Spiel noch nicht fertig. Der Fang sollte noch eine Weile am Leben gehalten werden.

»Ich kann nicht essen«, stöhnte sie.

»Was ist es«, fragte die Männerstimme. »Ein Zahngeschwür?«

Sie nickte.

»Sieh zu, wie du damit fertig wirst«, war sein eiskalter Kommentar.

Im Bullauge erblickte sie ihr Spiegelbild. Die Frau, die sie sah, hatte hohle Wangen, und ihre Augen sahen aus, als würden sie jeden Moment aus dem Kopf fallen. Die dunklen Ränder unter den Augen sprachen ihre eigene Sprache. Das Gesicht war ganz schief, das kam von der Schwellung des Zahngeschwürs. Sie sah schlicht und einfach todkrank aus. Und das war sie auch.

Sie drehte sich um, drückte den Rücken ans Glas und ließ sich langsam auf den Boden gleiten. Vor Wut hatte sie Tränen in den Augen. Ihr war bewusst geworden, dass der Körper leben wollte. Er konnte und wollte leben. Sie musste nehmen, was im Eimer lag, und sich zwingen, es zu essen. Der Schmerz würde sie umbringen – oder auch nicht, das würde sich zeigen. Auf jeden Fall wollte sie nicht kampflos aufgeben. Der ekelhaften Frau dort draußen hatte sie gerade ein Versprechen gegeben, das sie zu halten gedachte. Die Zeit würde kommen, wo sie es dieser Furie heimzahlen konnte.

Für einen Moment war ihr geschundener Körper ganz ruhig – er kam ihr vor wie eine kurz und klein geschlagene Landschaft nach einem Orkan. Dann kehrte der Schmerz zurück. Dieses Mal schrie sie so hemmungslos, wie sie konnte. Spürte, wie der Eiter aus dem Geschwür über ihre Zunge floss und wie sich das Pochen bis in die Schläfen fortsetzte.

Dann war das bekannte Pfeifen der Schleuse zu hören, und ein neuer Eimer kam in Sicht.

»Hier!«, war die Frauenstimme draußen zu hören. »Wir schicken dir Erste Hilfe. Greif nur zu!«

Auf allen vieren kroch sie rasch zur Schleuse und zog den Eimer aus dem Loch. Sie starrte hinein.

Auf dem Boden des Eimers lag auf einem Stück Stoff, wie ein chirurgisches Instrument, eine Zange.

Eine große Zange. Groß und rostig.

27

2007

Der Tag fing bescheiden an. Er hatte schlecht geträumt, und dann Jespers schlechte Laune beim Frühstück, das hatte Carl jeglichen Antrieb genommen. Als er den Dienstwagen startete, musste er zu allem Überfluss feststellen, dass der Benzintank so gut wie leer war. Und die Dreiviertelstunde auf dem kleinen Stück Autobahn zwischen dem Nymøllevej und Værløse brachte auch nicht unbedingt die Saite von ihm zum Klingen, die man als charmant, zuvorkommend und geduldig bezeichnen konnte.

Als er endlich im Keller unter dem Polizeipräsidium an seinem Schreibtisch saß und den energiegeladenen und gut gelaunten Assad anstarrte, überlegte er kurz, ob er nicht einfach nach oben in das Büro von Marcus Jacobsen gehen, sich dort ein paar Stühle schnappen und diese kurz und klein schlagen sollte – damit man ihn an einen Ort schickte, wo jemand gut auf ihn aufpasste und wo einen die tagtäglichen Unglücksfälle nur erreichten, wenn man die Tagesschau einschaltete.

Er nickte seinem Assistenten müde zu. Wenn er eine Weile auf Sparflamme laufen konnte, würden sich die inneren Batterien möglicherweise wieder aufladen. Er schielte zur Kaffeemaschine, aber die Kanne war leer.

Assad reichte ihm eine winzige Tasse.

»Ich verstehe das nicht richtig, Carl«, sagte er. »Daniel Hale ist tot, sagst du. Bei dem Treffen in Christiansborg war er nicht dabei. Aber wer war das denn dann?«

»Keine Ahnung, Assad. Klar ist, dass Hale mit Merete Lynggaard nichts zu tun hat. Aber derjenige, der an Hales Stelle auftrat, hat sehr wohl mit ihr zu tun.« Er trank einen Schluck von Assads Pfefferminztee. Vier bis fünf Teelöffel Zucker weniger, dann ließe sich das Gebräu fast schon trinken.

»Und wie konnte der Typ wissen, dass dieser Millionär, du weißt, der Chef der Delegation in Christiansborg, Daniel Hale noch nie in echt gesehen hatte?«

»Ja, wie wohl? Vielleicht kannten dieser Typ und Daniel Hale sich ja irgendwie?« Er stellte die Tasse auf seinen Schreibtisch und sah zu der Pinnwand. Dort hatte er die Broschüre von Interlab A/S mit Daniel Hales gepflegtem Konterfei angebracht.

»Also war es gar nicht Hale, der den Brief abgeliefert hat, oder? Und der Mann, der mit Merete Lynggaard im Bankeråt gegessen hat, war auch nicht Hale?«

»Nach Auskunft von seinen Mitarbeitern hielt sich Daniel Hale zu der Zeit überhaupt nicht im Land auf.« Er wandte sich an seinen Helfer. »Was stand denn in dem Bericht zu Daniel Hales Fahrzeug nach dem Unfall, erinnerst du dich daran? War es hundert Prozent in Ordnung? Fand man irgendwelche Defekte, die den Unfall verursacht haben könnten?«

»Du meinst, ob die Bremsen funktionierten?«

»Die Bremsen. Die Lenkung. Alles Mögliche. Gab es Anzeichen für Sabotage?«

Assad zuckte die Achseln. »Da das Auto ausgebrannt ist, war es schwer, etwas zu sehen, Carl. Aber wie ich den Bericht verstehe, handelte es sich um einen ganz normalen Unfall.«

Ja. So hatte er das auch in Erinnerung. Nichts Verdächtiges.

»Und es gab ja keine Zeugen, die etwas anderes aussagen konnten.«

Sie sahen sich an. »Ich weiß, Assad, ich weiß.«

»Bis auf den Mann, der in ihn hineinfuhr.«

»Ja, genau.« Ganz in Gedanken trank er noch einen Schluck von dem Tee. Es schüttelte ihn. Von dem Zeugs würde er mit Sicherheit nicht abhängig werden.

Carl überlegte, ob er eine rauchen oder sich ein Kaudrops nehmen sollte, in der Schreibtischschublade hatte er für alle Fälle eine Packung Läckerol. Aber nicht einmal dafür reichte seine Energie. Verflucht, wieso musste sich der Fall so entwickeln. Er war kurz davor gewesen, den Mist ein für alle Mal abzuschließen, und dann diese Wendung. Jetzt mussten sie lauter Zeug nachrecherchieren. Unendliche Hürden türmten sich plötzlich vor Carls innerem Auge auf. Und das war schließlich nur dieser eine Fall. Auf seinem Schreibtisch warteten noch achtzig bis neunzig andere.

»Was ist denn mit dem Zeugen in dem anderen Auto, Carl?

Sollten wir nicht mit dem Mann reden, der in Daniel Hale reinfuhr?«

»Ich habe Lis darauf angesetzt. Sie soll ihn ausfindig machen.«

Für einen kurzen Moment sah Assad richtig enttäuscht aus.

»Für dich habe ich eine andere Aufgabe, Assad.«

Schon gingen die Mundwinkel wieder nach oben.

»Du fährst mit dem Foto von Daniel Hale nach Holtug in Stevns und fragst diese Helle Andersen, ob das der Mann ist, der Merete den Brief gebracht hat.« Er deutete zur Pinnwand.

»Ja, aber er war es doch nicht, der …«

Carl bremste Assad mit einer Handbewegung. »Nein. Und das wissen du und ich. Aber wenn sie mit nein antwortet, was wir erwarten, dann fragst du sie, ob Daniel Hale dem Typ mit dem Brief ein bisschen ähnlich sieht. Wir müssen doch zusehen, dass wir den Kerl einkreisen, oder? Und dann noch eines. Frag sie, ob Uffe da war und ob er den Mann, der den Brief ablieferte, vielleicht gesehen haben könnte. Und frag sie außerdem, ob sie sich erinnern kann, wo Merete Lynggaard ihre Aktentasche abstellte, wenn sie nach Hause kam. Sag ihr, die sei schwarz und habe auf der einen Seite einen großen Ratscher. Die Tasche gehörte ihrem Vater, und er hatte sie bei dem Unfall bei sich im Auto. Die bedeutete ihr also bestimmt sehr viel.« Als Assad etwas sagen wollte, hob er die Hand. »Und dann fährst du anschließend zu den Antiquitätenhändlern, die das Haus der Lynggaards in Magleby gekauft haben. Die fragst du, ob sie eine solche Aktentasche irgendwo gesehen haben. Und morgen reden wir dann über alles, okay? Du kannst das Auto mit nach Hause nehmen. Ich nehme heute ein Taxi, und später fahre ich mit dem Zug nach Hause.«

Jetzt fuchtelte Assad wild mit den Armen.

»Ja, Assad?«

»Einen Augenblick, bitte. Ich muss mir nur einen Schreibblock holen, ja? Kannst du das Ganze bitte noch einmal wiederholen?«

Hardy hatte schon schlechter ausgesehen. Sein Kopf, der früher mit dem Kopfkissen zu verschmelzen schien, war jetzt so weit angehoben, dass man die feinen Äderchen an seinen Schläfen erkennen konnte. Er hatte die Augen geschlossen und wirkte friedlicher als seit langem. Carl überlegte schon, ob er wieder gehen sollte. Der Respirator stand noch da und pumpte. Aber man hatte einen Teil der Maschinen aus dem Raum entfernt. Vielleicht war das alles ein gutes Zeichen?

So machte er vorsichtig auf dem Absatz kehrt. Er hatte kaum einen Schritt in Richtung Tür getan, da hielt ihn Hardys Stimme auf.

»Warum gehst du? Kannst du es nicht aushalten, einen Mann zu sehen, den man aufs Kreuz gelegt hat?«

Er drehte sich um. Hardy lag noch genauso da wie vorher.

»Wenn du willst, dass die Leute bei dir bleiben, Hardy, dann gib ihnen mal ein Zeichen, dass du wach bist. Mach zum Beispiel die Augen auf.«

»Nein. Heute nicht. Heute habe ich keine Lust, die Augen aufzumachen.«

»Wie bitte?«

»Wenn sich meine Tage unterscheiden sollen, dann muss ich selbst dafür sorgen. Okay?«

»Ja, okay.«

Er sagte zwar okay, aber das zu hören, tat ihm in der Seele weh. »Du hast ein paarmal mit Assad gesprochen, Hardy. War es okay, dass ich ihn hierhergeschickt habe?«

»Natürlich nicht.« Er bewegte beim Sprechen kaum die Lippen.

»Na gut, aber das habe ich also gemacht. Und ich habe mir vorgenommen, dass ich ihn genauso oft hierherschicke, wie es nötig ist. Was dagegen?«

»Nur, wenn er diese scharfen Teig-Dinger mitbringt.«

»Ich werde es ihm ausrichten.«

Aus Hardys Körper kam etwas, das sich als Lachen deuten

ließ. »Von den Dingern hab ich geschissen wie noch nie in meinem Leben. Die Krankenschwestern waren völlig verzweifelt.«

Carl versuchte, die Vorstellung zu verdrängen.

»Ich werde es Assad ausrichten. Nächstes Mal nicht so scharf.«

»Gibt es in der Lynggaard-Geschichte was Neues?«, fragte Hardy.

Zum allerersten Mal, seit er gelähmt war, hatte er Carl eine Frage gestellt. Carl merkte, wie ihm ganz warm wurde. Bald würde er auch noch einen Kloß im Hals haben.

»Ja, es ist etliches passiert.« Und dann erzählte er Hardy von ihren neuesten Erkenntnissen über Daniel Hale.

»Weißt du, was ich glaube, Carl?«, sagte Hardy anschließend.

»Du glaubst, die Sache muss ganz neu aufgerollt werden.«

»Genau. Das Ganze stinkt gewaltig.« Er öffnete kurz die Augen und sah zur Decke, dann schloss er sie wieder. »Hast du irgendwelche Hinweise, ob politische Motive im Spiel sind?«

»Nichts, aber auch gar nichts.«

»Hast du mit den Journalisten geredet?«

»Wie meinst du das?«

»Zum Beispiel mit einem von den politischen Kommentatoren in Christiansborg. Die haben einen Riecher für alles, was stinkt. Oder mit einem von den Klatschblättern? Zum Beispiel Pelle Hyttested von ›Gossip‹. Seit sie ihn bei den Nachrichten gefeuert haben, amüsiert sich der Dicke doch in Christiansborg damit, in allen Ritzen Dreck auszugraben. Der gehört inzwischen zur alten Garde. Frag ihn – und hinterher bist du schlauer.« Ein Lächeln huschte über sein Gesicht.

Jetzt erzähle ich es ihm, dachte Carl, und er sprach so langsam, dass es gleich beim ersten Mal bis zu Hardy vordringen musste. »Unten in Sorø ist ein Mord passiert, Hardy. Ich glaube, das waren dieselben Leute wie draußen auf Amager.«

Henningsen verzog keine Miene. »Und?«, fragte er.

»Ja, alles gleich. Dieselben Umstände, dieselbe Waffe, wahrscheinlich dasselbe rotkarierte Hemd, derselbe Kreis von Menschen, derselbe …«

»Ich sagte: Und?«

»Ja, deshalb antworte ich dir.«

»Und, sagte ich. Und – was geht mich das an?«

Die Redaktion des ›Gossip‹ befand sich in jener Phase der Ermattung, die eintritt, wenn die Deadline der Woche geschafft ist und die nächste Nummer droht. Zwei, drei der Journalisten schauten Carl gelangweilt an, als er durch die Redaktionsräume ging. Anscheinend wurde er nicht erkannt, auch gut.

Er fand Pelle Hyttested in einer Ecke, wo sich die ewige Ruhe über die Seniorjournalisten gesenkt hatte. Hyttested stand bei den Kollegen und kraulte seinen dünnen roten Vollbart. Dem Namen nach und vom Erzählen kannte Carl Pelle Hyttested sehr gut. Ein Schuft und ein Scheusal, den nur Geld aufhalten konnte. Unglaublich viele Dänen lasen liebend gern seinen zusammengepantschten, überspannten Mist. Nicht so seine Opfer. Vor seiner Tür häuften sich die Prozesse, aber der Chefredakteur hielt schützend seine Hand über ihn. Hyttested sorgte für Auflage, und der Chefredakteur kassierte den Bonus. So einfach war das. Ein paar Bußgeldzahlungen waren da schon drin.

Hyttested warf einen Blick auf Carls Dienstmarke und wandte sich dann wieder seinen Kollegen zu.

Carl legte ihm eine Hand auf die Schulter. »Ich hab ein paar Fragen, sagte ich.«

Der Typ drehte sich um und sah geradewegs durch ihn durch. »Sehen Sie nicht, dass ich arbeite? Wollen Sie mich zur Wache mitnehmen?«

Genau an dieser Stelle zog Carl den einzigen Tausender, den er seit Monaten besessen hatte, aus dem Portemonnaie und hielt ihn Hyttested vor die Nase.

»Worum geht es denn?« Der Mann versuchte den Geldschein mit den Augen aufzusaugen. Vielleicht rechnete er sich schon aus, wie viele Stunden ihm der Schein kommende Nacht in Andys Bar bescheren würde.

»Ich ermittle im Fall Merete Lynggaard. Mein Kollege Hardy Henningsen meint, Sie könnten mir vielleicht erzählen, ob Merete Lynggaard Grund gehabt haben könnte, in den politischen Kreisen jemanden zu fürchten.«

»Jemanden zu fürchten? Was für eine witzige Formulierung«, sagte Hyttested und strich sich permanent unsichtbare Haarsträhnen aus dem Gesicht. »Und warum fragen Sie danach?«, fuhr er fort. »Ist in der alten Geschichte was Neues zum Vorschein gekommen?«

Das Kreuzverhör nahm eindeutig die falsche Richtung.

»Der Fall soll abschließend geklärt werden.«

Pelle Hyttested nickte, war aber keineswegs überzeugt. »Fünf Jahre nach ihrem Verschwinden? Wissen Sie was, das können Sie einem anderen erzählen. Sagen Sie mir lieber, was Sie wissen, und dann erzähle ich Ihnen, was ich weiß.«

Carl wedelte noch einmal mit dem Tausender, damit sich die Aufmerksamkeit des Mannes weiter auf das Wesentliche richtete.

»Ihnen fällt niemand ein, der Merete Lynggaard besonders auf dem Kieker hatte, verstehe ich das richtig?«

»Dieses Biest, die hassten doch alle. Die hätten sie doch schon längst rausgeekelt, wenn sie nicht solche verdammten Supertitten gehabt hätte.«

Zur Wählerschar der Demokraten gehört der kaum, dachte Carl. Es wunderte ihn nicht. »Okay, Sie wissen also nichts.« Er wandte sich an die anderen. »Weiß von Ihnen jemand etwas? Was auch immer, alle Informationen sind willkommen. Ich nehme auch Gerüchte entgegen. Leute, die in ihrer Nähe beobachtet wurden, während eure Paparazzi ihr auf den Fersen waren. Gefühle. Affären. Gibt's da was bei euch zu holen?« Er blickte in die Runde. Ungefähr die Hälfte der Anwesenden war längst hirntot, das war an ihren Augen zu erkennen.

Er sah sich im Raum um. Vielleicht hatte ja einer der jüngeren Journalisten, in dessen Kopf noch so etwas wie Leben vorhanden war, etwas beizusteuern. Er war hier doch schließlich ins Land des Klatsches eingetreten.

»Sie sagen, Hardy Henningsen hat Sie geschickt?« Pelle Hyttested schaltete sich wieder ein und rückte näher an den Geldschein heran. »Waren nicht Sie der Grund, weshalb die Geschichte für Hardy damals so beschissen ausging? Ich erinnere mich noch ziemlich deutlich an einen Carl Mørck. Das sind doch Sie? Sie waren das doch, der unter einem der Kollegen Deckung suchte. Der unter dem Kollegen Hardy Henningsen lag und sich tot stellte. Waren das nicht Sie?«

Carl fühlte, wie ihm ein ganzer Eisberg den Rücken hochkroch. Wie um alles in der Welt konnte der Mann diese Schlüsse ziehen? Alle internen Vernehmungen waren für die Öffentlichkeit nicht zugänglich. Noch nie hatte jemand gewagt, das anzudeuten, was dieser Scheißkerl gerade gesagt hatte.

»Haben Sie noch keinen Aufmacher für nächste Woche? Dann sollte ich Sie vielleicht einfach mal an die Wand klatschen, damit Sie für die nächste Ausgabe was zu schreiben haben?« Er kam dem Journalisten so nahe, dass Hyttested lieber wieder den Tausender anschaute. »Hardy Henningsen war der beste Kollege, den man sich wünschen kann. Wenn ich gekonnt hätte, wäre ich für ihn gestorben. Ist das klar?«

Hyttested warf seinen Kollegen einen Blick zu; es war der Blick eines Siegers. Damit war die Headline für die nächste Ausgabe klar, und Carl war das Opfer. Jetzt fehlte nur noch ein Fotograf, der die Situation verewigte. Er musste zusehen, dass er hier rauskam.

»Wenn ich Ihnen sage, welcher Fotograf sich auf Merete Lynggaard spezialisiert hatte, kostet das was.«

»Und was soll mir das bringen?«

»Das weiß ich nicht. Vielleicht hilft es. Sind Sie vielleicht kein Polizist? Können Sie es sich leisten, einen Tipp zu ignorieren?«

»Also, wen meinen Sie?«

»Sie könnten ja mal versuchen, mit Jonas zu reden.«

»Jonas wer?« Zwischen dem Tausender und Hyttesteds begehrlichen Fingern lagen nur noch wenige Zentimeter.

»Jonas Hess.«

»Jonas Hess, aha. Und wo finde ich ihn? Ist er gerade hier in der Redaktion?«

»Solche wie der Hess sind bei uns nicht angestellt. Da hilft ein Blick ins Telefonbuch.«

Er notierte sich den Namen. Ruck, zuck war die Hand mit dem Schein in seiner Jackentasche verschwunden. Dieser Idiot würde in der nächsten Nummer sowieso über ihn schreiben. Außerdem hatte er noch nie in seinem Leben für Informationen bezahlt. Und um das zu ändern, müsste schon einer von ganz anderem Kaliber als dieser Pelle Hyttested aufkreuzen.

»Sie wären für ihn gestorben?«, rief Hyttested Carl hinterher, als er dem Ausgang zustrebte. »Warum haben Sie es dann nicht getan, Carl Mørck?«

Unten an der Rezeption bekam er die Adresse des Fotografen. Das Taxi setzte ihn in der Vejlands Allé vor einem winzigen Haus ab, dem die Jahre ordentlich zugesetzt hatten. Der Hof war mit einem Sammelsurium von Dingen zugemüllt, alte Fahrräder, kaputte Aquarien und gesprengte Glasballons, die vom häuslichen Brauen in vergangenen Zeiten zeugten, gammelige Planen, die nicht länger verfaulte Bretter versteckten, Berge von alten Flaschen und jede Menge Plunder.

Ein umgekipptes Fahrrad vor der Eingangstür und leise Geräusche aus dem Radio hinter den schmutzigen Fensterscheiben deuteten an, dass jemand zu Hause war. Carl lehnte sich auf die Haustürklingel, bis es in seinem Finger zu pochen begann.

»Verflucht, hör schon auf«, tönte es endlich von drinnen.

Ein rotbackiger Mann mit den unmissverständlichen Anzeichen eines schweren Katers öffnete die Tür und blinzelte ins Sonnenlicht.

»Verdammt, wie spät ist es denn?«, fragte er, ließ den Türgriff los und ging wieder ins Haus. Um ihm zu folgen, brauchte es keinen Gerichtsbeschluss.

Zimmer wie das hier sah man in Katastrophenfilmen, wenn ein Meteorit die Erde getroffen hat. Zufrieden seufzend ließ sich der Bewohner aufs Sofa fallen, das in der Mitte ganz eingesunken war.

Er genehmigte sich einen kräftigen Schluck aus der Whiskyflasche, die auf dem Tisch stand. Dabei versuchten seine Augen Carl zu fixieren.

Nicht gerade ein Traumzeuge, sagte Carl seine Erfahrung.

Er grüßte von Pelle Hyttested in der Hoffnung, das würde die Stimmung beleben.

»Der schuldet mir Geld«, war die Antwort.

Carl überlegte kurz, ihm die Polizeimarke zu zeigen, ließ sie dann aber doch in der Tasche. »Ich komme vom Sonderdezernat Q der Polizei«, sagte er. »Wir versuchen, ein paar ungelöste Fälle zu knacken.«

Hess stellte die Flasche ab. Vielleicht waren das in seinem Zustand doch noch zu viele Worte gewesen.

»Ich komme wegen Merete Lynggaard«, versuchte Carl es. »Ich weiß, dass Sie sich auf Merete spezialisiert hatten.«

Hess versuchte zu lächeln, was aber misslang, weil er rülpsen musste. »Das wissen nicht viele«, sagte er. »Und was ist mit ihr?«

»Haben Sie vielleicht Fotos von ihr, die nicht veröffentlicht worden sind?«

Der Mann sank mit einem halb erstickten Lachen vornüber. »Oh Mann, wie blöd kann man eigentlich fragen? Ich hab mindestens zehntausend.«

»Zehntausend! Na, das ist doch schon was.«

»Also, pass auf.« Er hielt fünf Finger hoch. »Jeden zweiten

Tag zwei bis drei Rollen Film und das über zwei bis drei Jahre, wie viele Fotos sind das?«

»Ein paar mehr als zehntausend, glaube ich.«

Eine Stunde war vergangen, und Jonas Hess war inzwischen so weit klar im Kopf, dass er, ohne zu wanken, in der Lage war, Carl seine Dunkelkammer zu zeigen. Sie lag in einem kleinen Anbau hinter dem Haus.

Die Ordnung hier drinnen erinnerte in keinster Weise an das Chaos im Haus. Carl war schon in vielen Dunkelkammern gewesen, aber noch in keiner, die so steril und penibel geordnet war wie diese hier. Der Unterschied zwischen dem Mann im Haus und dem Mann in der Dunkelkammer war kaum nachvollziehbar.

Jonas Hess zog eine Metallschublade auf und tauchte hinein. »Hier«, sagte er und reichte ihm eine Mappe, auf der *Merete Lynggaard: 13/11-2001–1/3-2002* stand. »Das sind die Negative aus der letzten Phase.«

Carl öffnete die Mappe von hinten. Jede Plastikhülle enthielt die Negative eines ganzen Films, aber in der letzten Hülle waren nur fünf. Das Datum war mit zierlichen Zahlen vermerkt. Da stand *1/3–2002 ML.*

»Sie fotografierten sie an dem Tag, ehe sie verschwand?«

»Ja, aber nichts Besonderes. Nur ein paar Schnappschüsse im Hof von Christiansborg. Ich stand oft unten am Eingang und wartete.«

»Auf sie?«

»Nicht nur auf sie. Auf alle Politiker des Folketing. Wenn Sie wüssten, wie viele echt komische Konstellationen ich dort auf dieser Treppe schon gesehen habe. Man wartet einfach, und dann eines Tages kommt sie.«

»Aber an dem Tag kam offenbar nichts Komisches, soweit ich das hier sehe.« Er nahm die Plastikhülle aus der Mappe und legte sie auf den Leuchttisch. Die Fotos waren also am Freitag aufgenommen worden, kurz bevor Merete sich auf den Heimweg machte. An dem Tag, ehe sie verschwand.

Er ging mit dem Gesicht näher an die Negative heran.

Doch. Sie hatte eindeutig die Aktentasche unter dem Arm.

Carl schüttelte den Kopf. Unglaublich. Das allererste Bild und gleich ein Volltreffer. Hier war der Beweis, im Negativ, weiß auf schwarz. Merete hatte die Tasche mit nach Hause genommen. Ein abgewetztes altes Stück mit Kratzern.

»Kann ich dieses Negativ bitte ausleihen?«

Der Fotograf nahm einen Schluck aus seiner Whiskyflasche und wischte sich mit dem Handrücken den Mund ab. »Ich verleihe keine Negative. Ich verkaufe sie nicht mal. Aber wir können einen Abzug machen, ich scanne ihn einfach. Die Qualität muss ja wohl nicht erstklassig sein.« Er holte tief Luft und räusperte sich, dabei lachte er.

»Ja, danke, das wäre nett. Schicken Sie die Rechnung an mein Dezernat.« Er reichte Hess eine Karte.

Der Fotograf besah die Negative. »Nein, wie ich schon sagte. An dem Tag war nichts Besonderes. Mit Merete Lynggaard war sowieso nie viel los. Eigentlich nur, wenn es im Sommer kühl war und sich unter ihrer Bluse die Brustwarzen abzeichneten. Für die Fotos bekam ich immer ganz gut Geld.«

Wieder kam dieses Räuspern und gleichzeitig das Lachen. Dabei suchte er etwas in einem kleinen roten Kühlschrank, der wackelig auf Chemikalienkanistern stand. Er nahm sich eine Bierflasche, wollte wohl auch Carl etwas davon anbieten, aber ehe Carl auch nur reagieren konnte, war sie leer.

»Wenn man von ihr einen Schuss mit irgendeinem Lover bekommen hätte, das wäre doch der Scoop gewesen, wie?« Er suchte nach mehr Trinkbarem. »Ein paar Tage vorher glaubte ich, ich hätte was.«

Er warf die Kühlschranktür zu und nahm die Mappe, blätterte darin. »Na ja, hier sind noch die von Merete, wie sie mit Mitgliedern der Dänemarkpartei vor dem Parlamentssaal diskutiert. Von den Negativen habe ich auch Kontaktabzüge.« Er lachte. »Nein, nicht wegen der Diskussion habe ich die Fotos geschossen, sondern wegen der da, die da hinten steht.« Er deutete auf eine Person, die dicht hinter Merete stand. »Ja, also in dieser Größe sieht man es vielleicht nicht so gut, aber Sie sollten es mal sehen, wenn man das ordentlich aufbläst. Ihre neue Assistentin. Die war ja total verknallt in Merete Lynggaard.«

Carl beugte sich vor. Doch, das war eindeutig Søs Norup. Auf diesem Foto hatte sie eine völlig andere Ausstrahlung als dort in ihrem Drachennest in Valby.

»Keine Ahnung, ob zwischen denen was lief oder ob es nur die Assistentin war, die total auf Merete abfuhr. Aber was soll's! Vielleicht hätte das Foto ja irgendwann doch mal was gebracht.« Er blätterte weiter zur nächsten Seite mit Negativen.

»Hier ist es!«, sagte er und pflanzte einen feuchten Finger mitten auf die Plastikhülle. »Ich wusste, es war am 25. Februar, weil meine Schwester da Geburtstag hat. Ich dachte, ich könnte ihr ein super Geschenk kaufen, wenn sich das Foto als Goldgrube erweisen würde.«

Er nahm die Plastikhülle und legte sie auf den Leuchttisch. »Sehen Sie hier, das waren die Aufnahmen, an die ich dachte. Sie stand mit einem Typen auf der Schlosstreppe und unterhielt sich mit ihm.« Dann deutete er auf ein Foto direkt darüber. »Schauen Sie genau hin. Sie sieht irgendwie angespannt aus, finde ich. In ihren Augen ist etwas, das verrät, dass ihr nicht ganz wohl ist in ihrer Haut.« Er drückte Carl eine Lupe in die Hand.

Wie zum Teufel konnte man so etwas auf einem Negativ erkennen? Ihre Augen waren doch nur weiße Flecke.

»Sie hat mich entdeckt, als ich da stand und fotografierte, deshalb bin ich abgehauen. Ich glaube nicht, dass sie je herausfand, wie ich eigentlich aussehe. Anschließend versuchte ich den Typen zu fotografieren, aber ich bekam ihn nicht von vorn, weil er Christiansborg auf dem anderen Weg verließ, in Richtung Brücke. Aber vielleicht war das auch einfach nur irgendein Kerl, der sie im Vorbeigehen belästigte.«

»Haben Sie auch von dieser Serie Kontaktabzüge?«

Hess rülpste ein paarmal, sein Hals musste innerlich glühen. »Kontaktabzüge? Die können Sie haben, wenn Sie inzwischen mal schnell zum Kiosk an der Ecke laufen und ein paar Dosen Bier besorgen.«

Carl nickte. »Erst hab ich noch eine Frage. Wenn Sie so darauf aus waren, Fotos von Merete Lynggaard mit einem Mann zu bekommen, dann haben Sie Merete doch sicher auch mal vor ihrem Haus in Stevns fotografiert, oder?«

Hess blickte nicht auf, studierte nur gründlich die Aufnahmen vor sich.

»Natürlich. Ich war oft dort unten.«

»Dann verstehe ich eines nicht. Sie müssen Merete doch auch mal mit ihrem behinderten Bruder Uffe gesehen haben.«

»Na klar, oft.« Er machte bei einem der Negative ein Kreuz auf die Hülle. »Hier ist ein klasse Foto von ihr und dem Typ. Vielleicht wissen Sie, wer das ist. Dann können Sie es mir ja hinterher erzählen.«

Carl nickte. »Aber warum haben Sie dann nicht richtig gute Fotos von ihr zusammen mit Uffe gemacht? Sodass die ganze Welt erfahren hätte, warum sie es immer so eilig hatte, von Christiansborg wegzukommen?«

»Das hab ich deshalb nicht gemacht, weil ich selbst eine mehrfach behinderte Schwester habe.«

»Aber das ist doch Ihr Job, Sie leben von den Fotos.«

Jonas Hess sah ihn träge an. Wenn Carl nicht bald das Bier holte, würde er halt keine Abzüge bekommen.

»Wissen Sie was«, sagte der Fotograf und sah Carl starr in die Augen. »Auch wenn man wie Dreck behandelt wird, kann man sich doch eine gewisse Würde bewahren. Oder?«

An der Haltestelle Allerød stieg er aus und ging durch die Fußgängerzone. Das Straßenbild wurde immer nur noch schäbiger, stellte er verärgert fest. Betonkästen, als Luxuswohnungen verkleidet, rückten ständig weiter vor. Bald würden die gemütlichen niedrigen alten Häuser auf der anderen Straßenseite auch verschwunden sein. Was vorher ein echter Blickfang gewesen war, daraus wurde nun ein Tunnel aus aufgehübschtem Beton. Er hätte es nie für möglich gehalten, aber jetzt hatte diese Entwicklung auch seine Stadt erreicht. Einzigartige, langsam gewachsene Stadtlandschaften wurden zerstört. Bürgermeister und Stadtverordnete ohne Geschmack gab es überall. Das hier war der eindeutige Beweis.

Zu Hause im Rønneholtpark war die Grillmannschaft wieder aktiv, aber das Wetter war ja auch danach. Es war kurz vor halb sieben und erst der 22. März 2007. Eindeutig Frühlingsanfang!

Morten Holland hatte sich dem Anlass des Tages entsprechend in flatternde Gewänder gehüllt, die er von einer Reise nach Marokko mitgebracht hatte. In dieser Uniform hätte er binnen zehn Sekunden eine neue Sekte gründen können. »Genau zur rechten Zeit, Carl«, sagte er und legte ihm zwei Rippchen auf den Teller.

Seine Nachbarin Sysser Petersen schien schon leicht einen im Tee zu haben. »Ich habe bald keine Lust mehr«, sagte sie. »Ich verkauf den Mist und ziehe weg.« Sie nahm einen großen Schluck Rotwein. »In der Verwaltung verwenden wir mehr Zeit darauf, irgendwelche idiotischen Formulare auszufüllen, als den Bürgern zu helfen, hast du das gewusst, Carl? Dieses selbstgefällige Volk in der Regierung, die sollten das mal selbst machen müssen. Wenn die Formulare ausfüllen müssten, damit sie kostenloses Essen bekommen und kostenlose Chauffeure und die Miete und Diäten und ihre Reisen und Sekretäre und den ganzen Mist, dann hätten sie keine Zeit, was zu fressen oder zu schlafen oder zu reisen oder zu fahren oder was auch immer. Stell dir das mal bildlich vor. Dass der Staatsminister ankreuzen muss, worüber er mit seinen Ministern reden will, ehe die Konferenz anfängt. In dreifacher Ausfertigung, auf einem Computer ausgedruckt, der nur jeden zweiten Tag funktioniert. Und dass er die erst zu irgend so einem Beamten weiterschicken muss, um sie absegnen zu lassen, ehe er das überhaupt weitersagen darf. Der Mann würde ja umkommen.« Ihr Kopf kippte vor Lachen in den Nacken.

Carl nickte. Bald würden sie wieder über das Recht des Kulturministers diskutieren, den Medien einen Maulkorb anzulegen, oder ob sich überhaupt noch jemand an die Gründe erinnern konnte, weshalb die Gemeinden zusammengelegt wurden oder die Krankenhäuser. Das Gerede würde erst dann ein Ende haben, wenn der letzte Schluck ausgetrunken und das letzte Rippchen abgenagt war.

Er nahm Sysser kurz in den Arm, klopfte Kenn auf die Schulter und nahm den Teller mit auf sein Zimmer. Eigentlich waren sie sich ja sowieso alle einig. Mehr als die Hälfte des Landes wünschte den Staatsminister dahin, wo der Pfeffer wächst, und das würden sie auch heute und morgen und übermorgen tun, bis zu jenem Tag, an dem all das Unheil, das er über das Land und die Bürger gebracht hatte, wiedergutgemacht wäre. Das konnte dauern.

Nur hatte Carl im Augenblick anderes im Kopf.

28

2007

Um drei Uhr in der Nacht konnte Carl nicht mehr schlafen. Im Hinterkopf spukte eine vage Erinnerung an rot karierte Hemden und Druckluftnagler und das Gefühl, dass eines der Hemden in Sorø das richtige Muster hatte. Der Puls raste, die Stimmung war im Keller, kurzum, es ging ihm gar nicht gut. Und es gab eine Sache, an die konnte er nicht denken, er schaffte es einfach nicht. Aber wer konnte den Albtraum bremsen?

Und dann zu allem Überfluss noch dieses Großmaul. Pelle Hyttested. Musste ausgerechnet der alles aufreißen? Würde eine der nächsten Headlines im ›Gossip‹ tatsächlich direkt auf einen Kripobeamten zielen, der ohnehin schon in der Scheiße saß?

Verflucht! Allein bei dem Gedanken zog sich ihm der Magen zusammen. Und den Rest der Nacht konnte er vergessen.

»Du siehst müde aus«, meinte Marcus Jacobsen.

Carl fegte den Kommentar mit einem vernichtenden Blick beiseite. »Hast du Bak Bescheid gesagt, dass er kommen soll?«

»In fünf Minuten ist er hier«, sagte der Chef der Mordkommission und lehnte sich vor. »Mir ist aufgefallen, dass du dich noch nicht zu dem Führungskräfteseminar angemeldet hast. Die Frist läuft aus, denk dran.«

»Dann bin ich eben beim nächsten Mal dabei, okay?«

»Carl, du weißt doch, dass wir einen Plan damit verfolgen, oder? Sobald dein Dezernat Ergebnisse vorgewiesen hat, wäre es nur zu natürlich, dass du Hilfe und Unterstützung von deinen alten Kollegen bekommst. Aber was nützt dir das, wenn du ohne die formale Autorität im Rücken dastehst, die dir der Titel Polizeikommissar nun mal verleiht. Du hast keine Wahl. Carl, du musst zu diesem Kurs.«

»Ich werde kein besserer Ermittler dadurch, dass ich auf der Schulbank sitze und Bleistifte anspitze.«

»Du bist der Chef eines neuen Dezernats hier. Und den entsprechenden Titel gibt es dazu. Entweder du machst diesen Kurs, oder du suchst dir eine andere Stelle, wo du ermitteln kannst.«

Carl starrte hinüber zum Tivoli. Zwei Handwerker waren dabei, den Goldenen Turm für die nächste Saison vorzubereiten. Das verdammte Ding vier-, fünfmal rauf und runter – und Marcus Jacobsen würde um Gnade betteln.

»Ich werde darüber nachdenken, Herr Kriminalinspektor.«

Als Børge Bak kam, war die Stimmung deutlich abgekühlt. Carl wartete erst gar nicht, bis der Chef umständliche Eingangsworte von sich gab, sondern kam gleich zur Sache. »Mensch, Bak! Was habt ihr damals in dem Fall Lynggaard eigentlich für einen Scheiß gemacht. Ihr habt ja alle Indizien dafür, dass nichts so war, wie es schien, geradezu niedergetrampelt. Da hatte wohl die ganze Mannschaft die Schlafkrankheit, oder was?«

Baks Augen waren wie Stahl, als sich ihre Blicke notgedrungen kreuzten.

»Jetzt möchte ich aber doch gern wissen, was noch so alles unter den Teppich gekehrt oder verbrannt wurde«, fuhr er fort. »Gibt es etwas oder jemanden, der eure einzigartigen Ermittlungen ausgebremst hat, Børge?«

An dieser Stelle überlegte der Chef der Mordkommission offensichtlich, ob er seine Halbbrille aufsetzen sollte, damit er sich dahinter verstecken konnte, aber Baks dunkelrotes Gesicht erforderte ein sofortiges Eingreifen.

»Sieht man mal von dem Mørck-eigenen Ton ab, den wir hier nicht weiter zu diskutieren brauchen«, er warf Carl mit hochgezogenen Augenbrauen einen Blick zu, »kann man Carl doch ganz gut verstehen. Immerhin er hat gerade festgestellt, dass der verstorbene Daniel Hale gar nicht derjenige war, den Merete Lynggaard in Christiansborg kennenlernte. Warum hat das damals bei den Ermittlungen niemand herausgefunden? Das gibt's doch wohl gar nicht!«

Baks Stirn legte sich in ähnliche Falten wie seine Lederjacke. Er wirkte sichtlich angespannt.

Aber Carl hatte sich schon festgebissen. »Und das ist noch nicht alles, Børge. Wusstet ihr zum Beispiel, dass Daniel Hale schwul und außer Landes war, als er angeblich Kontakt zu Merete Lynggaard hatte? Vielleicht hättet ihr euch mal die Mühe machen sollen, Søs Norup, Merete Lynggaards Assistentin, ein Foto von Hale zu zeigen. Oder Bille Antvorskov, dem Leiter der Delegation. Dann hättet ihr vielleicht gemerkt, dass da was stinkt.«

Bak setzte sich langsam auf einen Stuhl. In seinem Kopf arbeitete es offensichtlich auf Hochtouren. Natürlich hatte er seither unendlich viele Fälle bearbeitet, und der Arbeitsdruck im Dezernat war der helle Wahnsinn gewesen, aber zum Teufel auch, wenn Bak jetzt nicht in die Knie gehen würde.

»Denkst du immer noch, dass wir ein Verbrechen vollständig verhindern können?« Carl wandte sich an seinen Chef. »Was denkst du, Marcus?«

»Dann gehen wir davon aus, dass du jetzt Nachforschungen zu den Umständen von Daniel Hales Tod anstellst, Carl.«

»Wir sind schon dabei.« Wieder wandte er sich an Bak. »Oben in Hornbæk liegt in der Klinik für Wirbelsäulenverletzungen ein aufgeweckter alter Kollege, der denken kann.« Er warf die Abzüge der Fotos auf den Tisch vor seinem Chef. »Wäre Hardy nicht gewesen, wäre ich nicht in Kontakt mit einem Fotografen namens Jonas Hess gekommen und auf die Weise in den Besitz einer Reihe von Fotos. Diese Fotos beweisen erstens, dass Merete Lynggaard ihre Aktentasche an ihrem letzten Tag von Christiansborg mit nach Hause nahm. Dass sie zweitens eine lesbische Assistentin hatte, die großes Interesse an ihrer Chefin signalisierte, und schließlich, dass es einen Mann gab, mit dem Merete Lynggaard einige Tage vor ihrem Verschwinden auf der Treppe vor Christiansborg in einen Wortwechsel verwickelt war. Etwas, das sie offenkundig erschütterte.« Er deutete auf das entsprechende Foto. »Den Mann haben wir zwar nur von hinten, aber vergleicht man Haare und Haltung und Größe, sieht er Daniel Hale in nicht unerheblichem Maße ähnlich, selbst wenn er es nicht ist.« Er legte eines der Fotos von Hale aus der Firmenbroschüre neben die anderen.

»Jetzt frage ich dich, Børge Bak. Findest du es nicht ziemlich erstaunlich, dass diese Aktentasche auf dem Weg zwischen Christiansborg und Stevns verschwand? Denn ihr habt sie ja wohl nie gefunden, oder? Und findest du es nicht auch erstaunlich, dass Daniel Hale am Tag nach Lynggaards Verschwinden starb?«

Bak zuckte die Achseln. Natürlich dachte er auch so, der Idiot wollte es nur nicht zugeben.

»Aktentaschen verschwinden«, sagte er. »Sie kann sie unterwegs an einer Tankstelle vergessen haben. Sonst wo. Wir haben bei ihr zu Hause und im Auto gesucht, das auf der Fähre stand. Wir haben getan, was wir konnten.«

»An einer Tankstelle vergessen, sagst du? Soweit ich ihren Kontoauszügen entnehmen kann, hat sie an dem Tag auf dem Heimweg nirgends etwas gekauft. Bak, ihr habt eure Arbeit nicht sehr gründlich gemacht, wie?«

Bak wirkte wie kurz vor einem Vulkanausbruch. »Ich sagte doch, dass sehr intensiv nach dieser Tasche gesucht wurde.«

»Ich glaube, Bak und ich, wir sind uns darüber im Klaren, dass eine Menge Arbeit vor uns liegt«, versuchte Jacobsen zu vermitteln.

Arbeit vor *uns* liegt, hatte er gesagt. Sollten nun plötzlich wieder alle der Sache auf den Grund gehen?

Carl wandte den Blick von seinem Chef ab. Nein, das hatte Marcus Jacobsen selbstverständlich nicht zum Ausdruck bringen wollen. Von oben würde keine Hilfe kommen. Carl wusste nur zu genau, wie der Hase in diesem Laden lief.

»Ich frage dich noch mal, Bak. Bist du sicher, dass jetzt alle Fakten auf dem Tisch sind? Du hast nicht ein Wort über Hale in den Bericht aufgenommen, da stand rein gar nichts von den Beobachtungen der Sachbearbeiterin Karen Mortensen bezüglich Uffe Lynggaard drin. Bak, wenn da noch mehr fehlt, dann sag's mir jetzt. Ich brauche *jetzt* Unterstützung, hast du das kapiert?«

Bak starrte auf den Fußboden und rieb sich die Nase. Binnen kurzem würde die andere Hand über das sorgfältig gestylte Haar streichen. Niemand hätte sich gewundert, wenn er angesichts dieser massiven Beschuldigungen die Fassung verloren hätte. Aber im Augenblick war er ganz weit weg.

Marcus Jacobsen warf Carl einen Bleib-ganz-ruhig-Blick zu, und Carl hielt tatsächlich den Mund. Er war sich einig mit dem Chef. Man musste Bak jetzt etwas Zeit lassen.

So saßen sie eine Minute da, erst dann strich sich Bak mit der Hand über das sorgfältig gestylte Haar. »Die Bremsspuren«, sagte er. »Ich meine die Bremsspuren bei Daniel Hales Unfall.«

»Ja, was ist damit?«

Er sah auf. »Wie im Unfallbericht steht, gab es auf der Straße keinerlei Bremsspuren. Auch nicht den Hauch von einer Spur. Man ging davon aus, dass Hale einfach unaufmerksam gewesen und auf die andere Straßenseite geraten war. Rumms!« Er klatschte hart in die Hände. »Er hatte gar nicht reagieren können, so schnell war der Zusammenstoß geschehen. So lautete die Vermutung.«

»Ja. So steht es im Bericht der Verkehrspolizei. Warum erwähnst du das jetzt?«

Bak fuhr unbeirrt fort. »Und dann fuhr ich zufällig einige Wochen später an der Unfallstelle vorbei. Ich erinnerte mich daran und hielt an.«

»Ja?«

»Es war, wie dort geschrieben steht, keine Bremsspur zu sehen. Aber was passiert war, daran gab es überhaupt keinen Zweifel. Die hatten bis dahin nicht mal den abgeknickten und halb verkohlten Baum entfernt oder die Hauswand geflickt. Und auf dem Feld konnte man immer noch die Spuren des anderen Autos sehen.«

»Aber? Es kommt doch wohl ein Aber?«

Er nickte. »Aber dann entdeckte ich Bremsspuren auf der Straße in Richtung Tåstrup, ein Stück weiter, circa fünfundzwanzig Meter. Sie waren schon ziemlich undeutlich und insgesamt nur etwa einen halben Meter lang. Aber da dachte ich: Und wenn nun diese Spuren von dem Unfall herrühren?«

Carl versuchte, seinem Gedankengang zu folgen. Zu seinem Ärger kam ihm der Chef zuvor. »Bremsspuren von einem Ausweichmanöver?«, fragte er.

Bak nickte. »Ja, könnte gut sein.«

»Willst du damit sagen, Hale hat versucht, einem Gegenstand oder einer Person auf der Straße auszuweichen?«, fuhr Marcus Jacobsen fort.

»Ja.«

»Und die andere Straßenseite war nicht frei?« Marcus Jacobsen nickte. Das klang plausibel.

Hier hob Carl einen Finger. »In dem Bericht heißt es, der Zusammenstoß sei auf der Gegenfahrbahn erfolgt. Du meinst jetzt aber, es könnte auch in der Straßenmitte passiert sein? Und gerade dort hatte dieses entgegenkommende Fahrzeug jedenfalls nichts zu suchen. So in etwa?«

Bak holte tief Luft. »Einen Moment lang dachte ich das, kam dann aber wieder davon ab. Doch jetzt im Nachhinein kann ich mir gut vorstellen, dass es eine Möglichkeit gewesen sein könnte, ja. Dass irgendetwas auf der Fahrbahn steht, dass Hale ausweicht und dass es einen Entgegenkommenden gibt, der etwa auf der Mittellinie volle Pulle in ihn hineindonnert. Vielleicht sogar absichtlich. Ja, vielleicht hätte man weiter unten auf der Gegenfahrbahn Beschleunigungsspuren finden können, wenn man hundert Meter weiter in die Richtung gegangen wäre. Vielleicht beschleunigte das entgegenkommende Fahrzeug, um ihn perfekt an dem Punkt zu treffen, wo Hale zur Fahrbahnmitte auswich, um nicht in etwas hineinzufahren.«

»Und wenn dieses Etwas ein Mensch ist, der auf die Fahrbahn hinaustritt, und wenn dann diese Person und derjenige, der in Hale hineinfährt, zusammenarbeiten, dann handelt es sich also nicht länger um einen Unfall, sondern um Mord. Und wenn es tatsächlich so war, dann könnte der begründete Verdacht entstehen, dass Merete Lynggaards Verschwinden damit Teil von ein und demselben Verbrechen ist«, folgerte Marcus Jacobsen und notierte etwas auf seinem Block.

»Ja, möglicherweise.« Baks Mundwinkel zeigten nach unten. Es ging ihm nicht gut.

An dieser Stelle stand Carl auf. »Es gab keine Zeugen, also können wir das nicht mehr herausfinden. Im Augenblick suchen wir nach dem Fahrer.« Er wandte sich Bak zu, der in seiner schwarzen Lederjacke fast zu versinken schien.

»So etwas Ähnliches hatte ich vermutet, Bak. Du warst uns trotzdem eine große Hilfe. Und wenn dir noch was einfällt, kommst du bitte zu mir, ja?«

Bak nickte. Er sah ernst aus. Hier ging es nicht um sein persönliches Ansehen. Es ging um professionelles Arbeiten, und das musste anständig erledigt werden. So viel Respekt würde er doch aufbringen.

Man hätte fast Lust bekommen können, ihm auf die Schulter zu klopfen.

»Ich bin von dem Ausflug nach Stevns zurück. Ich habe gute und schlechte Nachrichten, Carl.«

Carl seufzte. »Schieß los, Assad, die Reihenfolge ist mir egal.«

Assad setzte sich auf die Kante von Carls Schreibtisch. Als Nächstes würde er sich dann wohl auf seinen Schoß setzen?

»Okay, zuerst die schlechte Nachricht.« Wenn er die schlechten Nachrichten immer mit einem so breiten Lächeln einleitete, wie würde sein Gesicht dann erst aussehen, wenn er zu den guten kam?

»Der, der in Daniel Hales Auto reinfuhr, ist auch tot«, sagte er und wartete offensichtlich gespannt auf Carls Reaktion. »Lis rief an und erzählte es. Ich habe es hier notiert.« Er deutete auf einige arabische Schriftzeichen, die, soweit es Carl betraf, genauso gut bedeuten konnten, dass es auf den Lofoten übermorgen schneien würde.

Carl war außerstande, darauf in irgendeiner Weise zu reagieren. Das hier, das war wieder mal so typisch. Natürlich war der Mann tot, was hatte er denn erwartet? Dass der quicklebendig war und auf der Stelle zugeben würde, er hätte sich für Daniel Hale ausgegeben, erst die Lynggaard umgebracht und dann anschließend auch noch den echten Hale? Nonsens!

»Lis sagte, das wäre so ein Rowdy vom platten Land gewesen, und er hätte schon mehrfach wegen seiner Fahrweise im Knast gesessen. Weißt du, was sie mit Rowdy vom platten Land meint?«

Carl nickte müde.

»Gut«, sagte er und las von seinen Hieroglyphen ab. Irgendwann musste man ihm mal beibringen, seine Notizen auf Dänisch zu machen.

»Der wohnte in Skævinge, oben in Nordseeland«, fuhr er fort. »Sie haben ihn tot im Bett gefunden. Er hatte Erbrochenes in der Luftröhre und mindestens eine Million Promille im Blut. Tabletten hatte er auch genommen.«

»Ach. Und wann war das?«

»Nicht so lange nach dem Unfall. Laut Bericht ist man der Meinung, dass für ihn der ganze Mist von dem Unfall kam.«

»Du meinst, dass er sich wegen des Unfalls zu Tode gesoffen hat?«

»Ja. Postdramatischer Stress.«

»Posttraumatisch, das heißt posttraumatischer Stress, Assad.« Carl schloss die Augen und trommelte mit den Fingern auf die Tischkante. Vielleicht waren auf der Straße drei Personen unterwegs gewesen, als es zu dem Zusammenstoß kam, und dann war es höchstwahrscheinlich Mord. Und wenn es Mord war, dann hatte der Rowdy aus Skævinge wahrhaftig allen Grund, sich zu Tode zu saufen. Aber wer war dann die dritte Person? Der- oder diejenige, die vor Hales Auto spazierte? Wenn es überhaupt jemand war. Hatte er oder sie sich auch umgebracht?

»Wie hieß denn der Mann?«

»Dennis. Dennis Knudsen. Als er starb, war er siebenundzwanzig.«

»Wo wohnte Dennis Knudsen, hast du eine Adresse? Gibt es Angehörige? Familie?«

»Ja. Er wohnte bei seinen Eltern.« Assad lächelte. »Auch in Damaskus wohnen viele mit siebenundzwanzig noch bei Vater und Mutter.«

Carl verzog warnend die Augenbrauen. Es war jetzt nicht ganz der richtige Zeitpunkt für Assads Kulturstudien aus dem Mittleren Osten. »Und du hast auch eine gute Nachricht, sagtest du.«

Jetzt schien Assads Gesicht tatsächlich fast zu platzen. Vermutlich vor Stolz.

»Hier«, sagte er und reichte Carl einen schwarzen Plastiksack, den er neben sich auf dem Fußboden abgestellt hatte.

»Aha. Und was ist nun da drin? Zwanzig Kilo Sesamkörner?«

Carl stand auf und steckte die Hand hinein. Er spürte sofort den Griff. Eine ziemlich präzise Vermutung schoss ihm durch den ganzen Körper, und er bekam vor Aufregung Gänsehaut. Dann zog er es hinaus.

Ja, es war genau das, was er vermutet hatte: eine abgewetzte Aktentasche. Mit einem langen Ratscher, wie auf dem Foto von Jonas Hess, und zwar nicht nur auf dem Deckel, sondern auch auf der Rückseite.

»Zum Teufel, Assad!«, rief er und setzte sich langsam. »Ist der Kalender etwa auch da drin?« Als Assad nickte, begann es in seinem Arm zu kribbeln. Ein Gefühl, als hielte er den Heiligen Gral in der Hand.

Einen Moment lang starrte er die Tasche nur an. Immer mit der Ruhe, sagte er zu sich. Dann schob er die Schlösser auf und klappte den Deckel hoch. Es war alles drin. Ihr Filofax mit dem braunen Ledereinband. Ihre Schreibutensilien, ihr Siemens-Handy sowie das flache Ladegerät, liniertes Papier mit handschriftlichen Notizen, zwei Kugelschreiber und eine Packung Tempo. Es *war* der Heilige Gral.

»Wie ... ?«, mehr konnte er nicht sagen. Und überlegte, ob die Tasche erst zur näheren Untersuchung bei den Kriminaltechnikern abgeliefert werden müsste.

Assads Stimme schien von weither zu kommen. »Erst war ich bei Helle Andersen, und sie war natürlich nicht zu Hause. Aber dann hat ihr Mann sie angerufen. Er lag mit Rückenschmerzen im Bett. Und als sie kam, zeigte ich ihr ein Foto von Daniel Hale. Aber sie konnte sich nicht erinnern, den Mann jemals gesehen zu haben.«

Carl starrte die Tasche und ihren Inhalt an. Nur Geduld, dachte er. Er würde schon noch irgendwann beim Fund der Tasche ankommen.

»War Uffe da, als der Mann mit dem Brief kam? Hast du daran gedacht, sie danach zu fragen?«, half er Assad auf die Sprünge.

Assad nickte. »Ja. Sie sagt, dass er die ganze Zeit neben ihr stand. Er war sehr gespannt. Das war er immer, wenn es an der Tür klingelte.«

»Fand sie denn, dass der Mann mit dem Brief wie Hale aussah?«

Er krauste ein wenig die Nase. Ausgezeichnet nachgeahmt. »Ein bisschen. Der Mann mit dem Brief war wohl nicht ganz so alt, die Haare waren etwas dunkler, und er wirkte maskuliner. Irgendwas mit Kinn und Augen und so. Mehr konnte sie nicht dazu sagen.«

»Und dann hast du also nach der Tasche gefragt.«

An dieser Stelle erschien wieder das Lächeln von vorhin. »Ja. Sie wusste nicht, wo sie ist. Sie konnte sich gut an die Tasche erinnern, aber sie wusste nicht, ob Merete Lynggaard sie an diesem letzten Abend mit nach Hause gebracht hatte.«

»Assad, nun komm zur Sache. Wo hast du sie gefunden?«

»Bei der Ölheizung in ihrem Hauswirtschaftsraum.«

»Du bist in dem Haus in Magleby gewesen? Bei den Antiquitätenhändlern?«

Er nickte. »Helle Andersen sagte, dass Merete Lynggaard jeden Tag alles ganz genau gleich machte. Das war ihr im Lauf der Jahre aufgefallen. Immer ganz genau gleich. Die Schuhe zog sie im Hauswirtschaftsraum aus. Aber zuallererst sah sie immer durchs Fenster. Also zu Uffe hinein. Sie zog jeden Tag sofort ihre Kleidung aus und legte sie neben die Waschmaschine. Nicht weil die Sachen schmutzig waren, sondern einfach nur, weil sie immer dort lagen. Sie zog da auch immer gleich ihren Morgenmantel an. Und sie und ihr Bruder sahen sich immer denselben Videofilm an.«

»Und die Tasche, was ist mit der Tasche?«

»Ja, Carl, also das wusste die Familienhelferin auch nicht. Sie hatte nie gesehen, wo Merete die Tasche abstellte, aber sie meinte, entweder im Flur oder dort im Hauswirtschaftsraum.«

»Wie zum Teufel konntest du die Aktentasche bei der Heizung im Wirtschaftsraum finden, wo doch die Mobile Einsatztruppe alles durchgekämmt und nichts gefunden hat? War sie schwer zu entdecken? Oder warum hat sie sonst immer noch dagelegen? Ich war eigentlich ziemlich überzeugt, dass die Antiquitätenhändler es mit dem Saubermachen recht genau nehmen. Wie hast du das angestellt?«

»Die Antiquitätenhändler haben mir erlaubt, dort ganz allein herumzugehen. Und dann habe ich einfach die Situation im Kopf durchgespielt.« Er klopfte sich mit dem Fingerknöchel an den Schädel. »Ich habe im Hauswirtschaftsraum die Schuhe ausgezogen und den Mantel an den Haken gehängt. Ich habe nur so getan als ob, weil es den Haken nicht mehr gibt. Aber dann stellte ich mir im Kopf vor, dass sie vielleicht in beiden Händen etwas hatte. In der einen Hand Papiere und in der anderen die Aktentasche. Und dann dachte ich, dass sie nicht den Mantel ausziehen konnte, ohne zuerst das abzulegen, was sie in Händen hielt.«

»Und die Heizung stand am nächsten?«

»Ja, Carl. Genau daneben.«

»Warum hat sie dann nicht anschließend die Aktentasche mit ins Wohnzimmer oder in ihr Büro genommen?«

»Darauf komme ich gleich, Carl, eine Minute noch. Ich sah oben auf den Heizkessel, aber da war die Tasche nicht. Damit hatte ich auch gar nicht gerechnet. Aber weißt du, was ich dann sah, Carl?«

Carl starrte ihn an und wartete auf die Antwort.

»Ich sah, dass zwischen dem Heizkessel und der Decke mindestens ein Meter Luft war.«

»Na so was.« Carl klang matt.

»Und dann dachte ich, die legt sie nicht auf den schmutzigen Ofen, denn die hat doch ihrem Vater gehört und deshalb passt sie gut darauf auf.«

»Ich kann es nicht so ganz nachvollziehen.«

»Sie legte sie nicht, Carl, sie stellte sie oben auf die Heizung. Wie man sie auch auf den Fußboden stellt. Platz war ja genug da.«

»Das hatte sie also getan, und dann war die Tasche umgefallen und hinter die Heizung gerutscht.«

Assads Lächeln war die Antwort. »Der Ratscher auf der anderen Seite ist ganz neu, sieh ihn dir an.«

Carl schloss die Mappe und drehte sie um. So neu sah der seiner Meinung nach nicht aus.

»Ja, ich hab die Mappe abgewischt, denn die war doch total eingestaubt. Deshalb ist der Kratzer jetzt vielleicht ein bisschen dunkel. Aber als ich sie fand, sah er ganz frisch aus. Das stimmt, Carl.«

»Herrgott noch mal, Assad, du hast doch wohl nicht etwa die Tasche abgewischt? Dann hast du womöglich auch die Sachen darin angefasst?«

Er nickte wieder, aber diesmal zurückhaltender.

»Assad.« Carl holte tief Luft, damit das, was er zu sagen

hatte, nicht zu hart kam. »Nächstes Mal, wenn du etwas Wichtiges findest, dann hältst du die Pfoten zurück, okay?«

»Pfoten?«

»Deine Hände, Assad, deine Hände! Wenn du so was machst, kannst du wichtige Spuren vernichten, ist das klar?«

Er nickte. Sehr zurückhaltend. »Ich hab den Hemdenärmel über die Hand gezogen, Carl.«

»Okay, Assad. Gut mitgedacht. Du meinst also, die Tasche hat den zweiten Kratzer auf die gleiche Weise bekommen wie den ersten?« Er drehte die Tasche noch einmal um. Die beiden Ratscher waren nahezu identisch. Dann war der alte Kratzer also nicht damals 1986 bei dem Autounfall entstanden.

»Ja. Ich glaube, die ist nicht zum ersten Mal hinter die Heizung gefallen. Als ich sie fand, war sie zwischen den Rohren hinter dem Ölheizungskessel eingeklemmt. Ich musste ziehen und zerren, um sie da rauszukriegen. Das muss Merete auch ein paarmal passiert sein, da bin ich mir ganz sicher.«

»Und warum ist sie dann nicht öfter dahintergefallen?«

»Das ist sie bestimmt auch. Denn wenn man die Tür aufmacht, zieht es in dem Hauswirtschaftsraum ziemlich stark. Aber sie ist dann eben nicht ganz runtergefallen.«

»Ich komme auf meine Frage zurück. Warum hat Merete sie nicht mit ins Haus genommen?«

»Wenn sie zu Hause war, wollte sie ihre Ruhe haben. Sie hatte keine Lust, das Handy zu hören, Carl.« Er zog die Augenbrauen in die Höhe. »Glaubst du nicht auch?«

Carl sah auf die Tasche. Merete Lynggaard nahm die Tasche mit nach Hause, das war logisch. Darin lagen ihr Kalender und vielleicht auch Aufzeichnungen, die in manchen Situationen wichtig sein konnten.

In der Regel nahm sie so viele Papiere und Akten zum Lesen mit nach Hause, dass sie reichlich zu tun hatte. Sie hatte einen Festnetzanschluss, dessen Nummer nur wenige Auserwählte benutzen konnten. Das Handy war für einen größeren Kreis von Menschen, die Nummer stand auch auf ihrer Visitenkarte. Alles recht widersprüchlich.

»Und du glaubst nicht, dass man das Klingeln des Handys auch in den Wohnräumen hören konnte, wenn die Tasche dort im Hauswirtschaftsraum lag?«

»No way.«

Carl hatte nicht gewusst, dass er auch Englisch konnte.

»Ach, hier sitzt ihr also und lasst es euch gut gehen«, war eine helle Stimme hinter ihnen zu hören.

Keiner von beiden hatte Lis kommen hören.

»Ich habe hier noch ein paar Fälle für euch. Die sind aus dem Kreis Südost-Jütland.« Sie brachte einen Duft mit in den Keller, der sich mit Assads Räucherstäbchen messen konnte, aber eine ganz andere Wirkung zeitigte. »Sie bedauern die Verspätung sehr, aber es hat Ausfälle wegen Krankheit gegeben.«

Sie reichte einem überschwänglich freudigen Assad die Akten und warf dann Carl einen Blick zu, der jeden Mann im Unterleib getroffen hätte.

Er starrte auf Lis' feuchte Lippen. Als er sich zu erinnern versuchte, wann er zuletzt engeren Kontakt zum anderen Geschlecht gehabt hatte, stand ihm deutlich die hellrote Zweizimmerwohnung einer geschiedenen Frau vor Augen. Es gab Lavendelblüten in einer Schale mit Wasser und überall Teelichte, und über die Nachttischlampe hatte sie ein blutrotes Tuch gehängt. Aber an das Gesicht der Frau konnte er sich nicht erinnern.

»Carl, was hast du mit Bak gemacht?«, wollte Lis wissen.

Er tauchte aus seinem erotischen Tagtraum auf und blickte in ein Paar hellblaue Augen, die gerade etwas dunkler geworden waren.

»Bak? Läuft er rum und beschwert sich?«

»Nein. Er ist nach Hause gegangen. Aber seine Kollegen sagen, dass er ganz weiß war, als er vom Chef kam.«

Er hängte Meretes Handy an das Ladegerät und hoffte, dass der Akku nicht total im Eimer war. Assads emsige Finger waren – Ärmel hin oder her – überall in der Tasche gewesen, sodass die Prozedur bei den Technikern ausfiel. Der Schaden war nicht mehr wiedergutzumachen.

Nur drei der Seiten im Notizbuch waren beschrieben, der Rest war leer. Die Notizen betrafen in erster Linie die kommunale Ordnung für Familienhelferinnen oder waren Aufzeichnungen zu Terminen. Sehr enttäuschend und bestimmt bezeichnend für die Realität, die Merete Lynggaard verlassen hatte.

Dann steckte er die Hand tief in eine der Seitentaschen mit ausgeleiertem Gummiband und zog vier, fünf zerknitterte Zettel heraus. Der erste war die Quittung für eine Jack&Jones-Jacke vom 3. April 2001, während der Rest solche harmonikagefalteten, kleinen weißen Blätter waren, wie sie in der Schultasche eines jeden normalen Jungen zu finden sind. Handschriftlich, mit Bleistift, eigentlich unleserlich und natürlich nicht datiert.

Er richtete die Arbeitslampe auf den obersten und glättete ihn etwas. Nur acht Wörter. *Können wir nach meinem Beitrag zur Steuerreform reden?* Unterschrieben war mit TB. Viele Möglichkeiten, aber ob nicht Tage Baggesen am wahrscheinlichsten war? Das glaubte er jedenfalls.

Er lächelte. Ha, das war doch gut. Tage Baggesen wollte gern mit Merete Lynggaard reden. Und dabei war ja nicht so viel herausgekommen.

Carl glättete den nächsten Zettel, las ihn schnell durch und spürte plötzlich ein Kribbeln im ganzen Körper. Der Ton war anders, viel persönlicher. Baggesen klang bedrängt.

Merete, ich weiß nicht, was passiert, wenn du das veröffentlichst. Ich bitte dich, tu es nicht.

Dann nahm Carl das letzte Stück Papier. Die Schrift war verwischt, als habe jemand den Zettel immer wieder aus der Tasche genommen. Nachdem er ihn gedreht und gewendet hatte, versuchte er ihn Wort für Wort zu entziffern.

Merete, ich dachte, wir hätten uns verstanden. Die Geschichte verletzt mich sehr. Ich bitte dich noch einmal: Lass es nicht bekannt werden. Ich bin dabei, mich von allem zu trennen.

Diesmal waren keine Initialen unter dem Text, aber es war zweifelsfrei dieselbe Schrift.

Carl nahm den Telefonhörer und gab Kurt Hansens Nummer ein.

Eine der Assistentinnen im Sekretariat der Rechten antwortete. Sie war zuvorkommend, bedauerte aber, Kurt Hansen sei im Augenblick beschäftigt. Ob er solange warten wolle? Soweit sie es beurteilen könne, würde das Treffen in wenigen Minuten beendet sein.

Mit dem Telefonhörer am Ohr betrachtete Carl die Papiere, die vor ihm lagen. Seit März 2002 hatten sie nun in der Tasche gelegen, und höchstwahrscheinlich lagen sie dort schon ein Jahr länger. Vielleicht war es nur eine Bagatelle, vielleicht nicht. Vielleicht hatte Merete Lynggaard sie versteckt, weil sie unter Umständen irgendwann Bedeutung bekommen könnten, vielleicht auch nicht.

Nach einigen Minuten Stimmengewirr im Hintergrund hörte er zuerst ein Klicken, dann Hansens charakteristische Stimme.

»Was kann ich für dich tun, Carl?«, fragte der Parlamentarier ohne Umschweife.

»Wie finde ich heraus, wann Tage Baggesen einen Gesetzesvorschlag für eine Steuerreform eingereicht hat?«

»Was zum Teufel willst du mit der Info, Carl?« Er lachte. »Nichts könnte uninteressanter sein, als was das Radikale Centrum zu unseren Steuern zu sagen hat.«

»Ich brauche eine etwas genauere Zeitbestimmung.«

»Das wird schwierig. Tage Baggesen sondert alle zwei Sekunden einen Gesetzesvorschlag ab.« Er lachte. »Nein, Spaß beiseite. Tage Baggesen ist seit mindestens fünf Jahren Sprecher für Verkehrspolitik. Ich weiß nicht, wann er sich von dem Posten als finanzpolitischer Sprecher zurückgezogen hat. Warte mal kurz.« Er nahm den Hörer vom Ohr und sprach in den Raum. Nach einigem Hintergrundmurmeln hörte Carl wieder seine Stimme: »Wir glauben, das war Anfang 2001, noch unter der alten Regierung. Da hatte er für solchen Unfug ein bisschen mehr Zeit. Schätzungsweise März oder April 2001.«

Carl nickte zufrieden. »Okay Kurt. Das passt ausgezeichnet zu dem, was ich glaube. Danke, alter Knabe. Du kannst mich wohl nicht zu Tage Baggesen durchstellen, oder?«

Es tutete einige Male im Hörer, dann hatte er eine Sekretärin am Apparat, die ihm mitteilte, Tage Baggesen befinde sich im Ausland, eine Studienreise durch Ungarn, die Schweiz und Deutschland. Es ginge um das Schienennetz. Am Montag sei er zurück.

Studienreise? Schienennetz? Das konnten sie anderen erzählen. Er, Carl, nannte so etwas Urlaubsreise.

»Würden Sie dann bitte so freundlich sein und mir seine Handynummer geben?«

»Ich glaube nicht, dass ich dazu berechtigt bin.«

»Nun hören Sie mal zu, Sie sprechen nicht mit irgendeinem Bauern von Fünen. Wenn es sein muss, bekomme ich die Nummer innerhalb von fünf Minuten. Aber ob Tage Baggesen es nicht bedauern wird, wenn er davon erfährt?«

Es knisterte in der Leitung, aber dass Tage Baggesens Stimme nicht gerade begeistert klang, war kaum zu überhören.

»Mir liegen hier ein paar alte Notizen vor, für die ich schnell eine Erklärung brauche«, säuselte Carl. »Reine Routinesache.«

»Und das wäre?« Der spitze Ton war weit von dem bei ihrem Gespräch vor drei Tagen entfernt.

Carl las ihm die Zettel einen nach dem anderen vor. Als er

zum letzten kam, war es, als habe Baggesen am anderen Ende aufgehört zu atmen.

»Tage Baggesen?«, fragte er. »Sind Sie noch da?«

Dann kam das Besetztzeichen.

Wenn er sich jetzt nur nicht in den Fluss stürzt, dachte Carl und versuchte sich an den Namen des Flusses zu erinnern, der Budapest teilte. Dabei nahm er das Blatt Papier mit den Namen der Verdächtigen von der Tafel und fügte Tage Baggesens Initialen zu Punkt drei hinzu: Kollegen in Christiansborg.

Er hatte die Verbindung kaum unterbrochen, da klingelte sein Telefon.

»Beate Lunderskov«, stellte sie sich vor. Carl hatte keine Ahnung, wer das sein konnte.

»Wir haben jetzt Merete Lynggaards alte Festplatten untersucht, und zu meinem Bedauern muss ich Ihnen mitteilen, dass alles darauf sehr effektiv gelöscht wurde.«

Jetzt dämmerte es ihm. Das war eines der Mädchen aus dem Sekretariat der Demokraten.

»Ich dachte, die alten Festplatten würden aufgehoben?«

»So ist es auch, aber offenbar hatte niemand Meretes Assistentin Søs Norup darüber informiert.«

»Was soll das heißen?«

»Na ja, dass sie es war, die sie löschen ließ. Das hat sie auch fein säuberlich auf der Rückseite bestätigt. Dort steht: ›Formatiert am 20.3. 2002, Søs Norup‹. Ich halte die Festplatte im Moment in der Hand.«

»Das ist ja fast drei Wochen nach ihrem Verschwinden.«

»Ja, das stimmt wohl.«

Dieser verdammte Børge Bak und seine Kumpane. Gab es bei den Ermittlungen überhaupt irgendetwas, das nach Vorschrift gelaufen war?

»Man könnte sie zu einer genaueren Analyse einschicken. Es gibt Leute, die gelöschte Daten wiederherstellen können«, meinte Carl.

»Na ja, das wurde sicher schon gemacht. Einen Moment bitte.« Er hörte ein Kramen im Hintergrund, dann war sie zurück. Ihre Stimme klang zufrieden. »Ja, hier ist der Zettel. Bei Down Under in der Store Kongensgade wurde Anfang April 2002 versucht, die Daten wiederherzustellen. Es gibt eine ausführliche Beschreibung, warum das nicht möglich war. Soll ich das vorlesen?«

»Das brauchen Sie nicht«, sagte er. »Søs Norup wusste offenbar, wie man das machen muss.«

»Offenbar«, antwortete sie. »Søs Norup ist der Typ Mensch, der allem bis auf den Grund geht.«

Er bedankte sich und legte auf.

Dann saß er eine Weile vor dem Telefon und starrte es an. Schließlich zündete er sich eine Zigarette an, nahm Merete Lynggaards abgewetzten Kalender vom Tisch und öffnete ihn mit einem fast schon andächtigen Gefühl. So ging es ihm jedes Mal, wenn er die Möglichkeit hatte, in die letzten Tage und Wochen eines Verstorbenen vorzudringen.

Wie auch bei den Notizen war die Handschrift im Kalender ziemlich unleserlich. Sie schien es permanent eilig gehabt zu haben. Großbuchstaben hingehuscht. N und G, die nicht zu Ende geführt waren. Worte, die ineinander übergingen. Er begann bei dem Treffen mit der Delegation am Mittwoch, dem 20. Februar 2002. *Bankerät 18.30 Uhr* stand dort etwas weiter unten auf der Seite. Sonst nichts.

In den folgenden Tagen war nicht eine Zeile ausgefüllt. Eine sehr oberflächlich geführte Agenda, fand er. Keinerlei Bemerkungen, die ihn auf irgendetwas mit privaterem Charakter gestoßen hätten.

Als er sich ihrem letzten Arbeitstag näherte, machte sich ein Gefühl von Verzweiflung breit. Nichts, absolut nichts konnte ihm weiterhelfen. Dann blätterte er die letzte Seite um. Freitag, 1.3.2002. Zwei Ausschusssitzungen und eine Fraktionssitzung. Das war's. Alles andere war in der Vergangenheit versunken.

Er schob den Kalender von sich weg, griff nach der leeren Aktentasche, sah hinein. Hatte sie tatsächlich fünf Jahre lang hinter der Heizung gelegen, um ihnen jetzt absolut keinen Hinweis zu liefern? Dann nahm er wieder den Kalender zur Hand und ging das ganze Filofax-System durch. Auch Merete Lynggaard benutzte nichts weiter als die Kalenderseiten und das Adressverzeichnis dahinter.

Er begann bei der Telefonliste von vorn. Er hätte zwar genauso gut gleich zu D oder H springen können, aber er wollte die Enttäuschung noch etwas hinauszögern. Unter den Einträgen zu den Buchstaben A, B und C erkannte er neunzig Prozent der Namen. Das Verzeichnis hatte nicht viel gemeinsam mit seinem, Carls, wo Namen wie der von Jesper, Vigga und jede Menge Nachbarn aus Rønneholtpark dominierten. Daraus war unschwer abzuleiten, dass sie nicht viele private Freunde hatte. Ja, sicher überhaupt keine. Eine schöne Frau mit einem schwerstbehinderten Bruder und dazu verteufelt viel Arbeit, das war es. Als er bei D anlangte, wusste er, dass Daniel Hales Nummer nicht dabei sein würde. Merete Lynggaard notierte ihre Kontakte nicht nach dem Vornamen, wie zum Beispiel Vigga, das unterschied die Leute. Wer würde auch unter G wie Göran den schwedischen Staatsminister suchen? Also – natürlich bis auf Vigga.

Und dann kam es. In dem Moment, als er zu H weiterblätterte, wusste er, dass sich das Blatt gewendet hatte. Man hatte von einem Unglück gesprochen, man hatte von Selbstmord gesprochen, und am Ende hatte man keine weiteren Anhaltspunkte gefunden. Es hatte Hinweise darauf gegeben, dass an dem Fall Lynggaard etwas Merkwürdiges, Außergewöhnliches war. Aber diese Seite hier schrie förmlich nach dieser Einsicht. Das gesamte Kalendarium war voller hastig hingekritzelter Notizen. Buchstaben, Zahlen, die selbst Jesper ordentlicher schreiben würde, und das wollte was heißen. Ihre Schrift war kein sonderlich schöner Anblick und sprach Bände, was ihren

Ordnungssinn betraf. Erstaunlich, wenn man diese kometenhafte politische Karriere bedachte. Aber nirgendwo hatte Merete Lynggaard bereut, was sie aufgeschrieben hatte. Nirgendwo gab es Korrekturen. Sie wusste genau, was sie schrieb, wann immer sie etwas notierte. Gut überlegt. Mit einer Ausnahme, hier in der Telefonliste unter dem Buchstaben H. Hier war etwas anders. Er konnte natürlich nicht mit Sicherheit sagen, ob es mit Daniel Hales Namen zu tun hatte. Aber tief im Innern, dort, wo ein Polizist seine letzten Ressourcen mobilisiert, wusste er, das hier war ein Volltreffer. Sie hatte einen Namen dick mit Kugelschreiber durchgestrichen. Sehen konnte man es nicht, aber darunter hatte einmal Daniel Hale gestanden und seine Telefonnummer. Er wusste es einfach.

Er lächelte. Also brauchte er die Techniker nun doch. Und die mussten ihre Arbeit nur richtig und zügig machen.

»Assad«, rief er. »Komm mal her.«

Er hörte es auf dem Gang poltern, dann stand Assad in der Tür. Mit grünen Gummihandschuhen und dem Putzeimer.

»Ich habe eine Aufgabe für dich. Die Techniker sollen versuchen, die Nummer hier herauszubekommen.« Er deutete auf das Durchgestrichene. »Lis kann dir das Procedere erklären. Sag ihnen, sie dürfen sich gern ein bisschen beeilen.«

Vorsichtig klopfte er an Jespers Zimmertür. Natürlich kam keine Reaktion. Wie üblich nicht zu Hause, dachte er und hatte dabei die hundertundzwölf Dezibel im Sinn, die ansonsten die Tür von innen bombardiert hätten. Aber hier irrte Carl – wie sich zeigte, als er die Tür aufmachte.

Das Mädchen, an dessen Brüsten Jesper unter ihrer Bluse fummelte, stieß einen markerschütternden Schrei aus. Und Jespers Blick ließ keine Fragen offen.

»Entschuldigung«, sagte Carl unwillig, während Jespers Hände den Weg aus der Problemstellung fanden und die Wangen des Mädchens so rot wurden wie der Grundton des Che-

Guevara-Plakats an der Wand hinter den beiden. Carl kannte sie. Sie war höchstens vierzehn, sah aber wie zwanzig aus und wohnte im Zedernweg. Ihre Mutter hatte früher bestimmt genauso ausgesehen, musste mit den Jahren aber nun die bittere Erfahrung machen, dass es nicht immer von Vorteil war, älter auszusehen.

»Verflucht, Carl, was machst du hier?« Jesper sprang von der Schlafcouch hoch.

Carl entschuldigte sich ein zweites Mal und wies auf das obligatorische Türklopfen hin, das ohne Resonanz geblieben sei.

»Macht nur weiter, bevor ihr … Ich hab nur eine kurze Frage, Jesper. Weißt du, wo du deine alten Playmobil-Spielsachen aufhebst?«

Sein Ziehsohn sah aus, als würde er ihm am liebsten eine Handgranate ins Gesicht schleudern. Das Timing für die Frage war denkbar schlecht, das sah auch Carl ein.

Er nickte dem Mädchen entschuldigend zu. »Ja, ich weiß, das klingt jetzt komisch, aber ich brauche die Sachen für eine Ermittlung.« Er wandte seinen Blick wieder Jesper zu und konnte die Dolche spüren, die ihn durchbohrten. »Hast du die Plastikfiguren noch, Jesper? Ich kauf sie dir auch ab.«

»Verdammt, mach, dass du hier rauskommst. Geh runter zu Morten. Vielleicht kannst du dem was abkaufen, aber dann nimm den großen Geldbeutel mit.«

Carl runzelte die Stirn. Was hatte der große Geldbeutel damit zu tun?

Es war vielleicht anderthalb Jahre her, seit Carl zuletzt unten bei Morten Holland angeklopft hatte. Auch wenn der Untermieter sich im Erdgeschoss wie ein Familienmitglied bewegte, so war doch sein Leben im Souterrain immer diskret abgeschirmt gewesen. Er trug immerhin einen nicht unbeträchtlichen Teil zur Miete bei. Außerdem wollte Carl auch gar nicht mehr von Morten und seinen Angewohnheiten wissen, die womöglich dessen Image ins Wanken gebracht hätten. Deshalb hielt er sich fern.

Diese Sorge war allerdings ganz und gar unbegründet, denn alles bei Morten dort unten war ungewöhnlich nüchtern. Abgesehen von ein paar sehr breitschultrigen Typen und großbusigen Mädchen auf den meterhohen Plakaten hätte es genauso gut irgendeine Seniorenwohnung in Prins Valdemars Allé sein können.

Nach dem Schicksal von Jespers Playmobil-Spielzeug befragt, lotste ihn Morten zur Sauna. Eine Einrichtung, die zur Grundausstattung sämtlicher Häuser in Rønneholtpark gehörte. Sie war in neunundneunzig Prozent aller Fälle in der Zwischenzeit abgerissen oder zum Aufbewahrungsraum für allen möglichen Kram umfunktioniert worden.

»Bitte sehr, voilà!«, sagte Morten und riss stolz die große Saunatür auf. Der Raum war von oben bis unten mit Regalen ausgestattet, die sich förmlich unter all dem Spielzeug bogen, das noch vor wenigen Jahren auf Flohmärkten keine Chance gehabt hätte. Kinderüberraschungsei-Figuren, Star-Wars-Figuren, Ninja-Turtles- und Playmobil-Figuren. Die Hälfte dessen, was dieses Haus an Plastik enthielt, stand auf den Regalen.

»Schau hier, zwei der Originalfiguren aus der Serie von der Spielzeugmesse in Nürnberg 1974«, sagte Morten und hob stolz zwei kleine Figuren mit Helm vom Regal.

»Nummer 3219 mit Hacke und 3220 mit der Kelle des Verkehrspolizisten, beide intakt«, fuhr er fort. »Ist das nicht wahnsinnig?«

Carl nickte. Er hätte kein besseres Wort finden können.

»Mir fehlt nur 3218, dann habe ich den Satz Handwerker komplett. Jesper hat meine Sammlung mit 3201 und 3203 ergänzt. Sieh mal, sind die nicht phantastisch? Man kann kaum glauben, dass Jesper sie je benutzt hat.«

Carl schüttelte den Kopf. Das war eindeutig Geldverschwendung gewesen.

»Und er hat sie für nur zweitausend verkauft. Das war echt total nett von ihm.«

Carl starrte auf die Regalbretter. Wenn es nach ihm ginge, würde er Morten und Jesper ein paar passende Worte erzählen. Von einer Zeit, als er zwei Kronen in der Stunde bekam, um Mist auf den Feldern zu verteilen.

»Hast du welche, die ich bis morgen ausleihen kann? Am liebsten die hier«, sagte er und deutete auf eine kleine Familie mit Hund und allem Drum und Dran.

Morten Holland sah ihn an, als hätte er Nägel verschluckt. »Bist du verrückt geworden, Carl? Das ist Box 3965 aus dem Jahr 2000. Ich hab den vollständigen Karton, mit Haus und Balkon und allem.« Er deutete zum obersten Regal.

Es stimmte. Dort oben stand das Haus in seinem vollen Plastikglanz.

»Hast du dann andere, die ich borgen kann? Nur bis morgen Abend.«

An dieser Stelle sah Morten plötzlich ganz verloren aus, als habe er kapituliert.

Es hätte vermutlich kaum einen Unterschied gemacht, wenn Carl ihn gefragt hätte, ob er ihm mal kräftig in den Schritt treten könnte.

29

2007

Der Freitag würde hektisch werden. Assad hatte einen Vormittagstermin, ein Gespräch beim Ausländerservice, wie die Regierung den alten Aussortierungsmechanismus Ausländerverwaltung umgetauft hatte, um die Realitäten zu schönen, und in der Zwischenzeit hatte Carl alles Mögliche zu tun.

Am Vorabend, als Morten im Videoverleih Dienst tat, hatte

er aus Morten Hollands Schatzkammer heimlich die kleine Playmobil-Familie entführt. Jetzt, auf dem Weg in die nordseeländische Einöde, lagen die Figürchen neben ihm auf dem Beifahrersitz und starrten ihn kalt und vorwurfsvoll an.

Das Haus in Skævinge, wo man Dennis Knudsen, den Unfallfahrer, an seinem eigenen Erbrochenen erstickt aufgefunden hatte, war keine Offenbarung an Schönheit, genauso wenig wie die anderen an der Straße.

Carl hatte erwartet, dass ihm ein handfester Arbeiter aus Landwirtschaft oder Straßenbau oder das weibliche Gegenstück dazu die Tür öffnete. Stattdessen stand er einer Enddreißigerin von so delikatem und unbestimmbarem Aussehen gegenüber, dass er nicht auf Anhieb entscheiden konnte, ob sie sich auf den Direktionsetagen bewegte oder eher als Eskort-Service in teueren Hotelbars.

Doch, er könne gern hereinkommen, und nein, beide Eltern seien leider verstorben.

Sie stellte sich als Camilla vor und brachte ihn in ein Wohnzimmer, in dem Weihnachtsteller, kleine Wandregale voller Nippes und Teppiche die Szene beherrschten.

»Wie alt waren Ihre Eltern, als sie starben?«, fragte er und versuchte den Rest der Hässlichkeit des Hauses zu ignorieren.

Sie merkte, woran er dachte. Alles in diesem Haus stammte aus einer anderen Zeit.

»Meine Mutter hat das Haus von ihrer Mutter geerbt, insofern sind das fast alles ihre Sachen«, sagte sie. Garantiert sah es bei ihr zu Hause nicht so aus. »Ich hab alles geerbt und bin nun gerade geschieden, muss also alles selbst instand setzen lassen, wenn ich mal Handwerker auftreiben kann. Insofern hatten Sie Glück, dass Sie mich hier angetroffen haben.«

Er nahm ein gerahmtes Foto vom besten Möbelstück des Raums, einem Sekretär mit Nussbaumfurnier. Darauf war die ganze Familie versammelt: Camilla, Dennis und die Eltern. Es war mindestens zehn Jahre alt, und die Eltern strahlten vor dem

Silberhochzeitsspalier mit der Sonne um die Wette. *Glückwünsche zur Silberhochzeit, Grete und Hennig* stand dort. Camilla trug hautenge Jeans, die nichts der Phantasie überließen. Dennis hatte eine schwarze Lederweste an und eine Baseballkappe, auf der *Castrol Oil* stand.

Auf dem Kaminsims befanden sich noch mehr Fotos. Er fragte nach den Personen und entnahm ihren Antworten, dass die Familie keinen großen Bekanntenkreis hatte.

»Dennis war auf alles verrückt, was schnell fahren konnte«, sagte Camilla und nahm ihn mit in Dennis' ehemaliges Zimmer.

Zwei Lavalampen und ein Satz gewaltiger Lautsprecher erwarteten einen, und auch sonst stand der Raum in starkem Kontrast zum übrigen Haus. Die Möbel waren hell und passten zusammen. Der Kleiderschrank war neu und voller ansprechender Garderobe auf Kleiderbügeln. An den Wänden hingen jede Menge Diplome und Urkunden, schön gerahmt, und darüber, auf Birkenholzregalen bis unter die Decke, standen alle Pokale, die Dennis gewonnen hatte. Carl überschlug ihre Anzahl. Hundert waren es mit Sicherheit, es war überwältigend.

»Ja«, sagte sie. »Dennis gewann alles, in dessen Nähe er kam. Speedway auf dem Motorrad, Stockcar-Rennen, Traktor-Rallyes, überhaupt Rallyes und alle Klassen im Motorsport. Er war ein Naturtalent. Gut in fast allem, was ihn interessierte, auch im Schreiben und Rechnen und allem Möglichen sonst noch. Als er starb, war das sehr traurig.« Sie nickte vor sich hin. »Seinen Tod haben unsere Eltern nicht verwunden. Er war so ein guter Sohn und kleiner Bruder.«

Carl sah sie verständnisvoll an, aber er verstand nicht viel. Handelte es sich wirklich um denselben Dennis Knudsen, von dem Lis Assad erzählt hatte?

»Ich bin froh, dass ihr euch der Sache angenommen habt«, sagte Camilla, »aber ich wünschte, ihr hättet es getan, solange unsere Eltern noch lebten.«

Er sah sie an und versuchte, dahinterzusteigen. »Was meinen Sie mit Sache? Denken Sie an den Autounfall?«

Sie nickte. »Ja, an den und Dennis' Tod kurze Zeit später. Es stimmt schon, Dennis konnte ordentlich was schlucken, aber Drogen hatte er noch nie genommen. Das haben wir der Polizei damals auch gesagt. Völlig undenkbar. Er hat doch mit jungen Menschen gearbeitet und sie genau davor gewarnt. Aber das interessierte die Polizei nicht. Sie haben sich nur sein polizeiliches Führungszeugnis angesehen und wie viele Verwarnungen wegen Geschwindigkeitsüberschreitung er bekommen hatte. Deshalb hat man ihn ja schon von vornherein verurteilt, ehe sie diese widerwärtigen Ecstasy-Tabletten in seiner Sporttasche fanden.«

Hier wurden ihre Augen schmal. »Aber an der Sache war was faul! Dennis hat so was nicht angerührt! Schon weil das Zeug sein Reaktionsvermögen beeinträchtigt hätte. Er hasste diesen Scheißdreck.«

»Vielleicht hat ihn jemand überredet, schnelles Geld und so, und er wollte sie gleich weiterverkaufen. Oder vielleicht wollte er es ja doch mal selbst probieren. Haben Sie eine Ahnung, was wir bei der Polizei alles erleben.«

An dieser Stelle vertieften sich mit einem Mal die Falten um ihren Mund. »Jemand hat ihn dazu gebracht, und ich weiß auch wer. Das habe ich auch damals schon gesagt.«

Er zog seinen Block aus der Tasche. »Aha.« Carls innerer Spürhund hob den Kopf und witterte. Hier war eine unerwartete Fährte. Er war jetzt hellwach. »Und wer war das?«

Sie ging zu einer Wand, deren Tapete garantiert noch aus den Sechzigerjahren stammte, und nahm ein gerahmtes Foto vom Nagel. Ein ähnliches Foto hatte Carls Vater geknipst, als Carl in Brønderslev einen Schwimmwettbewerb gewonnen hatte. Der stolze Vater präsentiert seinen Sohn. Carl schätzte, dass Dennis auf dem Foto höchstens zehn, elf Jahre alt war. Er sah schick aus in seinem Gokart-Outfit, und stolz wie ein Spanier hielt er den kleinen silbernen Schild in der Hand.

»Der da«, sagte Camilla und deutete auf einen Jungen mit hellen Haaren, der hinter Dennis stand und einen Arm auf seine Schulter gelegt hatte. »Sie nannten ihn Atomos, warum, weiß ich nicht. Sie haben sich auf einer Motocross-Strecke kennengelernt. Dennis war verrückt nach Atomos, und Atomos war ein Dreck.«

»Die beiden hatten also von Kindheit an Kontakt? Und haben den über die Jahre hin gehalten?«

»Das weiß ich nicht genau. Ich glaube, sie haben sich aus den Augen verloren, als Dennis sechzehn, siebzehn Jahre alt war. Aber ich weiß, dass sie sich in den letzten Jahren wieder sahen, denn Mutter beklagte sich immer darüber.«

»Und warum glauben Sie, dass Atomos etwas mit dem Tod Ihres Bruder zu tun haben könnte?«

Traurig betrachtete sie das Foto. »Er war einfach so ein Scheißkerl und abgrundtief schlecht. Unglaublich destruktiv.«

»Was meinen Sie damit?«

»Dass er bösartig war und nicht ganz bei Trost. Dennis meinte zwar, das sei Quatsch, aber so war es.«

»Und warum war Ihr Bruder dann mit ihm befreundet?«

»Weil Atomos immer derjenige war, der ihn zum Fahren ermuntert hat. Und dann war er einige Jahre älter. Dennis sah zu ihm auf.«

»Ihr Bruder ist an seinem eigenen Erbrochenen erstickt. Er hatte fünf solcher Pillen geschluckt, und er hatte vier Komma ein Promille Alkohol im Blut. Ich weiß nicht, wie viel er wog, aber er muss mehr als tief ins Glas geschaut haben. Wissen Sie, ob er einen Grund hatte zu trinken? Hat er das schon lange getan? War er nach dem Unfall besonders deprimiert?«

Sie warf ihm einen traurigen Blick zu. »Ja. Meine Eltern sagten, der Unfall habe ihn sehr mitgenommen. Dennis war hinter dem Steuer phantastisch. Das war sein erster Unfall überhaupt – und dann starb dabei ja ein Mann.«

»Soweit ich informiert bin, hat Dennis zweimal wegen rücksichtslosen Fahrverhaltens im Gefängnis gesessen. Ganz so phantastisch kann er doch nicht gewesen sein.«

»Ha!« Höhnisch sah sie ihn an. »Er fuhr nicht unverantwortlich. Wenn er auf der Autobahn Rennen fuhr, dann wusste er, wie weit vor ihm die Strecke frei war. Die Sicherheit und das Leben anderer aufs Spiel zu setzen, das war das Letzte, was er gewollt hätte.«

Wie viele würden gar nicht erst Verbrecher oder Rowdys, wenn ihre Familien doch nur mal rechtzeitig ihre Antennen aktivieren würden? Wie viele Idioten wurden von ihren Familien geschützt? Carl hatte es schon tausendmal gehört. Mein Bruder, mein Sohn, mein Mann, alle waren sie unschuldig.

»Sie halten sehr viel von Ihrem Bruder. Überschätzen Sie ihn vielleicht doch ein bisschen?«

Sie ergriff sein Handgelenk und brachte ihr Gesicht so dicht an seins, dass er ihren Pony an der Nase spürte.

»Wenn du bei deinen Ermittlungen so träge bist wie in deiner Hose, kannst du jetzt genauso gut verschwinden«, zischte sie.

Ihre Reaktion war heftig und verletzend. Also doch nicht die Direktionsetage, dachte er und zog den Kopf zurück.

»Mein Bruder war okay, ist das klar?«, fuhr sie fort. »Und wenn du weiterkommen willst in deinem Fall, dann rate ich dir, das, was ich gesagt habe, ernst zu nehmen.« Dann griff sie ihm in den Schritt – und plötzlich war sie wieder ganz die Alte. Die Metamorphose war schockierend. Jetzt war sie wieder sanft und durchaus vertrauenerweckend.

Er runzelte die Stirn und ging einen Schritt auf sie zu. »Wenn du mir das nächste Mal an die Eier gehst, dann punktiere ich deine Silikonbomben und behaupte, das sei passiert, weil du dich der Festnahme widersetzt hast. Wenn du dann in der Zelle in Hillerød an eine ziemlich weiße Wand starrst, wirst du dir wünschen, deine Attacke zurücknehmen zu können. Können wir jetzt weitermachen, oder hast du noch etwas hinzuzufügen, meine edleren Teile betreffend?«

Sie lächelte nicht einmal. »Ich sage nur, dass mein Bruder okay war, und das müssen Sie eben einfach glauben.«

Carl gab auf. Sie war nicht so leicht zu erschüttern.

»Ja, also dann«, sagte er. »Und wo finde ich nun diesen Atomos?«, fragte er und zog sich einen Schritt von diesem Chamäleon zurück. »Können Sie sich wirklich nicht mehr erinnern?«

»Wissen Sie was, der war fünf Jahre jünger als ich. Nichts konnte mich damals weniger interessieren.«

Er lächelte. So können sich mit den Jahren die Interessen ändern.

»Irgendwelche besonderen Kennzeichen? Narben, Haare, Zähne? Gab es hier im Ort andere, die ihn kannten?«

»Das glaube ich nicht. Er kam aus einem Kinderheim oben in Tisvildeleje.«

Sie stand einen Moment ruhig da und dachte nach. »Wissen Sie was?« Sie wandte sich ihm wieder zu. »Ich glaube, das Heim hieß Godhavn.« Sie nahm das Foto mit Atomos und reichte es ihm. »Wenn Sie versprechen, damit zurückzukommen, können Sie doch versuchen, es dort im Kinderheim jemandem zu zeigen. Vielleicht haben die Antworten auf Ihre Fragen.«

Der Wagen hielt an einer sonnenknisternden Kreuzung, und Carl dachte nach. Er konnte Richtung Norden nach Tisvildeleje fahren und mit Menschen in einem Kinderheim reden, in der Hoffnung, dass es dort noch jemanden gab, der sich an einen Jungen erinnerte, der Atomos genannt wurde, vor zwanzig Jahren. Oder er konnte Richtung Süden fahren, nach Egely, und mit Uffe Vergangenheit spielen. Und außerdem konnte er das Auto am Straßenrand parken und das Nachdenken auf Stand-by schalten und sich ein paar Stunden aufs Ohr legen. Besonders das Letzte schien äußerst verlockend.

Allerdings war die Gefahr groß, dass er seinen Mieter verlieren würde, wenn er die Playmobil-Figuren nicht rechtzeitig auf

Morten Hollands Regal zurückstellte. Und damit einen bedeutenden Teil seines Einkommens.

Deshalb löste er die Handbremse und bog nach links ab, Richtung Süden.

In Egely war es Zeit fürs Mittagessen. Als er den Wagen parkte, kam ihm ein Duft von Thymian und Tomatensoße entgegen. Er fand den Heimleiter allein an einem langen Teakholztisch auf der Terrasse vor seinem Büro. Wie beim letzten Mal war er die Korrektheit in Person. Mit dem Sonnenhut auf dem Kopf und der Serviette im Halsausschnitt, kostete er vorsichtig ein auf dem großen Teller verschwindend klein aussehendes Stück Lasagne. Er war niemand, der für irdische Freuden lebte. Das galt nicht unbedingt für seine Mitarbeiter in der Verwaltung und ein paar Krankenschwestern, die zehn Meter entfernt saßen, die Teller gut gefüllt und in eine lebhafte Unterhaltung vertieft.

Sie sahen ihn um die Ecke kommen und wurden plötzlich still. Jetzt hörte man deutlich die ausgelassenen Nestbauer im Gebüsch und das Klappern von Geschirr drinnen im Speisesaal.

»Guten Appetit«, sagte er und setzte sich unaufgefordert an den Tisch des Heimleiters. »Ich bin gekommen, um Sie etwas zu fragen. Und zwar möchte ich wissen, ob Sie Kenntnis davon haben, dass Uffe Lynggaard einmal spielerisch den Unfall nachgestellt hat, bei dem er so schwer verletzt wurde. Karen Mortensen, eine Sachbearbeiterin in Stevns, hat so etwas kurz vor dem Verschwinden von Merete Lynggaard beobachtet. Wussten Sie das?«

Der Heimleiter nickte langsam und aß weiter. Carl sah auf den Teller. Offenbar sollten erst die letzten Bissen geschluckt werden, ehe der unbestrittene König von Egely sich dazu herabließ, sich einem aus dem Volk zuzuwenden.

»Steht das auch in Uffes Krankenakte?« Carl ließ nicht locker.

Wieder nickte der Heimleiter und kaute langsam weiter.

»Ist das seither wieder vorgekommen?«

Hier zuckte er die Achseln.

»Vorgekommen oder nicht vorgekommen?«

Da schüttelte er den Kopf.

»Ich möchte heute gern allein mit Uffe reden. Nur zehn oder fünfzehn Minuten. Lässt sich das einrichten?«

Darauf kam keine Antwort.

Also wartete Carl, bis der Heimleiter fertig war, sich mit der Stoffserviette den Mund und mit der Zunge die Zähne abgewischt hatte. Noch ein Schluck Eiswasser, dann richtete sich der Blick auf sein Gegenüber.

»Nein, Sie können nicht mit Uffe allein sein«, lautete die Antwort.

»Darf man fragen, aus welchem Grund?«

Er sah Carl herablassend an. »Ist Ihre Profession nicht ziemlich weit von der unseren entfernt?« Er wartete Carls Antwort gar nicht ab. »Wir können nicht riskieren, dass Sie Uffe Lynggaard in der Entwicklung zurücksetzen, deshalb.«

»Gibt es denn eine Entwicklung? Das ist mir neu.«

Er merkte, wie ein Schatten über den Tisch fiel, und drehte sich zur Oberschwester um, die ihm freundlich zunickte und auf der Stelle Erinnerungen an eine bessere Behandlung weckte, als sie der Heimleiter zu geben vermochte.

Sie sah ihren Chef selbstbewusst an. »Ich werde mich darum kümmern. Uffe und ich sollten jetzt sowieso einen Spaziergang machen. Herr Mørck kann uns begleiten.«

Er ging zum ersten Mal neben Uffe Lynggaard und staunte, wie groß Uffe war. Lange schlaksige Gliedmaßen und eine Körperhaltung, die zeigte, dass er meist an einem Tisch saß.

Die Oberschwester hatte ihn an der Hand gefasst, aber das war anscheinend nichts für ihn. Als sie bis zum Dickicht am Fjord gekommen waren, ließ er ihre Hand los und setzte sich.

»Er schaut gern den Kormoranen zu, nicht wahr Uffe?«,

sagte sie und deutete hinüber zu der Kolonie der Vögel, die auf halb abgestorbenen, zugeschissenen Bäumen hockten.

»Ich habe etwas mitgebracht, das ich Uffe gern zeigen würde«, sagte Carl.

Uffe blickte hellwach die vier Playmobil-Figuren und das dazugehörige Auto an, die Carl aus einer Plastiktüte holte. Die Schwester war wachsweich, das hatte er schon beim ersten Mal gespürt, wenn auch vielleicht nicht ganz so kooperativ, wie er gehofft hatte.

Sie legte die Hand auf das Krankenschwesterabzeichen, vermutlich um ihren Worten mehr Gewicht zu verleihen. »Ich kenne die Episode, die Karen Mortensen beschrieben hat. Ich glaube nicht, dass es eine gute Idee ist, das zu wiederholen.«

»Warum?«

»Sie wollen versuchen, den Unfall wiederzugeben, während er dabei zuschaut, nicht wahr? Sie hoffen, dass dadurch etwas in ihm erwacht?«

»Ja.«

Sie nickte. »Das dachte ich mir. Aber ganz ehrlich, ich weiß nicht recht.« Sie machte Anstalten aufzustehen, zögerte aber.

Carl legte Uffe vorsichtig eine Hand auf die Schulter und hockte sich neben ihn. Uffes Augen glänzten selig im Widerschein der Wellen, und Carl konnte ihn verstehen. Wer wollte nicht gern in so einen schönen Frühlingstag verschwinden, klar und blau wie die Tage nur im März sein können.

Dann stellte er das Playmobil-Auto vor Uffe ins Gras, nahm eine Figur nach der anderen und platzierte sie auf den Sitzen. Vater und Mutter nach vorn, Tochter und Sohn auf den Rücksitz.

Die Krankenschwester folgte jeder seiner Bewegungen. Vielleicht musste er an einem anderen Tag wiederkommen und das Experiment wiederholen. Aber dieses Mal wollte er sie zumindest davon überzeugen, dass er ihr Vertrauen nicht missbrauchen würde. Dass er sie als Verbündete betrachtete.

»Brrrrumm«, sagte er vorsichtig und ließ das Auto im Gras vor Uffe vor und zurück fahren.

Carl lächelte Uffe zu und strich die Abdrücke vom Auto im Gras glatt.

Das schien Uffe am meisten zu interessieren. Das flachgedrückte Gras, das sich wieder aufrichtete.

»Jetzt fahren wir los, Uffe, mit Merete und Vater und Mutter. Oh, schau mal, da sind wir alle zusammen. Schau, da fahren wir durch den Wald. Schau nur, wie schön!«

Er richtete seinen Blick auf die weißgekleidete Frau. Sie war angespannt, und die Falten um ihren Mund vertieften sich. Ihre Zweifel an dieser Aktion waren nicht zu übersehen. Er musste aufhören, durfte sich nicht davontragen lassen. Sie war viel stärker ins Spiel vertieft als Uffe. Uffe mit seinem sonnigen Gemüt war mit sich selbst beschäftigt und kümmerte sich nicht um die Umgebung.

»Pass auf, Vater«, sagte Carl mit heller Frauenstimme. »Es ist glatt, du kannst rutschen.« Er ruckte ein bisschen am Auto. »Pass auf, da kommt ein Auto, das rutscht auch. Hilfe, wir stoßen zusammen.«

Er ahmte Bremsgeräusche nach und Metall, das an einer Unterlage entlangschrammt. Jetzt sah Uffe der Darbietung zu. Da ließ Carl den Wagen umkippen, und die Figuren purzelten auf die Erde. »Pass auf Merete, pass auf Uffe!«, rief er mit heller Stimme, und die Oberschwester beugte sich vor und legte ihm eine Hand auf die Schulter.

»Ich glaube nicht …«, sagte sie und schüttelte den Kopf. Jeden Augenblick würde sie Uffe an die Hand nehmen und mit sich fortziehen.

»Päng!«, sagte Carl und ließ den Wagen durchs Gras kullern. Aber Uffe reagierte nicht.

»Ich glaube, er ist nicht bei der Sache«, sagte Carl und versicherte ihr mit einer Handbewegung, dass die Vorstellung beendet war.

»Ich habe ein Foto, das ich Uffe gern zeigen möchte. Ist das in Ordnung?«, fuhr er fort. »Dann lasse ich euch auch in Ruhe.«

»Ein Foto?«, wiederholte sie fragend, während er die Bilder aus der Plastiktüte zog. Dann legte er die beiden Fotos, die ihm Dennis Knudsens Schwester ausgeliehen hatte, beiseite ins Gras und hielt Uffe die Broschüre mit Daniel Hales Porträt vors Gesicht.

Es war ganz offensichtlich, dass Uffe neugierig war. Wie die Tiere im Zoo, die nach Tausenden von verzerrten Gesichtern endlich etwas Neues sehen.

»Kennst du den, Uffe?«, fragte er und sah ihm aufmerksam ins Gesicht. Schon ein geringfügiges Zucken könnte womöglich das einzige Signal sein, das er bekam. Falls es überhaupt einen Tunnel hinein in Uffes apathisches Bewusstsein gab, musste Carl dafür sorgen, ihn zu finden.

»War der bei euch zu Hause in Magleby, Uffe? War der Mann bei euch und hat dir und Helle einen Brief gebracht? Erinnerst du dich an ihn?« Er deutete auf Daniel Hales leuchtend blaue Augen und das blonde Haar. »War er das?«

Uffe starrte mit leerem Blick auf das Bild. Dann wanderten seine Augen weiter, bis zu den Fotos, die im Gras lagen.

Carl folgte seinem Blick und registrierte, wie sich Uffes Pupillen mit einem Mal zusammenzogen und sich die Lippen öffneten. Wie er plötzlich stark reagierte, so real und so sichtbar, als wäre ihm der Wagenheber auf die Zehen gefallen.

»Was ist mit ihm, Uffe, hast du ihn schon mal gesehen?«, sagte er und hielt ihm rasch das Foto von der Silberhochzeit mit Dennis Knudsen vors Gesicht. »Hast du?« Er spürte, wie sich die Krankenschwester hinter ihm erhob, aber es war ihm egal. Er wollte noch ein weiteres Mal sehen, wie sich Uffes Pupillen zusammenzogen. Es war, als hätte man einen Schlüssel in der Hand und wüsste auch, dass er irgendwo passte, man wusste nur nicht, wo.

Aber Uffe sah auf und war wieder ganz ruhig. Der Blick war leer.

»Ich glaube, wir sollten jetzt aufhören«, sagte die Oberschwester und griff vorsichtig nach Uffes Schulter. Vielleicht hätte Carl nur noch zwanzig Sekunden mehr gebraucht. Vielleicht wäre er an Uffe herangekommen, wenn er mit ihm allein gewesen wäre.

»Haben Sie seine Reaktion nicht gesehen?«, fragte er.

Sie schüttelte den Kopf.

Verfluchter Mist. Er legte das gerahmte Foto auf die Erde, neben das zweite Foto, das er in Skævinge ausgeliehen hatte.

In dem Moment zuckte und ruckte es in Uffe. Erst nur im Oberkörper, dann im rechten Arm, der sich vor das Zwerchfell legte.

Die Krankenschwester wollte Uffe beruhigen, aber er beachtete sie nicht. Dann fing er an, kurz und oberflächlich zu atmen. Carl und die Schwester hörten es beide, und die Schwester begann lautstark zu protestieren. Aber in dem Augenblick waren Carl und Uffe allein. Uffe war noch in seiner Welt, aber unterwegs in die, die Carl ihm vorspielte. Carl sah, wie seine Augen langsam groß wurden. Wie der Verschluss bei einer alten Kamera, der sich öffnet und die gesamte Umgebung in sich aufnimmt.

Uffe sah wieder nach unten, und diesmal folgte Carl seinem Blick ins Gras. Jetzt war Uffe vollständig da, ganz und gar in ihrer Welt.

»Also kennst du ihn?«, fragte Carl und zog wieder das Bild von Dennis Knudsen auf dem Silberhochzeitsfoto vor Uffe, aber Uffe fegte es mit einer Handbewegung weg, wie ein unzufriedenes Kind. Er begann Laute auszustoßen, die nicht wie das normale Jammern eines Kindes klangen, sondern mehr wie das Keuchen eines Asthmatikers, der keine Luft bekommt. Die Atemzüge wurden fast fauchend, und die Krankenschwester rief, Carl solle gehen.

Wieder folgte er Uffes Blick, und diesmal gab es keinen Zweifel. Seine Augen waren starr auf das andere Foto gerichtet, das er mitgebracht hatte. Das Foto von Dennis Knudsen und seinem

Freund Atomos, der hinter ihm stand und sich an seine Schulter lehnte.

»Soll er stattdessen lieber so aussehen?«, fragte er und deutete auf den jungen Dennis im Gokart-Outfit.

Aber Uffes Blick war auf den Jungen hinter Dennis gerichtet. Nie hatte Carl gesehen, dass die Augen eines Menschen etwas mit einer solchen Intensität fixierten. Es war, als habe sich der Junge auf dem Foto Uffes Innersten bemächtigt, als würden diese Augen auf dem alten Foto in Uffe ein Feuer entfachen und ihn von innen verbrennen.

Und dann schrie er. Uffe schrie, dass die Krankenschwester ihn an sich zog und gleichzeitig Carl beiseite stieß, sodass er ins Gras fiel. Schrie, dass vom Heim oben lautes Rufen zu hören war.

Schrie, dass die Gruppe Kormorane von den Bäumen aufflog und alles leer zurückließ.

30

2005–2006

Drei Tage hatte Merete gebraucht, um den Zahn so lange hin und her zu wackeln, bis er lose war, drei albtraumartige Tage in der Schmerzenshölle. Denn es kostete sie jedes Mal äußerste Überwindung, wenn sie das pochende Biest mit der rostigen Zange zu packen versuchte. Die quälend schmerzende Entzündung hatte ihre letzten Energiereserven aufgebraucht. Eine kleine Bewegung zur Seite, und der gesamte Organismus geriet ins Stocken. Einige Sekunden angstvolles Herzklopfen und dann der nächste Versuch, den Zahn zu drehen. Und immer so weiter. Mehrmals wollte sie fest zupacken, aber ihre Kraft und ihr Mut ließen sie im selben Moment im Stich, in dem das rostige Metall den Zahn berührte.

Als sie endlich so weit war, dass der Eiter aus dem Zahnfleisch floss und der Druck für eine Weile nachließ, brach sie zusammen und weinte.

Sie wusste, dass sie beobachtet wurde. Der, den sie Lasse nannten, war noch nicht zurückgekommen, und der Knopf der Gegensprechanlage steckte nach wie vor fest. Die da draußen sprachen nicht, aber sie hörte ihre Bewegungen und ihr Atmen. Je mehr sie litt, umso tiefer wurden ihre Atemzüge; fast schien es, als geilten sich die da draußen an ihrem Leiden auf. Ihr Hass wuchs. Wenn sie den Zahn los wäre, würde sie nur noch nach vorn schauen. Sie würde ihre Rache bekommen.

Dann legte sie wieder die übelschmeckende, metallene Zange um den Zahn und bewegte sie hin und her. Nicht eine Sekunde zweifelte sie daran, dass die Arbeit zu Ende gebracht werden musste. Dieser Zahn hatte schon genug Schaden angerichtet, damit musste nun Schluss sein.

Sie bekam ihn in einer Nacht los, als sie allein war. Es war Stunden her, seit sie zuletzt von draußen Lebenszeichen vernommen hatte, und so war das Lachen der Erleichterung, das durch den Raum hallte, ihres, ihres ganz allein. Der Geschmack des Eiters war eine Wohltat, das Pochen, mit dem das Blut nun frei in den Mund lief, wie ein Streicheln.

Alle zwanzig Sekunden spuckte sie das blutige Sekret in die Hände und schmierte damit erst die eine und dann die andere verspiegelte Scheibe ein, und als das Blut nicht mehr floss, waren beide fast komplett bedeckt. Ein kleines Feld im rechten Bullauge von etwa zwanzig mal zwanzig Zentimeter war alles, was sie freigelassen hatte. Jetzt war Schluss damit, dass die da draußen sie nach Lust und Laune beobachten konnten. Endlich bestimmte sie selbst darüber, wann sie sich ihnen zeigen würde.

Am nächsten Morgen erwachte sie von den Flüchen der Frau, die das Essen in die Schleuse stellte.

»Dieses Miststück hat die Scheiben eingesaut. Schau dir das an! Sie hatte alles mit Scheiße vollgeschmiert, diese Sau!«

Sie hörte den Mann sagen, das sähe eher wie Blut aus, und die Frau fauchte: »Ist das der Dank dafür, dass wir dir die Zange gegeben haben? Dass du alles mit deinem dreckigen Blut vollschmierst? Dafür sollst du büßen. Wir schalten das Licht ab, wollen wir doch mal sehen, was du dazu sagst, du Miststück. Vielleicht wischst du die Schweinerei dann ja wieder weg. Ja, hungern sollst du, bis du das machst.«

Als sie hörte, wie sie den Essenseimer in der Schleuse zurückfahren wollten, sprang sie blitzschnell auf und klemmte die Zange in das Karussell. Sie würden sie nicht um diese letzte Portion betrügen. Mit einem Pfeifen schnurrte der Mechanismus zurück, und die Tür der Schleuse war wieder geschlossen.

»Diese Nummer hat heute einmal geklappt, aber freu dich nicht zu früh«, rief die Frau draußen. Die Wut in ihrer Stimme war Merete ein Trost. »Von morgen an gebe ich dir verdorbenes Essen, bis du die Scheiben wieder abwischst, hast du verstanden!«, fuhr sie fort. Dann erloschen die Leuchtstoffröhren über ihr.

Merete saß eine Weile auf dem Boden und starrte die braunen Flecken auf den Spiegelglasflächen an, die schwach im Licht von draußen leuchteten, und auf das kleine Feld, das sie freigelassen hatte. Sie merkte, dass die Frau sich auf die Zehenspitzen stellte, um hineinzuschauen. Aber Merete hatte es mit Absicht so hoch oben platziert. Wie lange mochte es her sein, seit sie zuletzt ein solches Gefühl von Freude und Überlegenheit durchströmt hatte? Es würde nur kurz anhalten, das war ihr klar. Aber im Laufe der Jahre, in denen man sie hier festgehalten hatte, waren solche Augenblicke ihr als einziger Antrieb geblieben, weiterzuleben.

Das und der Gedanke, Rache zu nehmen, der Traum von einem Leben in Freiheit und die Vorstellung, eines Tages Uffe von Angesicht zu Angesicht gegenüberzustehen.

In dieser Nacht schaltete sie die Taschenlampe zum letzten Mal ein. Sie ging zu dem kleinen unverschmierten Stück in der verspiegelten Scheibe und leuchtete sich selbst in den Mund. Das Loch im Zahnfleisch war riesig, aber so weit sie es unter diesen Bedingungen beurteilen konnte, sah es gut aus. Die Zungenspitze sagte dasselbe. Der Heilungsprozess hatte bereits begonnen.

Als nach wenigen Minuten das Licht der Taschenlampe schwächer wurde, kniete sie sich neben die Schleuse und untersuchte den Schließmechanismus ringsum. Sie hatte das alles schon tausendmal gesehen, aber vielleicht musste sie ihn sich jetzt wirklich genau einprägen. Wer konnte wissen, ob sie das Licht jemals wieder einschalten würden?

Das Schleusentor war gebogen und vermutlich deswegen konisch, damit es den Raum luftdicht abschließen konnte. Der unterste Teil, die Klappe zur Schleuse, war knapp fünfundsiebzig Zentimeter hoch, und auch hier waren die Ritze fast unmöglich zu ertasten. Unten war ein Metallzapfen angeschweißt, der das Schleusentor in geöffneter Position anhielt. Sie untersuchte ihn gründlich, bis das Licht der Taschenlampe schließlich erlosch.

Anschließend saß sie im Dunkeln und überlegte, was zu tun war.

Drei Dinge gab es, über die sie selbst bestimmen wollte. Erstens, was die Umgebung von ihr zu sehen bekam; dieses Problem hatte sie bereits gelöst. Vor ewig langer Zeit, als sie gerade erst eingesperrt worden war, hatte sie alle Flächen und Wände bis ins Kleinste abgesucht, um herauszufinden, ob irgendwo eine geheime Kamera versteckt war. Aber da war nichts. Die Unholde, die sie gefangen hielten, hatten sich auf die verspiegelten Scheiben verlassen. Das hätten sie nicht tun sollen. Deshalb konnte sie sich nun ungesehen im Raum bewegen.

Zweitens wollte sie dafür sorgen, dass sie gemüts- und verstandesmäßig nicht zugrunde ging. Es hatte Tage und Nächte gegeben, da hatte sie sich selbst kaum noch spüren können, und es gab Wochen, in denen sich ihre Gedanken im Kreis bewegten. Aber nie hatte sie sich selbst aufgegeben. Wenn sie es nicht mehr aushielt, zwang sie sich, an andere zu denken, die es vor ihr geschafft hatten. An die, die ohne Gerichtsurteil Jahrzehnte in Isolationshaft verbracht hatten. Dafür gab es in der Weltgeschichte und der Literatur genügend Beispiele. Papillon, der Graf von Monte Christo und viele andere. Wenn die das konnten, konnte sie es auch. Sie hatte mit aller Macht ihre Gedanken dazu gezwungen, sich in Bücher und Filme zu vertiefen und in die allerschönsten Erinnerungen ihres Lebens; dadurch war es ihr gelungen, den gedanklichen Teufelskreis zu durchbrechen.

Denn sie wollte sie selbst sein, Merete Lynggaard, bis zu dem Tag, an dem sie gehen musste. Dieses Versprechen sich selbst gegenüber gedachte sie zu halten.

Und wenn der Tag dann schließlich kam, wollte sie selbst bestimmen, wie sie sterben würde. Das war das dritte. Die Frau dort draußen hatte einmal gesagt, es sei dieser Lasse, der bei ihnen die Entscheidungen traf. Aber wenn es so weit war, würde die Hexe die Sache selbst in die Hand nehmen. Früher hatte der Hass die Kontrolle über sie gehabt, und das konnte wieder passieren. Würde sie die Schleuse tatsächlich öffnen und den Druck ausgleichen, verlangte das nur den Wahnsinn eines Augenblicks. Dieser Augenblick würde schon kommen.

In den vergangenen vier Jahren, die Merete eingesperrt in ihrem Käfig saß, hatte die Zeit auch bei der Frau da draußen ihre Spuren hinterlassen. Vielleicht lagen die Augen tiefer in ihren Höhlen, vielleicht war etwas mit der Stimme anders. Wie alt die Frau war, ließ sich unter diesen Verhältnissen schwer abschätzen, aber sie war alt genug, nicht mehr zu fürchten, was das Leben bringen mochte. Und das machte sie gefährlich.

Gleichzeitig machte es nicht den Eindruck, dass die beiden dort draußen die Technik, mit der sie es täglich zu tun hatten, wirklich beherrschten. Sie konnten nicht einmal einen Knopf lösen, der feststeckte. Dann konnten sie wohl auch den Druck nicht anders ausgleichen als durch den Drehmechanismus der Schleuse, zumindest hoffte Merete das. Wenn sie also jetzt dafür sorgte, dass sie die Schleuse nicht öffnen konnten, es sei denn, sie selbst wollte es, dann hätte sie genügend Zeit, um Selbstmord zu begehen. Die Zange war das einzige Werkzeug, das ihr dazu zur Verfügung stand. Bestimmt würde sie mit den scharfen Enden des Zangenkopfes ihre Pulsadern aufritzen können, falls die beiden dort draußen plötzlich den Druck aus dem Raum nehmen sollten. Sie wusste nicht genau, was dann passieren würde, aber die Warnung der Frau, dass es Merete von innen sprengen würde, war entsetzlich. Kein Tod konnte schlimmer sein. Deshalb wollte sie über das Wann und Wie selbst entscheiden.

Für den Fall jedoch, dass dieser Lasse zurückkäme und etwas anderes vorhätte, machte sie sich keine Illusionen. Denn mit Sicherheit hatte der Raum andere Kanäle für den Druckausgleich als den im Schleusenkarussell. Vielleicht ließ sich die Lufterneuerungsanlage ebenfalls dafür verwenden. Sie wusste ja nicht, zu welchem Zweck der Raum ursprünglich gebaut worden war. Aber billig konnte er nicht gewesen sein, und sie vermutete, dass er einmal eine besondere Bedeutung gehabt hatte. Also gab es sicher auch Arrangements für Notfälle. Sie hatte die Andeutung kleiner Metalldüsen oben unter den Armaturen für das Licht gesehen, die an der Decke hingen. Nicht größer als ein kleiner Finger, aber reichte das nicht auch? Vielleicht wurde durch sie die frische Luft zu ihr hereingepumpt. Sie wusste es nicht, es konnten auch Anlagen für den Druckausgleich sein. Eines stand jedenfalls fest: Wollte dieser Lasse ihr schaden, dann wusste er unter Garantie, wie er es bewerkstelligen würde.

Aber bis es so weit war, wollte sie sich nur den unmittelbaren Bedrohungen stellen. Sie schraubte den kleinen Deckel am Griffende der Taschenlampe ab, nahm die Batterien heraus und stellte zufrieden fest, wie hart und kräftig und scharf der Metallrand der Taschenlampe war.

Der Abstand zwischen dem Rand der Schleuse und dem Boden betrug nur wenige Zentimeter. Wenn es ihr gelang, sehr präzise ein Loch vor dem Zapfen zu graben, der angeschweißt war, um die Schleusentür aufzuhalten, wenn sie geöffnet war, dann würde sie die Taschenlampe in dieses Loch stellen können und auf diese Weise die Tür daran hindern, sich zu öffnen.

Sie hielt die kleine Lampe fest umklammert. Hier hatte sie jetzt ein Werkzeug, das ihr das Gefühl vermittelte, etwas in ihrem Leben selbst bestimmen zu können. Das tat unbeschreiblich gut. Wie damals, als sie zum ersten Mal die Antibabypille geschluckt hatte. Wie damals, als sie sich ihrer Pflegefamilie widersetzt hatte und mit Uffe im Schlepptau fortgegangen war.

Dass die Arbeit am Beton dermaßen hart sein würde, hatte sie nicht gedacht. Die ersten Tage, in denen sie noch ausreichend zu essen und zu trinken hatte, vergingen wie im Flug, aber als der Eimer mit dem guten Essen leer war, schwanden ihre Kräfte sehr rasch. Sie hatte ihnen nicht viel entgegenzusetzen, das wusste sie. Aber das Essen in den Eimern, die sie während der letzten Tage zu ihr hereinschickten, war absolut ungenießbar. Sie hatten sich wirklich an ihr gerächt. Schon allein der Gestank hielt sie von den Eimern fern. Es stank wie von toten Tieren, die auf der Erde lagen und verrotteten. Jede Nacht hatte sie fünf bis sechs Stunden lang mit der scharfen Kante der aufgeschraubten Taschenlampe im Boden unter der Schleuse gegraben. Das Loch musste groß genug sein, sonst würde die Taschenlampe nicht fest sitzen, und da die Taschenlampe selbst das Grabwerkzeug war, musste sie vorsichtig damit umgehen. Sie musste den Rand gewissermaßen in die Unterlage hineindrehen, sodass der Durchmesser des Lochs dem der Lampe entsprach, und danach in hauchdünnen Schichten den Beton abtragen.

Am fünften Tag hatte sie noch keine zwei Zentimeter geschafft, und ihr Magen brannte.

Die Hexe dort draußen hatte immer genau zum gleichen

Zeitpunkt ihre Forderung wiederholt. Wenn Merete nicht die Scheiben putzte, würde sie kein Licht anmachen und kein anständiges Essen zu ihr hereinschicken. Der Mann hatte vermitteln wollen, aber es hatte nichts genützt. Und jetzt standen sie wieder da und erneuerten ihre Forderung. Die Dunkelheit, darauf konnte sie pfeifen, aber Meretes ganzer Körper schrie nach Essen. Aß sie nicht, würde sie krank werden, und das wollte sie auf keinen Fall.

Sie sah nach oben zu dem rötlichen Film, der schwach auf den Scheiben leuchtete.

»Ich habe nichts, um die Scheiben sauber zu wischen, wenn das für euch so wichtig ist«, rief sie schließlich.

»Dann benutz doch deine Ärmel und deine Pisse, und dann schicken wir Essen herein und machen das Licht an«, rief die Alte zurück.

»Dann müsst ihr mir auch eine neue Jacke geben.«

Hier stimmte die Frau dieses widerliche Gelächter an, das einem durch Mark und Bein ging. Sie antwortete nicht, lachte nur, bis ihre Lungen leer waren, und dann war es wieder still.

»Ich mache es nicht«, sagte Merete, aber sie tat es doch.

Es kostete nicht viel Zeit, fühlte sich aber wie die schlimmste Niederlage ihres Lebens an.

Auch wenn sie nun dann und wann dort draußen standen, konnten sie nicht sehen, was sie machte. Dort, dicht an der Tür, war sie in einem toten Winkel, genau wie wenn sie auf dem Fußboden zwischen den Bullaugen saß. Würden sie unangemeldet in der Nacht kommen, würden sie ihr Kratzen und Schaben hören, aber das taten sie nicht. Sie wusste, dass die Nacht ihr gehörte.

Als sie ein fast vier Zentimeter tiefes Loch in den Beton geschabt hatte, änderte sich ihr bis dahin so vorhersehbares Dasein radikal. Sie hatte unter der blinkenden Leuchtstoffröhre gesessen und auf das Essen gewartet und ausgerechnet, dass Uffe bald Geburtstag haben musste. Es war auf jeden Fall schon Mai. Zum fünften Mal Mai, seit sie eingesperrt war. Mai 2006. Sie hatte neben dem Toiletteneimer gesessen, ihre Zähne gereinigt, an Uffe gedacht und deutlich vor sich gesehen, wie die Sonne von einem strahlend blauen Himmel schien. »Happy birthday to you«, sang sie mit heiserer Stimme und sah Uffes fröhliches Gesicht vor sich. Irgendwo dort draußen war er. Es ging ihm gut, da war sie sicher. Natürlich ging es ihm gut. Das hatte sie sich oft gesagt.

»Ja, Lasse, das ist der Knopf«, hörte sie plötzlich die Stimme der Frau. »Der kommt einfach nicht wieder raus, sodass sie alles hören kann, was wir sagen.«

Das Bild vom blauen Himmel war schlagartig verschwunden, und ihr Herz klopfte wild. Zum ersten Mal hörte sie, wie die Frau diesen Mann ansprach, den sie Lasse nannten.

»Wie lange schon?«, antwortete gedämpft eine Stimme, bei deren Klang sie die Luft anhielt.

»Seit du das letzte Mal abgereist bist. Vier bis fünf Monate.«

»Habt ihr über euch gesprochen?«

»Natürlich nicht.«

Einen Moment lang war es still. »Bald ist es wohl sowieso egal. Lass sie nur hören, was wir sagen. Jedenfalls bis ich mich anders entscheide.«

Der Satz traf sie wie ein Axthieb. »Bald ist es wohl sowieso egal.« Was war egal? Was meinte er damit? Was sollte passieren?

»In der Zeit, als du weg warst, hat die alte Schachtel versucht, sich zu Tode zu hungern. Und einmal hat sie die Schleuse blockiert. Als Letztes hat sie ihr Blut an die Scheiben geschmiert, sodass wir nicht durchschauen konnten.«

»Brüderchen sagt, sie hätte einmal Zahnschmerzen gehabt. Das hätte ich gern gesehen«, sagte Lasse.

Daraufhin war das trockene Lachen der Frau zu vernehmen.

Die wussten doch, dass sie alles mithören konnte. Wieso war alles so gekommen? Was hatte sie ihnen bloß getan?

»Was habe ich euch getan, ihr Ungeheuer?«, rief sie, so laut sie konnte, und stand dabei auf. »Macht hier drinnen das Licht aus, damit ich euch sehen kann! Macht das Licht aus, damit ich euch in die Augen sehen kann, während ihr sprecht!«

Wieder war nur das Lachen der Frau zu hören. »Träum weiter, dumme Kuh«, rief sie zurück.

»Du willst, dass wir es ausschalten?« Lasse lachte auf. »Ja, warum nicht?«, sagte er. »Jetzt, wo es schließlich ernst wird. Auf diese Weise verschafft sie uns wenigstens noch ein paar interessante letzte Tage.«

Schreckliche Worte. Die Frau wollte protestieren, aber der Mann brachte sie mit einigen harten Worten zum Schweigen. Dann erloschen plötzlich über ihr die blinkenden Leuchtstoffröhren.

Mit klopfendem Herzen stand sie einen Moment lang da und versuchte, sich an das schwache Licht zu gewöhnen, das von außen in den Raum strömte. Erst nahm sie die Ungeheuer dort draußen bloß als Schatten wahr, aber nach und nach zeichneten sie sich klarer ab. Die Frau am unteren Rand des einen Bullauges, der Mann sehr viel größer. Das ist Lasse, dachte sie. Langsam trat er näher. Seine undeutliche Gestalt gewann an Konturen. Breite Schultern, wohlproportioniert. Nicht wie dieser andere Mann, der lange, dünne.

Sie wollte sie verfluchen und gleichzeitig an ihr Erbarmen appellieren. Alles nur Erdenkliche tun, um sie dazu zu bringen, ihr zu sagen, warum sie ihr das antaten. Er war gekommen, Lasse, wie sie ihn nannten. Sie sah ihn zum ersten Mal, und das war auf eine beunruhigende Weise erregend. Er allein würde darüber entscheiden, ob sie mehr erfahren würde, das spürte sie. Und jetzt wollte sie ihr Recht einfordern. Aber als er einen Schritt näher trat und sie schließlich sein Gesicht sah, brachte sie keinen Ton heraus.

Sie sah schockiert auf seinen Mund. Sah, wie das verlegene Lächeln erschien. Sah, wie sich seine weißen Zähne langsam entblößten. Sah, wie sich alles zu einem großen Ganzen vereinte und Schockwellen wie elektrische Stromstöße durch ihren Körper sandte.

Jetzt wusste sie, wer Lasse war.

31

2007

Auf dem Rasen von Egely entschuldigte Carl sich sofort bei der Krankenschwester für die Episode mit Uffe, warf die Fotos und die Playmobil-Figuren in die Plastiktüte und ging mit langen Schritten zum Parkplatz. Im Hintergrund war noch immer Uffes Schreien zu hören. Erst als er den Wagen startete, entdeckte er Angehörige des Pflegepersonals, die reichlich chaotisch den Hang hinunterstürmten. Mit Nachforschungen auf Egelys Grund und Boden war jetzt eindeutig Schluss. Fair enough.

Uffe hatte sehr heftig reagiert. Jetzt wusste Carl, dass Uffe in irgendeiner Weise in derselben Welt wie alle anderen lebte. Uffe hatte Atomos auf dem Foto in die Augen geschaut, und das hatte ihn zutiefst erschüttert, das stand zweifelsfrei fest. Das war ein unwahrscheinlich großer Fortschritt.

Er hielt bei einem Feldweg an und suchte über den Internetanschluss des Dienstwagens nach der Einrichtung Godhavn. Wenig später hatte er die Telefonnummer.

Er brauchte sich nicht lang und breit vorzustellen. Die Leute dort waren es offenbar gewöhnt, dass sich die Polizei an sie wendete, und so konnte er gleich zur Sache kommen.

»Es geht um einen Jungen, der Anfang der Achtziger bei Ihnen gewohnt hat. Seinen Namen weiß ich nicht, aber er wurde Atomos genannt. Sagt das jemand von Ihnen was?«

»Anfang der Achtziger?«, wiederholte der Diensthabende. »Nein, so lange bin ich noch nicht hier. Aber wir haben Akten von allen Bewohnern. Allerdings kaum unter einem solchen Namen. Sind Sie sicher, dass Sie keinen anderen Namen haben, unter dem wir suchen können?«

»Leider ja.« Er blickte über die nach Gülle stinkenden Felder. »Gibt es keinen mehr bei Ihnen, der schon so lange angestellt ist?«

»Nein, nicht unter den festangestellten Mitarbeitern. Da bin ich mir ziemlich sicher. Aber – äh – wir haben noch einen pensionierten Mitarbeiter, John, der kommt ein paarmal in der Woche vorbei. Er kann nicht auf die Jungen verzichten und sie nicht auf ihn. Er hat damals bestimmt schon hier gearbeitet.«

»Und er ist nicht zufällig heute da?«

»John? Nein. Der ist im Urlaub. Gran Canaria für 1295 Kronen, kann man da widerstehen, wie er immer sagt. Aber am Montag kommt er zurück. Dann werde ich zusehen, wie wir ihn hierherlocken. Er kommt doch, damit es die Jungen gut haben. Die mögen ihn. Rufen Sie doch am Montag noch mal an, dann sehen wir weiter.«

»Könnte ich seine Nummer zu Hause bekommen?«

»Nein, tut mir leid. Niemals die Privatnummern unserer Angestellten weitergeben, das ist unsere Politik. Man weiß ja nie, wer anruft.«

»Ich heiße Carl Mørck, habe ich das nicht eingangs gesagt? Doch, ich glaube schon. Ich bin Kriminalbeamter, daran erinnern Sie sich vielleicht?«

Der Diensthabende lachte. »Wenn Sie so tüchtig sind, finden Sie seine Privatnummer bestimmt auch selbst heraus. Aber ich würde doch vorschlagen, Sie warten bis Montag und rufen uns dann wieder an. Okay?«

Nachdem er das Gespräch beendet hatte, lehnte er sich in seinem Sitz zurück und sah aufs Armaturenbrett. Ein Uhr. Dann konnte er noch rechtzeitig ins Büro kommen und Merete Lynggaards Handy überprüfen, falls es der Akku nach fünf Jahren noch tat. Das war eher unwahrscheinlich. Ansonsten mussten sie schnellstens einen neuen beschaffen.

Draußen auf den Feldern hinter den Hügeln flogen die Möwen in Scharen auf. Ein Fahrzeug brummte unter ihnen und wirbelte die staubige Erde auf. Dann tauchte das Dach des Führerhauses auf. Es war ein Traktor, ein massiver Landini mit blauem Führerhaus, der gemächlich über den Acker rumpelte. So etwas wusste man, wenn man mit Mist an den Stiefeln aufgewachsen war. Also wird hier auch gedüngt, dachte Carl und beschloss loszufahren, ehe der Gestank zu ihm herüberwehte und in seine Klimaanlage geriet.

In dem Moment fiel sein Blick auf den Bauern, der hinter der Plexiglasscheibe saß. Die Kappe auf dem Kopf, voll konzentriert auf seine Arbeit und das Bestreben, alle Rahmen für die Ernte dieses Sommers zu sprengen. Er hatte rote Wangen und trug ein Holzfällerhemd. Ein richtiges kariertes Holzfällerhemd, wie es sie schon immer gab.

Verfluchter Mist, dachte er. Jetzt hatte er vergessen, die Kollegen in Sorø anzurufen. Er hatte ihnen sagen wollen, dass er glaubte, sich zu erinnern, welche Art von kariertem Hemd der Täter auf Amager getragen hatte. Er seufzte. Hätten sie ihn doch außen vor gelassen. Demnächst würde er wohl noch mal zu ihnen fahren müssen, um das Hemd zum zweiten Mal zu identifizieren.

Er gab die Nummer ein und bekam den Diensthabenden an den Apparat, der ihn unmittelbar zum Ermittlungschef durchstellte. Jørgensen hatten sie ihn genannt.

»Hier spricht Carl Mørck aus Kopenhagen. Ich glaube, ich kann jetzt bestätigen, dass eines der mir vorgelegten Hemden dem entsprach, das einer der Täter auf Amager trug.«

Jørgensen reagierte nicht. Warum zum Teufel räusperte er sich nicht wenigstens oder so etwas, damit man wusste, ob er noch dran war.

Dafür räusperte sich nun Carl, in der Hoffnung, es könnte ansteckend wirken, aber der Mann schwieg beharrlich. Vielleicht hatte er den Apparat nur auf Empfang eingestellt.

»Weißt du, ich habe in den letzten Nächten davon geträumt«, fuhr Carl fort. »Mehrere der Szenen von der Schießerei sind dabei zurückgekommen. Und auch der kurze Blick auf das Hemd. Ich kann das alles jetzt ziemlich deutlich vor mir sehen.«

»Aha«, sagte Jørgensen endlich. Vielleicht hätte er stattdessen jubeln sollen, wenigstens ein bisschen.

»Willst du nicht wissen, an welcher Stelle das Hemd, an das ich denke, auf dem Tisch lag?«

»Und du glaubst, daran kannst du dich erinnern?«

»Wenn ich mich an das Hemd erinnern kann, nachdem ich eine Kugel in den Kopf bekommen habe und ein 150-Kilo-Mann auf mich draufgefallen ist, während anderthalb Liter Blut von meinem besten Kumpel über mich spritzten, kann ich mich dann nicht vielleicht auch vier Tage später an die Reihenfolge der verdammten Hemden erinnern?«

»Es scheint mir nicht ganz das Normale zu sein.«

Carl zählte bis zehn. Sehr gut möglich, dass so etwas in der Storgade in Sorø »nicht ganz das Normale« war. Deshalb arbeitete er doch auch in einem Dezernat, in dem die Zahl der Gewaltdelikte zwanzigmal höher lag als in dem von Jørgensen, oder?

Schließlich sagte er nur: »Ich bin auch gut in Memory.«

Danach entstand wieder eine Pause, bis seine Antwort zu Jørgensen vorgedrungen war. »Nein, wirklich. Na, dann schieß mal los.«

»Es war das Hemd, das links außen lag«, sagte Carl. »Also dasjenige, das dem Fenster am nächsten war.«

»Okay«, antwortete Jørgensen. »Das entspricht der Aussage des Zeugen.«

»Gut, das freut mich. Okay, das war's schon. Ich schick dir eine Mail, dann hast du es schriftlich.« Inzwischen war der

Traktor auf dem Acker bedenklich nahe gekommen. Aus den Rohren des Gülleaufsatzes spritzte die Jauche, dass es eine Freude war.

Carl schloss das Fenster auf der Beifahrerseite und wollte gerade auflegen.

»Einen Moment noch«, sagte Jørgensen. »Wir haben einen Verdächtigen festgenommen. Also, unter Kollegen kann ich ja sagen, dass wir außerordentlich sicher sind, einen der Täter gefasst zu haben. Wann kannst du zur Gegenüberstellung hierherkommen? Vielleicht morgen?«

»Morgen? Nein, das kann ich nicht.«

»Wie meinst du das?«

»Morgen ist Samstag, und das ist mein freier Tag. Wenn ich ausgeschlafen habe, stehe ich auf und koche mir eine Tasse Kaffee, und dann gehe ich wieder ins Bett. Kann sein, dass ich den ganzen Tag nichts anderes mache, das weiß man nie. Außerdem hab ich keinen der Täter draußen auf Amager gesehen, was ich nun wirklich oft genug wiederholt habe, wenn du mal die Berichte nachliest. Und da mir das Gesicht des Mannes leider nicht im Traum erschienen ist, musst du damit rechnen, dass ich den Mann seither immer noch nicht gesehen habe. Deshalb werde ich nicht kommen. Ist das okay für dich, Jørgensen?«

Schon wieder dieses verdammte Schweigen. Das war ja nervtötender als diese Politiker, die ihre ewig langen Sätze mit einem Äh nach jedem zweiten Wort unterbrachen.

»Ob das okay ist, musst du selbst am besten wissen«, antwortete Jørgensen nach einer Weile. »Es waren schließlich deine Freunde, die der Mann zu Krüppeln gemacht hat. Wir haben jedenfalls eine Durchsuchung der Wohnung des Verdächtigen vorgenommen, und mehrere der Gegenstände, die wir dort fanden, deuten darauf hin, dass die Verbrechen von Amager und Sorø zusammenhängen.«

»Das ist gut, Jørgensen, Glückwunsch. Ich werde es in den Zeitungen verfolgen.«

»Du weißt, dass du als Zeuge auftreten musst, wenn der Fall vor Gericht kommt? Dass du das Hemd wiedererkannt hast, bringt die beiden Verbrechen zusammen.«

»Ja ja, muss ich wohl. Viel Glück.«

Er legte auf und spürte ein unangenehmes Gefühl im Brustbereich. Ein heftigeres Gefühl als zuvor. Das war vielleicht dem entsetzlichen Gestank zuzuschreiben, der plötzlich in den Wagen eindrang. Andererseits konnte da aber auch etwas Ernstes im Anmarsch sein.

Eine Minute lang saß er vollkommen still und wartete, bis sich der Druck etwas gelegt hatte. Der Traktorfahrer war jetzt ganz nahe. Carl erwiderte seinen Gruß und fuhr los. Nach etwa fünfhundert Metern bremste er ab, öffnete das Seitenfenster und schnappte gierig nach Luft. Er griff sich an die Brust und krümmte den Rücken, so weit es nur ging, um die Spannung loszuwerden. Dabei fuhr er an den Straßenrand und atmete tiefer und immer tiefer ein. Er hatte solche Panikattacken bei anderen gesehen, aber sie am eigenen Leib zu erfahren, war ein geradezu surreales Erlebnis. Er drückte die Tür auf und faltete die Hände vor dem Mund, um die Auswirkung des Hyperventilierens abzuschwächen. Mit den Füßen stieß er die Tür weit auf.

»Verfluchte Scheiße«, rief er, stieg aus und wankte vornübergebeugt an den Straßengraben. Sein Herz hämmerte wie ein harter Stempel. Plötzlich begannen sich die Wolken über ihm zu drehen, und der Himmel schien sich auf ihn zu senken. Während er noch fieberhaft in der Jackentasche nach seinem Handy suchte, ließ er sich zu Boden gleiten, um nicht plötzlich umzukippen. Sollte er etwa durch einen verdammten Herzanfall umkommen, ohne dass er selbst etwas dazu zu sagen hätte?

Ein vorbeifahrendes Auto verlangsamte seine Geschwindigkeit. Sie konnten ihn da unten im Straßengraben nicht sehen, aber er konnte sie hören. »Das sieht ja merkwürdig aus«, sagte eine Stimme, doch dann beschleunigte der Wagen und setzte seine Fahrt einfach fort. Wenn ich das Kennzeichen hätte, denen würde ich was erzählen, war Carls letzter Gedanke, dann wurde alles schwarz.

Mit dem Handy am Ohr und jeder Menge Erde auf den Lippen kam er wieder zu sich. Er spuckte aus, fuhr sich mit der Zunge über die Lippen und sah sich verwirrt um. Er fasste sich an die Brust. Der Druck war zwar noch immer nicht völlig verschwunden, aber offensichtlich stand es doch nicht ganz so schlimm um ihn. Mühsam kam er auf die Beine und schleppte sich zum Auto. Er ließ sich auf den Fahrersitz fallen und sah auf die Uhr. Kurz vor halb zwei. Also hatte er nicht so lange dort gelegen.

»Was war denn das, Carl?«, fragte er sich selbst. Sein Mund war staubtrocken und die Zunge doppelt so dick wie sonst. Seine Beine waren eiskalt, der Oberkörper dagegen schweißnass. In seinem Körper war etwas komplett schiefgegangen.

Du bist dabei, die Kontrolle zu verlieren, sagte eine innere Stimme. Da klingelte das Handy.

Assad fragte nicht, wie es ihm ginge, warum auch? »Carl, wir haben da ein Problem«, kam er sofort zur Sache, während Carl innerlich fluchte. »Die Techniker trauen sich nicht, die Ausstreichung in Merete Lynggaards Telefonbuch zu entfernen. Sie sagen, die Nummer und die Ausstreichung seien mit demselben Kuli gemacht. Und selbst wenn die Tinte zu unterschiedlichen Zeiten getrocknet ist, besteht die Gefahr, dass beide Schriften verschwinden. Das Risiko ist ihnen zu groß.«

Carl griff sich an die Brust. Jetzt fühlte es sich an, als würde er tonnenweise Luft schlucken. Es tat verflucht weh. War das wirklich ein Herzanfall gewesen? Oder fühlte es sich nur so an?

»Sie behaupten, wir müssten das nach England schicken. Sie haben irgendetwas von chemischem Aufweichen gesagt. Irgend so was.« Er wartete wohl darauf, dass Carl ihn korrigierte, aber Carl würde einen Teufel tun. Er war vollauf damit beschäftigt, die Augen zusammenzukneifen und die widerlichen Krämpfe auszuhalten, die in seinem Torso wüteten.

»Die sagen, das Resultat bekämen wir erst in drei bis vier Wochen. Ich finde, das dauert viel zu lange. Was meinst du?«

Carl versuchte sich zu konzentrieren, aber Assad hatte nicht so viel Geduld.

»Ich wollte es dir eigentlich nicht sagen, Carl, aber ich habe das Gefühl, dass ich mit dir rechnen kann. Deshalb sage ich es jetzt doch. Ich kenne einen, der das für uns machen kann.« Hier wartete Assad wohl auf irgendeine Äußerung, aber es kam nichts. »Carl, bist du noch dran?«

»Verflucht, ja doch«, zischte dieser und atmete ganz tief durch. Es tat verdammt weh, doch dann ließ der Druck etwas nach. »Wer ist das?«, fragte er und versuchte sich zu beruhigen.

»Nein, Carl, das willst du nicht wissen. Aber er kann was. Er kommt aus dem Mittleren Osten, ich kenne ihn ziemlich gut. Er kann wirklich was. Soll ich ihn darauf ansetzen?«

»Einen Augenblick, Assad, lass mich nachdenken.«

Mühsam stieg er aus und wankte zur Seite. Die Hände auf die Knie gestützt wartete er vornübergebeugt, dass das Blut wieder in den Kopf strömte. Er spürte, wie gut es tat, als der Druck im Kopf zu- und der in der Brust abnahm. Selbst der ekelhafte Gestank machte ihm jetzt nichts mehr aus. Die frische Luft war einfach wohltuend.

Als er sich wieder aufrichtete, fühlte er sich besser.

»Ja, Assad«, nahm er das Gespräch wieder auf. »Jetzt bin ich wieder da. Wir können keinen Passfälscher für uns arbeiten lassen, hörst du?«

»Wer sagt denn, dass er ein Passfälscher ist? Ich nicht.«

»Was ist er dann?«

»Er war dort, wo er herkommt, einfach nur gut in diesen Dingen. Er kann Stempel entfernen, ohne dass man es sieht. Dann wird er doch auch ein bisschen Tinte entfernen können. Mehr brauchst du gar nicht zu wissen. Er muss ja auch nicht wissen, womit er es zu tun hat. Er ist schnell, Carl, und es kostet nichts. Er ist mir noch einen Gefallen schuldig.«

»Wie schnell?«

»Wenn wir wollen, haben wir es am Montag.«

»Dann gib den Mist weiter. Gib ihn weiter.«

Assad murmelte irgendetwas. Vermutlich »okay« auf Arabisch.

»Noch eines, Carl. Ich soll dir von Frau Sørensen oben aus dem Morddezernat ausrichten, dass diese Zeugin von dem Fahrradmord angefangen hat, ein bisschen zu reden. Ich habe erfahren, dass sie …«

»Stopp, Assad. Das ist nicht unser Fall.« Er setzte sich wieder ins Auto. »Wir haben genug mit unseren eigenen Sachen zu tun.«

»Frau Sørensen wollte das nicht direkt so zu mir sagen, aber ich glaube, dass die oben aus der zweiten Etage gern deine Meinung hören würden, aber ohne dich so direkt zu fragen.«

»Dann frag sie aus, Assad, alles, was sie weiß. Und fahr am Montagmorgen zu Hardy und erzähl es ihm. Ich bin überzeugt davon, dass es ihn mehr amüsieren wird als mich. Nimm ein Taxi. Wir sehen uns dann anschließend im Präsidium, okay? Du kannst jetzt ruhig freimachen. Mach's gut, Assad. Grüß mir Hardy und sag ihm, ich käme nächste Woche vorbei.«

Er drückte auf die Taste mit dem roten Hörer. Als er losfahren wollte, entdeckte er, dass die Windschutzscheibe aussah, als hätte es geregnet. Hatte es aber nicht. Der Güllefahrer war nur sehr dicht an ihm vorbeigefahren.

Auf Carls Schreibtisch stand ein üppig mit Ornamenten verzierter Samowar. Falls Assad geglaubt hatte, die Ölflamme würde den Tee heiß halten, bis Carl zurückkam, hatte er sich getäuscht. Die gesamte Flüssigkeit war verdampft und der Kessel inzwischen so trocken, dass der Boden gefährlich knackte. Er blies die Flamme aus, dann ließ er sich schwer auf den Schreibtischstuhl fallen. Wieder spürte er diesen Druck in der Brust. Davon hatte er schon gehört. Eine Warnung, dann die Erleichterung. Eine erneute kurze Warnung und anschließend: Päng! Tot. Herrliche Aussichten für einen Mann, der noch etliche Jahre bis zur Pensionierung vor sich hatte.

Er nahm Mona Ibsens Visitenkarte und wog sie in der Hand. Zwanzig Minuten an ihrem warmen weichen Körper, dann würde es ihm schon besser gehen. Die Frage war nur, ob es genauso half, wenn er sich mit ihrem warmen weichen Blick begnügen musste.

Er nahm den Hörer und wählte ihre Nummer, und während das Freizeichen ertönte, kehrte der Druck erneut zurück. War das nun ein lebensbejahendes Herzklopfen oder eine Warnung vor dem Gegenteil? Woher sollte er das denn wissen?

Als sie ihren Namen sagte, schnappte er nach Luft.

»Carl Mørck.« Mühsam brachte er seinen Namen heraus. »Ich bin bereit, eine vollständige Beichte abzulegen.«

»Dann sollten Sie sich am besten an den Petersdom wenden«, war die trockene Antwort.

»Nein, ehrlich. Ich hatte heute eine Angstattacke. Also, das glaube ich zumindest. Es geht mir nicht gut.«

»Dann sagen wir Montag, elf Uhr. Soll ich Ihnen etwas zur Beruhigung verschreiben, oder schaffen Sie das Wochenende auch so?«

»Ich schaffe es so«, sagte er, war sich dessen allerdings ganz und gar nicht sicher, als er auflegte.

Noch zwei Stunden, dann würde Morten Holland von seinem Nachmittagsdienst im Videoladen zurück sein.

Er nahm Merete Lynggaards Handy vom Ladegerät und schaltete es ein. »Pincode eingeben« stand auf dem Display. Also war der Akku noch in Ordnung.

Er versuchte es mit der Zahlenkombination 1-2-3-4 und erhielt eine Fehlermeldung. Auf die umgekehrte Reihenfolge 4-3-2-1 kam der gleiche Bescheid. Jetzt hatte er nur noch einen

Schuss frei; wenn der nicht ins Schwarze traf, musste er das Gerät bei den Spezialisten abliefern. Er suchte in der Akte Meretes Geburtstag heraus. Aber ebenso gut konnte sie Uffes Geburtstag genommen haben. Er blätterte und fand ihn. Nun konnte sie natürlich beide kombiniert oder auch etwas völlig anderes gewählt haben. Er beschloss, es mit einer Kombination der Geburtstage der Geschwister zu versuchen, und gab die jeweils ersten beiden Ziffern ein, Uffes zuerst.

Bingo! Als auf dem Display ein Bild vom lächelnden Uffe erschien, der hinter Merete stand und sie umarmte, verschwand der Druck in seiner Brust für einen Moment. Andere hätten ein Siegesgeheul angestimmt, aber das schaffte er nicht. Stattdessen legte er die Beine auf den Tisch.

Er öffnete das Telefonverzeichnis und sah die Liste der eingegangenen und getätigten Anrufe zwischen dem 15. Februar 2002 bis zum Tag ihres Verschwindens durch. Das waren ziemlich viele. Für manche der Nummern musste er wohl in den Archiven der Telefongesellschaft nachforschen. Nummern, die seither ersetzt und noch einmal ersetzt worden waren. Das wirkte zunächst mühsam, aber nach einer Stunde war das Muster klar: Merete Lynggaard hatte in der ganzen Zeit ausschließlich mit Kollegen und Vertretern von Interessenorganisationen kommuniziert. Dreißig Anrufe waren allein von ihrem eigenen Sekretariat eingegangen, der allerletzte am 1. März.

Also waren mögliche Anrufe des falschen Daniel Hale an den Festnetzanschluss in ihrem Büro in Christiansborg gegangen. Wenn es diese Anrufe überhaupt gegeben hatte.

Er seufzte und schob mit dem Fuß einen Stoß Papiere zur Seite. Es kribbelte in seinem rechten Bein – zu gern hätte er Børge Bak einen Tritt in den Hintern versetzt. Falls die damalige Ermittlungsgruppe eine Liste der Anrufe an Merete Lynggaards Büroanschluss hatte erstellen lassen, so war sie auf jeden Fall verloren gegangen, denn in der Akte befand sie sich nicht.

Nun, darum würde Assad sich am Montag kümmern müssen, während er sich in Mona Ibsens Behandlung befand.

Die Auswahl an Playmobil-Spielzeug in Allerøds einschlägigem Laden war zwar durchaus nicht übel, aber die Preise waren saftig. Woher die Bürger dieser Stadt das Geld nahmen, Kinder in die Welt zu setzen, war Carl ein Rätsel. Er entschied sich für den weitaus billigsten Satz zu 26,75 Kronen und bat um eine Quittung. Morten Holland würde ihn unter Garantie doch umtauschen, das war ihm klar.

Als er nach Hause kam und Morten in der Küche sah, ging er sofort zu ihm und gestand. Zog die ausgeliehenen Gegenstände aus der Plastiktüte und legte sie auf den Tisch, daneben den neu erworbenen Karton. Sagte Morten, es täte ihm außerordentlich leid und er würde es mit Sicherheit nie wieder tun. Und überhaupt würde er nie mehr Mortens Reich betreten, wenn er, Morten, nicht zu Hause sei. Mortens Reaktion war vorhersehbar. Trotzdem war es überraschend, zu sehen, in welchem Ausmaß dieser große Mensch, dieses schwabbelige Beispiel für die verheerenden Auswirkungen fettreicher Ernährung und Bewegungsmangel, vor Zorn erbebte. Unglaublich, wie eine Kränkung einen Körper derart zum Zittern bringen konnte und wie sich Enttäuschung dermaßen wortreich ausdrücken ließ. Carl war Morten nicht nur auf die langen Zehen getreten, er hatte sie offenbar total zerquetscht.

Carl blickte verärgert auf die kleine Plastikfamilie, die da auf dem Küchentisch stand, und hätte das Ganze nur zu gern ungeschehen gemacht. Da kam der Druck in der Brust in ganz neuer Form zurück. Diesmal waren es nicht nur Schmerzen. Die Haut schien zu eng zu sein, die Muskeln vom Blutandrang zu kochen. Krämpfe der Bauchmuskulatur drückten seine Eingeweide gegen die Wirbelsäule. Der Puls geriet außer Rand und Band. Es tat nicht nur weh, es hinderte ihn auch daran, Luft zu holen.

Morten, der vollauf damit beschäftigt war, Carl zu beschimpfen, er möge sich nach einem anderen Mieter umsehen, bemerkte davon überhaupt nichts. Erst als Carl von Krämpfen des Oberkörpers geschüttelt zu Boden fiel, nahm Morten ihn wieder wahr. Sekunden später kniete er neben Carl und fragte ihn mit weit aufgerissenen Augen, ob er ein Glas Wasser haben wolle.

Ein Glas Wasser, wofür zum Teufel soll das denn gut sein, schoss es Carl durch den Kopf. Wollte er es über ihn ausgießen? Um dem Körper eine kleine Erinnerung an einen kurzen Sommerregen zu vermitteln? Oder hatte er vor, es ihm zwischen den zusammengepressten Zähnen hindurch zu verabreichen?

»Danke, gern, Morten«, zwang er sich zu sagen. Alles, Hauptsache, sie könnten sich auf halbem Wege entgegenkommen, und sei es auf dem Küchenfußboden.

Als er schließlich wieder auf die Beine gekommen war und am einen Ende des durchgesessenen Sofas saß, gewann in dem erschrockenen Morten der Pragmatismus die Oberhand. Wenn ein gleichmütiger Mensch wie Carl seine Entschuldigung mit einem so heftigen Zusammenbruch untermauerte, dann meinte er auch wirklich, was er sagte.

»Also gut, Carl. Ziehen wir einen Schlussstrich unter die Geschichte, okay?«, sagte er mit ernster Miene.

Carl nickte. Alles. Hauptsache, der Hausfrieden war gesichert und er bekam ein paar Stunden Ruhe, bevor Mona Ibsen in seinem Inneren zu graben begann.

32

2007

Im Wohnzimmer hatte Carl hinter den Büchern im Regal zwei halb leere Flaschen Gin und Whisky versteckt. Jesper, der sonst hemmungslos überall herumschnüffelte und seine Funde bei improvisierten Partys großzügig unter die Leute brachte, hatte das offenkundig nicht mitbekommen.

Carl trank beide Flaschen fast komplett leer, ehe er zur Ruhe kam und in einen tiefen Schlaf fiel. Das Wochenende zog sich in unendlich langen Stunden dahin. In den beiden Tagen stand er nur dreimal auf, um sich etwas aus dem Kühlschrank zu holen. Jesper war sowieso nicht zu Hause, und Morten besuchte seine Eltern in Næstved. Wen kümmerten also abgelaufene Haltbarkeitsdaten und ungesunde Ernährung.

Als der Montag kam, war Jesper an der Reihe, Carl wachzurütteln. »Nun steh doch endlich auf, Carl. Was ist denn hier los? Ich brauch Geld für was zu essen. Der Kühlschrank ist total leer gefressen.«

Er blinzelte. Seine Augen weigerten sich zu begreifen, geschweige denn zu akzeptieren, dass es bereits heller Tag war. »Wie spät ist es?«, murmelte er und wusste nicht einmal, welcher Wochentag es war.

»Komm schon, Carl. Ich bin verdammt spät dran.«

Er sah zu der Wanduhr, die ihm Vigga gnädigerweise überlassen hatte. Sie selbst hatte keinerlei Verständnis für Menschen, die verschliefen.

Urplötzlich hellwach, riss er die Augen auf. Es war zehn nach zehn! In fünfzig Minuten musste er einfach auf seinem Platz sitzen, damit Mona Ibsens wertvoller Behandlerblick auf ihm ruhen konnte.

»Es fällt Ihnen zurzeit also schwer, pünktlich aufzustehen?«, konstatierte sie nach einem raschen Blick auf ihre Armbanduhr. »Wie ich sehe, schlafen Sie immer noch schlecht«, fuhr sie fort.

Er ärgerte sich. Vielleicht hätte es geholfen, wenn er noch ins Bad gekommen wäre, ehe er aus der Tür stürzte. Wenn ich nur nicht stinke, dachte er und schob die Nase in Richtung der Achselhöhlen.

Sie saß gelassen da, ihre Hände lagen ruhig in ihrem Schoß. Die Beine hatte sie ausgestreckt und übereinandergeschlagen. Sie trug eine schwarze Hose. Ihre Haare waren kürzer als beim letzten Mal, sie waren fransig geschnitten. Die Augenbrauen waren rabenschwarz. Alles in allem wirkte sie auf ihn erschreckend.

Es gelang ihm dennoch, die Geschichte von seinem Zusammenbruch auf dem Acker zu berichten. Er hatte wohl so etwas wie Mitgefühl erwartet.

Stattdessen kam sie unmittelbar zur Sache. »Haben Sie das Gefühl, dass Sie bei der Schießerei Ihre Kollegen im Stich gelassen haben?«

Carl schluckte ein paarmal, faselte etwas von einer Pistole, die man schneller hätte ziehen können, und von Instinkten, die beim jahrelangen Umgang mit Kriminellen vielleicht ein bisschen abgestumpft seien.

»Sie haben also ganz offensichtlich das Gefühl, Sie hätten ihre Freunde im Stich gelassen. Solange Sie nicht einsehen, dass Sie das, was geschehen ist, auf gar keinen Fall hätten verhindern können, werden Sie darunter leiden.«

»Das alles hätte aber auch ganz anders verlaufen können«, entgegnete er.

Ohne darauf einzugehen, fuhr sie fort: »Sie müssen wissen, dass ich auch Hardy Henningsen behandele. Ich sehe den Fall deshalb von zwei Seiten. Ich hätte mich von Anfang an für befangen erklären sollen. Es gibt allerdings keine Vorschrift, die das verlangt. Deshalb frage ich Sie, ob Sie, da Sie es nun wissen, immer noch mit mir reden wollen. Es muss Ihnen klar sein, dass ich nicht auf das eingehen werde, was mir Hardy Henningsen erzählt, so wie Sie natürlich durch meine Schweigepflicht ebenfalls geschützt sind.«

»Das ist in Ordnung«, sagte er, ohne es zu meinen. Hätte nicht dieser zarte Flaum ihre Wangen bedeckt und hätten ihre Lippen nicht dermaßen danach geschrien, geküsst zu werden, wäre er aufgestanden und hätte gesagt, sie könne zum Teufel gehen. »Aber ich will mit Hardy darüber reden«, sagte er. »Hardy und ich können keine Geheimnisse voreinander haben, das geht nicht.«

Sie nickte und setzte sich noch aufrechter hin. »Waren Sie jemals in einer Situation, bei der Sie das Gefühl hatten, sie wüchse Ihnen über den Kopf?«

»Ja«, sagte er.

»Und wann?«

»In diesem Augenblick.« Er sah sie vielsagend an.

Sie ignorierte seinen Blick. Kaltes Weib.

»Was würden Sie darum geben, dass Anker und Hardy noch hier herumlaufen könnten?«, fragte sie und schloss gleich vier weitere Fragen an, die in ihm ein sonderbares Gefühl von Trauer auslösten. Bei jeder Frage sah sie ihm in die Augen und notierte seine Antworten auf einem Block. Er hatte das Gefühl, als wolle sie ihn zwingen, bis an den Rand, an den Abgrund zu gehen. Als sollte er fallen, ehe sie bereit wäre, ihm helfend die Hand hinzustrecken.

Sie bemerkte das dünne Rinnsal, das von seiner Nase lief, noch vor ihm selbst. Dann hob sie den Blick und sah die Tränen, die sich in seinen Augen sammelten.

Du darfst auf keinen Fall blinzeln, sonst fangen sie an zu laufen, sagte er sich selbst und begriff nicht, was sich da in ihm rührte. Er hatte keine Angst zu weinen, hatte auch nichts dagegen, dass sie es sah, er begriff nur einfach nicht, warum es ausgerechnet jetzt passierte.

»Weinen Sie nur«, sagte sie, so wie man einem Baby gut zuredet, doch sein Bäuerchen zu machen.

Als zwanzig Minuten später die Sitzung beendet war, hatte Carl die Nase voll. Er hatte genug davon, sich zu entblößen, seine Gefühle und Gedanken preiszugeben. Mona Ibsen hingegen wirkte zufrieden, als sie ihm einen neuen Termin gab und zum Abschied die Hand reichte. Sie versicherte ihm erneut, dass er keine Schuld am Ausgang der Schießerei trüge und dass er im Laufe der Behandlung bald wieder zu sich selbst finden würde.

Er nickte. In gewisser Weise ging es ihm tatsächlich besser. Vielleicht weil ihr Duft seinen eigenen überlagerte und weil sich ihr Händedruck so leicht und weich und warm anfühlte.

»Carl, wenn Sie etwas auf dem Herzen haben, nehmen Sie bitte zu mir Kontakt auf. Egal, worum es sich handelt, ob Sie finden, es sei nur eine Kleinigkeit, oder ob es etwas Großes ist. Man weiß nie, ob und inwiefern es für unsere weitere Zusammenarbeit wichtig ist.«

»Dann hätte ich gleich schon eine Frage«, sagte er und versuchte, sie seine sehnigen Hände sehen zu lassen. Immer wieder hatten Frauen ihm im Lauf der Jahre zu verstehen gegeben, wie sexy seine Hände seien.

Sie bemerkte sein Posieren und lächelte zum ersten Mal. Hinter den weichen Lippen deutete sich eine Reihe Zähne an, die noch weißer waren als die von Lis in der zweiten Etage. Ein seltener Anblick in einer Zeit, wo das Gebiss der meisten durch den Genuss von Rotwein und koffeinhaltigen Drinks eher wie altes Zeitungspapier aussah.

»Und das wäre?«, sagte sie.

Er gab sich einen Ruck. »Interessieren Sie sich für das andere Geschlecht?« Er erschrak selbst, wie plump das klang, aber nun war es zu spät. »Bitte entschuldigen Sie.« Er schüttelte den Kopf. Wie sollte er jetzt weiterkommen? »Ich wollte eigentlich nur fragen, ob Sie vielleicht eines Tages eine Einladung zum Essen annehmen würden?«

Ihr Lächeln erstarrte. Die weißen Zähne und die weichen Gesichtszüge waren verschwunden.

»Carl, ich glaube, Sie sollten eine derartige Offensive erst in Angriff nehmen, wenn Sie sich vollständig erholt haben. Und dann sollten Sie Ihr Opfer sorgfältiger auswählen.«

Sie drehte sich um und öffnete die Tür zum Gang. Er spürte, wie sich der Ärger blitzschnell in seinem ganzen Körper ausbreitete. Verdammter Mist. »Wenn Sie meinen, dass Sie nicht zu der Kategorie ›sorgfältig ausgewählt‹ gehören«, brummte er, »dann wissen Sie offenbar nicht, welche Wirkung Sie auf das andere Geschlecht haben.«

Sie drehte sich um, streckte ihm eine Hand entgegen und deutete auf den Ring an ihrem Finger.

»Doch, das weiß ich schon«, sagte sie und bewegte sich rückwärts aus der Kampfzone.

Da stand er nun mit hängenden Schultern, in den eigenen Augen einer der besten Ermittler, den das Königreich Dänemark zu bieten hatte, und fragte sich, wie er etwas so Elementares hatte übersehen können.

Das Heim in Godhavn meldete sich. Man informierte ihn, dass man mittlerweile den pensionierten Pädagogen John Rasmussen erreicht hätte. Er habe vor, am nächsten Tag seine Schwester in Kopenhagen zu besuchen, und da er das Polizeipräsidium der Stadt schon immer mal besichtigen wollte, würde er Carl sehr gern gegen zehn, halb elf einen Besuch abstatten, wenn das in Ordnung wäre. Carl konnte ihn nicht selbst anrufen, so waren nun mal ihre Regeln, aber wenn ihm etwas dazwischenkäme, solle er das Heim verständigen.

Erst, als er den Hörer aufgelegt hatte, war er wieder in der Realität angekommen. Nach dem Misserfolg bei Mona Ibsen hatten sich seine Gedanken unentwegt im Kreis gedreht, nun musste er endlich wieder richtig in Gang kommen. Der pensionierte Sozialpädagoge von Godhavn, der auf Gran Canaria gewesen war, wollte ihm also einen Besuch abstatten. Vielleicht hätte Carl sich vergewissern sollen, dass sich der Mann überhaupt an einen Jungen namens Atomos erinnerte, bevor er sich als Fremdenführer im Präsidium anbot. Verdammter Mist.

Er holte mehrmals tief Luft und bemühte sich, Mona Ibsen und ihre Katzenaugen aus seinem Kopf zu verbannen. Im Lynggaard-Fall gab es jede Menge kleine Fäden, die zusammengefügt und zu einem Knoten verbunden werden mussten. Er musste sich einfach nur darauf einlassen und loslegen, ehe ihn das Selbstmitleid vollkommen lähmte.

Zu den ersten Aufgaben gehörte, dass sich die Familienhelferin Helle Andersen aus Stevns die Fotos anschauen sollte, die er in Dennis Knudsens Haus bekommen hatte. Vielleicht ließ sie sich auch mit ein paar schmeichelhaften Worten von einem Vizekriminalkommissar ins Präsidium locken? Alles, wenn er nur nicht noch mal über diesen Fluss fahren musste, den Tryggevælde Å.

Er wählte ihre Nummer und bekam den Herrn Gemahl an den Apparat, der noch immer behauptete, wegen unglaublicher Rückenschmerzen krankgeschrieben zu sein. Er klang allerdings erstaunlich munter. Sagte »Hallo Carl«, als hätten sie mal zusammen im Pfadfinderlager aus demselben Topf gefuttert.

Ihm zuzuhören war wie neben der Tante zu sitzen, die nie einen Mann abbekommen hatte. Äh, doch, ja, natürlich würde er Helle ans Telefon rufen, wenn sie denn zu Hause wäre. Nein, sie war immer bis spät abends bei ihren Klienten. Hoppla, nun hörte er doch ihr Auto in der Auffahrt. Jawohl, sie hatte doch ein neues Auto, den Unterschied zwischen einem 1,3er und einem 1,6er konnte man deutlich hören. Und es stimmte einfach, was der Mann im Fernsehen sagte, dass diese Suzuki nämlich verdammt noch mal hielten, was sie versprachen. Nein, also wenn man seinen alten Opel gerade zu einem guten Preis abgestoßen hatte, war das allerhand. So plapperte der Ehemann dahin, bis im Hintergrund seine Frau mit schriller Stimme ihre Ankunft kundtat: »Hallo Ole! Bist du das? Hast du das Holz aufgestapelt?«

Gut für Ole, dass diese Frage nicht der Krankenkasse zu Ohren kam.

Als sie endlich ein wenig Atem geschöpft hatte, war Helle Andersen herzlich und entgegenkommend. Carl bedankte sich, dass sie Assad neulich so freundlich empfangen hatte. Dann fragte er, ob sie wohl in der Lage sei, via E-Mail einige Fotos anzuschauen, die er eingescannt hatte.

»Jetzt gleich?«, fragte sie und erklärte ihm im nächsten Atemzug, warum das nicht so gut passte. »Ich habe gerade Pizza mit nach Hause gebracht. Ole hat sie am liebsten mit Salat, und wenn das Grünzeug erst im Käse versinkt, ist das nicht mehr so lecker.«

Nach zwanzig Minuten rief sie zurück. Sie klang, als habe sie den letzten Bissen noch nicht ganz hinuntergeschluckt.

»Haben Sie meine E-Mail geöffnet?«

»Ja«, bestätigte sie und sagte, sie sähe sich gerade die drei Fotos an.

»Klicken Sie auf das erste. Was sehen Sie?«

»Das ist dieser Daniel Hale, von dem mir Ihr Assistent vor ein paar Tagen ein Foto gezeigt hat. Den hatte ich vorher noch nie gesehen.«

»Dann öffnen Sie das zweite. Wie steht es damit?«

»Wer ist das?«

»Ja, das frage ich Sie. Er heißt Dennis Knudsen. Haben Sie ihn schon mal gesehen? Vielleicht ein paar Jahre älter als auf diesem Foto.«

Sie lachte. »Jedenfalls nicht mit dieser idiotischen Kappe. Nein, ich bin mir ziemlich sicher, dass ich ihn noch nie gesehen habe. Er erinnert mich an meinen Cousin Gorm, aber Gorm ist mindestens doppelt so dick.«

Das lag wohl in der Familie.

»Und was ist mit dem dritten? Der Mann, den Sie dort sehen, unterhält sich mit Merete, kurz bevor sie verschwand. Das Foto wurde in Christiansborg aufgenommen. Man sieht den

Mann zwar nur von hinten, aber sagt Ihnen das etwas? Kleidung, Haare, Haltung, Größe, Figur, was auch immer?«

Es entstand eine vielversprechende Pause.

»Ich bin mir nicht sicher. Wie Sie schon sagten, man sieht ihn eben nur von hinten. Aber vielleicht kenne ich ihn. Was dachten Sie denn, wo ich ihn schon mal gesehen haben könnte?«

»Na ja, das sollten eigentlich Sie mir sagen.«

Nun komm schon, Helle, dachte er. So viele Möglichkeiten sollte es doch nicht geben.

»Ich weiß schon, dass Sie an den Mann denken, der den Brief abgeliefert hat. Ich hab ihn ja nur sehr kurz gesehen, und da hatte er ganz andere Sachen an, deshalb ist es nicht so leicht. Aber vieles stimmt überein, ich bin mir nur einfach nicht sicher.«

»Dann solltest du auch nichts sagen, Schatz«, war im Hintergrund zu hören. Carl fiel es schwer, nicht laut und vernehmlich zu seufzen.

»Okay«, sagte Carl. »Ich habe noch ein letztes Foto, das ich Ihnen gern schicken würde.« Er klickte auf die Mailbox.

»Es ist angekommen«, sagte sie zehn Sekunden später.

»Also, dann sagen Sie mal, was Sie sehen.«

»Ich sehe ein Foto von dem Mann, der auf Foto Nummer zwei auch drauf war. Dennis Knudsen, hieß er nicht so? Hier ist er noch ein Junge, aber diesen komischen Gesichtsausdruck würde man ja überall wiedererkennen. Was für witzige Wangen. Ich bin sicher, dass er als Junge Gokart fuhr. Das hat mein Cousin Gorm auch gemacht.«

Damals wog er aber wohl noch keine fünfhundert Kilo, hätte Carl gern eingeflochten. »Sehen Sie sich doch mal den Jungen hinter Dennis Knudsen an. Sagt Ihnen das Gesicht etwas?«

Am anderen Ende wurde es ganz still. Sogar der Herr Gemahl hielt den Mund. Carl wartete ab. Hieß es nicht, Geduld sei die Tugend der Ermittler?

»Also, das ist jetzt echt unheimlich«, kam schließlich von

Helle Andersen. Ihre Stimme war plötzlich ganz leise geworden. »Das ist er. Ich bin mir wirklich sehr sicher, dass er es ist.«

»Sie meinen, das ist der Mann, der bei Meretes Haus den Brief übergeben hat?«

»Ja.« Wieder folgte eine längere Pause, als müsste sie zu dem Bild des Jungen erst noch zwanzig Jahre addieren. »Ist er es, den Sie suchen? Glauben Sie, dass er etwas mit Meretes Verschwinden zu tun hat? Muss ich Angst vor ihm haben?« Sie klang aufrichtig besorgt. Es hatte eine Zeit gegeben, da hätte sie sicher auch allen Grund dazu gehabt.

»Es ist fünf Jahre her, insofern haben Sie nichts zu befürchten, Helle. Seien Sie ganz beruhigt.« Er hörte, wie sie seufzte. »Sie glauben also, es handelt sich um ein und dieselbe Person. Sind Sie sich da ganz sicher?«

»Das muss er sein. Ja, vollkommen sicher. Er hat so charakteristische Augen, sehen Sie das nicht? Puh, da wird es mir gleich ganz anders.«

Das liegt wohl eher an der Pizza, dachte Carl. Er bedankte sich, legte auf und lehnte sich zurück.

Sein Blick fiel auf eines der farbigen Pressefotos von Merete Lynggaard, das oben auf der Akte lag. Im Augenblick fühlte er stärker denn je in diesem Fall, dass er als Bindeglied zwischen Opfer und Täter stand. Ja, zum ersten Mal war er sich seiner Sache sicher. Dieser Atomos war zu einem reinen Teufel herangewachsen. Blumig ausgedrückt

Das Böse in ihm hatte ihn zu Merete Lynggaard geführt, die Frage war jetzt nur noch, warum und wie und wann. Vielleicht würde er darauf nie eine Antwort erhalten, aber der Wille dazu war jedenfalls vorhanden.

Da sollte doch eine Frau wie Mona Ibsen in der Zwischenzeit ruhig ihren Ehering putzen.

Anschließend schickte er die Fotos an Bille Antvorskov, den Mann von BasicGen. Keine fünf Minuten später hatte er die

Antwort per E-Mail vorliegen. Ja, doch, der eine Junge auf den Fotos erinnere ihn sehr an den Mann, den er nach Christiansborg mitgenommen hat. Aber unterschreiben könnte er nicht, dass er es war.

Carl war trotzdem zufrieden. Er war sicher, dass Bille Antvorskov niemals irgendetwas unterschreiben würde, was er nicht zuerst auf Herz und Nieren geprüft hatte.

Dann klingelte das Telefon. Aber weder der Mann aus Godhavn noch Assad war dran, wie er angenommen hatte, sondern ausgerechnet Vigga.

»Wo bleibst du denn, Carl?« Ihre Stimme vibrierte förmlich.

Er versuchte zu erkennen, was los war. Aber noch ehe er zu einem Ergebnis gelangt war, kam die Suada.

»Der Empfang hat vor einer halben Stunde angefangen, und bisher ist keine Menschenseele aufgetaucht. Wir haben zehn Flaschen Wein und zwanzig Tüten mit Snacks. Wenn du jetzt auch noch wegbleibst, dann weiß ich gar nicht mehr weiter.«

»Du meinst in deiner Galerie?«

An dem kurzen Schniefen am anderen Ende hörte er, dass sie kurz davor war, in Tränen auszubrechen.

»Ich weiß nichts von einem Empfang.«

»Hugin hat vorgestern fünfzig Einladungen rausgeschickt.« Sie schniefte ein letztes Mal, dann kam wieder die gute alte Vigga zum Vorschein. »Warum kann man nicht zumindest mit *deiner* Unterstützung rechnen? Du, der du doch sogar Geld in das Projekt gesteckt hast!«

»Frag doch mal das wandelnde Gespenst.«

»Wen bezeichnest du als Gespenst? Hugin?«

»Hast du noch andere von dieser Sorte rumlaufen?«

»Hugin hat jedenfalls mindestens ein ebenso großes Interesse daran wie ich, dass das hier funktioniert.«

Das bezweifelte er nicht. Wo sonst konnte der seine Klecksereien ausstellen?

»Vigga, ich sage nur: Wenn dieser Einstein überhaupt daran

gedacht hat, die Briefe am Samstag in den Briefkasten zu stecken, wie er behauptet, dann liegen sie doch frühestens in den Briefkästen, wenn die Leute irgendwann nachher von der Arbeit nach Hause kommen.«

»Ach verdammter Mist, natürlich!«, stöhnte sie.

So gab es einen Mann in Schwarz, der an diesem Tag der Blamierte war. Schadenfreude ist die schönste Freude.

Tage Baggesen klopfte in dem Moment an Carls Türrahmen, als dieser sich gerade eine der Zigaretten angezündet hatte, nach denen er sich seit Stunden verzehrte.

»Ja«, sagte er, die Lungen voller Rauch, und erkannte den Mann, der offenbar einen hübschen kleinen Rausch hatte und einen Geruch von Cognac und Bier verströmte.

»Ja, es tut mir leid. Ich möchte mich dafür entschuldigen, dass ich unser Telefonat neulich vorzeitig abgebrochen habe. Ich musste nachdenken, jetzt wo die Dinge doch ans Tageslicht kommen.«

Carl bat ihn, Platz zu nehmen, und fragte, ob er etwas zu trinken haben wolle, aber der Parlamentarier winkte mit einer Hand ab, während er mit der anderen nach der Stuhllehne griff. Nein, durstig war der wohl nicht mehr.

»An welche Dinge denken Sie da im Augenblick?« Carl bemühte sich, seine Frage so klingen zu lassen, als hätte er noch etwas in der Hinterhand, was aber nicht der Fall war.

»Morgen werde ich von meinem Posten im Folketing zurücktreten«, sagte Baggesen und sah sich mit müden Augen im Raum um. »Nach diesem Gespräch gehe ich zu unserem Vorsitzenden. Merete hat mich gewarnt, dass es so kommen würde, wenn ich nicht auf sie hörte. Aber ich habe nicht auf sie gehört, sondern das getan, was ich nie hätte tun sollen.«

Carl kniff die Augen zusammen. »Dann ist es ja gut, dass wir zwei reinen Tisch machen, ehe Sie vor Gott und aller Welt Ihr Geständnis ablegen.«

Baggesen nickte und senkte den Kopf. »Ich habe 2000 und 2001 Aktien gekauft, und ich habe dabei Gewinne gemacht.«

»Was für Aktien?«

»Allen möglichen Mist. Und dann bekam ich einen neuen Finanzberater, der mir riet, in Waffenfabriken in den USA und in Frankreich zu investieren.«

Auf die Idee, dass Carl sein Erspartes so anlegen sollte, würde der Berater in der Lokalbank in Allerød nie kommen. Er zog noch einmal kräftig an seiner Zigarette, dann drückte er sie aus. Nein, das konnte Carl sich lebhaft vorstellen. Mit so etwas wollten die Mitglieder der pazifistischen Partei Radikales Centrum mit Sicherheit nicht in Zusammenhang gebracht werden.

»Außerdem habe ich unwissentlich zwei meiner Immobilien an Bordellbesitzer vermietet. Anfangs hatte ich keine Ahnung, was dort vor sich ging, aber ich fand es heraus. Und unternahm nichts. Sie lagen in Strøby Egede, also ganz in der Nähe von Meretes Wohnung. Und man redete dort darüber. Ich hatte in dieser Phase viele Sachen laufen. Leider habe ich Merete gegenüber mit meinen Geschäften geprahlt. Ich war so verliebt, und sie war so desinteressiert. Vielleicht habe ich gehofft, mit ein bisschen großspurigem Auftreten ihr Interesse wecken zu können. Aber das ging natürlich daneben.« Er massierte mit der Linken seinen Nacken. »So war sie doch überhaupt nicht.«

Carl sah dem Rauch seiner Zigarette nach, bis er sich im Raum aufgelöst hatte. »Und Merete Lynggaard hat Sie gebeten, mit diesen Geschäften aufzuhören?«

»Nein, das hat sie nicht.«

»Was dann?«

»Sie sagte, sie würde es vielleicht aus Versehen ihrer damaligen Assistentin Marion Koch erzählen. Was gemeint war, lag auf der Hand. Dann hätte es sofort jeder gewusst. Merete hat mich nur gewarnt.«

»Warum interessierte sie sich überhaupt für Ihre Geschichten?«

»Das tat sie ja eben nicht. Das war doch der Grund für alles.« Er seufzte und stützte den Kopf in beide Hände. »Ich hatte mich so lange um sie bemüht, dass sie mich am Ende einfach nur noch loswerden wollte. Und auf diese Weise bekam sie ihren Willen. Ich bin mir ziemlich sicher, dass sie, wenn ich sie weiter so unter Druck gesetzt hätte, die Informationen über mich lanciert hätte. Verdammt, was sonst hätte sie denn auch tun sollen?«

»Also ließen Sie Merete daraufhin in Ruhe, betrieben aber weiter Ihre Geschäfte?«

»Ich kündigte die Mietverträge der Bordelle, aber die Aktien behielt ich. Die habe ich erst eine ganze Weile nach dem 11. September verkauft.«

Carl nickte. Ja, an dieser Katastrophe waren viele reich geworden.

»Was haben Sie daran verdient?«

Baggesen hob den Kopf. »Gut und gerne zehn Millionen Kronen.«

Carl schob die Unterlippe vor. »Und dann haben Sie Merete umgebracht, damit sie nicht damit an die Öffentlichkeit geht?«

Der Parlamentarier zuckte zusammen. Jetzt erkannte Carl das erschrockene Gesicht vom letzten Mal, als er mit ihm ins Gericht gegangen war.

»Nein, aber nein, warum sollte ich! Ich hatte bei dem, was ich getan hatte, ja gegen keinerlei Gesetz verstoßen. Es wäre nichts anderes passiert, als das, was ich heute selbst in die Hand nehmen werde.«

»Man hätte Sie gebeten, die Fraktion zu verlassen? Und heute gehen Sie selbst?«

Sein Blick flackerte und wanderte durch den Raum. Erst als er seine Initialen in der Liste der Verdächtigen auf der Pinnwand entdeckte, kam sein Blick zur Ruhe.

»Das da«, er deutete auf die Tafel, »können Sie ruhig streichen.« Er stand auf und ging.

Assad erschien erst gegen fünfzehn Uhr auf der Arbeit. Beträchtlich später, als man von einem Mann mit seinen bescheidenen Qualifikationen und seiner exponierten Lage erwartet hätte. Carl überlegte kurz, ob er die Gelegenheit für eine Zurechtweisung nutzen sollte. Doch Assad sah so froh und so begeistert aus, dass ihm die Lust darauf sofort wieder verging.

»Was um alles in der Welt hast du so lange gemacht?«, fragte er stattdessen und deutete auf die Wanduhr.

»Carl, ich soll dich von Hardy grüßen. Du hast mich selbst zu ihm geschickt.«

»Bist du etwa sieben Stunden lang bei Hardy gewesen?« Er deutete noch einmal zur Uhr.

Assad schüttelte den Kopf. »Ich hatte ihm doch erzählt, was ich von dem Fahrradmord wusste. Und weißt du, was er gesagt hat?«

»Er hat dir erzählt, wer der Mörder ist.«

Verblüfft sah Assad ihn an. »Du kennst ihn wirklich gut, Carl. Ja, genau das hat er gemacht.«

»Aber kaum, indem er einen Namen genannt hat, denke ich mir.«

»Einen Namen? Nein. Aber er sagte, man sollte nach einer Person suchen, die für die Kinder der Zeugin von Bedeutung ist. Kein Lehrer oder jemand von den Kindertagesstätten, sondern einen Menschen, von dem sie wirklich sehr abhängig sind. Der Exmann der Zeugin oder ein Arzt oder vielleicht jemand, zu dem die Kinder wirklich aufschauen. Ein Reitlehrer oder so etwas. Aber es müsste einer sein, der mit beiden Kindern zu tun hätte. Das habe ich oben im zweiten Stock gerade alles erzählt.«

»Na Donnerwetter.« Carl spitzte den Mund. Es war schier unglaublich, wie gut er sich inzwischen ausdrücken konnte. »Ich kann mir vorstellen, dass Bak heilfroh war.«

»Heilfroh?« Er schmeckte dem Wort nach. »Vielleicht. Wie sieht man dann aus?«

Carl zuckte die Achseln. Jetzt erkannte er ihn wieder. »Und

was hast du sonst noch alles gemacht?« Daran, wie Assads Augenbrauen sich hoben und senkten, konnte er sehen, dass dieser noch etwas in der Hinterhand hatte.

»Schau, was ich hier habe, Carl.« Er zog Merete Lynggaards abgewetzten Lederkalender aus seiner Plastiktüte und legte ihn auf den Tisch. »Sieh selbst nach. Ist der Mann nicht wirklich tüchtig?«

Carl öffnete das Telefonverzeichnis unter H. Die Verwandlung war auf den ersten Blick sichtbar. Ja, das war phantastisch gut gemacht. Wo vorher nur eine durchgestrichene Telefonnummer gestanden hatte, war jetzt, zwar leicht verwischt, aber dennoch deutlich zu lesen: Daniel Hale, 25 772 060. Es war unglaublich. Noch toller als die Geschwindigkeit, mit der seine Finger über die Tastatur flogen, um die Nummer im Telefonregister zu überprüfen.

Er musste die Nummer einfach ausprobieren. Natürlich war es vergeblich.

»Handynummer ungültig, steht da. Ruf Lis an und bitte sie, die Nummer sofort zu überprüfen. Sag ihr, es könnte gut sein, dass die Nummer schon seit fünf Jahren nicht mehr gültig ist. Wir kennen die Telefongesellschaft nicht, aber das findet sie schon heraus, da bin ich mir sicher. Beeil dich, Assad«, sagte er und gab ihm einen Klaps auf die Granitschultern.

Carl zündete sich eine Zigarette an, lehnte sich zurück und rekapitulierte.

Merete Lynggaard hatte den falschen Daniel Hale in Christiansborg kennengelernt. Möglicherweise hatte sie einen kleinen Flirt mit ihm, und nach wenigen Tagen ließ sie ihn fallen. Die Art, wie sie seinen Namen in ihrem Telefonverzeichnis durchgestrichen hatte, wirkte ungewöhnlich für sie, fast wie eine Art Ritual. Was auch immer der Grund dafür sein mochte, so war doch die Begegnung mit dem sogenannten Daniel Hale in Meretes Leben in jedem Fall ein einschneidendes Erlebnis.

Carl versuchte, sie sich vorzustellen. Die schöne Politikerin, die das ganze Leben noch vor sich hat und die dann dem Falschen begegnet. Einem Betrüger, einem Mann mit bösen Absichten. Mehrere hatten ihn mit dem Jungen in Verbindung gebracht, der Atomos genannt wurde. Die Familienhelferin in Magelby glaubte, der Junge sei höchstwahrscheinlich identisch mit jenem Mann, der den Brief mit dem Gruß »Gute Reise nach Berlin« abgegeben hat. Und Bille Antvorskov zufolge war Atomos derjenige, der sich später als Daniel Hale ausgab. Derselbe Junge, von dem Dennis Knudsens Schwester behauptete, er habe in der Jugend großen Einfluss auf ihren Bruder gehabt, und der nach allem, was sie nun wussten, auch derjenige war, der seinen Freund Dennis Knudsen dazu angestachelt hatte, mit dem Auto des richtigen Daniel Hale zusammenzustoßen und somit dessen Tod zu verursachen. Vertrackt und kompliziert und doch auch wieder nicht.

Nach und nach waren viele Puzzleteile zusammengekommen. Dazu gehörte Dennis Knudsens sonderbarer Tod kurz nach dem Autounfall. Dazu gehörte Uffes mehr als heftige Reaktion beim Anblick eines uralten Fotos des jungen Atomos, der höchstwahrscheinlich später Merete Lynggaard als Daniel Hale begegnet war. Eine Begegnung, die zu arrangieren der Mann keine Mühe gescheut hatte.

Und schließlich und endlich das Verschwinden von Merete Lynggaard.

Carl hatte Sodbrennen, die ganze Geschichte konnte einem aber auch wirklich sauer aufstoßen. Im Augenblick wünschte er sich fast einen Schluck von Assads ekelhaft süßem Tee.

Wenn Carl etwas hasste, dann unnötiges Warten. Warum zum Teufel konnte er nicht jetzt auf der Stelle mit diesem verdammten Erzieher aus Godhavn reden? Dieser Atomos musste doch einen Namen haben und eine Personennummer. Etwas, das bis in die Gegenwart hineinreichte. Mehr wollte er doch gar nicht wissen. Nur das. Jetzt gleich!

Er drückte die Zigarette aus, nahm die alten Listen zu dem Fall von der Pinnwand und ging die Einzelheiten noch einmal durch.

Verdächtig:
1) Uffe
2) Unbekannter Postbote. Brief bezüglich Berlin
3) Mann/Frau aus dem Café Bankeråt
4) »Kollegen« in Christiansborg – TB + ?
5) Raubmord nach Überfall.
   Wie viel Bargeld war in der Tasche?
6) Sexualdelikt

Überprüfen:
Uffes Sachbearbeiterin in der Gemeinde Stevns
Telegramm
Assistentinnen in Christiansborg
Zeugen auf der Fähre »Schleswig-Holstein«

Pflegefamilie nach dem Unfall / alte Kommilitonen. Neigte sie zu Depressionen? War sie schwanger? Verliebt?

Neben »Unbekannter Postbote« schrieb er in Klammern »Atomos als Daniel Hale«. Dann strich er Tage Baggesens Initialen durch und setzte hinter die Frage, ob sie schwanger war, zwei weitere Fragezeichen.

Außer Punkt 3 standen auf dem ersten Blatt immer noch die Punkte 5 und 6. Das kranke Hirn eines Raubmörders würde schon eine kleine Summe Geld in Versuchung führen. Hingegen war Punkt 6 mit sexuellen Motiven als Hintergrund eher unwahrscheinlich, wenn man die räumlichen Gegebenheiten und den zeitlichen Rahmen auf der Fähre in Betracht zog.

Von den Punkten auf dem zweiten Blatt fehlten ihm noch immer die Zeugen auf der Fähre, die Pflegefamilie und die

Kommilitonen. Was die Zeugen anging, brachten die Protokolle nichts Erhellendes, und der Rest war inzwischen auch egal. Selbstmord war es auf jeden Fall nicht.

Nein, mit den Zetteln hier komme ich nicht wirklich weiter, dachte er, warf noch einmal einen Blick darauf, knüllte sie dann zusammen und warf sie in den Papierkorb.

Er nahm Merete Lynggaards Telefonverzeichnis zur Hand und hielt es sich ganz nahe vor die Augen. Ein verdammt gutes Stück Arbeit, das Assad da hatte machen lassen. Die Ausstreichung war verschwunden, vollständig weg. Es war unglaublich.

»Aber du sagst mir noch, wer das hier gemacht hat!«, rief er quer über den Flur, doch Assad machte eine abwehrende Handbewegung. Erst jetzt sah er, dass seine Hilfskraft den Telefonhörer am Ohr hatte. Sonderlich heiter wirkte er nicht, ganz im Gegenteil. Also war es wohl nicht so leicht, den Inhaber der alten Telefonnummer herauszufinden, die Merete im Verzeichnis unter »Hale« notiert hatte.

»War in dem Handy eine Prepaidkarte?«, fragte er, als Assad herüberkam und missbilligend mit der Hand den Rauch wegwedelte.

»Ja«, antwortete er und reichte Carl ein Stück Papier mit seinen Notizen. »Das Handy gehörte einem Mädchen aus der siebten Klasse in der Tjørnely-Schule in Greve. Sie hat es am Montag, dem 18. Februar 2002, als gestohlen gemeldet. Es wurde aus ihrem Mantel gestohlen, der auf dem Gang vor dem Klassenzimmer hing. Der Diebstahl wurde erst ein paar Tage später angezeigt. Keiner weiß, wer es war.«

Carl nickte. Wer der Inhaber war, wussten sie jetzt, aber nicht, wer das Handy gestohlen und benutzt hatte. Das ergab Sinn. Er war sich jetzt sicher, dass alles zusammenhing. Merete Lynggaards Verschwinden war nicht das Ergebnis einer Reihe von Zufällen gewesen – im Gegenteil. Ein Mann hatte sich ihr mit unlauteren Absichten genähert, wie man zu sagen pflegte. Und er hatte eine Kette von Ereignissen in Gang gesetzt, die damit endete, dass die schöne Politikerin nie mehr gesehen wurde. Inzwischen waren mehr als fünf Jahre vergangen. Natürlich befürchtete Carl das absolut Schlimmste.

»Lis lässt fragen, ob sie mit dem Fall weitermachen soll«, sagte Assad.

»Inwiefern?«

»Ob sie versuchen soll, die Gespräche von dem alten Telefon in Merete Lynggaards Büro mit dieser Nummer hier in Verbindung zu bringen?« Assad deutete auf den kleinen Zettel, auf dem mit recht zierlichen Blockbuchstaben die Daten des Mädchens vermerkt waren: »25 772 060, Sanne Jønsson. Tværager 90, Greve Strand«. Also war Assad doch in der Lage, so zu schreiben, dass man es lesen konnte!

Carl schüttelte über sich selbst den Kopf. Hatte er tatsächlich vergessen, Lis zu bitten, die Listen mit den geführten Telefonaten zu vergleichen? Verdammt! Er musste sich wirklich Notizen machen, ehe ihn Alzheimer-light endgültig erwischte.

»Aber klar doch«, antwortete er mit lockerer Selbstverständlichkeit. Auf diese Weise würde vielleicht in der Kommunikation eine Zeitabfolge aufgedeckt, die ein Muster in der Entwicklung der Beziehung zwischen Merete Lynggaard und dem falschen Daniel Hale aufzeigen konnte.

»Aber weißt du was, Carl. Das wird ein paar Tage dauern. Lis hat im Moment keine Zeit, und sie sagt, es sei ziemlich mühsam, wenn es so lange zurückliegt. Vielleicht kommt sogar gar nichts dabei heraus.« Assad sah bekümmert aus.

»Sag mal, Assad«, wechselte Carl das Thema, während er Meretes Kalender in der Hand wog, »wer kann denn so ein tolles Stück Arbeit abliefern?«

Aber das wollte Assad nach wie vor nicht verraten.

Carl wollte ihm gerade erklären, dass für seine Chancen, den Job zu behalten, solche Geheimniskrämerei gar nicht gut war, als das Telefon klingelte.

Es war der Heimleiter aus Egely, und seine Abneigung gegenüber Carl triefte förmlich aus dem Hörer. »Ich wollte Sie nur darüber informieren, dass Uffe Lynggaard die Einrichtung kurz nach Ihrem vollständig wahnsinnigen Übergriff am Freitag verlassen hat. Wir wissen nicht, wo er jetzt ist. Die Polizei in Frederikssund ist informiert. Aber wenn ihm etwas zustoßen sollte, Carl Mørck, dann werde ich höchstpersönlich dafür sorgen, dass Ihre Karriere damit beendet ist.«

Dann knallte er den Hörer auf die Gabel und ließ Carl in dröhnender Leere zurück.

Zwei Minuten später rief der Chef der Mordkommission an und bat ihn, in sein Büro zu kommen. Er machte keine großen Worte, aber das war auch nicht nötig. Den Tonfall kannte Carl.

Er musste nach oben, und zwar sofort und auf der Stelle.

33

2007

Der Albtraum begann schon am Zeitungskiosk im Bahnhof von Allerød. Die umfangreiche Osterausgabe der Zeitung ›Gossip‹ erschien einen Wochentag früher als sonst. Alle, die Carl auch nur im Entferntesten kannten, wussten jetzt, dass ein Foto von ihm, dem Vizekriminalkommissar Carl Mørck, auf der ersten Seite unten in der Ecke prangte, unterhalb der Nachricht von der bevorstehenden Hochzeit des Prinzen mit seiner französischen Freundin.

Einige der Einheimischen wandten sich peinlich berührt ab, als sie belegte Brötchen und Obst kauften. »Kriminalpolizist bedroht Journalisten« lautete die Schlagzeile. Darunter stand in kleinerer Schrift: »Die Wahrheit über die Todesschüsse«.

Der Besitzer des Kiosk wirkte enttäuscht, als er merkte, dass Carl ganz offensichtlich nicht die Absicht hatte, in eine Zeitung zu investieren. Aber dass Pelle Hyttested durch seinen Einsatz indirekt seine Brötchen verdiente, das wollte Carl ums Verrecken nicht auch noch unterstützen.

Im Zug gafften ihn etliche mehr oder weniger offen an. Carl spürte wieder, wie sich der Druck in seinem Brustkasten breitmachte.

Im Präsidium war es nicht besser. Der vorige Tag hatte damit geendet, dass er dem Chef zu Uffe Lynggaards Verschwinden Rede und Antwort stehen musste und zurechtgewiesen wurde. Nun wurde er gleich wieder nach oben beordert.

»Was glotzt ihr denn so, ihr Deppen«, zischte er auf dem Weg in Jacobsens Büro einige Kollegen an, die nicht so wirkten, als tue er ihnen leid.

»Tja, Carl. Langsam stellt sich doch die Frage, was wir mit dir machen sollen«, begann Marcus Jacobsen. »Nächste Woche muss ich dann wohl Überschriften befürchten, die besagen, du hättest einem geistig behinderten Menschen gegenüber psychischen Terror ausgeübt. Du weißt doch, was die Presse sich einfallen lässt, falls Uffe Lynggaard umkommt.« Er deutete auf die Zeitung. Ein Foto, das ein Reporter vor einigen Jahren an einem Tatort aufgenommen hatte, zu dem Carl gerufen worden war, zeigte einen verärgerten Kriminalbeamten. Carl erinnerte sich sehr gut daran, wie die Presse mit Gewalt aus dem abgesperrten Gebiet um den Tatort vertrieben werden musste und wie wütend die Journalisten geworden waren.

»Nun frage ich dich, Carl: Was sollen wir mit dir machen?«

Carl zog die Zeitung näher zu sich heran und überflog mit zunehmendem Ärger den Text inmitten des grellroten und -gelben Layouts. Die konnten einen Mann wirklich in den Dreck ziehen, diese Klatschjournalisten der untersten Kaste.

»Ich habe mich gegenüber ›Gossip‹ überhaupt nie zu dem Fall geäußert«, sagte er. »Ich habe lediglich gesagt, dass ich für Anker und Hardy mein Leben gegeben hätte, weiter nichts. Ignorier es, Marcus. Oder setz einen der Anwälte darauf an.«

Er warf die Wochenzeitung auf den Tisch und stand auf.

Mehr gab es dazu nicht zu sagen. Was zum Teufel wollte Marcus jetzt machen? Ihn vielleicht rauswerfen? Das würde noch mehr solcher erstklassigen Überschriften produzieren.

Der Chef sah ihn resigniert an. »Vom Fernsehsender TV2 kam ein Anruf. Das Kriminalmagazin ›Station 2‹ will mit dir sprechen. Ich habe ihnen gesagt, das könnten sie vergessen.«

»Okay.« Der Chef wagte wohl nichts anderes zu tun.

»Sie fragten mich, ob an dieser Geschichte im ›Gossip‹ von der Schießerei und dir draußen auf Amager was dran sei.«

»Aha. Da wüsste ich doch gerne, was du geantwortet hast.«

»Ich habe ihnen gesagt, das Ganze sei nichts als ein Furz im Wasserglas.«

»Okay, das ist okay.« Carl nickte verbissen. »Und meinst du das auch so?«

»Carl. Jetzt hör mir mal zu. Du bist seit Jahren im Dienst. Wie oft ist es in deiner Laufbahn schon vorgekommen, dass ein Kollege bei einem Einsatz in die Ecke gedrängt wurde? Denk mal an das allererste Mal, damals als du selbst als junger Polizist in Randers, oder wo das nun war, Streife gingst. Und plötzlich stand da eine Gruppe sturzbetrunkener Arschlöcher vor dir, denen deine Uniform nicht passte. Kannst du dich an das Gefühl erinnern? Im Laufe der Jahre kommt man immer mal wieder in Situationen, die noch hundertmal schlimmer sind. Ich habe es erlebt, Lars Bjørn und Bak haben es erlebt, und eine Menge alter Kollegen, die heute etwas anderes machen, haben es erlebt. Bedroht zu werden. Mit Äxten und mit Vorschlaghämmern, mit Metallstangen, Messern, abgesplitterten Bierflaschen, Schrotflinten und anderen Schusswaffen. Und wie oft gelingt es einem, mit so einer Situation fertig zu werden? Wir haben alle schon mal tief in der Scheiße gesteckt. Wenn einem das nicht mal passiert ist, war man doch kein guter Polizist, oder? Wir müssen jeden Tag aufs Neue da raus, und immer wieder kommt es vor, dass man plötzlich mal keinen Boden unter den Füßen hat. Das ist eben unser Job.«

Carl nickte und spürte, wie sich der Druck anders als zuvor in seiner Brust aufbaute. »Und was ist dann hiermit, Chef?«, fragte er und deutete auf den Zeitungsartikel. »Was sagst du dazu? Wie denkst du darüber?«

Der Chef der Mordkommission sah Carl ruhig an. Wortlos stand er auf, öffnete das Fenster zum Tivoli, beugte sich vor, nahm die Zeitung, tat so, als wischte er sich damit den Hintern ab, drehte sich zum Fenster um und warf den ganzen Mist hinaus.

Deutlicher konnte er es nicht ausdrücken.

Carl spürte, wie sich seine Mundwinkel nach oben zogen. Da unten gab es jetzt einen Fußgänger, der gerade ein Fernsehprogramm gratis bekam.

Er nickte seinem Chef zu. Es war eigentlich richtig rührend.

Ihre Unterhaltung schien beendet, und Carl machte Anstalten zu gehen.

»Ich bin kurz davor, dass ich mit neuen Informationen im Fall Lynggaard aufwarten kann«, sagte er noch.

Marcus Jacobsens Nicken drückte eine gewisse Anerkennung aus. Das waren die Situationen, in denen man verstand, warum er so beliebt war und warum er seit mehr als dreißig Jahren dieselbe schöne Frau an seiner Seite hatte. »Und denk dran, Carl, dass du dich immer noch nicht zu dem Kurs für Führungskräfte angemeldet hast. Spätestens morgen ist das erledigt, ist das klar?«

Carl nickte, aber das hatte nichts zu sagen. Wenn der Chef allerdings darauf bestand, musste er noch einmal bei der Gewerkschaft vorbeischauen.

Die vier Minuten vom Büro des Chefs der Mordkommission bis hinunter in den Keller waren der reinste Spießrutenlauf. Höhnische Blicke und missbilligende Gesten begleiteten seinen Weg. Du bist eine Schande für uns alle, drückten manche der Augen aus. Verfluchter Mist, das könntet ihr doch genauso gut selbst sein, dachte er. Sie sollten ihn lieber unterstützen. Dann würde er sich auch bestimmt nicht mehr so fühlen, als stünde ihm ein ausgewachsener Ochse gegenüber und stieße gegen seinen Brustkasten.

Sogar Assad unten im Keller hatte den Artikel gesehen. Aber er klopfte Carl wenigstens auf den Rücken. Er fand das Bild auf der Vorderseite »schön scharf«, aber die Zeitung sei viel zu teuer. Solche neuen Gesichtspunkte waren erfrischend.

Punkt zehn Uhr kam oben aus dem »Käfig« am Eingang ein Anruf. »Hier ist jemand für dich, Carl«, sagte der Wachhabende kalt. »Erwartest du einen John Rasmussen?«

»Ja, schick ihn einfach runter.«

Fünf Minuten später hörten sie draußen auf dem Gang zögernde Schritte, gefolgt von einem vorsichtigen: »Hallo, ist da jemand?«

Als Carl die Tür öffnete, sah er sich einem Anachronismus in Islandpulli und Samthosen und dem ganzen Kram gegenüber.

»John Rasmussen. Ich war früher Erzieher in Godhavn, wir sind verabredet«, sagte er und streckte ihm die Hand entgegen. »Sind Sie das auf der Vorderseite einer dieser Wochenzeitungen?«

Es war zum Verrücktwerden. Jemand in diesem Aufzug sollte sich doch eigentlich zu gut sein, sich so etwas anzuschauen.

Schnell einigten sie sich darauf, erst das Gespräch zu führen und dann die Führung durch das Präsidium zu machen. Carl hoffte, ihn mit einer Miniführung im Erdgeschoss und einem schnellen Blick in die Innenhöfe abspeisen zu können.

John Rasmussen erinnerte sich an Atomos, wie er sofort klarstellte. Der Mann schien nett zu sein, wenn auch etwas umständlich. Gar nicht der Typ, für den unangepasste Rüpel die nötige Geduld aufbringen würden. Das war zumindest Carls Eindruck. Aber es gab mit Sicherheit immer noch etliches, das Carl von unangepassten Rüpeln nicht wusste.

»Ich werde dafür sorgen, dass wir Ihnen die Unterlagen faxen, die wir im Heim über ihn haben. Ich habe mit denen im Büro gesprochen, das geht klar. Leider gibt es da nicht mehr sehr viel. Atomos' Akte mit der Anamnese und allem verschwand vor einigen Jahren, und als wir sie schließlich hinter einem Regal wiederfanden, fehlte mindestens die Hälfte.« Er schüttelte den Kopf, dass die schlaffe Haut unter seinem Kinn schlackerte.

»Warum war er bei Ihnen dort oben untergebracht?«

Er zuckte die Achseln. »Ach, Sie wissen schon, die üblichen Probleme zu Hause, dann Unterbringung in einer Pflegefamilie, die vielleicht nicht die beste Wahl war. Dann kommen die Reaktionen, und manchmal gerät es außer Kontrolle. Er war wohl an sich ein guter Junge, aber er war unterfordert und sein Kopf zu helle. Keine schöne Kombination. Sie können das überall in den Fremdarbeiterghettos beobachten. Sie werden förmlich von innen heraus gesprengt, diese jungen Menschen, vor lauter unverbrauchter Kraft und Energie.«

»War er kriminell?«

»In irgendeiner Hinsicht war er das wohl. Aber meines Wissens nur Kleinigkeiten. Ja, okay, er konnte sehr heftig reagieren, aber ich kann mich nicht erinnern, dass er in Godhavn von Grund auf gewalttätig war. Nein, daran kann ich mich gar nicht erinnern, aber das ist ja auch schon zwanzig Jahre her, nicht wahr?«

Carl zog den Block vor. »Ich möchte Ihnen jetzt relativ zügig ein paar Fragen stellen und wäre dankbar, wenn Sie sie einfach beantworteten. Wenn Ihnen nichts dazu einfällt, gehen wir weiter. Sie können jederzeit darauf zurückkommen, wenn Ihnen die Antwort später einfällt. Okay?«

Der Mann nickte Assad freundlich zu, als der ihm etwas von seinem klebrigen, glühend heißen Gebräu in einem allerliebst goldgeblümten Tässchen anbot, und nahm es lächelnd entgegen. Das würde er schon noch bereuen.

Dann richtete er den Blick auf Carl. »Ja«, sagte der Mann. »Verstanden.«

»Der richtige Name des Jungen?«

»Soviel ich weiß, hieß er Lars Erik oder Lars Henrik oder so ähnlich. Und er hatte einen ganz gewöhnlichen Nachnamen. Petersen, glaube ich. Aber das kann ich Ihnen faxen.«

»Warum wurde er Atomos genannt?«

»Das hatte wohl mit der Arbeit seines Vaters zu tun. Er hat seinen Vater bewundert. Sehr sogar. Er hatte ihn einige Jahre zuvor verloren, aber ich glaube, sein Vater war Ingenieur und arbeitete auf der Atomversuchsstation der Insel Risø. Genau weiß ich es nicht. Aber ich glaube, dass Sie das ziemlich leicht herausfinden können, wenn Sie erst den vollständigen Namen des Jungen und seine Personennummer haben.«

»Sie haben noch immer die Personennummer?«

»Ja. Die war zwar mit den anderen Sachen in der Akte verschwunden, aber wir haben in der Buchhaltung ein besonderes System, das hängt mit den Zuschüssen von Kommune und Staat zusammen. Jedenfalls ist die Personennummer der Akte beigeheftet.«

»Wie lange ist er bei Ihnen gewesen?«

»Ungefähr drei bis vier Jahre, glaube ich.«

»Wenn man sein Alter in Betracht zieht, war das aber recht lange, nicht?«

»Ja und nein. So ist es eben manchmal. Ihn anderswo unterzubringen war unmöglich. In eine neue Pflegefamilie wollte er auf keinen Fall, und seine Mutter war zu diesem Zeitpunkt noch nicht in der Lage, ihn selbst wieder aufzunehmen.«

»Haben Sie seither etwas von ihm gehört? Wissen Sie, was aus ihm geworden ist?«

»Ich bin ihm zufällig ein paar Jahre später begegnet, und da schien es ihm ausgezeichnet zu gehen. Ich glaube, das war in Helsingør. Er arbeitete, soweit ich weiß, als Steward oder Steuermann oder so was. Jedenfalls trug er eine Uniform.«

»Sie glauben, er war Seemann?«

»Ja, etwas in der Art.«

Ich muss zusehen, dass mir Scandlines die Mannschaftsliste der Fähre schickt, dachte Carl. Das heißt – die hätte doch eigentlich vorliegen müssen, oder? Carl hatte wieder Baks schuldbewusstes Gesicht vor Augen, als er am Donnerstag oben beim Chef gesessen hatte.

»Einen Augenblick bitte«, entschuldigte er sich bei Rasmussen. Dann rief er Assad zu, er solle zu Bak hinaufgehen und ihn fragen, ob er damals die Mannschaftsliste von der Fähre besorgt habe, auf der Merete Lynggaard verschwand, und wo die abgeblieben sei.

»Merete Lynggaard? Geht es darum?« Der Mann bekam auf einmal leuchtende Augen. Er nahm einen großen Schluck von dem überzuckerten Tee.

Carl schenkte ihm ein Lächeln, machte dann aber, ohne zu antworten, mit den Fragen weiter.

»Hatte der Junge psychopathische Züge? Konnte er Empathie empfinden?«

Der Erzieher sah durstig in seine leere Tasse. Offenkundig gehörte er zu denen, die ihre Geschmacksknospen in den Tagen von Mikro-Makro abgehärtet hatten. Dann zog er seine grauen Augenbrauen in die Höhe. »Viele der Jungen, die zu uns kommen, sind emotional abweichend. Natürlich wird für den einen oder anderen von ihnen eine Diagnose gestellt, aber ich kann mich nicht erinnern, ob das im Fall von Atomos geschehen ist. Ich glaube schon, dass er Empathie empfand. Er machte sich jedenfalls oft Sorgen um seine Mutter.«

»Gab es einen Grund? War sie drogenabhängig oder so etwas?«

»Nein, nein, das war sie nicht. Aber ich meine mich zu erinnern, dass sie ziemlich krank war. Deshalb dauerte es so lange, bis er wieder in die Familie zurückkonnte.«

Schließlich war Carl mit seiner Befragung am Ende. Die anschließende Führung fiel recht kurz aus. John Rasmussen erwies sich als unersättlicher Betrachter, der alles kommentierte, was ihm vor die Augen kam. Wenn es nach ihm gegangen wäre, hätten sie jeden Quadratmeter des Präsidiums abgeschritten. Jedes noch so kleine Detail war für John Rasmussen von derart großem Interesse, dass Carl schließlich so tat, als habe er in seiner Tasche einen Piepser, der Alarm schlug. »Ja, also, es tut mir leid, aber ich werde zu einem Mordfall gerufen«, sagte er, so ernsthaft, dass der Erzieher keinen Moment an seinen Worten zweifelte. »Ich fürchte, wir müssen die Führung vorzeitig abbrechen. Vielen Dank, dass Sie gekommen sind. Ich rechne dann also mit einem Fax von Ihnen. Sollen wir sagen, in zwei Stunden?«

Stille hatte sich über Carls Büro gesenkt. Vor ihm lag ein Zettel, auf dem stand, dass Bak nichts von einer Mannschaftsliste wusste. Verdammt, was hatte er denn auch erwartet?

Von Assads Zimmerchen war aus der Ecke mit dem Gebetsteppich leises Gemurmel zu hören, aber ansonsten war es vollkommen still.

Die Stille nach dem Sturm. Das Telefon hatte mindestens eine Stunde lang unablässig geklingelt – wegen dieses verdammten Klatschzeitungsartikels. Alle hatten angerufen, vom Polizeipräsidenten, der ihm ein gutes Wort mit auf den Weg geben wollte, über lokale Radiosender und Online-Redakteure bis hin zu Zeitungsschreiberlingen und was sich sonst noch alles an Überspannten in der Welt der Medien bewegte. Anscheinend amüsierte es Frau Sørensen im zweiten Stock, Hinz und Kunz zu ihm durchzustellen. Jedenfalls hatte er nun das Telefon auf lautlos gestellt und eine gewisse Nummernfunktion aktiviert. Das Problem war nur, dass er sich Zahlen noch nie gut merken konnte, aber auf diese Weise entging er weiteren Störungen.

Das Fax von John Rasmussen, dem Godhavn-Erzieher, war das Erste, das ihn aus dem selbst gewählten Winterschlaf riss.

Rasmussen war, wie nicht anders erwartet, ein höflicher Mann und bedankte sich bei Carl, dass er sich die Zeit genommen und ihn durchs Präsidium geführt hatte. Seinen lobenden Worten folgten die versprochenen Dokumente. Kurz gefasst wie sie waren, waren die Informationen Gold wert.

Der Junge, den sie Atomos nannten, hieß in Wirklichkeit Lars Henrik Jensen. Die Personennummer lautete 0201972-0619. Also war er 1972 geboren und heute fünfunddreißig Jahre alt. Er und Merete Lynggaard waren demzufolge ungefähr gleichaltrig.

Was für ein idiotisch gewöhnlicher Name, dachte Carl müde. Lars Henrik Jensen. Warum war Bak oder einer von den anderen, die damals in dem Fall ermittelten, nicht so clever gewesen und hatte die Mannschaftsliste der »Schleswig-Holstein« ausgedruckt? Es war zum Verzweifeln. Wer konnte sagen, ob sich die Dienstpläne von damals überhaupt noch ausgraben ließen?

Er spitzte den Mund. Sollte sich herausstellen, dass der Kerl damals auf der »Schleswig-Holstein« Dienst hatte, wäre das ein riesiger Fortschritt. Eine Anfrage bei Scandlines konnte das hoffentlich klären. Er saß einen Augenblick vor dem Fax und überflog den Text noch einmal. Dann nahm er den Hörer zur Hand, um beim Hauptsitz der Reederei anzurufen.

Noch bevor er die Nummer eingeben konnte, hörte er eine Stimme. Im ersten Moment glaubte er, es sei Lis aus dem zweiten Stock. Aber dann erkannte er Mona Ibsens wachsweiche Samtstimme, und er hielt die Luft an.

»Was war denn das?«, fragte sie. »Es kam ja nicht mal ein Freizeichen.«

Ja, das hätte er wahrhaftig auch gern gewusst. Sie musste genau in dem Augenblick zu ihm durchgestellt worden sein, als er nach dem Hörer griff.

»Ich habe ›Gossip‹ von heute gesehen«, sagte sie.

Er fluchte leise. Sie nun auch noch. Wenn dieses Scheißblatt wüsste, wie viele Leser er ihm diese Woche beschert hatte, würden sie sein Konterfei täglich auf der ersten Seiten platzieren.

»Das ist ja eine ziemlich spezielle Situation, Carl. Wie haben Sie darauf reagiert?«

»Es hat schon schönere Tage gegeben, wenn Sie das meinen.«

»Wir sollten uns bald wieder treffen«, sagte sie.

Irgendwie wirkte ihr Angebot diesmal nicht so verlockend. Wahrscheinlich wegen dieses Eherings, der sich in der Zwischenzeit störend auf Carls Antennen ausgewirkt hatte.

»Ich habe die Vermutung, dass Sie und Hardy psychisch erst dann wieder vollkommen regeneriert sein werden, wenn die Mörder gefasst sind. Stimmen Sie mir zu, Carl?«

Er spürte, wie er innerlich mehr und mehr auf Abstand ging. »Nein«, sagte er. »Das hat mit diesen Idioten nichts zu tun. Solche wie wir müssen damit leben, dass wir ständig in Gefahr sind.« Beharrlich versuchte er, sich daran zu erinnern, was der Chef der Mordkommission früher am Tag gesagt hatte, aber das Atmen dieses erotischen Individuums am anderen Ende der Leitung half seinem Gedächtnis nun so gar nicht auf die Sprünge. »Sie müssen doch davon ausgehen, dass jeder von uns in seiner beruflichen Vergangenheit schon mehr als nur einmal Schwein gehabt hat. Irgendwann muss es dann ja mal schiefgehen.«

»Gut, dass Sie das sagen«, erwiderte sie. Also hatte Hardy ihr etwas Ähnliches gesagt. »Aber, Carl, wissen Sie was? Das ist doch völliger Unsinn! Ich schlage vor, dass wir uns regelmäßig treffen, damit wir solche Gedankengänge unter Kontrolle bekommen. Nächste Woche steht nichts mehr in den Zeitungen, dann haben wir Ruhe.«

Bei Scandlines war man sehr entgegenkommend. Man hatte dort, wie in vergleichbaren Fällen, in denen Menschen verschwunden waren, eine Akte über Merete Lynggaard angelegt. So erfuhr Carl, dass die Mannschaftsliste von dem betreffenden Tag längst ausgedruckt vorlag und dass man eine Kopie davon den Mitarbeitern der Mobilen Einsatztruppe übergeben hatte. Die gesamte Mannschaft an Deck und unter Deck war befragt worden, aber leider war das Ergebnis zu dürftig ausgefallen, als dass man sich ein einigermaßen klares Bild von den Geschehnissen während der Überfahrt hätte machen können.

Carl hätte sich am liebsten selbst an die Stirn geschlagen. Was zum Teufel war in der Zwischenzeit mit der Liste passiert? Hatte man sie als Kaffeefilter benutzt? Der Teufel sollte Leute wie Bak & Co. holen.

»Ich habe eine Personennummer«, sagte er, »können Sie danach suchen?«

»Das ist heute leider nicht möglich. Die Mitarbeiter der Buchhaltung befinden sich auf einer Fortbildung.«

»Okay. Ist die Liste wenigstens alphabetisch geordnet?«, fragte er, aber das war sie nicht. Der Kapitän und seine engsten Mitarbeiter mussten unbedingt an erster Stelle stehen, so war das nun mal. An Bord eines Schiffs kannte jeder seinen Platz in der Hierarchie.

»Würden Sie die Liste bitte auf den Namen Lars Henrik Jensen durchsehen?«

Der Betreffende lachte etwas müde. Diese Liste war offenbar ein ganz schöner Brocken.

Nach genauso langer Zeit, wie Assad brauchte, um sich von einem weiteren Gebet zu erheben, sein Gesicht in einer kleinen Schale in der Ecke zu waschen, dröhnend seine Nase zu putzen und danach noch einmal Wasser für seinen bonbonsüßen Tee aufzusetzen, beendete der Mitarbeiter des Scandlines-Hauptsitzes seine Suche. »Nein, einen Lars Henrik Jensen gibt es da nicht«, sagte er.

Das war verflucht entmutigend.

»Warum hängst du so mit dem Kopf, Carl?« Assad lächelte. »Du sollst nicht mehr an das doofe Foto in der doofen Zeitung denken. Du sollst nur daran denken, dass es viel schlimmer wäre, wenn du alle deine Arme und Beine gebrochen hättest.«

Ohne Zweifel ein eigenwilliger Trost.

»Assad, ich habe den Namen von diesem Atomos bekommen«, sagte er. »Ich hatte das Gefühl, dass er auf dem Schiff gearbeitet hat, von dem Merete Lynggaard verschwand, aber das ist nicht der Fall. Deshalb sehe ich so aus.«

Assad klopfte ihm freundschaftlich auf den Rücken. »Aber immerhin hast du das mit der Liste über die Mannschaft des Fährschiffs herausgefunden. Sehr schön, Carl«, sagte er lobend, wie zu einem Kind, das brav auf den Topf gegangen war.

»Ja, auch wenn ich damit noch nicht viel anfangen konnte. Aber in dem Fax aus Godhavn ist auch Lars Henrik Jensens Personennummer vermerkt, also werden wir den Kerl schon finden. Zum Glück verfügen wir über alle Verzeichnisse, die wir dafür brauchen.«

Er gab die Nummer in den Computer ein, während Assad hinter ihm stand, und fühlte sich dabei wie ein Kind, das ein Weihnachtsgeschenk auspacken darf. Dieser Augenblick, wenn die Identität eines Hauptverdächtigen festgestellt wird, ist für alle Kriminalbeamten das Größte.

Und dann kam die Enttäuschung.

»Was bedeutet das da, Carl?«, fragte Assad und deutete auf den Monitor.

Carl verdrehte die Augen. »Das bedeutet, dass die Nummer nicht gefunden wurde. Ganz einfach: Es gibt im gesamten Königreich Dänemark keine Person mit dieser Personennummer.«

»Hast du dich auch nicht verschrieben? Steht das genau so in dem Fax?«

Er kontrollierte die Nummer. Nein, er hatte sich nicht vertippt.

»Vielleicht ist es nicht die richtige Nummer?«

Schlauberger.

»Vielleicht wurde sie manipuliert.« Assad nahm Carl das Fax aus der Hand und betrachtete mit gerunzelter Stirn die Nummer. »Schau mal hier, Carl. Ich glaube, eine oder zwei Ziffern könnten verändert worden sein. Was meinst du? Sieht es nicht so aus, als sei hier und dort an dem Papier herumgekratzt worden?« Er deutete auf zwei der letzten vier Ziffern. Es war schwer zu erkennen, aber auf dem Fax war immerhin ein schwacher Schatten über zwei der maschinengeschriebenen Zahlen auszumachen.

»Selbst wenn nur die beiden Ziffern geändert wurden, gibt es hundert mögliche Kombinationen, Assad.«

»Na und? Frau Sørensen kann die Zahlen in einer schnellen halben Stunden eingeben, wenn wir einen Strauß Blumen mit nach oben schicken.«

Unglaublich, wie sich der Typ bei dieser Frauensperson eingeschmeichelt hatte. »Assad, es gibt sehr viele Möglichkeiten. Wenn man zwei Zahlen verändern kann, geht das auch mit zehn. Die von Godhavn müssen uns das Original herschicken, damit wir es genauer überprüfen können. Erst dann fangen wir an, die Kombinationen durchzurechnen.«

Er rief im Heim an und bat den Erzieher, der seinen Anruf entgegennahm, man möge das Original per Boten sofort ans Präsidium schicken. Aber dieser weigerte sich beharrlich. Man könne das Original auf keinen Fall aus der Hand geben.

Carl erklärte, warum es so wichtig sei. »Sie haben höchstwahrscheinlich jahrelang eine Fälschung aufbewahrt.«

»Nein, das glaube ich nicht«, entgegnete der Erzieher selbstsicher. »Das hätten wir gemerkt. Den Behörden wird jeder Neuzugang gemeldet, damit wir die Kosten erstattet bekommen. Dabei werden sämtliche Daten der betreffenden Person weitergegeben. Wenn da etwas nicht stimmt, fliegt es sofort auf.«

»Klar. Aber was, wenn die Fälschung erst lange Zeit, nachdem die Person Sie verlassen hat, vorgenommen wurde? Wer soll das noch aufdecken? Sie müssen damit rechnen, dass die neue, gefälschte Personennummer erst fünfzehn Jahre, nachdem Atomos weg war, in Ihren Unterlagen aufgetaucht ist. Oder sogar noch später.«

»Ich fürchte, wir können das Dokument trotzdem nicht herausgeben.«

»Okay, dann müssen wir eben den Gang des Gesetzes gehen. Ich finde es nicht nett von Ihnen, dass Sie uns nicht helfen wollen. Wir ermitteln vielleicht in einer Mordsache, denken Sie mal darüber nach.«

Weder der letzte Satz noch die Drohung einer richterlichen Entscheidung gaben den Ausschlag, das war Carl von vornherein klar. Nein, der Appell an das Selbstverständnis der Leute war weitaus effektiver. Wem gefiel es schon, mit Geringschätzung behandelt zu werden? Menschen in therapeutischen Berufen jedenfalls nicht. Ausdrücke wie »nicht nett von Ihnen« klangen in deren Ohren so abwertend, dass sie eine große Wirkung erzielten. Einer von Carls Lehrern auf der Polizeischule hatte das die »Tyrannei der leisen Ausdrücke« genannt.

»Sie müssen uns zuerst eine E-Mail schicken, worin Sie verlangen, das Original zu sehen«, sagte der Erzieher.

Eins zu null.

»Wie hieß der Atomos-Junge denn nun in Wirklichkeit, Carl? Wissen wir, wie er zu seinem Spitznamen gekommen ist?«, fragte Assad anschließend. Er saß neben Carl am Schreibtisch. Einen Fuß hatte er oben in einer der Schubladen platziert.

»Lars Henrik Jensen, sagen sie.«

»Lars Henrik, komischer Name. Es kann nicht viele geben, die so heißen.«

Nein, dort wo Assad herkommt, bestimmt nicht, dachte Carl und wollte schon eine blöde Bemerkung machen. Aber dann sah er Assads nachdenkliche Miene. Sein Gesichtsausdruck wirkte fremd, einen Moment lang sah er ganz anders aus als sonst. In gewisser Weise gegenwärtiger als normal. Irgendwie gleichberechtigt.

»Woran denkst du, Assad?«

Es war, als glitte ein Ölfilm über seine Augen. Sie wurden

facettenreicher, und die Farbe wechselte. Er runzelte die Stirn und griff nach der Lynggaard-Akte. Nach kurzem Blättern fand er, wonach er suchte.

»Kann das hier ein Zufall sein?«, fragte er und deutete auf eine der Zeilen oben auf der Seite.

Carl blickte auf den Namen und merkte dann erst, welchen Bericht Assad in der Hand hielt.

Einen Augenblick lang versuchte Carl, seine Gedanken zu ordnen, und dann passierte es. Irgendwo in ihm, dort wo Ursache und Wirkung nicht gegeneinander abgewogen werden und wo Logik niemals das Bewusstsein herausfordert, dort, wo Gedanken sich frei entfalten und sich gegeneinander ausspielen lassen, genau dort fielen die Fakten an ihren Platz, und er begriff den Zusammenhang.

34

2006–2007

Der größte Schock für sie war nicht, Daniel in die Augen zu sehen, dem Mann, zu dem sie sich hingezogen gefühlt hatte. Auch nicht, dass Daniel und Lasse ein und dieselbe Person waren, wenngleich ihr bei dem Gedanken die Beine den Dienst versagten. Nein, das Schlimmste war zu wissen, wer er in Wirklichkeit war. Das überstieg wirklich alles. Noch schlimmer war lediglich die schwere Schuld, die während ihres gesamten erwachsenen Lebens auf ihren Schultern gelastet hatte.

Es waren nicht eigentlich seine Augen, die sie wiedererkannte, es war viel eher der Schmerz darin. Der Schmerz und die Verzweiflung und der Hass, der im Bruchteil einer Sekunde die Oberhand über das Leben des Mannes gewonnen hatte. Oder vielmehr über das Leben des Jungen, wie sie jetzt wusste.

Denn Lasse war erst vierzehn Jahre alt, als er an einem frostklaren Wintertag im Auto seiner Eltern saß und aus dem Fenster in ein anderes Auto schaute. Dort entdeckte er ein lebenshungriges, impulsives Mädchen, das seinen Bruder auf dem Rücksitz so sehr neckte, dass es die Aufmerksamkeit ihres Vaters auf sich zog. Ihn für jene Bruchteile einer Sekunde ablenkte, in denen er sonst seine Hände fest am Steuer gehabt hätte. Die kostbaren, aufmerksamen Tausendstel von Sekunden, die das Leben von fünf Menschen gerettet und die verhindert hätten, dass drei Menschen eine Behinderung davontrugen. Nur der junge Lars und Merete kamen bei dem Unfall mit dem Leben davon – und mit ihrer Gesundheit, und aus diesem Grund musste zwischen diesen beiden abgerechnet werden.

Sie verstand es. Und sie ergab sich in ihr Schicksal.

In den nächsten Monaten kam der Mann, von dem sie sich unter dem Namen Daniel angezogen gefühlt hatte und den sie als Lasse nun verabscheute, tagtäglich in den Vorraum und sah durch die verspiegelten Scheiben zu ihr herein. Manchmal stand er bloß am Fenster und betrachtete sie, als wäre sie eine Zibetkatze in einem Käfig, die schon bald gegen eine Übermacht von Kobras um ihr Leben kämpfen müsste. An anderen Tagen redete er mit ihr. Selten fragte er sie etwas. Das brauchte er nicht. Es war, als wüsste er ihre Antworten schon im Vorhinein.

»Als du aus eurem Auto schautest und in meine Augen sahst, in dem Augenblick, als uns dein Vater überholte, kamst du mir wie das schönste Mädchen vor, das ich je gesehen hatte«, erklärte er eines Tages. »Und als du mich in der Sekunde danach anlachtest und dich nicht darum kümmertest, wie viel Unruhe und Verwirrung du in eurem Auto gestiftet hattest, schon da wusste ich, dass ich dich hasste. Noch bevor wir uns überschlugen und meine kleine Schwester neben mir sich an meiner Schulter das Genick brach. Ich hörte es knacken, ist dir das klar!«

Er betrachtete sie eindringlich und fordernd, damit sie den Blick abwandte, zu Boden sah. Aber das wollte sie nicht. Die Scham, die gab es nach wie vor. Aber das war auch alles. Der Hass war längst abgegolten.

Dann erzählte er seine Geschichte von jenen Augenblicken, die alles verändert hatten. Davon, wie seine Mutter versuchte, die Zwillinge in dem Autowrack zu gebären, und wie ihn sein Vater liebevoll ansah und mit offenem Mund starb, der Vater, den er über alles liebte und den er unendlich bewunderte. Erzählte von den Flammen, die über die eingeklemmten Beine seiner Mutter unter dem Sitz züngelten. Von seiner süßen und witzigen kleinen Schwester, die er so liebte und die nun zerquetscht unter ihm lag, und von dem letztgeborenen Zwilling, der so unglücklich die Nabelschnur um den Hals gewickelt hatte, und von dem anderen, der auf der Windschutzscheibe lag und schrie, während die Flammen immer näher kamen.

Es war so entsetzlich anzuhören. Sein Bericht setzte ihr zu, er quälte sie, Scham und Schuld drohten sie zu überwältigen. Und sie erinnerte sich dabei die ganze Zeit nur zu deutlich an die verzweifelten Schreie dieser Menschen.

»Meine Mutter kann seit dem Unfall nicht mehr gehen. Mein Bruder ist nie in eine Schule gegangen, hat nie gelernt, was andere Kinder konnten. Wegen dir haben wir alle damals unser Leben verloren. Was glaubst du, wie es ist, an einem Tag einen Vater zu haben und eine süße kleine Schwester und die Aussicht auf zwei kleine Brüder, und plötzlich existiert nichts davon mehr? Meine Mutter ist immer sehr verletzlich, vielleicht auch überempfindlich gewesen, und dennoch konnte sie manches Mal so sorglos mit uns lachen! Bis du in unser Leben getreten bist und sie alles verlor. Alles!«

Inzwischen war die Frau zu Lasse in den Raum getreten. Sein Bericht schien sie sehr zu bewegen. Vielleicht weinte sie, aber das konnte Merete nicht genau einordnen.

»Was glaubst du, wie es mir in den ersten Monaten ganz allein bei dieser Pflegefamilie ergangen ist? Wo der Pflegevater auf mich eindrosch? Auf mich, der ich in meinem ganzen Leben nichts als Liebe und Geborgenheit erlebt hatte! Es verging kein Augenblick, wo ich nicht darauf brannte, zurückzuschlagen. Dieses Schwein, das auch noch wollte, dass ich Vater zu ihm sage. Und die ganze Zeit sah ich dich vor mir, Merete. Dich und deine schönen, verantwortungslosen Augen, die alles, was ich liebte, zerstört hatten.«

Er machte eine Pause. Die wurde schließlich so lang, dass die dann folgenden Worte schockierend klar wirkten: »Oh Merete. Ich schwor mir damals, dass ich mich an dir und an allen rächen würde. Koste es, was es wolle. Und weißt du was? Heute geht es mir gut. Meine Rache an euch Schweinen, die uns das Leben genommen haben, war größer und umfassender als gedacht. Vielleicht solltest du wissen, dass ich einmal erwogen habe, deinen Bruder umzubringen. Aber dann, eines Tages, als ich euch beobachtete, sah ich, wie sehr er dich einengte, wie angekettet du durch ihn warst. Wie viel Schuld in deinen Augen zu erkennen war, wenn du mit ihm zusammen warst. Wie sehr er deine Möglichkeiten einschränkte. Wieso sollte ich dir da die Bürde abnehmen und dir das Leben erleichtern, indem ich ihn umbrachte? Und war er nicht vielleicht auch eines deiner Opfer? Also ließ ich ihn leben. Aber nicht meinen Pflegevater und nicht dich, Merete, nicht dich.«

Er war ins Kinderheim gekommen, nachdem er zum ersten Mal versucht hatte, seinen Pflegevater umzubringen. Die Familie erzählte dem Jugendamt nicht, was er getan hatte und dass die tiefe Narbe auf der Stirn des Pflegevaters von einem Schlag mit der Schaufel herrührte. Sie sagten nur, der Junge sei krank im Kopf und sie könnten die Verantwortung für ihn nicht länger übernehmen. Auf diese Weise bekamen sie einen anderen Jungen, an dem sie verdienen konnten.

Aber damals war die Bestie in Lasse geweckt. Kein Mensch sollte je wieder über ihn und sein Leben Macht bekommen.

Danach vergingen fünf Jahre, zwei Monate und dreizehn Tage, bis die Schadensersatzklage durchgesetzt war und bis seine Mutter sich gesund genug fühlte, um den inzwischen fast erwachsenen Lars bei sich und dem leicht behinderten Bruder einziehen zu lassen. Ja, der eine Zwilling hatte so schwere Verbrennungen erlitten, dass er nicht gerettet werden konnte, aber der andere hatte überlebt, trotz der um den Hals gewickelten Nabelschnur.

Solange die Mutter im Krankenhaus und in der Reha war, wurde der Kleine im Heim untergebracht. Aber noch ehe er drei Jahre alt war, konnte sie ihn mit nach Hause nehmen. Von den Flammen hatte er Narben im Gesicht und auf der Brust, und aufgrund des Sauerstoffmangels war er motorisch in jeder Hinsicht gehandicapt. Aber er war ihr in den Jahren, während sie Kraft sammelte, damit Lasse endlich nach Hause kommen konnte, ein Trost gewesen. Am Ende erhielten sie für all die zerstörten Leben anderthalb Millionen Kronen Schadensersatz. Anderthalb Millionen für den Verlust des Vaters, den Verlust von dessen gut gehendem Unternehmen, um das sich nun niemand mehr kümmern konnte, für den Verlust einer kleinen Schwester und eines kleinen Zwillingsbruders und darüber hinaus den Verlust der Bewegungsfähigkeit der Mutter und das Wohl der ganzen Familie. Erbärmliche anderthalb Millionen Kronen. Wenn Merete eines Tages nicht länger seine volle Aufmerksamkeit in Anspruch nähme, dann sollte seine Rache auch die Versicherungsmenschen und die Rechtsanwälte treffen, die sie um die Erstattungssumme betrogen hatten, auf die sie Anspruch hatten. Das hatte Lasse seiner Mutter versprochen.

Bis dahin aber hatte Merete noch für vieles zu büßen.

Sie wusste, dass sich ihre Zeit hier langsam dem Ende zuneigte, und in ihr wuchsen Angst und Erleichterung gleichermaßen.

Fast fünf Jahre hatte sie inzwischen in dieser grausamen und peinvollen Gefangenschaft verbracht. Das musste nun ein Ende haben.

Als es auf Silvester 2006 zuging, war der Druck im Raum längst auf sechs bar hochgesetzt, und von den Neonröhren unter der Decke gab es nur noch eine, die nicht unablässig flackerte. Am Silvesterabend kam Lasse, festlich gekleidet, zusammen mit seiner Mutter in den Raum auf der anderen Seite der Spiegelscheiben. Er wünschte ihr ein frohes neues Jahr, und dann fügte er noch hinzu, dass es für sie das letzte Silvester sein würde.

»Den Tag deines Todes kennen wir genau, nicht wahr, Merete? Wenn du einmal darüber nachdenkst, ist es doch ganz logisch. Addierst du die Jahre und Monate und Tage, die ich gezwungenermaßen weit entfernt von meiner Familie leben musste, zu dem Tag, an dem ich dich wie ein Tier gefangen nahm, dann weißt du, wann du sterben wirst. Du sollst genauso lange in Einsamkeit leiden, wie ich es musste, aber auch nicht länger. Darauf kannst du zählen, Merete. Wenn die Zeit gekommen ist, öffnen wir die Schleuse. Das wird wehtun, Merete, aber es wird sicher auch schnell gehen. Der Stickstoff hat sich in deinem Fettgewebe angesammelt. Du bist zwar sehr dünn, aber du kannst davon ausgehen, dass sich überall in deinem Körper Luftblasen abgelagert haben. Wenn sich deine Knochen ausdehnen und die Knochensplitter erst anfangen, sich ins Gewebe zu sprengen, wenn der Druck unter deinen Plomben so groß wird, dass er sie in deinem Mund explodieren lässt, wenn du merkst, wie die Schmerzen durch deine Schulter- und Hüftgelenke schießen, dann weißt du, dass die Zeit gekommen ist. Rechne es dir aus. Fünf Jahre, zwei Monate und dreizehn Tage vom 2. März 2002 an, und schon kennst du das Datum auf deinem Grabstein. Du kannst darauf hoffen, dass die Blutpfropfen in Lungen und Gehirn dich lähmen oder dass es die Lungen sprengt und du das Bewusstsein verlierst. Aber darauf solltest du nicht zählen. Wer sagt denn, dass wir es schnell geschehen lassen?«

Am 15. Mai 2007 sollte sie also sterben. Bis dahin waren es noch einundneunzig Tage, denn heute war der 13. Februar, genau vierundvierzig Tage seit Neujahr. Seit dem Silvesterabend hatte sie jeden Tag mit dem Bewusstsein gelebt, dass sie dem Ganzen selbst ein Ende bereiten würde, ehe es so weit war. Aber noch versuchte sie, so gut es ging, die schlimmen Gedanken beiseitezuschieben und stattdessen ihre besten Erinnerungen aufleben zu lassen.

Dennoch bereitete sie sich seelisch darauf vor, sich von der Welt zu verabschieden. Oft hatte sie die Zange genommen und ihre spitzen Enden geprüft oder sie hatte das längere der beiden Nylonstäbchen betrachtet und überlegt, es durchzubrechen und die beiden Enden auf dem Betonfußboden zu scharfen Spitzen zu schleifen. Mit dem einen oder anderen dieser Gegenstände würde sie es beenden. Sie wollte sich in den toten Winkel unter den Bullaugen legen und ihre Pulsadern durchbohren. Ihre Arme waren so dünn geworden, dass sich die Adern zum Glück sehr deutlich abzeichneten.

In diesem Bewusstsein ruhte sie – bis zu eben diesem Tag. Nachdem die Schleuse das Essen abgeliefert hatte, hörte sie wieder die Stimmen von Lars und seiner Mutter. Beide klangen gereizt, sie stritten sich.

Ach, sind sich die beiden auch nicht immer grün, dachte sie erfreut.

»Kann der kleine Lars seine Mutter auch nicht immer kontrollieren?«, rief sie. Natürlich wusste sie, dass solcher Übermut mit Repressalien bestraft würde, sie kannte die Hexe da draußen schließlich.

Aber es sollte sich zeigen, dass sie die Hexe zwar kannte, aber noch immer nicht gut genug. Sie hatte damit gerechnet, dass man ihr einige Tage die Nahrung entziehen, nicht aber, dass man ihr das Recht auf einen selbst bestimmten Tod nehmen würde.

»Lasse, pass auf die da bloß auf«, zischte die Alte draußen im Vorraum. »Sie will einen Keil zwischen uns treiben. Und sie will dich betrügen, das kannst du mir glauben. Pass gut auf sie auf. Sie hat eine Zange da drinnen, und sie bringt es fertig, die Zange gegen sich selbst zu wenden. Willst du, dass sie es ist, die zuletzt lacht? Willst du das, Lasse?«

Die Pause währte nur wenige Sekunden. Was hatte sie bloß getan? Von diesem Momant an hing ihr Leben am seidenen Faden.

»Merete, hörst du, was meine Mutter sagt?« Seine Stimme tönte eiskalt aus den Lautsprechern.

Was nutzte es, darauf zu antworten?

»Ab jetzt bleibst du von den Bullaugen weg. Ich will dich die ganze Zeit sehen können, hast du verstanden? Zieh den Kloeimer an die gegenüberliegende Wand. Sofort! Falls du in irgendeiner Form versuchst, dich zu Tode zu hungern oder dich selbst zu verletzen, dann kannst du sicher sein, dass ich den Druck schneller aus dem Raum nehme, als du reagieren kannst. Der Druck lässt sich nämlich per Fernbedienung regulieren. Falls du dir irgendwo in die Haut stichst, wird das Blut wie ein Wasserfall aus dir herausschießen. Und ehe du das Bewusstsein verlierst, das verspreche ich dir, wirst du spüren, wie alles in dir gesprengt wird. Ich stelle Kameras auf, und damit überwachen wir dich von nun an vierundzwanzig Stunden am Tag. Wir richten zwei Scheinwerfer auf die Scheiben. Du kannst dich also jetzt für das Fallbeil entscheiden, oder du kannst es später nehmen. Aber wer weiß, Merete? Vielleicht fallen wir ja morgen alle tot um? Vielleicht werden wir von dem wunderbaren Lachs vergiftet, den wir heute Abend essen werden? Man kann nie wissen. Also halte durch. Vielleicht kommt ja eines Tages ein Prinz auf seinem weißen Pferd und nimmt dich mit. Die Hoffnung stirbt zuletzt, heißt es nicht so? Also halte aus, Merete. Aber halt dich an die Regeln.«

Sie sah zu einer der beiden Scheiben hoch. Dahinter konnte sie ganz schwach Lasses Konturen erahnen. Ein grauer Todesengel. Schwankend dort draußen im Leben, mit einem verdunkelten und kranken Gemüt, das ihn hoffentlich auf immer peinigen würde.

»Wie hast du deinen Stiefvater umgebracht? Genauso bestialisch?«, rief sie und erwartete, dass er lachen würde, aber nicht, dass die anderen beiden in sein Gelächter einstimmten. Sie waren also alle drei dort draußen.

»Ich habe zehn Jahre gewartet, Merete. Und dann kam ich zurück, mit zehn Kilo mehr Muskeln und einem gewaltigen Mangel an Respekt. Ich glaube fast, das allein schon hätte ihn umbringen können.«

»Aber so viel Respekt konntest du trotzdem nicht bekommen«, gab sie zurück und lachte ihn aus.

Es lohnte, alles aufzutischen, um seinen Siegesrausch mit Füßen zu treten.

»Ich habe ihn totgeprügelt. Glaubst du nicht, dass einem das Respekt verschafft? Nicht sonderlich raffiniert, aber was soll's. Ich habe ihn ganz langsam totgeschlagen. Alles andere war mir nicht gut genug.«

In ihr drehte sich alles. Der Mann war ja vollkommen wahnsinnig. »Du bist wie er, du lächerliche, kranke Bestie«, flüsterte sie. »Schade, dass man dich nicht schon damals erwischt hat.«

»Erwischt? Sagtest du erwischt?« Wieder lachte er. »Wie denn? Es war Herbst, Erntezeit, und dieses alte Scheißding von einem Mähdrescher wartete draußen auf dem Feld. Es war nicht schwer, seine Leiche vor das Schneidwerk zu stoßen, als die Maschine erst richtig lief. Er hatte so viele verrückte Ideen, der Idiot, sodass sich keiner wunderte, dass er nachts erntete und dabei tödlich verunglückte. Vermisst hat ihn keiner, das kann ich dir sagen.«

»Ja, Lasse, du bist doch wirklich und wahrhaftig ein großer

Mann. Wen hast du denn sonst noch umgebracht? Hast du noch mehr auf dem Gewissen?«

Sie hatte nicht damit gerechnet, dass es hier aufhörte. Trotzdem war sie zutiefst schockiert, als sie dann von ihm hörte, wie er Daniel Hales Beruf ausgenutzt hatte, um nahe an sie heranzukommen, wie er die Stelle dieses Mannes eingenommen und ihn schließlich umgebracht hatte. Daniel Hale hatte Lasse nichts zuleide getan, aber er musste beseitigt werden, damit nicht durch irgendeinen dummen Zufall aufgedeckt würde, dass Lasse dahintersteckte. Dasselbe galt für seinen Helfer, Dennis Knudsen, auch der musste sterben. Keine Zeugen, da war er eiskalt.

»Mein Gott, Merete«, flüsterte sie sich selbst zu. »Wie viele Menschen hast du bloß ins Unglück gestürzt, ohne es zu wollen!«

»Du Schwein, warum hast du mich denn nicht einfach umgebracht?«, rief sie laut. »Die Möglichkeit hattest du doch. Du sagst ja selbst, dass du Uffe und mich überwacht hast. Warum hast du mich nicht einfach niedergestochen, wenn ich in meinem Garten war? Da bist du doch garantiert auch gewesen, oder?«

Es entstand eine Pause. Dann sagte er ganz langsam, wie um seinen Zynismus auszukosten: »Erstens war mir das zu einfach. Dein Leiden sollte für uns sichtbar sein, und zwar genauso lange, wie unsere eigenen Leiden gedauert hatten. Außerdem, liebe Merete, wollte ich nahe bei dir sein. Ich wollte sehen, wie verletzlich du bist. Ich wollte, dass du bis ins Mark erschüttert bist. Du solltest diesen Daniel Hale lieben lernen. Und dann solltest du ihn fürchten lernen. Du solltest zu deinem letzten Ausflug mit Uffe in der Gewissheit aufbrechen, dass zu Hause etwas Ungeklärtes auf dich wartete. Allein dass du das wusstest, verschaffte mir eine ungemein große Genugtuung.«

»Du bist ja krank im Kopf!«

»Krank? Ich bin krank? Ich kann dir sagen, das ist noch gar

nichts gegen jenen Tag, als ich erfuhr, dass meine Mutter beim Lynggaard-Fonds um Unterstützung gebeten hatte, damit sie nach Hause konnte, als sie aus dem Krankenhaus entlassen wurde. Ihr Antrag wurde mit der Begründung abgelehnt, die Stiftung könne ausschließlich direkte Nachkommen von Lotte und Alexander Lynggaard berücksichtigen. Sie bat euren scheißreichen Fonds um erbärmliche hunderttausend Kronen, und die lehnten ab, obwohl ihnen bekannt war, wer sie war und was ihr zugestoßen war. Deshalb musste sie mehrere Jahre länger in verschiedenen Institutionen zubringen. Verstehst du jetzt, warum sie dich dermaßen hasst, du verwöhnte Ziege?«

Der Psychopath dort draußen weinte. »Verfluchte hunderttausend Kronen! Was bedeutete das schon für dich und deinen Bruder? Nichts!«

Sie könnte sagen, dass sie nichts davon gewusst hatte. Aber die Schuld war abbezahlt. Längst schon.

Noch am selben Abend stellten Lasse und sein Bruder die Kameras auf und schalteten die Scheinwerfer ein. Zwei schneidend grelle Dinger, die die Nacht zum Tag machten und die ihr Gefängnis in seiner ganzen unermesslichen Hässlichkeit ausstellten und jedes unappetitliche Detail zutage treten ließen. Erst jetzt erfasste sie den Raum in seiner ganzen Widerwärtigkeit. Mit ihrer eigenen Erniedrigung konfrontiert zu sein, war für sie so furchtbar, dass sie die Augen fest verschloss. Die Hinrichtungsstätte war nun zur Schau gestellt, aber der Verurteilte entschied sich für die Dunkelheit.

Später zogen sie über beide Spiegelglasscheiben Kabel zu zwei Zündern. Im sogenannten Notfall könnten die Scheiben damit gesprengt werden. Und schließlich brachten sie direkt davor Druckflaschen in Position mit Sauerstoff und Wasserstoff und »brennbaren Flüssigkeiten«, wie sie sagten.

Lasse teilte ihr mit, dass alles bereit sei. Wenn sie von innen heraus gesprengt war, würde sie in die Kompostmühle verfrachtet, und anschließend wollten sie den ganzen Scheißdreck in die Luft sprengen. Die Detonation würde man noch kilometerweit hören. Und dieses Mal würde die Versicherung bezahlen! Solche ungewollten Unglücksfälle mussten nur äußerst sorgfältig vorbereitet werden, dann wären alle Spuren auf immer vernichtet.

Das wird nicht geschehen, wenn es sich irgendwie verhindern lässt, dachte sie bei sich, darauf könnt ihr euch verlassen.

Als ein paar Tage vergangen waren, setzte sie sich mit dem Rücken zu den Scheiben und begann mit der Spitze der Zange im Beton zu kratzen. In zwei Tagen würde sie damit fertig sein, die Zange allerdings auch. Dann musste sie eben ihre Zahnstocher benutzen, um ihre Adern zu punktieren. Aber das war nun auch egal. Es gab die Möglichkeit, das reichte.

Sie brauchte länger als zwei Tage, eher schon eine Woche, aber dann waren die Fugen tief genug, um fast alles zu überstehen. Sie hatte sie mit Staub und Dreck aus den Ecken und Winkeln des Raums bedeckt. Buchstabe für Buchstabe. Wenn die Brandexperten der Versicherung irgendwann in der Zukunft hierherkommen würden, um Nachforschungen anzustellen, dann, da war sie sicher, würden wenigstens einige der Worte entdeckt werden. Und dann würden sie auch die ganze Botschaft ermitteln. Sie lautete:

Lasse, dem dieses Gebäude gehört, ermordete seinen Stiefvater und Daniel Hale und einen seiner Freunde, und dann ermordete er auch mich.

Passt gut auf meinen Bruder Uffe auf und sagt ihm, seine Schwester dachte über fünf Jahre lang jeden Tag an ihn.

Merete Lynggaard, am 13.2.2007; entführt und an diesem gottverlassenen Ort eingesperrt seit dem 2. März 2002.

35

2007

Das, worüber Assad gestolpert war, stand im Bericht der Verkehrspolizei zum tödlichen Unfall am Weihnachtstag 1986, bei dem Merete Lynggaards Eltern ums Leben kamen. Dort war von drei weiteren Menschen die Rede, die im zweiten Auto starben. Es handelte sich um ein Neugeborenes, ein Mädchen von nur acht Jahren und den Fahrer des Wagens, Henrik Jensen. Er war Ingenieur und Begründer eines Unternehmens, das Jensens Industries hieß. An dieser Stelle zeigte eine Reihe von Fragezeichen am Rand, dass hier Unsicherheit herrschte. Einem von Hand geschriebenen Vermerk zufolge handelte es sich um »ein blühendes Unternehmen, das gasdicht abschließende Stahlkonstruktionen« produzierte. Ein weiterer kurzer Vermerk in Anführungszeichen unter der Notiz lautete: »ein Stolz der dänischen Industrie«, vermutlich nach einem Zeugen zitiert.

Doch, Assad hatte sich richtig erinnert. Henrik Jensen hieß der Fahrer, der in dem zweiten Auto umkam. Dieser Name lag tatsächlich außerordentlich nahe an Lars Henrik Jensen. Keiner konnte behaupten, Assad sei dumm.

»Assad, hol doch noch mal eben die Artikel aus den Wochenzeitschriften und Illustrierten, die damals zu dem Fall aufbewahrt wurden«, sagte Carl. »Vielleicht sind dort die Namen der Überlebenden veröffentlicht. Es würde mich nicht wundern, wenn der Junge in dem zweiten Auto nach seinem Vater Lars Henrik hieß. Vielleicht finden wir irgendwo seinen Namen.«

Als Assad mit seinem Stapel Papiere zurückkam, streckte Carl die Hand aus. »Gib mir auch ein paar von den Klatschblättern. Ja, und ein paar von denen da.« Er deutete auf die Zeitungsausschnitte.

Die Farbfotos in den Illustrierten waren ekelhaft, was durch die umstehenden Berichte über irgendwelche Menschen, die nach Berühmtheit gierten, noch verstärkt wurde. Das Flammenmeer um den Ford Sierra sprach Bände; es hatte alles vernichtet, wie ein Foto des ausgebrannten schwarzen Wracks dokumentierte. Dass die Sanitäter eines zufällig vorbeifahrenden Rettungswagens die Verunglückten freibekamen, ehe alle im Wagen verbrannten, war wirklich ein Wunder. Dem Bericht der Verkehrspolizei zufolge war die Feuerwehr nicht so schnell zur Stelle gewesen wie üblich, da die Straßen zu dem Zeitpunkt äußerst glatt waren.

»Hier steht, dass die Mutter Ulla Jensen hieß und ihr bei dem Unfall beide Schienbeine zertrümmert wurden«, sagte Assad. »Wie der Junge hieß, steht hier nicht, hier ist nur vom ›Ältesten des Ehepaars‹ die Rede. Er war vierzehn, schreiben sie.«

»Das passt zum Geburtsjahr dieses Lars Henrik Jensen. Sofern man sich auf irgendwas von diesen manipulierten Unterlagen aus Godhavn verlassen kann«, sagte Carl und studierte weiter die Zeitungsausschnitte.

Der erste brachte nichts Neues. Die Reportage stand neben irgendwelchen politischen Streitereien und kleinen Skandalen. Es war offensichtlich, dass diese Zeitung einschlägige Strategien anwandte, um eine hohe Verkaufsquote zu erzielen. Dieser bunte Themenmix war offenbar nach wie vor ein Erfolgsrezept. Legte man diese fünf Jahre alte Zeitung neben eine von gestern, müsste man schon sehr genau hinschauen, um herauszufinden, welche die neuere von beiden war.

Er fluchte über die Medien und blätterte in der nächsten Zeitung. Als er die Seite aufschlug, sprang ihm der Name förmlich ins Auge, genau wie er es erhofft hatte.

»Hier steht es, Assad!«, rief er. In dem Moment fühlte er sich wie ein Mäusebussard, der, über die Baumwipfel gleitend, seine Beute entdeckt hatte und nun darauf hinabstürzte. Ein phantastischer Fang. Der Druck in der Brust ließ nach, und eine eigenartige Form von Erleichterung breitete sich in seinem gesamten Organismus aus.

»Assad, hör mal, was hier steht. Die Überlebenden in dem

Auto, das der Wagen des Großhändlers Alexander Lynggaard rammte, waren Henrik Jensens Ehefrau Ulla Jensen, vierzig Jahre, einer ihrer neugeborenen Zwillinge sowie der älteste Sohn, Lars Henrik Jensen, vierzehn Jahre.«

Assad ließ seinen Zeitungsausschnitt fallen. »Gib mir mal den Unfallbericht der Verkehrspolizei, Assad.« Vielleicht waren darin ja die Personennummern aller Beteiligten aufgezählt. Er fuhr mit dem Zeigefinger über die Beschreibung des Unfallhergangs, fand aber nur die der beiden Fahrer, der Väter von Merete und Lars Henrik.

»Carl, wenn man die Personennummer des Vaters hat, kann man dann nicht auch ganz schnell die des Sohnes ausfindig machen? Dann könnten wir die vielleicht mit der von dem Jungen aus Godhavn vergleichen.«

Carl nickte. Das war vermutlich keine große Sache. »Ich schau mal eben, was ich über Henrik Jensen herausfinden kann, Assad. Du kannst in der Zwischenzeit Lis bitten, die Personennummern zu checken. Sag ihr, wir suchten eine Adresse von Lars Henrik Jensen. Falls er nicht in Dänemark wohnhaft ist, dann bitte sie, nach der Mutter zu suchen. Und wenn Lis seine Personennummer findet, soll sie gleich alle Adressen ausdrucken, an denen er seit dem Unfall gewohnt hat. Nimm die Mappe mit nach oben, Assad. Und beeil dich.«

Er ging ins Internet und suchte unter »Jensen Industries«, aber das erzielte keinen Treffer. Dann gab er »gasdicht abschließende Stahlkonstruktionen für Atomreaktoren« in die Suchmaschine ein, woraufhin zahlreiche Unternehmen, unter anderem in Frankreich und in Deutschland, aufgelistet wurden. Dann fügte er bei der Suche die Worte »Ausfütterung von Sicherheitsbehältern« hinzu, die seines Wissens in etwa dasselbe abdeckten wie »gasdicht abschließende Stahlkonstruktionen für Atomreaktoren«. Auch das brachte ihn nicht weiter.

Als er schon aufgeben wollte, entdeckte er ein pdf, das ein Unternehmen in Køge erwähnte, und hier erschienen die Worte

»ein Stolz der dänischen Industrie«, haargenau dieselbe Wortwahl wie im Bericht der Verkehrspolizei. Dann stammte das Zitat bestimmt von hier. Er schickte dem Polizisten, der in seinen Nachforschungen etwas tiefer als üblich gegraben hatte, in Gedanken ein paar freundliche Grüße. Bestimmt war er früher oder später bei der Kripo gelandet, darauf würde Carl wetten.

Doch weiter kam er mit Jensen Industries nicht. Dann war der Name wohl nicht korrekt. Ein Anruf beim Handelsregister erbrachte die Information, dass kein Unternehmen eines Henrik Jensen mit dieser Personennummer registriert sei. Als Carl sagte, das könne nicht sein, bot man ihm drei mögliche Erklärungen. Vielleicht befand sich das Unternehmen in ausländischer Hand, vielleicht war es unter anderem Namen und einer Eigentümergemeinschaft registriert oder es gehörte zu einer Holding und war unter dem Namen der Holding registriert.

Er nahm seinen Kugelschreiber und strich den Namen der Firma auf seinem Block durch. Wie es aussah, war Jensen Industries auf der Karte der Hochtechnologie nur ein weißer Fleck.

Er zündete sich eine Zigarette an und betrachtete den Rauch, der sich unter dem System von Rohren an der Decke ausbreitete. Eines Tages würden die Rauchmelder draußen auf dem Gang reagieren und sämtliche Angestellten in dem Gebäude in einem Wahnsinnsspektakel hinaus auf die Straße treiben. Er lächelte, nahm einen besonders tiefen Zug und blies eine dicke Wolke Richtung Tür. Das würde seinem illegalen kleinen Zeitvertreib einen Riegel vorschieben, aber die Vorstellung, wie Bak und Bjørn und Marcus Jacobsen dort auf der Straße standen und furchtsam bis ärgerlich zu ihren Büros mit den zig hundert Metern archivierter Ungeheuerlichkeiten hochschauten ... das wäre das Ganze fast schon wert.

Dann fiel ihm ein, was John Rasmussen von Godhavn gesagt hatte: dass der Vater von Atomos alias Lars Henrik Jensen unter Umständen etwas mit der Atomversuchsstation auf der Insel Risø zu tun hatte.

Carl schlug die Nummer nach. Vielleicht war es eine Sackgasse, aber wenn jemand über gasdicht abschließende Stahlkonstruktionen für Atomreaktoren Bescheid wissen musste, dann doch die Leute auf Risø.

Der Diensthabende war entgegenkommend und stellte ihn zu einem Ingenieur namens Mathiasen durch, der ihn wiederum zu jemandem durchstellte, der Stein hieß, der ihn schließlich mit einem Mann namens Jonassen verband. Je länger das ging, umso älter klangen die Männer.

Ingenieur Jonassen stellte sich direkt als Mikkel vor. Er habe zu tun, nähme sich aber gern fünf Minuten Zeit, um der Polizei weiterzuhelfen. Worum es denn ginge.

Er klang ausgesprochen selbstzufrieden, als er die Frage gehört hatte. »Ob ich ein Unternehmen kenne, das hier in Dänemark in den Achtzigern Ausfütterungen von Sicherheitsbehältern anfertigte, wollen Sie wissen?«, wiederholte er. »Na und ob. HJ Industries gehörte zu den weltweit führenden.«

HJ Industries hatte der Mann gesagt. Carl hätte sich selbst in den Hintern treten können. HJ für Henrik Jensen. H-J I-n-d-u-s-t-r-i-e-s, was denn sonst! Natürlich, so einfach war es. Auf die Idee hätten die beim Handelsregister ihn auch bringen können, verdammt und zugenäht!

»Ja, Henrik Jensens Unternehmen hieß wohl eigentlich Trabeka Holding, fragen Sie mich nicht, warum. Aber HJI ist weltweit bekannt. Deren Standards gelten bis heute. Diese Geschichte, also Henrik Jensens plötzlicher Tod und der schnelle Bankrott anschließend, war eine traurige Angelegenheit. Aber ohne seine Leitung der fünfundzwanzig Mitarbeiter und ohne seine enormen Qualitätsanforderungen konnte das Unternehmen nicht weiter existieren. Außerdem hatten sie große Veränderungen vorgenommen, die Firma war gerade erst umgezogen und ausgebaut worden. Es war ein extrem unglücklicher Zeitpunkt, an dem das Unglück geschah. Da gingen wirklich große Werte und ein riesiges Potenzial verloren. Wenn Sie mich fragen, hätte das Unternehmen gerettet werden können, wenn wir hier auf Risø interveniert hätten. Aber damals herrschte dafür in der Leitung nicht die entsprechende politische Stimmung.«

»Können Sie mir sagen, wo HJI seinen Sitz hatte?«

»Lange Zeit in Køge, ich bin mehrmals dort gewesen. Aber kurz vor dem Unfall zogen sie um, direkt südlich von Kopenhagen. Wohin genau, weiß ich nicht. Ich kann versuchen, ob ich mein altes Telefonbuch finde, das muss hier irgendwo sein. Haben Sie einen Moment Zeit?«

Es vergingen bestimmt fünf Minuten, in denen Carl hörte, wie der Mann im Hintergrund herumstöberte und dabei zunehmend in die vulgärsten Winkel der dänischen Sprache abtauchte. Carl hatte selten etwas Ähnliches gehört. Er klang, als sei er stinksauer auf sich selbst.

»Nein, tut mir leid«, sagte er, »ich kann es nicht finden. Obwohl ich eigentlich nie was wegwerfe! Typisch. Aber versuchen Sie doch, mit Ulla Jensen zu sprechen, seiner Witwe. Sie lebt vermutlich noch, sie ist ja trotz allem nicht so alt. Sie müsste Ihnen alles erzählen können, was Sie wissen wollen. Eine unglaublich tapfere Frau. Furchtbar, dass es sie so hart treffen musste.«

»Ja, wirklich bedauerlich«, stimmte Carl zu und wollte gerade zu seiner abschließenden Frage kommen.

Aber nun hatte sich der Ingenieur warmgeredet. »Ja, also was die da bei HJI veranstalteten, war echt genial. Allein die Schweißmethoden, da war so gut wie nichts zu sehen, selbst bei Röntgenaufnahmen, wenn die Schweißarbeiten mit den besten der besten Apparate geröntgt wurden. Die hatten auch Wahnsinnsmethoden, um Lecks ausfindig zu machen. Sie hatten zum Beispiel eine Druckkammer, in der ein Druck von bis zu sechzig bar möglich war; damit testeten sie die Haltbarkeit ihrer Produkte. Die vielleicht größte Druckkammer, die ich je gesehen habe. Ungeheuer fortschrittlich gesteuert. Hielten die Behälter den Tests stand, dann konnte man auch darauf zählen, dass die Atomkraftwerke eine erstklassige Ausrüstung bekamen. So war HJI. Mischten immer in der ersten Reihe mit.«

Man konnte fast meinen, er besäße Aktien des Unternehmens, so sehr hatte er sich in Rage geredet. »Sie wissen nicht, wo Ulla Jensen heutzutage wohnt?«, schob Carl schnell dazwischen.

»Nein, aber das lässt sich doch übers Einwohnermeldeamt leicht herausfinden. Sie wird dort wohnen, wo die Firma zuletzt angesiedelt war. Meines Wissens konnte man sie dort nicht rausschmeißen.«

»Irgendwo südlich von Kopenhagen, sagen Sie?«

»Ja, ganz genau.«

Wie um alles in der Welt konnte man bloß bei etwas so Ungenauem wie »südlich von Kopenhagen« von »ganz genau« sprechen?

»Wenn Sie diese Dinge interessieren, lade ich Sie gern hier zu uns ein«, erklärte der Mann.

Carl lehnte dankend ab; er bedauere, dass er aufgrund des enormen Zeitdrucks die Einladung nicht annehmen könne. In Wirklichkeit wäre er über ein Unternehmen wie Risø am liebsten mit einer Tausend-Tonnen-Dampfwalze gefahren, um es dann irgendeinem Kaff in Sibirien als Straßenbelag zu verkaufen. Ein Besuch dort wäre für sie beide die reinste Zeitverschwendung.

Als Carl auflegte, stand Assad schon seit zwei Minuten in der Tür.

»Was gibt es, Assad?«, fragte er. »Haben wir bekommen, was wir wollten? Konnten die oben die Personennummern überprüfen?«

Er schüttelte den Kopf. »Ich glaube, du musst selbst nach oben gehen und mit ihnen reden, Carl. Die sind heute total …«, er tippte sich mit dem Zeigefinger an die Schläfe, »durchgeknallt.«

Wie ein Kater auf Mäusejagd näherte er sich im zweiten Stock Lis' Büro. Tatsächlich sah sie an diesem Tag irgendwie unzugänglich aus. Die sonst so kess zerzaust gestylten Haare hingen schlaff herunter. Frau Sørensen hinter ihr sah ihn mit blitzenden Augen an, und in den umliegenden Büros hatten die Leute angefangen, sich gegenseitig anzuschreien. Es war erbärmlich.

»Was ist denn hier los?«, fragte er Lis, als sie ihn bemerkt hatte.

»Ich weiß es nicht. Sobald wir uns in die staatlichen Archive einloggen wollen, heißt es: ›Zugang verweigert‹. Es ist, als seien überall sämtliche Zugangscodes geändert worden.«

»Das Internet funktioniert einwandfrei.«

»Dann versuch doch mal, dich beim Melderegister einzuloggen oder beim Finanzamt, dann wirst du es schon merken.«

»Ja, Sie müssen warten wie alle anderen auch.« Frau Sørensen klang ein wenig schadenfroh.

Er stand eine Weile da und versuchte einen Ausweg zu finden, gab es aber auf, als er auf Lis' Bildschirm eine Fehlermeldung nach der anderen auftauchen sah.

Er zuckte die Achseln. Was soll's, dachte er, so sehr eilt es wohl auch nicht. Ein Mann wie er wusste, wie man höhere Gewalt zu seinem Vorteil ummünzt. Wenn die Elektronik beschlossen hatte, auszusetzen, bedeutete das ja nicht, dass er unten im Keller für eine oder zwei Stunden mit einem Becher Kaffee und den Beinen auf dem Schreibtisch einen tiefsinnigen Monolog führen musste.

»Hallo Carl«, tönte plötzlich eine Stimme hinter ihm. Es war der Chef der Mordkommission, in blütenweißem Hemd und mit gestreifter Krawatte. »Gut, dass du hier oben bist. Magst du nicht für einen Moment mit in die Kantine kommen?« Das war keine wirkliche Frage. »Bak hat für uns ein Briefing, an dem du auch interessiert sein müsstest, glaube ich.«

In der Kantine standen circa fünfzehn Männer, Carl ganz hinten, der Chef an der Seite und zwei Polizisten aus dem Drogendezernat sowie der Stellvertreter Lars Bjørn und Børge Bak mit seinem engsten Mitarbeiter vorn in der Mitte.

Lars Bjørn übergab Bak das Wort. Alle wussten genau, was er zu sagen hatte.

»Wir hatten in dem Fall des Fahrradmordes heute Morgen eine Festnahme. Der Verdächtige sitzt im Moment mit seinem Anwalt zusammen, aber wir sind davon überzeugt, dass uns noch vor Ende dieses Tages ein schriftliches Geständnis vorliegen wird.«

Er lächelte und strich sich die sorgfältig gestylten Haare glatt. Dies war sein Tag. »Die Hauptzeugin, Annelise Kvist, hat eine ausführliche Erklärung abgegeben, nachdem sie sich vergewissert hat, dass der Verdächtige festgenommen ist. Ihre Aussage stützt unsere Theorie des Tathergangs zu hundert Prozent. Es handelt sich um einen ziemlich angesehenen Facharzt, der in Valby praktizierte und zum einen den Dealer im Valbypark niedergestochen hat und zum anderen an Annelise Kvists vermeintlichem Selbstmordversuch beteiligt war. Nicht zuletzt hat er Drohungen das Leben ihrer Kinder betreffend ausgesprochen.« Bak deutete auf seinen Assistenten, welcher fortfuhr.

»Bei der Durchsuchung der Wohnung des Hauptverdächtigen haben wir mehr als dreihundert Kilo Rauschmittel unterschiedlichster Art gefunden. Sie werden derzeit von unseren Technikern analysiert.« Er wartete einen Moment, bis wieder Ruhe eingekehrt war. »Zweifelsohne hatte sich der Arzt ein großes und weit verzweigtes Netzwerk an Kollegen aufgebaut, die sich alle beträchtliche Einkünfte verschafften durch den illegalen Verkauf von allerhand rezeptpflichtigen Medikamenten, von Methadon bis Stesolid, Valium, Fenemal und Morphium, und durch den Sonderimport von Amphetamin, Zopiclon, THC oder Tindal. Darüber hinaus wurden große Mengen an Neuroleptika, Schlafmitteln und Halluzinogenen vertrieben. Für den Verdächtigen war nichts zu groß und nichts zu klein. Es gab offenbar für alles Kunden.

Der Ermordete im Valbypark war für die Verteilung dieser Drogen, hauptsächlich an Diskothekenbesucher, zuständig. Wir schätzen, dass der Ermordete versuchte, den Arzt zu erpressen, und dass dieser kurzen Prozess gemacht hat, aber wir gehen davon aus, dass die Tat nicht geplant war. Annelise Kvist wurde Zeugin dieses Mordes, und Annelise Kvist kannte den Arzt. Aus diesem Grund konnte er sie leicht ausfindig machen. Er hat sie auf infame Weise gezwungen, ihn nicht zu verraten.« Der Assistent hielt inne, und Bak übernahm.

»Wir wissen jetzt, dass der Arzt Annelise Kvist unmittelbar nach dem Mord in ihrer Wohnung aufgesucht hat. Er ist spezialisiert auf Erkrankungen der Atemorgane; Annelise Kvists Töchter, die beide an Asthma leiden, sind bei ihm in Behandlung. Beide sind auf Medikamente angewiesen. An jenem Abend verhielt sich der Arzt in Annelise Kvists Wohnung sehr gewalttätig. Er zwang sie, ihren Kinder Tabletten zu geben, sonst würde er sie umbringen. Diese Tabletten verursachten, dass sich bei den Mädchen die Lungenbläschen lebensbedrohlich zusammenzogen. Daraufhin gab er ihnen Spritzen mit einem Gegenmittel. Zu erleben, wie ihre Töchter im Gesicht blau anliefen und wie sie nicht mehr mit ihr kommunizieren konnten, muss für die Mutter enorm traumatisch gewesen sein.«

Er blickte in die Runde. Die Kollegen nickten.

»Anschließend behauptete der Arzt«, fuhr er fort, »die Mädchen seien jetzt abhängig von regelmäßigen Besuchen in seiner Praxis, wo man ihnen das Gegengift spritzen würde, damit es nicht zu einem fatalen Rückfall käme. Damit hatte er die Mutter in der Hand, und natürlich schwieg sie.

Dass wir schließlich doch zu unserer Kronzeugin vordrangen, haben wir Annelise Kvists Mutter zu verdanken. Von dem nächtlichen Intermezzo wusste sie nichts, aber sie wusste, dass die Tochter den Mord beobachtet hatte. Das bekam sie am nächsten Tag aus ihr heraus, als sie miterlebte, dass ihre Tochter vollständig unter Schock stand. Die Mutter fand nur nicht heraus, wer der Täter war, den Namen wollte ihre Tochter partout nicht preisgeben. Als wir also auf Hinweis der Mutter Annelise Kvist zum Verhör bestellten, steckte diese Frau in einer tiefen Krise.

Heute wissen wir nun auch, dass der Arzt Annelise Kvist wenige Tage später aufsucht. Er warnt sie, wenn sie redet, werde er ihre Töchter umbringen. Er benutzt den Ausdruck ›bei lebendigem Leibe zerfetzen‹, und er bringt sie schließlich so weit, eine tödliche Tablettenmischung einzunehmen.

Der Rest der Geschichte ist bekannt: Die Frau kommt ins Krankenhaus, wird gerettet und schweigt wie ein Grab. Aber was euch nicht bekannt sein dürfte, ist, dass wir bei unseren Ermittlungen viel Unterstützung von unserem Sonderdezernat Q bekommen haben, also von Carl Mørck.«

Bak wandte sich direkt an Carl. »Du hast an den Ermittlungen nicht teilgenommen, Carl, aber du hast einige gute Ideen in den Prozess eingebracht. Dafür will ich mich auch im Namen meiner Gruppe bedanken. Und vielen Dank auch an deinen Helfer, den du als Kurier zwischen uns und Hardy Henningsen eingesetzt hast, der ebenfalls sein Scherflein dazu beigetragen hat. Wir haben ihm Blumen schicken lassen.«

Carl war sprachlos. Zwei, drei seiner alten Kollegen drehten sich zu ihm um und versuchten aus ihren versteinerten Gesichtern eine Art Lächeln zu pressen. Aber die übrigen bewegten sich keinen Zentimeter.

»Ja, daran haben viele mitgewirkt«, ergänzte Vizekriminalinspektor Bjørn. »Auch bei euch wollen wir uns bedanken«, sagte er und deutete auf die beiden Drogenpolizisten. »Jetzt ist es an euch, den Ring von Ärzten auszuheben, die Dreck am Stecken haben. Ein Riesending, so viel steht fest. Wir in der Mordkommission können uns dafür nun wieder anderen Aufgaben zuwenden, und darüber sind wir froh. Hier im zweiten Stock gibt es genug zu tun.«

Carl wartete, bis die meisten gegangen waren. Er wusste ganz genau, wie schwer Bak diese Worte gefallen sein mussten. Deshalb ging er zu ihm und streckte ihm die Hand hin. »Das habe ich nicht verdient, Bak, aber ich bedanke mich.«

Børge Bak sah einen Moment auf die ausgestreckte Hand, dann packte er seine Unterlagen ein. »Du musst mir nicht danken. Ich hätte das nie getan, wenn Marcus Jacobsen mich nicht dazu gezwungen hätte.«

Carl nickte. Damit war beiden wieder klar, wo sie standen.

Draußen auf dem Gang herrschte große Aufregung. Alle Mitarbeiter der Büros hatten sich mit ihren Beschwerden vor der Tür des Chefs versammelt.

»Ja, ja, wir wissen noch immer nicht, was da los ist«, sagte Marcus Jacobsen. »Aber laut Polizeioberinspektor Damsgaard gibt es derzeit zu keinem der öffentlichen Verzeichnisse Zugang. Die zentralen Server sind einem Hackerangriff ausgesetzt, der sämtliche Zugangscodes geändert hat. Wer das getan hat, ist noch unbekannt. Es gibt nicht so viele, die dazu in der Lage sind, und es wird mit Hochdruck daran gearbeitet, den Schuldigen zu finden.«

»Das darf doch nicht wahr sein«, sagte Carl. »Wie ist denn das möglich?«

Der Dezernatschef zuckte die Achseln. Er bemühte sich, unbeeindruckt zu wirken, auch wenn das keineswegs der Fall war.

Carl teilte Assad mit, er könne für heute Schluss machen; im Moment kämen sie sowieso nicht weiter. Ohne die Informationen aus dem Melderegister konnten sie Lars Henrik Jensens frühere Wohnorte nicht ausfindig machen. Sie mussten Geduld haben.

Als er zur Klinik für Wirbelsäulenverletzungen in Hornbæk

fuhr, hörte er im Radio, dass die Presse Briefe erhalten hatte, aus denen hervorging, dass ein wütender Bürger den Computervirus in die öffentlichen Register eingeschleust hätte. Man rechnete damit, dass es sich um einen Menschen im öffentlichen Dienst handelte, an zentraler Stelle beschäftigt, der durch die Kommunalreform in Schwierigkeiten geraten war. Aber sicher war bisher nichts. Computerexperten versuchten zu erklären, wie es möglich war, so gut geschützte Daten freizulegen, und der Staatsminister ging so weit, den Schuldigen als einen »Banditen übelster Sorte« zu bezeichnen. Sicherheitsexperten im Bereich Datenübertragung seien bereits an der Arbeit. Alles würde schon bald wieder funktionieren, sagte er. Und den Schuldigen erwarte eine sehr harte Strafe.

Auf Hardys Nachttisch standen tatsächlich Blumen, aber selbst an den Tankstellen in den abgelegensten Winkeln des Landes hätte man einen schöneren Strauß bekommen. Hardy scherte es nicht; so wie die Schwestern ihn heute mit dem Gesicht zum Fenster platziert hatten, konnte er den Strauß eh nicht sehen.

»Ich soll dir von Bak einen Gruß ausrichten«, sagte Carl.

Hardy sah ihn mit einem Blick an, den man verdrießlich nennen konnte, aber im Grunde traf es auch das nicht richtig. »Was hab ich mit diesem Blödmann zu tun?«

»Assad hat deinen Tipp an ihn weitergegeben, und jetzt haben sie jemanden festgenommen. Sie scheinen genug gegen ihn in der Hand zu haben.«

»Ich hab niemandem zu nichts Tipps gegeben.«

»Doch, du hast gesagt, Bak solle sich im Umfeld der Therapeuten und Ärzte von Annelise Kvist umsehen, der Hauptzeugin.«

»Von welchem Fall reden wir hier?«

»Von dem Fahrradmord, Hardy.«

Er runzelte die Stirn. »Ich hab keine Ahnung, wovon du sprichst, Carl. Du hast mich auf diesen idiotischen Fall Merete Lynggaard angesetzt, und diese Psychologentante redet die ganze Zeit von der Schießerei auf Amager. Das reicht. Ich weiß nichts von einem Fahrradmord.«

Jetzt war Hardy nicht der Einzige, der die Stirn runzelte. »Bist du dir sicher, dass Assad nicht mit dir über den Fahrradmord geredet hat? Hast du vielleicht Probleme mit dem Kurzzeitgedächtnis, Hardy? Sag es nur, das ist okay.«

»Ach Carl, hör doch auf. Ich hab keine Lust, mir den Blödsinn anzuhören. Die Erinnerung ist mein ärgster Feind, kannst du das nicht begreifen?« Er schäumte förmlich vor Wut.

Carl hob abwehrend beide Hände. »Tut mir leid, Hardy. Dann war das halt eine Fehlinformation von Assad. Kann ja vorkommen.«

Aber so dachte er nicht, nicht wirklich.

So etwas konnte und durfte nicht vorkommen.

36

2007

Als er zum Frühstück ging, war seine Speiseröhre wund vom Sodbrennen, und seine Schultern waren schwer vor Müdigkeit. Weder Morten noch Jesper redeten ein Wort mit ihm, was für seinen Ziehsohn Standard war, aber im Fall von Morten ein Unheil verkündendes Zeichen.

Die Morgenzeitung lag an ihrem gewohnten Platz auf dem Tisch. Der Aufmacher auf der Titelseite war die Geschichte von Tage Baggesens freiwilligem Rücktritt aufgrund gesundheitlicher Probleme. Als Carl Seite sechs aufschlug, starrte ihm ein grobkörniges Foto von sich entgegen. Es war dasselbe, das ›Gossip‹ am Vortag von ihm gebracht hatte, aber diesmal war daneben ein etwas unscharfes Foto von Uffe Lynggaard abgedruckt. Der Text war alles andere als schmeichelhaft.

»Der Leiter des Sonderdezernats Q, das bereits eingestellte Ermittlungen in ›Fällen von besonderer Bedeutung‹ neu aufrollt, wie von der Dänemarkpartei ausdrücklich erwünscht, gibt in den letzten zwei Tagen in der Presse ein ausgesprochen unerfreuliches Bild ab«, stand dort.

Aus der ›Gossip‹-Geschichte hatten sie nicht viel gemacht. Aber sie hatten für Interviews gesorgt, in denen die Mitarbeiter von Egely Carl besonders rauer Ermittlungsmethoden bezichtigten. Vor allem machte man ihn für Uffe Lynggaards Verschwinden verantwortlich. Besonders die Oberschwester zeigte sich empört und wütend. Ihr wurden Bemerkungen zugeschrieben wie Vertrauensmissbrauch, geistige Vergewaltigung und Manipulation. Der Artikel endete mit den Worten: »Bis Redaktionsschluss ist es uns nicht gelungen, einen Kommentar von Seiten der Polizeiführung zu erhalten.«

Man musste schon intensiv bei den Italowestern suchen, um einen Schurken mit einer Weste zu finden, die schwärzer war als die von Carl Mørck.

Hut ab, konnte man da nur sagen, wenn man wusste, was wirklich passiert war.

»Ich muss heute zur Zwischenprüfung«, riss ihn Jesper aus seinen Gedanken.

Carl blickte von der Zeitung auf. »In welchem Fach?«

»Mathe.«

Das klang nicht gut. »Bist du vorbereitet?«

Der Junge zog die Schultern hoch und stand auf, wie immer ohne einen Blick für sein Frühstücksgeschirr, das er mit Butter und Marmelade – wie überhaupt den ganzen Tisch – vollgekleckert hatte.

»Einen Moment mal, Jesper«, rief Carl. »Was soll das heißen?«

Sein Ziehsohn drehte sich zu ihm um. »Das heißt, dass ich vielleicht nicht in die Oberstufe komme, wenn ich nicht gut genug abschneide. Too bad.«

Carl sah Viggas vorwurfsvolles Gesicht vor sich und ließ die Zeitung sinken. Das ewige saure Aufstoßen tat weh.

Draußen auf dem Parkplatz vergnügten die Leute sich mit Berichten über die gestrigen Computerprobleme. Manche wussten nicht, was sie heute bei der Arbeit tun sollten, vor allem die Verwaltungsangestellten, die auf den Zugriff auf die öffentlichen Register angewiesen waren. Sie hatten für Baugenehmigungen zu sorgen oder für Krankenkassenzuschüsse und starrten den ganzen Tag nur auf ihren Bildschirm.

Im Autoradio äußerten sich mehrere Bürgermeister negativ über die Kommunalreform. Die habe indirekt die ganze Misere ausgelöst. Genauso viele waren wütend, dass die mittlerweile permanent angespannte Situation, was die Überlastung der kommunalen Angestellten betraf, nur noch schlimmer zu werden schien. Sollte der dreiste Übeltäter, der die Register lahmgelegt hatte, es wagen, sich in einem der vielen hart getroffenen Rathäuser zu zeigen, würde die nächste Notfallambulanz aber was zu tun bekommen.

Im Präsidium hingegen war man guten Mutes. Der Verursacher des Schadens war bereits verhaftet. Sobald man die Festgenommene, eine ältere Programmiererin im Innenministerium, dazu gebracht hatte, zu erklären, wie man den Schaden beheben konnte, würde man alles öffentlich machen. Sicher würde bald alles wieder seinen normalen Gang gehen.

Die Ärmste.

Erstaunlicherweise gelang es Carl, bis in den Keller zu kommen, ohne unterwegs Kollegen zu begegnen, und das war gut so. Die Berichte der Tageszeitungen von seinem Zusammenstoß mit einem geistig Behinderten in einer Einrichtung in Nordseeland hatten sich garantiert schon bis in jedes noch so winzige Büro des kolossalen Gebäudes verbreitet.

Er hoffte nur, dass sich Marcus Jacobsens Mittwochsrunde

mit dem Chefinspektor und anderen Chefs nicht ausschließlich darum drehen würde.

Er fand Assad an seinem Platz und ging direkt zum Angriff über.

Schon nach wenigen Sekunden wirkte Assad groggy. Bisher hatte sein munterer Helfer noch nie diese Seite von Carl kennengelernt, die sich nun in voller Wucht vor ihm entfaltete.

»Ja, Assad, du hast mich belogen«, wiederholte Carl und fixierte ihn mit starrem Blick. »Du hast Hardy gegenüber den Fahrradmord mit keinem Wort erwähnt. Alle Schlussfolgerungen stammen von dir selbst, und sicher, das hast du sehr gut hinbekommen. Aber mir hast du etwas anderes gesagt. Und das kann ich nicht dulden, kapiert? Das geht nicht. Das wird Konsequenzen haben.«

Er sah, wie es hinter Assads breiter Stirn arbeitete. Was ging dort vor? Hatte er ein schlechtes Gewissen oder was?

Er beschloss, ihn hart ranzunehmen. »Versuch nicht, mich zu verscheißern, Assad. Wer bist du eigentlich? Das möchte ich gern wissen. Und was hast du gemacht, wenn du nicht oben bei Hardy warst?« Assads Protestversuche wehrte er ab. »Ja, ja, ich weiß, dass du dort gewesen bist. Aber nie sehr lange. Spuck's aus, Assad. Was geht da vor?«

Assad konnte seine Unruhe nicht hinter seinem Schweigen verbergen. Hinter dem freundlichen Blick sah man immer wieder kurz den Gejagten aufblitzen. Wären sie Feinde, wäre er Carl vermutlich an die Kehle gesprungen.

»Moment«, sagte Carl. Er drehte sich zum Computer um und öffnete Google. »Ich hab ein paar Fragen an dich, okay?«

Keine Antwort.

»Hörst du zu?«

Ein Summen, schwächer als das des Computers, sollte vermutlich eine Bestätigung darstellen.

»In deiner Personalakte steht, du seist 1998 mit deiner Frau und zwei Töchtern nach Dänemark gekommen. Zwischen 1998 und 2000 habt ihr euch im Lager Sandholm aufgehalten, dann bekamt ihr Asyl.«

Assad nickte.

»Das ging schnell.«

»Das war damals, Carl. Heute sieht alles anders aus.«

»Du kommst aus Syrien, Assad. Aus welcher Stadt? Das steht nicht in den Unterlagen.«

Er drehte sich um und sah, dass Assads Gesicht dunkler war denn je.

»Verhörst du mich, Carl?«

»Ja, das kann man so sagen. Einwände?«

»Es gibt viele Dinge, Carl, die ich dir nicht erzählen werde. Das musst du respektieren. Ich hatte ein schlimmes Leben. Es ist mein Leben, nicht deins.«

»Das verstehe ich. Aber aus welchem Ort kommst du? Ist das so schwer zu beantworten?«

»Ich komme aus einem Vorort von Sab Abar.«

Carl gab den Namen ein. »Das liegt weit draußen im Nirgendwo, Assad.«

»Habe ich vielleicht etwas anderes behauptet, Carl?«

»Wie weit, würdest du sagen, ist es von Sab Abar bis nach Damaskus?«

»Eine Tagesreise. Über zweihundert Kilometer.«

»Eine Tagesreise?«

»Die Dinge dauern dort ihre Zeit. Man muss zuerst durch die Stadt, und dann sind da die Berge.«

Ja, so sah das jedenfalls bei Google Earth aus. Nach einem einsameren Ort müsste man lange suchen. »Hafez el-Assad heißt du. Das steht zumindest in den Papieren der Ausländerbehörde.« Er gab den Namen bei Google ein und bekam umgehend ein Ergebnis. »Ist das nicht ein langweiliger Name, den du da mit dir rumschleppst?«

Er zuckte die Achseln.

»Der Name eines Diktators, der neunundzwanzig Jahre in

Syrien regierte! Waren deine Eltern Mitglieder der Baath-Partei?«

»Ja, das waren sie.«

»Dann bist du vielleicht nach ihm benannt?«

»Der Name kommt in meiner Familie häufiger vor.«

Er sah Assads dunkle Augen. Er war in einer anderen Verfassung als normalerweise.

»Wer war Hafez el-Assads Nachfolger?«, fragte Carl schnell.

Assad blinzelte nicht einmal. »Sein Sohn Bashar. Carl, sollen wir das hier nicht sein lassen? Das ist nicht gut für uns.«

»Das mag sein. Und wie hieß der andere Sohn, der 1994 bei einem Autounfall starb?«

»Daran kann ich mich im Moment nicht erinnern.«

»Nein? Das ist komisch. Hier steht, er sei seines Vaters Lieblingssohn gewesen und der Auserwählte. Er hieß Basil. Ich würde doch meinen, dass mir das in Syrien jeder in deinem Alter ohne Zögern sagen könnte.«

»Ja, stimmt, er hieß Basil.« Er nickte. »Aber ich habe so vieles vergessen, Carl. Ich *will* mich nicht daran erinnern. Ich habe …« Er suchte nach dem Wort.

»Du hast es verdrängt?«

»Ja, das klingt richtig.«

Okay, wenn das so ist, dann komme ich auf dem Weg nicht weiter, dachte Carl. Dann muss ich eine andere Gangart einschlagen.

»Weißt du, was ich glaube, Assad? Ich glaube, du lügst. Du heißt überhaupt nicht Hafez el-Assad, das war einfach der erste Name, der dir einfiel, als du um Asyl nachsuchtest. Oder? Ich könnte mir vorstellen, dass der Typ, der deine falschen Papiere gemacht hat, was zu lachen hatte. War es nicht so? Vielleicht ist das ja sogar derselbe Mann, der uns bei Merete Lynggaards Telefonbuch weiterhalf? Oder?«

»Carl, ich finde, wir sollten hier aufhören.«

»Woher kommst du in Wirklichkeit, Assad? Ja, wo ich mich

jetzt an den Namen gewöhnt habe, können wir ruhig dabei bleiben, auch wenn es in Wahrheit dein Nachname ist, nicht wahr, Hafez?«

»Ich bin Syrer, und ich komme aus Sab Abar.«

»Du meinst, aus einem Vorort von Sab Abar?«

»Ja, nordöstlich des Zentrums.«

Das klang alles in allem plausibel, aber es so ohne weiteres als echt zu akzeptieren, fiel Carl schwer. Vielleicht hätte er es zehn Jahre und Hunderte von Verhören früher geglaubt. Aber jetzt nicht mehr. Sein Instinkt meldete sich argwöhnisch. Assads Verhalten war nicht überzeugend.

»In Wahrheit kommst du aus dem Irak, oder? Und du hast Leichen im Keller, Assad. Und man will dich aus diesem Land abschieben und wieder dorthin zurückschicken, wo du herkommst, ist es nicht so?«

Wieder veränderte sich Assads Gesichtsausdruck. Die Linien auf seiner Stirn waren wie weggewischt. Vielleicht sah er einen Ausweg, vielleicht sprach er einfach die Wahrheit.

»Irak? Aber nein! Carl, jetzt redest du dummes Zeug«, sagte er verletzt. »Komm zu mir nach Hause und sieh dir meine Sachen an. Ich habe einen Koffer mitgebracht von zu Hause. Du kannst mit meiner Frau reden, sie versteht ein wenig Englisch. Oder mit meinen Töchtern. Dann weißt du, dass es stimmt, was ich sage. Carl, ich bin politischer Flüchtling, und ich habe sehr Schlimmes erlebt. Ich will nicht darüber sprechen, warum lässt du mich nicht in Ruhe? Es stimmt, dass ich nicht so viel bei Hardy war, wie ich gesagt habe. Aber es ist sehr weit bis Hornbæk. Ich versuche meinem Bruder zu helfen, und das braucht viel Zeit. Entschuldige, Carl. Ich werde in Zukunft immer alles offen sagen.«

Carl lehnte sich zurück. Er hatte nicht übel Lust, sich sein skeptisches Gehirn von Assads bonbonsüßem Tee verkleben zu lassen. »Assad, ich begreife nicht, wie du so schnell einen Job bei der Polizei bekommen hast. Ich freue mich sehr über deine

Hilfe. Du bist ein komischer Kauz, aber du kannst auch was. Wie kommt das?«

»Komischer Kauz? Was ist das? Ist Kauz nicht ein Vogel?« Er sah Carl treuherzig an. Ja, doch, er konnte etwas. Vielleicht war er ja einfach ein Naturtalent. Vielleicht stimmte alles, was er sagte. Vielleicht hatte Carl sich einfach zu einem misstrauischen Querulanten entwickelt.

»In deinen Papieren steht nicht viel über deine Ausbildung, Assad. Wie sah die aus?«

Assad zuckte die Achseln. »Daraus wurde irgendwie nichts Richtiges. Mein Vater hatte eine kleine Firma, handelte mit Konserven. Ich weiß alles darüber, wie lange sich eine Dose geschälte Tomaten bei fünfzig Grad Hitze hält.«

Carl versuchte zu lächeln. »Und dann konntest du die Finger nicht von der Politik lassen, und am Ende hattest du einen falschen Namen, war es so?«

»Ja, etwas in dieser Richtung.«

»Und du wurdest gefoltert?«

»Carl, lass mich, ich will nicht. Ich kann nicht darüber reden, okay?«

»Okay.« Carl nickte. »Aber in Zukunft erzählst du mir immer, was du in der Arbeitszeit machst, klar?«

Er hielt einen Daumen in die Höhe. Dann streckte er die Hand mit gespreizten Fingern hoch, und Assad klatschte seine Hand dagegen.

Das reichte.

»Okay, Assad. Weiter im Text. Es gibt einiges zu erledigen«, sagte er. »Wir müssen diesen Lars Henrik Jensen finden. Wir können uns hoffentlich bald wieder im Melderegister einloggen, aber bis dahin müssen wir versuchen, seine Mutter zu finden. Sie heißt Ulla Jensen. Ein Mann draußen auf Risø…« Er sah, dass Assad zu der Frage ansetzte, was Risø war, so was kam ja bei ihm nicht selten vor. »Ein Mann hat mich informiert, dass sie südlich von Kopenhagen wohnt.«

»Ist Ulla Jensen ein seltener Name?«

Er schüttelte den Kopf. »Aber wir wissen jetzt, wie die Firma des Mannes hieß, insofern haben wir mehrere Ansatzpunkte. Zunächst mal rufe ich beim Handelsregister an. Wollen wir hoffen, dass die nicht auch von dem Crash betroffen sind. Mittlerweile suchst du bei www.krak.dk im Internet nach einer Ulla Jensen. Versuch es mit Brøndby und dann weiter südlich. Valensbæk, vielleicht Glostrup, Tåstrup, Greve-Kildebrønde. Im Süden musst du nicht weiter als bis Køge gehen, denn dort befand sich die Firma des Mannes früher. Etwas nördlich davon.«

Assad wirkte erleichtert. Er wandte sich zum Gehen, machte aber noch einmal kehrt und umarmte Carl kurz. Seine Bartstoppeln kratzten, und das Rasierwasser war billig, aber das Gefühl war echt.

Nachdem Assad hinausgegangen war, saß Carl eine Weile einfach da und erlaubte dem Gefühl, sich zu setzen. Es war fast, als hätte er seine alte Gruppe wieder.

Die Antwort kam von beiden Seiten gleichzeitig. Das Handelsregister hatte während des Zusammenbruchs die ganze Zeit einwandfrei funktioniert. HJ Industries war fünf Sekunden nach der Sucheingabe identifiziert. Die Firma gehörte einer Trabeka Holding, einer deutschen Gesellschaft, über die sie bei Bedarf nähere Einkünfte einholen konnten. Die Eigentümer der Trabeka waren aus dem Registereintrag nicht zu ersehen, aber mithilfe der deutschen Kollegen leicht herauszufinden. Als er die Adresse hatte, rief er zu Assad hinüber, er könne aufhören, aber Assad rief zurück, er habe auch zwei mögliche Treffer.

Sie verglichen ihre Ergebnisse. Ulla Jensen wohnte im Strøhusvej in Greve auf dem Gelände der bankrotten Firma HJI.

Er suchte die Adresse auf seiner Karte. Sie war nur wenige hundert Meter von dem Unfallort entfernt, wo Daniel Hale auf dem Kappelev Landevej verbrannt war. Er erinnerte sich, wie er dort gestanden hatte. Das war die Straße, die er entlanggeblickt hatte, als sie dort die Gegend in Augenschein nahmen. Die Straße zur Mühle.

Er spürte, wie sein Adrenalinspiegel langsam anstieg. Jetzt hatten sie eine Adresse. In zwanzig Minuten konnten sie dort sein.

»Carl, sollen wir nicht erst anrufen?« Assad gab ihm den Zettel mit der Telefonnummer.

Er sah Assad mit hochgezogenen Augenbrauen an. Also kamen doch nicht nur Goldnuggets aus dem Mund dieses Mannes. »Eine ausgezeichnete Idee, Assad, wenn wir zu einem leeren Haus kommen wollen.«

Ursprünglich war es ein gewöhnlicher Bauernhof mit Wohnhaus, Schweinestall und Scheune rings um einen Hof mit holperigen Pflastersteinen gewesen. Sie konnten vom Auto aus direkt in die Zimmer schauen, so dicht an der Straße lag das Haus. Hinter den weiß gekalkten Gebäuden befand sich noch ein zehn bis zwölf Meter hoher Bau, der offensichtlich nie in Benutzung gewesen war – dort, wo die Fenster hätten sein sollen, gähnten große leere Löcher. Wie die Behörden diese Schrecklichkeit je hatten genehmigen können, war ihm ein Rätsel. Sie ruinierte die Aussicht über die Felder, wo die gelben Rapsflächen in Weiden übergingen, so grün, dass es geradezu künstlich aussah.

Carl musterte die Umgebung und bemerkte nirgendwo Anzeichen von Leben, auch nicht in der Nähe der Gebäude. Der gepflasterte Hof wirkte genauso vernachlässigt wie alles andere. Der Putz am Wohnhaus blätterte ab. Zur Straße hin lagen ein Stück weiter nach Osten große Haufen Bauschutt und Gerümpel. Abgesehen von den Butterblumen und den blühenden Obstbäumen, die über das Eternitdach ragten, wirkte alles vollkommen trostlos.

»Auf dem Hof steht kein Auto«, sagte Assad. »Wahrscheinlich wohnt hier schon lange niemand mehr.«

Carl biss die Zähne zusammen und bemühte sich, seine Enttäuschung zu unterdrücken. Nein, Lars Henrik Jensen war nicht hier, das sagte auch sein Gefühl. Verfluchter Mist!

»Lass uns trotzdem hingehen, Assad. Wir schauen uns ein bisschen um.« Er parkte den Wagen am Straßenrand, etwa fünfzig Meter entfernt.

Sie bewegten sich ganz leise. Durch die Hecke am Grundstücksrand gelangten sie auf der Rückseite des Hauses in einen Garten, wo Beerensträucher und Giersch um Platz kämpften. Die Fenster des Wohnhauses waren grau von Alter und Schmutz. Alles wirkte ausgestorben und tot.

»Schau mal«, sagte Assad, der die Nase an eine Scheibe drückte.

Carl folgte seiner Aufforderung. Auch im Haus wirkte alles verlassen. Bis auf den fehlenden Turm und die Rosenhecke war es fast wie ein Dornröschenschloss. Staub auf den Tischen, auf Büchern und Zeitungen und allerlei Papier. Teppiche, die noch aufgerollt waren. In einer Ecke Kartons, die nicht ausgepackt waren.

Diese Familie war wirklich aus einer glücklicheren Zeit herausgerissen worden.

»Ich glaube, Assad, die waren gerade beim Einziehen, als der Unfall passierte. Das sagte der Mann von Risø auch.«

»Ja, aber schau mal, da hinten.«

Assad zeigte zu einer Türöffnung an der gegenüberliegenden Wand, durch die Licht hereinströmte; der Fußboden dort glänzte hell.

»Du hast recht. Das sieht anders aus.«

Sie stapften durch einen Kräutergarten, wo Hummeln um blühenden Schnittlauch summten, und kamen auf der anderen Seite des Hauses auf dem Hof heraus.

Carl trat dicht an die Fenster heran. Sie waren gut verschlossen. Hinter dem ersten konnte man ein Zimmer erkennen mit nackten Wänden und zwei Stühlen an der Wand. Er legte die

Stirn an die Scheibe und sah in den Raum hinein. Der wurde zweifellos benutzt. Hemden lagen auf dem Fußboden, das Bettzeug auf der Matratze war zerwühlt, und obenauf lag ein Schlafanzug, wie er ihn mit Sicherheit vor nicht allzu langer Zeit in einem Warenhauskatalog gesehen hatte.

Er atmete kontrolliert ein und legte instinktiv die Hand auf den Gürtel, wo jahrelang seine Dienstpistole gesteckt hatte. Jetzt war es vier Monate her, dass er sie zuletzt getragen hatte.

»In dem Bett hat vor kurzem jemand geschlafen«, sagte er in Richtung Assad, der ein paar Fenster weiter stand.

»Hier ist auch vor kurzem jemand gewesen«, sagte Assad. Carl stellte sich neben ihn und sah hinein. Es stimmte. Die Küche war ordentlich sauber gemacht. Durch eine Tür in der Wand auf der gegenüberliegenden Seite konnte man in das staubige Zimmer schauen, das sie von der anderen Seite aus gesehen hatten. Es lag da wie eine Grabkammer. Wie ein Heiligtum, das man nicht betreten durfte.

Aber die Küche war erst kürzlich benutzt worden.

»Kühlschrank, Kaffee auf dem Tisch, Wasserkocher. Da hinten in der Ecke stehen auch volle Cola-Flaschen«, sagte Carl.

Er drehte sich zum Schweinestall und den Gebäuden dahinter um. Sie könnten weitermachen und eine Durchsuchung durchführen, ohne erst den Gerichtsbeschluss abzuwarten, müssten aber den anschließenden Ärger in Kauf nehmen, falls sich die Aktion als unbegründet erwies. Denn man konnte nicht unbedingt behaupten, dass der entscheidende Augenblick verpasst wäre, wenn sie die Hausdurchsuchung zu einem späteren Zeitpunkt vornehmen. Im Grunde konnten sie es genauso gut morgen machen, ja, das wäre vielleicht sogar besser. Vielleicht war dann jemand im Haus.

Er nickte. War wohl am besten, sie gingen, stellten ihren Antrag und warteten den Beschluss ab.

Während Carl noch nachdachte, schoss Assad urplötzlich wie der Blitz über den Hof. Er war erstaunlich schnell für einen Mann mit einem so kompakten Körperbau. Mit wenigen Sprüngen setzte er über den Hof bis zur Landstraße, wo er stehen blieb und einem Bauern winkte, der mit seinem Traktor ankam.

Carl ging zu ihnen.

»Ja«, hörte er den Bauern sagen, als er näher kam. Der Traktor tuckerte im Leerlauf. »Mutter und Sohn wohnen noch dort. Das ist ein bisschen komisch, aber sie hat sich wohl in dem Haus da drüben eingerichtet.« Er deutete auf ein etwas entfernt liegendes Gebäude. »Ist sie denn jetzt nicht daheim? Heute Morgen habe ich sie jedenfalls vor dem Haus gesehen.«

Carl zeigte ihm seine Polizeimarke, worauf der Bauer den Motor abstellte.

»Der Sohn«, fragte Carl, »ist das Lars Henrik Jensen?«

Der Bauer kniff ein Auge zu und dachte nach. »Nee, so heißt der bestimmt nicht. Das ist so ein Komischer, Langer. Verflixt noch eins, wie heißt er noch?«

»Also nicht Lars Henrik.«

»Nein, nein.«

Es war wie auf einer Schaukel, wie auf einem Karussell. Auf und ab, nahe dran und weit weg. Carl erlebte das nicht zum ersten Mal. Nein, es waren unzählige Male gewesen. Er war es so leid.

»Dieses Gebäude da hinten, sagen Sie?« Er deutete darauf.

Der Bauer nickte.

»Wovon leben die Leute denn?«, fragte Carl.

»Weiß ich nicht. Ich hab Land von ihnen gepachtet. Kristoffersen da drüben auch. Dann haben sie noch ein bisschen Brachland, wofür sie Zuschüsse bekommen. Und sie hat bestimmt auch eine kleine Rente. Ja, und dann kommt ein paarmal die Woche von irgendwo ein Wagen mit irgendwelchen Plastikdingern, die sollen die wohl sauber machen, und die bringen bei der Gelegenheit auch was zu essen für die beiden mit. Ich glaube, die Frau und der Sohn da drinnen, die kommen zurecht.« Er lachte. »Das hier ist doch Bauernland. Uns fehlt es selten an was.«

»Ein Wagen von der Gemeinde?«

»Nein, das nun wirklich nicht. Nein, der kommt von einer Reederei oder so was. Da ist so ein Zeichen drauf, so eins, wie man es manchmal im Fernsehen an Schiffen sieht. Ich weiß nicht, wo der herkommt. Das Meer und so, das hat mich nie interessiert.«

Als der Bauer in Richtung Mühle davontuckerte, betrachteten sie die Gebäude hinter dem Schweinestall. Merkwürdig, dass die ihnen nicht oben von der Straße aus aufgefallen waren, denn sie waren ziemlich groß. Es lag wohl an der dichten Hecke, die dank der Wärme dieses Jahr schon früh Laub trug.

Außer dem ehemaligen Bauernhof mit dem zentralen Hofplatz und den Gebäuden an drei Seiten sowie der großen, halb fertigen Halle gab es noch drei weitere flache Gebäude, über ein eingeebnetes Areal verteilt, das vermutlich hatte asphaltiert werden sollen, aber nun nur mit Schotter bedeckt war. Überall hatten sich Unkraut und verirrte Getreidesamen ausgebreitet. Bis auf einen breiten Pfad war deshalb alles grün.

Assad deutete auf die schmalen Reifenspuren, die sich auf dem Pfad abzeichneten. Carl hatte sie auch schon gesehen. Sie waren etwa so breit wie die Reifen eines Fahrrads und verliefen parallel. Ein Rollstuhl.

Gerade als sie sich dem letzten Haus näherten, auf das sie der Bauer hingewiesen hatte, klingelte Carls Handy laut und durchdringend. Er sah Assads Blick, während er leise fluchte und sich fragte, warum er es nicht auf lautlos geschaltet hatte.

Es war Vigga. Sie hatte ein seltenes Talent, im denkbar ungünstigsten Augenblick anzurufen. Einmal hatte er in der Flüssigkeit von verrotteten Leichen gestanden, da bat sie ihn, Kaffeesahne einzukaufen. Ein andermal hatte sie ihn angerufen, als das Handy in einer Jacke unter einer Tasche in dem Dienstwagen lag, mit dem sie gerade mit hoher Geschwindigkeit einem Verdächtigen nachjagten. Vigga konnte das einfach.

Er drückte auf das rote Hörersymbol und schaltete auf lautlos.

Als er den Kopf hob, sah er sich einem großen, mageren Mann Anfang zwanzig gegenüber. Der Kopf war sonderbar lang gezogen, er wirkte fast deformiert, und eine Seite des Gesichts wies vernarbte Haut und Krater von Brandwunden auf.

»Sie können hier nicht herkommen«, sagte er mit einer Stimme, die weder wie die eines Erwachsenen noch wie die eines Kindes klang.

Carl zeigte ihm seine Marke, aber der junge Mann verstand offenkundig nicht, was die bedeutete.

»Ich bin ein Polizist«, sagte Carl freundlich. »Wir möchten gern mit deiner Mutter sprechen. Wir wissen, dass sie hier wohnt. Meinst du, du kannst sie fragen, ob wir kurz hereinkommen dürfen? Das würde mich sehr freuen.«

Den Typ beeindruckten weder die Polizeimarke noch die beiden Männer. Vielleicht war er doch nicht so einfältig, wie der erste Eindruck glauben machte.

»Wie lange soll ich noch warten?« Jetzt wurde Carl barsch. Der Kerl zuckte zusammen. Dann verschwand er im Haus.

Ein paar Minuten vergingen, und Carl spürte, wie der Druck auf seiner Brust zunahm. Er verfluchte sich, dass er die Dienstwaffe seit seiner Krankschreibung in der Waffenkammer des Präsidiums gelassen und nie mehr angerührt hatte.

»Bleib hinter mir, Assad«, sagte er. Er konnte schon die Schlagzeilen der morgigen Zeitungen sehen. »Kripobeamter opfert Assistent bei Schießerei. Zum dritten Mal in kürzester Zeit liefert Vizepolizeikommissar Mørck vom Sonderdezernat Q des Polizeipräsidiums Schlagzeilen.«

Er gab Assad einen Schubs, um zu unterstreichen, wie ernst er es meinte, und stellte sich ganz dicht an den Türrahmen. Kämen sie mit einer Schrotflinte oder etwas in der Art, sollte der Gewehrlauf nicht gleich auf seinen Kopf gerichtet sein.

Da kam der junge Mann und bat sie, hereinzukommen.

Sie saß in einem Rollstuhl etwas zurückgesetzt im Raum und rauchte eine Zigarette. Ihr Alter war schwer zu schätzen, so grau und verbraucht sah sie aus. Aber dem Alter des Sohnes nach zu urteilen, konnte sie kaum älter als Anfang sechzig sein. Auch im Rollstuhl sitzend, wirkte sie gebeugt. Die merkwürdig plumpen Unterschenkel wirkten wie abgebrochene Äste, als hätten sie selbst herausfinden müssen, wie sie zusammenwachsen sollten. Der Autounfall hatte wahrhaftig seine Spuren hinterlassen, es war erbärmlich und traurig anzusehen.

Carl blickte sich um. Er befand sich in einer sehr großen Halle von etwa zweihundertfünfzig Quadratmetern. Obwohl die Deckenhöhe an die vier Meter betrug, stank es nach Qualm. Sein Blick folgte dem Rauch ihrer Zigarette bis zur Decke hinauf. Nur zehn kleine Velux-Dachfenster befanden sich dort, sodass es recht dunkel war.

Diese Halle enthielt alles. Die Küche neben der Eingangstür, an der Seite die Toilettentür. Der Wohnbereich, mit Ikeamöbeln und billigen Teppichen ausgestattet, erstreckte sich etwa fünfzehn bis zwanzig Meter bis zu dem Bereich, wo sie anscheinend schlief.

Abgesehen von der schlechten Luft war hier drin alles in schönster Ordnung. Hier stand der Fernseher, hier las sie Illustrierte und hier verbrachte sie vermutlich den größten Teil ihres Lebens. Ihr Ehemann war gestorben, und nun versuchte sie, so gut es ihr möglich war, zurechtzukommen. Sie hatte ja den Jungen, der ihr behilflich sein konnte.

Carl bemerkte, wie Assads Blick langsam durch den Raum wanderte. Irgendwie hatten seine Augen etwas Teuflisches, wie sie über alles glitten, dann und wann haltmachten und sich an einem Detail festsogen. Er war hoch konzentriert, die Arme hingen schwer am Körper herunter, die Beine waren parallel auf den Boden gepflanzt.

Sie empfing sie verhältnismäßig freundlich, gab aber nur Carl die Hand. Er stellte sie beide vor und sagte, es bestehe kein Grund zur Beunruhigung. Sie suchten ihren ältesten Sohn, Lars Henrik, sagte Carl. Sie hätten ein paar Fragen an ihn, nichts Besonderes, reine Routine. Ob sie wüsste, wo sie ihn finden könnten.

Sie lächelte. »Lasse ist mit dem Schiff unterwegs«, sagte sie. Sie nannten ihn also Lasse. »Er ist im Moment nicht zu Hause, aber in einem Monat ist er wieder an Land. Dann sage ich es ihm. Haben Sie eine Visitenkarte, die ich ihm geben kann?«

»Nein, leider nicht.« Auf seinen Versuch, freundlich zu lächeln, reagierte sie nicht. »Ich schicke Ihnen meine Karte, sobald ich im Büro bin.« Wieder versuchte er es mit dem Lächeln. Diesmal war das Timing besser. Das war die goldene Regel: Sag erst etwas Positives und lächele dann, dann wirkst du aufrichtig. Andersherum kann ein Lächeln alles Mögliche bedeuten. Einschmeicheln. Flirt. Alles, was für einen selbst am besten ist. So viel wusste die Frau also doch vom Leben.

Er machte Anstalten, sich zurückzuziehen, und fasste Assad am Ärmel. »Gut, Frau Jensen, Sie geben ihm bitte Bescheid. Welche Reederei ist das übrigens, für die Ihr Sohn arbeitet?«

Ihr war die Reihenfolge von Aussage und Lächeln bewusst. »Oje, ich wünschte, ich könnte mich daran erinnern. Er ist ja für so viele unterwegs.« Und dann kam ihr Lächeln. Er hatte schon mal gelbe Zähne gesehen, aber so etwas noch nie.

»Er ist Steuermann, nicht wahr?«

»Nein, er ist Steward. Lasse ist gut mit Essen, das war er schon immer.«

Carl versuchte sich den Jungen vorzustellen, der Dennis Knudsen an den Schultern hielt. Den Jungen, den sie Atomos nannten, weil sein verstorbener Vater Zubehör für Atomkraftwerke produzierte. Wann hatte er seine Kenntnisse von Essen und Service erworben? Bei der Pflegefamilie, wo er verprügelt wurde? Im Heim in Godhavn? Als kleiner Junge zu Hause bei seiner Mutter? Carl, der in seinem Leben auch schon einiges mitgemacht hatte, konnte nicht mal ein Spiegelei braten. Ohne Morten Holland wäre er aufgeschmissen.

»Es ist schön, wenn es den eigenen Kindern gut geht. Freust du dich darauf, deinen Bruder wiederzusehen?«, sagte er an Frau Jensens Sohn gewandt. Der junge Mann mit dem entstellten Gesicht betrachtete sie so misstrauisch, als seien sie gekommen, um die Familie zu bestehlen.

Sein Blick flackerte hinüber zur Mutter, aber die verzog keine Miene. Dann würde mit Sicherheit auch nichts aus seinem Mund kommen.

»Wo ist Ihr Sohn denn zurzeit unterwegs?«

Sie sah ihn an, und die gelben Zähne verschwanden langsam hinter den trockenen Lippen. »Lasse fährt viel auf der Ostsee, aber ich glaube, derzeit ist er auf der Nordsee unterwegs. Manchmal fährt er mit einem Schiff los und kommt mit einem anderen zurück.«

»Das muss ja eine große Reederei sein, erinnern Sie sich nicht, welche? Können Sie nicht das Logo der Reederei beschreiben?«

»Nein, leider nicht. Ich bin in solchen Dingen nicht so gut.«

Wieder richtete er den Blick auf den jungen Mann. Der Kerl wusste alles, das sah man ihm an. Wenn der dürfte, könnte er das verfluchte Logo bestimmt zeichnen.

»Das Logo ist übrigens auch auf dem Auto, das ein paarmal in der Woche herkommt«, warf Assad ein. Kein gutes Timing. Jetzt wurden die Augen des Jungen sehr unruhig, und die Frau inhalierte den Rauch bis tief in die Lungen. Sie atmete ihn sofort wieder aus, sodass ihr Gesichtsausdruck hinter einer Rauchwolke verschwand.

»Na ja, davon wissen wir nichts Genaues«, sagte Carl eilig. »Das war nur ein Nachbar, der das glaubte. Aber er kann sich ja geirrt haben.« Er zog Assad am Arm.

»Vielen Dank, dass Sie sich Zeit für uns genommen haben«, sagte er dann. »Und Sie bitten Ihren Sohn Lasse, mich anzurufen, wenn er nach Hause kommt, ja? Dann haben wir die Fragen schnell aus der Welt.«

Sie gingen zur Tür, und die Frau rollte ihnen nach. »Fahr mich mal nach draußen, Hans«, sagte sie. »Ich brauche ein bisschen frische Luft.«

Carl wusste, dass sie sehen wollte, wie er und Assad das Grundstück verließen, und sie so lange nicht aus den Augen lassen würde. Hätte auf dem Hof oder hier hinten ein Auto gestanden, hätte er geglaubt, dass Lars Henrik Jensen sich klammheimlich doch in einem der Gebäude aufhielt. Aber Carls Intuition sagte ihm etwas anderes.

Ihr ältester Sohn war nicht hier, die Frau wollte sie einfach loswerden.

»Das ist übrigens wirklich ein phantastischer Bestand an Gebäuden, den Sie hier haben. War das einmal eine Fabrik?«

Sie war direkt hinter ihm. Sie paffte die nächste Zigarette. Der Rollstuhl rumpelte über den Pfad, ihr Sohn, der ihn schob, hatte die Hände krampfhaft um die Griffe geklammert. Hinter dem entstellten Gesicht wirkte er extrem erregt.

»Mein Mann hatte eine Firma, die hoch entwickelte Behälter für Atomkraftwerke produzierte. Wir waren von Køge gerade hierher umgezogen, als er starb.«

»Ja, ich erinnere mich an die Geschichte. Es tut mir schrecklich leid.« Er deutete auf die beiden nächsten flachen Gebäude. »Sollte dort drüben die Produktion stattfinden?«

»Ja, da sollte geschweißt werden, und für die Endmontage war die große Halle vorgesehen. Da, wo ich wohne, hätte das Lager der fertiggestellten Sicherheitsbehälter sein sollen.«

»Warum wohnen Sie nicht in dem Wohnhaus? Es wirkt doch sehr solide «, fragte er und entdeckte vor einem der Gebäude eine Reihe grauschwarzer Eimer, die nicht in die Landschaft passten. Vielleicht standen sie noch vom vorigen Besitzer dort.

An Orten wie diesem verging die Zeit manchmal unendlich langsam.

»Ach, Sie wissen schon! Dort drin sind so viele Dinge, die nicht in diese Zeit passen. Und dann natürlich die Türschwellen, mit denen habe ich es nicht so leicht.« Sie klopfte auf die Armlehne des Rollstuhls.

Er spürte, wie ihn Assad etwas zur Seite zog. »Unser Auto steht dort drüben, Assad«, sagte er und nickte in die andere Richtung.

»Ich gehe einfach durch die Hecke dort und dann hinauf zur Straße«, sagte Assad. Aber Carl sah, dass seine Aufmerksamkeit auf die Schrotthaufen gerichtet war, die auf einem ausgedienten Betonfundament lagen.

»Ja, dieses Zeug war schon hier, als wir kamen«, sagte sie entschuldigend. Als könnte ein halber Container Schrott den tristen Gesamteindruck des Anwesens sonderlich verschlimmern.

Es handelte sich um unbestimmbare Abfallprodukte. Oben auf dem Haufen lagen mehrere der grauschwarzen Kübel. Sie hatten keine Aufschrift, wirkten aber fast so, als könnte Öl oder Essen in größeren Mengen darin gewesen sein.

Wenn Carl mitbekommen hätte, was Assad vorhatte, hätte er ihn aufgehalten. Aber sein Assistent war bereits quer über Metallstangen und ein Wirrwarr von Tauen und Plastikrohren gesprungen, ehe er reagieren konnte.

»Entschuldigen Sie, aber mein Kollege hier ist ein unverbesserlicher Sammler. Wonach suchst du da, Assad?«, rief er.

Aber Assad spielte seinen Part nicht mit. Er trat gegen den Schrott, drehte ein paar Teile um, dann streckte er die Hand nach unten, wühlte in dem Haufen und zog schließlich eine dünne Metallplatte, fünfzig Zentimeter breit und mindestens vier Meter lang, heraus. Er drehte die Metallplatte um. Darauf stand »Interlab A/S«.

Assad sah Carl an, der ihm einen anerkennenden Blick zuwarf. Verdammt gut beobachtet. »Interlab A/S«. Daniel Hales großes Laboratorium, das inzwischen nach Slangerup umgezogen war. Es gab also eine direkte Verbindung zwischen der Familie und Daniel Hale.

»Die Firma Ihres Mannes hieß aber doch nicht Interlab, Frau Jensen?«, fragte Carl und lächelte. Sie hatte die Lippen fest zusammengepresst.

»Nein, das Unternehmen war vorher hier ansässig, sie verkauften uns den Grund und Boden und einige der Gebäude.«

»Mein Bruder arbeitet bei Novo. Ich meine mich zu erinnern, dass er die Firma einmal erwähnt hat.« Carl schickte seinem großen Bruder, der vermutlich gerade in Frederikshavn Minks fütterte, in Gedanken eine Entschuldigung. »Interlab, produzierten die nicht Enzyme und so etwas?«

»Es war ein Versuchslaboratorium.«

»Hale, hieß er so? Daniel Hale, stimmt das?«

»Ja, der Mann, der meinem Mann das Grundstück verkaufte, hieß Hale. Aber nicht Daniel Hale, der war damals noch ein Junge. Die Familie zog mit der Firma nach Norden, und nach dem Tod des Alten zog das Unternehmen noch einmal um. Aber hier haben sie angefangen.« Sie machte eine Geste in Richtung der Schrotthaufen. Interlab war wirklich enorm gewachsen, wenn es hier seine Anfänge gehabt hatte.

Während sie sprach, betrachtete Carl sie genau. Sie war die Verschlossenheit in Person, doch im Augenblick strömten die Worte nur so aus ihr heraus. Sie wirkte nicht nervös oder fahrig, eher im Gegenteil. Sie wirkte äußerst kontrolliert. Alle Nervenenden waren gut verbunden. Sie wollte normal wirken. Und genau aus dem Grund wirkte sie so unnormal.

»Ist der Mann nicht ganz hier in der Nähe umgekommen?«, meldete sich Assad zu Wort.

Diesmal hätte Carl ihm am liebsten ans Schienbein getreten. Wenn sie nach Hause kamen, mussten sie sich dringend über indiskrete Geschwätzigkeit unterhalten.

Er blickte zurück zu den Gebäuden. Sie strahlten mehr aus

als die Geschichte einer bankrotten Familie. Dieses Grau in Grau kannte auch Zwischentöne. Ihm war, als signalisierten ihm die Gebäude etwas. Während er sie musterte, nahm das saure Aufstoßen zu.

»Hale ist umgekommen? Daran erinnere ich mich gar nicht.« Er sah Assad mit blitzenden Augen an und wandte sich der Frau zu.

»Eigentlich würde ich zu gern mal sehen, wo Interlab startete. Das würde ich meinem Bruder gern erzählen. Er hat so oft davon gesprochen, selbst etwas auf die Beine zu stellen. Dürften wir uns vielleicht die anderen Gebäude anschauen? Nur so, privat.«

Sie lächelte ihn an. Viel zu freundlich. Dann musste natürlich als Aussage etwas völlig Gegensätzliches kommen. Sie wollte ihn nicht länger in der Nähe haben. Er sollte weg, schnellstmöglich.

»Oh, da würde ich Ihnen wirklich gern helfen. Aber mein Sohn hat alles abgeschlossen, sodass ich Sie gar nicht hineinlassen kann. Wenn Sie mit ihm sprechen, fragen Sie ihn bei der Gelegenheit doch. Dann könnten Sie sogar Ihren Bruder mitbringen.«

Assad schwieg, als sie an dem Haus mit den Schrammen an der Außenwand vorbeifuhren, wo Daniel Hale ums Leben gekommen war.

»Da auf dem Hof ist was total faul«, sagte Carl. »Da müssen wir noch mal hin, mit einem Durchsuchungsbeschluss.«

Aber Assad hörte ihn nicht. Saß nur da und starrte in die Luft. Sie kamen in die Nähe von Ishøj, wo sich die Betonklötze auftürmten. Assad reagierte nicht einmal, als Carls Handy klingelte und er nach dem Headset tastete.

»Ja?«, sagte Carl und wartete auf Viggas scharfzüngige Attacke. Er wusste, warum sie anrief. Er hatte den Empfang verpasst. Der war ja auf heute verschoben worden. Verfluchter

Empfang. Eine Handvoll fettige Chips, ein Glas billigster Wein, gar nicht zu reden von dieser Missgeburt, mit der sie sich zusammengetan hatte, auf all das konnte er von Herzen gern verzichten.

»Ich bin's«, sagte eine Stimme. »Helle Andersen aus Stevns.«

Er schaltete runter und war mit einem Mal hellwach.

»Uffe ist hier, in dem Haus in Stevns. Ich war gerade bei einem Hausbesuch, da kam ein Taxichauffeur aus Klipinge mit ihm an. Er hat Merete und Uffe früher manchmal gefahren, deshalb hat er Uffe da am Rand der Autobahn bei der Abzweigung nach Lellinge erkannt. Uffe ist todmüde und sitzt hier in der Küche und trinkt ein Glas Wasser nach dem anderen. Was soll ich machen?«

Carl sah auf die Ampel. Unruhe überkam ihn. Am liebsten hätte er eine Kehrtwende hingelegt und das Gaspedal durchgetreten.

»Ist er okay?«

Sie klang etwas besorgt, weniger landfrauenforsch als sonst. »Ich weiß es nicht genau. Er ist ziemlich dreckig und sieht aus wie einer, der in einen Misthaufen gefallen ist. Aber er ist nicht richtig er selbst.«

»Wie meinen Sie das?«

»Er sitzt da und – na ja, grübelt. Er sieht sich in der Küche um, als ob er sie nicht wiedererkennt.«

»Das kann er ja wohl auch nicht.« Er sah die Kupferpfannen der Antiquitätenhändler vor sich, vom Boden bis zur Decke. Kristallschalen in Reih und Glied. Dazu die pastellfarbene Tapete mit exotischen Früchten. Natürlich konnte er nichts wiedererkennen.

»Nein, ich meine nicht die Einrichtung. Ich kann es nicht erklären. Er scheint sich hier drin zu fürchten, trotzdem will er nicht mit mir rausgehen zum Auto.«

»Wohin wollten Sie denn mit ihm fahren?«

»Zur Polizei, auf die Wache. Er darf um Himmels willen nicht wieder allein da draußen herumlaufen. Aber er will einfach nicht mit. Auch nicht, als der Antiquitätenhändler ihn ganz freundlich fragte.«

»Hat er etwas gesagt? Irgendwas?«

Jetzt schüttelte sie am anderen Ende den Kopf, so etwas merkte man. »Nein, keinen Ton. Aber er hat so ein Zittern. So war unser erstes Kind auch, wenn es nicht bekam, was es wollte. Ich weiß noch, einmal im Supermarkt …«

»Helle, Sie müssen in Egely anrufen. Uffe ist jetzt seit vier Tagen weg, sie müssen wissen, dass er in Ordnung ist.« Er beendete das Gespräch. Das war das einzig Richtige. Mischte er sich ein, würde es danebengehen, und die Zeitungen würden sich die Hände reiben.

Jetzt tauchten die niedrigen kleinen Häuser am Gammel Køge Landevej auf. Ein Eiskiosk aus früheren Zeiten. Eine ehemalige Elektrohandlung, wo gegenwärtig ein paar vollbusige Mädchen hausten, mit denen die Sitte etliche Probleme gehabt hatte.

Er sah hinüber zu Assad und überlegte, ob er laut pfeifen sollte, um zu sehen, ob in dem Wesen da überhaupt noch Leben war. Man hatte ja schon von Leuten gehört, die mit offenen Augen mitten im Satz gestorben waren. »Bist du da, Assad?«, fragte er, rechnete aber nicht mit einer Antwort.

Er beugte sich hinüber zum Handschuhfach und fand dort eine halb volle, zerdrückte Packung Lucky Strike.

»Carl, würdest du das bitte lassen? Das stinkt im Auto«, kam es verblüffend prompt von Assad.

Wenn er ein Problem mit ein bisschen Rauch hatte, sollte er doch nach Hause gehen.

»Halt mal an«, fuhr Assad fort. Vielleicht hatte er denselben Gedanken gehabt?

Carl knallte das Handschuhfach zu und fand vor einer der kleinen Straßen, die hinunter zum Strand führten, eine Haltebucht.

»Das war total verrückt, Carl.« Assad sah ihn aus dunklen

Augen an. »Ich habe über das nachgedacht, was wir dort unten gesehen haben. Das stimmte alles überhaupt nicht.«

Carl nickte langsam. Diesem Mann konnte man wirklich nichts vormachen.

»In dem Zimmer der alten Frau standen vier Fernsehapparate.«

»Aha, ich hab nur einen gesehen.«

»Da standen drei nebeneinander, nicht sehr groß, am Fußende von ihrem Bett. Sie waren abgedeckt, aber ich habe das Licht von den Bildschirmen gesehen.«

Er musste Augen wie ein Adler haben, gepaart mit einer Eule.

»Drei eingeschaltete Fernseher unter einer Decke. Konntest du das auf die Entfernung sehen, Assad? Es war ja dunkel wie im Grab.«

»Die standen dort direkt vor dem Bett an der Wand. Fast wie eine Art ...«, er suchte nach dem Wort, »wie eine Art ...«

»Monitorwand?«

Er nickte. »Carl, es waren drei oder vier Bildschirme. Durch die Decke konnte man gut das grünliche Licht sehen. Warum standen die da? Warum waren die eingeschaltet? Und warum waren sie so zugedeckt? Als ob wir sie nicht sehen sollten.«

Carl sah auf die Straße, über die sich die Lastwagen in die Stadt quälten. Ja, warum?

»Und noch eine Sache, Carl.«

Aber Carl hörte nicht mehr richtig zu. Er trommelte mit den Daumen aufs Steuer. Wenn sie zum Präsidium fuhren und die ganze Antragsprozedur eines Durchsuchungsbeschlusses durchliefen, dann wären mindestens zwei Stunden um, bis sie wieder dort unten sein konnten.

Da klingelte erneut sein Handy. Wenn das Vigga war, würde er sie einfach wegdrücken. Wie konnte sie glauben, dass er Tag und Nacht zur Verfügung stand?

Aber es war Lis. »Marcus Jacobsen möchte, dass du in sein Büro kommst. Wo bist du?«

»Er muss warten, Lis, ich bin auf dem Weg zu einer Hausdurchsuchung. Geht es um den Zeitungsartikel?«

»Ich weiß es nicht genau, aber es ist gut möglich. Du kennst ihn. Er kann sehr still werden, wenn jemand schlecht über uns schreibt.«

»Dann erzähl ihm, dass Uffe Lynggaard gefunden worden ist, in guter Verfassung. Und erzähl ihm, wir arbeiten dran.«

»Woran?«

»Dass die verfluchten Zeitungen etwas Positives über mich und das Sonderdezernat schreiben.«

Dann drehte er den Wagen in einer Kehrtwende und setzte das Blaulicht aufs Dach.

»Was wolltest du mir gerade erzählen, Assad?«

»Das mit den Zigaretten.«

»Was meinst du?«

»Wie lange rauchst du schon dieselbe Marke, Carl?«

Er krauste die Nase. Wie lange gab es Lucky Strike schon?

»Man wechselt die Marke doch nicht einfach so, oder? Und sie hatte zehn Päckchen rote Prince auf dem Tisch liegen, Carl. Ganz neue Päckchen. Und sie hatte völlig gelbe Finger. Aber ihr Sohn nicht.«

»Worauf willst du hinaus?«

»Sie rauchte Prince mit Filter, und der Sohn rauchte nicht, da bin ich ziemlich sicher.«

»Ja, und?«

»Warum lagen dann lauter Kippen ohne Filter im Aschenbecher?«

An dieser Stelle schaltete Carl das Blaulicht ein und trat das Gaspedal durch.

37

Am selben Tag

Die Arbeit dauerte lange, denn der Fußboden war glatt. Außerdem durften diejenigen, die irgendwo dort draußen saßen und auf die Bildschirme starrten, nicht auf das konstante Rucken ihres Oberkörpers aufmerksam und dadurch misstrauisch werden.

Sie hatte fast die ganze Nacht mitten im Raum gesessen, den Kameras den Rücken zugewandt, und an dem langen Rest des Nylonstäbchens geschliffen, das sie am Vortag durch permanentes Hin- und Herknicken in zwei Stücke gebrochen hatte. Wie ironisch, dass diese Nylonversteifungen aus der Kapuze ihrer Jacke dazu bestimmt waren, ihr als Ausweg aus dem Leben zu dienen.

Sie legte die beiden Stäbchen auf ihren Schoß und ließ die Finger darübergleiten. Eines war bald nadelspitz, und das andere hatte sie wie eine Nagelfeile mit einer Messerschneide zurechtgeschliffen. Die wollte sie benutzen, wenn es so weit war. Sie fürchtete, dass die Löcher, die sie mit der Spitze in ihre Pulsader stoßen konnte, nicht groß genug sein würden. Und falls es nicht schnell genug ging, würde das Blut auf dem Fußboden sie verraten. Sie zweifelte keinen Augenblick daran, dass die da draußen in dem Moment, in dem sie es entdeckten, den Druck aus dem Raum nehmen würden. Ihr Selbstmord musste also effektiv und schnell vonstattengehen.

Sie wollte nicht auf die andere Weise sterben.

Als sie die Stimmen aus den Lautsprechern hörte, irgendwo dort draußen auf dem Gang, steckte sie die Stäbchen in ihre Jackentasche und ließ den Oberkörper leicht nach vorne sinken. Wenn sie so dasaß, hatte Lasse sie oft angebrüllt, worauf sie jedoch nicht reagiert hatte. Daran war also nichts Ungewöhnliches.

Sie verweilte im Schneidersitz und starrte auf den langen

Schatten ihres Körpers, den die Scheinwerfer an die Wand warfen. Dort saß ihr wirkliches Ich. Die sich scharf abzeichnende Silhouette eines Menschen, der im Verfall begriffen war. Zottige Haare, die über die Schultern hingen, eine abgewetzte Jacke ohne Inhalt. Ein Relikt aus der Vergangenheit, das, sobald das Licht ausgeschaltet wurde, verschwunden war. Heute war der 4. April 2007. Ihr blieben noch einundvierzig Tage zu leben, aber sie wollte sich fünf Tage vorher, am 10. Mai, das Leben nehmen. An dem Tag würde Uffe vierunddreißig Jahre alt werden, und wenn sie sich die Adern aufstach, wollte sie an ihn denken und ihm Gedanken voller Liebe und Innigkeit und davon, wie schön das Leben sein konnte, schicken. Sein helles Gesicht sollte die letzte Erinnerung in ihrem Leben sein. Die Erinnerung an ihren geliebten Bruder Uffe.

»Es muss jetzt schnell gehen«, hörte sie durch die Lautsprecher die Frau dort draußen auf der anderen Seite der Bullaugen schreien. »Lasse ist in zehn Minuten bei uns, bis dahin muss alles vorbereitet sein. Also reiß dich zusammen.« Sie klang aufgeregt.

Hinter den verspiegelten Glasscheiben polterte es, und Merete sah hinüber zur Schleuse. Aber es kamen keine Eimer. Ihre innere Uhr sagte ihr auch, dass es zu früh war.

»Mutter, wir brauchen hier drinnen einen anderen Akku«, schrie der magere Mann zurück. »Die Batterie hier funktioniert nicht. Wenn wir die nicht austauschen, können wir die Sprengung nicht auslösen. Das hat mir Lasse vor ein paar Tagen gesagt.«

Sprengung? Eine Kältewelle durchfuhr Meretes Körper. Sollte es jetzt so weit sein?

Sie warf sich auf die Knie und versuchte an Uffe zu denken, dabei rieb sie mit aller Kraft das messerartige Nylonstäbchen an dem glatten Betonboden. Ihr blieben nur noch zehn Minuten. Wenn es ihr gelang, tief genug zu schneiden, würde sie vielleicht binnen fünf Minuten das Bewusstsein verlieren. Nur darum ging es jetzt noch.

Das Nylonstäbchen änderte viel zu langsam seine Form. Sie atmete, so tief es ging, und wimmerte vor sich hin. Es war noch immer zu stumpf. Sie warf einen Blick auf die Zange, deren Spitzen sie abgeschliffen hatte, als sie ihre Botschaft in den Beton ritzte.

»Oh nein«, flüsterte sie, »nur einen Tag mehr, dann wäre ich fertig gewesen.« Dann wischte sie sich den Schweiß von der Stirn und führte das Handgelenk vor den Mund. Vielleicht konnte sie ihre Pulsadern aufbeißen. Sie schnappte nach der Haut, bekam aber nichts zu fassen. Dann drehte sie das Handgelenk, um sie mit den Eckzähnen zu erreichen, aber sie war zu knochig und zu dünn. Der Knochen war im Weg, die Zähne waren nicht spitz genug.

»Was macht die da drinnen?«, gellte die Stimme der alten Hexe durch die Lautsprecher, als sie das Gesicht an die Scheibe presste. Man sah nur ihre weit aufgerissenen Augen, der Rest von ihr lag im Schatten, von hinten von den grellen Scheinwerfern angestrahlt.

»Mach die Schleuse ganz auf. Es muss sofort sein«, befahl sie ihrem Sohn.

Merete sah hinüber zu der Taschenlampe, die neben dem Loch bereitlag, das sie unter den Zapfen der Schleusentür gebohrt hatte. Sie ließ das Nylonstäbchen fallen und kroch auf allen vieren hinüber zur Schleuse, während die Frau dort draußen sie verhöhnte und in ihr alles weinte und um ihr Leben bettelte.

Als sie die Taschenlampe nahm und in das Loch im Fußboden bohrte, hörte sie durch die Lautsprecheranlage den Mann dort draußen mit den Schleusentüren klappern.

Es klickte, und der Drehmechanismus setzte ein. Sie starrte mit klopfendem Herzen auf die Schleusentüren. Hielten die Taschenlampe und der Zapfen nicht, dann war sie verloren. Sie stellte sich vor, dass der Druck in ihrem Körper wie eine Granate explodieren würde.

»Oh bitte, lieber Gott, lass das nicht geschehen«, weinte sie und krabbelte zurück zu den Nylonstäbchen. Hinter ihr knallte der Zapfen gegen die Taschenlampe. Sie drehte sich um und sah, wie die Taschenlampe leicht vibrierte. Dann hörte sie ein Geräusch, wie sie es noch nie gehört hatte. Wie der Zoom einer Kamera, der aktiviert wird. Ein Summen von einem Mechanismus, der ausgelöst wird, gefolgt von einem kräftigen Klopfen an die Schleusentür. Die äußere Schleuse war geöffnet, der gesamte Druck lag jetzt auf der inneren Schleusentür. Nichts als eine Taschenlampe stand zwischen ihr und dem entsetzlichsten Tod, den sie sich vorzustellen vermochte. Aber die Taschenlampe bewegte sich nicht mehr. Vielleicht hatte sich die Tür um ein Hundertstel Millimeter bewegt, denn das zischende Geräusch von Luft, die sich aus der Kammer presste, stieg an bis zu einem heulenden Pfeifton.

Schon nach wenigen Sekunden merkte sie es an ihrem Körper. Mit einem Mal spürte sie den Pulsschlag im Ohr, registrierte sie einen schwachen Druck in der Stirnhöhle, wie bei einer Erkältung, die sich festgesetzt hat.

»Mutter, sie hat die Tür blockiert!«, schrie der Mann.

»Dann mach sie zu und gleich noch mal auf, du Idiot«, schrie die zurück.

Einen Moment lang nahm die Stärke des Heultons ab. Dann hörte sie, wie der Mechanismus erneut in Gang gesetzt wurde, und gleich stieg auch der Ton wieder an.

Sie versuchten mehrmals vergeblich, die innerste Schleusentür zu öffnen. Unterdessen feilte sie an ihrem Nylonstäbchen.

»Wir müssen sie auf der Stelle töten. Sie muss hier weg, hast du das begriffen«, schrie die Teufelin dort draußen. »Lauf los und hol den Vorschlaghammer, der steht hinterm Haus.«

Merete starrte hoch zu den Scheiben. Sie waren in den letzten Jahren für sie gleichzeitig Gefängnisgitter und Schutz gegen die Ungeheuer dort draußen gewesen. Zerschlugen sie das Glas, wäre sie binnen kurzem tot. Der Druck wäre in Sekundenschnelle ausgeglichen. Vielleicht würde sie nicht einmal mehr mitbekommen, wie sie diese Welt verließ. Aber darauf konnte sie nicht hoffen.

Sie legte die Hände auf den Schoß und führte das Nylonmesser zum linken Handgelenk. Diese Ader hatte sie nun abertausendmal betrachtet. Dorthin musste sie stechen. Sie lag so fein und dunkel und offen vor ihr hinter der zarten dünnen Haut.

Merete schloss die Augen, ballte die Hand zur Faust und drückte zu. Der Druck auf der Ader fühlte sich nicht richtig an. Es tat zwar weh, aber die Haut gab nicht nach. Sie sah sich den Abdruck an, den das Nylonstäbchen hinterlassen hatte. Er war lang und breit und wirkte tief, aber er war es nicht. Es blutete nicht einmal. Das Nylonmesser war einfach nicht scharf genug.

Sie warf sich auf die Seite und hob das nadelspitze Nylonstäbchen vom Fußboden auf. Sie riss die Augen auf, um genau abzuschätzen, wo die Haut um die Ader am dünnsten zu sein schien. Dann drückte sie zu. Es tat nicht so weh, wie sie befürchtet hatte, und das Blut färbte die Spitze sofort rot. Ein allumfassendes Gefühl von Sicherheit und Geborgenheit erfasste sie. Seelenruhig sah sie zu, wie das Blut austrat.

»Du blöde Kuh, du hast dich gestochen«, schrie die Frau und hämmerte mit der Faust gegen das Bullauge. Aber Merete schloss sie einfach aus ihrem Bewusstsein aus und fühlte nichts. Sie legte sich still auf den Boden, schob sich ihr langes blondes Haar unter den Kopf und starrte an die Decke zu der letzten Neonröhre, die noch funktionierte.

»Es tut mir leid, Uffe«, flüsterte sie. »Aber ich konnte nicht warten.« Sie lächelte dem Bild ihres Bruders zu, das im Raum schwebte, und er lächelte zurück.

Der erste Schlag mit dem Vorschlaghammer zerstörte krachend das Traumbild. Sie sah hinüber zum Spiegelglas, das bei jedem Schlag vibrierte. Es wurde dadurch gewissermaßen undurchsichtig, aber mehr auch nicht. Auf jeden Schlag folgte ein erschöpftes Aufstöhnen. Dann versuchte der Mann, das andere

Bullauge mit den Schlägen zu zerstören, aber das gab ebenfalls nicht nach. Seine dünnen Arme waren es nicht gewöhnt, mit einem solchen Gewicht umzugehen, das merkte man. Die Pausen zwischen den Schlägen wurden immer länger.

Sie lächelte und blickte auf ihren Körper, der so entspannt auf dem Fußboden lag. So hatte Merete Lynggaard also ausgesehen, als sie starb. Nicht mehr lange, und ihr Körper wäre Fressen für die Hunde. Aber der Gedanke machte ihr nichts aus. Zu dem Zeitpunkt wäre ihre Seele längst befreit. Neue Zeiten warteten auf sie. Sie hatte auf Erden die Hölle erlebt, und sie hatte die meiste Zeit ihres Lebens mit Trauern zugebracht. Menschen hatten ihretwegen gelitten. Schlimmer konnte es im nächsten Leben nicht werden – falls es eines gab. Und falls nicht, was hatte sie dann zu befürchten?

Sie ließ den Blick an ihrem Körper entlangwandern bis zu dem Fleck auf dem Fußboden. Er war schwarzrot, aber kaum größer als eine Handfläche. Sie drehte ihr Handgelenk um und betrachtete die Stichwunde. Die Blutung hatte aufgehört. Ein paar letzte Tropfen quollen heraus und geronnen langsam.

Mittlerweile waren die Hammerschläge dort draußen verstummt, sodass sie nur noch die Luft hörte, die durch die Schleusentüren strömte, und das Dröhnen des Pulses in ihren Ohren. Es wurde immer lauter. Jetzt, da sie darauf achtete, merkte sie, dass sie Kopfschmerzen bekam, und gleichzeitig begann ihr Körper zu schmerzen wie bei einer beginnenden Grippe.

Da nahm sie das Nylonstäbchen noch einmal und drückte es tief in die Wunde, die sich gerade wieder geschlossen hatte. Feilte vor und zurück und wippte das flexible Stäbchen auf und ab, damit das Loch groß genug wurde.

»Mutter, ich bin da«, rief eine Stimme. Lasses Stimme.

Sein Bruder klang ängstlich. »Ich wollte die Batterie austauschen, aber Mutter sagte, ich soll den Vorschlaghammer holen. Ich konnte das Glas nicht kleinkriegen, Lasse, ich hab getan, was ich konnte!«

»Das lässt sich so auch nicht zerstören«, war aus den Lautsprechern zu hören. »Dazu gehört mehr. Du hast doch hoffentlich nicht die Zünder kaputt gemacht?«

»Nein, Lasse, ich hab aufgepasst, wo ich hinschlage«, antwortete sein kleiner Bruder. »Das hab ich wirklich.«

Merete zog das Nylonstäbchen heraus und sah nach oben zu dem Glas, das durch die Schläge wie mattiert war, die Risse strahlten in alle Richtungen. Die Wunde am Handgelenk blutete jetzt stärker, aber immer noch nicht sehr. Oh Gott, warum nur nicht! Hatte sie eine Vene und nicht eine Arterie durchstochen?

Da stach sie sich in den anderen Arm. Stach sofort fest und tief zu. Gott sei Dank, es blutete stärker.

»Wir konnten die Polizei nicht daran hindern, auf das Grundstück zu kommen«, sagte die Hexe plötzlich.

Merete hielt die Luft an. Sah, wie auf einmal das Blut den Weg fand und schneller lief. Die Polizei, war die Polizei hier gewesen?

Sie biss sich auf die Lippe. Spürte, wie die Kopfschmerzen zunahmen und der Herzrhythmus langsamer wurde.

»Sie wissen, dass Hale der Vorbesitzer des Grundstücks war«, fuhr die Frau fort. »Der eine von den beiden sagte, er wüsste nicht, dass Daniel Hale hier in der Nähe umgekommen ist. Aber er hat gelogen, Lasse, das sah ich ihm an.«

Jetzt kam Druck in den Ohren dazu. Wie in einem Flugzeug, das zur Landung ansetzt, nur schneller und stärker. Sie wollte gähnen, konnte aber nicht.

»Was wollen die von mir? Hat das was mit dem Typen zu tun, von dem sie in den Zeitungen geschrieben haben? Der mit diesem neuen Sonderdezernat?«, fragte Lasse.

Es war wie Watte in ihren Ohren, die Stimmen klangen wie ganz weit weg, aber das durfte einfach nicht sein. Sie musste unbedingt alles hören.

Die Stimme der Frau wirkte fast weinerlich, als sie antwortete. »Ich weiß es nicht, Lasse«, wiederholte sie mehrmals.

»Warum glaubst du denn, dass sie noch mal zurückkommen? Du hast doch gesagt, ich wäre auf See.«

»Ja. Aber die wissen schon, bei welcher Reederei du angestellt bist. Sie hatten von dem Auto gehört, das von der Reederei kommt, das hat der Ausländer verraten. Darüber war der dänische Polizist wütend, das war eindeutig. Sie wissen bestimmt längst, dass du seit Monaten nicht mehr unterwegs gewesen bist. Dass du jetzt in der Catering-Abteilung arbeitest. Sie finden es heraus, Lasse, ich weiß es. Und dass du mehrmals in der Woche übrig gebliebenes Essen mit einem Wagen von der Reederei hierherschickst. Dazu braucht es nur einen einzigen Anruf, Lasse, das kannst du gar nicht verhindern. Und dann kommen sie zurück. Ich glaube, die sind nur wegen eines Durchsuchungsbefehls zurückgefahren. Sie haben gefragt, ob sie sich umsehen könnten.«

Merete hielt die Luft an. Die Polizei wollte zurückkommen? Mit einem Durchsuchungsbefehl? Das glaubten die dort draußen? Sie blickte auf das blutende Handgelenk und drückte einen Finger fest auf die Wunde. Blut sickerte unter dem Daumen hervor und sammelte sich in den Falten des Handgelenks, tropfte auf ihren Schoß. Erst wenn sie überzeugt war, dass die Schlacht verloren war, wollte sie wieder loslassen. Vermutlich würden sie ja doch gewinnen. Aber im Augenblick schienen sie in die Enge getrieben. Was war das für ein wunderbares Gefühl!

»Mit welcher Begründung wollten sie sich auf dem Grundstück umsehen?«, fragte Lasse.

Der Druck in Meretes Ohren nahm zu. Sie konnte ihn fast nicht mehr ausgleichen. Versuchte zu gähnen und, so gut sie konnte, zuzuhören. Nun spürte sie auch innen den Druck, auf die Hüfte und auf die Zähne.

»Der dänische Kripobeamte behauptete, er hätte einen Bruder und der arbeite für Novo. Und deshalb wollte er gern den Ort sehen, wo ein so großes Unternehmen wie Interlab seine Anfänge hatte.«

»Was für ein Quatsch.«

»Deshalb hab ich dich doch angerufen.«

»Wann genau waren sie hier?«

»Das ist noch keine zwanzig Minuten her.«

»Dann bleibt uns vielleicht nicht mal eine Stunde. Wir müssen außerdem noch die Leiche wegbringen, das schaffen wir nicht. Wir brauchen Zeit zum Saubermachen hinterher. Nein, wir müssen bis später warten. Jetzt geht es darum, dass sie nichts finden und dass sie uns dann in Ruhe lassen.«

Merete bemühte sich, die Worte »Leiche wegbringen« nicht an sich herankommen zu lassen. Sprach Lasse wirklich von ihr? Wie konnte ein Mensch so widerwärtig und zynisch sein.

»Und wenn die Polizei kommt und euch schnappt, ehe ihr abhauen könnt?«, schrie sie. »Dann verfault ihr im Gefängnis, ihr Schweine! Ich hasse euch, versteht ihr? Ich hasse euch allesamt!«

Sie stand langsam auf. Die Schatten hinter den Bullaugen verschwammen in den blind geschlagenen Scheiben.

Lasses Stimme war eiskalt. »Dann verstehst du vielleicht jetzt, was Hass ist! Du begreifst es endlich, Merete, wie?«

»Lasse, willst du nicht sofort das Haus in die Luft sprengen?«, unterbrach ihn die Frau.

Merete lauschte mit aller Konzentration.

Es entstand eine Pause. Er dachte wohl nach. Es ging um ihr Leben. Er überlegte, wie er es am besten anstellen sollte, sie umzubringen. Es ging nicht um sie, sie war verloren. Es ging um die drei.

»Nein, das geht unter keinen Umständen. Wir müssen abwarten. Die dürfen auf keinen Fall merken, dass etwas nicht stimmt. Wenn wir das Haus jetzt in die Luft sprengen, ist unser ganzer Plan im Eimer, Mutter. Dann bekommen wir das Geld von der Versicherung nicht. Wir müssten verschwinden. Für immer.«

»Das kann ich nicht, Lasse«, sagte die Frau.

Dann stirb halt zusammen mit mir, du Hexe, dachte Merete.

»Ich weiß, Mutter. Ich weiß«, antwortete er. So sanft hatte seine Stimme nicht einmal geklungen, als sie Lasse bei ihrem Date im Bankeråt in die Augen geschaut hatte. Für einen Moment klang er fast menschlich. Aber dann folgte die Frage, und Merete presste den Finger noch fester auf die Wunde. »Sie hat die Schleuse blockiert, sagst du?«

»Ja. Hörst du es nicht? Der Druckausgleich geht viel zu langsam vonstatten.«

»Dann stelle ich jetzt den Timer ein.«

»Der Timer – aber Lasse, das dauert doch zwanzig Minuten, ehe die Düsen aufgehen. Gibt es keine andere Lösung? Sie hat sich in die Pulsadern gestochen. Können wir nicht die Luftaustauschanlage anhalten?«

Der Timer? Hatten sie nicht immer gesagt, sie könnten den Druckausgleich jederzeit in Gang setzen? Dass sie es nicht schaffen würde, sich selbst etwas anzutun, weil der Druckausgleich blitzschnell erfolgen würde? Hatten sie gelogen?

Sie spürte, wie in ihr die Hysterie auf der Lauer lag. Pass auf, Merete, ging es ihr durch den Kopf. Reagier darauf. Zieh dich nicht in dich zurück.

»Den Luftaustausch anhalten, wozu sollte das gut sein?« Lasse klang eindeutig verärgert. »Die Luft wurde gestern ausgetauscht. Bis die Luft aufgebraucht ist, vergehen mindestens acht Tage. Nein, ich stelle den Timer ein.«

»Habt ihr etwa Probleme, Lasse?«, rief sie. »Funktioniert eure Scheißtechnik vielleicht nicht?«

Er lachte auf, aber er konnte sie nicht täuschen. Ihr Hohn machte ihn eindeutig stinksauer.

»Du kannst ganz beruhigt sein«, sagte er beherrscht. »Das hat mein Vater konstruiert. Das war die fortschrittlichste Druckversuchsanlage der Welt. Hier bekam man die bestkonstruierten und am besten durchgecheckten Behälter. Die meisten Hersteller pumpen Wasser in den Behälter und machen die

Druckprobe von innen. Aber in dem Unternehmen meines Vaters setzte man sie auch Druck von außen aus. Alles wurde mit der größten Sorgfalt und Aufmerksamkeit durchgeführt. Der Timer kontrollierte die Temperatur und die Luftfeuchtigkeit im Raum, berücksichtigte alle Faktoren, damit der Druck nicht zu schnell verändert wurde. Sonst wären bei den Kontrollen Risse in den Behältern entstanden. Deshalb dauert das alles seine Zeit, Merete, deshalb!«

Sie waren allesamt wahnsinnig. »Ihr habt echt Probleme«, rief sie. »Ihr seid ja verrückt. Ihr seid ganz genauso verloren wie ich!«

»Probleme? Ich werd dir ein Problem geben«, schrie er erregt. Sie hörte draußen ein Poltern und schnelle Schritte. Dann zeichnete sich am Rand der einen Scheibe ein Schatten ab, und ein ohrenbetäubender Knall donnerte durch die Lautsprecheranlage, sofort darauf ein zweiter. Sie sah, dass die Glasscheibe die Farbe verändert hatte. Sie war nun fast ganz weiß und vollkommen undurchsichtig.

»Du musst dieses Gebäude vollkommen pulverisieren, Lasse. Ich habe hier so viele Visitenkarten hinterlassen, dass ihr sie nicht entfernen könnt. Ihr kommt nicht mit heiler Haut davon.« Sie lachte. »Ihr kommt nicht davon! Das habe ich unmöglich gemacht.«

In der folgenden Minute hörte sie noch weitere sechs Mal einen solchen Knall. Offenbar feuerte er paarweise Schüsse ab. Aber die Glasscheiben hielten alle beide.

Kurz darauf kam der Druck im Schultergelenk. Nicht sehr stark, aber unangenehm. Der und dazu der in der Stirnhöhle und in den Nebenhöhlen und im Kiefergelenk. Ihre Haut spannte. Wenn das die Konsequenz der minimalen Druckverringerung war, die der Spalt dort drüben verursachte, dann würde das, was sie erwartete, wenn sie den gesamten Druck wegnahmen, unerträglich werden.

»Die Polizei kommt«, rief sie. »Ich kann es spüren.« Sie

senkte den Kopf und sah auf ihren blutenden Arm. Die Polizei würde nicht rechtzeitig hier sein, das war ihr klar. Bald musste sie den Finger von der Wunde nehmen. In zwanzig Minuten würden sich die Düsen öffnen.

Sie fühlte etwas Warmes am anderen Arm entlangrinnen. Die erste Stichwunde hatte sich wieder geöffnet. Lasses Prophezeiungen trafen zu. Sobald der Druck in ihrem Körper höher war als der ihrer Umgebung, würde das Blut aus ihr herausschießen.

Sie verdrehte den Körper ein wenig, sodass sie das Handgelenk an ihr Knie drücken konnte. Sie musste lachen. Es kam ihr wie ein Kinderspiel aus ferner Vergangenheit vor.

»Jetzt aktiviere ich den Timer, Merete«, sagte er draußen. »In zwanzig Minuten öffnen sich die Düsen und nehmen den Druck aus dem Raum. Dann wird circa eine halbe Stunde vergehen, bis der Raum auf ein bar heruntergefahren ist. Es stimmt schon, bis dahin kannst du dir das Leben genommen haben, das bezweifle ich nicht. Aber ich kann es nicht mehr sehen, Merete. Ist dir das klar? Ich kann es nicht sehen, weil die Glasscheiben nun vollkommen undurchsichtig sind. Und wenn ich es nicht sehen kann, dann können es die anderen auch nicht. Wir versiegeln die Druckkammer, Merete, wir haben hier draußen jede Menge Gipskartonplatten. In der Zwischenzeit wirst du sterben, so oder so.«

Sie hörte die Frau lachen.

»Bruder, komm und hilf mir«, hörte sie Lasse sagen. Er klang jetzt anders. Er hatte Oberwasser.

Draußen polterte es, und langsam, aber sicher wurde es im Raum immer dunkler. Dann schalteten sie die Scheinwerfer aus, noch mehr Platten wurden vor die Bullaugen gehievt. Schließlich war es vollkommen finster.

»Gute Nacht, Merete«, sagte er leise. »Möge die Hölle dich in ewigem Feuer verzehren.« Dann schaltete er die Lautsprecheranlage ab, und es wurde ganz still.

38

Am selben Tag

Der Stau auf der Autobahn war weit schlimmer als üblich. Auch wenn das Martinshorn auf dem Dach Carl fast wahnsinnig machte, hörten die Menschen in den anderen Autos nichts. In Gedanken versunken hatten sie das Autoradio voll aufgedreht und wünschten sich weit weg.

Assad schlug immer wieder wütend auf das Armaturenbrett, und die letzten Kilometer vor der Abfahrt mussten sie auf der Standspur zurücklegen, während die Autos vor ihnen notgedrungen dichter zusammenfuhren, damit sie vorbeikonnten.

Als sie endlich vor dem Hof anhielten, deutete Assad zur anderen Straßenseite. »War das Auto vorhin schon da?«, fragte er.

Carl ließ suchend den Blick über den Schotterweg ins Niemandsland schweifen, bis er den Wagen entdeckte. Er stand etwa hundert Meter weiter, versteckt hinter Gebüsch. Es sah aus wie der vordere Teil der Kühlerhaube eines Geländewagens.

»Ich bin mir nicht sicher«, sagte er und versuchte vergeblich, das Handy in seiner Innentasche zu ignorieren. Dann riss er es heraus und schaute auf die Nummer. Der Anruf kam aus dem Präsidium.

»Ja, Mørck hier«, sagte er und sah zum Hof. Alles war wie gehabt. Keinerlei Anzeichen von Panik oder Flucht.

Lis war am Apparat, sie klang zufrieden. »Es läuft, Carl. Alle Register funktionieren wieder. Diese Saboteurin hat das Gegengift ausgespuckt für den Scheiß, den sie in Gang gesetzt hat. Und Frau Sørensen hat alle Kombinationen der Personennummer für Lars Henrik Jensen eingegeben, um die Assad gebeten hat. Das war echt mühselig, und ich glaube, ihr schuldet ihr dieses Mal einen großen Blumenstrauß. Aber sie hat ihn gefunden. Zwei der Ziffern in seiner Personennummer waren tatsächlich geändert, wie Assad vermutete. Er ist in Greve im Strøhusvej gemeldet.« Sie nannte die Hausnummer.

Carl blickte zu den handgeschmiedeten Zahlen an der Hausfront. Ja, das war die Nummer. »Danke, Lis«, sagte er und bemühte sich, Begeisterung in seine Stimme zu legen. »Sag Frau Sørensen Dank von uns. Das war gute Arbeit.«

»Ich hab noch mehr, Carl.«

Carl holte tief Luft. Er sah, wie Assads dunkle Augen die Umgebung absuchten. Er spürte es auch. Irgendwas war seltsam an der Art, wie diese Menschen sich hier eingerichtet hatten. Es war ganz einfach überhaupt nicht normal.

»Lars Henrik ist nicht vorbestraft. Er ist von Beruf Steward«, hörte er Lis' Stimme im Hintergrund. »Er arbeitet für die Reederei Merconi und fährt meist auf der Ostsee. Ich habe gerade mit seinem Arbeitgeber gesprochen. Lars Henrik ist verantwortlich für das Catering der meisten Schiffe. Sie sagen, er sei ein tüchtiger Mann. Sie nennen ihn übrigens alle Lasse.«

Carl wandte seinen Blick von dem Hofplatz. »Lis, hast du eine Handynummer von ihm?«

»Nur eine Festnetznummer.« Sie nannte sie, aber er schrieb sie nicht auf. Wozu? Anrufen und sagen, in zwei Minuten sind wir da?

»Der Eintrag lautet auf einen Hans Jensen.«

Okay. So hieß also der junge Mann. Er bedankte sich noch mal.

»Was hat sie gesagt?«

Er zuckte die Achseln und nahm die Zulassungspapiere des Autos aus dem Handschuhfach. »Nichts, Assad, was wir nicht schon wussten. Sollen wir hineingehen?«

Der magere Mann öffnete die Tür, sowie sie geklopft hatten. Er sagte nichts, ließ sie einfach eintreten, fast als erwarte er sie.

Es sollte offenbar so aussehen, als hätten er und die Frau in aller Ruhe an dem Tisch mit der geblümten Wachstuchdecke gesessen und gegessen. Vermutlich eine Dose Ravioli, die sie gerade geöffnet hatten. Würde man die Teller befühlen, wäre das Zeug bestimmt eiskalt. Ihn hielten sie nicht zum Narren. Verschwendung.

»Wir haben einen Hausdurchsuchungsbefehl dabei«, sagte er, zog die Zulassungspapiere des Wagens aus der Tasche und hielt sie dem jungen Mann kurz vor die Nase. Der zuckte bei dem Anblick zusammen.

»Dürfen wir uns etwas umschauen?« Mit einer Handbewegung schickte er Assad zu den Monitoren.

»Wie ich zu der Frage stehe, spielt wohl keine Rolle?«, sagte die Frau. Sie hatte ein Glas Wasser in der Hand und wirkte ausgemergelt. Das Aufsässige war aus ihren Augen verschwunden. Aber sie wirkte in keiner Weise furchtsam, sie schien nur resigniert zu haben.

»Diese Monitore dort, wofür werden die benutzt?«, fragte er, nachdem Assad das Bad überprüft hatte. Er deutete auf das grüne Licht, das durch den Stoff leuchtete.

»Ach, das ist etwas, worum Hans sich kümmert«, sagte die Frau. »Wir wohnen sehr abgelegen, und man hört so viel. Deshalb wollten wir Kameras anbringen, damit wir die Umgebung um das Haus überwachen können.«

Er sah, wie Assad die Decke wegzog und den Kopf schüttelte.

»Die sind alle drei blank, Carl«, konstatierte er.

»Darf ich Sie fragen, Hans: Warum sind die Bildschirme eingeschaltet, wenn sie nirgendwo angeschlossen sind?«

Der junge Mann sah zu seiner Mutter hinüber.

»Die sind immer an«, antwortete sie, als sei sie erstaunt über die Frage. »Der Strom kommt von einer Anschlussbuchse.«

»Einer Anschlussbuchse, aha! Und wo sitzt die?«

»Das weiß ich nicht. Das weiß nur Lasse.« Sie sah ihn triumphierend an. Da hatte sie ihn in eine schöne Sackgasse manövriert, in der er auf allen Seiten von hohen, kahlen Wänden umgeben war. Glaubte sie.

»Lasse fährt derzeit nicht zur See, hat uns die Reederei informiert. Wo ist er?«

Sie lächelte leicht. »Wenn Lasse nicht auf See ist, dann läuft da was mit einer Dame. Da mischt sich seine Mutter nicht ein.«

Das Lächeln wurde breiter. Die gelben Zähne würden gleich nach ihm schnappen.

»Komm, Assad«, sagte er. »Hier drin haben wir nichts weiter zu tun. Wir nehmen uns die anderen Gebäude vor.«

Als er durch die Tür ging, sah er sie noch aus den Augenwinkeln. Sie hatte die Hände nach den Zigaretten auf dem Tisch ausgestreckt. Das Lächeln war verschwunden. Also waren sie auf der richtigen Fährte.

»Jetzt beobachten wir genau, was rings um uns geschieht, Assad. Wir fangen da an«, sagte er und deutete zu der Halle, die die anderen Gebäude überragte.

»Assad, stell dich dahin und beobachte, ob sich irgendwo etwas tut. Alles klar?«

Assad nickte. Als Carl sich umdrehte, hörte er hinter sich ein leises, aber unverkennbares Klicken. Er wandte sich zu Assad um und sah, dass dieser ein zehn Zentimeter langes glänzendes Springmesser in der Hand hielt. Wenn man es richtig gebrauchte, hatte der Gegner ernstliche Probleme. Verkehrt gebraucht, bekamen alle Probleme.

»Was zum Teufel tust du da, Assad? Wo kommt das her?«

Assad zuckte die Achseln. »Zauberei, Carl. Ich zaubere es hinterher auch wieder weg, das verspreche ich.«

»Zum Teufel noch mal.«

Was Assad betraf, schien sich Carls Bedürfnis, laut »Das kann doch nicht wahr sein!« zu brüllen, zu einem Dauerzustand zu entwickeln. Eine durch und durch illegale Waffe – wie zum Teufel kam der Kerl auf eine dermaßen idiotische Idee?

»Assad, wir sind dienstlich unterwegs, ist dir das klar? Das ist total hirnrissig, los, gib mir das Messer.«

Die Könnerschaft, mit der Assad das Messer ruck, zuck zusammenklappte, war besorgniserregend.

Carl wog es in der Hand, ehe er es unter Assads vorwurfsvollem Blick in die Jackentasche steckte. Sogar sein gutes altes Pfadfindermesser wog weniger.

Die große Halle war über einem gegossenen Fußboden errichtet, den Frost und eindringendes Wasser rissig gemacht hatten. Den morschen Rahmen in den Fensterhöhlen ohne Scheiben und den Pressholzbalken, die die Decke trugen, hatten Wind und Wetter zugesetzt. Der gewaltige Raum war vollkommen leer, bis auf ein bisschen Gerümpel und etwa fünfzehn bis zwanzig Eimer. Sie sahen genauso aus wie die, die er überall auf dem Grundstück gesehen hatte.

Er trat nach einem Eimer, sodass der umkippte, wegrollte und einen ekelhaften Gestank nach Fäulnis verströmte. Als er liegen blieb, hatte er kreisförmig Schlammspuren zurückgelassen. Carl schaute sich den Schlamm an. Waren das Reste von Toilettenpapier? Er schüttelte den Kopf. Die Eimer hatten bei jedem Wetter hier gestanden. Alles würde so stinken und so aussehen, wenn es nur lange genug unter diesen Bedingungen herumstand.

Am Boden des Eimers erkannte er das Logo der Reederei Merconi, das ins Plastik eingeprägt war. Höchstwahrscheinlich hatte Lars darin übrig gebliebenes Essen vom Schiff mit nach Hause gebracht.

Er griff sich eine solide Eisenstange aus dem Gerümpel, ging hinaus und nahm Assad mit zu dem hintersten der drei versetzt stehenden Gebäude.

»Bleib hier stehen«, sagte er und studierte das Vorhängeschloss, von dem es hieß, nur Lasse habe den Schlüssel.

»Hol mich, sobald du irgendwas Merkwürdiges beobachtest«, fuhr er fort und schob die Brechstange unter den Riegel des Schlosses. In seinem alten Dienstwagen hatten sie eine Kiste mit Werkzeug gehabt, mit dem man ein solches Schloss im Nu öffnen konnte. Jetzt musste er die Zähne zusammenbeißen und es auf die grobe Tour machen.

Er hatte vielleicht eine halbe Minute herumgefummelt, da drehte sich Assad um und nahm ihm das Eisen einfach aus der Hand.

Lass doch gut sein, Junge, dachte Carl.

Eine Sekunde später fiel das aufgebrochene Vorhängeschloss vor ihm in den Schotter.

Wenige Augenblicke darauf betrat er das Gebäude, höchst wachsam, aber auch mit dem Gefühl, eine Niederlage eingesteckt zu haben.

Der Raum glich dem, in dem die alte Frau wohnte, nur standen statt der Möbel mitten in der Halle eine Reihe verschiedenfarbiger Gasflaschen für Schweißarbeiten, außerdem vielleicht hundert Meter leere Stahlregale. In der hintersten Ecke waren rostfreie Metallplatten neben einer Tür aufgestapelt. Das war alles. Er sah sich die Tür näher an. Die konnte unmöglich ins Freie führen, dann wäre sie ihm aufgefallen.

Er ging hin, versuchte sie zu öffnen, die Messingklinke glänzte. Die Tür war abgeschlossen. Das Sicherheitsschloss zeigte Gebrauchsspuren neueren Datums.

»Assad, komm rein. Und bring das Eisen mit«, rief er.

»Sagtest du nicht, ich soll draußen warten?«, frage Assad, als er vor ihm stand.

Carl deutete auf die Tür. »Zeig mir, was du kannst.«

Ein starker Parfümgeruch schlug ihnen entgegen. Bett, Tisch, Computer, ein großer Spiegel, roter Teppichboden, ein offenstehender Kleiderschrank mit Anzügen und zwei oder drei Uniformen, ein Handwaschbecken mit Glasbord und haufenweise Aftershave-Flaschen. Das Bett war gemacht, die Papiere ordentlich gestapelt. Nichts deutete auf einen Menschen, der aus dem Gleichgewicht geraten war.

»Carl, was glaubst du, warum er abgeschlossen hat?«, fragte Assad, während er die Schreibunterlage hochhob und darunterspähte. Anschließend kniete er sich hin und sah unters Bett.

Carl besichtigte den Rest. Nein, Assad hatte recht. Auf den ersten Blick war nichts zu sehen, was versteckt werden musste. Warum also abschließen?

»Hier muss etwas sein, Carl. Sonst wäre nicht abgeschlossen.«

Carl nickte und tauchte in den Kleiderschrank. Da war wieder der Parfümgeruch. Er klebte förmlich an den Sachen. Carl klopfte an die Rückwand, aber nichts deutete auf etwas Ungewöhnliches hin. Assad hatte inzwischen unter den Teppich geschaut. Darunter versteckte sich keine Falltür.

Sie musterten die Decke und die Wände und fixierten beide gleichzeitig den großen Spiegel. Der reichte bis auf den Boden und hing ganz für sich. Ringsum nichts als weiße Wand.

Carl klopfte mit den Fingerknöcheln an die Wand. Sie schien massiv zu sein.

Vielleicht kann man den Spiegel abhängen, dachte er und griff danach. Aber der Spiegel saß fest. Assad legte die Wange an die Wand, um dahinterzusehen.

»Ich glaube, der Spiegel hängt an einem Scharnier auf der Rückseite. Und da ist so eine Art Schloss.«

Er schob einen Finger hinter den Spiegel. Mit Mühe gelang es ihm, den Riegel zu lösen. Dann griff er nach der Kante und zog. Der ganze Raum wanderte im Spiegel vorbei, als er zur Seite glitt und ein mannshohes, tiefschwarzes Loch in der Wand freigab.

Wenn wir das nächste Mal an der Front sind, bin ich besser vorbereitet, dachte Carl und sah vor seinem inneren Auge die Bleistifttaschenlampe in der Schreibtischschublade. Er steckte die Hand in das Loch, tastete nach einem Schalter und dachte sehnsüchtig an seine Pistole. Kurz spürte er den Druck auf der Brust.

Er holte tief Luft und lauschte. Nein, dort drin konnte niemand sein. Wie sollte sich da jemand eingeschlossen haben, wo das Vorhängeschloss außen an der Tür hing? Oder wäre es denkbar, dass Lasse Jensens Bruder oder seine Mutter die Aufgabe hatten, ihn in seinem Versteck einzuschließen, falls die Polizei kam und herumschnüffelte?

Er fand den Schalter und drückte darauf, bereit, zur Seite zu springen, falls dort jemand auf sie wartete. Es dauerte eine Sekunde, bis Neonröhren blinkend angingen, dann lag der Raum hell erleuchtet vor ihnen.

Damit war es klar.

Sie waren an der richtigen Adresse, daran gab es keinen Zweifel.

Er merkte, wie Assad hinter ihm lautlos in den Raum glitt, während er selbst sich den Pinnwänden und den abgenutzten Stahltischen an den Wänden näherte. Er starrte auf Fotos von Merete Lynggaard in allen Varianten. Von ihrem ersten Auftreten vor dem Parlament bis zur häuslichen Idylle auf der Wiese in Stevns. Unbekümmerte Momente, eingefangen von einem, der ihr Böses wollte.

Er senkte den Blick und betrachtete die Papierstöße auf einem der Stahltische. Ihm wurde plötzlich klar, wie systematisch dieser Lasse, der mit richtigem Namen Lars Henrik Jensen hieß, sich zu seinem Ziel vorgearbeitet hatte.

Der erste Stapel enthielt alle Papiere aus Godhavn. Er blätterte sich kurz durch und entdeckte die Originale der Akte betreffend Lars Henrik Jensen. Die vor Jahren verschwunden waren. Auf mehreren Bögen hatte Lasse unbeholfen geübt, die Personennummer zu verändern. Später wurde er geschickter, und auf dem letzten Blatt hatte er den Bogen raus. Doch, ja, Lasse hatte die in Godhavn verbliebenen Papiere manipuliert, und damit hatte er Zeit gewonnen.

Assad deutete auf den nächsten Stapel. Hier lag die Korrespondenz zwischen Lasse und Daniel Hale. Anscheinend war die Bezahlung der Restsumme an Interlab für die Gebäude, die Lasses Vater vor vielen Jahren übernommen hatte, noch immer nicht erfolgt. Anfang 2002 hatte Daniel Hale ein Fax geschickt, in dem er mitteilte, er beabsichtige, Klage zu erheben. Die Forderung belief sich auf zwei Millionen Kronen. Daniel Hale brachte sich damit selbst an den Abgrund, aber woher sollte er die geistige Verfassung seines Gegner kennen? Vielleicht war es diese Forderung zu genau dem Zeitpunkt gewesen, die die Kettenreaktion in Gang gesetzt hatte?

Carl nahm die zuoberst liegenden Papiere. Es war ein Fax, das Lasse Jensen an dem Tag verschickt hatte, als Daniel Hale umgebracht wurde. Der Mitteilung lag ein nicht unterschriebener Vertrag bei.

»Ich habe das Geld beschafft. Wir können heute bei mir den Handel abschließen und den Vertrag unterschreiben. Mein Anwalt wird alle nötigen Papiere und Unterlagen mitbringen, den Vertragsentwurf faxe ich anbei mit«, stand in der Mitteilung. Ja, er hatte an alles gedacht. Wären die Papiere nicht im Auto verbrannt, hätte Lasse sicher dafür gesorgt, dass sie verschwanden, ehe Polizei und Rettungsdienst am Unfallort erschienen. Carl notierte sich das Datum des Treffens und die Uhrzeit. Alles passte zusammen. Hale war zu einer Verabredung gelockt worden, die seinen Tod bedeutete. Mit dem Fuß auf dem Gaspedal hatte Dennis Knudsen ihn am Kappelev Landevej erwartet.

»Und sieh mal hier«, sagte Assad und reichte Carl das oberste Papier vom nächsten Stoß. Es handelte sich um eine Seite aus der Zeitung ›Frederiksborg Amts Avis‹. Ganz unten auf der Seite war eine kurze Nachricht über Dennis Knudsen abgedruckt; »Tod infolge Drogenmissbrauchs« war sie überschrieben.

Damit hatte auch er seinen Platz in der Statistik.

Carl überflog die nächsten Seiten dieses Stapels. Für den tödlichen Autounfall hatte Lasse Jensen Dennis Knudsen zweifellos sehr viel Geld geboten. Es gab auch keinen Zweifel, dass Lasses Bruder Hans vor Daniel Hales Wagen auf die Fahrbahn getreten war und ihn damit gezwungen hatte, über die Mittellinie auszuweichen. Alles wie verabredet. Nur dass Lasse Dennis niemals das bezahlte, was er ihm versprochen hatte. Dennis wurde schließlich wütend.

In einem erstaunlich gut formulierten Brief stellte Dennis Knudsen Lasse ein Ultimatum. Entweder er bezahlte die dreihunderttausend Kronen, oder Dennis würde ihn eines Tages irgendwo auf der Straße fertigmachen, ohne dass Lasse vorher wüsste, wann es so weit war.

Carl dachte an Dennis' Schwester. Wahrlich ein netter kleiner Bruder, um den sie trauerte.

Er sah zu der Pinnwand. Dort bekam er einen Überblick über die Zeitabläufe von all dem, was an Schlimmem in Lasses Leben passiert war. Der Autounfall, die Abschlagszahlung der Versicherungsgesellschaft. Die Ablehnung des Lynggaard-Fonds. Die Motive häuften sich und wurden im Zusammenhang erst richtig sichtbar.

»Glaubst du, dass er von all dem krank im Kopf geworden ist?«, fragte Assad und reichte ihm einen Gegenstand.

Carl runzelte die Stirn. »Ich wage nicht daran zu denken, Assad.«

Er sah sich das Ding genauer an, das Assad ihm gegeben hatte. Es war ein kompaktes kleines Nokia-Handy. Rot und neu und glänzend. Auf der Rückseite stand mit schiefen Großbuchstaben in zierlicher Schrift *Sanne Jønsson*, darüber klebte ein winziges Herz. Was das Mädchen wohl sagen würde, wenn es hörte, dass sein Handy noch immer existierte?

»Wir haben alles hier«, sagte Carl zu Assad und deutete mit dem Kopf auf die Fotos von Lasses Mutter, die weinend im Krankenhausbett saß. Fotos der Gebäude von Godhavn und von einem Mann, unter dem in großer Schrift »Pflegevater Teufel« stand. Uralte Zeitungsausschnitte mit äußerst positiven Artikeln über HJ Industries und Lasse Jensens Vater, über seine hervorragende Pionierarbeit in der dänischen Industrie. Es gab mindestens zwanzig Detailfotos der Fähre »Schleswig-Holstein«, daneben die Fahrpläne; Entfernungen und Abstände waren vermessen und die Anzahl der Treppen bis zum Wagendeck notiert. Selbst ein Plan mit Minuteneinteilung in zwei Spalten existierte. Eine für Lasse und eine für seinen Bruder. Also hatten sie es zu zweit gemacht.

»Was bedeutet das?«, sagte Assad und deutete auf die Zahlen.

Carl war sich nicht sicher. »Es könnte heißen, dass die beiden sie entführt und anderswo umgebracht haben. Ich fürchte, das könnte die Erklärung sein.«

»Und was bedeutet dann das hier?« Assad zeigte auf den letzten Stahltisch, wo einige Ringbücher lagen und eine Reihe von Aufrissen, technische Zeichnungen.

Carl nahm das erste Ringbuch. Es hatte eine Registerunterteilung, ganz vorn stand »Handbuch des Tauchens – Waffenschule der Marine AUG 1985«. Er blätterte einen Moment und las die Überschriften: Taucherphysiologie, Ventilübersichten, Oberflächen-Dekompressionstabellen, Sauerstoffbehandlungstabellen, Boyle-Mariotte-Gesetz, Dalton-Gesetz.

Völlig unverständlicher Kram.

»Muss man als Steward was vom Tauchen verstehen?«, fragte Assad.

Carl schüttelte den Kopf. »Vielleicht ist das ein Hobby von ihm.«

Er blätterte weiter in den Papieren und fand einen handschriftlichen Entwurf für ein Handbuch.

»Anweisung für die Druckprüfung von Behältern, von Henrik Jensen, HJ Industries. 10.11.1986.«

»Kannst du das lesen, Carl?« Assad runzelte die Stirn. Er konnte es offenkundig nicht.

Auf der ersten Seiten waren Diagramme und Übersichten über Rohrdurchführungen. Anscheinend ging es um Spezifikationen für Änderungen an einer existierenden Anlage, vermutlich der, die HJ Industries von Interlab beim Kauf der Gebäude übernommen hatte.

So gut er konnte, überflog er den handschriftlichen Text. An dem Wort »Druckkammer« blieb er hängen.

Er hob den Kopf und blickte auf eine Nahaufnahme von Merete Lynggaard, die über dem Papierstapel hing. Das Wort Druckkammer polterte ihm noch einmal durch den Kopf.

Er bekam eine Gänsehaut bei dem Gedanken. Konnte das sein? Der Gedanke war über die Maßen entsetzlich. Ihm brach der Schweiß aus.

»Was ist los, Carl?«

»Geh nach draußen und behalte den Platz im Auge, Assad. Schnell.«

Sein Partner wollte noch etwas fragen, aber Carl wimmelte ihn ungeduldig ab. »Los, Assad. Und pass auf. Nimm das hier mit.« Er gab Assad das Brecheisen, mit dem sie die Schlösser aufgebrochen hatten.

Carl wandte sich dem letzten Papierstoß zu und blätterte ihn rasch durch. Viele mathematische Berechnungen, zumeist von Henrik Jensens Hand, aber auch von einem anderen. Doch das war nicht das, wonach er suchte.

Noch einmal betrachtete er die messerscharfe Aufnahme von Merete Lynggaard. Sie war aus nächster Nähe entstanden, aber vermutlich, ohne dass sie es bemerkt hatte. Sie schaute etwas zur Seite, ihre Augen zeigten einen ganz besonderen Ausdruck. Etwas Lebhaftes, Ausgelassenes, das auf den Betrachter ansteckend wirkte. Carl war sich sicher, dass Lasse das Bild nicht deshalb aufgehängt hatte. Eher im Gegenteil. Am Rand des Fotos waren viele Löcher, es war vermutlich sehr oft abgenommen und wieder aufgehängt worden.

Er zog die vier Nadeln, mit denen die Fotografie an die Pinnwand geheftet war, eine nach der anderen heraus. Dann nahm er das Foto und drehte es um.

Was da auf der Rückseite geschrieben stand, war das Werk eines Verrückten.

Er las es immer wieder.

»Deine gemeinen Augen werden dir aus dem Kopf glitschen. Dein närrisches Lächeln wird in Blut ertränkt. Deine Haare werden verwesen, und die Gedanken werden zu Staub. Die Zähne werden verfaulen. Man wird dich in Erinnerung behalten als das, was du bist: eine Nutte, eine läufige Hündin, eine Teufelin, eine verfluchte Mörderin, Merete Lynggaard. Du musst sterben.«

Und darunter war hinzugefügt:

6.7.2002	2 bar
6.7.2003	3 bar
6.7.2004	4 bar
6.7.2005	5 bar
6.7.2006	6 bar
15.5.2007	1 bar

Carl blickte über seine Schulter. Ihm war, als zögen sich die Wände um ihn zusammen. Er legte den Kopf in die Hände und dachte nach. Sie hatten sie, davon war er überzeugt. Sie war ganz in der Nähe. Hier stand, sie würden sie in fünf Wochen töten, am 15. Mai, aber wahrscheinlich hatten sie es schon getan. Er und Assad hatten das provoziert, das fühlte er. Und es war hier, in dieser Umgebung passiert. Mit Sicherheit.

Was mache ich bloß? Wer weiß über so was Bescheid?, dachte er und überlegte krampfhaft.

Er nahm sein Handy und gab die Nummer von Kurt Hansen ein, seinem alten Kollegen, der für die Rechten im Parlament gelandet war.

Er ging rasch auf und ab, während er auf den Klingelton lauschte.

Als er die Verbindung gerade unterbrechen wollte, meldete Kurt Hansen sich mit einem Räuspern.

Carl bat ihn, den Mund zu halten, einfach nur zuzuhören und schnell zu denken. »Frag nicht, antworte nur.«

»Was passiert, wenn man eine Person über einen Zeitraum von fünf Jahren einem Überdruck von bis zu sechs bar aussetzt und dann den Druck plötzlich absenkt?«, wiederholte Kurt. »Was ist das denn für eine komische Frage. So eine Situation ist doch sehr hypothetisch, oder?«

»Kurt, antworte einfach. Ich kenne niemanden außer dir, der etwas über solche Sachen weiß. Du hast ein Diplom als Berufstaucher. Also sag mir, was dann passiert.«

»Ja, dann stirbt man wohl.«

»Ja, aber wie schnell?«

»Keine Ahnung, aber das wird eine dreckige Angelegenheit.«

»Inwiefern?«

»Alles in einem wird gesprengt. Die Lungenbläschen sprengen die Lungen. Der Stickstoff in den Knochen sprengt das Gewebe, die Organe, ja alles im Körper weitet sich aus, weil überall im Körper Luft ist. Thromben, Gehirnblutung, massive Blutungen, ja sogar …«

Carl unterbrach ihn. »Wer kann einem in so einer Situation helfen?«

Kurt Hansen räusperte sich wieder. »Carl, geht es um eine aktuelle Situation?«

»Ich fürchte es sehr, ja.«

»Dann musst du bei der Marine anrufen. Die haben eine mobile Dekompressionskammer. Ein Duocom von Dräger.« Er gab ihm die Telefonnummer, Carl bedankte sich und legte auf.

In kürzester Zeit hatte er die Leute von der Marine informiert.

»Beeilt euch, es ist äußerst dringend«, sagte Carl. »Eure Leute müssen Pressluftbohrer und so was mitbringen. Ich hab keine Ahnung, welche Hindernisse euch im Weg stehen werden. Und gebt im Präsidium Bescheid. Ich brauche unbedingt Verstärkung.«

»Ich glaube, ich habe die Sachlage erfasst«, sagte die Stimme.

39

Extrem vorsichtig näherten sie sich dem letzten Gebäude. Sahen sich aufmerksam um, suchten sorgfältig den Boden nach frischen Grabungsspuren ab. Starrten die an der Mauer aufgereihten, glitschigen Plastiktonnen an, als könnten sie eine Bombe enthalten.

Auch diese Tür war mit einem Vorhängeschloss gesichert, das Assad mit der Brechstange aufbrach. Das sollte am besten in die Arbeitsplatzbeschreibung aufgenommen werden.

Im Vorraum der Halle roch es süßlich. Es erinnerte an eine Mischung aus Eau de Cologne wie in Lasses Schlafraum und Fleisch, das zu lange gelegen hat. Oder vielleicht eher noch an den Geruch der Raubtierkäfige im Zoologischen Garten an einem warmen blühenden Frühlingstag.

Auf dem Boden lagen eine Menge Behälter unterschiedlicher Länge aus glänzendem rostfreiem Stahl, versehen mit Messinstrumenten. Die meisten waren nicht ganz fertig montiert, einige aber schon. Unendliche Regalmeter an der einen Wand zeigten, dass man mit einer großen Produktion gerechnet hatte. Doch es war anders gekommen.

Carl ging auf die nächste Tür zu und winkte Assad, ihm zu folgen, legte gleichzeitig den Zeigefinger an die Lippen. Assad nickte und umklammerte die Brechstange, dass die Knöchel weiß hervortraten. Er duckte sich geradezu reflexartig, als wollte er eine geringere Angriffsfläche bieten.

Carl öffnete die Tür.

Der Raum war hell. Deckenlampen beleuchteten einen Korridor, von dem auf einer Seite Türen zu fensterlosen Büroräumen abgingen. Die Tür auf der anderen Seite führte auf einen weiteren Gang. Carl gab Assad ein Zeichen, die Büros zu durchsuchen, er selbst ging den langen schmalen Gang entlang.

Es war ungeheuer abstoßend, so als hätte man über lange

Zeit hin Kot und Dreck an Wände und Boden geklatscht. Sehr unähnlich dem Geist, den der Gründer der Fabrik, Henrik Jensen, in dieser Umgebung hatte schaffen wollen. So wie es jetzt hier aussah, konnte Carl sich nur schwer Ingenieure in weißen Kitteln auf diesem Flur vorstellen. Sehr schwer.

Am Ende des Gangs befand sich eine weitere Tür. Carl öffnete sie vorsichtig und umklammerte das Springmesser in seiner Jackentasche.

Er schaltete das Licht ein und stellte fest, dass er sich in einer Art Lagerraum befand. Zwei fahrbare Tische, jede Menge Gipskartonplatten und diverse Sauerstoff- und Wasserstoffflaschen. Instinktiv schnupperte er. Es roch nach Pulver. Als sei hier vor kurzem eine Waffe abgefeuert worden.

»In den Büros war nichts«, hörte er Assad leise hinter sich sagen. Carl nickte. Hier war anscheinend auch nichts. Nichts außer diesem abstoßenden Eindruck, den er eben auf dem Gang bekommen hatte.

Assad trat ein und sah sich um. »Hier ist er nicht, Carl.«

»Wir suchen jetzt nicht nach ihm.«

Assad runzelte die Stirn. »Nach wem denn?«

»Psst«, sagte Carl. »Hörst du das?«

»Was?«

»Hör genau hin. Ein schwaches Pfeifen.«

»Pfeifen?«

Er hob die Hand, damit Assad schwieg, und schloss selbst die Augen. Es konnte ein entfernter Ventilator sein. Es konnte Wasser sein, das durch Rohre lief.

»Luft macht so ein Geräusch, Carl. Wie ein Reifen mit einem Loch.«

»Ja, aber woher kommt es?« Carl drehte sich langsam um die eigene Achse. Das Geräusch war unmöglich zu lokalisieren. Der Raum war höchstens dreieinhalb Meter breit und fünf bis sechs Meter lang. Trotzdem schien der Ton von überall und nirgends gleichzeitig zu kommen.

Er ließ seinen Blick durch den Raum schweifen. Links von ihm standen aneinandergelehnte Rigipsplatten nebeneinander, vier Stapel von vielleicht je fünf Platten. An der Wand am Ende lehnte schräg eine einzelne Rigipsplatte. Die Wand rechts war kahl und leer.

Er schaute an die Decke und sah vier Felder aus kleinen Löchern und zwischen ihnen Bündel von Kabeln und Kupferrohren, die vom Gang hereinführten und hinter den vielen Rigipsplatten verschwanden.

Assad sah es ebenfalls. »Hinter diesen Platten muss irgendetwas sein, Carl.«

Er nickte. Vielleicht eine Außenmauer, vielleicht etwas anderes.

Mit jeder Platte, die sie wegnahmen und an die gegenüberliegende Wand lehnten, schien der Ton näher zu kommen.

An der Wand, vor der sie schließlich standen, war ein großer schwarzer Kasten angebracht, außerdem verschiedene Kippschalter, Messinstrumente und Knöpfe. Auf der einen Seite dieser Schalttafel befand sich eine mit Metallplatten verkleidete Tür und auf der anderen zwei große Bullaugen mit gepanzertem und milchigem Glas, auf das mit breitem Klebeband Kabel zwischen zwei Stifte geklebt waren, die seiner Meinung nach Zünder sein konnten. Vor jedem Bullauge stand auf einem Stativ eine Überwachungskamera. Es war nicht schwer, sich vorzustellen, wozu sie gebraucht worden waren und was der Sinn der Zünder war.

Unter den Kameras lagen kleine schwarze Kugeln auf dem Boden. Er sammelte sie auf, es war Schrot. Er befühlte die Struktur der Glasscheiben und trat einen Schritt zurück. Zweifellos waren auf die Scheiben Schüsse abgegeben worden. Also hatten die Leute hier auf dem Gelände die Situation möglicherweise nicht völlig unter Kontrolle.

Er legte das Ohr an die Wand. Das Pfeifen kam von irgendwo dort drinnen. Es musste extrem laut sein, wenn es durch die dicke Abschirmung dringen konnte.

»Carl, das steht auf fast fünf bar Überdruck.«

Er sah auf das Druckmanometer, auf das Assad pochte. Er hatte recht. Bis vor kurzem mussten es noch sechs bar gewesen sein. Also war der Druck bereits um mehr als ein bar reduziert worden.

»Assad, ich vermute, Merete Lynggaard ist da drin.«

Sein Partner stand vollkommen still und betrachtete die Metalltür. »Glaubst du?«

Er nickte.

»Der Druck nimmt ab, Carl.«

Das stimmte. Die Nadel bewegte sich, wenn auch ganz langsam.

Carl sah zu den vielen Kabeln. Die dünnen Drähte zwischen den Zündern liefen in isolierten Enden unten auf dem Fußboden aus. Sie hatten wohl vor, sie an eine Batterie oder irgendeine Sprengeinheit anzuschließen. Wollten sie diese Vorrichtung am 15. Mai einsetzen, wenn der Druck bis auf ein bar gesenkt werden sollte, wie auf der Rückseite von Merete Lynggaards Foto vermerkt war? Er starrte seine Umgebung an, versuchte das, was er sah, in einen logischen Zusammenhang zu bringen. Die Kupferkabel führten direkt in den Raum hinter der Wand. Es waren vielleicht alles in allem zehn. Wie sollte man wissen, welche den Druck verringern und welche ihn heraufsetzen würden? Kappte man eines, riskierte man, dass die Bedingungen für die Person in der Druckkammer sich extrem verschlechterten. Das galt ebenfalls, wenn man etwas mit den elektrischen Leitungen anstellte.

Er trat zur Schleusentür und studierte den Kasten mit den Relais. Hier gab es keinen Zweifel, denn alles stand schwarz auf weiß neben den sechs Schaltern. Toptür offen. Toptür geschlossen. Äußere Schleusentür offen, äußere Schleusentür geschlossen. Innere Schleusentür offen, innere Schleusentür geschlossen.

Und beide Schleusentüren standen auf geschlossen. Das sollten sie auch bleiben.

»Was glaubst du, wofür der hier ist?«, fragte Assad und war

bedenklich kurz davor, einen kleinen Potentiometer von OFF auf ON zu drehen.

Wie gut wäre es, wenn jetzt Hardy neben ihm gestanden hätte. Wenn es etwas gab, womit sich Hardy besser auskannte als jeder andere, dann waren es solche Schalter.

»Dieser Kontakt ist nach allen anderen angebracht worden«, sagte Assad. »Warum sonst sind die anderen aus diesem braunen Zeugs gemacht?« Er deutete auf eine rechteckige Bakelitbox. »Und warum sonst sollte der da als Einziger von allen aus Plastik sein?«

Das stimmte. Zwischen diesen beiden Typen von Kontakten lagen Jahre.

Assad nickte. »Ich denke, dass dieser Drehschalter den Prozess vielleicht stoppt, oder er hat gar nichts zu sagen.« So wunderbar unkonkret ließ sich das also ausdrücken.

Carl holte tief Luft. Inzwischen waren fast zehn Minuten vergangen, seit er mit den Leuten von der Marine draußen auf dem Holm telefoniert hatte, und es würde noch mehr Zeit vergehen. Wenn Merete Lynggaard dort drin war, waren sie gezwungen, etwas Drastisches zu unternehmen.

»Dreh ihn«, sagte er mit bangen Ahnungen.

Assad tat es, und im selben Augenblick ertönte das Pfeifen in durchdringender Lautstärke. Carls Herz machte einen Satz. Einen Moment war er davon überzeugt, sie hätten nun eine Erhöhung des Drucks ausgelöst.

Dann sah er nach oben, und da identifizierte er die vier gelöcherten Felder unter der Decke als Lautsprecher. Von dort kamen die enervierenden Pfeiftöne.

»Was ist denn jetzt los?«, rief Assad und hielt sich die Ohren zu. Wie sollte man ihm antworten, wenn er das machte?

»Ich glaube, Assad, du hast eine Sprechanlage angeschaltet«, rief er zurück und wandte das Gesicht wieder den Feldern oben an der Decke zu. »Merete, bist du da drinnen?«, rief er dreioder viermal und horchte dann, ob eine Antwort kam.

Inzwischen konnte er eindeutig erkennen, dass das pfeifende Geräusch von Luft verursacht wurde, die durch etwas Enges gepresst wurde. Wie der Ton, den man selbst mit Luft und Zähnen und Lippen erzeugt, ehe der eigentliche Pfiff kommt. Und der Ton war anhaltend.

Besorgt blickte er zu dem Druckmessgerät. Es zeigte unmissverständlich an, dass der Druck mittlerweile bis auf viereinhalb bar abgefallen war. Es ging schnell.

Wieder schrie er aus Leibeskräften. Assad nahm die Hände von den Ohren und schrie auch. Ihr gemeinsamer Appell hätte Tote auferwecken können, dachte Carl, und hoffte, dass es nicht so weit gekommen war.

Dann war ein Klopfen von der schwarzen Box oben unter der Decke zu hören, und es war für einen Moment vollkommen still.

Die Box dort oben steuert den Druckausgleich, dachte er und überlegte, ob er in einen anderen Raum laufen und etwas holen sollte, worauf er klettern konnte, sodass er an die Box herankam und sie öffnen konnte.

In ebendiesem Augenblick hörten sie das Stöhnen im Lautsprecher. Ein Ton, wie ihn Tiere oder auch Menschen in tiefster Krise oder Trauer ausstoßen. Ein langer, monotoner Klageton.

»Merete, bist du das?«, rief er.

Sie standen ganz still und lauschten angespannt. Dann hörten sie einen Laut, den sie als ein Ja interpretierten.

Carl spürte ein Brennen in der Kehle. Merete Lynggaard war dort drin. Mehr als fünf Jahre in dieser widerwärtigen, trostlosen Umgebung eingesperrt. Und jetzt würde sie womöglich sterben, und Carl hatte keine Ahnung, wie er das verhindern sollte.

»Was können wir tun, Merete?«, schrie er und hörte im selben Moment einen gewaltigen Knall hinter der einzelnen Gipskartonplatte an der Wand. In Sekundenbruchteilen wurde ihm klar, dass jemand mit einer Schrotflinte durch die Platte geschossen hatte und dass sich die Schrotkörner überall im Raum verteilt hatten. An mehreren Stellen spürte er ein Pochen in seinem Körper und fühlte, wie warmes Blut über seinen Arm floss. Nach seinem Empfinden eine Ewigkeit, aber in Wahrheit wohl kaum mehr als eine Zehntelsekunde war er wie gelähmt, dann warf er sich zurück gegen Assad, dessen Gesichtsausdruck zu der Situation passte. Sein Arm blutete.

Als sie auf dem Boden lagen, wurde die Gipskartonplatte nach vorn gekippt und enthüllte den Mann, der den Schuss abgefeuert hatte. Er war nicht zu verkennen. Abgesehen von den Falten im Gesicht, die von seinem schwierigen Leben und dem gemarterten Inneren zeugten, sah Lars Henrik Jensen noch genauso aus wie auf den Jugendfotos, die sie von ihm kannten.

Die rauchende Schrotflinte in der Hand, trat Lasse aus seinem Versteck. Er besah die Verletzungen, die sein Schuss verursacht hatte, mit einer kühlen Gleichgültigkeit, als besichtige er einen überschwemmten Keller.

»Wie habt ihr mich gefunden?«, fragte er. Dabei klappte er das Gewehr auf und setzte neue Patronen ein. Dann kam er zu ihnen. Carl zweifelte nicht, dass er schießen würde, wenn es ihm passte.

»Du kannst jetzt aufhören, Lasse«, sagte Carl und richtete sich etwas auf, um Assad vom Gewicht seines Körpers zu befreien. »Wenn du jetzt aufhörst, dann kommst du mit wenigen Jahren im Gefängnis davon. Ansonsten wird es lebenslänglich für Mord.«

Der Typ lächelte. Man konnte verstehen, dass Frauen auf ihn flogen. Er war ein Satan in Verkleidung. »Demnach wisst ihr vieles nicht«, sagte er und richtete den Lauf direkt auf Assads Schläfe.

Ja, das glaubst du, dachte Carl und spürte, wie sich Assads Hand in seine Jackentasche vortastete.

»Ich habe Verstärkung angefordert. Meine Kollegen werden

bald hier sein. Gib mir die Schrotflinte, Lasse, dann kommt alles in Ordnung.«

Lasse schüttelte den Kopf. »Wenn du nicht antwortest, bring ich deinen Kollegen um. Wie habt ihr mich gefunden?«

Er war insgesamt viel zu kontrolliert, wenn man bedachte, wie sehr er unter Druck stehen musste. Bestimmt total verrückt.

»Mit Hilfe von Uffe«, antwortete Carl.

»Uffe?« Der Gesichtsausdruck des Mannes veränderte sich. Diese Information fand keinen Platz in der Welt, zu der er sich selbst als Herrscher aufgeschwungen hatte. »Quatsch! Uffe Lynggaard weiß nichts, und er spricht nicht. Ich habe die Zeitungen der letzten Tage gelesen. Er hat nichts gesagt. Du lügst.«

Er spürte, dass Assad jetzt das Springmesser zu fassen bekommen hatte.

Scheiß doch auf Regeln und Waffengesetze, dachte er. Er hoffte nur, dass Assad es anwenden konnte.

Dann war ein Ton in den Lautsprechern über ihnen zu hören. Als wenn die Frau dort in dem Raum etwas sagen wollte.

»Uffe Lynggaard hat dich auf einem Foto wiedererkannt«, fuhr Carl fort. »Ein Foto, da stehst du neben Dennis Knudsen, ihr wart noch Jungen. Erinnerst du dich an das Foto, Atomos?«

Der Name war wie ein Schlag ins Gesicht. Es war nicht zu übersehen, wie in Lasse Jensens Innerem die Erinnerung an das jahrelange Leiden an die Oberfläche drängte.

Er zog die Mundwinkel nach unten und nickte. »Sieh an, das weißt du auch. Ich muss wohl davon ausgehen, dass ihr alles wisst. Dann ist euch ja wohl auch klar, dass ihr Merete jetzt auf dem Weg folgen müsst.«

»Das schaffst du nicht, Lasse, Verstärkung ist längst unterwegs.« Carl lehnte sich leicht nach vorn, damit Assad das Messer ziehen und damit zustechen konnte. Die Frage war nur, ob der Psychopath da vorher den Abzug betätigen würde. Wenn er beide Läufe gleichzeitig und aus solcher Nähe abfeuerte, dann wären sie beide verloren.

Wieder lächelte Lasse. Er hatte schon wieder Oberwasser. Das Markenzeichen des Psychopathen: Nichts drang zu ihm vor.

»Ich schaffe es, da kannst du sicher sein.«

Der Ruck in Carls Jackentasche fiel zusammen mit dem nachfolgenden Klicken des Springmessers und dem Geräusch von Fleisch, wenn ein Messer hineingestochen wird. Sehnen, die durchtrennt werden, Muskeln, die aufgeschlitzt werden. Carl sah das Blut auf Lasses Bein und gleichzeitig, wie Assad mit seinem blutenden Arm den Gewehrkolben von unten nach oben wegschlug. Der Knall des Schusses in Carls Ohren – Lasse hatte reflexartig abgedrückt – schloss alle Geräusche aus. Er sah Lasse lautlos hintenüberfallen und Assad sich mit erhobenem Messer über ihn werfen.

»Nein!«, schrie Carl und hörte sich kaum selbst. Er wollte aufstehen, bemerkte dabei aber erst die Auswirkung des Schusses, den er abbekommen hatte. Er sah unter sich das viele Blut. Dann drückte er auf den Schenkel und stand auf.

Assad saß blutend auf Lasses Brustkorb und hielt ihm das Messer an die Kehle. Carl hörte es nicht, aber er sah, wie Assad den Mann unter sich immer wieder anschrie, worauf Lasse ihm jedes Mal ins Gesicht spuckte.

Dann kam auf einem Ohr nach und nach das Hörvermögen zurück. Jetzt hatte das Relais neben ihnen wieder angefangen, Luft aus der Druckkammer zu lassen. Dieses Mal lag der Pfeifton noch eine Tonlage höher. Oder spielte ihm sein Gehör einen Streich?

»Wie halten wir den Scheiß an? Wie verschließt man die Ventile? Sag es!«, schrie Assad zum Gott weiß wie vielten Mal, und Lasse spuckte ihm ins Gesicht. Erst jetzt fiel Carl auf, wie der Druck des Messers auf Lasses Kehle bei jedem Spucken erhöht wurde.

»Ich habe schon besseren Menschen als dir die Kehle durchgeschnitten«, schrie Assad und ritzte seine Haut an, sodass das Blut an seinem Hals herunterlief.

Carl wusste nicht, was er denken sollte.

»Und wenn ich es wüsste, würde ich es nicht sagen«, fauchte Lasse unter Assad. Carl sah zu Lasses Bein, das Assad mit dem Messer verletzt hatte. Die Blutung war offenbar nicht sehr stark. Zumindest war die große Arterie im Schenkel nicht durchtrennt.

Er beobachtete auf dem Druckmessgerät, wie der Druck langsam aber stetig abnahm. Wo zum Teufel blieb denn die Verstärkung! Er hatte die Marineleute doch gebeten, seine Kollegen zu alarmieren, hatten sie das etwa nicht getan? Carl stützte sich an die Mauer und holte sein Handy aus der Jackentasche. Er gab die Nummer des Wachdienstes ein. In wenigen Minuten würden sie da sein. Genug zu tun bekämen seine Kollegen und der Rettungsdienst auf jeden Fall.

Er spürte den Schlag gegen seinen Arm nicht, merkte nur, wie sein Handy auf den Fußboden knallte und der Arm nach unten sackte. Mit einem Ruck drehte er sich um und sah gerade noch, wie dieses dünne Wesen hinter ihm die flache Eisenstange, mit der sie die Schlösser aufgebrochen hatten, gegen Assads Schläfe schlug.

Der kippte wortlos auf die Seite.

Dann trat Lasses Bruder einen Schritt vor und stampfte mit dem Fuß auf Carls Handy, bis es in seine Einzelteile zerbrochen war.

»Ach du lieber Gott, mein Junge, ist es schlimm?« Die Frau kam mit ihrem Rollstuhl von hinten. Das Leben hatte tiefe Spuren in ihrem Gesicht hinterlassen. Den bewusstlosen Mann auf dem Boden würdigte sie keines Blicks. Sie hatte nur Augen für das Blut, das aus dem Hosenbein ihres Sohns sickerte.

Lasse erhob sich mühsam, dabei sah er Carl wütend an. »Es ist nichts, Mutter«, sagte er und nahm ein Taschentuch aus der Hosentasche, zog den Gürtel aus dem Hosenbund und band beides mit Hilfe seines Bruders straff um den Schenkel.

Die Mutter rollte an beiden vorbei und starrte auf das Druckmessgerät. »Und wie geht es dir, du elendes Weibsstück?«, rief sie zur Scheibe hin.

Carl sah zu Assad hinüber, der dort auf dem Boden lag und schwach atmete. Er musste überleben. Carl ließ den Blick über den Fußboden wandern, er hoffte, das Springmesser zu entdecken. Vielleicht lag es unter Assad, vielleicht würde er es sehen, wenn sich der Magere etwas bewegte.

Es war, als hätte der etwas gemerkt. Er drehte sich zu Carl um. Sein Gesichtsausdruck hatte etwas erschreckend Kindliches. Als wollte Carl ihm etwas wegnehmen oder ihn vielleicht sogar schlagen. Der Blick, den er Carl zuwarf, war das Resultat einer in Einsamkeit verbrachten Kindheit. Andere Kinder, die nicht verstanden, wie verletzlich ein einfältiger Mensch sein konnte. Er hielt noch immer das Brecheisen in der Hand und zielte auf Carls Hals.

»Soll ich ihn totschlagen, Lasse? Soll ich? Das kann ich.«

»Du sollst nichts«, fauchte die Frau und rollte näher.

»Setz dich, Bulle«, befahl Lasse und richtete sich zu seiner vollen Größe auf. »Geh raus und hol die Batterie, Hans. Wir sprengen das Haus in die Luft. Mehr können wir jetzt nicht machen. Beeil dich. In zehn Minuten sind wir weg.«

Er lud seine Flinte. Als Carl langsam an der Wand heruntерrutschte, behielt er ihn im Auge, bis er mit der Schleusentür im Rücken auf dem Boden neben Assad saß.

Dann riss Lasse die Klebestreifen von den Glasscheiben und zog die Sprengladungen zu sich. Mit einer raschen Handbewegung wickelte er die tödliche Mixtur aus Leitungen und Zündern wie einen Schal um Carls Hals.

»Du brauchst keine Angst zu haben, du wirst nichts merken. Aber für die da drinnen wird es anders. So muss es sein«, sagte Lasse kalt und zog die Gasflaschen an die Wand zur Druckkammer hinter Carl.

Da kam sein Bruder mit der Batterie und einer Rolle Kabel zurück.

»Nein, Hans, wir machen das anders. Wir nehmen die Batterie wieder mit nach draußen. Du musst sie nur noch so verbinden«, sagte Lasse und zeigte ihm, wie die Sprengladungen um Carls Hals mit den Verlängerungen und schließlich mit der Batterie verbunden werden sollten. »Schneid reichlich Kabel ab, Hans. Das muss bis auf den Hof reichen.«

Lasse lachte und sah Carl direkt an. »Ja, wir schließen es draußen an, und in dem Moment, wo die Druckflaschen in die Luft gehen, sprengt es dem Scheißkerl den Kopf weg.«

»Aber was ist vorher. Was ist mit dem da?«, fragte sein Bruder und deutete auf Assad. »Der kann die Kabel doch einfach abreißen.«

»Der?« Lasse lächelte und zog die Batterie ein Stück von Carl weg. »Du hast recht. Gleich darfst du ihn bewusstlos schlagen.«

Mit völlig veränderter Stimme wandte er sich an Carl. »Wie zum Teufel hast du mich gefunden? Dennis Knudsen und Uffe, hast du gesagt. Aber ich verstehe es nicht. Wie hast du die mit mir in Verbindung gebracht?«

»Du Idiot, du hast so viele Fehler gemacht!«

Lasse zog sich etwas in den Raum zurück. Was Carl hier sah, ließ sich nur mit Wahnsinn beschreiben. Lasse würde mit Sicherheit jeden Moment auf ihn schießen. In aller Ruhe zielen und abdrücken. Tschüs Carl. Er sollte auf keinen Fall verhindern, dass sie alles in die Luft sprengten. Als ob er das nicht wüsste.

Carl blickte seelenruhig zu Lasses Bruder, der mit den Kabeln nicht zurechtkam. Sie verhedderten sich, sobald er ein Stück abrollte.

In dem Moment spürte er, wie Assads verletzter Arm an seiner Wade zitterte. Also war er ja vielleicht doch nicht so schwer verletzt. In dieser Situation allerdings ein schwacher Trost. Bald waren sie ohnehin tot.

Carl schloss die Augen und versuchte, sich Augenblicke in seinem Leben ins Bewusstsein zu rufen, die bedeutungsvoll gewesen waren. Nach Sekunden mit nichts als Leere im Kopf öffnete er sie wieder. Nicht einmal den Trost hatte er.

Hatte sein Leben wirklich so wenig zu bieten gehabt?

»Mutter, du musst jetzt hier raus«, hörte er Lasse sagen. »Fahr raus auf den Hof, weit weg von den Außenmauern. Wir kommen in einer Minute nach. Dann verschwinden wir.«

Sie nickte. Richtete zum letzten Mal den Blick auf die Bullaugen und spuckte an die Scheibe.

Als sie an ihren Söhnen vorbeirollte, sah sie höhnisch Carl und den Mann an, der neben ihm auf dem Boden lag. Hätte sie nach ihnen treten können, hätte sie es getan. Sie hatten ihr das Leben gestohlen, in ihr war nichts mehr als Bitterkeit und Hass. Nichts Fremdes durfte mehr in ihre Glasglocke vordringen.

Da ist nicht genug Platz, dass du vorbeikommen kannst, du Hexe, dachte Carl, der sah, wie Assads Bein ungeschickt zur Seite ausgestreckt war.

Sie rollte bedenkenlos auf Assads Bein zu. Da stieß Assad einen Schrei aus, stemmte sich gleichzeitig mit einem Ruck hoch und stand mit einem Satz zwischen der Frau und der Tür. Die beiden Männer an den Bullaugen drehten sich um, und Lasse hob die Flinte. Assad, dem das Blut von der Schläfe lief, duckte sich hinter den Rollstuhl, packte die eckigen Knie der Frau und stürmte mit dem Rollstuhl als Rammbock brüllend auf die Männer zu. Die Geräusche waren infernalisch. Assads Brüllen, die Schreie der Frau, das Pfeifen aus der Druckkammer, die Warnrufe der Männer und am Ende der Tumult, als der Rollstuhl die beiden Männer umwarf.

Die Frau lag in dem umgekippten Rollstuhl auf dem Rücken, die Beine in der Luft, als Assad sich nach vorne warf, um das Gewehr zu fassen zu bekommen, das Lasse auf ihn richten wollte. Der junge Mann dahinter heulte laut auf, als Assad den Lauf mit einer Hand packte und mit der anderen auf Lasses Kehle einschlug. Nach wenigen Sekunden war alles vorbei.

Mit dem Gewehr in der Hand zog Assad sich zurück, schubste

den Rollstuhl beiseite, zwang den hustenden Lasse aufzustehen und stand dann einen Moment still und sah ihn an.

»Sag, wie man den Scheißdreck abstellt«, schrie er.

Carl stand auf, er hatte das Springmesser ein Stück weiter an der Wand entdeckt. Während er hinging, um es aufzuheben, wickelte er Kabel und Zünder von seinem Hals. Der dünne junge Mann versuchte seine Mutter aufzurichten.

»Ja, sag es. Jetzt!« Carl ritzte mit dem Messer in Lasses Wange.

Beide sahen es gleichzeitig in den Augen des Mannes. Er glaubte ihnen nicht. In seinem Gehirn hatte nur eine Sache Platz: dass Merete Lynggaard in dem Raum hinter ihnen sterben musste. Einsam, langsam und qualvoll, das war Lasses Ziel. Anschließend würde er auch seine Strafe auf sich nehmen. Es berührte ihn nicht.

»Wir sprengen ihn und die ganze Familie sofort in die Luft, Carl«, sagte Assad mit zusammengekniffenen Augen. »Merete Lynggaard dort drinnen ist sowieso bald fertig, für sie können wir nichts mehr tun.« Er deutete zu dem Manometer, das bereits ein gutes Stück weniger als vier bar Überdruck anzeigte. »Wir machen mit denen genau das, was sie mit uns machen wollten. Und Merete tun wir einen Gefallen.«

Carl sah ihm in die Augen. Dort in den warmen braunen Augen seines Assistenten lag der Keim zu einem tiefen Hass. Der durfte nicht zu viel Nahrung bekommen.

Carl schüttelte den Kopf. »Nein, Assad, das können wir nicht machen.«

»Doch Carl, wir können«, antwortete Assad. Er streckte seine freie Hand aus und zog Kabel und Zünder langsam aus Carls Hand. Dann wickelte er sie Lasse um den Hals.

Aber während Lasses Blick beschwörend den von Mutter und Bruder suchte, der zitternd hinter ihrem Rollstuhl stand, sandte Assad Carl einen unmissverständlichen Blick. Sie mussten es so weit treiben, dass Lasse begann, ihnen zu glauben. Denn Lasse würde nicht kämpfen, um seine eigene Haut zu retten, sondern die seiner Mutter und seines Bruders. Das hatte Assad gesehen. Er hatte recht.

Da hob Carl Lasses Arme und verband die abisolierten Enden mit den Verlängerungskabeln, wie Lasse es beschrieben hatte.

»Setzt euch da in die Ecke«, befahl er der Frau und ihrem Jüngsten. »Nimm deine Mutter und setz dich dorthin, Hans, nimm sie auf den Schoß.«

Der jüngste Sohn sah ihn ängstlich an, hob dann seine Mutter, als sei sie federleicht, auf und setzte sich mit ihr mit dem Rücken zur Wand.

»Wir sprengen euch alle drei samt Merete Lynggaard in die Luft, wenn du uns jetzt nicht erzählst, wie man diese verdammte Teufelsmaschine ausschaltet«, sagte Carl. Dabei wickelte er eines der Verlängerungskabel um einen Pol der Batterie.

Lasse wandte den Blick von seiner Mutter ab. Hasserfüllt starrte er Carl an. »Ich weiß nicht, wie man es anhält«, sagte er ruhig. »Ich kann es herausfinden, aber dafür muss ich im Handbuch nachlesen. Dazu ist keine Zeit mehr.«

»Du lügst, du versuchst, Zeit zu schinden!«, schrie Carl. Aus dem Augenwinkel sah er, wie Assad drauf und dran war, Lasse zu schlagen.

»Wenn du meinst.« Lächelnd wandte Lasse den Kopf in Assads Richtung.

Carl nickte. Lasse log nicht. Er war eiskalt, aber er log nicht, das sagte ihm seine jahrelange Erfahrung. Lasse wusste tatsächlich nicht, wie man die Anlage ausschaltete, ohne im Handbuch nachzulesen. Leider war es so.

Er wandte sich an Assad. »Bist du okay?«, fragte er und legte die Hand auf den Gewehrkolben. Im letzten Moment, denn Assad hätte damit sonst Lasse ins Gesicht geschlagen.

Assad nickte, aber sein Blick zeigte seine Wut. Die Schrotkörner im Arm hatten keine größeren Verletzungen verursacht, ebenso wenig der Schlag an die Schläfe. Assad war aus härterem Holz geschnitzt.

Carl nahm ihm vorsichtig die Schrotflinte aus der Hand. »Ich kann nicht so weit gehen. Ich passe hier auf, Assad, und du läufst rüber und holst das Handbuch. Du hast es vorhin gesehen. Das Handgeschriebene im innersten Raum. Es liegt auf dem letzten Stapel. Ganz obenauf, glaube ich. Nimm es Assad, und beeil dich!«

Lasse lächelte, sowie Assad rausgegangen war und Carl ihm den Lauf des Gewehrs unter das Kinn hielt. Wie ein Gladiator wog Lasse die Stärke seiner Gegner ab, um zu entscheiden, gegen wen er kämpfen wollte. Es war eindeutig, dass er glaubte, Carl sei für ihn der bessere Gegner. Und für Carl war es ebenso eindeutig, dass er sich irrte.

Lasse ging rückwärts zur Tür. »Du traust dich nicht, mich zu erschießen, aber der andere hätte es getan. Ich gehe jetzt, du kannst mich nicht daran hindern.«

»Ach, glaubst du!« Carl trat einen Schritt vor und packte ihn hart an der Kehle. Wenn sich der Mann noch einmal rührte, würde er ihm den Gewehrkolben ins Gesicht schlagen.

Da hörten sie in der Ferne Polizeisirenen.

»Lauf!«, schrie Lasses Bruder im Hintergrund, sprang mit seiner Mutter im Arm auf und versetzte dem Rollstuhl einen Tritt, sodass der in Carls Richtung rollte.

Im selben Augenblick hatte Lasse sich losgerissen und war draußen. Carl wollte ihm hinterherrennen, aber er konnte nicht. Offenbar war er übler zugerichtet als Lasse. Das Bein wollte ihm einfach nicht gehorchen.

Er richtete das Gewehr auf Mutter und Sohn und ließ den Rollstuhl an sich vorbei gegen die Wand fahren.

»Da!«, rief der Magere und deutete auf das lange Kabel, das Lasse hinter sich herzog.

Und alle im Raum sahen, wie das Kabel über den Fußboden glitt. Als er durch den Korridor rannte, versuchte Lasse, sich die

Sprengladung vom Hals zu reißen. Sie sahen, wie die Kabel sich immer weiter abwickelten und wie sie schließlich den Akku umrissen und mit sich zur Tür zogen. Als der Akku gegen den Türrahmen knallte, glitt das lose Kabelende über den anderen Pol.

Sie nahmen den Knall nur als schwache Erschütterung und als dumpfes Geräusch in der Ferne wahr.

Merete lag im Dunkeln auf dem Rücken und horchte auf das Pfeifen. Sie versuchte die Arme so zu halten, dass sie gleichzeitig Druck auf beide Handgelenke ausüben konnte.

Es dauerte nicht lange, da begann die Haut zu jucken, mehr geschah aber nicht. Einen Moment lang hatte sie das Gefühl, als würden alle Wunder der Welt über ihr leuchten, und sie schrie zu den Düsen an der Decke, sie könnten nicht treffen.

Als sich die erste Plombe lockerte, wusste sie, dass das Wunder ausbleiben würde. In den folgenden Minuten überlegte sie, ob sie nicht die Handgelenke loslassen sollte, ehe Kopf- und Gelenkschmerzen zunahmen und sich der Druck in allen inneren Organen bemerkbar machte. Als sie die Handgelenke loslassen wollte, konnte sie nicht einmal mehr die eigenen Hände spüren.

Ich muss mich umdrehen, dachte sie und gab dem Körper den Befehl, sich auf die Seite zu drehen. Aber die Muskeln hatten keine Kraft mehr. Sie spürte, wie alles immer diffuser wurde. Ein starkes Gefühl der Übelkeit ließ sie würgen und drohte sie zu ersticken.

So lag sie da wie fixiert. Sie spürte, wie die Krämpfe zunahmen. Erst im Gesäß, dann im Zwerchfell, dann über dem Brustkorb.

Es geht zu langsam, schrie es in ihrem Inneren, und sie versuchte erneut, den Druck auf die Pulsadern zu lockern.

Nachdem weitere Minuten vergangen waren, war sie wie benebelt und döste nur noch. Die Gedanken an Uffe ließen sich nicht mehr festhalten. Sie sah Farben aufscheinen und Lichtblitze und rotierende Formen, sonst nichts.

Als die ersten Plomben heraussprangen, begann sie lang gezogen und monoton zu jammern. Dieses klagende Jammern verbrauchte die ihr verbliebenen Kräfte. Aber sie hörte sich selbst nicht, dazu war das Pfeifen aus den Düsen über ihr viel zu stark.

Dann war das Einsickern der Luft schlagartig unterbrochen und das Geräusch verschwunden. Kurze Zeit bildete sie sich ein, dass Rettung auf dem Weg zu ihr sei. Sie hörte dort draußen Stimmen. Sie riefen sie, und ihr Heulen wurde schwächer. Die Stimme fragte, ob sie Merete sei. Alles in ihr sagte: »Ja, ich bin hier.« Vielleicht sagte sie es auch laut. Danach sprachen sie von Uffe, als wäre er ein ganz gewöhnlicher Junge. Sie sagte seinen Namen, aber das klang falsch. Dann war ein Knall zu hören, und Lasses Stimme war wieder da und durchtrennte die Hoffnung. Sie atmete langsam und spürte jetzt, wie sich der heftige Druck ihrer Finger von den Handgelenken löste. Ob es noch blutete, wusste sie nicht. Sie spürte weder Schmerz noch Linderung.

Und dann setzte das Pfeifen unter der Decke wieder ein.

Als der Boden unter ihr bebte, wurde alles gleichzeitig heiß und kalt. Sie dachte an Gott und flüsterte in Gedanken seinen Namen. Dann blitzte es in ihrem Kopf auf. Ein Lichtblitz, gefolgt von enormem Getöse und von noch mehr Licht, das hereinströmte.

Und dann ließ sie los.

Epilog

2007

Die Presse überschlug sich in ihrer Berichterstattung. Trotz des traurigen Ausgangs wurden die Ermittlungen und die Aufklärung des Falles Merete Lynggaard als Erfolgsgeschichte gehandelt. Piv Vestergård von der Dänemarkpartei war außerordentlich zufrieden und sonnte sich überall als diejenige, die verlangt hatte, das Sonderdezernat Q einzurichten. Gleichzeitig nutzte sie jede Gelegenheit, ihre politischen Gegner herabzusetzen.

Das war nur einer der Gründe für Carls leichten Nervenzusammenbruch.

Dreimal ins Krankenhaus, um sich den Schrot aus dem Bein zupfen zu lassen, eine Verabredung mit Mona Ibsen, die er selbst absagte. Zu mehr war es nicht gekommen.

Jetzt waren sie zurück in ihrem Büro unten im Keller. Zwei kleine Plastiktüten hingen an der Pinnwand, beide voller Schrot. Fünfundzwanzig in Carls und zwölf in Assads Tüte. In der Schreibtischschublade lag ein Springmesser mit einer zehn Zentimeter langen Klinge. Im Lauf der Zeit würde der ganze Krempel wohl rausfliegen.

Sie passten gegenseitig aufeinander auf, er und Assad. Carl, indem er Assad kommen und gehen ließ, wie er wollte, und Assad, indem er dafür sorgte, dass wieder so etwas wie Leben in die Kellerräume einzog. Nach drei Wochen Stillstand mit Zigaretten, Assads Kaffee und dieser Katzenjammermusik im Hintergrund griff sich Carl endlich eine der Akten von dem Stapel, der in der Ecke lag, und blätterte darin.

Es gab mehr als genug zu tun.

»Gehst du heute Nachmittag in den Stadtpark, Carl?«, fragte Assad ihn von der Tür her.

Carl sah ihn träge an.

»Du weißt schon, 1. Mai. Viele Menschen auf den Straßen und Fest und Farben. Sagt man das nicht so?«

Er nickte. »Später vielleicht. Aber du kannst gern hingehen, Assad, wenn du willst.« Er sah auf die Uhr. Es war zwölf. In alten Tagen war ein halber freier Tag für alle ein verbrieftes Recht gewesen.

Aber Assad schüttelte den Kopf. »Das ist nichts für mich, Carl. Zu viele Leute, denen ich gar nicht begegnen will.«

Carl nickte. Das war seine Sache. »Morgen sehen wir uns den Stapel hier an«, sagte er und schlug mit der flachen Hand darauf. »Was hältst du davon?«

Die Lachfältchen um Assads Augen vertieften sich, sodass sich beinahe das Pflaster an der Schläfe gelöst hätte. »Gute Idee, Carl!«, sagte er.

Dann klingelte das Telefon. Lis war dran, das Übliche. Der Chef wollte ihn in seinem Büro sehen.

Carl zog die unterste Schreibtischschublade auf und nahm eine Plastikaktenmappe heraus. Er hatte das Gefühl, als würde er sie dieses Mal wirklich brauchen.

»Wie geht's, Carl?« Es war in dieser Woche schon das dritte Mal, dass Marcus Jacobsen Gelegenheit hatte, Carls Antwort auf diese Frage zu hören.

Der zuckte die Achseln.

»An welchem Fall arbeitest du jetzt?«

Wieder antwortete er mit einem Achselzucken.

Der Chef setzte die Halbbrille ab und legte sie auf den Papierstoß vor sich. »Der Staatsanwalt hat heute mit dem Anwalt von Ulla Jensen und ihrem Sohn einen Vergleich abgeschlossen.«

»Aha.«

»Acht Jahre für die Mutter und drei für den Sohn.«

Carl nickte. Wie nicht anders zu erwarten.

»Ulla Jensen landet wahrscheinlich in einer psychiatrischen Anstalt.«

Wieder nickte er. Ihr Sohn würde ihr sicher bald folgen. Wie sollte dieser arme Kerl jemals mit heiler Haut aus einem Gefängnis kommen? Marcus Jacobsen senkte den Kopf. »Gibt es etwas Neues von Merete Lynggaard?«

Carl schüttelte den Kopf. »Sie haben sie ins künstliche Koma versetzt, und daran hat sich auch noch nichts geändert. Sie erwarten nichts. Das Gehirn ist höchstwahrscheinlich von den vielen Thromben dauerhaft geschädigt.«

Marcus Jacobsen nickte. »Du und die Tauchexperten von der Flotte, ihr habt getan, was ihr konntet, Carl.«

Er warf Carl eine Zeitschrift über den Schreibtisch zu. ›Dykking‹ stand auf der Vorderseite.

Konnten die nicht richtig buchstabieren, oder was?

»Ja, das ist eine norwegische Taucherzeitschrift. Schlag doch mal Seite vier auf.«

Er schlug die Seite auf und betrachtete einen Moment die Fotos. Ein altes Foto von Merete Lynggaard. Ein Foto von der Druckkammer, die die Tauchexperten an die Schleusentür anschlossen, sodass die Helfer die Frau aus ihrem Gefängnis in die mobile Druckkammer transportieren konnten. Darunter stand ein kurzer Text über die Funktion der Helfer und die Vorbereitung innerhalb des mobilen Behältnisses, über das Anschließen und über das Druckkammersystem und darüber, wie man zunächst den Druck wieder leicht heraufsetzte, unter anderem, um die Blutungen an den Handgelenken der Frau zu stoppen. Sie hatten den Artikel mit einem Plan des Gebäudes und einem Querschnitt der Dekompressionskammer illustriert, in der ein Helfer Merete Sauerstoff gab und Erste Hilfe leistete. Dann waren da noch Fotos der Ärzte vor der gewaltigen Druckkammer im Rigshospital sowie von Seniorsergeant Mikael Overgaard; er hatte der an der Taucherkrankheit schwerst erkrankten Patientin in der Druckkammer geholfen. Und schließlich brachten sie noch ein grob gerastertes Foto von Carl und Assad auf dem Weg zu den Krankenwagen.

»Einzigartige Zusammenarbeit zwischen den Tauchexperten der Marine und einem neu eingerichteten Dezernat der Polizei beendet eine der grausamsten Entführungen der letzten Jahrzehnte« stand da in Großbuchstaben auf Norwegisch.

»Ja«, sagte der Chef der Mordkommission und hatte sein charmantestes Lächeln aufgesetzt. »In dem Zusammenhang wurden wir von der obersten Polizeibehörde in Oslo kontaktiert. Sie möchten gern mehr über deine Arbeit wissen, Carl. Im Herbst werden sie eine Delegation schicken, und ich bitte dich, sie entgegenkommend aufzunehmen.«

Er konnte selbst spüren, wie seine Mundwinkel nach unten rutschten. »Dafür hab ich keine Zeit«, protestierte er. Er wollte nicht, dass irgendwelche verdammten Norweger in den Gängen da unten herumrannten. »Du denkst dran, dass wir in der Abteilung nur zu zweit sind. Wie hoch war unser Budget noch mal, Chef?«

Marcus Jacobsen wich gekonnt aus. »Jetzt, wo du wieder gesund und an deinen Arbeitsplatz zurückgekehrt bist, wird es Zeit, dass du das hier unterschreibst, Carl.« Er reichte Carl das idiotische Gesuch für die sogenannten »Kompetenz erweiternden Kurse«.

Carl wehrte ab. »Chef, ich will nicht.«

»Ja, also Carl, du musst. Warum willst du nicht?«

Im Moment denken wir alle beide an eine Zigarette, dachte Carl. »Es gibt viele Gründe«, sagte er. »Denk nur mal an die Reform des Pensionsalters. Es dauert doch nicht mehr lange, dann arbeiten wir, bis wir siebzig sind, je nachdem, auf welcher Stufe der Rangordnung wir uns befinden. Aber ich habe einfach keine Lust auf ein Dasein als Seniorenpolizist, und ich hab auch keine Lust, als Schreibtischkünstler zu enden. Auf viele Kollegen habe ich keine Lust. Ich hab keine Lust, Hausaufgaben zu machen, und ich hab keine Lust, Examen zu machen, dazu bin ich zu alt. Ich hab keine Lust, mir neue Visitenkarten anzuschaffen, ich hab insgesamt einfach keine Lust, noch mal befördert zu werden. Deshalb, Chef.«

Der Chef der Mordkommission wirkte müde. »Du zählst viele Sachen auf, die nicht eintreffen werden. Das sind nichts als Vermutungen. Wenn du Chef des Sonderdezernats Q sein willst, machst du die Kurse mit.«

Er schüttelte den Kopf. »Nein, Marcus. Keine Ausbildung mehr für mich, ich mag nicht mehr. Mir reicht es schon, dass ich meinen Stiefsohn in Mathe abhören muss. Er fällt ja doch durch. Das Sonderdezernat Q wird jetzt und künftig von einem Vizekriminalkommissar geleitet, und ja, ich benutze den alten Titel auch weiterhin und damit basta.« Carl hob seine Hand und hielt die Plastikaktenmappe in die Luft.

»Siehst du das hier, Marcus?«, fuhr er fort und nahm das Papier aus der Plastikhülle. »Das ist das Budget für das Sonderdezernat Q, so wie es im Parlament abgesegnet wurde.«

Von der anderen Seite des Schreibtischs war ein tiefes Seufzen zu hören.

Er deutete auf die unterste Linie. Fünf Millionen Kronen im Jahr, stand da. »Soweit ich feststellen kann, besteht eine Differenz von über vier Millionen zwischen dieser Zahl und dem Budget, das meinem Dezernat zur Verfügung steht. Stimmt's?«

Der Chef rieb sich die Stirn. »Worauf willst du hinaus, Carl?«, fragte er, erkennbar verärgert.

»Du möchtest gern, dass ich dieses Papier hier vergesse, und ich will gern, dass du diese Sache mit dem Kursus vergisst.«

Trotz der deutlich sichtbaren Veränderung der Gesichtsfarbe des Chefs der Mordkommission blieb seine Stimme vollständig kontrolliert, als er sagte: »Das ist Erpressung, Carl. Wir bedienen uns hier keiner Erpressung.«

»Ganz genau, Chef«, sagte Carl, fischte sein Feuerzeug aus der Tasche und zündete das Papier mit dem Budget an. Zahl für Zahl ging in Flammen auf, worauf er die Asche auf eine

Broschüre für Bürostühle fallen ließ – dann reichte er Marcus Jacobsen das Feuerzeug.

Als er nach unten kam, lag Assad auf seinem Gebetsteppich und war weit weg. Deshalb schrieb Carl einen Zettel, den er auf dem Fußboden direkt vor Assads Tür platzierte. »Bis morgen«, stand da.

Unterwegs nach Hornbæk grübelte er, was er zu Hardy wegen der Geschichte auf Amager sagen sollte. Die Frage war ja, ob er überhaupt etwas sagen sollte. In den letzten Wochen war es Hardy gar nicht gut gegangen. Die Speichelproduktion war herabgesetzt, und Hardy fiel das Sprechen schwer. Es hieß zwar, das würde nicht so bleiben, aber für Hardys Lebensüberdruss galt das nicht. Man hatte ihn deshalb in ein schöneres Zimmer verlegt. Dort lag er nun auf der Seite und konnte vermutlich gerade so eben die Schiffskolonnen irgendwo draußen im Öresund sehen.

Vor einem Jahr hatten sie am 1. Mai zusammen im Dyrehavsbakken gesessen und Kotelett mit Petersiliensoße gegessen, und Carl hatte sich über Vigga aufgeregt. Jetzt saß er auf der Bettkante des Freundes und konnte sich nicht erlauben, sich über was auch immer aufzuregen.

»Die Polizei in Sorø musste den Mann im karierten Hemd laufen lassen, Hardy«, sagte er übergangslos.

»Wen?« Hardy klang heiser. Er bewegte den Kopf nicht einen Millimeter.

»Er hat ein Alibi. Aber alle dort unten sind überzeugt, dass er der Mann ist. Der auf dich und mich und Anker schoss und der die Morde in Sorø beging. Und trotzdem mussten sie ihn gehen lassen. Es tut mir leid, dir das sagen zu müssen, Hardy.«

»Da scheiß ich drauf.« Hardy hustete und räusperte sich, und Carl ging auf die andere Seite des Betts und befeuchtete am Waschbecken eine Papierserviette. »Was hab ich davon, wenn sie ihn fangen?«, fuhr Hardy fort. Er hatte Schleim in den Mundwinkeln.

»Wir kriegen ihn und die anderen, die dabei waren, Hardy«, sagte Carl und wischte seine Lippen und sein Kinn ab. »Ich merke, dass ich mich bald einmischen muss. Die Schweine sollen nicht davonkommen, ums Verrecken nicht.«

»Viel Vergnügen«, sagte Hardy und schluckte einmal, als müsste er sich zusammenreißen, um etwas zu sagen. »Ankers Witwe war gestern hier«, kam dann. »Das war nicht schön, Carl.«

Carl erinnerte sich an Elisabeth Høyers verbittertes Gesicht. Er hatte seit Ankers Tod nicht mit ihr gesprochen. Selbst bei der Beerdigung hatte sie kein Wort zu ihm gesagt. Von dem Augenblick an, wo sie ihr die Nachricht vom Tod ihres Mannes überbracht hatten, waren alle Vorwürfe gegen Carl gerichtet.

»Hat sie etwas über mich gesagt?«

Hardy antwortete nicht. Lag nur lange Zeit ruhig da und blinzelte sehr langsam. Als hätten ihn die Schiffe dort draußen mit auf große Fahrt genommen.

»Carl, willst du mir immer noch nicht beim Sterben helfen?«, fragte er schließlich.

Carl strich ihm über die Wange. »Wenn ich es nur könnte, Hardy. Aber ich kann nicht.«

»Dann musst du mir helfen, nach Hause zu kommen, versprichst du mir das? Ich will nicht mehr hier sein.«

»Und was sagt deine Frau, Hardy?«

»Sie weiß nichts davon. Ich habe es gerade beschlossen.«

Carl sah Minna Henningsen vor sich. Als Hardy und sie sich kennenlernten, waren beide noch sehr jung. Inzwischen war ihr Sohn zu Hause ausgezogen, und sie sah noch immer jung aus. Wie die Dinge standen, hatte sie sicher genug mit sich selbst zu tun.

»Fahr heute zu ihr, Carl, und red mit ihr. Damit tust du mir einen unglaublichen Gefallen.«

Carl sah zu den Schiffen hinüber.

Diese Bitte würde Hardy noch bereuen, wenn er mit den Realitäten des Lebens konfrontiert wurde.

Schon nach wenigen Sekunden war Carl klar, dass er recht behalten würde.

Als Minna Henningsen die Tür öffnete, hörte er das Lachen einer lustigen Gesellschaft von sechs Frauen. Sie waren in lebhafte Farben gekleidet, trugen kecke Hüte und hatten wilde Pläne für den Rest dieses Tages. Damit ließen sich Hardys Erwartungen unmöglich vereinbaren.

»Carl, heute ist der 1. Mai! So etwas machen wir Frauen in unserem Club doch immer. Kannst du dich denn nicht erinnern?« Als sie ihn mit sich in die Küche zog, nickte er ein paar von ihnen zu.

Er brauchte nicht lange, um ihr die Situation zu schildern. Zehn Minuten später stand er wieder auf der Straße. Sie hatte seine Hand gehalten und ihm erzählt, wie schwer sie es hatte, wie sehr sie ihr altes Leben vermisste. Dann hatte sie ihren Kopf an seine Schulter gelehnt und ein bisschen geweint. Dabei hatte sie ihm zu erklären versucht, warum sie nicht die Kraft habe, Hardy zu pflegen.

Als sie ihre Augen getrocknet hatte, fragte sie ihn mit einem vorsichtigen, verlegenen Lächeln, ob er nicht Lust hätte, mal an einem Abend vorbeizukommen und mit ihr zu essen. Sie sagte, sie bräuchte jemand, mit dem sie reden könnte, aber der Sinn hinter den Worten war so unverhüllt und direkt, wie es überhaupt nur denkbar war.

Unten am Strandboulevard schlug ihm der Lärm vom Stadtpark entgegen. Da war richtig was los.

Er überlegte, ob er für eine Weile hingehen und ein Bier trinken sollte, um der Erinnerungen willen. Aber dann setzte er sich doch ins Auto.

Wäre ich nicht so scharf auf Mona Ibsen, diese blöde Psychologin, und wäre Minna nicht mit meinem gelähmten Freund Hardy verheiratet, dann würde ich ihre Einladung annehmen, dachte er. Da klingelte sein Handy.

Assad war dran, und er klang aufgeregt.

»Hallo, Assad, nun mal langsam. Bist du immer noch im Büro? Noch mal, was sagst du da?«

»Die haben vorhin vom Rigshospital hier angerufen und dem Chef Bescheid gesagt. Ich hab es gerade von Lis gehört. Sie haben Merete Lynggaard aus ihrem Koma aufgeweckt.«

Carls Blick glitt in irgendeine Ferne. »Wann war das?«

»Heute Vormittag. Ich dachte mir, dass du das gern wissen willst.«

Carl bedankte sich, unterbrach die Verbindung und starrte die Bäume an, deren hellgrüne Äste so voller frühlingshaftem Leben aufragten. Eigentlich müsste er aus tiefstem Herzen froh sein, aber er war es nicht. Vielleicht würde Merete für den Rest ihres Lebens dahinvegetieren. Nichts im Leben war einfach. Nicht einmal der Frühling dauerte an, und das zu erleben gehörte mit zu den schmerzlichsten Erfahrungen. Ja, bald wird es wieder früh dunkel werden, dachte er und hasste sich selbst für seinen Pessimismus.

Er sah noch einmal hinüber zum Stadtpark und dem grauen Klotz des Rigshospitals, der dahinter hoch aufragte.

Dann stellte er zum zweiten Mal seine Parkscheibe ein und machte sich auf den Weg durch den Park zum Krankenhaus. Die Leute saßen mit ihren Bierdosen auf der Wiese, und eine Großbildleinwand verbreitete Jytte Andersens Abschiedsrede bis hinüber zur Freimaurerloge. »Neustart für Dänemark« war der Slogan des diesjährigen Festes zum 1. Mai.

Als ob das helfen würde.

Damals, als er und seine Freunde jung waren, trugen sie kurzärmelige T-Shirts und waren dünn wie Schnaken. Heute war die versammelte Fettmasse um ein Zwanzigfaches höher. Denn heute war eine Bevölkerung zu den traditionellen Protestveranstaltungen anlässlich des 1. Mai gekommen, die vor Selbstzufriedenheit nur so strotzte. Die Regierung hatte den Menschen ihr Opium gegeben: billige Zigaretten und billigen

Schnaps und darüber hinaus alles in allem nichts Halbes und nichts Ganzes. Wenn die Leute dort auf dem Rasen nicht einer Meinung mit der Regierung waren, war das nur ein vorübergehendes Problem.

Ja, die Situation war unter Kontrolle.

Eine Gruppe Journalisten wartete bereits im Zwischengang.

Als sie Carl aus dem Aufzug kommen sahen, drehten sich alle in seine Richtung. Jeder wollte seine Frage stellen.

»Carl Mørck«, rief einer von denen ganz vorn. »Wie beurteilen die Ärzte Merete Lynggaards Schädigungen des Gehirns? Wie schwer sind sie? Wissen Sie etwas darüber?«

»Hat Herr Vizepolizeikommissar Mørck Merete Lynggaard schon einmal besucht?«

»Hallo Mørck! Wie beurteilen Sie selbst den Job, den Sie da gemacht haben? Sind Sie stolz auf sich?«, kam es von der Seite. Er drehte sich in Richtung der Stimme und sah unmittelbar in Pelle Hyttesteds rotgesprenkelte Schweinsäuglein. Die anderen Journalisten starrten den Mann feindselig an, als sei er seiner Arbeit unwürdig.

Das war er auch.

Carl beantwortete einige ihrer Fragen, aber als der Druck auf der Brust zunahm, richtete er den Blick nach innen und ging. Niemand hatte ihn gefragt, warum er hier war. Er wusste es selbst nicht.

Vielleicht hatte er auf der Station mit einem größeren Besucheraufgebot gerechnet. Aber abgesehen von der Oberschwester aus Egely, die auf einem Stuhl neben Uffe saß, erkannte er keines der Gesichter. Merete Lynggaard war guter Stoff für die Presse. Aber als Mensch war sie nichts als ein Patient: zwei Wochen Akutbehandlung durch Taucherärzte in der Druckkammer. Dann eine Woche im Traumazentrum. Danach Intensivstation in der Neurochirurgie, und jetzt war sie hier in der Neurologie.

Sie hätten Merete Lynggaard aus dem Koma geholt, sagte ihm die Oberschwester der Station, als er sie ansprach. Sie räumte ein, sie wüsste, wer Carl sei. Er hätte doch Merete Lynggaard gefunden. Jeden anderen hätte sie rausgeworfen.

Carl bewegte sich langsam auf die beiden Gestalten zu, die dort saßen und Wasser aus Plastikbechern tranken. Uffe hielt seinen mit beiden Händen fest.

Carl nickte der Oberschwester von Egely zu, er erwartete keine Reaktion ihrerseits. Aber sie stand auf und gab ihm die Hand. Sie wirkte bewegt, sagte aber nichts. Sie setzte sich nur wieder hin und starrte die Tür zum Krankenzimmer an. Ihre Hand ruhte auf Uffes Unterarm.

Es herrschte rege Betriebsamkeit. Die Ärzte nickten ihnen zu, wenn sie kamen und gingen. Carl hatte es nicht eilig. Morten Hollands Grillpartys waren alle gleich. Nach einer Stunde bot ihnen eine Krankenschwester eine Tasse Kaffee an.

Er trank einen Schluck und betrachtete Uffes Profil. Der saß vollkommen still da und schaute unverwandt auf die Tür. Wenn die Krankenschwestern vorbeigingen, fixierte er gleich anschließend wieder die Tür. Er ließ sie keinen Moment aus den Augen.

Als Carl mit der Oberschwester Augenkontakt bekam, deutete er auf Uffe und fragte nur mit Gesten, wie es ihm ginge. Sie lächelte und schüttelte den Kopf. Nicht ganz schlecht und nicht ganz gut, sollte das wohl bedeuten.

Einige Minuten vergingen, dann zeigte der Kaffee Wirkung. Als er von der Toilette zurückkam, waren die Stühle auf dem Flur leer.

Er trat zur Tür und öffnete sie einen Spaltbreit.

Im Raum herrschte vollkommene Stille. Uffe stand am Fußende des Bettes, seine Begleiterin hatte ihm die Hand auf die Schulter gelegt. Eine Krankenschwester notierte Zahlen, die sie von den digitalen Messinstrumenten ablas.

Merete Lynggaard war kaum zu sehen. Der Kopf war bandagiert und die Decke bis ans Kinn hochgezogen.

Sie wirkte friedlich, die Lippen waren leicht geöffnet, die Lider zitterten schwach. Die Hämatome im Gesicht gingen augenscheinlich zurück, aber der Gesamteindruck war besorgniserregend. So vital und gesund sie einmal gewirkt hatte, so zerbrechlich und bedroht wirkte sie nun. Schneeweiße, papierdünne Haut und grabentiefe Ränder unter den Augen.

»Sie können ruhig zu ihr hineingehen«, sagte die Krankenschwester und steckte ihren Kugelschreiber in die Tasche. »Ich wecke sie jetzt wieder. Aber Sie müssen damit rechnen, dass keine Reaktion kommt. Das liegt nicht nur an Schädigungen des Gehirns und der Zeit im Koma. Sie sieht auf beiden Augen immer noch sehr schlecht, und sie hat durch die Thromben noch Lähmungen. Und vermutlich ist auch das Gehirn dadurch massiv geschädigt. Aber so wie es jetzt aussieht, hat sie durchaus eine Chance. Sie wird eines Tages wieder eigenständig gehen können, glauben wir, aber es ist völlig offen, inwieweit sie zukünftig in der Lage sein wird zu kommunizieren. Die Thromben sind weg, aber sie ist stumm. Die Aphasie hat ihr vermutlich für immer ihre Sprache genommen. Ja, ich glaube, darauf müssen wir uns einstellen.« Sie nickte, wie um ihre Worte zu bekräftigen. »Wir wissen nicht, was sie denkt, aber man darf ja hoffen.«

Dann trat sie zu ihrer Patientin und verstellte etwas an einem Tropf, über dem Bett hingen viele davon. »So! Ich glaube, sie ist gleich bei uns. Wenn etwas sein sollte, ziehen Sie bitte einfach an der Schnur.« Auf leisen Sohlen verließ sie das Krankenzimmer.

Die drei sahen still zu Merete hin, Uffe vollkommen ausdruckslos und seine Begleiterin mit einem traurigen Zug um den Mund. Vielleicht wäre es für alle das Beste gewesen, Carl wäre niemals in den Fall involviert worden.

Es verging eine Minute, dann öffnete Merete ganz langsam die Augen. Offensichtlich störte sie das Licht. Sie blinzelte, als versuchte sie den Blick zu fokussieren, aber es gelang ihr offenbar nicht. Dann schloss sie die Augen wieder.

Das ehemals Weiße in ihren Augen war ein Netzwerk in Rotbraun, und dennoch nahm ihr Anblick in wachem Zustand Carl förmlich den Atem.

»Komm Uffe«, sagte die Oberschwester aus Egely. »Setz dich ein bisschen zu deiner Schwester.«

Anscheinend verstand er das, denn er ging allein zum Stuhl und setzte sich an den Bettrand. Er legte sein Gesicht so nahe an das seiner Schwester, dass die blonden Haare, die ihm in die Stirn hingen, von ihren Atemzügen vibrierten.

Als er eine Weile so gesessen und sie betrachtet hatte, hob er die Bettdecke an, sodass ihr Arm zu sehen war. Dann nahm er ihre Hand. So blieb er sitzen. Sein Blick wanderte still über ihr Gesicht.

Carl trat ein paar Schritte vor und stellte sich neben die Oberschwester ans Fußende des Bettes.

Der Anblick des stummen Uffe mit der Hand der Schwester in seiner und seinem Gesicht an ihrer Wange war so unglaublich berührend. In dem Moment wirkte er wie ein verirrter Welpe, der nach ruhelosem Suchen endlich zur Wärme und Geborgenheit der Geschwisterschar zurückgefunden hat.

Auf einmal zog Uffe sich ein wenig zurück, betrachtete sie noch einmal eingehend und legte dann die Lippen an ihre Wange und küsste sie.

Carl sah, wie ihr Körper unter den Laken zitterte, und am Ausschlag des EKG-Geräts erkannte er, dass der Herzschlag sich etwas beschleunigte. Er ließ den Blick zum nächsten Messinstrument wandern. Ja, auch die Pulsfrequenz nahm etwas zu. Dann seufzte sie tief auf und öffnete die Augen. Diesmal schützte Uffes Gesicht sie vor dem direkten Lichteinfall, und das Erste, worauf ihr Blick fiel, war der Bruder, der sie anlächelte.

Carl merkte, wie er selbst die Augen aufriss. Meretes Blick wurde zunehmend klarer. Ihre Lippen öffneten sich. Dann zitterten sie. Zwischen den beiden Geschwistern gab es ein Spannungsfeld, das einfach keinen Kontakt zulassen wollte. Man konnte es an Uffes Gesicht regelrecht ablesen. Es wurde immer dunkler, als hielte er den Atem an. Dann begann er vor- und zurückzuschaukeln, und in seiner Kehle formten sich Klagelaute. Er öffnete den Mund, und er wirkte bedrängt und verwirrt. Er kniff die Augen zusammen und ließ die Hand seiner Schwester los, dann führte er beide Hände an seinen Hals. Die Töne wollten einfach nicht kommen, aber er dachte sie, das war ganz deutlich.

Dann entließ er alle Luft auf einmal aus den Lungen und schien sich unverrichteter Dinge zurück auf den Stuhl fallen lassen zu wollen. Aber da kam der Kehllaut aufs Neue, dieses Mal weiter oben im Hals.

»MMmmmmm«, formte er und holte erschöpft ganz tief Luft. »MMmmmmee«, kam dann. Merete sah ihren Bruder jetzt intensiv an. Kein Zweifel, dass sie wusste, wer vor ihr saß. Ihre Augen glänzten.

Carl schnappte nach Luft. Die Krankenschwester neben ihm hielt die Hände vor ihren Mund.

»MMmmmeerete«, kam es schließlich nach einer enormen Kraftanstrengung von Uffe.

Uffe selbst war ganz schockiert über den Strom von Lauten. Er atmete schnell und ließ einen Moment den Kiefer sacken. Die Frau neben Carl begann zu schluchzen, ihre Hand suchte Carls Schulter.

Da kam Uffes Arm wieder nach oben und nahm Meretes Hand.

Er drückte sie und küsste sie, und er zitterte am ganzen Leib, als hätte man ihn gerade aus einem Loch im Eis gezogen.

Und da nahm Merete plötzlich mit einem Ruck den Kopf zurück, die Augen waren weit aufgerissen, der ganze Körper war angespannt, alle Finger der freien Hand presste sie wie bei einem Krampf in die Handinnenfläche. Sogar Uffe bemerkte die Veränderung als etwas Unheildrohendes. Die Oberschwester trat schnell vor und zog an der Klingel.

In dem Moment drang aus Merete ein tiefer, dunkler Ton, und die Anspannung wich schlagartig aus dem gesamten Körper. Sie hatte die Augen noch immer geöffnet und suchte den Blick ihres Bruders. Dann kam noch ein dumpfer Ton aus ihr. Jetzt lächelte sie. Es wirkte, als reizte sie der Ton, der aus ihrem Inneren kam.

Hinter Carl wurde die Tür geöffnet, und eine Krankenschwester stürmte gefolgt von einem jungen Arzt mit suchendem Blick ins Zimmer. Sie bremsten vor dem Bett ab und blickten auf eine entspannte Merete Lynggaard, die ihren Bruder an der Hand hielt.

Sie schauten prüfend auf alle Instrumente und fanden offenkundig nichts Alarmierendes. Daraufhin wandten sie den Blick zu Carl und Uffes Begleiterin. Sie wollten gerade eine Frage stellen, als aus Meretes Mund wieder dieser Ton kam.

Uffe legte sein Ohr an den Mund der Schwester, aber alle im Zimmer konnten es hören.

»Danke, Uffe«, sagte sie leise und richtete dann den Blick auf Carl.

Und Carl spürte, wie der Druck in der Brust allmählich nachließ.

Dank

Ein großes Dankeschön an Hanne Adler-Olsen, Henning Kure, Elsebeth Wæhrens, Søren Schou, Freddy Milton, Eddie Kiran, Hanne Petersen, Micha Schmalstieg und Karsten D.D. für ihre sorgfältigen und unentbehrlichen Kommentare. Mein Dank geht auch an Gitte und Peter Q. Rannes vom Danske Forfatterog Oversættercenter Hald, wo ich in der entscheidenden Phase Ruhe zum Schreiben fand. Peter H. Olesen und Jørn Pedersen danke ich für Inspiration. Mein Dank geht an Jørgen N. Larsen für Recherche und Michael Needergaard für Spezialwissen zur Funktionsweise von Druckkammern sowie an K. Olsen und Polizeikommissar Leif Christensen für die Polizei betreffende Korrekturen. Und schließlich möchte ich mich sehr bei meiner Lektorin Anne Christine Andersen für die Zusammenarbeit bedanken.